MW00825383

LA BIBLIA PERDIDA

La Biblia perdida

Igor Bergler

Traducción de Doina Făgădaru

Título original: *Biblia pierdăta*

Primera edición: febrero de 2019

© 2015, Igor Bergler
Publicado por acuerdo con VicLit Agency y Il Caduceo di Marinella Magrí Agencia Literaria
© 2019, Penguin Random House Grupo Editorial, S. A. U.
Travessera de Gràcia, 47-49. 08021 Barcelona
© 2019, Doina Făgădaru, por la traducción

Printed in Spain – Impreso en España

ISBN: 978-84-666-6437-0
Depósito legal: B-369-2019

Impreso en Liberdúplex
Sant Llorenç d'Hortons (Barcelona)

BS 6 4 3 7 0

Penguin
Random House
Grupo Editorial

A las mujeres más maravillosas del mundo:
Veda, Marta y Melania

La siguiente bien podría ser una historia verdadera. La mayor parte de ella lo es, sin duda alguna. Si hubiera sido verdadera en su totalidad, algunos nombres se habrían cambiado para proteger la vida y la seguridad de los protagonistas y sus familias.

PRIMERA PARTE

Es un acertijo, envuelto en un misterio, dentro de un enigma, pero quizá haya una clave.

WINSTON CHURCHILL

La Razón es la mayor puta del Diablo; por su naturaleza y manera de ser es una puta dañina; una prostituta, la puta titular del Diablo, una puta carcomida por la roña y la lepra, a quien habría que pisotear y destruir junto con la sabiduría... Arrójale inmundicia al rostro para afearla... La abominable merecería ser relegada a la más sucia habitación de la casa, a las letrinas.

MARTIN LUTERO, 1546

¿Quién es el loco, quién es el sabio, el mendigo o el rey? Pobre o rico, se igualan en la muerte.

Inscripción en la Tumba 322

Prólogo

Intentó abrir los ojos, pero no pudo. Volvió a intentarlo. Los párpados parecieron moverse, pero no cambió nada. Con esfuerzo, levantó el brazo y un agudo pinchazo casi le paralizó el hombro de dolor. Se llevó la mano a los ojos: estaban abiertos. Los párpados, levantados. Sentía las pestañas. Cuando las tocó. Pero entonces ¿por qué no veía nada? Intentó concentrarse. ¿Estaba soñando? El dolor del hombro le subió por el cuello y se le fijó en la coronilla. Se llevó la mano atrás, donde le pareció palpar una aguja larga y fina que penetraba directamente en su cerebro. ¿Qué demonios estaba pasando? Le asaltó un intenso pinchazo. Sintió que se mareaba. Alejó la mano y la sensación pareció remitir, se volvió más difusa. Notaba algo húmedo y pegajoso en los dedos. «Es sangre», se dijo. Los ojos empezaron a adaptarse poco a poco a la oscuridad. ¡Qué oscuridad! Nunca se había encontrado en una negrura tan profunda. Los ojos se le fueron acostumbrando. Poco a poco. Hizo un esfuerzo: movió la cabeza y buscó con la mirada una fuente de luz, la más mínima, una ventana, un difuso haz que pudiera vislumbrarse bajo alguna puerta o por algún resquicio. Nada.

Estaba tumbado de espaldas. Aunó fuerzas e intentó poner orden en sus pensamientos. No recordaba nada. Tanteó con las manos a su alrededor. Tierra. Inspiró profundamente y un olor fétido le llenó las narices. «Estoy enterrado vivo», se dijo. Luego levantó los brazos y las manos en el vacío hasta donde le permitió el dolor, en un intento de alcanzar la tapa del ataúd. Nada. Por lo menos tenía aire. Se alegró por poder respirar a pesar de que le dolían las costillas. No estaba enterrado. Para convencerse se levantó sobre un codo, se dio la vuelta y se puso a cuatro patas. No se atrevió a más. No tenía ninguna referencia espacial, la desorientación era total. Podía estar en el sótano de una casa antigua, aunque no apreciaba dónde estaban las paredes ni la altura del techo. Tenía miedo de golpearse.

Debía acostumbrarse lo más rápido posible a la oscuridad. Se dijo a sí mismo, con toda la fuerza con la que podía pensar, que tenía que utilizar los demás sentidos. Inspiró otra vez: el mismo olor acre de tierra fresca mezclado con un aire enrarecido, húmedo. Y había algo más, algo que no reconocía, algo espantoso. El sentido del olfato no le servía para averiguarlo, así que aguzó el oído. Las manos y las piernas le temblaban. Le dolían las palmas y las rodillas: unas piedrecitas se le clavaban en la piel de las manos y sentía como si hubiera apoyado las rodillas, que aguantaban el considerable peso de su cuerpo, encima de cáscaras de nueces. Se volvió de nuevo de espaldas y escuchó. Nada. Como la oscuridad, el silencio era absoluto. Ningún ruido de la calle, si es que había alguna por los alrededores.

¿Dónde estaba? ¿Y cómo había llegado allí? ¿Qué era lo último que recordaba? Estaba en casa. Se preparaba para ir a dormir. La cama estaba hecha. El lado de su esposa estaba vacío, intacto. Su mujer le había abandonado hacía tiempo, pero él siempre la buscaba antes de acostarse. La luz del baño estaba encendida y la puerta algo entornada. Una antigua costumbre, desde que tenía uso de razón; desde los tiempos en que tenía mucho miedo a la oscuridad. La encendía sistemáticamente antes incluso de que anocheciera. Dejaba el pequeño taller de carpintería para subir a encender la luz y luego volvía con sus muebles. La oscuridad pesaba mucho. Sobre todo allí, en su ciudad. Y sobre todo desde que se había quedado solo. Hacía esfuerzos para recordar, pero no le venía nada a la memoria. ¿Se habría quedado dormido enseguida? Quizá estaba soñando. Sin embargo, el dolor de la coronilla parecía muy real. Intentó agarrarse a otra cosa, otro recuerdo. Tal vez había soñado algo. Empezó a tener mucho frío. Temblaba bajo el edredón y una sombra se deslizaba sobre la pared del dormitorio. Una sombra larga y deforme que se acercaba a su cama. Y aquel olor. Una mano le había cogido la cabeza como un torno. Algo le arañó el rostro en varios puntos. Empezó a sangrar. Algo, un trozo de tela, le cubrió la boca y la nariz. Respiraba cada vez con más dificultad.

¡Qué raro! Se llevó la mano a la mejilla para convencerse de que todo había sido real. Se sobresaltó al tocarse. Los surcos de la mejilla derecha le escocían: la sangre coagulada empezaba a transformarse en costra. Entonces era verdad. Se concentró. Si los surcos de la mejilla tenían costra, significaba que había pasado algo de tiempo. ¿Cuánto llevaba allí? ¿Cuánto había dormido? ¿Desde cuándo estaba inconsciente?

Un ruido interrumpió el hilo de sus pensamientos. Parecía estar cerca, pero venía de fuera del habitáculo donde se encontraba. Un chirrido. Otro más. ¿Quizá unos pasos? Era un ruido extraño. Parecían unas piernas que se arrastraban, como si alguien anduviera tocando ligeramente la tierra, a intervalos regulares. Un cojo que levitaba. Luz, algo de luz. Como por un reflejo se volcó hacia ella, aunque era lo bastante tenue como para herirle los ojos acostumbrados a la oscuridad. Vio una especie de ranura en la pared, pero, en vez de ventana, había unos barrotes de hierro. Rejas. La luz llegaba desde fuera, desde algún corredor, cada vez más intensa. Por un instante se paró. Volvió la mirada. Se le heló la sangre en las venas. Justo a su lado, casi tocándole la sien, vio unas piernas. Se retiró hacia atrás instintivamente, de lado. El dolor era inaguantable; cualquier movimiento brusco era terriblemente doloroso. Hizo un esfuerzo para incorporarse y se apoyó en un codo. Aquellas piernas se prolongaban en un cuerpo desnudo. «¡Dios mío!» Era un cadáver. El olor era cada vez más fuerte, mareante. En aquel momento su cerebro procesó lo que veía. Sentía el hedor de un cuerpo en descomposición. A pesar del dolor, se echó aún más atrás y se golpeó con algo. Algo blando. No era la pared porque se movía al tocarlo. Se llevó una mano a la espalda, luego la otra. Alguien se le agarró. Trató de gritar, pero no oyó nada. Intentó chillar. Se había quedado sin voz. Sacudió el brazo, y la mano que le había agarrado cayó inerte. Otro cadáver.

Volvió la luz. Y también el ruido. Ambos crecían en intensidad. El habitáculo se iluminó un poco, y pudo observarlo con más claridad. Frente a él yacía un cadáver desnudo y amarillento, quizá por culpa de la luz, que titilaba. Provenía de una vela. Detrás, otro cadáver. Y entonces vio pasar la sombra por encima de los cuerpos, levitando torpemente como los pasos de afuera. Chocó con un cadáver, tropezó con otro, pálido, con los ojos desencajados. Se le puso la piel de gallina. El corazón casi se le salió del pecho. No eran ojos: eran agujeros. El cadáver que tenía delante no tenía ojos, solamente unos grandes agujeros donde la oscuridad parecía no tener fin. La sombra continuaba su camino y se proyectaba sobre la pared. Era terrorífica.

Se puso de pie para defenderse, a pesar de que estaba muerto de miedo, tenía la sensación de haber encanecido de golpe y sentía que una losa, una lápida que pesaba una tonelada, le aprisionaba el pecho. Tenía que defenderse ocurriera lo que ocurriese. Oyó un chirrido de bisagras oxidadas. Una puerta de hierro a sus espaldas. Intentó darse la vuelta, pero no le dio tiempo. El miedo se apoderó de él, lo paralizaba, pero a la vez lo protegía. No sintió nada cuando una mano de acero lo agarró por detrás. La mano lo cogió por la nuca, pasó por debajo de su brazo y lo inmovilizó. Tenía un miedo atroz. Estaba aterrorizado. Quizá era mejor así, se sentía un antílope atrapado por un tigre. La adrenalina anuló el dolor, el terror lo anestesió. También sintió un ligero pinchazo en el cuello. Luego empezó a tener frío. Cada vez más frío. Era lo único que notaba. Lianas de hielo empezaron a treparle, a envolverle. Y, en ese momento, dejó de sentir.

1

El discurso de Charles Baker fue interrumpido exactamente en el momento en que los tañidos de la campana de la iglesia anunciaban el mediodía. En la pequeña pero coqueta sala de conferencias del hotel Central Park casi no había necesidad de usar el micrófono. Todo el mundo se conocía y estaba muy interesado en las presentaciones de los demás colegas. Los sesenta y ocho invitados volvieron la cabeza a la vez cuando la puerta de la sala se abrió de repente golpeando la pared y un manojo de hombres en uniforme y cazadora de piel invadió el espacio. Los intelectuales no están muy acostumbrados a los burdos modales de los policías, y todavía menos a los de los países cuya reciente desmilitarización no les ha dado tiempo para aprender a comportarse. Desde la tarima, Charles Baker hizo un chascarrillo sobre una invasión ostrogoda. Los que acababan de irrumpir sin invitación se habían quedado en la puerta. Uno de ellos se acercó con pasos agigantados y le susurró algo al oído al profesor Baker, que con un gesto reflejo, tapó el micrófono con la mano. Después de escuchar con atención lo que le decía el policía, preguntó:

—¿Durará mucho?

El policía se encogió de hombros, su inglés dejaba mucho que desear. Contestó brevemente, intentando hacerse comprender.

—*I hope no. My chief tell you.**

---

* «Espero que no. Mi jefe se lo dirá». *(N. de la T.)*

Charles se preguntó qué tenía que ver él con lo que pudiera suceder en aquella pequeña ciudad del corazón de Transilvania. En sus libros apenas citaba el lugar y la conferencia que participaba en aquel momento era sobre historia medieval. Los policías estaban quietos, con los pies clavados en la alfombra de doce centímetros de grosor que cubría la sala. Entre ellos llamaba la atención una mujer con un corte de pelo juvenil que paseó su mirada por los asistentes y se detuvo para leer el cartel que anunciaba la conferencia extraordinaria sobre historia medieval que daría el famoso profesor de Princeton, Charles S. Baker. Charles pensó que su celebridad había traspasado fronteras y que solicitaban su colaboración para resolver un caso. Sin embargo, le pareció exagerado tal despliegue de fuerzas.

—Las autoridades locales necesitan que les ayude con mis conocimientos detectivescos por unas horas. Propongo hacer un receso y que nos veamos a las cuatro de la tarde, según el programa, me gustaría escuchar las exposiciones de mis colegas Johansson y Briot, de las Universidades de Uppsala y de La Sorbona. Espero que me disculpen, mi segunda profesión me requiere.

Pronunció esas últimas palabras en tono irónico. Sabía que desde que había tenido sus dos «éxitos» —cuando descubrió y dio a conocer el secreto más guardado de Abe Lincoln y el misterio de la joroba perdida, tal como llamaba a Ricardo III—, la gente lo tomaba por una especie de Sherlock Holmes de la cultura. Las cosas llegaron hasta tal punto que a menudo recibía cartas de individuos que lo querían contratar para resolver todo tipo de misterios, desde tesoros enterrados por los aztecas, hasta la identidad de los fantasmas que azotaban un castillo de Cornualles recién comprado por un millonario ruso.

Tenía la costumbre de entablar conversación con cualquier loco que se le acercara, de modo que, dada su categoría, las autoridades locales insistieron en asignarle un escolta. Como no le gustaba nada tener la misma protección que un alto mandatario o algún mafioso de un país del Este, rechazaba siempre ese tipo de ofertas. Pero el alcalde lo apremió tanto y tan firmemente, que Baker pensó que al fin y al cabo dos días no suponían el fin del mundo, sobre todo, cuando le vio la cara al que le iba a proteger. Puso una condición: que se cumpliera su deseo de quedarse a solas en algún momento por razones personales, sin comentario alguno del improvisado escolta.

La noche anterior, durante la cena de bienvenida en el bar-restaurante del hotel, un individuo intentó acercársele demasiado. Parecía ansioso por entregarle algo: una carpeta marrón repleta de documentos. Al final intervino el vigilante del hotel y lo echó. El hombre se resistió, clavando las botas en el suelo. Luego, esa misma mañana, en el desayuno sueco colmado de manjares, una mujer de mediana edad logró colarse hasta su mesa, entregarle una nota y retirarse rápidamente antes de que Baker pudiera reaccionar. No consideró necesario recurrir al obeso policía que tenía que protegerle, demasiado preocupado por engullir a cuatro manos las maravillas desplegadas en las seis mesas de la planta baja del restaurante. Sin pensar, Baker se metió la nota en el bolsillo y se olvidó de ella.

Para Charles la comida de la mañana era la más importante del día. En su juventud muchas veces no desayunaba y comía por la noche, pero cambió rápida y definitivamente esta costumbre cuando empezó a engordar. Además, nunca sabía a dónde lo llevaría el día y con qué tipo de tentempié tendría que contentarse para toda la jornada. Así que desde hacía un tiempo se atiborraba por la mañana y por la noche se acostaba con el estómago casi vacío. De esta manera compensaba los pequeños excesos, pues cada vez que llegaba a un lugar como este, no podía resistirse al banquete que le ofrecían aquellas mesas cargadas de platos tradicionales, cocinados según se hacía en el Medievo.

Charles Baker no era muy sofisticado, y mucho menos un engreído, pero lo cierto era que últimamente lo buscaba por diferentes motivos gente de toda índole. Se decía para sus adentros que, si hubiera sabido que sería tan famoso, habría preferido ser una estrella de rock. Eso en el caso de que fuera capaz de entonar alguna melodía, porque la única canción que le salía más o menos bien era el himno de Estados Unidos, que aprendió gracias a la paciencia de sus abnegados amigos. Las melodías le costaban mucho, pero las letras se las sabía a la perfección. Recordó la canción de Phil Collins «You can wear my hat» y pensó que quizá tendría que encargar pañuelos y corbatas con el estribillo serigrafiado para sus seguidores.

Bajó las escaleras, flanqueado por el pequeño ejército de acompañantes que lo llevaron hacia los dos coches. Lo invitaron a subir al más lujoso, el único Volkswagen de la policía municipal. A su lado subió la mujer del peinado juvenil, que le tendió la mano como un hombre y se presentó fríamente:

—Soy Christa Wolf.

—Charles Baker. Necesito que me ponga al tanto mientras vamos hacia la comisaría. Así ganamos tiempo, quizá pueda resolver el enigma en el trayecto.

Para su sorpresa, la mujer le respondió en un fluido inglés con un marcado acento británico, con una gramática perfecta.

—No vamos a la comisaría ni tampoco le hemos invitado por su capacidad de deducción.

Su tono era neutro y directo, sin rastro de arrogancia. Baker la miró con más detenimiento y decidió que le gustaba. Siempre le ocurría así: la primera impresión era la definitiva. Aunque mantenía la mente abierta en absolutamente todas las cosas que hacía y estaba siempre preparado para aceptar una opinión bien argumentada que le llevara la contraria —incluso cambiaba su parecer si el interlocutor conseguía convencerlo—, en cuanto a las mujeres, la primera impresión era la que valía. De Christa Wolf le atrayeron los grandes ojos y la piel aceitunada, el corte de pelo masculino y la intrigante cicatriz que le bajaba por detrás de la oreja hasta perderse por el cuello en la camisa de corte militar.

—Y entonces ¿para qué?

—No se lo puedo decir ahora mismo, pero en pocos minutos lo sabrá.

Parecía que la mujer había dado por acabada la conversación, así que a Charles no le quedó otra cosa que admirar por la ventana del coche la entrada a la ciudad medieval de Sighişoara, que conocía tan bien. Era la cuarta vez que la visitaba y continuaba fascinado por las casas torcidas que se apoyaban entre ellas como viejos en apuros, obligados a confiar el uno en el otro. El motivo que lo había traído la primera vez fue un libro que gozó de bastante éxito entre sus lectores habituales. Había alcanzado la fama académica mucho tiempo atrás, igual que la celebridad política como jefe de las campañas electorales de seis senadores y un presidente de Estados Unidos. Las había ganado todas. Su libro sobre la propaganda y la manipulación a lo largo de algunos milenios de historia se había convertido en los últimos diez años en la segunda fuente más citada en todas las publicaciones y tesis doctorales sobre comunicación.

El coche pasó por debajo del estrecho portal de la plaza central de la ciudad, giró enseguida a la derecha, subió con un chirrido el suelo de piedras cúbicas irregulares y paró casi al pie de las escaleras. Enfrente había multitud de coches de policía con las sirenas en marcha y un cordón de agentes intentando contener a los numerosos curiosos. Era principio de verano y Sighişoara se llenaba de turistas, especialmente extranjeros, deseosos de visitar una ciudadela medieval perfectamente conservada en el confín del mundo y ver la casa donde podría haber nacido el Príncipe de las Tinieblas, Vlad III Ţepeş, también conocido como Drácula.

2

Al bajar del coche lo recibió el comisario de policía Gunther Krauter, que le estrechó la mano y se presentó formalmente.

Charles estaba dispuesto a montar un pequeño escándalo por haber sido molestado en plena conferencia entre tanto misterio y falta de delicadeza. Odiaba las intervenciones de la policía incluso cuando eran más o menos discretas. De hecho, había renunciado a la carrera de asesor político justamente por su rigidez. No soportaba llevar traje y corbata, y el atuendo oficial le hacía parecer, según sus propias palabras, un pingüino. Como tenía el cuello corto y grueso, en contraste con el resto del cuerpo —un físico normal, de altura y peso medianos, bien conservado—, no podía comprarse camisas normales. Las entalladas no se podían abrochar en el cuello y las que sí se adaptaban le quedaban demasiado anchas. Por tanto, se veía obligado a hacérselas a medida. Se preocupaba mucho por su aspecto y vestimenta, y le gustaba el estilo *smart casual*, de colores vivos y combinaciones sorprendentes. Nunca le había faltado el dinero, y en los últimos quince años lo había ganado a espuertas impartiendo cursos, haciendo marketing político y escribiendo libros de éxito, además los gobiernos de Estados Unidos y de Gran Bretaña, junto con otros inversores privados, le habían otorgado generosos reconocimientos, de modo que era casi rico. Sus firmas preferidas eran Chavert, Brioni y Kiton. En el día a día y para variar llevaba también Breuer, Eton o Turnball & Asser. De hecho, su fondo de armario estaba tan bien surtido y su vestidor era tan grande que una de sus amantes se había echado a llorar una mañana cuando se equivocó de puerta y entró en el vestidor en vez de en el baño. Estaba obsesionado con las marcas, pero especialmente con el tipo de tejidos y costuras que estarían en contacto directo con su cuerpo. Nunca había llevado algo parecido a un jersey de textura áspera, e incluso no podía soportar las mantas de algunos hoteles. Las camisas tenían que acariciarle el cuerpo, darle sensación de bienestar durante todo el día. Tenía preferencia por el algodón, especialmente Pima, egipcio o Sea Island, cualquier cosa que entrara en la categoría ELS (*extra long staple*, hilo extra largo). Asimismo, apreciaba la sarga italiana, la batista y la marcela. De vez en cuando se daba el gustazo con camisas de popelín o de velo suizo. Nunca optaba por producciones en masa, solamente por series limitadas. Esas firmas tenían sus propios diseñadores, y a veces cada una abastecía solamente a un puñado de clientes. Charvet era su fabricante preferido, era el Rolls Royce de las camisas hechas a medida. Con más de seis mil materiales diferentes, ofrecía a sus clientes tanta variedad que a veces los ponía en un brete. Por ejemplo, solo de los matices de blanco o azul había más de doscientas variedades. Por ello, cada vez que Baker viajaba a París, la visita a la sede de Charvet en la plaza Vendôme era un destino obligatorio.

—¿Dónde compra sus camisas? —le preguntó el comisario.

A Charles le extrañó la capacidad de observación del policía. No todo el mundo es capaz de reconocer una prenda de una marca tan distinguida como Brioni, la camisa rosa pálido que llevaba puesta aquel día. Así que el sabueso tenía buen gusto. «¿Dónde lo habrá desarrollado?», se preguntó Baker. Estaba convencido de que en aquella región no habían visto nada parecido en unos trescientos kilómetros a la redonda. Sin embargo, por precaución, porque odiaba poner a alguien en un aprieto si no era absolutamente necesario, contestó:

—Me las compra mi mujer, no me gusta ir de compras.

No estaba casado pero, como no era un buen mentiroso,

dijo lo primero que se le pasó por la cabeza. De todos modos, el policía no tenía ni idea de su situación conyugal.

—¿Por qué estoy aquí? —preguntó.

El policía lo miró como si todavía no supiera si explicárselo, llevarlo al lugar del crimen o dejarlo en la comisaría para interrogarlo. Christa Wolf insistió en llevar a Baker rápidamente al lugar del crimen y decidió obedecerla.

—Venga conmigo.

Y empezó a subir las escaleras.

3

La carretera se encaramaba por las neblinosas colinas de Saschiz. Un Porsche Panamera negro, quizá contagiado por el nerviosismo de la mujer del asiento trasero, relinchó e, impaciente, advirtió con ráfagas de luz al coche de delante. Desganado, el conductor del Citroën se apartó farfullando algo sobre los estúpidos ricos de hoy en día, pero los del Porsche estaban ya muy lejos cuando terminó sus imprecaciones, aunque si lo hubieran oído, posiblemente no le habrían prestado atención. La mujer del asiento trasero escondía con dificultad sus prominentes muslos debajo de un traje chaqueta naranja, rematado de forma romántica con un pañuelo Hermès que pretendía esconderle las arrugas del cuello. En el asiento contiguo tenía abiertos dos portátiles, y el teléfono pegado a la oreja mostraba que la habían interrumpido con algo de mucha importancia. Hasta el chófer y el individuo alto como un armario sentado a su lado oían la voz del interlocutor. Después de casi dos minutos de recibir órdenes a gritos, la mujer balbuceó algo, respiró y dijo:

—Esta vez no se nos escapará. ¡Se lo aseguro! —Colgó y se dirigió a los que estaban delante—: ¿Estáis convencidos de que lo hicisteis todo tal como os había pedido?

El chófer masculló que se había asegurado personalmente de que todo fuera como se le había encargado y que sus agentes lo mantuvieran al tanto de cada movimiento. Los mensajes de sus hombres salían con letras pequeñas en la pantalla del ordenador del salpicadero, por lo que ella también los había leído, los había visto con sus propios ojos.

—¿Esta vez estás seguro de haber elegido a la gente idónea? No quiero que nos pase como en Marsella. O peor aún, como en Colonia, y que se nos escape de las manos otra vez, como a unos novatos.

El chófer estaba seguro de sí mismo y el armario asintió con la cabeza.

Para una mujer como Bella, perseguir a alguien era una pérdida de tiempo, un aburrimiento continuo y un terrible despilfarro de recursos. Era una mujer de acción. Por tanto, la misión que le habían encomendado la ponía de los nervios. Pero las órdenes eran órdenes y ella acostumbraba a acatarlas sin rechistar.

4

La escalera hacia donde se dirigía la pareja era una rareza. Construida en 1642, comunicaba el casco antiguo y el instituto de la colina y estaba cubierta o, más bien, envuelta en vigas de madera apoyadas en molduras; en el interior las nervaduras de apoyo, colocadas a espacios regulares, recordaban vagamente a las ojivas de las catedrales góticas. La pintura negra del exterior le daba un aire siniestro. El instituto fue construido al lado de la iglesia «de la colina» en 1525. Detrás de la iglesia está la Torre de los Sogueros, una de las nueve torres de los gremios que habían contribuido al nombramiento de la ciudad como patrimonio de la UNESCO. La escalera, conocida como «escalera de los alumnos», tenía inicialmente trescientos peldaños. Para llegar al instituto, los alumnos debían subirlos y bajarlos día tras día, y el cobertizo de madera se construyó para protegerlos de accidentes. Ya cansado por la agitación de la mañana, Charles deseó que alguien hubiese tenido la genial idea de poner un ascensor, le valía uno mecánico o un saco llevado por poleas como en los monasterios griegos suspendidos en las rocas. Recordó que en 1849 el número de los escalones fue reducido a 175. «Felicidades al que tuvo la iniciativa —dijo para sus adentros—. Hoy le entregaría una medalla.» Le pasó por la cabeza Hitchcock con sus 39 *escalones* y terminó por preguntarse qué sorpresas le esperaban todavía.

Alrededor había gente de uniforme y muchos civiles. A estos se les permitía estar en la parte interior de una barricada improvisada con una cuerda y protegida por un muro vivo de policías que se comportaban como si estuvieran en alguna manifestación no autorizada contra la cumbre del G8. Parecía que toda la policía de la ciudad estuviera allí reunida, incluidos porteros, chóferes y secretarias. Era obvio que fuera lo que fuese lo sucedido, Sighişoara no había vivido algo de tal importancia desde hacía mucho tiempo.

La entrada de la escalera estaba tapada con algunos sacos de plástico para que la muchedumbre no alcanzara a verla. Antes de quitar los sacos, el comisario le avisó:

—Lo que hay ahí dentro no es divertido, aunque parece usted un hombre que no pierde la compostura. —Después de crear este suspense con el propósito de confundirlo y pillarlo desprevenido, formuló una pregunta que parecía traer preparada—: ¿Por qué aparece el Diablo en sus tarjetas de visita?

Baker lo miró asombrado. Pensó que quizá el policía quería gastarle una broma con alguna palabra inglesa. Su acento alemán no era fácil de entender. Charles se limitó a pronunciar un británico «¿Perdón?», contaminado tal vez por el acento de la mujer que lo había traído a aquel lugar, a la que parecía haberse tragado la tierra.

—Le pregunto si usted venera al Diablo o es una broma de aquellas que nosotros, los simples mortales, no podemos entender. Algún *inside joke*.

—¿Que si venero al Diablo?

A Charles no le era ajeno el provincianismo de la gente de las ciudades pequeñas, sobre todo en lugares como ese, donde las supersticiones dejaban sus improntas desde el mismo nacimiento y, a pesar de haber estudiado, no se libraban de ellas fácilmente. En sus libros, las creencias populares tenían una importancia especial y la mayoría de sus teorías sobre la persuasión se apoyaban justamente en esos inquebrantables convencimientos, en los prejuicios llegados de algún lugar de la oscuridad del tiempo a los que ningún argumento racional podía borrar o al menos apaciguar.

Mientras Charles pensaba en lo que quería decir el comisario, este echó a un lado la improvisada cortina y la mantuvo abierta. Subió. Enfrente, hacia la mitad de la escalera, encontró otra vez mucha gente. Hacían fotos, tomaban medidas y Christa Wolf discutía con un hombre, tal vez un colega, vestido de paisano. No había mucha luz porque las maderas laterales filtraban los rayos de sol, de manera que las zonas iluminadas alternaban con las oscuras como en un fotograma de una película en blanco y negro que más que revelar el misterio lo oculta. Baker se acercó. El fotógrafo que le obstruía el campo de visión continuaba su ridículo baile y esperó a un lado. Entonces lo vio, y se quedó boquiabierto.

5

La pantalla gigante de la sala central parpadeó algunos segundos. Un cursor se movió un poco, se paró y después se puso a bailar como loco sobre la pantalla que mostraba un barullo de imágenes, ecuaciones matemáticas, textos de distintas épocas, jeroglíficos y runas, y después de treinta segundos de orgía visual acompañada por el *Himno a la Alegría* de Beethoven, la instalación de sonido, exagerada incluso para el hangar de cinco mil metros cuadrados donde se hallaba, se paró y en el monitor apareció el mensaje PROBLEM SOLVED. Primero en inglés, luego en alemán, francés, español, ruso y en todos los idiomas del mundo, vivos o muertos y enterrados desde hace siglos, a los que solo conocía el colosal ordenador del Instituto de Estudios sobre el Comportamiento (IREHB). Luego una figura animada empezó a bailar en la pantalla a un ritmo frenético. Los empleados de la consola central se quedaron quietos, mirando enmudecidos y, tras una señal de Werner Fischer, empezaron a gritar, a chillar, a abrazarse y a tirar por los aires lo que pillaban, desde vasos de plástico hasta folios, sujetapapeles y todos los objetos que tenían a su alcance. Aunque la pantalla no se podía ver desde todos los puntos del hangar, algunos altavoces estaban colocados de tal manera que se transmitía un mensaje general a todos los empleados. Cada vez que obtenían resultados tan importantes como el de aquella noche, el jefe regordete y pelirrojo del lugar programaba que el mensaje apareciera en el monitor y la música retumbase en todo el hangar.

Werner Fischer era en primer lugar un genio de las matemáticas y de la física, pero la lista de disciplinas que dominaba era interminable. Desde los tiempos de la universidad —había sido descubierto en la Universidad de Berlín y se lo llevaron a Estados Unidos casi a rastras— se decía de él que era un genio. Hubo una batalla feroz entre las universidades más poderosas del mundo para hacerse con él. Al final, ganó el Instituto de Tecnología de Massachusetts, el MIT. Con solo veintiséis años tenía ya cuatro doctorados coordinados por sendos ganadores del premio Nobel. Cuando todavía estaba estudiando, las grandes empresas, los servicios secretos y, sobre todo, los del IREHB se fijaron en él. El propio director del Instituto llevó a cabo el trabajo de persuasión y lo cortejó arduamente durante casi cinco años, hasta que, al final, venció a la oposición y se lo llevó con él. Haciendo muchas pesquisas y una compleja investigación a lo largo de los años, a veces infructuosa, los del Instituto habían encontrado su talón de Aquiles y le habían dado lo que más deseaba o, mejor dicho, la única cosa que realmente quería y no podía obtener de otra manera. El genio, el jefe de todos los grandes proyectos que se cocían en el IREHB, no se dejaba impresionar por cualquier cosa. Comía de todo, especialmente comida basura y toneladas de caramelos, dormía en cualquier lugar, de pie o con la cabeza sobre el escritorio cuando era necesario, y podría haber ganado mucho dinero siempre que quisiera, todo el que deseara.

Satisfecho por el gran logro, mientras los demás seguían gritando cogió una carpeta de su escritorio y se largó por la puerta. Subió a la minitransportadora de dos ruedas y se dirigió como un rayo hacia el supervigilado edificio al que solo los privilegiados tenían acceso. Pasó por todos los filtros de seguridad, el detector de metales y el de fluidos corporales nocivos, introdujo una tarjeta, tecleó un número, luego otra tarjeta más, un nuevo código personal, después cruzó más puertas, pasó el sensor de huellas dactilares, de la palma y, para terminar, de la retina. Finalmente, llegó.

6

Hacia la mitad de las escaleras vio unos cadáveres apelotonados. Por suerte, el gentío que tenía delante se interponía entre los muertos y su campo visual, así que solamente veía partes, aunque fue suficiente para sentir náuseas. Se tocó la frente y logró reprimir el vómito. No sabía lo que sucedía y esto aumentaba su incertidumbre. Pensó en dar la vuelta y salir a la calle, pero Christa bajó rápidamente por las escaleras detrás de él y lo agarró por el hombro. Se pusieron a mirar hacia fuera.

—Está bien; si no lo puede soportar, podemos hablar más tarde.

—¿Por qué me han traído aquí? —preguntó Charles casi sin respiración—. Mis escaramuzas con policías y ladrones han tenido siempre una dimensión más bien teórica. No tengo estómago para depósitos de cadáveres y lugares siniestros.

—Lo lamento. Le dije al policía que le acompañó que le informara de que el panorama no sería muy bonito.

Christa estaba mintiendo, y Charles lo sabía porque el comisario apenas hablaba inglés. Tenía toda la intención de llevarlo allí sin avisarle de nada, pues quería ver su primera reacción. Por desgracia, el comisario había desobedecido las instrucciones, preocupado por satisfacer su curiosidad sobre la tarjeta de visita pero también porque hería su orgullo recibir órdenes de una mujer mucho más joven que él y que hablaba un alemán excelente. En su casa solo cantaba el gallo, a pesar de las cinco mujeres que la habitaban. Así que no tuvo tiempo para disponer el lugar para que el impacto de la imagen, aunque a cierta distancia, fuera brusco y frontal.

—Si está convencido de poder resistir, nos ayudaría mucho. Los cadáveres están mutilados... Sería de gran ayuda.

Charles asintió, respiró hondo y se volvió. Mientras tanto, Christa ya estaba arriba y hablaba con algunos policías que habían tapado, finalmente, los cuerpos con una sábana. Le hizo un gesto alentador a Charles para que se acercara. El profesor Baker había visto cadáveres, pero siempre los evitaba. Le gustaba un precepto hebreo que decía que los hombres vivos no han de ver nunca un muerto que no esté envuelto. Casi siempre, cuando eso sucedía, su pensamiento volaba hacia meditaciones sobre la futilidad de la vida y otras por el estilo, con las que él, un carácter eminentemente optimista, no encajaba.

Christa dejó el lugar y envió a todos los presentes a dar un paseo, a excepción del comisario y del colega con el que había discutido antes.

En la mitad de las escaleras, este destapó ligeramente la pierna de un cadáver. Su palidez era más que cadavérica, trascendía incluso la idea de blanco: parecía como si se hubiera mantenido en yeso o talco. Esperó la aprobación de Charles, que asintió con la cabeza, y levantó la sábana. El cadáver tenía enrollada la pierna sobre una estaca de madera muy puntiaguda. Levantó la sábana aún más hasta descubrir todo el cuerpo. La imagen era horrible. Los ojos del cadáver habían sido extraídos, y el maestro sintió arcadas de nuevo. Se dio la vuelta y se inclinó hacia atrás, estirando la mano para decir que estaba bien pero necesitaba un momento. Pensó que se estaba comportando como una damisela, que hacía el ridículo y, con un esfuerzo de voluntad, se incorporó. El policía destapó de repente otros dos cuerpos, uno de ellos colocado más arriba y el otro tumbado de manera perpendicular sobre el primero. Charles se acercó y vio que al que estaba encima le faltaban las orejas. Se dijo que al otro debía de faltarle la lengua. Le colgaba del cuello una ristra de ajos. Para intentar librarse de la horrible visión, Charles pensó que parecía una guirnalda de flores de aquellas que reciben los turistas en las islas exóticas.

El policía, que no le quitaba ojo, le hizo una señal para que mirase hacia el techo. Allí, entre ojivas, había un espejo que reflejaba toda la escena al revés. Charles vio que los tres lo miraban con curiosidad, como si estuvieran esperando a que dijera algo o reaccionase de una manera determinada. Aunque la escena desbordaba dramatismo, Charles, que no era un cínico, no pudo dejar de notar la dimensión teatral del espectáculo y, al mismo tiempo, una especie de torpeza de la puesta en escena, como si el autor tuviera prisa. Los tres cadáveres formaban una cruz. Dos para formar la parte vertical, y el que estaba tumbado de manera perpendicular, la horizontal. Pensó que la puesta en escena era bastante rudimentaria, que parecía una escena de los misterios medievales. Así pues, la cruz, la estaca, el espejo, el ajo. No ve, no oye, no habla. El criminal quería transmitir un mensaje, aunque no a él, desde luego. Empezó a suponer cuál era el motivo de que lo hubieran requerido. El hombre vestido de paisano interrumpió su hilo de pensamiento cuando le dijo:

—Al otro le falta la lengua.

Charles no se inmutó. Descontento con la reacción del profesor, el hombre sacó unos guantes quirúrgicos y se acercó al primer cadáver. Se puso en cuclillas y colocó la mano sobre la cabeza, como para apoyarla. Con la otra mano, dio ligeramente la vuelta al cuello y con los dedos apartó el pelo.

—Cada uno de ellos tiene dos agujas en la carótida derecha. La autopsia se realizará más adelante, pero, en el primer examen, nuestro médico forense dijo que la causa de la muerte parece ser el desangramiento.

—¡Es terrible! —exclamó Charles—. Pero todavía no comprendo... ¿qué pinto yo aquí? —Y aunque hizo un esfuerzo para abstenerse, añadió con ironía—: ¿Realmente piensan que un vampiro puede haber hecho esto? Vamos, caballeros, ¿qué demonios quieren?

Charles Baker no entendía cómo alguien podía tomarse en serio esta hipótesis. Sin duda las historias de vampiros eran muy populares, pero representaban una especie de convención de la ficción, como los superhéroes de los cómics o los combates de lucha libre. No se podía imaginar que alguien pensara que los dos oponentes luchaban de verdad en el ring y no se diera cuenta de que todo era una coreografía diseñada para entretener, por alguna razón que a él se le escapaba, a un público que era, sin embargo, entendido en el tema. Las supersticiones existían y las leyendas todavía tenían una gran influencia sobre el imaginario colectivo. Especialmente allí, en Rumanía. Y la necesidad de la gente de creer en algo sobrenatural les alimentaba la esperanza de una vida mejor o llena de acontecimientos, de un milagro. Pero que las autoridades se tomaran en serio tal posibilidad le parecía absurdo. Era retroceder en el tiempo unos cuantos siglos.

Nadie pareció apreciar la intervención del profesor y Charles tuvo la sensación de que lo miraban con desconfianza. Los demás estaban convencidos de que ocultaba algo.

—¿No es usted el mejor experto en vampiros? —preguntó el policía.

Así que necesitaban de su asesoramiento. Probablemente querían que les explicara si se trataba de algún ritual conocido o si había visto antes algo similar. Después de todo, era una casualidad que estuviera en el país justo en ese momento.

—Todo lo que hice fue escribir un libro sobre un tema que me parecía interesante, pero mi perspectiva de las cosas es la del científico. Es cierto que he escrito una historia del fenómeno; sin embargo, me he centrado estrictamente en cómo se crea una leyenda y cómo funciona la propaganda.

—Pero usted ha dado conferencias sobre el tema por todo el mundo.

Tal como parecía, la conversación se había convertido en un diálogo de besugos entre Charles y aquel hombre que no sabía quién era. Miró inquisitivamente a Christa. Ella entendió la mirada y le presentó al desconocido.

—Disculpe —dijo—. Este señor es del SRI, el Servicio Rumano de Inteligencia.

—Nuestro FBI —añadió el individuo tendiéndole la mano—. Ion Pop. John, si prefiere.

Charles le estrechó la mano, sin apenas tocar el guante.

—Mi principal tesis en las conferencias y trabajos a los que se refieren es precisamente que no existen vampiros y que el llamado vampirismo de Vlad Ţepeş es un invento que comienza mucho antes de la novela de Bram Stoker. Un clásico ejemplo de una guerra de descrédito mediante la transformación de un personaje peligroso en algo demoníaco. Hablé de esto en el contexto de las campañas electorales y de la historia de la propaganda. Demostré de una manera simpática, diría que matemática, que la existencia de los vampiros es teóricamente imposible. Pero no creo que sea el momento y el lugar para impartir un curso aquí, por muy gótico que sea el ambiente.

El agente no parecía muy convencido. Le indicó que se inclinara sobre el cadáver y le preguntó:

—Y entonces ¿cómo explica usted eso?

En la parte posterior del cuello, el cuerpo tenía un tatuaje del tamaño de cuatro dedos. Era un diablo con dos lenguas saliendo de las comisuras de la boca, la cabeza cubierta con una suerte de sombrero de cazador de color bellota del que salían dos cuernos rojos, vestido con una especie de pañal con lunares del mismo color; en cada mano y cada pie tenía cuatro uñas, todas de color rojo, largas y encorvadas, los dientes eran pequeños y muy afilados, los ojos redondos y maliciosos, la cara verde; un diablo con rasgos parcialmente humanos que parecía bailar una danza apocalíptica que, dejando a un lado la posición en la que lo había sorprendido la muerte, recordaba a la alocada danza de Shiva sobre la tumba de un mundo completamente destruido. El tatuaje estaba ejecutado perfectamente, con una minuciosidad y una atención a los detalles obsesiva. A Charles le brillaron los ojos de un modo que no pasó desapercibido a los otros tres.

Cuando el policía levantó la mano del cuello del cadáver, Charles notó que los dedos del guante estaban teñidos. Así que no era un tatuaje permanente; más bien una suerte de calcomanía.

—Es idéntico en los tres —dijo el comisario.

—¿Debería saber lo que significa?

La respuesta del comisario llegó al instante como un golpe difícil de parar:

—Es usted quien nos lo debería explicar.

—¿Yo? —replicó Charles, molesto—. ¿Piensa que tengo algo que ver con estos crímenes?

—No directamente. No pensamos que usted pueda ser el autor —dijo el agente—. Los mataron mucho antes de que aterrizara en Rumanía. Lo hemos comprobado. Pero hay algo más. ¿Lleva encima una tarjeta de visita?

—Mis tarjetas de visita son privadas. Llevan impreso mi número de teléfono y mi correo electrónico personal, y no se las doy a nadie, por lo que raras veces las llevo conmigo. Solamente cuando creo que las necesito. Las dejé en el hotel. Quien quiere encontrarme sabe cómo hacerlo.

—¿Su tarjeta de visita es así? —preguntó el agente. Abrió la mano de uno de los cadáveres y sacó de allí una tarjeta de visita algo arrugada.

Charles se quedó mudo. ¿Cómo demonios? El policía se levantó, acercó la tarjeta a la cara del profesor y súbitamente le dio la vuelta.

—¿Y esto qué es?

Si es posible quedarse perplejo después de estar ya petrificado, eso fue lo que le pasó a Charles. En su tarjeta de visita había, esta vez impreso, el diablo danzarín.

—Mire lo que pensamos nosotros: o tiene usted algo que ver con lo que ocurre aquí, en el sentido de que lo sabe, o...

Charles lo interrumpió inmediatamente.

—¿Cree que dejo mis tarjetas encima de las víctimas? ¿Sobre los cuerpos que descuartizo? ¿O que lo hice justamente para poder disculparme? ¿Para tener así una falsa coartada? Sí, este es el aspecto, de hecho, de mis tarjetas de visita. Menos por el diablo. Y son simples, sin código o huella digital. Cualquiera que haya visto alguna vez una tarjeta mía la puede reproducir.

Con calma y sin tomar en cuenta las protestas del interlocutor, Ion Pop continuó su teoría:

—Puede que se trate de alguien que sabía exactamente que estos días estaría usted aquí para el simposio y quiere enviarle un mensaje, o que sea víctima de un montaje. Yo sé que usted es una persona importante y que con una simple llamada de teléfono puede no solo quedar en libertad, sino que nos veamos obligados a llevarlo al aeropuerto. Sobre todo, porque no está bajo sospecha. No obstante, en el caso de que estos crímenes tengan, de algún modo, algo que ver con usted, sea para transmitirle un mensaje, o sea alguna broma macabra de un desequilibrado, tiene que echarnos una mano. Así que agradeceríamos que nos acompañase unas horas en las dependencias de la policía. Luego lo llevaremos de vuelta al hotel.

Charles miró su reloj y tras unos instantes contestó:

—En breve comienza la segunda parte de la conferencia. Los acompaño solamente con la condición de que ustedes transmitan a mis compañeros las disculpas necesarias y les pidan que continúen sin mí. Además, tengo que estar de vuelta como muy tarde dos horas antes del cóctel de las nueve. ¿Saben por lo menos quiénes son las víctimas?

—El señor comisario ha reconocido a uno de los tres. Es, o era, el dueño de una carnicería de nuestra ciudad.

—El mejor carnicero que he conocido —dijo Gunther con pena y rencor.

7

Charles Baker salió a las cinco de la sede central de la jefatura de policía de la ciudad. Los agentes no habían podido encontrar ninguna razón para retenerlo, sobre todo porque el profesor era una de esas personalidades intocables que podía causar enormes problemas. Era una patata caliente y nadie tenía ganas de soportar ninguna consecuencia ni de asumir ningún riesgo. Además, tenía una coartada sólida: los cuerpos habían sido colocados por la noche, justo cuando él había llegado, y el policía obeso no le había quitado el ojo de encima; incluso durmió en un sofá en la recepción. Los cuerpos los descubrieron cerca de la medianoche dos turistas polacos, uno de los cuales se encontraba todavía en estado de shock. En el momento en el que probablemente se produjeron los asesinatos, Charles Baker estaba dando una serie de conferencias en Oxford sobre la guerra de las Dos Rosas y la famosa joroba perdida de Ricardo III.

Dos horas habían sido suficientes. Él no sabía gran cosa, no era consciente de que pudiera tener enemigos capaces de algo así. Quizá algún otro profesor con el que competía o un estudiante que le odiaba podía ser su adversario o tenerle antipatía, pero ninguno de ellos era capaz de esos crímenes atroces, y menos en ese confín del mundo. Podría haberles explicado que el sistema universitario estadounidense era muy diferente al de Rumanía pero no lo contó. Si tenía enemigos, no serían del círculo académico, sino de los tiempos en que conducía impecables campañas electorales. Era demoledor: nunca se le escapaba nada, ninguna debilidad del oponente. Siempre golpeaba donde más dolía. Los años de esgrima y la perspectiva de una terrible estocada, aun sin filo, le habían enseñado a controlarse. A esquivar cuando fuera necesario, a salir y a devolver el golpe más inesperado exactamente cuando el enemigo había bajado la guardia. Si no hubiera coincidido con el día de la desaparición de su abuelo —después de aquella alarmante llamada que sonó como testamentaria y le obligó a ausentarse de la convocatoria—, Charles habría formado parte del equipo olímpico de esgrima de Estados Unidos. A lo largo de su vida —tenía cuarenta y cinco años— solamente tres veces no había podido respetar sus promesas. Esa fue una de ellas. Cuando era pequeño, su abuelo le enseñó a defenderse con los puños, pero principalmente con las armas. «Provienes de una larga familia de valientes guerreros», le decía. Y le enseñó a disparar una pistola, a luchar con la espada y a sobrevivir en condiciones adversas. «Primero el cerebro, después la mano.»

Pero no había sido del todo honesto sobre el montaje y la imagen de su supuesta tarjeta de visita. Les dijo que no tenía idea de lo que ocurría y cambió de tema.

Christa se ofreció a acompañarle. Él contestó que el hotel estaba a la vuelta de la esquina y que le vendría bien dar un paseo. Antes de cerrar la puerta detrás de él, ella preguntó:

—Ha reconocido algo, ¿verdad?

—Te contesto si me acompañas al cóctel esta noche —respondió Charles, sonriendo enigmático.

En el monitor del Instituto de Estudios del Comportamiento, la figura animada, el diablo con la cara pintada de verde y con cuatro uñas encorvadas en cada extremidad, dejó de bailar y se quedó bloqueada en una esquina de la pantalla.

8

En el número 25 de la calle Hermann Oberth se encuentra el más bonito y moderno hotel de la ciudad natal del más célebre vampiro de todos los tiempos. En las anteriores visitas de Charles todavía no lo habían terminado, por lo que, en el momento en el que el coche de la embajada de Estados Unidos llevó al profesor desde el aeropuerto de Cluj directamente allí, se quedó gratamente sorprendido. A Charles le gustaban sobremanera los hoteles de lujo. Como estaba corriendo siempre de aquí para allá, los hoteles ocupaban una buena parte de su vida. A veces pasaban meses antes de volver a su casa. Le gustaba visitar los lugares antiguos, medievales, pero sobre todo deseaba, después de un ajetreado día en cualquier ciudad, poder relajarse en un refugio de lujo y buen gusto.

Apreciaba todo en un hotel, desde las arregladas habitaciones hasta los espaciosos pasillos, desde los uniformes de las camareras hasta el atuendo de los mayordomos, desde la amabilidad de los recepcionistas hasta las inmensas camas con muchas almohadas, desde los baños revestidos de mármol hasta los bombones o cestas de fruta que encontraba encima de la cama al llegar. Lo que más le gustaba era la campanilla de la recepción, en los pocos lugares donde todavía podía encontrarse.

A menudo se quedaba en el vestíbulo de cualquier hotel y, durante muchas horas, miraba a la gente variopinta que se hospedaba allí, con el ordenador portátil delante. Incluso había escrito algunos de sus libros en estos grandes espacios abiertos a lo largo y ancho del mundo. El zumbido de las personas elegantes que arrastraban un sinfín de equipajes, los destinos que se entrecruzaban por un período corto para separarse luego para siempre, le fascinaban. A veces apostaba consigo mismo e intentaba adivinar la ocupación de todas aquellas personas, les examinaba los rostros, la vestimenta, el comportamiento. Tenía una memoria formidable para las caras, de modo que si veía una que le llamaba la atención en algún hotel y la volvía a ver años después, recordaba dónde la había visto antes. Le gustaba la gente que no lo conocía, que no sabía quién era y que no quería nada de él. Entablaba conversación con todo el mundo, en todos los idiomas que sabía, y a menudo sus réplicas sorprendentes, de una cálida ironía, dejaban un buen recuerdo durante mucho tiempo en la gente con la que se había cruzado. Era un hombre dotado de un gran espíritu y su cultura enciclopédica —cuyos fundamentos se forjaron en la infancia, en la enorme y laberíntica biblioteca de la casa de su abuelo y de su padre— añadía a su encanto personal un plus de autenticidad.

Casi siempre sabía más que nadie sobre casi cualquier cosa, por supuesto que como diletante. Podía hablar con la misma naturalidad y facilidad con un médico o con un taxista. Había encandilado a cada camarera que le había servido en algún restaurante, pero era brillante también cuando hablaba de historia del cine o del sexo de los ángeles. En un momento dado, incluso se le pasó por la cabeza mudarse a un hotel. Pero la dependencia obsesiva de sus muchas y variadas colecciones le hacía echarse siempre atrás. Había conocido casi a todas sus novias en hoteles. Así que estos lugares le traían buenos recuerdos.

El hotel Central Park le había gustado nada más verlo por la combinación de viejo y de nuevo, y por la entrada que se asemejaba a un teatro parisino lleno de luz cálida y color, pero sin el estallido de carteles llamativos y luces de todos los colores de Broadway. A Charles le gustaban la madera y el hierro forjado en combinación con las alfombras rojas, los diseños clásicos y los lirios imperiales, los cuadros de los artistas locales o internacionales colgados en los pasillos. Todo era un poco *kitsch*, claro, pero qué sería la vida sin un poco de exceso de decoración, sin aquella parte tranquilizadora de buen gusto salida del mal gusto. Y se había enamorado del bar-restaurante con aires de residencia inglesa, con revestimientos de madera oscura y alternancia de lomos de libros encuadernados en cuero y botellas de vino, que le recordaban mucho la casa donde se había criado. No era el Ritz ni el Four Seasons, pero el que construyó algo así en una ciudad donde los mejores hoteles tenían, a lo sumo, un aire rústico, se merecía una felicitación.

Charles cruzó el parque central, que era, en realidad, una arboleda con algunos bancos, y entró en el hotel. Le preguntó al recepcionista, que le dio la bienvenida con una sonrisa de oreja a oreja, si la conferencia había terminado. Este asintió y le dio la llave. Según su costumbre, Charles echó una mirada alrededor del estrecho pasillo. En un sillón de terciopelo rojo con marco de madera dorada, una mujer no le quitaba ojo desde que entró. Sus miradas se entrecruzaron solo un momento, porque él bajó la vista. Las piernas de ella, que se apoyaban en unos tacones de quince centímetros, tenían una musculatura que solo se veía en las competiciones mundiales de culturismo. La falda, a punto de estallar a la altura de los muslos, dejaba intuir el mismo tipo de musculatura exagerada. Desde la puerta del bar llegó otro enorme hombre con una espalda que podría haber avergonzado al mismísimo Arnold Schwarzenegger. Se preguntó qué aspecto tendrían los hijos de esta extraña pareja. Cogió la llave y subió a la habitación 104, en la primera planta. Le habían ofrecido una suite tranquila, con vista al patio interior, la mejor del hotel, pero había elegido una de las dos habitaciones con balcón y vistas al parque encima de la entrada. Allí se había tomado el café de la mañana, acompañado de un Cohiba corto y delgado con el que se complacía una vez al día cuando estaba de buen humor.

9

De repente se despertó y miró alrededor desconcertado. Necesitó unos momentos para serenarse. La luz del sol que entraba a través de la puerta abierta del balcón le daba de lleno y estaba sudando. Había un poco de viento y la cortina del balcón se movía como si estuviera embrujada. Miró el reloj: eran las seis y cuarto. Había dormido como mucho media hora. Cuando llegó a la habitación salió al balcón y se puso a mirar a los coches que pasaban en cuenta gotas por la calle. En el horizonte veía la Torre del Reloj, la más alta de las nueve torres que sobrevivieron al paso del tiempo en la ciudad medieval. Con una altura de 64 metros, había sido construida alrededor del año 1300 para proteger la entrada principal de la ciudad. Parecía estar lejos, pero si se tomaba un atajo por el parque, en dos calles había una escalera de piedra que conducía hasta ella. No había necesidad, como hacían todos los turistas, de dar la vuelta por la carretera para entrar en la plaza central.

Recibía el nombre de Torre del Reloj porque alrededor de 1650 se le añadió un enorme reloj, flanqueado por estatuas de madera que representaban a los dioses responsables de los días de la semana. Diana, Marte, Mercurio, Júpiter, Venus, Saturno y el Sol.

La ciudad originalmente tenía catorce torres utilizadas como sede de los gremios de artesanos medievales. Habían quedado en pie la Torre de los Herreros, la de los Boteros, la de los Sastres, la de los Peleteros, la de los Carniceros, la de los Peltreros, la de los Sogueros, la de los Curtidores y, por supuesto, la del Reloj, que no pertenecía a ningún gremio. Fueron completamente destruidas las torres de los Pescadores, de los Tejedores, de los Joyeros y los Orfebres y las de los Cerrajeros y los Toneleros.

En toda Europa los gremios jugaron un papel muy importante en la Edad Media, y fueron la principal causa de los cambios en la sociedad, a pesar de la resistencia que la nobleza y la Iglesia oponían demasiadas veces. Aunque se basaban en unos exclusivos principios, con reglas muy estrictas, y la mayoría de las veces actuaban como una especie de sindicatos mafiosos, actuaban como fideicomisos y establecían los precios de los productos y de los servicios a su antojo, porque eran monopolistas, los gremios forzaron y apresuraron la modernidad. Gracias a ellos surgieron, sucesivamente, de los gremios de los banqueros y de los notarios, la pequeña y luego la gran burguesía. Del de los albañiles nació la masonería, que dio lugar a la Revolución francesa, fundó los Estados Unidos de América, hizo las revoluciones de la primera mitad del siglo XIX y creó el mundo tal como lo conocemos hoy en día. Los miembros del gremio tenían un oficio en unos tiempos en que apenas nadie sabía hacer nada específico. Sin ellos no habrían existido las ciudades, las grandes catedrales, la economía ni siquiera las guerras, y la gente seguiría caminando en alpargatas. Y lo más importante de todo, eran hombres libres, bien informados y activos. Estos gremios fueron los verdaderos precursores del capitalismo moderno y la clase media.

Charles había escrito un estudio detallado sobre la importancia de los gremios en la historia y las complejas relaciones entre estos y las autoridades de las distintas épocas. Su estudio abarcaba este tema en todo el Viejo Continente, desde Italia a Francia, desde Inglaterra a Polonia, desde Alemania a Rumanía, y fue recibido, como siempre, con gran entusiasmo tanto por el mundo académico como también por el público en general.

Terminó el cigarrillo que se había encendido y se sentó en la cama a pensar en el suceso que acababa de presenciar. Recordaba cada momento y cada detalle. Había entendido perfectamente cada elemento de la escenificación; sospechaba que el mensaje se dirigía a él, pero no entendía el motivo. Y, sobre todo, no comprendía cuál era el mensaje. Se había dormido antes de hacerlo.

Mientras pensaba con qué entretenerse en las próximas dos horas hasta el cóctel, su teléfono móvil comenzó a vibrar y a bailar encima de la mesita de la correspondencia. Un número con prefijo de Francia apareció en la pantalla. No sabía de quién era, pero contestó. Charles era la cortesía personificada: siempre respondía a cualquier llamada y, cuando no podía hacerlo, volvía a llamar él.

—Tengo que verle inmediatamente —dijo la voz.

Era imposible no reconocer el marcado acento británico de Christa.

—Quedan dos horas hasta el cóctel. ¿O ha cambiado de idea? —preguntó él.

—No, lo prometido es deuda —le cortó—. Pero allí habrá mucha gente, cumplidos y sonrisas para intercambiar y no tendremos intimidad.

Mientras Charles pensaba en qué lugar citarla, Christa le dijo tajante:

—Estoy en el bar de abajo. Le espero.

Y colgó, dejando a Charles boquiabierto. Sin embargo, este sonrió, divertido ante la impetuosidad de la mujer. Bajó.

10

La oficina de Martin Eastwood era terriblemente intimidante. Tenía una secretaria con cara de bulldog a la que nadie en el Instituto le había visto sonreír jamás. Werner Fischer apareció en la puerta y la miró interrogante. Ella hizo un gesto con la cabeza, mirando por encima de las gafas, como diciendo que el gran jefe le esperaba. Entró. Había una distancia de al menos quince metros entre la puerta y el despacho del jefe y los dos sillones Chesterfield y el sofá de la misma gama estaban también a unos cinco metros. Y eran mucho más bajos que la mesa. Cuando alguien se sentaba en ellos parecía una escena de *El gran dictador* de Chaplin. A Eastwood le gustaba demostrar quién mandaba ahí. Lo máximo que se podía conseguir de él, y eso en el caso de que fueras el director de la CIA o de la NSA, o el vicepresidente, era que se sentara en una de las sillas cara a cara contigo. Ningún empleado había tenido jamás este privilegio, a excepción de Werner durante el período en que Martin lo halagaba asiduamente y cuando, para hacerse con sus servicios, le prometió la luna.

El Instituto de Estudios del Comportamiento era una institución secreta que pocas personas conocían en el mundo. Había sido fundado para estudiar y experimentar el comportamiento humano en situaciones extremas y encontrar métodos nuevos y complejos con el fin de mantener a la población en una dependencia permanente con respecto al Estado. Eso se consideraban las entidades que lo fundaron: el Estado. De aquí partían las ideas más descabelladas sobre cómo manejar la mente del individuo, reducido al papel de consumidor perpetuo de las obsesiones que se le servían en bandeja. Aquí se inventaban las terribles adicciones y construían las estrategias de fragmentación de la sociedad. En resumen, el Instituto se dedicaba al desarrollo continuo de medios originales para lavar el cerebro de las personas y disipar en ellas cualquier rastro de voluntad o de pensamiento independiente. En los raros casos en que estos fallaban, se pasaba al plan de reserva, es decir, al aislamiento de los sujetos de aquellos que podrían influirles. Y esto se hacía por cualquier medio, desde el descrédito total hasta montajes de lo más habituales y, si era necesario, incluso el asesinato. Sin embargo, este era el último recurso. Por lo general, las personas que pensaban por sí mismas, cada vez más raras, reaccionaban perfectamente al primer umbral de la persuasión, el soborno. Con sinecuras o directamente con dinero en efectivo.

—Me prometiste algo —ladró Eastwood al hombre que tenía delante en posición humilde.

—¿Puedo acercarme? —preguntó Werner.

El jefe asintió. Con una sonrisa de oreja a oreja, había llegado en un solo salto al lado de la mesa y le entregó el expediente al jefe. Este lo cogió desconfiado, lo abrió y lo hojeó.

—¿Estás seguro? —preguntó él.

Sí, estaba seguro. Más de lo que había estado jamás.

—¿Llamaste a Bella? —preguntó otra vez Eastwood.

—Solamente esperaba su visto bueno.

—¿Y no quieres decirme dónde has estado desaparecido dos días?

Werner sonrió.

—Ningún profesional revela sus métodos, como tampoco un periodista serio sus fuentes. Solo tengo que ofrecer resultados. Y usted desea eso: resultados.

Lo dejó marchar con un gesto. Se dio la vuelta. Cuando llegó al umbral de la puerta y puso la mano sobre el picaporte, su jefe vociferó de nuevo.

—Hablas de resultados. Vale, entonces manos a la obra. Estás muy cerca de obtener lo que siempre habías deseado. O muy cerca de desaparecer. ¡Encuentra la lista!

En el hotel Central Park, después de dar una buena propina para obtener la habitación reservada, pues estaba totalmente lleno por los participantes de la conferencia, Bella Cotton metió las musculosas piernas en agua caliente. Había pedido una palangana en la recepción y, gracias a la cantidad que metió en el bolsillo al recepcionista del turno de noche —alrededor de diez veces más que el precio de la habitación—, la tuvo en tres minutos. Bella tenía sus métodos de persuasión y sabía encontrar, en cualquier situación, una salida airosa. Una vez, cuando tuvo un problema parecido en un hotel donde el soborno no funcionó, arrojó por la ventana a uno de los inquilinos, esperó hasta que la policía terminó su trabajo y, a continuación, ocupó la habitación. A Milton y Julius Henry, el conductor y el armario, los había enviado a dormir a un hotel donde harían turnos, pues en cualquier momento uno de ellos debía estar a su disposición. Les aconsejó que aprovecharan para dormir unas pocas horas, porque la noche prometía ser larga.

El móvil sonó otra vez y un diablo apareció en la pantalla como identificador de llamada. Era Fischer.

11

Charles entró en el bar, que estaba cerrado en ese momento. Se estaban llevando a cabo los últimos preparativos para el cóctel, y los participantes de la conferencia se habían ido a sus habitaciones o a dar un paseo por el casco antiguo. Algunos, muy pocos, tomaban una cerveza en la terraza trasera. El jefe de sala había protestado al ver entrar a Christa, pero su placa y su mirada autoritaria le hicieron cambiar de opinión rápidamente. Esta se sentó a una mesa cerca de las ventanas entreabiertas que daban a la calle. Charles sonrió y se sentó, intrigado, en la silla frente a ella. El camarero les preguntó si les podía ofrecer algo y Charles pidió un whisky de malta escocés de doce años, mientras Christa se decantaba por una Coca-Cola. Sin saber por dónde empezar, Charles consideró que era mejor atacar.

—¿Por qué tiene mi teléfono personal? Entiendo que la policía rumana es muy eficiente, pero mi número es difícil de conseguir hasta en Estados Unidos.

—Es posible, pero la Interpol tiene muchos recursos.

Por tanto, era de la Interpol. Era difícil de creer que una persona como ella formara parte de la policía local.

—Señor Baker, ¿sería tan amable de decirme lo que ha podido observar en el lugar del crimen?

—Me parece mejor que nos tuteemos —propuso Charles, pero al ver lo seria que estaba Christa continuó con el tratamiento formal—: No tiene ningún sentido decirle nada, porque yo vi lo mismo que ustedes. En el peor de los casos, lo averiguaron consultando en Google o en Wikipedia.

Por primera vez Christa sonrió.

—No necesito Google. Tengo fuentes mucho más serias. En cuanto a Wikipedia, las informaciones incorrectas son a veces más largas que los artículos.

—Completamente de acuerdo. El conocimiento exacto no puede ser democratizado, aunque sí el acceso a él. Es aberrante hacer una enciclopedia donde cualquiera puede escribir todo lo que se le ocurra.

—Sí, pero consultarlo es gratis.

Era un argumento que a menudo había oído de sus estudiantes. Christa lo miró insistentemente.

—¿Entonces?

—Mira lo que vamos a hacer. —Charles intentó una nueva tentativa de derretir el muro de hielo que había entre ellos—. Vamos a jugar a un juego. Yo contesto sinceramente a una pregunta y tú contestas sinceramente a otra. Y seguimos así hasta la hora del cóctel. ¿De acuerdo?

—¿Quiere que juguemos a verdad o reto? ¿Piensa que estamos en algún club de su facultad?

—No, estamos en un bar que está totalmente a nuestra disposición. Anochece. Fuera hace bueno y el jardín está precioso. El ambiente es cálido y agradable. Me atrevería a decir que romántico. Así que, sí, propongo jugar a verdad o verdad. Eso a menos que quiera provocarme y hacerme hacer el ridículo.

Christa quiso responder, pero el camarero trajo las copas a la mesa. Ella se retiró hacia atrás, dio las gracias y miró largamente a Charles mientras se tomaba a sorbos la Coca-Cola fría. Había decidido concedérselo si quería sonsacarle algo.

—Ok. ¿Qué vio? —preguntó.

—Ajo, una estaca, un espejo y una cruz. Exactamente lo que mantiene a raya a un vampiro. También los aleja la luz del día, aunque es difícil que se materialice en un objeto. Podrían haberlo escrito con una tiza en la pared. —Parecía que había terminado, pero Christa no se rindió tan fácilmente y Charles continuó—: Todo ello resulta bastante extraño. Si fuese obra de un vampiro, cosa que es imposible porque no existen, este no pudo ser en ningún caso el asesino, porque estos objetos lo hubieran aniquilado. Hay una grave contradicción en los hechos. Puede que el vampiro mordiera a las víctimas y su criado, obediente y todavía no convertido en vampiro, llevara los cadáveres allí y dejara una signatura inversa. Además, el vampiro raramente desangra del todo a su víctima. Por lo general, bebe un poquito de sangre para calmar la sed y que la víctima, infectada, se convierta en vampiro. Y así sucesivamente. La colonización total. ¿Por qué no lo hizo? No lo sé. Quizá le resultaron simpáticos y no quiso que, dos días después del entierro, se levantasen y caminasen hasta la comisaría para pedir un permiso de residencia y que los policías se muriesen de miedo.

»Es mi turno. ¿Qué está haciendo aquí?

—¿Aquí en la mesa?

Christa se reservó la respuesta. Pensaba en la manera de esquivar la pregunta.

—No vale. La primera regla del juego es la sinceridad —dijo él, juguetón.

—Le estaba esperando.

—Buen intento. Me refería a este país, a esta ciudad, no a este bar.

—Yo también —dijo Christa—. Me ha dado la respuesta fácil. Ahora hábleme del resto.

—Que vaciaran los ojos y cortaran la lengua y las orejas hace pensar en tres simpáticas estatuas japonesas que se llaman Mizaru, Kikazaru y Iwazaru. Una se tapa los ojos, porque no vio nada, otra los oídos, porque no oyó nada y otra la boca, porque no dirá nada. El conjunto se conoce por muchos nombres: los *Tres monos sabios*, porque son discretos, o los *Tres monos místicos...*

—O la *omertà* —lo interrumpió Christa.

—Sí. Hay más variantes. ¿No las quiere conocer?

Ella continuó:

—La ley del silencio de la mafia siciliana.

—Sí, pero no solamente. Tampoco la calabresa o la corsa son ajenas a la amenaza de muerte a los soplones. Ni la neoyorquina, por lo que sé.

—Entonces se trata de una amenaza directa. Bajo ningún concepto debe decir lo que sabe..

—Esto suponiendo que se dirija a mí.

—El mensaje era para usted.

—¿Para mí? Asumiendo que no era ningún secreto que yo estaría aquí, ¿cómo supo el autor que ustedes me iban a llamar y que yo aceptaría la invitación?

—Pues lo sabía muy bien. Como yo.

—Ah, cree que me conoce. No sabe nada de mí, más allá de algunos trabajos públicos.

—Supe que iba a aceptar la invitación. De todos modos, mis acompañantes estaban preparados para llevarle en volandas.

—¿Y arriesgarse a un escándalo diplomático? Lo dudo. Pero sigamos. Quebranté las reglas y eso nunca es bueno. Me toca a mí preguntar: quiero que me diga todo lo que sabe sobre mí.

Christa intentó protestar, pero pensó que era más práctico responder y luego preguntar sobre el elemento más interesante de la investigación: el Diablo. Sabía de dónde era, pero no tenía ni idea de qué significado podría tener en el contexto. Solo puede haber un Diablo. Había algo más, algo que se le escapaba.

—Bien. En pocas palabras: es usted un princetoniano de raíz, de varias generaciones. Su abuelo fue una eminencia en el campo de la lógica formal, un matemático de élite, con una inmensa contribución al desarrollo del pragmatismo. Su padre le siguió como profesor de matemáticas, también en Princeton, pero fue menos brillante. Desde este punto de vista usted se parece más al abuelo, quizá por ello tiene una relación fría con su padre. Y tal vez por ello lleva veinte años sin volver al castillo donde se crio. Para verlo, su padre tiene que visitarle o citarle en la ciudad. Usted fue criado por su abuelo, que le introdujo en los misterios de las ciencias exactas. En la infancia le estimuló la inteligencia con todo tipo de rompecabezas, pero también le preparó para la lucha libre. Sembró en usted la pasión por las armas, pero se quedó muy decepcionado cuando se decantó más por las de fuego que por la espada. Tiene una impresionante colección de libros y dos colecciones de espadas y de revólveres de todas las épocas. De hecho, no le gustan las pistolas; tienen demasiadas balas y son demasiado fáciles de usar. Usted elige siempre los revólveres: de seis balas y con un recorrido más lento. Cursó en tres años el instituto y terminó la universidad a los veinte, en Princeton. ¿Dónde si no? A los veintiséis años tenía ya tres doctorados y en los siguientes podría haber hecho otros cinco. Sin embargo, se aburrió. Le propusieron una cátedra en Princeton, pero la rechazó. Las matemáticas no eran una obsesión para usted como lo fueron para su padre. En esto también se parece a su abuelo: quiso tener aventuras y ganar su propio dinero. Se inclinó por las humanidades, en particular por la filosofía y la historia, una extensión de la pasión de su abuelo. Tiene publicados miles de artículos sobre temas muy diversos. Hasta el momento, ha escrito catorce libros, todos sorprendentes e innovadores, sobre diferentes asuntos. Se obsesionó por la política, escribió un libro sensacional sobre la propaganda y la aplicó descaradamente en seis campañas senatoriales y una presidencial. Las ganó todas, pero los políticos acabaron poniéndole de los nervios. Se apoderaron demasiado de usted.

»Lo llaman "profesor", pero no ha querido vincularse a ninguna universidad. Terrible manera de romper con la tradición familiar. Así que es usted un profesor invitado. Siempre en otras partes del mundo, siempre tratando sobre cualquier otro tema. Sus golpes maestros fueron el descubrimiento de lo que la prensa llamó "el secreto mejor guardado de Abraham Lincoln". Y luego la historia de Ricardo III. Se ha ganado la fama de ser un gran detective cultural. No puede permanecer en un solo lugar, de ninguna de las maneras. Esa es su mayor debilidad. Y también la pasión por el coleccionismo. Usted tiene una relación sentimental con los objetos; si alguien lo viera cuando los toca o habla con ellos, podría pensar que está un poco chiflado. Tal vez sea así. Le gustan las mujeres de una manera casi patológica, aunque no ha estado con más de la cuenta. A la mayoría se las liga en hoteles como este. ¡Y ahora hablemos del Diablo!

Casi perdió el aliento. Había sido un torrente de palabras, pronunciadas rápidamente para llegar a lo que a ella le interesaba. Charles la miró fijamente. Ahora le gustaba todavía más. No por sus halagos o porque lo hubiera estudiado tan a fondo, sino porque cuando hablaba lo hacía con pasión. Una suerte de pasión que no se le podía haber adivinado en la actitud dura y decidida que había adoptado por la mañana. Él quiso ver cómo reaccionaba y tiró más de la soga.

—Todas esas cosas son públicas o semipúblicas. Menos la historia de los objetos. Dígame algo original, algo que no se haya escrito en ningún lugar. Algo que nadie haya dicho sobre mí.

Ella respondió enseguida.

—Sé que no está aquí por la conferencia.

—¿No? ¿Y entonces por qué estoy aquí?

—Basta ya. Hábleme del Diablo, por favor.

—Sí. El Diablo.

12

La Interpol no es en realidad un órgano ejecutivo, tal como son las policías tradicionales. Es más bien una enorme base de datos con un grupo de analistas e investigadores y con un equipo de intervención que proporciona apoyo sobre todo logístico. La organización actúa como un enlace entre las diferentes agencias de la *law-enforcement* (la aplicación de la ley) del mundo. La Interpol no hace detenciones y no interviene activamente en ninguna circunstancia. Es muy útil para situaciones donde las redes criminales o terroristas cruzan las fronteras de un estado, pues conecta diversos tipos de autoridades, recogiendo, centralizando e interpretando la información de todo el mundo. Las intervenciones de sus agentes pueden ser muy eficaces cuando las barreras jurisdiccionales, del idioma y la capacidad limitada para obtener con rapidez y eficacia información en diferentes partes del planeta imposibilitan resolver casos complejos para las autoridades nacionales. Su especialidad es la delincuencia transfronteriza. Con una turbulenta historia, la Interpol fue creada en 1923 en Viena, en el Congreso de la Policía Criminal. Solo dos décadas después de su creación, la Alemania nazi se apoderó de la organización y trasladó su sede a Berlín. Después de la Segunda Guerra Mundial su sede se cambió a Francia, a Saint-Cloud, y en 1989 a Lyon. Esta fue la explicación de que el número desde donde había llamado Christa comenzara con el prefijo de Francia. Con un presupuesto ridículo, unos setenta millones de euros al año, y salpicada por numerosos escándalos de corrupción en las altas esferas, la institución necesita un resurgimiento y una nueva cara. Su logotipo es un globo terráqueo con una espada clavada en la parte superior, rodeado de ramas de olivo y con una balanza debajo. La simbología es clara: una organización policial mundial que lucha por la paz y la justicia.

La Interpol contrató a Christa por su destacada capacidad de hacer sorprendentes conexiones cuando esta todavía estaba en la universidad. Analizaba con mucha celeridad toda la información y la vinculaba de la forma más rápida y eficiente posible. Era artífice de algunos de los más importantes éxitos de la organización, desde evitar al menos ocho grandes atentados terroristas en Estados Unidos y Gran Bretaña hasta el desmantelamiento de una de las mayores redes mexicanas de tráfico de heroína. En este último caso puso su vida e integridad física y mental en tal peligro que tardó casi dos años en recuperarse completamente y curar sus heridas. Gracias a su inteligencia y a los sacrificios que había hecho sin pedir nunca nada a cambio, Christa Wolf, de nombre real Katherine Shoemaker, Kate en los círculos íntimos, gozaba de una libertad casi absoluta en la Interpol. Podía elegir los casos, tenía a su disposición un presupuesto considerable, mayor que cualquier otro agente, y raras veces rendía cuentas de lo que hacía.

La primera misión que había asumido tras su vuelta, sin que casi nadie lo supiera, era investigar el caso del «Vampiro de los Cárpatos». La clave del caso estaba en un hombre llamado Charles Baker, un famoso profesor estadounidense. Le dijo directamente a su jefe —el único que sabía a lo que se dedicaba y que le firmaba las liquidaciones de sus gastos de viaje— que se iba a investigar y se marchó. De vez en cuando enviaba algún informe y pedía dinero. Había aprendido todo sobre su objetivo en el año que llevaba persiguiéndolo casi paso a paso.

En aquel instante estaba frente a él y esperaba impaciente oír su versión de los hechos ocurridos en la escena del crimen que visitaron aquella mañana.

Charles mordió su labio superior y pensó en cómo empezar. Finalmente dijo:

—Supongo que sabes lo que representan los tatuajes y el dibujo de mi tarjeta de visita. Pero, en aras de elaborar un razonamiento correcto, te voy a contar toda la historia. Aunque descifré todos los signos del mensaje, está claro que no lo comprendemos.

—Todavía —replicó ella muy convencida.

—Todavía. Estamos en una situación en la que sabemos el alfabeto de una lengua, porque es el que utilizamos en la nuestra, pero al no conocer las reglas gramaticales no comprendemos el texto. Supongamos que somos noruegos y tropezamos con algo escrito en español. No sabemos ni una palabra de esta lengua ni de ninguna emparentada, así que no podemos ni intuir de lo que se trata. Esa es la situación. Así pues, como usted sabe, el Diablo en calzones, como lo llamo yo, hoy una ridícula figura parecida a un personaje de dibujos animados, asustó al mundo hace más de seiscientos años. Su efigie aparece en la página 290 de un libro considerado durante mucho tiempo el más grande del mundo, nombrado oportunamente *Codex Gigas*. Pesa aproximadamente ochenta y dos kilos, tiene casi un metro de largo, una anchura de medio metro y un grosor de unos veinte centímetros. Durante mucho tiempo fue considerado una de las maravillas del mundo. Dicen que se necesitó la piel de unos ciento sesenta burros para producir los pergaminos que lo componen, los *vellum*. La leyenda cuenta que fue escrito en una sola noche del año 1229 por el monje Herman en un monasterio benedictino de Bohemia, la actual Chequia. El monasterio se llamaba Podlazice, y el pueblo al que pertenecía, Chrudim. El hermano Herman había quebrantado un juramento, y hay un verdadero debate sobre acerca de qué incumplimiento podríamos estar hablando. Supongo, por el castigo que le impusieron, que había roto sus votos de castidad. Por tanto, los hermanos lo condenaron al emparedamiento. Es decir, que lo encerraron vivo entre paredes.

—Pero este libro es una Biblia, ¿verdad?

—Sí, también es una Biblia. Enseguida llego ahí. Este monje

les suplicó y sostuvo que para librarse de la condena podía hacer algo jamás visto en una sola noche. Como el tiempo les importaba poco a los monjes benedictinos, le dieron esa oportunidad. A la mañana siguiente el libro estaba acabado. ¿Qué otra cosa podría haber copiado un monje sino una Biblia? Pero no era una Biblia como cualquier otra. He investigado mucho para averiguar cómo reaccionaron los hermanos cuando la abrieron, pero no he podido encontrar nada al respecto en ningún lugar. La siguiente vez que sale mencionada en un documento se dice que podría haber sido transportada a un monasterio cisterciense de Sedlec y de nuevo a un monasterio benedictino en Brumov. Parece que alrededor de 1477.

—Decías que no es exactamente una Biblia.

Charles la miró e intentó leer en su cara a dónde quería llegar y qué quería saber, en definitiva. Todas esas informaciones eran públicas.

—Quiero proseguir con el planteamiento. Sé que tienes la intención de llegar al Diablo, pero si queremos descifrar el mensaje, el texto de nuestro idioma imaginario, es necesario algo de método. Nunca sabes si la ordenación lógica de las informaciones puede darte la chispa que necesitas para resolver el misterio. Créeme. Tengo algo de experiencia.

—Ok —dijo ella sonriendo—. No digo nada más. Tengo mucha sed.

Observó al camarero que estaba terminando de arreglar el salón y al ver que no la miraba le llamó con un grito.

—Siempre sucede igual con todos los camareros. En todo el mundo. No sé si te has dado cuenta, pero siempre andan mirando hacia abajo, como si hubiesen sido instruidos para hacerlo. A menudo tengo la sensación de que llevan los ojos vendados y lo hacen deliberadamente.

El camarero se acercó. Christa pidió otra Coca-Cola y Charles le preguntó si estaba permitido fumar. El camarero respondió que las ventanas estaban abiertas y era como si fumara fuera. Charles esperó a que volviera para que no les interrumpiera otra vez. Mientras tanto, encendió su puro, que se había arrugado dentro de su bolsillo, y chupó ansiosamente las dos primeras bocanadas.

—¿Dónde estaba? Ah, sí. Parece que por el año 1594, el emperador Rodolfo II, que tenía evidentes problemas mentales y coleccionaba todo tipo de rarezas, encontró que el libro era muy divertido y se lo llevó para su colección de curiosidades. En 1648, el ejército sueco que ahogó Praga en sangre y fuego durante la guerra de los Treinta Años, confiscó dicha colección, que hoy está expuesta en la Real Biblioteca de Estocolmo y la puede ver cualquiera. Por eso no entiendo cuál es el gran misterio, ni voy a insistir en los grifones heráldicos y la montura metálica de la cubierta. No creo que tengan ninguna importancia. Usted quería saber lo que contenía la Biblia. Pues bien, incluía el Antiguo y el Nuevo Testamento, si bien hay que especificar que el Antiguo Testamento era el de la versión de la Vulgata, de modo que faltaban dos libros. Además, y esto es sumamente interesante, tengo algunas teorías al respecto, se han copiado en él, sin orden ni concierto, las *Antigüedades de los judíos* y *Guerra de los judíos* de Flavio Josefo. Y uno de los proyectos más fascinantes de la Antigüedad, la enciclopedia llamada *Etimologías,* escrita por Isidoro de Sevilla, quien tuvo la ambición de hacer una biblioteca de las etimologías igual de grande que la de Alejandría en un solo libro y reunir todo el conocimiento del mundo hasta el siglo VII. Había también algunas crónicas de Praga, una lista de los monjes de su monasterio y un calendario con su *Necrologium* incluido.

—¿Por qué hablas en pasado?

Charles la miró extrañado.

—Sí, dices todo el tiempo «era» en vez de «es», «contenía» en vez de «contiene».

—«Era», «es». Quizá se trata de una forma de hablar mía.

—No. Tú nunca dices nada porque sí. Y siempre cuidas mucho la forma de expresarte. Por tanto, ¿por qué hablas en pasado?

«No se le escapa una —pensó Charles—. Debo tener mucho cuidado si le quiero ocultar algo.»

—Porque le faltan páginas. Lo que te he contado está allí, realmente, pero nadie sabe lo que pasó con las páginas que faltan. Y para concluir, en el libro hay también obras de medicina de Hipócrates, Teófilo y otros. Y ahora viene lo más interesante: por todas partes fueron intercalados, sin orden ni concierto, textos de exorcismo, fórmulas mágicas, todo tipo de cosas místicas, muchos llamamientos a la violencia en la práctica del exorcismo del mal y fórmulas médicas para casi todo, desde la epilepsia a la fiebre y mucho más. Y todo ese fantástico libro contiene solamente dos ilustraciones. Así que, por el modo en que está caligrafiado, las incrustaciones en rojo, azul, amarillo y oro, la manera de dibujar las letras capitulares y, en particular, el hecho de que toda aquella inmensidad tiene un mismo estilo unitario, tenemos argumentos muy sólidos para considerar que fue escrita por un solo individuo. Lo que es ilógico es que tardara solamente una noche.

El camarero se acercó a ellos y, un poco avergonzado, les dijo que estaba obligado a cerrar la sala porque tenía que preparar el cóctel. Charles sacó un billete de cien dólares del bolsillo y le pidió algunos minutos más. El camarero aceptó encantado. Iba a recordar aquella propina toda su vida.

—El libro tiene solamente dos ilustraciones: «La ciudad del paraíso» y el Diablo en cuestión. La leyenda dice que Herman hizo un pacto con este para escribirlo todo en una sola noche y librarse de la condena.

—De aquí el nombre de la Biblia del Diablo.

—Efectivamente. Se especuló con que estaba maldita. Todos los lugares donde estuvo guardada en la Edad Media fueron destruidos y, en general, devastados por el fuego, algunos pasto de las llamas hasta los cimientos. Todo el misterio alrededor de ella lo alimenta también dicha leyenda. Solo que...

Se detuvo como si estuviera pensando si debía seguir contándoselo. Christa no lo interpretó correctamente esta vez y la pausa que hizo le fue de gran ayuda.

—No sabemos por qué alguien te ha enviado un mensaje sugiriendo que no has visto nada, no has oído nada y que, si no te callas, terminarás igual que los tres pobres de debajo de la escalera.

A Charles no se le escapó que la manera de hablar de ella, a pesar de la tosca expresión, era ahora más cálida, y el ambiente se volvió más íntimo.

—¿O lo sabemos? —preguntó Christa.

—No, no tengo ni idea de lo que sé. Ni qué relación tiene la Biblia del Diablo con esto. A menos que...

Parecía haber captado algo. Christa le miró con un creciente interés.

—Justo en este momento estoy escribiendo un libro sobre este tema. Tiene relación con el *Codex Gigas* y con Vlad Ţepeş. Pero nadie sabe nada sobre él. Ni siquiera mi editor. Hay solamente una copia en mi ordenador.

—Quizá has descubierto algo, como acostumbras, y alguien no quiere que desveles lo que sabes. Pienso que deberías seguir el hilo lógico de las cosas.

—¿Es posible que alguien haya entrado en mi ordenador? ¿Quién? ¿Y cuándo? Tengo un cortafuegos bastante sofisticado ideado por un amigo especialmente para mí. Me dijo que está mucho mejor protegido que los de la CIA.

—¿Y ahora dónde tienes el ordenador?

—Arriba, en la habitación.

—El que tenga interés puede robarte cualquier cosa de allí en cualquier momento. Al dejarlo desatendido, con una memoria USB, copiando la información en un CD, entrando en el equipo cuando estés conectado a internet sin darte cuenta, instalándote un dispositivo de decodificación y de transmisión de los datos de tu casa o en uno de los muchos hoteles donde vives temporalmente.

Charles la miró preocupado. A pesar de los tres asesinatos, hasta ahora tenía la impresión de que se hallaba ante un descerebrado que había encontrado una manera de divertirse con él y, al mismo tiempo, de mandar a la policía por una pista falsa. Podría haber matado por cualquier otro motivo que no tuviera nada que ver con él. Pero ya no estaba tan seguro. Christa, que le leyó el pensamiento, le echó de nuevo un cable.

—Entonces ¿qué tenemos? A alguien que entró en tu ordenador. Por lo que se ve, cuenta con recursos. Después mató a tres personas de una forma muy elaborada y consiguió enviarte el mensaje de que no debes hacer público nada de lo que hayas descubierto, o terminarás como ellos. Si dices que el tema del libro está relacionado con el *Codex* y con Drácula, parece la única explicación plausible. Tienes que releer lo que escribiste, pensar las cosas desde otra perspectiva, fuera de la manera habitual, e intentar comprender qué parte de lo que descubriste podría poner en peligro a alguien.

Charles meneaba la cabeza y miraba al vacío. Oyendo a Christa, era como si estuviera escuchando sus pensamientos. De repente, se puso de pie. Parecía haber tenido un atisbo de pensamiento, alguna idea sobre lo que estaba pasando.

—A menos que... —Se detuvo por un momento y luego continuó—: Tengo que ir a la habitación a ver algo. Y luego tengo que cambiarme, darme una ducha. Debo acudir al cóctel, porque todas las personas que han venido por mí en realidad no han tenido oportunidad de verme. Espero que asistas.

Christa entendió que quería estar solo. Y le dijo que iría al cóctel, pero que antes se arreglaría también.

13

Mientras Christa y Charles hablaban de la importancia de lo sucedido aquel día, un espectador diligente podría haber visto sentado en un banco del parque a un hombre, de algo más de sesenta años, vestido con una gabardina pasada de moda, mirándolos a través del cristal del hotel. El hombre tenía encima de sus rodillas una carpeta marrón como un alumno aplicado a la espera de su turno para salir a la pizarra. Este misterioso individuo, el mismo que había intentado acercarse al profesor en la noche anterior, no carecía de paciencia. Tenía que conseguir hablar sin falta con Charles a solas y que estuviera dispuesto a escucharle. Hasta entonces había sido imposible, con todo aquel disparate de la historia de la escalera. Sabía que Baker se iba la tarde del día siguiente, por lo que tenía que aprovechar aquella oportunidad. Mientras observaba a la pareja, se esforzaba por encontrar una manera de volver dentro del hotel sin que nadie se percatara.

Y si el individuo hubiera tenido ojos para otras cosas y no solo para la pareja que charlaba, se habría dado cuenta de que Julius Henry llevaba una suerte de maletín muy inusual, más largo que ancho y muy estrecho, al edificio de enfrente del hotel. Habría visto que había subido las escaleras y que a los dos minutos una luz se había encendido en el primer piso del edificio. Y también podría haber visto que otra persona estaba de pie justo detrás de él y que no lo perdía de vista ni un segundo. Bella había ordenado a sus agentes de campo, inclusive al policía obeso, tomar nota con pelos y señales de cualquier persona que no formara parte de la lógica del desarrollo de los acontecimientos —conferencias y autoridades— y que tratara de ponerse en contacto con Baker.

Tras el intento del hombre de la gabardina de hablar con Charles, ella había puesto a uno de sus hombres a seguirle los pasos. Por el momento, este solo debía observar lo que hacía e informar.

La llamada telefónica que recibió Bella fue, esta vez, más amable que la del coche. Werner le dijo que hasta entonces había cumplido con creces sus tareas, pero en aras de no perder su autoridad, añadió que la operación no se había completado y que aún podría irse todo al traste. Dijo que no había que quitarle el ojo de encima a Baker en ningún momento, que había que seguirlo paso a paso y que, en el caso de que su vida corriese peligro, todos sus hombres, incluido ella, tenían que ponerse delante de las balas si fuera necesario. Nadie debía tocarle un pelo al profesor. Por el momento. Además, cualquier sospechoso extranjero no verificado que se hubiera acercado a él tenía que ser interrogado a fondo y, si era necesario, eliminado. Aquí es donde entraba en juego la inteligencia de Bella, que siempre había destacado por la rapidez con la que tomaba las decisiones en situaciones extremas. Siempre tomaba la más correcta.

Bella había perdido la cuenta de cuántas veces le repetía lo mismo. Sabía que, a pesar de los servicios prestados a la organización a lo largo de los años, un fracaso en esta operación le costaría la vida a ella y a todos los implicados. Ni siquiera tenía adónde huir o esconderse. La encontrarían hasta en las entrañas de la tierra. Así que el fracaso no era una opción, lo sabía muy bien. El Instituto no bromeaba cuando había tanto en juego.

Bella no se dejaba amedrentar con facilidad, y no aguantaba a Werner. Había preferido infinitamente más a su anterior jefe y lo sintió mucho cuando se vio obligada a enterrarlo vivo bajo los cimientos de una autovía del sur de España.

Después de apagar el móvil, Bella se puso un atuendo más informal y se dirigió hacia la casa de enfrente. Allí, Julius Henry montaba afanosamente lo que había traído en el misterioso maletín.

14

Después de buscar durante unos minutos entre las carpetas del archivo de su nuevo libro en el ordenador portátil y no encontrar nada, Charles se dio por vencido. Se dijo a sí mismo que estaba demasiado cansado y que le convendría relajarse un poco antes de la fiesta de aquella noche. Reanudaría el hilo de sus pensamientos a la mañana siguiente. Lo consultaría con la almohada. Sacó de la maleta la ropa que había preparado para la velada —algo informal pero elegante, como de costumbre, con un pantalón de color oscuro y chaqueta— y la colgó encima del espejo del vestíbulo. Empezó a desvestirse, pero en el momento de quitarse los pantalones, se le cayó una nota sobre la alfombra. Reconoció el papelito: era el que había recibido esa mañana. Más aburrido que intrigado, lo abrió. En la nota había un simple dibujo, trazado por un par de líneas y círculos: un esbozo de lo que parecía una torre dibujada con unas líneas paralelas y otras perpendiculares que culminaban con una suerte de antenas. En el centro de la parte superior, la torre tenía un reloj escondido debajo de una V invertida. Charles reconoció el dosel barroco de la Torre del Reloj de la antigua fortaleza. Abajo había escrito con letras grandes: LA ESPADA ESTÁ AQUÍ.

La verdadera razón por la que Charles había llegado a Sighişoara no era, tal y como Christa había intuido, la conferencia sobre historia. El profesor se había empeñado en que esta tuviera lugar allí a pesar de que el tema no tenía nada que ver con Transilvania, pues su presencia sin motivo aparente en Sighişoara hubiera despertado sospechas. Y no quería correr el riesgo de perder lo que buscaba con tanto celo. Convenció a sus colegas de la WHA, la Asociación Mundial de Historiadores, de organizar allí el pequeño simposio, aportando, con su estilo característico, inteligentes y divertidos argumentos. La pequeña estratagema le salió bien.

Tiempo atrás, un misterioso individuo había contactado con Charles para decirle que poseía algo que su familia andaba buscando desde hacía mucho tiempo y que podría vendérselo por un módico precio. El desconocido no podía revelar por teléfono lo que era, pero sugirió una reunión en persona. La forma en que hablaba, los detalles sobre su familia y el hecho de que había llamado primero al teléfono de casa y luego al móvil, los dos bastante secretos y bien protegidos, hicieron que Charles aceptase. Pero no sin antes exigir que el lugar de la reunión fuera público, y propuso el campus de la Universidad de Princeton, donde acababa de dar una conferencia, en el edificio Nassau Hall, donde los tigres.

Para Charles, igual que para cualquier otro princetoniano que se preciase, pero sobre todo para un obsesionado por la historia, Nassau Hall era uno de los lugares donde uno iba siempre que podía. El edificio, que hoy alberga las oficinas de la universidad y el despacho del rector, está repleto de historia y significado. Edificado en 1756 y reconstruido varias veces, había sido a la fecha de la finalización de las obras el edificio de piedra más grande de todo Estados Unidos y la más imponente construcción académica. Entre julio y octubre de 1783, cuando Princeton fue la capital de los incipientes Estados Unidos, Nassau Hall albergó la sede del gobierno y del Congreso de las Confederaciones. Charles recordaba su feliz infancia, cuando su padre lo dejaba jugar durante horas y él se montaba en los tigres de bronce de la entrada del edificio, que habían traído a Princeton los colegas de Woodrow Wilson en 1911 y que habían sustituido a los leones, instalados también por ellos treinta y dos años atrás. Esos tigres y el trozo de hiedra que había plantado con sus propias manos, según la costumbre de las universidades de la Ivy League, estaban entre sus recuerdos más queridos. Muchos de sus libros habían surgido y se habían fraguado en sus paseos por el parque de enfrente del edificio. Además, Charles utilizaba este método también como profesor, el de pasear por el parque con los estudiantes, como la escuela peripatética de Aristóteles en la Antigüedad. El gran filósofo había establecido las directrices de las disciplinas científicas caminando con sus discípulos entre las columnas del Liceo. Así que Baker encontraba este modelo muy útil porque, como le gustaba decir, al estirar las piernas activaba también el cerebro, haciendo valer aquello de «mens sana in corpore sano» que todo el sistema universitario de Estados Unidos había heredado de los romanos y que era un procedimiento muy estimulante para los estudiantes.

El individuo llegó a la reunión y le dio en mano una foto de una espada que Charles creía perdida. La colección de espadas que había iniciado su abuelo, y por la cual su padre mostró poco interés, había sido completada por el nieto, y en ella faltaba una que había llegado a obsesionar al abuelo: la espada de Vlad Ţepeş, un regalo personal del sultán Murat II el día que lo envió por primera vez a ocupar el trono de Valaquia. Charles heredó del abuelo esa obsesión y se empecinó en encontrarla. Recordaba muy bien cuando habló por última vez con el anciano. Estaba en una concentración y tenía que reunirse con el equipo olímpico de esgrima. Esa llamada de su abuelo le alarmó tanto que tomó el primer avión de vuelta. Demasiado tarde: desapareció sin rastro y para siempre. Tanto él como sobre todo su padre trataron de encontrarlo para averiguar qué había ocurrido. Diez años duró la búsqueda. No se dejó ninguna piedra sin mover, no se dejó de investigar ningún detalle de su vida o al menos de lo que ellos conocían, no faltó ninguna autoridad por alertar, presionar, importunar. Todo fue en balde. Charles había rememorado mil veces aquella conversación. Lo hizo también en ese momento, después de tantos años. Le pareció una llamada donde le transmitía sus últimas voluntades y se temió no encontrar al abuelo con vida. Este le recalcó con insistencia, firmeza e incluso dramatismo, que Charles tendría que dedicar toda su vida a la búsqueda de aquella espada, que formaba parte de su destino. Definía su destino.

La espada de las fotos era un objeto extraño, espectacular. Charles no la había visto nunca, ni siquiera en imágenes, pero su abuelo le había hecho una descripción idéntica a la que veía en aquel momento. Cada detalle se correspondía exactamente. El esfuerzo del abuelo por encontrarla se extendía por un período de más de cincuenta años, durante los cuales había invertido un montón de dinero, había creado una red de especialistas en todo el mundo, había sobornado a museógrafos, había contratado a detectives privados y buscadores de tesoros, pero cada vez con idéntico resultado: ni rastro de ella. Y aún más: a veces el abuelo se iba personalmente a lugares peligrosos del mundo para buscarla; Charles y su padre le perdían la pista y no sabían si estaba vivo o muerto durante largos meses. Instruido por su abuelo y luego impulsado por su propia curiosidad, Charles había llegado a ser uno de los más entendidos del mundo en la materia. A menudo grandes museos, en particular casas de subastas como Sotheby's o Christie's, Bonhams o incluso China Guardian o Dorotheum de Austria, le pedían consejo acerca de armas blancas —desde puñales a espadas, machetes, mazas y hachas—. Nunca había rechazado ninguna invitación de este tipo con la oculta esperanza de que, finalmente, la famosa espada apareciera. A menudo compraba artículos subastados a través de intermediarios y sabía todo lo que se debe saber sobre cada objeto de su colección. Sin embargo, no había manera de encontrar la espada de Ţepeş. Hasta había renunciado a buscarla, convencido de que se trataba de una leyenda o de que la espada había desaparecido sin rastro.

Pero estaba en Sighişoara porque el individuo le había dicho que la espada estaba escondida allí y que el propietario quería venderla, pero que solo lo haría en persona. Y que la responsabilidad de sacar la espada del país, en el límite de la legalidad, le incumbía a él. Le dijo también que lo había conocido, que había estado en su casa cuando era pequeño y que era una especie de primo de su padre. A Charles la historia le parecía un poco absurda y muy rebuscada, pero dada la increíble similitud entre la imagen y las claras descripciones que había oído tantas veces, pensaba que tenía que intentarlo. El individuo no había mencionado nada acerca del propietario, ni tampoco sobre el lugar del encuentro. Solo le había entregado una tarjeta de visita donde únicamente se podía leer un número de teléfono, ni un nombre ni una dirección, y le dijo que debería enviar un SMS con la fecha de su llegada a la ciudad. Añadió que el número de teléfono se desconectaría inmediatamente después y que se pondrían en contacto con él durante la estancia. A la pregunta que el profesor formuló sobre el precio, el individuo se encogió de hombros, se dio la vuelta y se fue.

Así que, más de veinticuatro horas después de su llegada, tenía su teléfono cerca y esperaba una llamada. Charles parecía cada vez más convencido de que había sido víctima de un engaño y todo lo que quería, sobre todo después de lo sucedido, era que llegara la mañana siguiente y largarse lo más rápido posible. Miró de nuevo aquella extraña nota y pensó que tal vez le podría servir de lección para quitarse esa reciente arrogancia paranoide de que cualquier persona que quisiera ponerse en contacto con él de forma repentina iba a molestarle o aburrirle. Echó un último vistazo al papelito y pensó en si no debería marcharse entonces, en plena noche, sin esperar a la mañana siguiente. Había decidido que el día le había traído suficientes sorpresas y, dado que había esperado tanto, no le venía de una noche. Dobló la nota, pero vio a un lado otra anotación que inicialmente había pasado por alto. El papel había sido doblado en cuatro, y el texto escrito en la parte posterior. Una mano apresurada había apuntado con otra letra: «Recibe a tu tío».

Recordó que el hombre que había visto en Princeton le había mencionado a un primo lejano de su padre. Tenía demasiado en qué pensar en un solo día, así que tomó la decisión de desconectar y bajar al cóctel. Sin saber exactamente por qué, dobló la nota y la puso dentro de la cartera que estaba sobre la mesa. Luego se metió en la ducha.

En la sede de la comisaría de policía, el agente Ion Pop preparaba los trámites para el traslado de las tres víctimas halladas en las escaleras de la escuela.

—¿Estás convencido de que debemos hacerlo? ¿No nos meteremos todos en un lío? —preguntó el comisario, rascándose la cabeza.

Intentó persuadirle para esperar hasta la mañana, pero sin éxito.

—Si tardamos más todos estos muertos se descompondrán por completo. Tienen que llegar a Bucarest, al Instituto de Medicina Forense. De todas maneras no vas a tener problemas, puesto que el SRI está al mando.

—No entiendo por qué no enviaron un helicóptero. Conducir solo y de noche una distancia tan larga... Y con este bulto encima.

El agente seguía escribiendo y dijo sonriendo:

—Oye, no tendrás miedo de que se despierten, ¿verdad?

El comisario seguía rascándose la cabeza con el bolígrafo y su semblante insinuaba que había pensado en esa posibilidad. El agente se puso a reír ruidosamente, se levantó y le dio a su superior una palmada amistosa en el hombro. Christa entró en la sede y preguntó por Pop, que apareció justo cuando la mujer de la recepción estaba contestándole. El agente la miró de arriba abajo y silbó con admiración. Christa llevaba un vestido de noche de color rojo ceñido en la cintura y con una generosa abertura, y unos tacones altos que destacaban sus perfectas piernas. El vestido se abrochaba en el cuello y la espalda estaba completamente cubierta, como si ocultara algo. En la mano llevaba un bolso tipo sobre donde guardaba la pistola, de la que nunca se separaba.

—¿Esta abertura tiene que compensar la falta de escote? —preguntó el agente.

Christa no se enfadó y se lo llevó a un lado.

—¿Crees que podrías esperarme un poco? Tengo la sensación de que la situación podría complicarse.

La pareja siguió hablando un rato, y después Christa le entregó al agente una mochila y se dirigió hacia el hotel.

El hombre del parque esperó un tiempo después de que Christa y Charles se fueron del bar, hasta que este comenzó a llenarse de gente. Los distinguidos invitados, de buen humor, entraban en el bar gritando y riendo en voz alta. Se anunciaba una gran fiesta. El camarero puso la música a todo volumen, como era costumbre, por lo que los invitados, para oírse, tenían que levantar la voz o hablar en el pasillo, frente a la recepción o en la terraza de atrás. Casi todo el mundo estaba abajo, así que el hombre decidió que era el momento de actuar.

Se levantó y se dirigió al hotel a toda prisa, pero vio con el rabillo del ojo que desde detrás del árbol que había junto al banco que había ocupado salía alguien. Tenía un raro presentimiento y el miedo se apoderó de él. Pensó que tenía que cerciorarse de que no eran imaginaciones suyas. Se paró, y el de atrás también. El hombre pensó que el perseguidor no era muy experto y, en lugar de dirigirse al hotel, se fue a la izquierda, al lado de la carretera. Se detuvo en un semáforo y se aseguró, una vez más, de que no había sido una visión. El perseguidor se detuvo también. Cruzó con el semáforo en rojo y giró bruscamente pasado el edificio que había al principio de la calle, que estaba desierta. Ya había anochecido. Una tenue bombilla arrojaba una luz tenue. El hombre del parque vio algunos contenedores metálicos y se escondió detrás de ellos. En solo un minuto, el que le vigilaba se presentó allí, también apresurado. Se paró a la altura de los contenedores de la derecha y pareció aterrorizado al darse cuenta de que su objetivo no estaba por ninguna parte. Dio una vuelta alrededor, se fue un poco hacia delante y luego volvió. No sabía qué hacer, hasta que le pasó por la cabeza mirar detrás de los contenedores. Mientras tanto, el hombre de la carpeta marrón había salido y estaba agachado detrás del primer contenedor de basura. Buscó algo con lo que defenderse y encontró la mitad de un ladrillo. Cuando el perseguidor se deslizó entre los contenedores de basura, de repente se levantó detrás de él y lo golpeó fuertemente con el ladrillo en la cabeza. El desconocido se desplomó sobre el pavimento, y el hombre se volvió, soltó el ladrillo y apresuró la marcha hacia la entrada trasera del hotel, cerca de la terraza.

Se sintió aliviado al ver que la terraza y el vestíbulo estaban abarrotados de gente, pues sabía que así tendría la oportunidad de pasar desapercibido. Tuvo que abrirse camino a través de la multitud y pasó por delante de la recepción. El recepcionista estaba ocupado con los huéspedes, así que se fue escaleras arriba. Mientras tanto, el perseguidor se había recuperado y llamó a Bella, quien a su vez llamó enseguida al policía que vigilaba la habitación de Charles, sentado al principio de las escaleras para que no se pensara que lo trataban como si fuera un criminal. Apenas colgó el teléfono, el hombre de la gabardina apareció a su lado. Presa del pánico, buscó la pistola. Pero el otro hombre reaccionó rápidamente y se le echó encima.

17

Si hubiera cerrado el grifo de la ducha solo dos minutos antes podría haber oído dos disparos muy cerca de su puerta. Como los podrían haber oído, sin duda, los demás huéspedes del hotel si la música a todo volumen y las conversaciones no hubieran tapado cualquier ruido. Tal vez entonces alguien hubiera subido y hubiera encontrado al guardaespaldas yaciendo inconsciente en un charco de sangre. Cuando el hombre de la gabardina se abalanzó sobre el policía para impedirle apretar el gatillo, le agarró la mano y el arma se disparó. Por reflejo, el hombre retorció la mano de su contrincante y el arma se disparó de nuevo, esta vez hacia el policía. Todo sucedió tan rápido que no tuvo tiempo para darse cuenta de lo que había ocurrido. Sintió un pinchazo en el lado derecho del estómago. Se levantó y, todavía confundido y con los oídos zumbando, se precipitó hacia la puerta de la habitación 104 y llamó con fuerza. Charles estaba a punto de afeitarse cuando escuchó el golpe. Pensó que alguien le estaba llamando para que bajara a la fiesta o que había llegado Christa. Se puso la bata y entreabrió la puerta. El hombre la empujó y Charles se vio proyectado hacia la pared. El desconocido irrumpió y se abalanzó sobre el sillón, donde se derrumbó. Sorprendido, Charles se enderezó y buscó con la mirada un objeto para agarrarse.

—No tengas miedo. No te pasará nada —dijo el hombre mientras se dejaba caer con una mueca de dolor.

Charles cerró la puerta de un empujón, el hombre se dio cuenta rápidamente de la escena y pensó en cómo reaccionar. Vio que su camisa, abierta a causa del movimiento, se empapaba rápidamente de sangre. Charles supuso que no estaba en peligro y se acercó al individuo. Cogió el teléfono. El hombre estiró la mano para pararle.

—No, por favor. No tenemos tiempo —dijo, y volvió a sentarse en el sillón intentando librarse del dolor.

—Tenemos que llamar a una ambulancia. Está sangrando.

El hombre miró entonces el lado derecho de su estómago. Metió la mano bajo la chaqueta y dijo:

—De todos modos, no llegaría a tiempo. —Y añadió con esfuerzo—: Es una cuestión mucho más importante que mi vida.

Sacó después la mano llena de sangre y la miró un instante. Charles no sabía qué hacer.

—Siéntate aquí en la cama y escúchame. O...

—Tenemos que hacer algo. No se puede quedar así —lo interrumpió Charles.

—¿Tienes vodka? —preguntó haciendo un gesto con la cabeza hacia el minibar.

Charles asintió, sacó una botellita de vodka y se la alargó al hombre.

Este le hizo una señal para que se la abriese. Se echó al gaznate toda la botellita haciendo muecas por lo fuerte de la bebida y también por el dolor y empezó:

—Tienes que marcharte de aquí lo más rápido posible. Tu vida corre un terrible peligro. Debes mirar esta carpeta, pero antes quiero que me escuches con mucha atención. No sé cuánto podré resistir.

Charles protestó. Cogió otra vez el teléfono y pulsó el 9, el número de la recepción. El hombre insistió y añadió en voz baja:

—Dame cinco minutos y luego llama a quien quieras.

Como el teléfono de la recepción sonó hasta interrumpirse la señal sin que nadie contestara, cogió su móvil y mandó un SMS al número desde el que lo había llamado Christa. *Help!»

Quiso salir de la habitación así, en bata, para solicitar ayuda. Cuando llegó a la altura de la puerta, oyó a sus espaldas:

—*Panis vita est!*

Charles se quedó helado. Recordaba muy bien esas palabras. En la casa donde se había criado antes de ir al instituto, en la bodega, justo en la pared que daba al este había un globo terráqueo dibujado, con una espada clavada en él, y debajo estaban escritas con letras mayúsculas exactamente esas palabras: EL PAN ES VIDA. Siempre pensó que formaba parte de la colección de aforismos que le gustaban a su abuelo. Era una frase banal sin ningún significado. Pero el abuelo había repetido esa frase antes de desaparecer, junto a la promesa que le había arrancado de buscar incansablemente la espada. En la boca del anciano, esas palabras sonaron como algo definitivo. Así que la frase tuvo el don de detener a Charles, que se dio la vuelta. El hombre estiró la mano ensangrentada sobre la cama. Charles se sentó. Quiso preguntarle sobre lo ocurrido, pero pensó que solamente prolongaría de manera inútil el momento. Decidió escucharle. Christa aparecería de un momento a otro.

—No tenemos mucho tiempo. Así que te voy a decir todo lo que pueda antes de perder la conciencia. Cuento con que vas a llenar tú mismo los huecos, teniendo en cuenta todo lo que sabes, todo lo que has estudiado, tu pasión por Ţepeş y la Edad Media. Lo que es importante, muy importante, es que trates de tomar muy en serio lo que está sucediendo en estos días.

Charles pensó que el hombre no sabía cómo sintetizar un discurso y probablemente decía esas cosas para ordenar sus pensamientos. Por otra parte, nunca había visto a nadie que se sacrificase con tanta serenidad por nada. ¿Qué terrible secreto podía empujar a alguien a comportarse así? Escuchaba con un oído, pero su mente buscaba una salida para aquel pobre hombre que agonizaba en el sillón.

— ¿Sabes lo que ocurrió el 3 de marzo de 2004? —preguntó el hombre.

Mientras Charles pensaba la respuesta, el hombre continuó:

—Una de las más importantes instituciones culturales de

Europa se derrumbó literalmente en una catástrofe sin precedentes. El daño fue estimado en unos novecientos millones de euros. El más importante archivo de Alemania pereció debajo de los escombros.

—Sí, en Colonia. Lo sé.

Charles lo sabía. Su pasión por los estudios medievales lo había llevado varias veces a los archivos de la Severinstraße, en la capital de Renania del Norte-Westfalia. El edificio se había derrumbado bajo su propio peso. Se creó un socavón debajo debido a que una empresa de construcción, al parecer, quería empezar a trabajar en una nueva línea de metro cerca del edificio. Charles vio con horror en la televisión el enorme cráter lleno de escombros y se dijo a sí mismo que parecía como si un meteorito hubiese impactado contra el edificio. Se habían perdido más de sesenta y cinco mil documentos históricos del municipio, más de cien mil mapas, obras de ganadores del premio Nobel, más de quinientas mil fotos. Gran parte del material se recuperó más tarde, pero no todo.

—Culparon a los imbéciles de los constructores, a los incompetentes que trabajaban en la línea de metro y a la corrupción del Ayuntamiento, cuyos funcionarios habían formado una asociación mafiosa con las grandes empresas de construcción, pero nadie dijo la verdad hasta el final. Porque pocos lo sabían.

Se paró casi jadeando. Le pidió a Charles que le ayudara a sacarse la chaqueta y le pidió un vaso de agua. La mancha de sangre había cubierto casi por completo la camisa. Charles se estremeció.

—Sé que te parecerá increíble, pero el edificio fue derrumbado intencionadamente, porque los que lo hicieron pensaban que escondía un documento de extrema importancia para la humanidad. Un documento que tú tienes la obligación de encontrar.

A Charles el positivista, al que había estudiado ciencias exactas, al que no creía en ninguna teoría de la conspiración, al de los últimos diez años, no solo le hubiera parecido que el hombre deliraba, sino que le hubiera contestado y quizá echado de la habitación con una patada en el trasero. Pero aquel hombre se encontraba en un estado deplorable. Y todas las aventuras por las que Charles había pasado a través del tiempo, incluso la de ese día, le habían hecho ser más cauteloso.

—Existen dos posibilidades. O el libro fue destruido, o ellos lo encontraron bajo los escombros. El equipo que trabajó para limpiar el lugar y excavar en busca de los documentos tenía a gente de la organización infiltrada.

—Esto es absurdo. Yo estuve unas cuantas veces en el Stadtarchiv de Colonia y no era ninguna fortaleza. Si aquellos a los que usted se refiere tenían el poder suficiente para demoler un edificio así, ¿por qué no hubieran podido entrar y coger, sencillamente, el objeto en cuestión?

—Lo intentaron. Estaban seguros de que el objeto había sido escondido allí sin el conocimiento de los archivadores por un hombre al que empezaron a perseguir unos días antes. Durante cientos de años habían ido tras las huellas del documento, y aunque a menudo habían estado a punto de recuperarlo, cada vez se les escapaba. Había unos treinta kilómetros de estanterías, con cajas de documentos apilados unos sobre otros. Sin saber dónde estaba escondido, habrían tardado años en encontrarlo. El riesgo de que alguien se acercara para sacarlo y perderlo de nuevo les hizo actuar de esa manera. Supongo que fue una decisión de fuerza mayor —dijo el hombre sonriendo con nostalgia.

—No entiendo. El documento del que habla estaba escondido allí, ¿sí o no?

—No. Solamente les hicieron creer que lo estaba. El último hombre que salvó el libro fue tu bisabuelo, el hermano de mi abuelo. Fue en Londres en 1888. Y ahora es tu turno. Tu vida no volverá a ser igual.

Charles trató de calcular cuál era su grado de parentesco con el hombre del sillón. Si su bisabuelo era el hermano del abuelo de ese hombre, significaba que su abuelo era sobrino del abuelo del hombre, o sea primo de su padre. Se estaba haciendo un lío con los parentescos. El familiar recién descubierto de manera tan extraña volvió a hablar con más énfasis. Los esfuerzos que hacía eran evidentes. Charles pensó en Christa. ¿Por qué tardaba tanto?

—Parece que estoy fantaseando, lo sé. Pero las ramificaciones de aquello sobre lo que te voy a hablar sobrepasan cualquier imaginación. El destino del mundo está en juego. Aquellos que quieren el libro no se detendrán ante nada. Y son muy fuertes. Tienes que huir mientras puedas, pase lo que pase a tu alrededor. Y mirar hacia atrás siempre. Guárdate para ti mismo todo lo que te digan, a pesar de la confianza que puedas tener en cualquier otra persona. Y proteger el libro, aun a costa de tu vida. Como hizo tu abuelo.

«¿El destino del mundo? ¿Conspiraciones planetarias?», pensó Charles, al que antes le importaban un comino las teorías de la conspiración; de hecho había desenmascarado algunas y ridiculizado otras muchas. Sin embargo, dado que él mismo había destapado dos y se había sentido muy frustrado porque nadie lo había creído, se volvió más reservado a la hora de hacer juicios apresurados. Se acordó de lo horrible que era saber que has descubierto una verdad importante y que todo el mundo se lo tome a guasa. Decidió a partir de entonces que si encontraba alguna más, lo mínimo que podía hacer, antes de reírse en las narices de quienquiera que se la contase, era por lo menos escucharlo hasta el final. Sin embargo, que su abuelo, su querido abuelo, la bondad personificada, estuviera en el centro de una conspiración planetaria, eso era demasiado. El hombre del sillón pareció adivinar sus pensamientos. Y continuó:

—Él no llegó a decirte nada. No estaba convencido de que estuvieras preparado. Sabía que os parecíais mucho y que, igual que él en su juventud, tenías que llegar a la madurez, entender que el mundo es más que una cadena lógica de explicaciones precisas. No llegó a iniciarte.

—¿A iniciarme? —preguntó Charles, que esperaba que el hombre no pasara en aquel instante de las conspiraciones universales a las sociedades secretas. No quería volver a escuchar hablar de la masonería o de la Orden del Temple. Estas historias le parecían más bien juegos para niños, y no para hombres inteligentes.

El hombre añadió, interrumpiendo el hilo de su pensamiento:

—Has dedicado mucho tiempo a Vlad Ţepeş. ¿Qué sabes sobre su supuesto período de exilio entre el primero y el segundo reinado?

—Algunas cosas, lo que encontré en los archivos. Un período muy largo, con pocas fuentes. ¿Decía que el objeto en cuestión es un libro?

—Una Biblia.

Otra vez la Biblia. No se libraba de ella. Charles supuso que se trataba de la misma.

—¿La Biblia del Diablo? —preguntó.

El hombre, gimiendo de dolor, preguntó a su vez, sin comprender:

—¿Del Diablo?

Charles le dijo al hombre que debería llamar a una ambulancia, pero este le miró de una manera tan decisiva y categórica que se echó atrás y le mandó otro mensaje a Christa. Luego tomó una botellita de whisky de la nevera y una de vodka, y le entregó esta última al hombre.

—No entiendo lo que quieres decir. No, no del Diablo. La de Gutenberg. La primera Biblia, el primer libro impreso. Financiado por Vlad Ţepeş.

Estiró la mano hacia la carpeta marrón.

18

En el edificio de enfrente, los tres habían apagado la luz de la habitación donde estaban y habían instalado un trípode al que atornillaron una suerte de rifle de francotirador, solo que en el lugar donde debía estar el cañón había una especie de paralelepípedo de color negro atravesado por ranuras. Milton llevaba unas gafas que parecían absolutamente opacas y unos grandes auriculares. En el lateral, el objeto continuaba con una especie de antena parabólica hecha de un material translúcido. En el cuarto contiguo, Bella observaba en la pantalla de los dos portátiles el perímetro descrito por el dispositivo de visualización de ciencia ficción de Milton. A pesar de que no se podía ver a simple vista, ya fuera desde la calle o de otros lugares, el aparato había dividido la calle en unas cuadrículas marcadas con unos rayos violetas parecidos al láser. En una de las pantallas se analizaban con rapidez todo tipo de datos. Bella acababa de establecer un enlace por satélite y el rostro sonriente de Werner apareció en el otro monitor.

—¿Estamos dentro? —preguntó Werner.

—Sí —contestó Bella.

—Bien. Conéctame.

Mientras que en la habitación de Bella se oía todo lo que Charles hablaba con el desconocido, en la pantalla gigante de la oficina privada de Werner —en el edificio donde también estaba el despacho de Eastwood, solo que un piso más abajo— los mismos datos del ordenador de Bella se sucedían simultáneamente. La cuadrícula que dividía la calle estaba siendo analizada a fondo. Varios programas discurrían a la vez. La imagen barría los semblantes de los invitados que se veían a través de las puertas del bar abiertas de par en par y un software de reconocimiento facial los colocaba en una esquina de la pantalla a medida que los identificaba. Y aún más, cualquier coche que pasaba por la calle era identificado y su matrícula comprobada a través de una de las más complejas bases de datos que se puedan imaginar. Milton manipulaba el paralelepípedo y hacía ajustes continuamente. Werner escuchaba con atención la conversación de la habitación de Charles. En un momento dado, el movimiento panorámico de la cámara del paralelepípedo se paró sobre el rostro de Christa. Estaba de pie charlando con un profesor danés que hacía desesperados esfuerzos por ser cortés. El aparato era uno de los más exitosos inventos de Werner. Era propiedad secreta del Instituto, pero Werner sabía que su valor en el mercado negro superaba varios millones de dólares.

Christa había llegado hacía unos diez minutos y se había ido directamente al bar. Allí no vio a Charles y pensó en esperar un poco más. Entonces se acercó el profesor danés, que la cortejaba de una manera simpática e inocente. Mientras Christa se preguntaba por qué no aparecía Charles, vio que un coche de policía, con las luces de la sirena en marcha e iluminando toda la calle, había parado justo frente a la entrada del hotel. Sin pensarlo dos veces, fue a la recepción. Miró su teléfono y vio dos mensajes de Charles. En el vestíbulo había un montón de gente y el comisario, seguido de un ayudante, se abrió paso entre la multitud. Subió las escaleras mientras presionaba el botón de marcación rápida para hablar con Ion Pop. Las escaleras estaban llenas de gente, y en la planta de arriba el recepcionista miraba atónito con el teléfono en la mano el cadáver del policía. Mientras pasaba junto a ellos, mostrando su placa de identificación, Christa siguió hablando por teléfono. Se dirigió a la habitación de Charles, que quedaba en el pasillo y vio gotas de sangre, dispuestas como las migas de pan de Hansel y Gretel, encima de la moqueta. Las gotas se habían detenido frente a la habitación 104. Sacó con destreza la pistola de su bolso y llamó a la puerta.

Charles abrió. Parecía conmocionado y muy alterado. En cierto punto, en medio de la conversación, su tío, o lo que fuera, se había desmayado. Charles no había sufrido un ataque de pánico, pero le faltó poco, e intentó vestirse. Había conseguido ponerse solamente los mocasines cuando Christa llamó a la puerta. Ella, con un reflejo de policía, inspeccionó la habitación y trató de averiguar lo que había pasado. Le echó una mirada a Charles. Este le dijo, algo ausente:

—Han confundido las Biblias.

Christa no le entendió. Charles insistió.

—Aquella de la escenificación y el mensaje. Se equivocaron de Biblias. No se trata de la Biblia del Diablo.

Christa pensó que se encontaba en estado de shock y le dijo de modo autoritario:

—Tenemos que irnos. Ahora mismo.

Charles empezó a vestirse, pero Christa puso la mano en la ropa colgada en el perchero, cogió también su cartera de la mesa y empujó al profesor hacia el balcón. Miró por un momento detrás de la cortina. Charles intentó protestar.

—La policía está abajo y hay un muerto. En pocos minutos estarán aquí. Tienes que confiar en mí.

Charles asintió con la cabeza, se dio la vuelta y cogió el teléfono móvil y la carpeta de color marrón. Se oyó un freno de coche, Christa se encaramó a la balaustrada del balcón y tiró del brazo a Charles. Este no se resistió. Exactamente debajo del balcón, a tan solo medio metro, una especie de vehículo frigorífico se había subido a la acera.

Werner pudo ver en su pantalla gigante cómo el profesor Charles Baker de la Universidad de Princeton, respetable institución de enseñanza, entre las cinco primeras en el mundo en todas las clasificaciones, saltaba, vestido solo con una bata y acompañado por una mujer con un vestido de vampiresa, encima del capó de un coche frigorífico. Este arrancó a toda velocidad, chocó con el coche de policía y desapareció calle abajo.

Werner no pudo contener una sonrisa y deseó poder publicar la imagen en internet, enviarla a la CNN o, mejor aún, proyectar en Princeton la secuencia que su ordenador había registrado.

Antes de apagarlo, Werner también vio cómo lo que aquel raro artilugio había escupido, algo parecido a un chicle, se pegaba en la parte superior del coche. Estaba satisfecho.

19

El coche giró hacia la derecha y luego a la izquierda. En el techo, Charles se había asido a una de las barras portaequipajes y, estirado en diagonal, había clavado sus pies en la barra opuesta. Lo mismo hizo Christa. A unos trescientos metros, después de asegurarse de que no los seguía nadie, Ion Pop detuvo el coche con cuidado de no frenar bruscamente para que la inercia no los arrojara al suelo. Salió del vehículo y los ayudó a bajar. Charles quería decir algo, pero el agente se puso al volante y dijo claramente:

—¡Suban! Ya tendremos tiempo para hablar en el coche.

Los dos subieron al lado del chófer. El automóvil tenía delante dos plazas y media; al lado del asiento del conductor había una banqueta más ancha. El conductor habitual cogía a menudo a tres personas que hacían autostop para ganar un dinero extra.

—¿Qué coche es este? —preguntó Christa.

—Es lo único que he podido encontrar a esas horas. Es un coche frigorífico para transportar helados o algo por el estilo. La policía lo incautó hace algún tiempo y desde entonces lo utiliza. No había otra cosa para poder transportar los cadáveres.

Charles se había recuperado completamente del impacto de la velocidad con que se habían desarrollado los acontecimientos. Estaba perplejo, confundido, pero en algún lugar en su interior, a su espíritu aventurero no le disgustaba lo que había pasado. Él sabía que cada vez que se encontraba en situaciones parecidas, como en las películas de acción, lograba finalmente escapar y, aparte de las nuevas experiencias, descubría cosas sensacionales. Estaba convencido de que esta vez sería igual. Se metió la carpeta debajo de la bata y la protegió en todo momento. Christa había logrado salvarle la ropa. Preguntó al agente por la mochila. Este contestó que estaba detrás y que tuviera un poquito de paciencia.

—Es posible que encontremos algún obstáculo en el camino.

—¿No lleváis unas placas de agentes secretos que abren cualquier camino? —preguntó Charles.

Las tenían. Christa se preguntó si alguien los habría visto saltar encima del capó. No había nadie en la calle, y en el hotel estaban demasiado preocupados con los acontecimientos que habían tenido lugar allí como para estar pendientes de lo que ocurría fuera. Desde su ángulo, lo único que podían haber visto era que un coche grande había aparcado frente del hotel, en la acera, y, después de menos de un minuto, había salido a toda pastilla. Nada más. Era muy probable que nadie hubiera visto nada.

En el hotel, el comisario siguió las gotas de sangre y llegó a la puerta de la habitación de Charles. Llamó varias veces y luego pidió una llave de repuesto al recepcionista. Encontraron a un hombre en la silla debatiéndose entre la vida y la muerte que había perdido mucha sangre. Llamaron a una ambulancia. Por desgracia, no habían llegado a tiempo. El hombre murió de camino al hospital.

El comisario no sabía qué hacer. Desde que había accedido al cargo, el único hecho espectacular en el que había intervenido había sido la detención de unos atracadores que habían intentado atracar una oficina bancaria con un cuchillo y unos pasamontañas negros de esquí cubriéndoles la cara. El banco no disponía de dinero en efectivo en la caja y tampoco podían abrir la caja fuerte. Los ladrones entraron en pánico cuando vieron los coches de policía y huyeron por la ventana del baño. Fueron capturados rápidamente y el comisario, que fue condecorado por ello, se volvió muy engreído. Pero aquella situación le superaba por completo. Cinco muertos en un solo día, incluido uno de los suyos, rituales satánicos, vampiros, diablos verdes, profesores estadounidenses. Era demasiado para él. Ion Pop se había ido, a Christa se la había tragado la tierra y el profesor no estaba por ninguna parte.

Llamó a Bucarest, a su padrino, que era secretario de Estado del Ministerio del Interior. Este no contestó. Concluyó que, tal vez, el profesor los había matado. Y que había algo que olía mal en su coartada. Como la situación era demasiado complicada para resolverla en una sola noche, se aseguró de precintar las escenas de los crímenes y se fue a casa, donde lo esperaban sus tres hijas, su mujer y su suegra.

20

Habían recorrido unos treinta kilómetros desde Sighişoara para asegurarse de que nadie los seguía. No había controles en el camino y nadie había dicho ni una sola palabra. Cada uno estaba ensimismado en sus propios pensamientos. El conductor paró en un refugio desierto. Christa y Charles se bajaron también. Abrió la puerta trasera. Un olor terrible provenía del interior. En tres bolsas para cadáveres estaban colocados juntos los cuerpos de las víctimas.

—Pensaba que era un coche frigorífico —dijo Charles horrorizado.

—Fue. Ya no congela —dijo el agente y subió atrás.

Le entregó la mochila a Christa, que la cogió y desapareció detrás del coche. A Charles le enseñó otro saco mortuorio vacío, estirado al lado de los demás.

—Si ocurre algo, tienen que subir rápidamente atrás y meterse en este saco, aunque les cueste. Y si abrimos la puerta de cara a algún control, permanezcan allí quietos. Si me exigen abrir los sacos, abriré el primero, donde está el que no tiene ojos. Estoy convencido de que no querrán ver a los demás.

Christa volvió vestida con pantalones negros con bolsillos, de los que llevan las tropas de comando durante el camuflaje nocturno, y una camiseta de color indefinido.

—El profesor tiene que sentarse al lado de la puerta —añadió Ion Pop.

Se había encendido un cigarrillo. Disfrutó del humo caliente que le invadía los pulmones y dejó que Charles se vistiera también. Luego se puso al volante.

—¿Adónde vamos ahora? —preguntó Charles.

—Tengo que llegar con estos a Bucarest —contestó Pop—. Nos quedan unos doscientos cincuenta kilómetros. Menos de tres horas si todo va bien.

—Por favor, voy a pedirle a que me deje en la embajada de Estados Unidos.

El coche arrancó y Christa le preguntó:

—¿Qué ha pasado en la habitación?

Charles no contestó. Pensaba que no había llegado a la Torre del Reloj. Y que perdería otra vez la espada.

—Tenemos que volver —dijo Charles—. Debo estar sin falta en la ciudad.

—De ninguna manera. Fuera lo que fuese la cosa que lo trajo aquí, olvídese por el momento de volver a la ciudad. Tiene que encontrar otra solución. Es demasiado peligroso.

—La gente me sigue diciendo que mi vida corre un peligro mortal. Es cierto que ha habido unos crímenes horribles y un dudoso montaje con mi tarjeta de visita, y encima el hombre de la habitación diciendo que soy una especie de pariente suyo, pero a mí me parece que las cosas suceden a mi alrededor y no a mí. ¿Puedo saber por qué salté desde el balcón como Errol Flynn, en albornoz y dejando todas mis cosas en el hotel?

Christa pensó qué contestarle y cuánto podía decirle. Decidió ser escurridiza.

—En este momento la policía supone que tú mataste al hombre de tu habitación y también al policía que te vigilaba. Y no creo que quieras quedarte para convencerles de que no es así.

—¿El policía que me vigilaba está muerto?

—Sí, de un disparo, igual que el hombre de la habitación. Posiblemente el mismo asesino. Quizá querían llegar a ti, pero el hombre les ha sorprendido y te ha salvado la vida. No creo que quieras asumir semejante riesgo.

Se esforzó por entender por qué alguien querría matarlo justo a él y precisamente allí. Pero decidió que sería mejor pensar en ello cuando llegase a la embajada.

—Usted es un personaje famoso, le conoce todo el mundo. Es amigo del embajador. Le emitirán un documento provisional.

«Amigo» era mucho decir. El embajador lo había recibido en dos ocasiones: cuando vino a Bucarest con motivo de la publicación de unos libros y cuando se le concedió el título honorífico de doctor *honoris causa* de la Universidad de Bucarest. Había dormido una noche en su residencia privada.

Charles abandonó la idea y abrió la carpeta marrón, una especie de portafolios con cierre metálico que mantenía juntas unas cuantas fundas de plástico que contenían sendas copias, para que no se pegasen y fuera fácil hojearlas sin dañarlas. Miró cuidadosamente varias fotocopias del supuesto ejemplar especial de la Biblia de Gutenberg. Si aquello era cierto, tenía en su mano una réplica de las primeras páginas impresas en la historia de la humanidad. Hojeó las láminas de plástico tratando, con mucha dificultad, de concentrarse. Había encendido la luz de la cabina, tras preguntarle al conductor si le molestaba; al agente le divirtió la pregunta, pues entendió que era importante para el profesor, y le respondió que en absoluto.

Discurrían ante sus ojos los textos perfectamente alineados con letras de tamaños iguales, mientras hojeaba las páginas de los primeros trabajos impresos. Charles sabía muy bien qué aspecto tenía una Biblia de Gutenberg; había tenido la oportunidad de estudiarlas. La que conocía mejor era una copia de la Biblioteca del Congreso de Washington, una de las dos que había en Estados Unidos impresas en pergamino *vellum*, piel de becerro procesada. Por tanto, una fotocopia no le impresionaba. Examinó las pocas páginas con cuidado. También Christa las miraba y le preguntó:

—¿Es esa la Biblia del Diablo?

—No. La de Gutenberg —contestó Charles casi por un reflejo.

Levantó la mirada y la fijó en Christa. Se daba cuenta de lo mucho que quería saber lo que había acontecido aquella noche y, sin embargo, por temor a presionarle demasiado, no insistió. Charles apreció su delicadeza y se decidió a revelarle algo. Pero no se apresuró en llegar a lo fundamental, sino que, como de costumbre, habló como lo haría desde la cátedra.

—La Biblia de Gutenberg es, como sabes, el primer trabajo serio jamás impreso. Y es obra de un herrero alemán que inventó la imprenta en la pequeña ciudad de Maguncia a mediados del siglo XV. Mucha gente piensa que este descubrimiento es el invento más importante de la humanidad de todos los tiempos. Hasta el ordenador.

—Pero ¡usted no está de acuerdo! —intervino el conductor, totalmente fuera del tema.

Había intentado hacer una broma. Quizá quería caerle bien a Charles, que fingió no oír la intervención del agente y prosiguió:

—Antes se habían imprimido pruebas y trabajos de pequeñas dimensiones, también por Gutenberg, pero este es el primer incunable de la historia.

Como parecía que ninguno de los dos comprendía la palabra, Charles se apresuró a precisar:

—Un incunable es el nombre convencional dado a cualquier libro impreso en Europa antes de 1500. Gutenberg imprimió un total de ciento ochenta Biblias. Hasta hoy solo han sobrevivido cuarenta y ocho ejemplares, de los cuales solo están completos veintiuno. A esta la llaman la B42, ya que tiene cuarenta y dos filas en cada página, si bien esto no es estrictamente exacto porque hay páginas que tienen cuarenta o cuarenta y una filas. Como saben, está escrita enteramente en latín, al igual que la Biblia del Diablo —dijo sonriendo a Christa.

—¿Eso es todo? —preguntó ella—. ¿Páginas de la Biblia?

Charles no contestó y continuó:

—Las copias que tenemos delante de nosotros son un original impreso en *vellum*. Se conocen solo doce Biblias impresas en pergamino de piel de becerro. Así pues, estas son fotos, bastante antiguas, como se ve, de una de ellas. Se nota por la textura del pergamino. No sé de memoria por dónde están repartidas, pero podemos comprobarlo. El hombre que me trajo estas fotos a la habitación dice que es un ejemplar diferente. Estoy tratando de ver si hay algo que llame la atención en este sentido.

Con el traqueteo del coche, Charles intentó concentrarse. El agente echó un vistazo y preguntó en el mismo tono guasón:

—¿Puede leer alguien una cosa así? Esas letras parecen las huellas de una araña mojada en tinta a la que han dejado caminar a sus anchas por la página.

Charles se echó a reír. «He aquí una buena réplica. Este madero es algo más de lo que aparenta.»

—Se llama Textualis o Schwabacher, que es una variación, una forma del estilo Blackletter. Esta combinación de líneas verticales y horizontales que se entrecruzan produce, en efecto, la sensación de una telaraña. No estamos acostumbrados a este estilo, que viene de la escritura gótica. De hecho, también se llama «Textura gótica», a pesar de tener caracteres latinos, pero en aquellos tiempos, para los que sabían leer era como para nosotros hoy la Times New Roman. Como se muestra, la alineación es perfecta, sin párrafos y repleta de iluminaciones.

Hizo una pausa.

—Las iluminaciones son las florituras a principio de los párrafos, que en esta Biblia corresponden a los capítulos. Estas fueron hechas a mano. Sobre todo se realizaban en los monasterios. Antes de inventarse la imprenta, ningún libro se parecía al otro. Los monjes los copiaban, pero cada vez se añadía en un nuevo ejemplar, además del texto, la contribución artística. Paradójicamente, cada copia era un original. Creo que acabo de inventar un buen lema para una empresa de máquinas fotocopiadoras. Puede que se lo venda a Xerox o a Canon. —Sonrió por su propia broma, pasó otra página y la sonrisa se le borró—. Espera un momento —se dijo a sí mismo en voz alta—. Esto no lo había visto nunca.

Un escalofrío le atravesó la columna vertebral. Los otros dos se volvieron, atentos. Christa le hizo una señal a Ion para que estuviera pendiente del camino.

—Ninguna de las Biblias de Gutenberg tiene las páginas numeradas. —Acercó la página a la luz y leyó—: Veinticuatro. —Pasó otra página. Y otra más—. Doce y de nuevo veinticuatro. Esto es muy extraño.

Volvió a las páginas anteriores. Las pocas páginas estaban dispersas y pertenecían a diferentes capítulos, como si el que las había elegido quisiera hacer una especie de revisión, algo así como una ejemplificación. En algunas había cifras; en otras, letras que no significaban nada. El grueso era del Apocalipsis. Las páginas habían sido fotografiadas de dos en dos —es decir, una extensión en cada fotocopia y no individualmente—. Justo antes del Apocalipsis, en la página de la izquierda, que estaba vacía en todas las copias que había visto Charles, había un texto incompleto de tan solo unas pocas líneas. El texto parecía solo la mitad del lado derecho de un pergamino que se hubiera partido en dos. Las letras eran las mismas que en el resto de la Biblia, pero faltaba la parte de la izquierda. Hasta la manera de colocar el texto parecía cortada de manera arbitraria, aunque la página estaba entera. Era como si alguien hubiera solapado una parte de un pergamino roto sobre la página en blanco de la Biblia. Bajo aquella luz, el texto le pareció ininteligible. No estaba claro y era mucho más pequeño que los demás. Parecía que la cámara que lo había fotografiado hubiese capturado la luz exactamente allí, o se hubiese salido de la zona de claridad. A Charles el texto le pareció conocido, pero como no sabía dónde ubicarlo y la luz era demasiado débil, no insistió.

—Alguien se ha estado divirtiendo y ha garabateado estas páginas. Parecen hechas por la misma imprenta, pero a falta del original no lo podemos saber.

—O es una copia inédita —opinó Christa.

Charles sopesó esta posibilidad. Hojeó un poquito más las páginas y, cuando estiró la mano para apagar la luz, las había movido de tal manera, que la mirada se fijó en la última. A la izquierda estaba el final del Apocalipsis. Pero a la derecha... Se paró y miró con atención. Otro texto coherente que le pareció extraño. Lo leyó. Tenía un buen nivel de latín. Había necesitado leer muchos materiales en la lengua original y en el Medievo el latín era el idioma oficial. Charles opinaba que todo intelectual debía saber latín, griego antiguo y alemán.

Seguía el texto y no podía creérselo. No solamente lo entendía todo, sino que también lo reconocía. Se echó a reír a carcajadas.

21

Después de recoger, Werner le dijo a Bella que siguiera el coche en el que se habían ido aquellos tres, pero manteniéndose a distancia y sin intervenir de ninguna manera sin su consentimiento explícito. El dispositivo de seguimiento remoto era de última generación. Después de colgar, llamó a Eastwood.

—Se ha puesto en marcha.

—Lo he visto —dijo el jefe. Luego añadió malicioso—: A lo mejor no es tan inteligente como me lo habías descrito. Piensa que hemos confundido las Biblias. No ha entendido el mensaje.

—Hay que darle un poco de tiempo —replicó Werner. Hizo una pausa para sopesar bien lo que iba a decir y añadió—: El *jet lag* me da dolor de cabeza. Ahora está circulando y Bella lo mantiene bajo control. Me iré a casa. De todas maneras, me mantendré informado.

Unos minutos más tarde un helicóptero se elevaba desde el techo del edificio principal. El torbellino de la hélice levantó el polvo del desierto de Mojave y se dirigió como un monstruo enorme hacia la ciudad de Lancaster, en Antelope Valley, allí donde antaño había estado la tierra de los indios Piute.

Bella y compañía hicieron rápidamente el equipaje y se metieron en un Porsche Panamera, que, esta vez, no se apresuró hacia ningún lugar. Bella apoyó su cabeza en el cómodo reposacabezas del coche y se durmió en el acto.

22

El profesor se partía de risa. Los otros dos lo miraron intrigados, trataban de explicarse lo que le había desencadenado el ataque, y culparon a la tensión y al nerviosismo de aquel día tan inusual. Entre hipos, Charles intentó hablar:

—Somos víctimas de un engaño de proporciones gigantescas. Una tomadura de pelo sin límite. Pero ¡realmente muy elaborada!

Christa no sabía cómo reaccionar, y el agente lo miraba estupefacto. Ya no estaba en absoluto pendiente de la carretera. De repente, Charles dejó de reír y le gritó al agente:

—¡Para! ¡Para este maldito coche! ¿Me oyes?

Esta reacción le sorprendió tanto que el agente frenó bruscamente en mitad de la carretera. Mientras bajaba, Charles chillaba a voz en grito:

—No hay ningún muerto en ninguna parte. Se han burlado de mí. Os habéis divertido todos a mi costa. Y encima toda la historia de la espada. Y con mi tío. ¿Qué clase de idiota debo de ser para tragarme esto? Es probable que, después de mi partida, el hombre se levantara y se echara a reír junto con sus cómplices. Ustedes son sus cómplices. El FBI, la Interpol. ¿Tan estúpido he sido? Alguien que sabía en lo que estoy trabajando me ha gastado esta broma tan sofisticada.

Mientras gritaba llegó a la parte trasera del coche y tiró de la puerta de atrás tratando de abrirla. El agente también se bajó, y

Christa se llevó las manos a la cabeza. Justo cuando el agente llegó atrás, Charles reanudó su monólogo:

—Vampiros y muertos, cruces y diablos. ¡Qué tomadura de pelo! —exclamó Charles. Después hizo un gesto con la cabeza hacia el agente y le gritó—: ¡Abre la puerta!

Con calma, este le preguntó por qué.

—Porque aquí no tienes ningún cadáver. ¡Todo forma parte de esta broma macabra! ¿Cuál es el plan? ¿Me llevaréis a un búnker en Bucarest y cuando encendáis la luz, un grupo de cretinos gritará «Sorpresa»?

—Los cadáveres son más que reales. Se lo aseguro. Usted lleva muchas horas alterado y se está recuperando. Por favor, trate de calmarse.

—Estoy tranquilo —dijo Charles en voz baja—. ¡Abre la puerta!

El agente le hizo caso. Mientras subía y se inclinaba encima de un cadáver, Charles continuaba balbuceando:

—¡Sois los mejores, unos grandes maestros de la escenificación! ¡Y este olor!

Abrió la bolsa.

—¡Os merecéis un Oscar por la producción!

Cogió el cadáver del brazo y lo sacó fuera.

—¡Vamos a ver de qué está hecho este muñeco!

Luego enmudeció. El muerto estaba rígido pero había empezado a descomponerse. Charles empezó a sentirse mal. Saltó del coche y vomitó.

El teléfono parpadeaba insistentemente. En la penumbra del bar, el hombre sin ninguna bebida delante observaba a la gente, a la espera. Alcanzó el móvil y se lo llevó al oído. Asintió con la cabeza a todo lo que le decía la voz al otro lado del teléfono, y mencionó después a un león y que lo había entendido. Se guardó el teléfono en el bolsillo de la cazadora de cuero con tachuelas, cogió el casco de la moto y salió del bar.

23

Estaba sentado en el coche muerto de vergüenza. No recordaba si alguna vez había hecho el ridículo de esta manera. Ese modo de perder el control no era para nada propio de él. Quería disculparse, pero no sabía cómo, para evitar hundirse más. Todavía tenía dudas acerca de toda la historia, pero los muertos eran reales. Abrió la boca:

—Me...

Christa habló al mismo tiempo:

—No se preocupe. Nosotros hubiéramos reaccionado igual.

—Gracias —dijo Charles.

—¿Se encuentra bien?

Asintió con la cabeza.

—Me había enfrentado antes a situaciones difíciles y desde niño fui entrenado para defenderme —manifestó sorprendido del tono con que las palabras salieron de su boca—. Pero esta historia es demasiado —dijo señalando la carpeta.

Christa lo miraba interrogante.

—¿Nos puede explicar por qué?

Charles suspiró y le dio la carpeta abierta por la última página de la supuesta copia de la Biblia.

—¡Léelo!

Christa intentó leerlo, pero no se enteraba de nada.

—¡Es latín!

—Voy a intentar traducírselo para no cansarles con el texto

en latín: «Ante la Ley hay un guardián. A ese guardián llega un hombre del campo y le ruega que le deje entrar a la Ley. Pero el guardián le dice que no puede dejarlo entrar aún. El hombre reflexiona y pregunta si, entonces, podrá entrar más tarde. "Es posible —dice el guardián—, pero no ahora." Como la puerta de la Ley está abierta como siempre y el guardián se echa a un lado, el hombre se asoma para mirar por la puerta interior. Cuando el guardián lo ve, se ríe y le dice: "Si tanto te atrae, intenta entrar a pesar de mi prohibición. Pero ten en cuenta una cosa: soy poderoso. Y solo soy el más humilde de los guardianes. Después de mí hay once puertas más. Sala tras sala hay otros guardianes, cada uno más poderoso que el anterior. Ni siquiera yo puedo soportar ya la vista del tercer guardián". El hombre del campo no había previsto aquellas dificultades. La Ley, piensa, debería ser accesible siempre y para todos...». Y así sigue. Parece ser que está todo el relato.

Charles se paró. Los otros dos no reaccionaron de ninguna manera.

—¿Una parábola? —preguntó Christa.

—¿No lo reconocen?

—Quizá —contestó el agente.

Christa se calló.

—Es un relato de Kafka que se llama «Ante la ley».

—Ay, eso, eso —dijo el agente—. Pero también aparece en *El proceso*, ¿no?

—Efectivamente, Kafka lo retomó más tarde en *El proceso*. ¿Cómo puede aparecer un texto del siglo XX al final de una Biblia del XV?

—Es imposible —replicó el agente—. ¡A no ser que sea un plagio!

—¿La copió Kafka de Gutenberg? ¿De una Biblia impresa en un solo ejemplar?

—Quizá lo hizo intencionadamente. Quizá quería demostrar algo.

—¿Que Franz Kafka vio lo mismo que nosotros? Más aún, ¿que vio el original?

En todo este tiempo Christa no había emitido ningún sonido. Se había limitado a escuchar la conversación entre los dos hombres.

—Un monje franciscano del siglo XIII inventó un precepto metodológico conocido como «la navaja de Ockham» que sostiene que, en igualdad de condiciones, la explicación más sencilla suele ser la más probable. ¿Qué es lo más probable? ¿Que Kafka, casualmente mi escritor favorito y al que conozco de memoria, haya plagiado a Gutenberg en un texto que nadie sabía que existía o que alguien me haya gastado una broma de mal gusto? Quizá he exagerado antes y estos crímenes atroces cambian por completo las circunstancias, hay algo aquí que no encaja. Pero insisto en que todo eso es un montaje.

—Pero ¿no estaba claro desde el momento en que viste la tarjeta de visita? ¿Y si alguien intenta construir un puzle y te está dando las piezas una a una? —preguntó Christa.

—Entonces tengo razón. ¿Es un montaje solo dirigido a mí?

—Pensaba que esto ya había quedado claro.

—Sí —gruñó Charles—. Supongo que me cuesta aceptarlo y me saca de quicio no poder resolverlo.

—¿Ese Kafka era austríaco? —preguntó el agente.

—Más o menos. Vivía en el Imperio austrohúngaro. Pero, en efecto, murió cerca de Viena. Nació en una familia judía en... Espera.

Pensó un poquito. Parecía que estaba a punto de descubrir algo, que encontraba un nexo.

—¿Dónde está la bata?

Christa metió la mano detrás de la banqueta y le dio la bata. Charles rebuscó excitado por los bolsillos y sacó la cartera.

—Menos mal... casi me olvido la cartera aquí. Me habría quedado sin la documentación y sin dinero. ¡Menudo desastre!

Sacó el papel y lo desdobló. Miró detenidamente el dibujo. Su mente ataba cabos, establecía conexiones.

—¡Iremos a Praga!

Christa lo miraba estupefacta.

—¿Nos puede dejar en el aeropuerto? —preguntó Charles.

—No puedes subir al avión sin el pasaporte. Le puedo pedir al comisario que te lo envíe mañana por la mañana. Le diré que lo necesitamos para identificarte. Nunca me da un no por respuesta.

—No se lo da a nadie. ¡No te creas! —Se rio el agente.

Después de pensar unos minutos, Charles preguntó de nuevo:

—¿No hay trenes a Praga desde aquí? No está muy lejos.

—Sí —farfulló Christa.

—Y no necesito pasaporte dentro de la Unión Europea, ¿verdad?

—Solamente en la frontera de Hungría. Pero, como decía, mi identificación de policía podría servirnos.

El coche se acercaba a Bucarest. Las luces se intensificaban, igual que los vehículos. Eran casi las tres de la madrugada y, a pesar de que la circulación no era muy intensa, parecía que habían entrado en el mundo civilizado después de la solitaria carretera que habían recorrido.

24

Bella se había despertado. Al volante estaba el armario y, a su lado, Milton, muy arrellanado en el asiento, respiraba regularmente. En la pantalla del ordenador de a bordo todavía gorgoteaba la luz verde de la señal transmitida desde el coche frigorífico.

—¿Estarán muy lejos? —preguntó Bella.

—A unos tres kilómetros.

—¡Acelera!

A la entrada de Bucarest, un motociclista observó que un coche frigorífico con un león pintado que holgazaneaba alegre por toda la superficie lateral con un helado en la punta de la cola se detenía en el semáforo. El motociclista aceleró y llegó a la altura del coche, junto al conductor. Volvió la cabeza hacia él y lo miró detenidamente. El agente le devolvió la mirada, pero no pudo ver su cara porque el casco reflejaba la luz del semáforo. En el momento en que se puso en verde, el motorista pisó a fondo el acelerador, levantó la mano, en la que tenía una pistola, y disparó. A continuación, soltó el embrague y desapareció.

El agente se desplomó sobre el volante, y el claxon empezó a sonar.

En la gigantesca villa de Lancaster, Werner estaba a punto de ver un partido de fútbol americano. Había grabado un partido de su equipo favorito desde los tiempos en que era estudiante, los New England Patriots, últimamente convertido en un equipo temible. Las grandes jugadas se habían hecho esperar, pero Werner era un incondicional desde el principio cuando nadie daba nada por ellos. No sabía el resultado final, odiaba saberlo antes de ver el partido, le quitaba todo el encanto. Por ello no leyó ningún periódico ni encendió la televisión o la radio cuando llegó a su casa. Mientras se hacía la presentación de los equipos, Werner se preparó una gigantesca hamburguesa con tres capas de queso. Puso mayonesa, ketchup dulce y picante, muchos pepinillos en vinagre y una enorme hoja de lechuga. El teléfono que estaba en la mesa emitió un ronco silbido de locomotora. Se lamió los dedos y tocó la pantalla. En ella se mostraba un mensaje corto: «Hecho».

Puso el teléfono sobre la mesa y se sentó satisfecho a ver el partido.

25

La señal verde del mapa llevaba algunos minutos sin avanzar. Bella miraba la pantalla con preocupación.

—¿Cuánto nos queda?

Julius Henry pisó el acelerador a fondo. En el primer semáforo se veía una multitud agolpada. Varios coches estaban aparcados al borde de la carretera con las luces de emergencia activadas. La limusina se acercó tanto como pudo. El cielo comenzó a iluminarse por las luces de emergencia de un coche de policía que les adelantó. Otro llegó desde la dirección opuesta, y Bella le dijo al conductor que pasara de largo. Este sobrepasó lentamente el semáforo. Los tres volvieron la cabeza. Algunos curiosos comentaban el incidente. A la derecha, por donde pasaba despacio la limusina, la puerta de un vehículo estaba muy abierta. La luna de la puerta del conductor estaba rota y este estaba desplomado sobre el volante con la cabeza vuelta hacia el lado desde donde había recibido el balazo. Bella sabía que no podían pararse. La preocupación se apoderó de ella. Julius Henry entró en la memoria del ordenador del salpicadero y llamó al número de teléfono de Charles. Ninguna luz se encendió. En la mochila de Christa se había quedado sin batería.

Christa y Charles salieron rápidamente del coche y se fueron a la carrera hacia el centro de la ciudad. Corrían a más no poder.

De vez en cuando volvían la cabeza en todas las direcciones para ver si alguien los seguía. No había nadie. A la altura de unos bloques próximos, un hombre salió a pasear a su perro. Se detuvieron en una esquina y esperaron unos minutos para recuperar el aliento y asegurarse de que el agresor no se veía por ningún lugar. Unas pocas decenas de metros más adelante, en una parada de taxis, cuatro coches amarillos estaban a la espera de sus madrugadores clientes. Algún vehículo solitario pasaba a gran velocidad por la carretera. Se dirigieron hacia la parada de taxis, donde cuatro conductores estaban charlando y tomándose el café de la mañana. Christa y Charles se acercaron a ellos.

Bella, que había entrado un poco en pánico, marcó el teléfono de Werner. Este no contestaba. Entonces utilizó el último recurso que le quedaba: marcar otro número, guardado en la agenda con el nombre de Martin. Justo en el instante en que este contestaba, desde la limusina que rodaba lentamente, vieron a la derecha la parada de taxis. Charles y Christa se estaban subiendo a uno.

26

El taxi se detuvo frente a la estación del Norte, la principal de la capital. Charles sacó su cartera, pero solo tenía libras esterlinas y euros. No se podía abonar con tarjeta, así que pagó Christa. En la estación se fueron directamente a la ventanilla de información. El único tren con destino a Chequia salía a las seis. Debían esperar algo más de dos horas.

Werner salió de la ducha. La música sonaba muy fuerte en la casa. Acababa de adquirir el último álbum de Pink Floyd, *The Endless River*, que sonaba exactamente como el álbum lanzado hacía una década, *The Division Bell*. Aunque sabía que los especialistas en Pink Floyd insistían en que Gilmour era el gran valor de la banda, Werner tenía debilidad por los álbumes donde Roger Waters había sido el cerebro. Se sabía de memoria *The Wall* y especialmente *The Final Cut*, a pesar de la explícita ideología hippy, pacifista, anticapitalista y antiglobalización. Le gustaban la orquestación barroca y la invención sonora que complicaba la línea melódica muy simple y muy armoniosa.

A menudo se divertía a expensas de los artistas que vituperaban a los bancos, al dinero, al sistema financiero internacional y gracias a ello obtenían enormes ganancias. El último espectáculo de *The Wall* de Waters le gustó mucho por su fuerza manipuladora. Las personas que amaban ante todo la música se marchaban impresionadas con la retórica antibélica del espectáculo. Una obra maestra de la manipulación —mostrar en la pantalla que los dólares, las libras, los yenes y cualquier otra moneda son un veneno a cambio de conseguir en todo el mundo dólares, euros y libras—. La posición hipócrita de Waters le parecía que se asemejaba mucho a la de aquellos filósofos que atacaban Estados Unidos mientras calentaban sus butacas de la universidad, y se metían con el sistema del que se beneficiaban viviendo como reyes; si se hubieran ido a los países que admiraban, se habrían muerto de hambre o habrían acabado en un campo de concentración. Recordó también a un director que hizo una película que ensalzaba a Castro al abrigo del dinero de su cuenta corriente y de la inmensa mansión con piscina desde donde reprobaba el capitalismo. Si se hubiera tropezado alguna vez con lo que alababa, habría despertado y no le habría gustado lo que veía. Pero eso, contemplar la tormenta desde el balcón, lo puede hacer cualquiera. «Esa es la grandeza de Estados Unidos —pensó Werner—, cualquier predicador encuentra su rebaño.» Y eso estaba bien, siempre y cuando él y su Instituto pudieran elegir o controlar a los predicadores

Dicho esto, se vistió con ropa ligera y bajó al sótano en ascensor. Decidió no ir al Instituto hasta la mañana siguiente; tenía cosas más importantes que hacer. Se dio cuenta de que se había olvidado el teléfono, así que tuvo que volver. Vio la llamada perdida de Bella y se la devolvió. Cuando se enteró de que esta había llamado a Martin, enloqueció. Los ojos se le desorbitaron y se le hincharon gruesas venas de la garganta. Le gritó que no perdiera de vista al profesor. Una vez terminada la conversación, golpeó la pared lo más fuerte que pudo con el teléfono, y este se rompió en mil pedazos. Se quedó unos segundos en el centro de la habitación y luego cogió de la mesa de la cocina otro aparato.

27

Las estaciones no son un buen lugar para pasar la noche. La cara de los drogadictos, los borrachos y los mendigos que las habitan te ponen los pelos de punta. Y no necesariamente por correr peligro de ser agredido, sino, como era el caso de Charles, porque te hacen ver una cara del mundo de la que, por lo general, estás muy protegido: la de los desheredados. La estación del Norte de Bucarest no era la excepción a esta norma, más bien todo lo contrario.

Charles sacó dinero del cajero automático con la tarjeta, aunque Christa insistió en que eso permitiría que los localizaran. Charles respondió que quien les buscaba ya sabía a dónde iban. A continuación, compró los billetes, buscó unos puros pero, como no encontró, adquirió un paquete de cigarrillos y un mechero. Se sentaron en la terraza de un McDonald's, el único restaurante de la estación que parecía decente. A pesar de la repulsión que sentía por cualquier tipo de comida rápida, Charles se tragó casi sin masticar un menú entero y luego echó un vistazo alrededor a la espera de que Christa terminase de comer.

—¿Por qué vamos a Praga? —preguntó ella entre bocado y bocado.

A Charles le sonaba muy extraño que le hablara en plural. Él tenía que irse y aquella mujer se le había pegado como una lapa. En ese momento, sin embargo, la necesitaba a ella y a la autoridad que representaba, y también a sus cualidades de persona de acción. Sabía que de otro modo no conseguiría cruzar la frontera.

Charles sacó de la cartera la nota que había recibido en el hotel.

—Es la Torre del Reloj de Sighişoara —dijo Christa.

—Yo también lo he pensado, pero después del cuento de Kafka me he dado cuenta de que el reloj de aquí está en el centro y tiene una ojiva encima. Sin embargo, la Torre del Reloj no tiene ojivas y el reloj está posicionado hacia la derecha según se mira. Esta es la torre de la catedral de San Vito de Praga. Estoy empezando a creer que la única función del cuento de Kafka era darme una indicación adicional. No es que tenga nada en contra de jugar, pero en la nota podían haber escrito simplemente «La espada está en Praga» en lugar de «La espada está aquí». ¡Alguien quiere que vayamos a Praga!

Tenía el papel en la mano y lo estaba mirando. Luego empezó a tantearlo y a frotarlo entre los dedos como si buscase algo.

— ¿De qué espada se trata? —preguntó Christa.

Charles inclinó más la vista sobre el papel y contestó:

—Aquí hay algo raro.

Metió la mano en el bolsillo, encendió un mechero y lo acercó al papel. Milagrosamente, un texto oculto salió a la luz. El mechero se apagó. Charles trató de encenderlo una vez, dos, pero no pudo. Manipuló la rueda ajustable que controla el tamaño de la llama al máximo y volvió a intentarlo. El mechero se encendió entonces, pero la llama prendió el papel, que se le cayó de las manos, y lo apagó con el pie. Había perdido más de la cuarta parte de la nota. Pero el resto del texto se veía en todo su esplendor. Charles miró a Christa con satisfacción.

—Tinta simpática —dijo Christa.

—No necesariamente. Para eso se necesitan algunas sustancias especiales para tratar el papel: una mezcla de alcohol, tetracloruro de carbono o tintura de guindilla. Hay soluciones mucho más simples. Parece un juego de niños. Desde los tiempos de los egipcios se utilizaban estos trucos en los papiros. Los primeros grandes especialistas de la historia en ocultar mensajes secretos fueron los agentes de Iván el Terrible, que escribían con jugo de cebolla. Pero también se puede usar zumo de limón mezclado con bicarbonato de potasio.

Christa no pudo ocultar una sonrisa que no le pasó desapercibida a Charles. Este se acercó más el papel a los ojos. La letra era muy pequeña.

—Es un papel térmico. No me he dado cuenta desde el principio porque no es de gran calidad. En mis largos viajes he encontrado un montón de documentos parecidos. Pero, a diferencia de este, no venían dirigidos a mí.

Se paró y leyó con atención. En la parte superior, las primeras palabras:

Άγιος Γεώργιος.

Debajo había unos versos en francés:

Ci-gît un roi, par grand merveille, qui mourut, comme Dieu permet, d'un coup de serpe et d'une vieille, comme il chiait dans une met.

En la esquina que se había quemado lo único que había quedado inteligible era:

RN —solo estas dos espadas encajan en la misma vaina.

Al lado de los caracteres griegos había apuntado «10.00». Y cerca estaba dibujado, con tan solo tres líneas, un pájaro.

Charles leyó y se echó a reír. Esta vez no era una risa histérica, sino una sana, de un hombre afable. Se relajó y volvió a ser él mismo. A pesar de todos los acontecimientos, se sintió de nuevo como el héroe listo para enfrentarse al dragón, como lo había hecho tantas veces. En ese momento sabía que lograría vencer cualquier desafío que surgiera. Y a pesar de los crímenes, que le parecían odiosos, admitió que su misterioso adversario, o lo que fuera, era inteligente y tenía mucho sentido del humor.

Al llegar a la estación, Bella envió a su chófer a enterarse adónde se dirigía la pareja. Charles los había visto en el hotel a ella y a Henry, y Bella no quería correr el riesgo de que los reconociera. Milton se llevó solo el paralelepípedo, sin accesorios. Llegó a la ventanilla y, mientras trataba de comunicarse con la cajera en un idioma que la mujer pensó que era una especie de galimatías, pegó el artefacto a la ventana. A través del aparato, a Bella no le fue difícil averiguar cuál era el destino de la pareja, porque solo se habían comprado tres billetes en las últimas horas, dos de ellos a Praga. Entró en el sistema y eligió unos asientos en un vagón más hacia la parte trasera, para no tener que pasar frente a la pareja cuando se subieran al tren. Le envió a Milton las tres plazas y el destino por SMS. Este, que estaba sacando de quicio a la vendedora, le enseñó la pantalla del móvil. La vendedora respiró aliviada y le entregó los billetes.

28

Christa estaba esperando a oír el comentario de Baker sobre el papelito. Este lo puso encima de la mesa entre los dos.

—Ese nombre escrito con letras griegas es Agios Georgios, que quiere decir «san Jorge». La cifra diez que tiene al lado puede ser cualquier cosa, pero la primera cosa que me viene a la mente es que indica el tiempo. Así que las 10.00 h. No sabemos la fecha y tampoco si es de día o de noche. Supongo que se trata de la estatua de san Jorge matando al dragón de uno de los patios de la catedral de San Vito, no sé exactamente cuál, ya que al principio de la década de 1990 la cambiaron de lugar varias veces, pero nos resultará fácil encontrarla. Lo interesante de esta estatua es que se la atribuye a unos rumanos de Transilvania. Uno de ellos incluso se llamaba Jorge, si no recuerdo mal, al otro no lo conozco. A estos maestros artesanos los contrató el emperador Carlos IV hacia el final del siglo XIV para hacer la que, si no me equivoco, es la primera estatua ecuestre de bronce que no correspondía a ningún edificio privado, es decir, la primera de dominio público en Europa. Y el ave no sé lo que podría significar. Tal vez es la firma del autor. Una especie de «tulipán negro».

Al oír la palabra «maestros», Christa sonrió. Charles percibió la sonrisa que ella trataba de ocultarle. Le preguntó con la mirada en qué estaba pensando y ella movió la cabeza como diciendo que en nada. Por primera vez en toda la cadena de deducciones, Christa había pillado algo antes que Charles. Le podía preguntar qué era si no conseguía encontrarlo por sí mismo.

—Estos versos son de un poema atribuido a Agrippa d'Aubigné, un poeta muy interesante del que podemos hablar más tarde. No veo la relación, pero me da vergüenza traducirlos, ya que son bastante indecentes. Bueno, no tanto. —Christa acercó el billete hacia ella y leyó el texto en un francés tan bueno como el inglés en que se expresaba—. Un rey duerme aquí, / por maravilla / muerto, como Dios manda, / a manos de una vieja y un podón / cuando cagaba en su artesón.

Se echó a reír y contagió a Charles con aquella risa contagiosa que pasaba del uno al otro. Como dos viejos amigos que se conocen de toda la vida.

—Pienso que ha llegado el momento de que me digas qué pintas tú en toda esta historia. Ya que vamos a dormir en el mismo compartimento, tengo que saber que no te bajarás de la litera para hacerme cualquier cosa.

—¿Quieres decir que me quedo con la litera de arriba?

—Sigues retrasando cualquier respuesta. Mira cómo están las cosas —dijo ella con una voz que volvió a ser autoritaria, igual que cuando hablaron por primera vez en el coche.

Charles no sabía lo que le diría a continuación. Y pensó en la facilidad que Christa tenía para pasar de un estado de ánimo a otro. No parecía tener ninguna intención de ceder.

—Creo que ha llegado el momento de poner las cartas sobre la mesa —insistió ella.

—¿De qué cartas hablas?

—¿No te parece que aquí hay algo inverosímil?

Charles le dirigió una mirada interrogante. No entendía a lo que se refería Christa.

—Eres quién eres. Repleto de relaciones y dinero. Vale, te dejaste el pasaporte en el hotel. Pero ¿subirte a un tren apestoso e ir indocumentado durante una noche y un día hasta el fin del mundo? Podrías haber ido a la embajada. Allí habrías tenido protección incluso si la policía hubiera emitido una orden de búsqueda y captura, dado que todas las víctimas de hoy tienen algo que ver contigo. El primer impulso de cualquier persona normal sería ponerse a salvo, y creo que no hay un lugar más seguro hoy que la embajada de Estados Unidos. ¿Por qué arriesgarse? Te pueden incluso matar, detener en la frontera, en un lugar donde la policía no necesariamente se compone de caballeros ni tampoco sabe quién eres. Sí, sufriste un shock, como yo, cuando el de la moto nos atacó. Pero parece ser que lo has superado. ¿No piensas que algo no encaja?

Charles la miró un tiempo mientras pensaba cómo reaccionar. Le pilló por sorpresa.

—Tienes que decirme ahora mismo lo que te contó aquel hombre de la habitación y por qué actúas de esta forma tan irracional. Sobre todo tú, que eres la razón personificada.

Charles siguió callado.

—Si no me lo dices... No... Mejor dicho, si no me convences con argumentos serios de por qué quieres hacer esto, me levanto ahora mismo y me marcho y subes solo a ese tren. No me obligues a que te tache de loco. Sin mí, no hay manera de que llegues a Praga.

—¡Al diablo! —dijo Charles—. Supongo que este momento es tan bueno como cualquier otro. Vine aquí para recuperar un objeto con el que mi familia está obsesionada desde antes de mi nacimiento.

—¿La espada del dibujo?

Charles confirmó con la cabeza.

—Esa obsesión es tan fuerte que tengo la sensación de que mi abuelo me preparó solamente para encontrar dicha espada. No tengo ni idea de por qué tengo que hallarla, pero supongo que, en cuanto la tenga, lo entenderé.

—¿Y la espada está en Praga?

—Viste el dibujo, ¿no?

—Es solamente un dibujo sobre un papelito. Alguien podría estar divirtiéndose a tu costa.

—Sí. Pero vi las fotos de Princeton. Un objeto idéntico al que tantas veces mi abuelo me había descrito en detalle. La coincidencia es demasiado grande. Y luego, toda la conspiración para convencerme para venir aquí. Me encanta la adrenalina que me da la aventura. Parezco cómodo y estirado, pero te aseguro que soy diferente. Últimamente he pasado por todo tipo de peripecias, y son como una droga. Esta vida banal basada solo en el estudio no me gusta. Vivo la vida por etapas; cada vez que sé que termina una, quiero empezar otra. Por eso he hecho tantas cosas. No soy científico, porque no consigo permanecer en un lugar centrado en una única cosa. No echo raíces.

—¿Sugieres que asumes todos estos riesgos solamente por tu espíritu aventurero? ¿Tengo que tragármelo?

Charles se encogió de hombros.

—Por muy seguro que estuviera en la embajada, hubiese tenido que dar explicaciones. Incluso si hubiese llamado a Estados Unidos para hablar con el presidente en persona, hay que respetar la ley, hay que hacer papeleo. Hubiese salido con un transporte diplomático, y aun así hubiera tardado por lo menos tres días. Y no tengo, bueno, no tenemos tres días.

—¿Qué te dijo el hombre de la habitación?

—Que existe este libro, la Biblia de Gutenberg. Que es justamente el primer libro impreso en la historia de la humanidad y que tengo la responsabilidad de encontrarlo. No lo habría creído y ahora tampoco estoy convencido del todo, si no hubiera dicho algo que no tenía forma de haber averiguado. Algo de mi pasado. Algo muy profundo.

Cogió la carpeta y la abrió en la página de la izquierda del principio del capítulo del Apocalipsis.

—¿Ves este texto? Recordé dónde lo había visto. Se parece mucho al aforismo escrito en la pared de la bodega de la casa de mi abuelo. ¿Te das cuenta de que parece una transcripción incompleta? Como si fuera un pergamino roto. En nuestra pared figura (a no ser que la memoria me falle, no la veo desde hace más de veinte años, pero por lo general no me falla) la otra mitad del pergamino. Cuando yo era un niño y jugaba en la bodega trataba de descifrar qué ponía. Pero nunca puse demasiado empeño. Me imaginé siempre que era un diseño innovador. Se puede ver aquí, pero destaca más claramente en la pared del sótano, donde se pueden reconocer palabras completas, solo que el texto no tiene ningún sentido. Igual que el globo terráqueo y la espada dibujados. Quizá es una broma gigantesca, pero la intuición, que tampoco me ha engañado hasta el momento, me dice que no. El hombre pronunció el mismo aforismo que hay en aquel lugar, en aquella pared. Tal vez te las diga, pero no ahora.

Christa escuchó con atención. Le pareció que había algo más. Ya estaba convencida de acompañarlo o quizá lo habría hecho de todas maneras. Pero insistió:

—¿Eso es todo?

— No. Te lo contaré brevemente y luego en el tren entraré en más detalles, porque es complicado. Esta Biblia habría sido encargada por Vlad Ţepeş y contendría los secretos del más terrible complot de la historia. Un plan que estaría a punto de cumplirse ahora y que, supuestamente, yo podría impedir, pero solo si encuentro la Biblia. Sé que parece exagerado, pero igual sonaba la historia de Lincoln, de la que probablemente te acordarás, cuando la escuché por primera vez. El hombre estaba delirando y hablaba de una lista. Entonces comenzó a sonar cada vez más confuso, estaba a punto de perder el conocimiento. Me explicó un poco cómo llegó Drácula a encargar la Biblia a Gutenberg. Las últimas cosas que pudo decir fueron que, si encuentro la espada, hallaré también el libro. Y que los que han hecho todo eso, los que me siguen, no me van a tocar hasta que encuentre la lista, es lo que quieren. Porque llevan buscándola cientos de años y se les ha escapado cada vez, y ahora tienen prisa. —Hizo una pausa, y luego añadió con un tono un poco molesto—: Y que yo era el elegido. En este punto creo que hablaba la fiebre. Intentaré descifrar el mensaje en el tren, pero tengo que concentrarme para recordar lo que decía el texto de la casa del abuelo. Lo he intentado en el coche, pero no lo he conseguido. He mirado con atención esta mitad. Si hay un código de lectura, es probable que sea imposible de descifrar sin tener el texto completo.

Christa puso la mano sobre la carpeta y preguntó con la mirada a Charles si le daba permiso. Él asintió y ella intentó leer el texto, pero la luz era difusa y el texto casi ilegible, con letras pequeñas y borrosas. Y también había aquel maldito alfabeto gótico, «Textualis» o lo que fuere. Consiguió descifrar solamente *«ers, to have, old proph, se now, t the, a after»*. «O, tener, viejo profe, ta, uno, después.»

—Está en inglés —concluyó Christa, desilusionada—. Aunque consigamos reconstituir el resto del texto, no nos ayudará demasiado.

29

En el corazón del desierto de Mojave, más allá de los montes Tehachapi, hacia el valle de la Muerte, rodeado de un gran páramo que se extiende por una inmensa superficie, una parte debajo de la tierra y la otra encima, se halla el IRHEB o, como lo llaman los que saben que existe, «el Instituto». La parte delantera, el hangar, alberga ciento cincuenta personas contratadas de diferentes ámbitos, desde especialistas en ordenadores o comunicación, hasta doctores en mecánica cuántica o antiguos empleados de la NASA, así que están representadas casi todas las disciplinas ideadas por el hombre. Cada empleado tiene un contrato de confidencialidad de cuyas consecuencias, si llegase a incumplirlo, no podría esconderse en toda la galaxia. Por tanto, en toda su historia de más de cincuenta años, nadie ha divulgado jamás al exterior ni una sola palabra acerca de la existencia del Instituto. Evidentemente ha habido rumores y alguna gente supone que podría existir como consecuencia de los descubrimientos y los experimentos que hace, más que por algún tipo de información que trascienda, por muy aproximada que sea.

La selección del personal se hace concienzudamente y durante mucho tiempo. Ninguna piedra de su vida se deja sin levantar, ningún esqueleto del armario sin destapar. Para algunos se alarga años, y en el caso de que el Instituto desee contratar a alguien, encuentra también la paciencia y los métodos de convencer a aquel en que fija su mirada.

Cada empleado conoce su deber, pero solamente los jefes de departamento pueden coordinar los proyectos en desarrollo. Y en esta esfera más alta, cada uno de los jefes de departamento conoce solamente lo que concierne a su propio proyecto, y no tiene ni idea de los demás. A un nivel aún más alto, tres personas coordinan los proyectos interdisciplinarios y deciden qué y a quién comunicar. Una sola persona conoce todo lo que ocurre en el Instituto y supervisa toda la actividad. Y a pesar de ello, tampoco sabe de la existencia del Templo subterráneo.

El hangar tiene una parte que da al exterior y otra enterrada en las profundidades para experimentos especiales. En el centro del hangar se halla la consola donde tienen acceso, por turnos, los proyectos prioritarios o los que están en la fase de pruebas. Pegado al hangar, unido por una red de pasillos mejor vigilada que cualquier otro lugar en el planeta, tanto desde el punto de vista tecnológico como por la presencia humana, está el edificio de los despachos. En sus tres pisos se encuentran, desde abajo hacia arriba, los jefes de departamento, los tres coordinadores y el director general, Werner Fischer. Por encima de todos, pero por debajo de Dios, por decirlo de alguna forma, aunque no siempre es consciente de ello, está Martin Eastwood. Los demás, en su mayoría, son los empleados de mantenimiento, administración y seguridad.

Junto al edificio de oficinas, enterrado por completo, se halla el Templo. Solo el presidente, Martin Eastwood, sabe lo que de verdad ocurre allí. El Templo no tiene nada de religioso, aunque el nombre fuera inspirado por la religión. Para su creación, construcción y seguridad trabajaron a lo largo del tiempo diferentes escuadrones, por lo que nadie más que el gran jefe sabe todo sobre el acceso, los planos o el sistema de seguridad. Una empresa contratada personalmente por Martin se encarga de las emergencias en casos extremos y existe un protocolo muy estricto y bien definido.

Una carretera privada lleva directamente a la localidad más cercana, donde viven, como en un campamento militar, los empleados. El control de seguridad es exhaustivo en la entrada de la carretera. Al Instituto se puede llegar también en avión y en helicóptero. Al principio, los empleados vivían en una suerte de barracones. Hace un tiempo que se prescindió de ellos y, cuando la gente necesita descansar, tiene a su disposición cuarenta apartamentos muy bien equipados.

Aquella noche iba a tener lugar un encuentro extraordinario en el Templo. Las medidas de seguridad se triplicaron, y las entradas y salidas de los empleados o de los suministradores especiales se hicieron siguiendo un protocolo muy estricto. Nadie podía salir de ninguno de los edificios si no figuraba en el programa. Los encuentros especiales tenían lugar, normalmente, una vez al año, pero en situaciones particulares podían ser más frecuentes, cada vez que uno de los implicados solicitaba una reunión o en situaciones de crisis, como era el caso de aquel día.

30

El tren se puso en movimiento tosiendo y resoplando. Christa y Charles iban en el mismo compartimento del coche cama. Christa había elegido el primero, cerca de la entrada del vagón. No sabía lo que iba a ocurrir, así que tomó una pequeña medida de precaución en el caso de que tuvieran que salir a toda prisa del tren. La mitad de los vagones estaban vacíos, motivo por el cual la compañía ferroviaria rumana preveía la posibilidad de anular aquella ruta. El billete de avión costaba menos que el del tren, pues solamente los nostálgicos perdidos o los que tenían miedo a volar elegían tardar veinticuatro horas en llegar a Praga en vez de dos. Christa escogió la litera de abajo. Dijo que era más seguro así.

Después de cerciorarse de que Christa y Charles habían subido y habían pasado de largo de su vagón, el último, Bella y sus dos acompañantes se subieron también al tren. Habían cogido dos compartimentos.

El tren se puso en marcha, pero justo en el momento del arranque, cuando el jefe del vagón seguía aún en las escaleras antes de cerrar la puerta, un hombre de unos treinta años, con gafas de sol y cazadora de piel cubierta de tachuelas, se montó de un salto en el último vagón y estuvo a punto de derribar al revisor.

Christa y Charles estaban en el pasillo, en la ventana, mirando en silencio cómo el tren abandonaba la estación y empezaba a coger velocidad. Las cochambrosas casas de la periferia bucarestina se habían espaciado hasta desaparecer por completo. Después de que el revisor comprobase sus billetes, Charles le dijo a Christa que esta vez no cedería y que ahora le tocaba a ella decirle qué hacía allí. Quería la historia verdadera. Ella vaciló, pero al amenazarla Charles de que no iba a decir ni una palabra más hasta saber el motivo de su presencia allí, cedió. Entraron en el compartimento y, mientras Charles se sentaba en la litera de abajo, Christa se quedó de pie, apoyada sobre el lavabo cubierto por una tapa de madera abatible.

—Si te lo cuento todo, te vas a asustar. Pero quizá sea mejor. Puede que seas más prudente a partir de ahora.

Como Charles no entendía cuándo había sido imprudente, ella le dijo que no tenía que haber utilizado la tarjeta de crédito.

—Hace unos seis meses, nos señalaron que en el antiguo puerto de Marsella habían descubierto en el agua tres muertos desangrados. Solicitamos las grabaciones de todas las videocámaras de vigilancia. La mayoría no mostraba nada, muchas de ellas ni siquiera funcionaban. La única que había grabado algo era una cámara que tenía el ángulo orientado hacia la zona de los restaurantes y cubría muy poco la superficie del agua, un borde. En aquella cámara aparecías tú, entrando en un restaurante acompañado por tres hombres y una mujer y saliendo unas dos horas después. Solo.

Para ser más convincente, Christa sacó el teléfono móvil y le mostró las dos fotografías, pero enseguida lo apartó para no dejarle ver lo que había más adelante.

—¿Qué es lo que no debo ver? —preguntó Charles.

—Te lo enseñaré todo, ten un poco de paciencia.

Charles pensó que quería estar a su altura en la forma de contar y crear suspense.

—Bueno, estuve cenando con unos amigos y salí antes. Recuerdo que por la mañana tenía que coger un avión.

Christa no reaccionó.

—Sí, pero tal como muestra la hora en la siguiente foto, después de unos cuarenta y cinco minutos empezó una tormenta que empujó esta barca hacia la esquina donde apuntaba la cámara.

Le enseñó la foto. En una barca que no se distinguía muy bien aparecían tres hombres colocados en forma de cruz.

—Hemos estado estudiando con mucha atención la imagen, nuestros especialistas la mejoraron, aplicaron todo tipo de filtros y esto es lo que salió.

La imagen era algo más clara, pero la barca estaba algo levantada y todo lo que se podía ver era que uno de los cadáveres tenía una estaca entre las piernas.

—En tus estudios sobre vampiros, ¿esta estaca está relacionada con la ejecución preferida por Vlad Ţepeş a la hora de empalar a la gente? ¿Es una estaca en miniatura?

—Esa una pregunta interesante —contestó Charles, que esperaba con emoción lo que viniera a continuación—. Dices que me has estudiado. ¿Has leído mis libros?

Christa movió la cabeza de un modo ambiguo.

—No puedes conocer a alguien que dedica gran parte de su vida a la escritura si no lees sus libros.

Christa quiso continuar, ya que había empezado a hablar.

La tormenta hundió la barca y los cadáveres fueron sacados del agua al cabo de dos días, pero quien hiciera el montaje fracasó a causa de la tormenta, pues no salió lo que había querido mostrar. No encontramos ningún otro objeto. Quizá el mar se los tragó. Pero...

—Los cadáveres no tenían ojos, ni orejas... —intervino Charles.

—Efectivamente.

—Entonces el autor intenta llamar la atención sobre mi persona una vez más.

—Cuatro veces, para ser exactos.

—¿Cuatro veces? —preguntó Charles sorprendido—. ¿Hablas en serio?

El semblante muy serio de Christa no dejaba lugar a dudas.

—Sí, hace dos meses, en Alma Ata, pero las autoridades lo taparon todo y no tenemos nada de allí. Me costó mucho entenderme con el ministro del Interior para conseguir que me mostrara lo que tenían. Vi las fotos, pero no me facilitaron ninguna copia. Lo cierto es que ocurrió en la cercanía del hotel Intercontinental donde tú te alojaste, en una calle lateral.

—¿Y la tercera vez?

—La semana pasada en Londres, justo en los aseos del Covent Garden, donde habías ido a ver *Rigoletto*. Los cadáveres los encontró el vigilante nocturno y la policía llegó a tiempo para impedir el acceso de la prensa.

Deslizó el dedo varias veces por la pantalla y le dio a Charles el teléfono. En la imagen salía él entrando en la ópera y luego los cadáveres colocados de la misma forma, con todo su esperpento. Los mismos detalles que en Sighişoara y Marsella.

—¿Y mi tarjeta de visita?

Christa no contestó a la pregunta.

—Entre Marsella y Alma Ata estuviste en algunos lugares más: Dublín, y luego en tus casas de Nueva York y Chicago, pero no tenemos conocimiento de que allí haya ocurrido algo parecido. Hasta ahora no se ha encontrado nada. Entre los primeros dos acontecimientos transcurrieron casi cuatro meses; entre los últimos dos, solamente siete semanas, y como Inglaterra era tu primera salida en público después de Kazajistán, pensé que estos crímenes se iban a intensificar y me adelanté a la siguiente aparición pública de tu agenda.

Charles había enmudecido. Miraba a Christa y no sabía qué decir. ¿Quién le hacía esto? ¿Con qué fin? ¿Quién le empujaba hacia Praga? ¿Y por qué? Si querían matarlo, les resultaría muy fácil. ¿Querían, quizá, sugerir que había cometido él todos estos crímenes? ¿Acaso pensaban que había sido el autor? ¿Quizá por eso Christa no le quitaba el ojo de encima? ¿Esperaban que se delatase a sí mismo?

—¿Ahora entiendes lo importante que es que yo sepa todo lo que tú sabes, cualquier sospecha que tengas? Cualquier pista que persiga tu mente. Todo lo que hablaste con el hombre que te entregó esta carpeta.

Charles asintió con la cabeza.

31

Los aviones llegaban uno tras otro al Instituto. Habían aterrizado ocho, además de dos helicópteros. Quedaba un solo invitado. Lo extraño era que después de parar al final de la pista, la escalera móvil que se acercaba a su puerta estuviera cubierta. Un túnel completamente opaco, con poca luz en el interior. A la parte baja de la escalera, después de instalada, se acercaba y se pegaba un gigantesco Lincoln Continental, de manera que cada huésped entraba en la pasarela directamente desde la puerta del avión, bajaba las escaleras y subía al coche con ventanas tintadas, de modo que no podía ser visto ni grabado. Después del cierre de la puerta, el coche se dirigía hacia la rampa de la entrada subterránea del Templo. Allí la limusina paraba en un inmenso vestíbulo, donde estaban dispuestas en forma circular doce puertas, igual que en los estadios de fútbol. Cada huésped entraba por una diferente. La luz de cuarzo era mínima también en este vestíbulo. El huésped salía del coche y entraba directamente por una puerta que cerraba tras él, y así se conservaba completamente su anonimato.

Por último, el huésped llegaba a un palco, una habitación bastante grande, también iluminada por el mismo destello del color del cuarzo. Toda la pared era un cristal de dos caras. Desde dentro se podía mirar hacia fuera, pero desde el exterior se podía distinguir solamente una silueta y solo si el huésped se sentaba en la butaca. Las ventanas eran de un cristal especial, por lo que no hacían efecto espejo. La finalidad era no molestar la vista y no multiplicar la imagen de las doce ventanas y del centro infinitamente. El huésped tenía a su disposición una inmensa butaca. Frente a esta había una mesa con una consola y un micrófono que el huésped podía abrir y cerrar, aparte de graduar, a su gusto, el cristal, para que los demás pudieran verle el rostro o solamente intuirlo, si optaba ser visto como una silueta. También, con la ayuda de la consola, cada participante podía escoger que se oyera su propia voz, distorsionarla o reemplazarla por otra. La traducción simultánea, que mantenía o no la intervención original, era también una opción. En la ventana de cada palco había un número, del 1 al 12.

La parte central, perfectamente redondeada, estaba dotada con una mesa que tenía una enorme pantalla con un diámetro de doce metros. La mesa estaba construida de manera que, aunque estuviera plana, cada invitado pudiera ver perfectamente lo que ocurría sobre ella. Por el momento, sobre la mesa digital se arrellanaba el logotipo del Instituto. Los huéspedes tenían en las estancias un enorme bar repleto de todo tipo de bebidas y comidas, desde champán y caviar hasta pasteles y refrescos. La palma se la llevaba la fuente de frutas, también gigantesca.

De igual modo había un sistema de comunicación con el exterior, pero era del Instituto y estaba bajo control total de este. En cada palco había una suerte de tableta cóncava desde donde se podían hacer llamadas, mandar o recibir correos electrónicos y mensajes. Por lo demás, cualquier señal estaba interferida y no funcionaba ningún teléfono móvil. Además, no existía ninguna cámara de vídeo. Cada día, a pesar de que las citas tenían lugar muy de vez en cuando, un equipo de seguridad controlaba todo el Templo para ver si había algún rastro de micrófono o cualquier otro dispositivo de vigilancia o grabación.

Los palcos fueron ocupándose poco a poco. El logotipo de la mesa se transformó en un reloj. Los segundos alcanzaron el 59 y cuando llegaron a 00, el reloj mostró las 21.00.00 horas.

La ventana del decimosegundo palco se volvió más clara y el rostro de Martin Eastwood se iluminó.

—Señores, les doy la bienvenida. Declaro abierta la sesión extraordinaria del Consejo. Por desgracia, el palco número cuatro no está ocupado todavía. Espero que se trate solamente de un breve retraso.

Una señal luminosa se encendió a la altura del palco número seis y una voz gruesa y gritona con acento japonés retumbó:

—Nadie se retrasa. Todos sabemos lo que ha ocurrido. Prometiste parar las ejecuciones. No nos conocemos entre nosotros, pero alguien sabe quiénes somos. En el último año ya hemos perdido a dos personas. Sin ofender a los que ahora ocupan su lugar, nos place que estén entre nosotros, pero esto no debería haber ocurrido. Los puestos quedan libres de promedio cada treinta años y ahora han sido dos, quizá tres en solamente uno.

Otros tres palcos se habían iluminado y los miembros del Consejo se gritaban los unos a los otros, a la vez.

—Eso no tiene precedentes. Es para poner el grito en el cielo.

—Prometiste encontrar la lista y destruirla.

—Si no eres capaz de encontrarla, sabes lo que tienes que hacer.

Todos los palcos desde donde se hablaba quedaron a oscuras.

32

Mientras Charles pensaba cómo organizar la historia que le había contado el hombre de la carpeta, Christa no sabía si había hecho bien en interrumpir las revelaciones hechas hasta ahora o si debía proseguir. Se preguntaba si había sido suficiente lo que le había dicho. Tenía miedo a su reacción si le enseñaba también la última foto que guardaba en su aparato. Eso podría arruinarlo todo. Por otro lado, quizá el efecto del último indicio podría haber actuado como un catalizador para las reacciones que tenían lugar en las sinapsis de Charles.

El tormento interno de Christa no le pasó desapercibido al profesor.

—Cuéntamelo todo. ¿Qué puede ser peor que lo que he escuchado hasta ahora?

Christa todavía no estaba decidida.

—¿Es tan grave que temes que pueda tener una reacción inversa? ¿Es inverosímil? ¿Por eso vacilas?

Christa parecía estar de acuerdo con las palabras del profesor. Este sintió que faltaba poco para presionarla y convencerla. Sabía cómo llevar a un adversario hasta la situación de ceder. Había entrenado a muchos políticos para los debates electorales y sabía construir perfectamente el momento de una conversación, de tal forma que podía obtener todo lo que quisiera. Sabía que en una confrontación tienes que entender cómo dosificar la presión y cuándo apretar el acelerador a fondo. Y también sabía que, desde el momento en que ponía el pie en la puerta, si forzaba lo suficiente, esta se iba a abrir más tarde o más temprano. Había llegado aquel momento.

—Recapitulemos. Primero fueron los cadáveres de las escaleras. Terrible. Luego vino aquella escenificación algo ridícula. Después apareció el hombre de la gabardina, herido gravemente. Después la historia de la segunda Biblia. Y el texto de Kafka. Hay un modelo aquí, ¿te das cuenta? Una sinusoide. Es como si un maestro del suspense escribiera un guion de cine. Después de algo grave y serio, llega algo inesperado y cómico. La trama tiende a apresurarse hacia el final, pero si se tiene demasiada prisa, el público queda decepcionado. Así que hay que introducir cada vez algunos elementos que aplacen el desenlace del problema. Algunos factores perturbadores, retardantes. En cuanto a la acción, se tiene que dar una lucha entre esta tendencia del cuento de seguir avanzando inexorablemente, con la cabeza por delante, como un carnero, sin importarle nada, y la de los factores que no quieren por nada del mundo dejar que el cuento llegue al final. En la base de cualquier historia hay un conflicto. Pero, para construirlo bien, hace falta que para empezar haya un conflicto entre las dos fuerzas de la historia. De forma que la historia ganaría, triunfaría, llegaría al final, pero no sin dejar sobre este campo de batalla imaginario un montón de muertos. Este juego continuo (en nuestro caso tenemos la Torre de Praga, pero inmediatamente los versos de Agrippa d'Aubigné, un cómico) encaja perfectamente con las reglas mencionadas. Para mantener el suspense, hay que dejar que el espectador respire un poco. Si pasas de una tensión a otra, llega un momento en que el espectador pierde el interés. No puede aguantar una tensión tan constante. Necesita relajarse un poco. Y una vez sentado de nuevo cómodamente en el sillón, cuando menos se lo espera, zas, le das otro puñetazo en el estómago. Esto es justamente lo que ocurre aquí. El que preparó esto conoce a Aristóteles, Hegel, Shklovski y otros teóricos de las estructuras narrativas.

Christa lo miraba estupefacta. Empezaba a entender que su modo de racionalizar todo lo que le ocurría era el motivo que le permitía distanciarse del horror de las cosas. Conseguía salirse de sí mismo, de su propia historia y ser objetivo. Charles pensó que estaba a punto de convencerla.

—Así que supongo que me dirás algo casi inverosímil.

Christa tocó la pantalla del teléfono. Mientras le enseñaba a Charles la última fotografía, dijo:

—Esta es una foto tomada por una camarera aquella noche en Londres. La mujer se había entretenido en recoger las mesas y había salido más tarde que de costumbre. Este local, The Globe, está en Bow Street, muy cerca de Covent Garden, a una calle de distancia. Cuando vio lo que ahora estás viendo se paró e hizo esta foto con el teléfono. Es el edificio de enfrente del restaurante.

Charles miró la foto. Sobre la pared blanca de un edificio de ventanas grandes se perfilaba una sombra espantosa, delgada y ligeramente encorvada. Su cabeza era alargada y las orejas puntiagudas. Tenía las manos levantadas hacia la mitad del cuerpo, con los codos pegados al tronco, y dejaban entrever unas uñas largas, como de acero. Los dientes, también de acero, parecían los de una fiera rabiosa. De ellos caían gotas. La fiera salivaba.

—Si miras con atención la calle —continuó Christa—, verás que la sombra está producida por la única fuente de luz que hay allí, esta farola que proyecta sobre la pared a la persona, animal, o lo que sea, que tendría que estar en mitad de la calle. El único problema es que entre la farola y la pared no hay nadie.

Intermezzo

Una pantalla estaba encendida en lo que parecía el subsuelo de un edificio. No había ventanas, y las paredes parecían forradas para aislar el habitáculo. Una mesa repleta de instalaciones muy sofisticadas y, al lado, una repisa provista de todo tipo de servidores. Sobre la mesa donde estaba el ordenador y los tres monitores conectados en serie, una gata limaba las migajas de un plato lleno de restos de salsa y de patatas fritas. En los altavoces encastrados en las paredes se oían voces que parecían discutir. La primera y la tercera pantalla estaban divididas en seis partes iguales. En cada una de ellas se veía alguna ventana apenas iluminada, detrás de la cual se distinguían siluetas. Junto a cada ventana había un número, del 1 al 12. En la pantalla central se podía ver la gigantesca mesa del centro del Templo. Era evidente que la seguridad estaba comprometida. Alguien escuchaba y seguía todo lo que estaba pasando allí aquella noche especial.

SEGUNDA PARTE

¡A los nuestros no les repugnaba comerse no solo a los turcos y a los sarracenos que habían matado, tampoco le hacían ascos los perros!

ALBERTO DE AQUISGRÁN,[*] hacia 1100

O Quam Misericors est Deus, Pius et Justus[**]

33

Al llegar a su compartimento, Bella se estiró sobre la cama con las piernas levantadas. Había cogido la almohada y las mantas de la cama de abajo y las había doblado para apoyarlas. Desde hacía algún tiempo le dolían los pies, especialmente cuando se ponía zapatos de tacón. Bella había formado parte de un grupo de fuerzas especiales —las operaciones negras— que ejecutaban misiones complicadas por todo el mundo. Una información errónea había hecho que los miembros del comando secuestraran y torturaran a un funcionario de un país musulmán sospechoso de financiar operaciones terroristas. No se sabía si la fuente había enviado información errónea por incompetencia, por una confusión o intencionadamente. Lo cierto es que el escándalo, de enormes proporciones, estalló y, pese a que al final hubo un acuerdo, dejó muchos daños colaterales. Todos los participantes en la operación fueron retirados y, aunque la operación era encubierta, los ocho soldados de las fuerzas especiales fueron juzgados en secreto y licenciados. Bella fue recuperada por el ex director del Instituto y se convirtió en su agente de campo de más confianza. Por desgracia, una autoridad que había encima del director le ordenó ocuparse también del mismo, así que Bella no tuvo otra opción que alejarse, a pesar de la simpatía y el agradecimiento que le profesaban al director. La autoridad era Martin Eastwood, que desde aquel momento decidió no mover más los hilos desde la sombra y empezó a dar la cara.

Bella se preguntaba quién tenía interés en matar a su agente número uno en Rumanía, Ion Pop. Werner la mantenía al margen, justamente él, su jefe directo, que era tan rácano a la hora de darle información acerca de la misión en curso. Sin esos datos le era muy difícil orientarse. No sabía exactamente qué bandos se enfrentaban, quién representaba a quién y quién hacía el doble juego. Desde que estaba a las órdenes de Werner, tenía que desenvolverse con muy pocas informaciones, que se revelaban paso a paso y solamente cerca del momento en que tenía que actuar. No estaba acostumbrada a trabajar de esta manera. Necesitaba hacerse una idea de la totalidad de una operación para tomar decisiones estratégicas. Trabajando para Werner, esto no era posible. El Instituto pareció no confiar en su capacidad para tomar decisiones y la había relegado a un estatuto de mero ejecutante. Y eso la frustraba. Se alegró cuando Werner no contestó al teléfono y le dio así una excusa para llamar directamente a Martin.

34

Charles llevaba un tiempo mirando la fotografía del teléfono de Christa. No sabía qué decir. Toda esta historia le hubiese parecido especialmente divertida si no hubiesen matado a algunos pobres hombres. Se preguntaba con qué tipo de descerebrado tenía que lidiar.

—Esta foto es una falsificación hecha en Photoshop. Esta supuesta sombra no lo parece, hay demasiados detalles. Mira por ejemplo una sombra cualquiera: no pueden verse tantos matices. Es imposible que se vea este brillo metálico en los dientes y en las garras.

—Sé que te parece extraño, pero te aseguro que la foto no está trucada. Lo hemos comprobado de todas las maneras posibles, tanto nosotros como la policía londinense. Ha sido tomada exactamente desde el teléfono de la camarera. Vamos, que la cogieron con teléfono incluido. La pobre mujer se encuentra ahora en estado de shock. Fue interrogada durante días y no está implicada. Todo lo que dijo era cierto.

—Entonces existe una explicación —dijo Charles—. Un proyector escondido en la calle. O cualquier otra cosa.

Se esforzaba por encontrar una explicación racional. Tenía que haber una. Charles estaba convencido de que no hay ningún fenómeno, por muy sobrenatural que parezca, sin alguna explicación racional. Solo existe la incapacidad de las personas para encontrarla. Tarde o temprano aparecería. Estaba convencido.

No hace mucho tiempo la gente creía que los truenos y los rayos o los eclipses de sol los causaban sus acciones diarias. Que eran castigos por sus pecados.

—¿Vas a sacar a relucir de nuevo la historia de la navaja de Ockham? —preguntó Christa ligeramente nerviosa—. Creo que sería más práctico intentar comprender de lo que se trata, de hecho. Estoy convencida de que absolutamente todos los hilos están vinculados. Así que vamos a tratar de desentrañarlos uno por uno. Y ahora, ¿quieres detallarme la historia de la segunda Biblia?

Charles aceptó. Se quedó gratamente impresionado por el hecho de que ambos fueran de la misma opinión. Pero aquel lugar tan estrecho le parecía impropio para una historia tan larga. Las literas del vagón no eran abatibles, sino que estaban colocadas una encima de la otra a una distancia relativamente pequeña. No había ningún lugar donde sentarse fuera de la litera de abajo, a lo sumo te podrías sentar en el mueble del lavabo tal como lo hacía Christa. Propuso salir al pasillo o ir al vagón restaurante.

Unos minutos más tarde, Christa y Charles estaban tratando de mantener el equilibrio. Después de haberse arrastrado lentamente unas decenas de kilómetros, parecía que el tren había encontrado un tramo donde podría ir a más velocidad y sacaba el máximo provecho a la ocasión. «¡Cómo se tambalea este tren!», se dijo a sí mismo Charles mientras se abría camino hacia el vagón restaurante. Los pasillos eran muy estrechos y como tenían que atravesar unos once vagones, no pocas veces tuvieron problemas para pasar al lado de las personas que también paseaban o, simplemente, estaban aferrados a las ventanas, fumando. A mitad del tren se encontraron con una mujer muy gorda y, después de tratar de deslizarse por el espacio entre ella y la ventana, se dieron por vencidos. Se echaron hacia atrás y se vieron obligados a entrar en un compartimento vacío hasta que la mujer pudo entrar en el suyo y así despejar el camino. Christa sonrió y suspiró de una manera que a Charles le pareció graciosa.

Justo cuando se apartaron del camino de la mujer, Charles vio a un hombretón saliendo del baño abrochándose todavía los pantalones. Pasó junto a ellos y Charles no pudo darse cuenta de si este, a su vez, también le había observado. Entraron en el vagón restaurante. Había ocho mesas para dos, casi todas vacías. En una de ellas, un individuo un poco achispado bebía, ya a aquella hora de la mañana, un chupito de ron y una jarra de cerveza. Charles preguntó si se podían sentar. El camarero miró el reloj y quiso decir que abrían al cabo de media hora, pero al escuchar el acento extranjero de los primeros clientes, decidió que ser amable se podría convertir en una buena propina. Así que con gestos les invitó a sentarse donde quisieran.

Habían elegido la mesa más apartada, justo al final del vagón. Después de sentarse y pedir dos cafés, Charles preguntó al camarero si estaba permitido fumar. Este le hizo un gesto para que esperara un poco y se dirigió hacia la mitad del vagón restaurante. Charles vio que en la pared central estaban pegadas, una al lado de la otra, dos hojas en blanco y negro impresas, una con un cigarrillo encendido y la otra idéntica, pero con un círculo atravesado. Una línea imaginaria que dividía el vagón restaurante en dos, para fumadores y no fumadores. Ellos estaban en la parte donde no se podía fumar. No se entendía cuál era la regla porque no había ninguna diferencia entre las dos mitades del vagón. No existía ningún tipo de ventilación, a excepción de una ventana entreabierta. Y de todas maneras el humo pasaba de una parte a otra. Justo cuando vacilaba entre si fumar o no o pedirle a Christa que cambiaran de sitio, Charles obtuvo una muestra de la hospitalidad rumana. En un baile que estaba a punto de hacerle caer por culpa de los movimientos bruscos del tren, el camarero atrapó con las manos las dos hojas en blanco y negro y con un movimiento de prestidigitador las invirtió. Luego le sonrió cómplice a Charles. Dado que las reglas deben ser respetadas aunque de vez en cuando estén sujetas a leves cambios, el cliente de turbia mirada pasó a estar a la zona de fumadores.

—Nos están siguiendo —dijo Charles mientras hacía un ademán de agradecimiento al camarero—. El hombre con el que tropezamos antes también estaba en el hotel. Iba acompañado por una mujer de complexión parecida. Es probable que ella también vaya en el tren.

35

Una vez cerrada la instalación del sótano, Werner volvió a entrar en la casa y cogió de un armario, donde tenía varias docenas de cajas idénticas, una que abrió con los dientes: sacó el teléfono de ella e introdujo la tarjeta del aparato que había hecho añicos. Justo cuando iba a ponerlo a cargar, este sonó y comenzó a vibrar en su mano. Era Eastwood, gritando como un loco que el problema había que resolverlo tan pronto como fuera posible, que no cabía aplazarlo más y que comenzaba a perder la paciencia. Werner no solo no se dejaba impresionar por las crisis de su jefe, sino que pareció hasta contento. Le dijo que, si apuraba la operación, existía el riesgo de perder de nuevo la lista y que los hechos deberían llevarse a cabo a su ritmo. Martin continuó diciéndole que Bella debería estar al tanto de toda la historia y no mantenerla en una nebulosa y llevarla de la mano por toda la operación como a un niño pequeño.

Werner respondió que habían hablado sobre aquello y que, al no ser una misión cualquiera, Bella tenía que saber exactamente lo imprescindible. Martin estuvo de acuerdo en un principio, pero en aquel momento la presión se había vuelto demasiado grande. Así que ordenó a Werner dejarlo todo e ir en persona a Praga y no regresar sin la lista. También le dijo que el helicóptero se dirigía hacia su casa y lo llevaría al aeropuerto, donde el avión del Instituto lo esperaba ya con los reactores en marcha. Y que más le valía estar listo para salir en diez minutos. Y que si no volvía con la lista, era mejor que no regresase jamás.

Werner parecía estar muy satisfecho. Martin había reaccionado exactamente como él quería. Cogió el otro móvil de la mesa. Envió un mensaje corto y cogió la maleta que estaba preparada en la puerta.

Una hora más tarde estaba volando.

36

Mientras Christa pensaba en cómo defenderse de los perseguidores, Charles, que no parecía muy molesto con su presencia, dijo:

—Creo que estos dos que nos persiguen no nos tocarán. Si hubieran querido hacerlo, ya lo habrían hecho. Más bien creo que quieren saber a dónde vamos o incluso tal vez están aquí para protegernos. El hombre parece un guardaespaldas, un músculo sin cerebro. Siempre había imaginado que los asesinos a sueldo eran de otra forma, con algo más de brillo en los ojos.

—No estaría tan segura. No sabemos si mataron al policía que te vigilaba y al hombre de la carpeta. Ni si alguien les sorprendió antes de llegar a ti. Como tampoco sabemos si el hombre que disparó contra Ion Pop tiene algo que ver con ellos. ¿Por qué a nosotros nos dejaron escapar?

—Si están en el tren y van en la misma dirección que nosotros, significa que saben a dónde vamos. Y quieren saber lo que hacemos. Como puedes ver, mantienen la distancia. Creo que, si hubieran resuelto el problema en Rumanía, no correrían el riesgo de subirse a un tren internacional. Por otro lado, no sé qué decirte. Tengo la sensación de que estamos atrapados en medio de un conflicto entre dos bandas y que las dos partes nos dejan en paz. Por el momento.

—¿Por qué eres el elegido? —preguntó Christa.

La pregunta de ella desprendía desconfianza. Por instinto se llevó la mano a la pistola que tenía guardada en uno de los muchos bolsillos de los pantalones, para asegurarse de que el arma estaba todavía allí.

—¿Conociste bien al comisario Ion Pop? —preguntó Charles.

—Para nada. Me lo presentaron hace una semana. Hablamos solo un par de veces.

—Y, sin embargo, ¿accedió a ayudarte a secuestrarme?

Christa no sabía qué responderle. De hecho, el modo en que Pop había aceptado venir al hotel y ayudarlos a escapar, sin hacer ni una sola pregunta, realmente no encajaba en el perfil de un agente de la policía secreta. Achacó todo a la obvia atracción que este sentía por ella.

—Tendremos que dormir en algún momento —dijo Charles cambiando de tema—. Yo dormí un poco ayer por la tarde, pero tú llevas veinticuatro horas sin pegar ojo.

—Estoy entrenada —contestó con gran conviccion Christa—. Tenemos tiempo para dormir. De todas maneras, deberemos hacerlo por turnos.

Dijo estas últimas palabras mientras tomaba el primer sorbo del café caliente. Hizo una mueca. Charles se echó a reír.

—Un café largo como los de las cafeterías americanas. Café de tren.

Aunque los trenes ya se habían modernizado, los vagones restaurante de los antiguos países comunistas parecían congelados en el tiempo. Tenían exactamente el aspecto de veinticinco años atrás, antes de la caída del muro de Berlín. La disposición de las mesas era la misma, al igual que los manteles y la vajilla. Incluso la mayoría de los camareros seguían siendo los mismos. Al jubilarse los mayores, los que fueron antes aprendices se convirtieron en los encargados de los restaurantes de los ferrocarriles; nadie ni nada los podía echar. El mismo comportamiento, las mismas costumbres, la misma habilidad de hinchar las cuentas. Los camareros jóvenes, como el que les había atendido, aprendían sobre la marcha cómo funcionaban las cosas.

—Tenemos que averiguar si esta cuestión de la Biblia es siquiera posible. Para ello hay que hacer una incursión en la historia y reconstruir juntos las piezas del rompecabezas. Pero has de ser paciente y escuchar.

—Seré obediente —sonrió Christa—. Haz como si fuera una estudiante un poco dura de mollera.

Christa aprendía con rapidez. Entendía que la deformación profesional de Charles era tan grande que cuando hacía una disertación, esta tenía que ser perfecta. Todos los detalles le parecían importantes, su discurso era circular. En clase o en las conferencias que daba, partía de la premisa que aquellos a quienes se dirigía no sabían casi nada, así que necesitaban conocer todo el conjunto. Esta suposición era la base de su estrategia didáctica, nunca despreciaba al oyente. El método de Charles era muy eficiente; su técnica para hacer presentaciones en círculos concéntricos, volviendo a menudo y desde diferentes enfoques a las informaciones clave del discurso, hacía que los presentes entendieran el tema a fondo. La mayoría de los estudiantes que le escuchaban con atención se marchaba de sus clases con la lección aprendida. Como era un excelente hombre de marketing y de comunicación, sabía exactamente cómo dosificar las informaciones y cómo presentarla de una manera interesante. Cómo crear tensión, dónde colocar chistes, paradojas, intervenciones inesperadas o giros repentinos. Estos últimos, conocidos en narratología como *plot points*, eran su especialidad. Los preparaba con minuciosidad y los utilizaba siempre en el momento justo. Ni siquiera esta vez lo haría de otra manera.

—Como sabes, Sighişoara es el lugar donde se supone que nació el que la imaginación gótica de Bram Stoker convirtió en un fenómeno mundial sin precedentes. Nunca antes un personaje de ficción llegó a ser tan famoso. Y desde entonces su reputación ha crecido exponencialmente. Se han escrito miles de páginas, tal vez millones, en todo el mundo sobre él. Por no hablar de películas, documentales, programas de televisión, encuentros de especialistas, clubes de fans. Si dejamos de un lado toda la ficción, todavía nos quedan kilómetros de textos, algunos más serios, mejor documentados, y otros todo lo contrario.

—El libro mejor documentado lo escribiste tú —dijo Christa, que tenía ganas de gritarle para que se saltara la introducción, pero por el momento se contuvo.

—Quizá —replicó sin falsa modestia Charles—. Ese Vlad Țepeș, que se ganó el apodo de el Empalador mucho más tarde, era el hijo de otro Vlad, conocido como Dracul.

Charles hizo una pausa para aclarar sus ideas. Lo que iba a decir era muy complicado.

—Es muy difícil de sintetizar. Voy a intentarlo. En primer lugar, hay que entender un poco el contexto geopolítico. Estamos en la primera mitad del siglo XV. Europa hierve de rivalidades y guerras desde hace varios siglos. La desaparición de un enemigo común y el fin de las Cruzadas deja tiempo a los Estados, más grandes o más pequeños, para llevar a cabo un sinfín de guerras por el poder y la supremacía, los unos contra los otros. Se entablan y rompen alianzas con una velocidad increíble. Los que eran grandes amigos hoy se convierten en los peores enemigos, y mañana y pasado mañana empiezan otra vez desde el principio. El Vaticano mete las narices en todo. Hasta aparecen antipapas y durante setenta años el centro de la Iglesia se traslada a Aviñón, aunque luego vuelve a Roma. No voy a entrar en más detalless.

«Menos mal», pensó Christa, pero su rostro no le traicionó.

—Un terrible enemigo está emergiendo en el Este. El principal problema de Europa occidental son ahora los turcos. Ellos suponen un gran peligro para el equilibrio de poder en Occidente, pero sobre todo para lo que ahora se llama Europa central. Los turcos tienen una idea fija: llegar a Roma. Para ello, el primer objetivo serio es conquistar Viena. Italia quedaba todavía muy lejos, por lo que el Sacro Imperio Romano Germánico se erige en el estandarte de la lucha contra los turcos. Toda la Europa del Sudeste, los Balcanes, se hallan más o menos bajo dominio turco. Algunas partes ya son bajalatos, otras protectorados que pagan tributos, pero son libres. Otras están seriamente amenazadas. Después de Kosovo Polje los turcos aprendieron exactamente cómo aplicar políticas diferenciadas a los súbditos o a los vasallos. Se rumorea que se está preparando un segundo frente, que pasa por la conquista de Constantinopla y la destrucción del Imperio bizantino. En estas circunstancias, es importante contar con un cordón sanitario, un *antemurale christianitatis*, un baluarte del cristianismo. Este cinturón se compone de Serbia y los Países Rumanos. La Europa civilizada comenzaba en este momento en Buda. Los de más abajo no son católicos, aunque sí cristianos ortodoxos. Asumo que sabes cuáles son las diferencias, por lo que no voy a recalcarlas.

Christa asintió con la cabeza.

—Lo cierto es que los ortodoxos son tratados por los católicos como parientes pobres. Cuando los necesitan insisten en que todos son cristianos, pero cuando los conquistan y los oprimen, las diferencias son importantes. Los Países Rumanos, por entonces solo Moldavia y Valaquia, representan una suerte de territorio donde chocan las civilizaciones, como diría hoy Huntington. Transilvania, que ahora es parte de Rumanía, estaba entonces bajo la soberanía húngara, es decir austríaca. En estas condiciones, los que reinaban en Valaquia, la tierra de Vlad Dracul, tuvieron que caminar por un alambre muy fino para no caer en el abismo. A la izquierda estaban los turcos; a la derecha, la corona. Era necesario conocer en cada momento de qué parte tenías que estar, a quién jurar lealtad, a quién pagar tributos y cuándo era el momento en que corrías más peligro. El precio que tuvieron que pagar para mantener una suerte de independencia fue enorme. Los gobernantes de este país fueron nombrados y apoyados o bien por los turcos o bien por los magiares, pero los boyardos, es decir, la nobleza, constituían otro factor de incertidumbre. No pocas veces estos dictaban la orden del día y de su apoyo dependía quién se quedaba en el trono y quién se iba directamente a la tumba.

Christa le seguía con paciencia y atención. Charles la miró

largamente mientras encendía un cigarrillo, intentando leerle el pensamiento. Luego continuó:

—En este contexto, Vlad Dracul se convierte en algo así como el favorito del rey Segismundo de Hungría, más tarde rey de Bohemia, de Italia y de Alemania y emperador del Sacro Imperio. Este pone las bases en 1408 de una orden de caballería fundada con el propósito específico y declarado de comenzar una cruzada contra los turcos. Como todas estas órdenes, su oculta ambición era aún más grande: alcanzar el dominio sobre el mundo. Por aquel entonces este se limitaba a Europa; América no había sido descubierta todavía, África era poco interesante y Asia no se conocía demasiado. Vlad Dracul ingresa en la Orden en el invierno de 1431 en Nuremberg. Segismundo lo envía a Sighișoara para servir a los intereses del emperador, y allí obtiene permiso para acuñar moneda y regular el comercio de la zona. En aquella moneda se puede ver hoy en día un águila en un lado y, en el otro, un dragón alado con cola de serpiente. Este dragón que Vlad llevaba colgado del cuello como medallón le valió el apodo de «Dracul». En rumano, «dragón» no existía como palabra en aquellos tiempos. La palabra latina *draco* se traduce como *drac*. Sin embargo, debido a una homonimia, se crea la confusión. *Drac* significa «dragón» y también «diablo». A partir de aquí comienza la historia de Drácula. El imaginario popular no hace diferencias y cuando oye de boca en boca que el nuevo gobernante de Valaquia es un *drac* lo asocia con Satanás, con las puertas del infierno. Vlad consigue ocupar formalmente el trono en 1436. Segismundo muere en 1437 y su sucesor, Alberto II, nombra a Iancu de Hunedoara gobernador y virrey de Transilvania. Iancu y Vlad Dracul se reúnen varias veces, pero al nuevo gobernador no le gusta mucho este último. El rey Alberto le encomienda a Iancu la misión de iniciar una nueva cruzada contra los turcos, pero pronto muere de disentería y se desencadena una terrible lucha llena de intrigas y crímenes por el trono de Hungría. Iancu de Hunedoara se aprovecha de la situación y empuja al trono de Polonia a Ladislao. Este también muere en la batalla de Varna, donde Vlad Dracul, que viene al rescate con un ejército de siete mil personas, entiende que la guerra está perdida y se retira. Iancu de Hunedoara no le perdonará nunca esta traición. Pero lo importante es que unos tres años atrás, en 1441, Iancu de Hunedoara llega a Târgovişte para pedirle a Vlad Dracul que mantenga su promesa de participar en la cruzada contra los turcos por su pertenencia a la Orden del Dragón. Pocas personas saben incluso hoy que a Vlad le fue retirado el estatuto de miembro de la Orden en 1436, cuando se borró su nombre de la lista de los caballeros, porque tan solo un año después de su nombramiento, llevó personalmente a los turcos a asediar la ciudad fortificada de Severin y ordenó abrir las puertas de la ciudad amurallada de Caransebeş. Y es que Vlad tenía, como la mayoría de los gobernantes de la época, un doble vasallaje, como he dicho antes.

Charles hizo una pausa y miró a Christa con ternura. Ella le devolvió la mirada en silencio. Charles no sabía si había un pequeño brillo de admiración en sus ojos o si tenía ganas de lanzarle el azucarero a la cabeza. La mirada de ella parecía aceptar que tenía que escuchar hasta el final si quería entender exactamente lo que estaba ocurriendo. Continuó:

—Vlad rechaza la petición de Iancu. El Papa lo exonera del juramento, pero requiere que el hijo mayor del príncipe, Mircea, participe en la cruzada. Los turcos invaden Valaquia en marzo de 1442, y Vlad permanece neutral, permitiendo a las tropas turcas marchar hacia Transilvania. Allí, los turcos sufren una derrota aplastante, y Vlad es llamado a Galípoli a un encuentro con el sultán. Lo detienen de inmediato y después lo ponen en libertad, pero le obligan a dejar a dos de sus hijos como garantía. Así es como llegan Vlad III, el futuro Ţepeş o Drácula, y su hermano, Radu el Hermoso, a ser prisioneros del sultán.

Charles hizo una pausa para respirar y pedirle al camarero otro café, tratando de explicarle en su pobre rumano que lo hiciera más fuerte: si hubiera querido tomar un té, lo hubiera solicitado. Christa dijo que tenía hambre de nuevo y pidió dos tortillas campesinas. Charles se burló.

—Si hay algo que no hayas entendido hasta ahora, me lo puedes decir y lo repito o lo desarrollo.

Ella le enseñó el puño en broma.

—Ahora viene lo que nos interesa a nosotros —continuó Baker—. A Vlad y a su hermano los mantienen cautivos los turcos. Primero en Egrigoz y finalmente en Adrianópolis. Son presos, pero son tratados como príncipes y reciben una buena educación. Famosos maestros los educan; junto a los mulás Hamiddudin y Iyas Efendi y el gran filósofo kurdo Ahmed Gurani, los dos hermanos estudian el Corán, lógica, matemática teórica y aplicada, a Aristóteles, y son introducidos en la tradición bizantina. Lo interesante es que, junto a ellos, en absolutamente las mismas condiciones, es educado y criado también el hijo del sultán, Mehmed II, el futuro Gran Sultán, más tarde enemigo mortal de Vlad Ţepeş, y el famoso conquistador de Constantinopla. La educación era dura. A menudo a los estudiantes se les golpea y azota porque no estudian o no se comportan como esperan sus profesores. No hay discriminación entre los príncipes rumanos y el hijo del sultán. Mientras tanto, el príncipe Vlad se alía otra vez con Iancu de Hunedoara y ataca Turtucaia y Giurgiu, sabiendo que la vida de sus niños está en riesgo. El sultán Murat II, de una manera que no le era en absoluto característica, no mata a ninguno de los dos. La historia de la propaganda en relación con Drácula, que al final lo convertirá en un vampiro, comienza aquí. En primer lugar, su padre. Iancu de Hunedoara no olvida las muchas humillaciones a las que le había sometido Vlad. Debido a las oportunidades que estaban surgiendo en la lucha por el trono de Hungría, quería tomar para sí mismo, en secreto, Valaquia, de modo que apoya a Vladislav Dăneşti, del clan rival, para ascender al trono de Valaquia. Pero antes inicia una propaganda injuriosa contra el gobernante. La acusación principal es que se ha vendido a los turcos. Finalmente, a raíz de la conspiración entre Iancu de Hunedoara y Vladislav, Vlad Dracul y su hijo Mircea son asesinados. Mircea es enterrado vivo en Târgovişte y Vlad asesinado por los boyardos un día más tarde. En 1447, por lo tanto, Vlad III es informado de la muerte de su padre. ¡Y ahora presta mucha atención!

—Soy todo oídos —dijo Christa—. ¿No se nota?

El profesor estaba demasiado inmerso en su discurso para dejarse interrumpir.

—Hay una leyenda que dice que Vlad, antes de morir, entregó a un hombre de su confianza, un caballero llamado Cazan, la espada toledana que le había regalado Segismundo de Luxemburgo cuando ingresó en la Orden, y el collar grabado con el dragón. Los dos objetos llegaron al sultán. Un año más tarde, Iancu de Hunedoara trató de reunir a militares de nuevo para una nueva cruzada contra los otomanos. Murat, que amaba la inteligencia, la determinación y la valentía de Vlad hijo, decide darle una oportunidad al joven, de tan solo diecisiete años, y apoyarle para conquistar el trono de Valaquia. La leyenda también dice que le entregó dos espadas: la de su padre y una especial de acero de Damasco. Antes de regalárselas, le pregunta cuál es el regalo más preciado que Alá dio al hombre. Al contestar Vlad que la vida, el sultán se echa a reír y le dice que es todavía joven y que tendrá tiempo de enterarse de que el regalo más preciado ofrecido por el Todopoderoso es el poder. Así que deja en libertad a Vlad.

—¿Dos espadas? —se mostró confundida Christa.

Charles puso los ojos como platos.

—Has dicho que Țepeș recibió dos espadas, una toledana de parte de su padre y una de acero.

—De Damasco, sí. Del sultán.

—¿Tú cuál estás buscando?

Charles entendió por dónde iba Christa. Sacó del bolsillo el papel.

—«Solamente estas dos espadas pueden entrar en la misma vaina.» ¿Por qué crees que se refiere a estas dos? Yo estoy buscando la del sultán, al menos esa es mi conjetura. He visto fotos de ella, y es exactamente como me la describió el abuelo. Pero él nunca mencionó nada acerca de una segunda espada.

—Quizá es otra adivinanza, como la de los versos. Quizá tienes que descifrar algún significado.

—Por desgracia, no tenemos forma de saber lo que había escrito delante. Si por lo menos hubiera recogido los pedacitos del papel quemado y los hubiera llevado a un laboratorio... Tal vez donde vosotros, a la Interpol. He visto textos reconstruidos a partir de trozos de papel quemado. Dios, ¡qué descuidado he sido! Debería haber intentado ver lo que había antes de este «rn».

—Estaba hecho cenizas y además se las llevó el viento.

Charles estaba muy enfadado consigo mismo. Pensó que el papel estaba a medio camino entre una broma y unos indicios serios.

—Sí. Es una paráfrasis de la expresión «Dos espadas no encajan en la misma vaina». Es un dicho muy extendido por aquí, por los Balcanes. Inicialmente se refería a las pretensiones de varios príncipes de ocupar el mismo trono. La traducción exacta de esta metáfora es que el país puede soportar solo un rey al mismo tiempo; los demás tenían que someterse, o se les sacrificaba. Quizá este podría ser el significado en nuestro caso.

Suspiró y metió la nota en el bolsillo.

—De lo que has contado hasta el momento, ¿hay algo de la conversación que mantuviste con el hombre de la carpeta?

—Sigo —contestó Charles, que entendía la exasperación de Christa—. Iancu de Hunedoara hace el ridículo, pierde dos batallas, es capturado y el príncipe serbio Jorge Brankovic lo lleva a Smederevo. Será puesto en libertad después de prometer casar a su hijo, el futuro gran rey Matías Corvino, con una pariente del déspota de Serbia. El contexto del debilitamiento del poder húngaro le proporciona el coraje a Vlad para atacar el trono usurpado a su padre. El golpe de Estado apoyado por los turcos, especialmente por Hassan Pasha, tiene éxito. Después de tan solo dos meses, el nuevo príncipe es traicionado por los boyardos, que, junto al príncipe de Moldavia, apoyan el regreso de Vladislav al trono. Con esto concluye el primer reinado de Vlad en Valaquia. Vlad, que aún no es el Empalador, ni tampoco Drácula. Habrá otros dos reinados. El segundo y más largo de ellos, entre 1456 y 1462, le traerá la reputación.

—¿Y dónde está la Biblia en toda esta historia?

37

Antes de que Charles pudiera responder, el tren, que iba más lento, se detuvo en una estación. Christa se levantó y una sonrisa floreció en su rostro. Al ver la mirada interrogante de Charles, le dijo alegremente:

—Sé cómo vas a pasar la frontera sin tener problemas.

Salió por unos momentos del vagón restaurante. Cuando volvió estaba radiante de satisfacción.

—No he dejado de pensar en qué vamos hacer cuando lleguemos a la aduana. Por desgracia, tenemos que pasar dos, la de Rumanía y la de Hungría. He hecho todo tipo de conjeturas: por ejemplo, mostrarles el carnet de la Interpol y decirles que eres mi detenido. Tal vez en Rumanía colaría, pero no estoy tan segura de que funcionase igual de bien en Hungría; no sin algunos documentos justificativos o sin estar en la base de datos de la policía como perseguido internacionalmente. Luego he pensado en llamar a Lyon para que envíen un fax a la policía de fronteras con tu foto y que pidan dejarte pasar. Tampoco estoy segura de que funcionase. La policía húngara es bastante colaboradora; nuestros agentes de Budapest se llevan bien con los de la central, pero se mueven tan lentamente que no se sabe si llegarían a tiempo al punto fronterizo. Luego he pensado, ya que estamos en medio de la noche, que puedo fingir estar dormida y que cuando se oigan los insistentes golpes en la puerta, puedo sacar una pierna por delante, poner cara de sueño y mantener solo un poco la puerta entreabierta para mostrar mis papeles. Quizá no se abalanzarían sobre una joven dormida. Tampoco es que sea muy buen plan.

A Charles le divertía la manera infantil de hablar de una mujer tan dura como Christa. Conseguía enmascarar muy bien su lado sensible, ocultaba a la perfección su feminidad cuando lo quería. Le gustaba intuir el rostro que escondía debajo del disfraz de oficial. Le preguntó:

—¿Y cómo vamos a conseguirlo?

—Estamos en Braşov. Y me acabo de dar cuenta de que el tren pasa por Sighişoara. Así que he llamado al comisario, que se ha puesto muy contento al escucharme. Temía que me hubieras hecho algo malo, al parecer querían emitir una orden de búsqueda y captura. Antes de eso ha tenido la inspiración de consultar a su padrino, que ocupa un alto cargo en el ministerio. Este le ha gritado durante veinte minutos y le ha dicho que se olvide de que has pasado alguna vez por allí. Parece que alguien se encarga de eliminar tus huellas.

—El mismo alguien que nos envió a Praga. Y posiblemente también el que hizo subir al hombretón al tren. Te dije que estamos protegidos. ¿Y?

—Le he dicho que volveré en una semana y que acepto su invitación para salir. Parecía estar en el séptimo cielo. Le he pedido que fuera al hotel a recoger tu pasaporte y que luego se pasara por la estación.

—¿Crees que sería demasiada molestia si le pidieras que trajera también mi equipaje y sobre todo el portátil?

Christa asintió. Salió y cuando volvió dijo que todo estaba resuelto. Después se apresuró a añadir:

—Pero si el primer favor lo hace por una promesa, para la segunda quiere algo más concreto. Por ejemplo, un beso allí mismo, en el andén. La negociación se ha cerrado con uno en la mejilla.

Christa esperaba a que Charles reaccionara a su broma. Este tenía el ceño fruncido y estaba pensando algo. De repente le preguntó dónde tenía el teléfono. Esta respondió que estaba en su mochila y le preguntó si realmente lo necesitaba. Charles asintió.

—¿Me puedes llamar, por favor?

Christa marcó su número.

—Está apagado.

—Otra vez me falla esta maldita batería. Tenemos que conseguir un cargador.

Contento, Charles pidió la cuenta. El camarero le dijo que tenía el mismo teléfono. Charles se preguntó cómo podía permitirse un camarero en Rumanía tener un teléfono de mil dólares. Se sintió obligado a entregar al camarero un billete de cien euros, y luego le dijo que le daría más cuando regresasen para la cena. Los dos se levantaron y se dirigieron hacia su litera exactamente en el mismo momento en que el tren se puso en marcha de nuevo.

38

El jefe de la policía fronteriza de Lokoshaza, László Fekete, despertó esa mañana un poco preocupado. Todos en su casa tenían fiebre. Los gemelos de once meses estornudaban y su esposa ardía cuando le puso la mano en la frente. Los tres eran la niña de sus ojos. Tuvo a los chicos con cuarenta y ocho años, después de varios intentos fallidos y tratamientos prolongados, por lo que se convirtió en un padre ultraprotector. Acababa de entrar en el turno y cogió una doble jornada para poder tomarse dos días de descanso y llevar a su familia a un buen médico en Békéscsaba. Cuando salió de casa se aseguró de que los tres tenían todo lo que necesitaban y pidió a una vecina, que era enfermera, que se quedara con ellos para cuidarlos. László Fekete era muy querido en su pueblo de la frontera con Rumanía. Era un hombre de una rara delicadeza y generosidad, siempre dispuesto a ayudar a los demás, especialmente a los vecinos. Incluso los sobornos que recibía en la aduana los compartía generosamente con las personas necesitadas de alrededor. Y como raras veces pedía algo a cambio, la gente acudía de inmediato si pedía alguna cosa, por lo que la enfermera, que se parecía a un *gauleiter*,* se presentó enseguida cuando László apareció en la puerta. Ella le aseguró que se encargaba de todo y que no se preocupara.

* Término en alemán utilizado en el Partido Nazi (NSDAP) para los «líderes de zona» (Gau), que era la forma organizativa más grande del partido a nivel nacional. *(N. de la T.)*

Apenas tuvo tiempo de sacar meticulosamente encima del escritorio las cosas del maletín cuando sonó su teléfono móvil. Era un número desconocido. Una voz gutural con un fuerte acento extranjero le dijo que abriera el ordenador para acceder a internet y que escribiera algunos números en su navegador. László pensó que era una broma y dijo que era policía, y que tenía medios para identificar a la persona que había llamado. Colgó. Dos segundos más tarde recibió un SMS. Era una imagen tomada desde arriba con sus dos gemelos dormidos. Él mismo los había vestido, antes de salir de casa, por lo que se dio cuenta de que la imagen era reciente. Entró en pánico. El teléfono volvió a sonar. Contestó sin aliento.

—Espero haber captado tu atención ahora. Procede exactamente tal como te he dicho. Y no hagas ninguna tontería.

Su interlocutor había colgado. En la pantalla apareció la serie de dígitos que debía introducir en el navegador. Entró en Internet Explorer, escribió los dígitos y un reproductor apareció en la pantalla. Pulsó el botón «reproducir». La película comenzó. Había fotos de su casa, del pasillo. La videocámara recorrió un tiempo la planta baja, deteniéndose en la cocina, se paró un poco sobre dos biberones, siguió por el vestíbulo y subió por las escaleras hasta el primer piso. La casa estaba a oscuras. Afuera estaba nublado y las cortinas estaban cerradas, así que se veía mal. En el vestíbulo superior, una luz encendida mejoró ligeramente la calidad de la imagen. László sintió cómo le invadía la desesperación. La videocámara entró por la puerta entreabierta de su dormitorio y grabó desde lejos a su esposa durmiendo con compresas en la frente. A continuación, salió con rapidez al pasillo y entró en la habitación de los niños. László estaba al borde de un ataque al corazón. La cámara giró un poco por la habitación y se acercó a la cuna de los gemelos dormidos. Un enorme cuchillo de caza apareció en el encuadre y se acercó a los rostros de los pequeños. La hoja del cuchillo tocó la cara de uno de ellos y luego se retiró. La película se detuvo. El teléfono volvió a sonar.

39

Charles se fue corriendo hacia el compartimento, mientras Christa apenas podía mantener el ritmo. Cuando por fin llegaron, Charles estaba en la puerta, que se encontraba abierta y cuya hoja golpeaba al ritmo del traqueteo del tren. En la cabina no había nadie. Christa sacó el arma y miró dentro. Vacía. Recorrió el pasillo hacia abajo. No había nadie en el retrete, tampoco alrededor. Intentó abrir la puerta que había entre vagones, pero solamente había una locomotora de reserva. Al llegar al compartimento, Charles se abalanzó sobre la mochila, sacó el teléfono, lo conectó al cargador y buscó desesperadamente un enchufe. No pudo encontrar ninguno. Finalmente, Christa abrió el pequeño armario que había encima del lavabo. Allí había incrustado un espejo con un estante, encima del cual había un jabón pequeño y dos vasos. A la derecha había un enchufe para la máquina de afeitar. Christa volvió a guardarse la pistola en el bolsillo.

—¿Es posible que nos hayamos dejado la puerta mal cerrada?

Charles estaba preocupado por su teléfono.

—Las variaciones de tensión son muy grandes en el tren. Se te puede quemar el teléfono —explicó ella.

Charles no le hizo caso. Metió el cargador en el enchufe. Intentó encender el teléfono, pero no lo consiguió.

—Tienes que esperar algunos minutos —dijo Christa—. ¿Qué quieres hacer? Puedes usar mi teléfono.

Charles la miró fijamente, pensó un poco y luego dijo:

—Tengo un software especial con el que puedo entrar en mi ordenador portátil o el de casa. Allí están almacenadas unas informaciones que me gustaría consultar. Tengo un amigo que me hizo los cortafuegos y todo tipo de programas que estaban por aquel tiempo solamente en período de prueba. El último grito.

—Sí, pero parece que no impidió a los interesados llegar hasta ti.

—Es cierto. Tendría que llamar a Ross para preguntarle por una actualización. Posiblemente los programas se han quedado anticuados. En tecnología cinco años significan siglos.

Finalmente, el teléfono se encendió. Charles tecleaba con una destreza que sorprendió a Christa. Lo veía más bien como un profesor anticuado utilizando la tecnología por necesidad, pero sin ser para nada un experto. Se preguntó si el hombre que tenía delante dejaría alguna vez de sorprenderla.

—Es exactamente como me lo figuraba —dijo Charles—. Por fin lo he entendido. Puede parecer un poco infantil, pero no veo otra explicación. Alguien, mientras me manda los mensajes, me guiña el ojo. Es un *déjà vu*. Parecen los juegos que hacíamos Ross y yo cuando estudiábamos.

—¿Ese amigo tuyo a qué se dedica?

—No lo sé. Es un poco misterioso. Éramos buenos amigos, pero no nos hemos visto en persona desde hace quince años. Hablamos algunas veces por teléfono, pero solo cuando yo necesito su ayuda. La última vez que nos encontramos fue en un congreso de matemáticas de Río. Recuerdo que, al salir del avión, mientras esperábamos el equipaje, dijo que ese era su último acto de presencia en la comunidad científica. Y que había decidido buscar un empleo. Cuando le pregunté dónde, respondió, como si fuera James Bond, que si me lo decía me tendría que matar. Entonces pensé que era uno de sus chistes. Por el tiempo que habíamos pasado juntos y lo bien que nos conocíamos, pensábamos prácticamente de la misma manera. Si empezaba una frase, yo era capaz de terminarla exactamente con las palabras con las que hubiera acabado él mismo. Y viceversa. Me he preguntado muchas veces qué es lo que he hecho yo para alejarlo, y se lo pregunté en una ocasión. Se echó a reír. Siempre asumí que estaba empezando a no gustarle tener cerca a alguien que lo conocía tan bien, que sabía cuáles eran sus pequeñas debilidades. Desde hace un tiempo parecía molesto si se lo decía todo a la cara, especialmente en público. Pero él hacía lo mismo. Así que no insistí. Luego desapareció por completo de cualquier radar. Sin ningún trabajo publicado, su nombre pareció haberse evaporado. Creo que lo contrató algún servicio secreto. A menudo nos reíamos sobre este tema. Su contribución fue decisiva en los dos casos que me hicieron famoso. Ross es el hombre más inteligente que he conocido y tenía en él una confianza ciega.

—¿Tenías?

—Sí. Tenía. No sé si es el mismo ahora.

—¿Y piensas que tiene algo que ver con toda esta historia?

—No, de ninguna manera. Es cínico, tiene un sentido de humor particular, pero no le haría daño ni a una mosca. ¡Descartado! Pero quizá lo necesitaré, lo necesitaremos, de nuevo.

—¿Por qué?

—Por todos estos misterios, los mensajes por descifrar. Es el mejor especialista del mundo en elaborar y romper códigos. A menudo jugábamos a eso. Me ganaba de lejos.

Charles hizo una pausa para sopesar una vez más la hipótesis que había anidado en su cabeza y al final le dijo a Christa:

—Me equivoqué cuando dije que el autor de todo esto confundió las Biblias. Supongo que son, en cierta medida, historias separadas. En el primer caso se trata de la Biblia del Diablo; en segundo lugar, de la de Gutenberg. Tal vez hay dos caminos que se cruzarán en algún momento. Ahora me parecen un poco paralelos.

—¿Entendiste cuál es el mensaje?

—El mensaje lo entendimos los dos entonces. Tampoco sé ahora a qué se refiere. Se añade solo un elemento adicional que parece tener sentido. Al menos en la medida en que se puede en el caos de estas últimas horas.

Christa lo miró concentrada con mucho interés. Charles cogió el paquete de tabaco y le hizo una señal para salir al pasillo. Abrió la ventana frente al compartimento y encendió un cigarrillo.

—De este modo comprobaremos si de verdad alguien está merodeando por aquí. Hemos decidido que el mensaje me decía que mantuviera la boca cerrada.

—Sí. Porque de otra manera tendrás problemas. Todo al estilo mafioso.

—Sí. Como en *El Padrino*. Te mandarán un pez muerto envuelto en mi chaleco.

Se echaron a reír los dos.

—Yo debería comprender, que, de hecho, Charles S. Baker está nadando con los peces.

—¡Exactamente! Pero no es mi vida la que estaba amenazada, sino mi credibilidad. Mira, yo defiendo en este libro una teoría acerca del *Codex Gigas* y, que yo sepa, nadie ha dicho que la demonización de Vlad Ţepeş se derive de mi trabajo. He encontrado algunos documentos que muestran que Matías Corvino supo de la existencia de este libro solo después de haber detenido a Ţepeş y habérselo llevado a Visegrad. Vio el *Codex*, sin duda alguna. Se menciona esto por un monje que lo visitó. Sabía de la muy popular homonimia que existía entre las palabras *drac* y *diablo*, de las crueldades reales de las que era capaz el gobernante rumano, pero la idea de demonizarlo de esta manera le vino de aquel diablo con dientes afilados y calzones.

—Efectivamente, no me lo has contado, ¿por qué esa especie de pañales? ¿Había algo así por aquel entonces?

—No. Estos modelos fueron insignias heráldicas, tinturas negras sobre fondo blanco, para ser más exactos, dibujadas incluso sobre piel de armiño. Por lo general, la piel de este animal se utilizaba para forrar los abrigos de invierno de reyes o de la alta nobleza. Las formas eran diferentes. La mayoría tenía el aspecto que se muestra ahora en las cartas de bastos de la baraja, solo que con una base más amplia que se abre con tres dientes o como las alas estilizadas de un águila. O de un murciélago, ya que estamos hablando de Drácula.

—¿El armiño es una especie de castor?

—Más bien un tipo de comadreja, porque es muy delgada. Su piel extremadamente delicada cambia de color. En verano es de color marrón y en invierno, blanco. En la Edad Media eran animales de compañía, especialmente entre los altos sacerdotes de la Iglesia católica. Los cardenales y a menudo los papas tenían un armiño en vez de un perrito. Si te fijas, por ejemplo, en el cuadro de Da Vinci *La dama del armiño* lo podrás ver. Es un animal especial. Si se cazaba en la Edad Media, prefería dejarse atrapar que pasar por el barro y ensuciar su piel.

—Interesante, narcisista hasta el sacrificio supremo. Hasta el final.

—Exactamente. Y por ello era tan apreciado. Tenía algo de la altivez y arrogancia de la realeza. Y por ello su piel se convirtió en un signo heráldico.

—¿Y por qué nuestro diablo lleva calzones de armiño?

—Por supuesto que para mostrar que no es un diablo cualquiera, sino el mismo Satanás. El más grande, el más importante. El supremo.

—¿Y por qué tiene la cara verde?

—Bueno, eso es complicado. La explicación más apropiada que encontré no me parece suficientemente convincente. Probablemente tiene algo que ver con la mitología celta o teutónica. Allí hay un personaje llamado el Hombre Verde que era el responsable de la fertilidad. Por otra parte, mucho más tarde, el Diablo se llama en algunos escritos Veredelet o Verdelot.

—¿Y el mensaje?

—¿Disculpa?

Charles se había perdido en sus explicaciones y Christa le hizo volver sobre el tema demasiado rápido.

—El mensaje. ¿Cuál es el mensaje?

—Una sola cosa está clara: entraron en mi ordenador y leyeron el libro. Querían comprobar si había llegado a desarrollar esta teoría o no.

—¿Lo hiciste?

—Sí. El mensaje de los monos es una amenaza, pero la utilización del Diablo, tal como se muestra en el contexto de mi libro, me dice que el castigo no será la muerte, o al menos no al principio, pero sí mi descrédito total. Si quieres matar a alguien del mundo académico o de la política, a una persona pública, no debes recurrir a la violencia, es suficiente con matar su credibilidad.

—¿Por eso pusieron tu tarjeta de visita allí? ¡Sabían que te íbamos a traer y que veríamos que los respectivos crímenes tienen algo que ver contigo!

—Sí. Aunque seguramente ha habido otras tentativas, pero allí, por lo visto, las autoridades no reaccionaron igual. No me has dicho si encontraron mis tarjetas de visita en los otros tres lugares o no. Y si los tatuajes estaban presentes también en Londres o en las demás ciudades.

—En Marsella no se encontró nada. De Alma Ata no conseguí nada y en Londres la policía me entregó una tarjeta de visita y mantenerlo en secreto. Eso sí, los tatuajes estaban presentes en todos los casos.

—Por consiguiente, debo callarme algo. Si hablo, me pasará como a Vlad Țepeș: me transformarán en un monstruo. Me van a escupir en la plaza pública, la gente me va a esquivar como a un apestado. No hace falta eliminarme físicamente, es suficiente matar lo que soy, porque eso es peor que la muerte.

—A propósito de Vlad Țepeș. ¿Seguimos?

—Sí. ¿Te importa si me estiro sobre la cama mientras te cuento el resto? Prometo subir a la litera de arriba.

—¿Realmente no tienes miedo? —preguntó Christa.

Charles movió la cabeza. Christa no supo cómo interpretar el gesto.

—¿De historias con puertas abiertas y pasillos desiertos? No demasiado. Pero me sentiría mejor si tuviera una pistola.

40

El primer impulso del jefe de la policía fronteriza fue gritarle al interlocutor y amenazarle, pero este le hizo callar. Dijo que no tenía ningún interés en dañar a su esposa o a sus hijos. Y que si hacía lo que se le pedía, es decir, poca cosa, los cuatro encapuchados que estaban en la casa desaparecerían tal como habían llegado. También le dijo que a su esposa le habían dado una pastilla para dormir, y que no se despertaría hasta que el problema se solucionase y que la asistenta estaba un poco asustada, pero como era una mujer fuerte lo superaría y podría cuidar de los pequeños. También le advirtió que todo el edificio de la aduana estaba vigilado, así como también todos los medios de comunicación que tenía a su disposición. Para estar seguro de que no se hiciera el héroe, una bonita joven no se despegaría de él hasta que todo acabase. Justo en ese momento oyó llamar a la puerta.

En la cama, con las piernas en alto, Bella hojeaba el pasaporte de Charles. Sabía que Baker podría necesitar el documento y que era imposible que volviera a recogerlo. Por lo tanto, después de la salida inesperada de la pareja, se fue al hotel y el recepcionista, recompensado como un rey por una habitación, estuvo feliz de hacerse con más dinero. Después de todo, algunos documentos se extraviaban a menudo. Bella le había dicho a Martin que lo tenía en su poder, y él le dijo que lo guardara ella; si Charles lo necesitase, encontraría una solución para hacérselo llegar. A Werner no le había mencionado nada. Esperaba que en algún momento Martin le ordenase librarse también de él. Debía armarse de paciencia. Conocía aquel proverbio de los pieles rojas que dice que, si te quedas el tiempo suficiente a la orilla del río, tarde o temprano verás el cuerpo de tu enemigo flotando en el agua. Y esta vez hubiera ejecutado la orden con mucho gusto.

41

Charles se había quitado los zapatos y había subido a la litera de arriba. Casi se había olvidado de la sensación de estar estirado. Empezó a relajarse.

Christa echó las cortinas y no quiso tumbarse por miedo a que pasaran de largo la estación de Sighişoara. Se sentó en la posición del loto en la litera de abajo y empezó a masajearse los pies.

Charles retomó la historia.

—Nadie sabe con exactitud cómo pasó Vlad el interregno, por llamarlo así. Duró casi ocho años, sin embargo, le bastaron para convertirse en un adulto. Empezó cuando tenía diecisiete y terminó a los veinticinco años. Aunque en la Edad Media las personas maduraban mucho más rápido.

—Y vivían mucho menos —dijo Christa desde abajo.

—Esto no es del todo exacto. Sí, vivían menos que ahora, pero tengo un amigo, un profesor de matemáticas, que decía de broma que, en la Edad Media, quien pasaba de los treinta años pasaba a la historia. Las estadísticas, las que existen, afirman que la esperanza de vida era de treinta años. Cuando haces estos cálculos, necesitas saber de dónde partes. Es como la renta media de un pequeño pueblo, por ejemplo. Si tres multimillonarios se trasladaron allí para escapar de los impuestos y los demás cien habitantes están por debajo del umbral de la pobreza, resulta que, haciendo un promedio, todos ellos son inmensamente ricos.

Esta media tan baja viene del hecho de que la mortalidad infantil era muy alta. Los expertos serios creen que, si se pasaba de veintiún años, las probabilidades de vivir por lo menos treinta y cinco años más eran muy buenas.

—¿Y Drácula cuánto vivió?

—Según algunos vive todavía hoy en día, o sea que es un muerto viviente. El verdadero fue asesinado a los cuarenta y cinco años. Decía que es muy difícil determinar lo que hizo en este tiempo. Se sabe que estuvo un poco por Moldavia hasta el asesinato de su tío, Bogdan II, por el hermano del mismo y que pasó algún tiempo en compañía del gobernante rumano más importante de todos los tiempos, Esteban el Grande. Este acaba de ser canonizado recientemente por la Iglesia ortodoxa rumana, aunque mataba sin parpadear cada vez que se obsesionaba con alguien (y lo hacía con frecuencia), era un borracho perdido y un mujeriego. Fue, de hecho, un gran héroe del pueblo moldavo, no rumano, como defiende ahora la propaganda histórica, porque la idea de nación en aquellos días no existía ni siquiera *in nuce*. Además, aunque los moldavos y los valacos hablaban el mismo idioma y hoy en día son parte de un mismo país, entonces se odiaban a muerte. Entre una alianza entre sí o con los turcos, casi siempre optaban por los turcos.

—Me encanta tu modo de divagar.

Charles se inclinó sonriendo sobre el borde de la cama.

—¿Haces yoga? —preguntó él—. Nunca he sido capaz de estar en esa posición. Ni cuando era un gran espadachín.

—En serio. Quien quiere saber algo de ti tiene que esperar hasta que tengas ganas de decirlo. Pero es imposible enfadarse contigo, porque lo haces de una manera muy graciosa.

Charles volvió a la cama. La buena disposición empezaba a desvanecer cada vez más la tensión, que palidecía a cada instante.

—Tanto Vlad como su primo (al que, según la historia, el propio papa de Roma había nombrado *Athleta Christi*) huyeron a Transilvania. Su presencia fue señalada en Braşov, en Sighişoara, en la asamblea legislativa de Györ junto a Iancu de

Hunedoara y en Sibiu, donde permaneció hasta subir por segunda vez al trono. Así que dieron unos buenos paseos. Nuestro amigo de la habitación (que no me dijo cómo se llamaba, pero me repitió varias veces que era una suerte de tío mío) tenía una teoría acerca de lo que Vlad hizo en este período. Venía de Turquía, donde ya he dicho qué tipo de educación recibió. Volver a un país que no recordaba muy bien fue para él una especie de shock. Su reinado fue muy corto, y no demasiado bueno. Estaba preparado para la guerra, y batalló mucho, pero también para la vida civilizada de la corte del sultán y para la obediencia ciega de los turcos frente al comandante supremo. En Târgoviște encuentra solo suciedad y piojos, ningún baño público. Casi todo el mundo conoce los famosos baños turcos. El cristianismo tiene el problema del desprecio por el cuerpo. Nietzsche decía que la primera medida que tomó la Iglesia después de la Reconquista, tras echar a los musulmanes de España, fue cerrar los baños públicos, y añadió que solamente en Córdoba existían doscientos sesenta. Uno de mis colegas de la Universidad de Bolonia escribió un fenomenal estudio sobre cómo apestaban las ciudades en el Medievo. Esas calles estrechas con casas tan cercanas que dos personas podrían llegar a tocarse las manos de una fachada a la otra. Así que cuando pasabas por allí tenías todas las posibilidades de llenarte literalmente de mierda, porque los orinales se vaciaban por la ventana a la calle. ¿Por qué crees que florecieron todas aquellas enfermedades que segaban la vida de la mitad de la población en un tiempo récord?

Christa no podía dar crédito a todo lo que estaba escuchando. ¿Quizá se había vuelto loco por el cansancio?

—Sé que piensas que me he vuelto majareta, pero te aseguro que todo lo que digo es cierto. Por ejemplo, en la corte francesa del Rey Sol, dos siglos más tarde, nadie se lavaba. El rey y la nobleza tenían criados que por la mañana traían un paño ligeramente humedecido para limpiarse los ojos. ¿Sabes aquellas pelucas relumbrantes y empolvadas? Pues bien, el protocolo ideó una especie de garras finas clavadas en un palo largo para rascarse los piojos que había debajo de ellas. ¿Conoces de dónde viene la expresión «sentado en el trono» cuando vas al baño? Los reyes tenían un trono especial con un agujero, bajo el cual había una bandeja que encajaba en una especie de cajón. Hacían sus necesidades allí, delante de toda la corte, y se levantaban solo para que los limpiasen los sirvientes a la vista de todos. Después paseaban la bandeja, todavía humeante, bajo las nobles narices de los condes, de los marqueses y de las damas que los acompañaban.

—¿Estás hablando en serio? —preguntó Christa, a la que le faltaba poco para caerse al suelo de la risa.

—Sí. ¿Cómo creías que era?

—No lo sé. Nunca me lo había planteado.

—Pues era así. Y Vlad, que se había criado en la brillante limpieza de Adrianópolis, entre nobles mármoles, casi enfermó de ictericia cuando llegó a Târgoviște. Y luego vinieron los boyardos. Groseros, irrespetuosos, codiciosos y pérfidos. Conspiraban de la mañana hasta la noche. Lo único que les importaba era robar mucho y salir indemnes. En su opinión el gobernante estaba allí para servirles a ellos, y no al revés. En los Países Rumanos, y no solamente allí, al ser limitados los recursos llegaba al trono el pretendiente que tenía el apoyo del partido más fuerte de los boyardos. La parte buena es que allí nadie llegaba a ser un dictador; o si lo conseguía, lo mataban en breve. Todo lo que querían los boyardos era la paz. Estaban dispuestos a pagar tributo a los turcos, a los cristianos o a cualquiera con tal de tener garantizada la paz. Después de que lo echaran del trono, Vlad vivió las mismas experiencias en Moldavia y luego en Transilvania, y en las cortes de Hungría y Austria. Le era difícil comparar los brillantes palacios turcos con los castillos oscuros, fríos y siempre húmedos de los cristianos. Pero él era cristiano. Y además había heredado de su padre la medalla de la Orden del Dragón. La ley decía que el honor de ser miembro se heredaba de padres a hijos. Como no estaba muy claro el episodio de la eliminación del nombre de su padre de la lista, Vlad heredó un gran honor, era una figura importante. Aunque había aprendido mucho de los turcos, había sido su prisionero y estos no eran de su agrado. Pero veía su lado bueno. Y al igual que cualquier joven fuerte que empezaba a caminar por la vida, y además caballero de una orden importante y de sangre real, tenía en la cabeza ideas revolucionarias, claro que no en el sentido de las ideologías de hoy. Quería cambiar el mundo. Y a pesar de haber sido recibido en todas partes de una manera decente pero fría, no le gustaba en absoluto esa sensación de vasallaje, de inferioridad, que sentía por doquier. Sabía que por razones políticas debía aliarse con los fuertes para sobrevivir y llegar al poder. Pero, y lo digo en serio, Vlad Drácula era un príncipe del Renacimiento, con la educación y la apertura necesarias para no ser inferior a sus contemporáneos venecianos o florentinos. Trató de recaudar dinero para construir un ejército y comprar el beneplácito de los mandamases del momento. Convivió mucho con los gremios de artesanos y aprendió a apreciarlos por lo que sabían hacer, y a despreciar a los nobles por su inutilidad y, a menudo, su estúpido orgullo.

—¿Estás insinuando que era un socialista?

—No, muy lejos de esto. Quiero decir que, lentamente, aunque pasarían dos siglos hasta la Revolución de Inglaterra y luego otro siglo y medio hasta la Revolución francesa, entre la gente que producía comenzó a nacer la pequeña burguesía. Y esta empezó a querer más poder, más libertad y más dinero. Al parecer Vlad vio en ello una oportunidad de llegar al poder y de mantenerse en él.

—¿Esto sale de ti o del hombre de la carpeta? —preguntó Christa, que no sabía discernir en toda esta mezcla de información.

—De los dos. Es su tesis y yo le pongo el contexto. Lo que sigue a continuación le pertenece a él. A Vlad se le ocurre enviar un mensaje, pero no está claro cuál es y a quién debía transmitirse. Cómo te dije en la estación, se trata de una conspiración secular que Țepeș destapa a través de este mensaje. El hombre afirmó que Vlad se había enterado de que en Maguncia había un individuo que había inventado una forma de multiplicar los mensajes de forma rápida, eficaz y continuada. Hasta entonces, cualquier texto debía ser copiado. Así que Ţepeş, que capta rápidamente la oportunidad propagandística del nuevo descubrimiento, lo que no es poca cosa, un hombre de marketing adelantado a su época, decide imprimir unos volantes a través de los cuales quiere transmitir algo a más gente. Como he dicho, no sabemos exactamente qué y para quién. El hecho es que llega a Maguncia, él o un hombre suyo, y se encuentra con Gutenberg.

—¿Hablas en serio?

—Me limito a repetir lo que me dijo el hombre. Gutenberg está a punto de inventar la primera imprenta de tipos móviles del mundo, pero tiene problemas financieros. Su taller de Maguncia, Humbrechthof, propiedad de unos parientes lejanos, tuvo un coste exorbitante. Aviso a los que todavía creen que las cosas buenas se obtienen gratis: cualquier revolución técnica, científica e incluso cultural supone enormes costes. Hasta que llegan las grandes empresas y la financiación estatal, los responsables de las inversiones son los reyes, los grandes propietarios y los mecenas para el arte. Abro un último paréntesis.

Christa suspiró.

—Uno pequeño —precisó Charles—. Tú sabes que todos dicen que este mundo se ha desarrollado en los últimos cien años más que en los cinco mil previos. Eso ha sido así debido a la revolución burguesa que forzó el cambio de estilo de vida del Antiguo Régimen de la manera convulsa y sangrienta que conocemos. Todos aquellos parásitos solo querían comer sin parar, vivir cómodamente, pero no estaban dispuestos a invertir nada. La única área en cuyo progreso posiblemente estaban interesados era la de las armas, porque las necesitaban para dirigir las guerras de conquista y de defensa. El saqueo y la explotación eran las únicas formas que conocían para enriquecerse. Por tanto, la invención más importante en más de cien años de Medievo fue el cañón, el último argumento de los reyes.

—Hablas como Marx —dijo Christa.

—Marx estaba equivocado sobre la historia solo en aquellos puntos en que habla sobre la necesidad y el determinismo. Sus diagnósticos son en gran medida correctos. Las soluciones que propone son, sin embargo, una desgracia. En fin, Drácula detecta las oportunidades y financia a Gutenberg. Y desde aquí todo se convierte en fantasmagórico. La versión oficial es que Gutenberg, al tener gran necesidad de dinero, recurre a un hombre llamado Fust, que le presta ochocientos florines con una tasa de interés del 6 por ciento. Como el dinero no es suficiente, tres años más tarde el mismo Fust le entrega otros ochocientos florines, pero esta vez entra como socio en el negocio. Y trae también a su yerno, un tal Peter Schöeffer. Para que te des cuenta del valor real de aquel dinero, por entonces el edificio central que alojaba la alcaldía de una ciudad de las dimensiones de Maguncia costaba unos doscientos florines. Así que Gutenberg podría haber comprado ocho casas enormes con el dinero que se le prestó. Surge un conflicto por su culpa, Gutenberg es demandado y lo pierde todo. Había alcanzado a imprimir ciento ochenta Biblias.

—¿Y el hombre de la carpeta qué versión tenía sobre esta historia?

—Parecía convencido de que esta era solo la versión oficial y que, de hecho, los hombres sobre los que se hacían las revelaciones se enteraron a tiempo y pararon la publicación, y que dejaron a Gutenberg sin nada y supervisaron lo que imprimía. Que Fust era supuestamente un agente secreto.

—¿De quién?

—No lo sé. Mi huésped afirmó que a Vlad le pareció interesante que las Biblias fueran portadoras de ese mensaje, que podría estar oculto en su interior. Tenía también un plan de reserva en caso de que el primero estuviera condenado al fracaso: publicar en código datos de su mensaje y reproducirlo tanto como fuera posible; y poner a salvo aquellos que no se lograsen imprimir hasta que llegase el momento de hacerlo.

—¿Y de dónde sacaba Țepeș tanto dinero?

—Bravo. Eso es lo que me preguntaba también yo, y he aquí lo que me dijo el hombre. Junto a Vlad, cautivo donde los turcos, había un hombre mucho mayor, de nombre Jorge Castriota, de Krujë, Albania. Los turcos lo llamaban Skanderbeg, que quiere decir «Iskender bey» («príncipe Alejandro»), en alusión a Alejandro Magno. Se convirtió al islam cuando era prisionero y fue enviado por los otomanos a administrar Albania como bajá secundario. Cuando llegó allí se dedicó a matar a los turcos. Skanderbeg es hoy el héroe nacional de Albania. Lo puedes ver en los cuadros, donde lleva siempre barba blanca y el famoso casco con dos cuernos de cabra. Mantuvo el Corán, pero echó al otomán. —Charles se emocionó por el juego de palabras que le salió—. Dicen que Țepeș se acercó a él, le habló de Gutenberg y lo convenció para que le diese dinero. Luego lo envió al impresor, que perdió la tipografía y solo pudo recurrir al plan de reserva, así que el mensaje fue publicado en un solo ejemplar. El hombre dijo que en el camino de vuelta a Maguncia o hacia Transilvania, Țepeș se habría detenido en Florencia.

—¿Qué has dicho antes sobre una lista?

—Sí. Dijo que el mensaje debe de contener una lista extremadamente peligrosa y que, para tomar posesión de ella, los que deben protegerla no se detienen ante nada.

—¿Cómo podría conocer alguien hace quinientos años una lista de gente de hoy en día?

—Tal vez no sea una lista de nombres. No tengo ni idea. Me parece absurdo, pero también me lo parecían al principio todos los enigmas con los que he tropezado.

El tren ralentizó gradualmente su marcha a medida que entraba en la estación de Sighișoara. Christa le dio la pistola a Charles.

—Tú ahora la necesitas más que yo. Bajo para ver al comisario. Será mejor que te quedes en el compartimento. Y cierra la puerta.

42

Mientras Christa buscaba con la mirada al comisario pensó si no había actuado erróneamente y no había cedido demasiado rápido ante el impulso de llevarse a Charles y huir de la manera en que lo habían hecho. Quizá el agente Pop todavía estaría vivo y tal vez Charles habría descubierto de todos modos que tenía que ir a Praga. Podría haber recuperado el pasaporte y luego ir a Cluj y tomar desde allí un vuelo hacia la capital de la República Checa. Su pensamiento fue interrumpido por la imagen sonriente del comisario, sentado en medio del andén sujetando con una mano la maleta con ruedas y con el ordenador de Charles en los brazos. Christa miró a su alrededor y no vio nada sospechoso. El comisario parecía haber cumplido su palabra y no venía acompañado. En cualquier caso, se tocó el bolsillo donde llevaba la pistola para tenerla al alcance de la mano. Luego recordó que se la había dejado a Charles.

En su compartimento, Bella estaba tumbada en la cama y seguía hojeando el pasaporte del profesor. Se preguntaba cómo conseguir que el documento llegara a manos del profesor antes de la frontera con Hungría.

Werner era el único pasajero del avión del Instituto. El vuelo a Praga debía durar casi doce horas, así que abrió la instalación electrónica de a bordo y comenzó a hacer planes para el día siguiente. Había salido por la noche y llegaría también con la oscuridad. Más exactamente, según la hora de la Europa central lo haría a casi la misma hora que se había embarcado en Estados Unidos. Esto significaba que un día se había perdido sin dejar rastro en la secuencia de las zonas horarias que dejaba atrás; doce horas que no existían. Un día desaparecido sin que hubiera ninguna pista, en ningún lugar. Le gustaba, era como si un monstruo se hubiera tragado el tiempo. Y lo mantenía cautivo, para devolvérselo al retornar. Como si le hubiera dado un día que no le importaba y pudiera haber elegido cualquier otro en su lugar.

Una vez abierto el ordenador, sacó del bolsillo una pequeña caja rectangular. Parecía la réplica en miniatura de la que había utilizado Bella cuando escaneó la calle frente al hotel Central Park. En la pantalla aparecieron algunos símbolos gráficos arrojados en desorden por toda la superficie. Tecleó un código de nueve caracteres y los objetos se colocaron pausadamente, en orden hacia el centro de la pantalla, formando una especie de heráldica medieval. Una minibandeja salió del centro de la caja, que parecía una especie de disco externo muy sofisticado. Werner metió los dedos de ambas manos en la bandejita, el blasón se rompió y en la pantalla apareció una espada en tres dimensiones flotando en el ciberespacio, como una nave espacial extraterrestre arrojada en algún lugar del universo. En este espacio de gravedad cero, la espada se movió un poco y en un lado de la vaina de terciopelo rojo se pudo leer, escrito en letras de oro: IO SOI *CALIBURN* FUE FECHA EN EL ERA MIL E QUATROCIENTO.

43

La muchacha que había entrado en el despacho del jefe de la policía de fronteras era joven, pero estaba muy lejos de ser bonita. Al menos según los criterios de László. Era muy pequeña, rechoncha, y llevaba piercings en todas las partes imaginables. Uno grande en una fosa nasal, uno en cada ceja y dos en las orejas; le habría tomado una eternidad al policía si se hubiera propuesto contarlos. Llevaba mechas en el pelo e iba muy maquillada. Tenía las uñas de las manos pintadas de color verde brillante. László se preguntó seriamente si debía tener miedo de esa chica y qué había querido decir su interlocutor cuando dijo que no se despegaría de él. La posibilidad de perder a su familia, lo único que daba sentido a su vida, le hizo alejar todos los pensamientos y se centró en que simplemente tenía que aguantar hasta que acabase todo, que haría cualquier cosa que se le solicitara. Suplicaba en silencio no tener que matar a nadie.

La chica le hizo una mueca lo más parecido a una sonrisa de lo que fue capaz, acercó una silla del lado de la mesa del jefe de la policía, tiró el bolso del mismo color de sus uñas sobre la mesa y se sentó. Luego hurgó el bolso y comenzó a sacar el esmalte de uñas, una lima y tijeras para las cutículas. Y por último una pistola con silenciador, que agitó en la mano con el cañón hacia arriba mientras hacía explotar ruidosamente el globo del chicle rosa que masticaba. Como László se sobresaltó, en la cara de ella se dibujó una expresión de satisfacción. Así que metió la pistola de nuevo en el bolso. Se quitó los zapatos y levantó una pierna, que László comparó mentalmente con una pantorrilla de hipopótamo, hasta apoyarla en el borde de la mesa. Aposentó el pie en la mesa y, satisfecha, se inclinó para hacerse la pedicura.

—¿Cuánto tiempo tienes que quedarte aquí? —preguntó tímidamente László, yendo con cuidado para no molestarla.

La muchacha lo miró como si estuviera loco y después de un rato, que al policía le pareció una eternidad, puso los ojos en blanco fingiendo que lo calculaba, se abalanzó sobre él con los ojos desorbitados y le contestó:

—Justo el que haga falta. ¿Algo más?

Docenas de preguntas le rondaban por la cabeza. Quería hacerlas todas. ¿Qué tenían contra él? ¿Contra su familia? ¿Qué debía hacer? Pero no se atrevió a formularlas. Lo único que tuvo el valor de decir fue:

—¿Qué hago si necesito ir al servicio?

La respuesta llegó enseguida.

—Si tienes que mear, te vas y meas. ¿O necesitas ayuda?

László negó con un gesto de la cabeza. Y como no sabía lo que debía hacer a continuación, la muchacha se lo aclaró:

—Por lo demás, finge que es un día cualquiera y haz lo mismo de siempre. Menos salir fuera. Si necesitas hacerlo, te acompañaré, pero preferiría que esperaras a que se me secaran las uñas.

Christa volvió a subir al tren en el momento en que el revisor se sentó en las escaleras. Llamó a la puerta del compartimento y se preocupó un poco cuando nadie respondió. Abrió la puerta y entró: Charles se había dormido. Christa le separó ligeramente la mano de la pistola que aferraba entre los brazos. Cerró la puerta y se sentó en la litera de abajo, apoyando la espalda en la almohada y con las piernas colgando por la escalera móvil que subía a la litera de arriba. Pronto se durmió también.

44

Charles se despertó de repente y miró el reloj. Afuera amanecía. Eran más de las cinco y media. Trató de recuperarse del sueño que había tenido. Se miró las manos y pasó una sobre los dedos de la otra. Había soñado que le habían crecido unas uñas largas, metálicas, que le perforaban la piel. Pero no parecían sus uñas, sino que salían de la falange, entre los dedos. El dolor del sueño parecía real. Además, tenía la sensación de que los dientes se habían afilado, era como si sintiera sangre en la boca. Saltó de la cama, abrió el armario y se miró en el espejo. No había nada malo con sus dientes, así que respiró aliviado. Tal vez la foto de Christa le había conmocionado más de lo que quería admitir.

Christa se despertó cuando él saltó de la cama. Le preguntó si había sucedido algo. Entonces se dio cuenta de que habían dormido cerca de seis horas. Charles vio su maleta y se alegró. La abrió y sacó la pasta de dientes y el cepillo. Descorrió las cortinas, se lavó detenidamente los dientes como si quisiera limpiarse la sangre del sueño —y no había manera de quitarla— y a continuación se afeitó. Christa cogió también su pasta de dientes y la extendió sobre el dedo.

—Tenemos malas noticias —le anunció ella—. El pasaporte no estaba en el hotel. Finalmente, tendremos que recurrir a uno de mis flamantes planes de reserva.

Quedaba una hora y media para salir del país. Christa tomó el teléfono del bolsillo y salió al pasillo. Después de un rato la siguió Charles, que reparó en la prisa con la que Christa se deshizo de la persona con la que hablaba. Encendió un cigarrillo. Ella se sintió obligada a darle una explicación:

—Estoy tratando que desde la Interpol me envíen por teléfono un mensaje oficial en el que diga que te acompaño a Chequia y que, por razones secretas, no llevas la documentación encima.

—¿Y qué pondrán en él? ¿Que este hombre hizo lo que hizo por orden mía y en beneficio del Estado?

—Algo por el estilo, pero no sé si encontraremos en tan poco tiempo a Richelieu para que lo firme. —Christa había reconocido esta famosa cita de *Los tres mosqueteros*.

—Y tú no eres precisamente Milady. Quiero decir que espero que no tengas escondida ninguna daga envenenada en uno de tus muchos bolsillos. Por cierto, ¿te das cuenta de que cada vez que hablas por teléfono sales fuera del cuarto donde estoy?

—Sí, pero lo hago por deformación profesional. Te he dicho cada vez con quién he hablado. Y de qué.

—Sin embargo, no me has contado nada de ti, pero parece que lo sabes todo sobre mí. Soy un libro abierto. ¿No crees que sería bienvenida un poco de reciprocidad?

—No hay nada que decir sobre mí —le cortó Christa—. Lo que sería interesante es confidencial, y los demás detalles son absolutamente aburridos.

Bella había convocado a sus dos compañeros de viaje en su compartimento. Habían decidido que Milton se trasladara al vagón de la pareja unos minutos antes de entrar en la estación de Curtici. Luego, esperaría junto al compartimento de ellos hasta que la policía fronteriza estuviera ya en el vagón, llamaría a la puerta, les entregaría rápidamente el pasaporte y se largaría. Con la policía fronteriza presente, Charles no lo perseguiría hasta que el tren reiniciase su marcha. Bella sabía que Baker había reconocido a Henry y que, si la veía, la identificaría también. Y hasta entonces iba a pensar en cómo reaccionar en caso de una confrontación directa.

45

Había pasado más de media hora sin ninguna respuesta. En el teléfono de Christa se oyó un pitido. Después de leer el mensaje, miró a Charles muy decepcionada. Negó con la cabeza. Entonces él entró en el compartimento y volvió con su móvil.

—¿A quién llamas? —preguntó alarmada ella.

—*Ultimo ratio* —contestó Charles—. A Ross. Pienso que es nuestra última solución.

—Déjame al menos unos minutos para comprobar y ver quién es. Si tiene alguna relación con toda esta historia. Tú mismo dijiste que le gustan los juegos de este tipo...

—Tonterías, ¿cómo...?

Christa no le dejó terminar y preguntó de modo autoritario:

—¿Apellido?

Charles cedió y le dijo:

—Fetuna.

Luego se lo deletreó.

Christa entró en un programa con su contraseña y tecleó el nombre. Mientras esperaba, preguntó:

—¿De dónde es este nombre?

—Es una ciudad de la Polinesia francesa, en el Pacífico Sur. Los nativos toman como apellido el nombre de su localidad.

—¿Ross es de Polinesia?

—Su madre. Su padre es un alemán que se enamoró de una nativa cuando estaba de vacaciones. Y se la llevó a su país. Ross nació en Berlín y prefirió el apellido de la madre. Creo que el del padre le parecía demasiado vulgar. Nada interesante, quizá demasiado alemán. Así es Ross.

Christa miró el teléfono, pulsó algunas teclas y dijo:

—No encuentro a nadie con este nombre.

—Mejor, mejor que no esté en vuestros servidores.

—Sí. Si me concedes algunos minutos más me gustaría buscar también en el censo.

—No nos queda tiempo —dijo Charles y marcó el número.

Fue su turno para retroceder unos pocos metros. Habló durante varios minutos y se rio de buena gana. Luego volvió frente a la puerta y encendió otro cigarrillo.

—¿Vas a empezar a fumar de verdad? Pensaba que esos puros eran solo un premio después de un largo día de trabajo. Un capricho. Pero estos cigarrillos... Tampoco estoy segura de que en este tren se pueda fumar en cualquier lugar.

—Estoy emocionado. He hablado con Ross y me ha dicho que va a hacer todo lo posible, pero que es un poquito tarde.

—¿Qué puede hacer? Estamos a punto de llegar.

—Es muy habilidoso. De todas maneras, cuando se ha enterado de que vamos a Praga me ha dicho que él está destinado en Viena y que podría cogerse algunos días libres para vernos.

Christa quiso contestar, pero el teléfono emitió de nuevo el sonido agudo.

—No hay nadie en el registro con este apellido en todo Estados Unidos. ¿No tiene nacionalidad estadounidense?

—Sí, pero es agente secreto. Te lo dije. Quizá le cambiaron la identidad, como a Bourne.

46

Milton entró en el vagón de la pareja cuando el tren llegaba al andén de la estación de Curtici, última parada en Rumanía. Christa envió a Charles al compartimento y se sentó con el pasaporte en la mano con la esperanza de que la policía no fuera a abrir la puerta de su litera. Ella estaba convencida de que la historia de Ross era, en el mejor de los casos, una ingenuidad, y que este no tenía ninguna manera de resolver algo que la Interpol no podía solventar. Milton se situó en el otro extremo del vagón a la espera de los policías, tal como le había pedido Bella.

El tren se detuvo en la estación. Nadie subió o bajó de su vagón. Christa sacó la cabeza por la ventana. Había algunas personas en el andén, pero ni rastro de la policía o de los aduaneros. Christa pensó que iban a esperar una eternidad hasta que las autoridades rumanas se dignasen a cumplir con su deber. Estaba acostumbrada a la arrogancia habitual de los policías de aduanas de la Europa del Este, pero también a la insensibilidad autoritaria de Occidente. De repente, el tren comenzó a moverse. El revisor se sorprendió y Milton se quedó boquiabierto.

Diez minutos más tarde, en Lokoshaza, los funcionarios de aduanas húngaros subieron al tren y lo inspeccionaron sobre la marcha. Le pidieron a Christa que abriera el compartimento y a Charles lo sacaron al pasillo. Pero nadie pidió la documentación a ningún pasajero del tren. Solo Milton tuvo problemas con los aduaneros, que le preguntaron por qué estaba frente al aseo y le pidieron que volviera a su lugar. Así que, al no tener otra opción, se dio la vuelta con el pasaporte de Charles todavía en la mano.

Charles sonrió satisfecho a Christa, que se preguntó quién era ese Ross y de dónde le venía el poder de cancelar dos controles de la policía de aduanas en ambos lados de la frontera. Como no tenía otra explicación, porque tal coincidencia era demasiado, decidió confiar en su compañero de viaje.

Detrás de los edificios de las dos aduanas, a medio camino entre ellos, en tierra de nadie, los aduaneros rumanos y húngaros disputaban un partido de fútbol internacional a iniciativa del jefe de la policía de fronteras de Hungría, que había ofrecido, como premio, el soborno de un año si el equipo ganaba. Los aduaneros rumanos iban ganando. Tal vez a los húngaros les gustaba más el balonmano. En el centro del campo, con las piernas musculadas y clavadas en el barro, la joven mujer con el pelo a mechas, con un silbato en la boca, arbitró el partido y pensó con horror que debía retocarse por octava vez esa semana las uñas de los pies. Contenta por la creativa solución que había encontrado László Fekete, cuando vio el tren salir de la estación, se dio la vuelta y desapareció, dejando a los equipos discutiendo por una supuesta falta dentro del área de penalti, porque se habían quedado sin árbitro. Lo mismo hizo el policía, que montó en la moto y salió corriendo para atender a su familia.

47

—¿Nos queda alguna aduana más? —preguntó Charles mientras se dirigían aliviados hacia el vagón restaurante.

En dos horas llegarían a Budapest. Les entró hambre, se habían quitado un peso de encima y por fin podían relajarse. Charles decidió que sería mejor trabajar un poco en los enigmas que le perturbaban, sobre todo porque ya podía usar el portátil.

Esta vez el vagón restaurante estaba a rebosar, pero el camarero, que se puso contento al verlos, apresuró a algunos individuos que acababan de terminar de cenar y les dijo que el horario de la cena ya había acabado. A los tres les hubiese gustado tomar alguna copa de aguardiente, pero el camarero les dijo que había una nueva norma en Europa que prohibía la presencia de borrachos en el tren y la cantidad de alcohol máxima permitida por cabeza era de un tercio de litro. Cuando señalaron hacia unos individuos muy perjudicados de las otras mesas, el camarero respondió que no habían excedido el límite, pero que, probablemente, no aguantaban la bebida. Christa y Charles recuperaron exactamente el mismo sitio en el que habían estado por la mañana.

Después de pedir uno de los dos platos posibles —*schnitzel* vienés con patatas fritas y ensalada de encurtidos—, Charles empezó a releer la nota y los signos de las páginas fotocopiadas de la Biblia.

—¿Crees que este camarero que consigue de todo podría tener una lupa? No hay forma de descifrar lo que pone aquí.

Christa acercó la carpeta hacia ella. Se esforzó también por desentrañar algo más que las pocas palabras que se podían ver a simple vista y se rindió. Charles abrió su ordenador portátil.

—De verdad, necesitaríamos algo para aumentar este texto. E incluso así, sería muy complicado de descifrar. Las fotos son muy malas. Y la parte que falta de la parte que no falta, por decirlo así, está bastante quemada.

—Tengo un programa muy bueno para desencriptar. Es muy complejo y tiene una importante memoria histórica. Puede descifrar cualquier cosa: códigos de sustitución, transposición, código Atbash, códigos masónicos, cifrados homofónicos, polialfabéticos. Desde el código de César hasta el cuadrado de Vigenère y el código Playfair, desde las resoluciones de Kerckhoffs, el inventor de la criptografía militar, hasta el navajo y PKE, DES y los códigos más recientes. Es un programa genial.

—Déjame adivinar. ¿Es de tu amigo, que ha empezado a ser ubicuo? Es como si estuviera viajando junto con nosotros. Empiezo a desear conocerlo.

Charles se preguntó si el tono irónico de Christa contenía algún rastro de celos, a lo mejor lo quería solo para ella y no tenía intención de compartir con nadie más los méritos de resolver el misterio.

—Una vez asistí a un curso realizado en colaboración con la NSA y nos dijeron que, si se juntasen todos los ordenadores personales del mundo (por entonces había unos trescientos millones, pero en la actualidad pueden ser muchos más), y todos ellos estuvieran interconectados, supongamos que fuera posible, para descifrar un único mensaje cifrado PGP, descifrarlo requeriría un tiempo equivalente a unos diez millones de veces la edad del universo. Así que ese programa es inútil.

—Sí. Pero en este caso no se trata de un código PGP. Estas fotos, a juzgar por lo amarillentas que son y cómo se han deteriorado, son de antes de la Primera Guerra Mundial, y los dibujos en la pared del sótano de la casa del abuelo están allí antes de mi nacimiento. Considerando la forma en que se pintó toda la bodega, tengo una vaga sospecha de que el edificio fue restaurado por mi bisabuelo. Y eso ocurrió en 1890. A menos que alguien añadiera el dibujo posteriormente, aunque no lo creo. Sin embargo, se lo preguntaré a mi padre. De todas maneras tendrá al menos cincuenta años, por lo que podría ser descifrable. O puede no estar codificado en absoluto. Si tuviéramos la otra mitad... A menos que...

Hizo una pausa como si se hubiera dado cuenta de algo que hubiera tenido siempre delante de sus ojos.

—¿Qué hora es en Estados Unidos? Ahora son las diez y pico. Ocho horas menos... las dos de la tarde. Puedo llamar a mi padre para pedirle que haga una foto de la pared y así tendré la ocasión de preguntarle si recuerda la fecha.

Cogió el móvil y pulsó la marcación rápida. El teléfono sonó varias veces, pero nadie respondió. Entonces marcó el número de casa. Salió el contestador y Charles dejó un mensaje rogándole a su padre que fotografiase con el teléfono la pared norte de la bodega, la del globo y la espada, y que le enviase las fotos lo más rápido posible.

—Veo que tu reloj está una hora adelantado. Hemos pasado al huso horario de Europa central. ¿Y si es un código con clave? ¿O con muchas claves?

—Entonces tenemos que encontrarlas. Si no, será inútil. No sé por qué, pero tengo la convicción de que aparecerán también en cualquier momento.

Charles hojeó una vez más las páginas de la carpeta. Sus ojos se detuvieron en esos números que había al pie de algunas páginas. Solo unas pocas parecían numeradas. Aparecían dos veces el 12 y el 24 y en la última página se podía distinguir claramente el número 180. No lo había advertido en la oscuridad del coche.

—No está claro qué pasa con estas cifras. Sabemos que las Biblias de Gutenberg no tenían las páginas numeradas. Y de todos modos, no coinciden. Esas partes, hasta donde puedo decir, no están tan al principio para ser solo las páginas 12 y 24, además se repiten dos veces en diferentes hojas; y esa, probablemente del final del Apocalipsis, no puede ser la 180. Debe representar otra cosa.

—¿Numerología mágica? —preguntó Christa con ingenuidad.

—Espero que no. Te dije que Gutenberg consiguió imprimir solo ciento ochenta Biblias. Sería demasiada coincidencia que este número fuera el último. Debe de tener una relación. Podría significar que se trata de la Biblia número ciento ochenta, pero entonces no sería la primera impresa, sino la última. O bien que el mensaje fue concebido antes de la intervención forzada de Frust, que ya era el nuevo propietario de la imprenta cuando salió la última Biblia. Habría otra opción: que Gutenberg supiera que iba a publicar solo ciento ochenta ejemplares. Pero eso no parece muy verosímil.

—Puede que sea una referencia al ejemplar ciento ochenta. ¿Se sabe cuál es?

Charles negó con la cabeza.

—O quizá signifique otra cosa completamente distinta —añadió Christa.

El profesor volvió a la página con el texto parcial y se la acercó otra vez a los ojos. Y, mientras sacaba el papel de la envoltura de plástico, dijo:

—Puede que también este plástico le quite visibilidad. Refleja la luz...

No llegó a terminar lo que quería decir, porque en el momento de extraer la página de papel fotográfico observó que estaba pegada a otra. Intentó tirar de la de abajo para despegarlas.

—Las vas a romper —dijo Christa, que también se dio cuenta de que había otra página pegada detrás de la primera fotografía.

Ella tomó cuidadosamente los papeles de la mano de Charles. Luego cogió el encendedor de la mesa. Subió la página a una altura suficiente como para que ni una pizca de la larga llama tocara el papel fotográfico, y comenzó a pasar de manera constante el encendedor debajo de ella. La primera reacción de Charles fue abalanzarse sobre Christa y arrancarle la hoja de la mano, pero ella lo detuvo con la mirada. Parecía saber lo que hacía. Después de unos pocos minutos, mientras Charles miraba atónito lo que ocurría, Christa bajó el mechero. Cogió las esquinas superpuestas de las dos páginas y tiró con cuidado. La página de atrás se desprendió totalmente de la otra con la misma facilidad con la que despegas una pegatina de un soporte brillante. Charles la contempló con admiración, pero muy pronto su mirada fue atrapada por el contenido de la página oculta. Christa la colocó sobre la mesa y se la quedaron mirando los dos, estupefactos.

—¿Una profecía? —preguntó ella.

Charles movió los ojos un par de veces mirando ora a la página, ora a Christa. En la hoja había la foto de un diseño o de un modelo gráfico muy extraño. Delante se veía una suerte de campo, lo mismo detrás, y en el centro de la imagen aparecía una ciudad compuesta de infinitos rascacielos. Detrás se podría intuir el cielo y algunas colinas o algunas nubes. La fotografía en blanco y negro era muy borrosa y las torres, que se parecían a las del centro de una metrópolis moderna, se perdían de alguna manera en la infinita mezcla de tonos ceniza descoloridos por el tiempo.

—¿Nueva York? —preguntó Christa—. ¿O alguna ciudad del futuro? ¿Metrópolis?

Charles no sabía qué contestar. Se quedó mudo.

—Tal vez este documento se pegó accidentalmente en la mesa del fotógrafo. —Luego comprobó otras páginas de la carpeta y añadió—: Esta hoja parece la única que tiene otra detrás, oculta. Tal vez sea un accidente.

—Es evidente que es la copia de un dibujo. No es una fotografía real —dijo Christa.

—O de una maqueta. Está bastante claro que no forma parte de las páginas de la Biblia de Gutenberg.

—Como tampoco puede estar allí el texto de Kafka escrito casi quinientos años más tarde.

Christa hizo una pausa. Cogió de la mesa la página con la fotografía de la mitad del pergamino, sacó el teléfono y entró en una aplicación que funcionaba como un escáner. Escaneó el texto tres veces, ordenó «la mejor de las tres» y guardó el resultado.

ERS PERMITTED TO HAVE A NAME?

RIED AND A OLD PROPHECY ERECTED

NOW AND HAVE FAITH, STEEL

HIS KEY, NOT THE DOOR, THE STONE

OF YEARS.

A AFTER?

Hizo una señal al camarero para que le trajera un pedazo de papel y un bolígrafo. Este arrancó dos páginas del cuaderno de sus comandas y se las dio. Christa amplió el texto, lo encogió, lo llevó de un lado al otro de la pantalla del teléfono móvil y repitió las operaciones varias veces. Cuando distinguía algo, lo apuntaba. Al terminar, puso la hoja entre ellos.

—Espero haber convertido bien esas fuentes de Gutenberg. Mira: cuanto más grandes son, más claro se ven las letras que hay —dijo mientras le hacía a Charles la demostración con el zoom del móvil.

El texto completo decía así:

ERS PERMITTED TO HAVE A NAME?
RIED AND A OLD PROPHECY ERECTED

NOW AND HAVE FAITH, STEEL

HIS KEY, NOT THE DOOR, THE STONE
OF YEARS.
A AFTER?

¿RES PERMITE TENER UN NOMBRE?

ERRADO COMO TAMBIÉN UNA ANTIGUA PROFECÍA
ERIGIDA

AHORA Y TEN FE, ACERO

SU LLAVE, NO PUERTA, LA PIEDRA
DE AÑOS,
¿UN DESPUÉS?

48

La aeronave del Instituto aterrizó sin problemas en la zona privada del aeropuerto Ruzyne, rebautizado como Václav Havel, de la capital de la República Checa. Una limusina negra estaba esperando a Werner directamente en la pista. El chófer lo miró de arriba abajo mientras sujetaba la puerta. No llegaba a creer que un invitado tan importante llevara un traje tan arrugado y calzara zapatillas deportivas. Le pasó por la cabeza decirle que podía llamar a la criada para que se hiciera cargo de su ropa, pero sabía que la orden decía que nadie más que el chófer se acercara a la villa con piscina, que se extendía por un terreno de unos tres mil metros cuadrados a las orillas del río Moldava, en el barrio de Troja, el séptimo distrito de Praga.

Desde el asiento trasero, Werner preguntó al conductor si le había preparado todo lo que había solicitado. Este respondió que sí. Además de las cosas habituales, el importante invitado estadounidense había pedido tener a mano un coche pequeño, automático, equipado con un GPS en inglés. También pidió, a partir de la mañana siguiente, tener a su disposición a los dos mejores agentes que el Instituto tenía en Europa del Este, un hombre y una mujer. Preguntó si los sistemas de vigilancia requeridos se habían montado. Sacó el teléfono móvil, el extraoficial, y marcó un número.

El hombre con traje de motorista estaba apoyado con las botas en la pared de su litera, jugando con una pelota de tenis.

Tiró la pelota, que dio primero contra el suelo, luego a la madera del lavabo, golpeó fuertemente la ventana y volvió a su mano. El lanzamiento y recogida le salían a la perfección. Incluso cuando el tren temblaba sobre los carriles y parecía desmembrarse. Contestó a la llamada de Werner, balbuceando algunos síes entre dientes, y continuó su rítmico juego.

49

Los dos miraban el resultado de la transcripción de Christa. Charles le pidió el teléfono y lo examinó también para convencerse de que no faltaba nada. Realmente estaba completo: Christa había hecho un buen trabajo. El texto permanecía ininteligible; es decir, comprendía las palabras, pero faltaba demasiado. Obviamente necesitaba la otra mitad. Así que abandonó la transcripción, cerró el ordenador portátil y cogió de nuevo los dibujos con las torres.

Los miró de nuevo, se rascó la cabeza, se devanó los sesos durante un tiempo. Era demasiado. Devolvió el papel al plástico, pero, esta vez, espalda con espalda con la fotografía que había despegado Christa. Cerró la carpeta y la apartó hacia delante sobre la mesa en un gesto ostentoso.

Decidió dejar por ahora ese callejón sin salida. Mientras pensaba, vio un folleto informativo encima de la mesa sobre viajar en tren a través de Hungría. Lo cogió y empezó a hojearlo. En la parte posterior figuraban todas las paradas que hacía el tren hasta Praga. No se había fijado antes en él, al estar redactado solo en húngaro, creía que lo habían puesto allí después de dejar atrás Hungría. Miró las localidades por las que pasarían y vio que después de Budapest llegaba la estación de Visegrad.

—Mira —le dijo a Christa—, ¡qué casualidad! Vamos a pasar por la localidad donde Țepeș estuvo preso más de diez años.

—¿Qué te parece si seguimos jugando y procuramos discernir lo que habría ocurrido después si esa historia fuera verdadera?

Christa notó cómo Charles captaba las ideas. Siempre necesitaba un empujón para que su cabeza empezara a trabajar. Pensó que hablar de esas cosas, centrarse en ellas, podría desentrañar muchas otras. Siguió pinchándole:

—Dijiste que después de la visita a Albania se fue a Florencia, a Maguncia y luego a su casa. Entonces ¿lo detuvieron?

—¿Cuando volvió a casa? No. Ni hablar. Se estaba preparando para subir al trono por segunda vez para su reinado más largo, que duró algo más de seis años.

—Pero si el mensaje es tan peligroso y espían a Gutenberg y le embargan la imprenta, ¿por qué dejan tranquilo a Vlad?

—Otra buena pregunta. Si supiéramos la naturaleza del mensaje y dónde quería distribuir las Biblias, suponiendo que algo de esto fuera cierto, lo entenderíamos. Así que estamos en las arenas movedizas de las suposiciones y eso nunca es bueno para un historiador.

—No, pero a menudo una hipótesis descabellada lleva al descubrimiento de la verdad.

Charles estaba impresionado por la inteligencia de aquella chica de pelo corto, con manos grandes y masculinas, uñas comidas hasta la carne y una cicatriz en el cuello.

—Se puede decir así también. Al menos en mi caso ocurrió de esta manera. Es posible que el peligro solo existiera en los Estados alemanes o austríacos. La Casa de Habsburgo no le quitaba ojo al trono húngaro. Por lo tanto, es probable que a Matías Corvino le viniera bien todo ese embrollo, si hubiese tenido idea de su existencia. Tal vez pensó que le ayudaría a apoderarse rápidamente de la corona. Sin embargo, por esta razón arrestó a Țepeș seis años más tarde y se lo trajo aquí, a Visegrad.

Había pronunciado estas palabras mientras tamborileaba el nombre de la estación en el folleto.

—Pero dijiste que empezó una guerra propagandística que transformaría a Vlad en Drácula. Para destruirle la credibilidad.

—Lo convirtió en un monstruo. De la variante del vampiro se ocuparía Bram Stoker cuatrocientos años más tarde.

—¿Y no podría ser también este mensaje una causa?

—Supongo que en el infinito mundo de las hipótesis podría ser también una variante. Pero no encontré nada al respecto en ningún lado. Y rebusqué por todos los documentos de la época.

—¿Y cuál es tu versión?

—¿La mía? No necesariamente es la mía. Es la versión de la historiografía oficial. No es la única, pero la más probable.

Christa esperaba la continuación. A Charles le gustaba enseñar en la facultad, especialmente cuando había muchos asistentes y sobre todo cuando la mayoría de la audiencia tenía un coeficiente de inteligencia por encima de la media. Se sentía a gusto cuando podía incitar a los interlocutores inteligentes y estos lograban devolverle los desafíos. A menudo confesaba que iba a los cursos no para enseñar algo a los estudiantes, sino para aprender mucho de ellos. Afirmaba y creía que había escrito en sus libros todo lo que era importante decir, así que en varias ocasiones, cuando tuvo conversaciones que le dejaron alguna impronta tras dar una conferencia, había devuelto a los organizadores el dinero afirmando que ya había sido recompensado. Las personas que asistían a los cursos, a las conferencias o a los simposios donde hablaba el maestro Baker por lo general habían leído sus libros, pero iban a verle por el espectáculo que ofrecía. A menudo los estudiantes leían de antemano los cursos y apostaban sobre cómo se iba a abordar un tema específico. O rebuscaban en archivos ocultos para provocarlo o avergonzarlo. Y no pocas fueron las veces en que algunos estudiantes asistían a sus clases después de haberse graduado.

Los anfiteatros, cuando aparecía en las ciudades pequeñas, los escenarios de los teatros o de las salas de concierto donde hablaba, siempre estaban a rebosar y, si había alguna conferencia para la que se vendían entradas, estas se agotaban durante las primeras dos horas después de haber sido puestas a la venta. Su materia favorita era la historia de la propaganda y de la manipulación desde el principio de los tiempos hasta la actualidad. La materia era tan vasta, los temas tan interesantes e inesperados, y la participación de la sala tan grande, que ningún curso, a pesar de hablar del mismo período, se asemejaba al anterior. Los estudiantes sabían que había sido el cerebro de la campaña del último presidente de Estados Unidos y que fue el primero que introdujo internet en ellas a gran escala, en particular las redes sociales. Su principal objetivo no era solamente convencer al electorado inscrito, sino persuadir a los no votantes para que se apuntaran en las listas.

La palabra «propaganda» fue inventada por la Iglesia católica en el siglo XVIII, en plena Contrarreforma. Pero sin llamarlo por ese nombre, el proceso era tan antiguo como la humanidad. La serpiente engañó a Adán para que probase el fruto prohibido y este lo hizo precisamente porque estaba prohibido. He aquí una forma inversa de propaganda. Los muros construidos en la Antigüedad sugerían peligro; estar fuera de ellos era malo, estar dentro era mejor. Para merecerlo, había que dar algo a cambio. Los asirio-babilonios recordaban la historia de sus hazañas en piedras colocadas en el interior de las fortalezas, para mostrar el poder y la invulnerabilidad. Los griegos llamaban a todos los extranjeros «bárbaros». La trampa del caballo de Troya contada por Homero recordaba la astucia de los aqueos. La grandeza de Roma no podía dejar frío a ningún transeúnte. Tal vez los romanos habrían sido más fáciles de vencer, pero ¿cuántos se atrevían a meterse con los semidioses? Toda la historia de las religiones era en su totalidad una cuestión de propaganda, acerca de soluciones emocionales para problemas reales.

La gran apuesta de la propaganda es transformar un beneficio razonable en uno emocional. Los estudios que habían hecho los mejores sociólogos a lo largo del tiempo indican que ninguna decisión de comprar algo, ya fuese en mercancías o ideas, se hacía nunca de manera racional. Muchos estudiantes contestaban a esta frase dando ejemplos contrarios y cada vez Charles lograba refutarlos. El argumento racional era, decía él, un comportamiento posventa: para no avergonzarte de ti mismo después de haber hecho una compra, buscarás todos los argumentos para justificar tu acción anterior. De lo contrario terminarías en un terrible conflicto contigo mismo, en lo que viene a llamarse «disonancia cognitiva». Sin embargo, nadie puede estar en una permanente contradicción con el propio ego, así que tiene dos soluciones: o se vuelve loco y se mata, o se convence de que tenía razón. Eso en lo que a la razón se refiere. Por lo demás, solamente emociones. Nadie puede vender nada, todo el mundo compra. Para demostrar esto, ponía como ejemplo diez marcas de coches nuevos, diferentes, que cuestan lo mismo. Por ejemplo, diez mil dólares. ¿Cuál es la diferencia objetiva entre ellos? ¿Y entre algunos que cuestan cincuenta mil? Ninguna. Solo la marca y la manera de atraer la atención del consumidor. No se deben comparar los automóviles baratos con los caros, sino solo los que están dentro de la misma categoría.

A menudo daba el ejemplo del famoso antropólogo Claude Lévi-Strauss, que hizo un estudio de una tribu australiana a la que se le proyectó por primera vez en su vida una película. Al preguntarles qué era lo que habían reconocido, casi todos respondieron que nada. No estaban acostumbrados a esta manera de reflejar la realidad, no entendían la convención, ni tampoco el lenguaje. Un solo hombre dijo que había visto una gallina. Los científicos tuvieron que ver la película con atención a cámara lenta para comprobar que en algún momento de la secuencia una gallina que cruzaba la escena. «Reconocemos solo lo que conocemos», decía Charles. Una vez que acostumbraron a los indígenas a las películas, comenzaron a exhibir producciones más modernas con elipsis. Ellos no entendían cómo un hombre entraba en la casa y de repente se despertaba en la cama. Faltaba la secuencia natural de las acciones desarrolladas en el tiempo. Charles solía decir que las cosas que a nosotros nos parecen naturales son el resultado de décadas y décadas de formación del cerebro. Si fuera posible que un hombre de hace cientos de años fuera lanzado en paracaídas a nuestro presente, no sería capaz de adaptarse a la gente tal como es hoy en día. Se moriría de miedo al ver el primer coche, igual que a las avestruces que vivían en una granja al borde de un camino se les paraba el corazón cuando un camión llegaba a toda velocidad. Igual que hicieron los franceses que asistieron por primera vez a una proyección de una película. En diciembre de 1895, los espectadores del Salón Hindú del restaurante Grand Café de París fueron testigos de una proyección de la película de tan solo treinta y cinco segundos titulada *La llegada de un tren en la estación de La Ciotat*. Todo el mundo pensó que las ruedas del tren les iban a pasar por encima.

A menudo preguntaba a la audiencia cómo elegían su champú. Les decía que tenían toda una tarde en el Wal-Mart y que debían realizar compras para toda la semana y toda la familia. ¿Cuánto tiempo dedicarían a la elección de un champú? ¿Dos minutos? ¿Cinco? ¿Cuántos tipos de champús había en los estantes? ¿Varias docenas? ¿Cientos, tal vez? Entonces ¿cómo tenían tiempo para mirarlos todos en cinco minutos? Ni siquiera podían haber visto de pasada las etiquetas de un diez por ciento de ellos. Compraban lo que conocían. Como los nativos.

50

La Edad Media era el período histórico favorito de Charles. Concretamente, a partir del siglo XI. Se había fijado como momento de referencia la disputa entre nominalistas y realistas, conocida comúnmente como el problema de los universales. Ese período le parecía el más interesante. Según él, solo entonces la humanidad se despertó de una noche sin fin que duró cerca de mil años. En la historia de la propaganda, una de sus obras favoritas era los *Comentarios* del papa Pío II, cuyo verdadero nombre era Enea Silvio Piccolomini, y el contexto que la generó. Justamente el tema del que hablaba con Christa.

—En el Vaticano se instala uno de los papas más interesantes de la historia, según mi parecer. Un papa que había vivido de la manera más tumultuosa posible. Hijos bastardos (de estos tenían muchos prelados, por no decir todos), autor de literatura profana, verdadero humanista renacentista de origen aristocrático. Toscano, de Siena. Líder del Concilio de Florencia en 1439, que tenía que haber supuesto la reconciliación e incluso la reunificación de las dos Iglesias cristianas, las cuales, tras el Gran Cisma, no se llevaban realmente bien. Se decide la unión, pero el patriarca bizantino muere en el camino de vuelta y su sucesor no quiere ni oír hablar del asunto. Así que el Papa, uno de los pocos dirigentes de la época que toma seriamente en cuenta el peligro turco, quiere organizar una nueva cruzada. A Europa ya se le han quitado las ganas de turcos, tiene otras cosas que hacer.

Inglaterra está en plena guerra de las Dos Rosas, los Estados alemanes se encuentran inmersos en el caos, el rey de Francia está demasiado débil y cansado, y excesivamente preocupado con su propio sadismo. En Nápoles, Ferrante se centra asimismo en detener a los franceses. Las ciudades-estado, Venecia, Milán, Rímini, Génova y Florencia, tampoco tienen ganas de intervenir. Los polacos tienen sus luchas con los teutones y el gran duque de Lituania no quiere dejarse los huesos, como su predecesor, en la batalla de Varna. El propio Esteban el Grande tiene algún rifirrafe con Matías Corvino, que no quiere entregarle al asesino de su padre y jura vasallaje a Polonia. Incluso Skanderbeg, enemigo tradicional de los turcos, se cansa y quiere la paz. El Papa envía a un mensajero, un monje con el nombre de fra Ludovico, a extraños lugares para persuadir a exóticos líderes a participar en la cruzada. Los únicos que parecen estar interesados son otros musulmanes: el cuñado del sultán que gobernaba Irán, el rey de Armenia, los príncipes de Imertia, de Mingrelia y de Abjasia, y el rey griego de Trebisonda.

—Un ejército variopinto. Asia Menor estaba hecha pedazos por aquel entonces y sus gobernantes eran jefes de tribus.

—En cierto modo, pero tenían ejércitos y oro. Vlad Țepeș y Matías Corvino deciden unirse a la cruzada. En 1460, en el Congreso de Mantua, el Papa emite la bula que falló a favor de una nueva cruzada, prometiendo el perdón de los pecados para cualquiera que participase en ella. En agosto de 1462, cuando los ejércitos de Matías deben unirse a las tropas de Vlad, el primero detiene a Țepeș de una manera absolutamente sorprendente. Nadie se lo esperaba.

—¿Por qué?

—Matías Corvino es hijo de Iancu de Hunedoara, pero no se parece mucho a su padre. Es más inteligente que él, y está más interesado en la política que en la guerra. Además, no aborrece en la misma medida a los turcos. Las razones de la detención de Vlad no son muy claras. Parece ser que surgió la oportunidad de repente. Mientras estaba en Brașov, junto a Vlad, preparando la cruzada, recibe la noticia de que el emperador psicópata Federico III, su principal rival al trono de Hungría, está retenido en Viena por los ciudadanos, que se han levantado contra él porque el insaciable rey ha aumentado de nuevo las tasas. Matías comprende de inmediato la oportunidad que tiene a su alcance y le escamotea el dinero al Papa, pero como no quiere ser descubierto y tiene pensado renunciar a la cruzada para dedicarse a la lucha por el trono, encuentra una cabeza de turco.

—Al pobre Drácula. ¡Qué cabrón! ¡Qué cerdo!

Charles se echó a reír por la rebelde reacción de Christa. Tenía la sensación de que la muchacha veía una película y lo pasaba mal al oír que la gente buena era engañada.

—Así eran todos entonces y también lo son ahora. Así es la política. Sin embargo, Matías Corvino fue un gran rey. En realidad fue el primer gran rey del Renacimiento fuera de Italia. Modernizó Hungría y la transformó en una gran potencia. Conquistó Viena con su «ejército negro», como lo había bautizado. Construyó muchísimo. Y de todo lo que edificó, lo más hermoso fue el palacio de Visegrad, por donde estamos a punto de pasar y donde Țepeș sería prisionero de lujo. Lo construyeron unos arquitectos italianos. Se rodeó de humanistas, a los que invitó a vivir en Buda concediéndoles un sinfín de privilegios para convencerles. Hablaba italiano con fluidez, como muchos otros idiomas. Uno de sus biógrafos escribió que hablaba todas las lenguas conocidas en Europa, menos el griego y el turco. Se casó con una italiana, Beatriz de Nápoles. Tuvo de mentor al gran humanista Marsilio Ficino. Pagó a grandes artistas italianos para que trabajaran para él. Por ejemplo Filippino Lippi y Andrea Mantegna. Alentó debates sobre las ideas de Platón. Y lo más importante, en mi opinión, es que construyó una de las bibliotecas más grandes y ricas de Europa en ese momento, la Biblioteca Corviniana. Leía muchísimo. Entre sus libros preferidos se encontraba la biografía de Alejandro Magno escrita por Quinto Curcio Rufo.

Christa se quedó boquiabierta. Los ojos de Charles brillaban mientras hablaba de los grandes hombres de la historia. Ya no tenía ninguna duda: él debía ser el elegido.

—Por desgracia, pasados algo más de treinta años desde su muerte, Hungría fue destrozada en Mohács y convertida en bajalato turco.

—¿Y Țepeș? —preguntó en voz baja Christa.

—Para disimular sus verdaderas intenciones y hacer desaparecer el dinero, Matías Corvino inculpó a Vlad ni más ni menos que de traición. Los sajones, que lo odiaban a muerte, compusieron tres cartas falsas que presentaron como si fueran del puño y letra de Țepeș dirigidas al sultán, donde le juraba lealtad eterna si lo libraba de los cristianos. Su relación con los sajones era muy mala; sobre todo porque cometió grandes atrocidades contra los alemanes, especialmente contra las iglesias y los monasterios del sur de Transilvania. Esas misivas son conocidas en la historia como las «cartas Röthel», que fue el lugar donde habían sido concebidas. Ni que decir tiene que nadie ha oído hablar de la existencia de alguna localidad con este nombre. El autor de las falsificaciones, algo estúpido y carente de imaginación, cambió un poco su nombre y lo convirtió en el de una ciudad. Se llamaba Johann Reudell. Los sajones odiaban mucho a Țepeș debido a los destrozos y a sus políticas comerciales proteccionistas, y es muy posible que a la decisión de Matías Corvino contribuyeran también las barbaridades que ellos hicieron llegar a oídos del rey.

—Fue detenido. Pero ¿por qué necesitaban hacer de él un monstruo?

—Aquí está la clave. Las grandes potencias y los que contribuyeron a la cruzada tenían confianza en Vlad, y las explicaciones de su detención no les satisficieron en absoluto. Era considerado un héroe en la lucha contra los turcos y en Valaquia, un serio obstáculo para el conquistador de Constantinopla. El dux de Venecia, Cristoforo Moro, no se fio de la explicación de Matías y puso a su embajador, Pietro Tommasi, a averiguar exactamente lo que había sucedido. El resultado fue que Matías lo expulsó de Buda como *persona non grata*. Y aún más: los venecianos tenían el presentimiento de que Matías tenía un acuerdo paralelo con los turcos. Todos los participantes en la cruzada sospechaban. El mismo Papa envió a su legado, Niccolò de

Modrussa, a Buda, para espiar, y este llegó a ver a Ţepeş en la prisión. Así pues, Matías se puso en una situación muy complicada que dio origen a la mayor campaña de difamación conocida hasta entonces en la historia.

Al fin, el camarero les llevó la comida. Charles estudió con interés casi científico el *schnitzel* ultrafino pero exageradamente largo que tenía en el plato. En vano trató de quitar la corteza para ver si había algo de carne entre las dos capas de huevo con pan rallado. Se rindió. Tenía tanta hambre que engulló todo en tan solo unos minutos. Tampoco Christa quiso ser menos. Cuando terminaron de comer, Charles tuvo ganas de tomarse un digestivo, así que preguntó si tenían algún whisky de malta. Tenían Lagavulin. Pidió uno doble con hielo. El simpático camarero le prometió abrir una botella nueva, porque nadie sabía a ciencia cierta si el contenido de la que estaba empezada habría sido un poquito alterado.

Entraron en la estación de Visegrad y Charles preguntó hasta qué hora estaba abierto el vagón restaurante. El camarero contestó que, en teoría, hasta la una de la madrugada, pero al tener en cuenta que tanto él como sus colegas regresaban el día siguiente, podría ampliarse con una o dos horas. El vagón no se vació para nada; por el contrario había más gente esperando en la cola. Charles se sintió un poco culpable y preguntó al camarero si no era de mala educación no dejar que otros se sentaran. Este dijo que había muchos asientos vacíos. Aunque no se veía ninguno, la calma del camarero tuvo el don de serenarle.

—Todo empezó con las historias de los sajones —reanudó Charles—. Y de un trovador, trovero o *minnesang* de la época, de nombre Michael Beheim. Este compuso en el invierno de 1463 un poema titulado «Los cuentos de un loco llamado Drácula de Valaquia» que divirtió al emperador Federico, otro sádico. Innumerables historias aparecieron muy rápidamente y se multiplicaron sin cesar, muchas de ellas incluso con la ayuda de la imprenta. Hay una colección de historias sobre Ţepeş, publicada por el mismo Gutenberg, que lleva en la portada una litografía con Ţepeş almorzando en medio de un bosque de estacas. ¿Por qué lo haría si inicialmente la pagaba el gobernador rumano? Aquí las cosas no cuadran. En fin.

—¿Y qué decían de él?

—Que fue un asesino sádico. En masa. Que torturaba y mataba indiscriminadamente a niños, mujeres, hombres y ancianos. En primer lugar, los empalaba, que era su marca registrada, aunque no la había inventado él; su primo Esteban el Grande y Santo había hecho lo mismo antes. Y los sajones que tanto se escandalizaban eran aparentemente los inventores de este tipo de ejecución. Era una muerte horrible porque se cuidaba de no tocar los órganos vitales y dejar morir lenta y dolorosamente. Pero eso fue solo una parte pequeña, la que estaba más a la vista, a escala industrial. Las historias de horror decían que Țepeș despellejaba a la gente, que los cocinaba (lo acusaron de canibalismo), los decapitaba, les sacaba los ojos, los quemaba, los estrangulaba, les cortaba las orejas, la nariz, la lengua y los genitales; muy a menudo por razones endebles o directamente inventadas. El retrato que describen estas crónicas es el de un tirano demente, violento, sanguinario y cruel. Salieron a luz historias sobre unos mensajeros turcos que se negaron a quitarse los turbantes delante de él: Vlad dio la orden de clavárselos en la cabeza. Juntó a todos los ladrones, mendigos, rateros e inválidos y, bajo el pretexto de darles de comer, los encerró en un granero y los quemó vivos. Nadie se escapó. Una especie de eutanasia nazi. Cuatrocientos años más tarde, el más grande poeta rumano, Eminescu, escribió un poema de admiración al respecto, proponiéndolo como una solución a la corrupción del país. Supuestamente, Vlad Țepeș desollaba las piernas de los prisioneros, frotaba las heridas con sal y ponía a los animales a lamerles con su áspera lengua. A Dan, el asesino de su padre, le hizo cavar su propia tumba y lo enterró vivo. Luego cambió de opinión, lo desenterró y le cortó la cabeza él mismo. Cortaba los pechos de las mujeres y obligaba a los niños a comérselos. Tenía un problema con las mujeres —no hace falta entrar en detalles— y se llegó a psicoanalizarlo diciendo que era impotente y que esa era su forma de satisfacción sexual. Y como su imagen eran los bosques de estacas, algunos se hicieron a la idea de que la estaca era el pene que le faltaba. Se le atribuía cualquier horror que pudieras imaginarte.

—¿Y todas esas cosas son verdaderas?

—Parece ser que sí. Pero lo tenemos que interpretar según el contexto de la época. Todos los gobernantes eran criminales y sádicos en aquel entonces. ¿Qué hacía el papa Borgia con sus enemigos? ¿Qué hacía la Inquisición con algunas personas inocentes? Doscientos años más tarde los protestantes estaban quemando a las brujas después de torturarlas para hacerlas declarar. Bajo tortura confiesas cualquier cosa. Ludovico Sforza, Baglioni, Orsini, Colonna, Malatesta, cometían crímenes abominables. Luis XI, el Rey Araña, colgaba a niños muy pequeños de los árboles hasta que se secaban o los encerraba en jaulas como a las ratas. Y Ferrante, el gran Fernando de Nápoles, el abuelo de Alfonso, el efímero marido de Lucrecia Borgia, mató a sus oponentes como Țepeș a los boyardos, los momificó e hizo con ellos un museo privado, adonde llevaba necesariamente a todos los que tenían la mala idea de visitarle. El problema no eran solo los horrores, sino que Țepeș los reunió todos en una sola persona, y sobre todo el gran número de víctimas que alcanzó. Los números que circularon fueron sorprendentes: veinte mil allí, cuarenta mil aquí, cien mil en otro lugar. Horrores sobre horrores. Probablemente, tales crueldades eran en gran parte verdaderas, pero es imposible el número del que se habla. Toda Valaquia no tenía por aquel entonces más de medio millón de habitantes. Por no decir que me propuse hacer un cálculo y constaté que no le bastaría con cien años para asistir a tantos crímenes, y no digamos los que se supone, si dormía, procreaba y luchaba contra los turcos. Los números son exagerados. Lo interesante es que la propaganda se paró en algún momento, pero los libros continuaron imprimiéndose. Se convirtieron en los más vendidos. La gente se mataba por leer todas aquellas crueldades. Y así es como llegaron los antepasados del género de terror de hoy y de la literatura *gore*. Y todo esto se lo debemos a los tipógrafos alemanes.

—Entonces ¿no sabemos, de hecho, dónde termina la verdad y dónde empieza la leyenda? —preguntó decepcionada Christa.

—No. Lo que sabemos es que hubo un príncipe famoso por sus crueldades, que probablemente eran reales, pero las exageraron en número. También sabemos por algunas fuentes que se probó una increíble herramienta de propaganda que demostró lo efectivo que puede ser y lo rápido que se puede multiplicar un mensaje. Cuanto más terrible, más rápido se propaga. Este es uno de los primeros fenómenos virales en la historia.

—¿Te refieres al marketing viral?

—Sí. *Avant la lettre*. La multiplicación exponencial boca a boca. Pero por muy criminal que pudiera haber sido en la escala de la historia, sus horrores fueron, de alguna manera, justificados si pensamos en términos de la *realpolitik*. El terror que infundió a la población católica impidió que los ortodoxos, presionados para convertirse al catolicismo, llevaran a cabo esto. Así que mantuvo la religión del lugar. A los comerciantes de Transilvania no se les permitió dominar el mercado y prosperaron los locales. En Valaquia animó a los artesanos, con los que tenía una relación privilegiada y a los que defendía incluso frente a los boyardos, a producir y a vender. Por tanto, estos lo apoyaron y lo siguieron en todas sus acciones, pero los boyardos lo traicionaron. Además, después de que Matías Corvino lo pusiera por tercera vez en el trono, a los turcos se les caían las calzas de miedo y se lo pensaron varias veces antes de atacar, tan poderosa era aquella imagen de los bosques de estacas.

—¿Y por ello lo convirtieron en un vampiro?

—No. Hubo un escritor irlandés que nunca puso un pie en Rumanía, pero que amaba las historias góticas y se inspiró en algunos, muy pocos en realidad, escritos de la época. La historia de la sangre partió de un hecho que nadie sabe si fue real o no. Parece que existía un hábito bastante marginal por el cual al final de una gran batalla, el ganador debía beber una taza de la sangre del enemigo de más alto rango que había matado. Y Țepeș habría hecho esto en alguna ocasión.

—¿Y cómo acaba la historia?

—Țepeș vuelve al trono para organizar una nueva ofensiva contra los turcos. Es traicionado por Laiotă Basarab, decapitado y su cabeza enviada a Constantinopla.

—¿Y si toda esta campaña de descrédito es dictada, de hecho, por el gran secreto que Vlad habría ocultado en la Biblia? ¿Acaso el mensaje de las Biblias es tan peligroso para toda la clase dirigente que estos se ponen de acuerdo y deciden detener a cualquier precio, digámoslo así, la gran y peligrosa revelación? ¿Y si los historiadores encontraron este hilo de la manipulación que parte, como decías, del *Codex Gigas*, de forma correcta, pero olvidaron la verdadera razón por la cual se puso en marcha una máquina de propaganda tan enorme? Estaríamos como en tu situación. Sabríamos cuándo, sabríamos cómo, pero no sabríamos por qué. ¿Y sobre qué deberías callar? No tenemos ni idea. ¿Por qué tuvo que convertirse en un villano? El hecho de que no se le elimine sugiere, en este paradigma, que o lo mantienen vivo para que él mismo confirme haber enviado el mensaje, que este es verdadero, que el mensaje se escapó completamente fuera del control de Țepeș y vive su propia existencia. ¿Y si existe el peligro de que el mensaje salga a la luz y no pueda detenerse? ¿Y si tiene el mismo efecto que la gente del Medievo conocía tan bien? La brecha del muro; si hay una grieta en una pared, el derrumbamiento no puede detenerse. Es solo una cuestión de tiempo. Supongamos que es inminente lanzar al mercado un mensaje, cualquiera que sea. En esta situación ¿no se puede plantear el problema de una coalición contra el autor del mensaje? ¿Y si una destrucción de la reputación, de su credibilidad, la transformación del responsable en un descerebrado fuera de control es la única solución que se presenta? Dijiste que si matan todo lo que has realizado ni siquiera hace falta eliminarte físicamente: estás acabado de todos modos. ¿Y si se repite este patrón?

—Es posible —contestó Charles, que había seguido a Christa con mucha atención—. Por desgracia, es muy probable.

—No es que lo sea. Pero están sucediendo a tu alrededor

cosas serias. Graves. ¿Y si por casualidad tropiezas con algo grande? Pienso que hay que centrarse en averiguar cuál podría ser ese mensaje. Creo que solo entonces podremos juzgar si esta teoría es posible.

—O sea, encontrar la Biblia perdida. En caso de que exista.

51

Era más de la una de la madrugada y el tren estaba a punto de abandonar la capital eslovaca, Bratislava, cuando Bella sintió un gran vacío en el estómago. No había ingerido en todo el día más que unas galletas saladas y una botella de dos litros de Coca-Cola, comprada en la estación. Por ello había enviado a Milton al vagón restaurante para ver si podían arriesgarse a ir a comer algo o, quizá mejor, comprar cualquier cosa para llevar. Por consiguiente, en cuanto llamaron a la puerta, convencida de que era Milton, la abrió del todo. En ese momento una mano alcanzó por sorpresa su garganta con mucha rapidez y la cortó con un cuchillo de un extremo a otro, en un solo movimiento. Bella movió un poquito la cabeza, parpadeó y luego cayó hacia atrás. El hombre con la chaqueta de motorista la miró unos segundos y, después, tal vez porque le dio pena o quizá porque le molestaba el ruido que hacía con la boca, se inclinó, le cogió la cabeza con ambas manos y tiró bruscamente. El estertor se detuvo.

Milton chocó con Charles justo en la plataforma entre los dos vagones. Estaba contento de que los dos se hubieran ido del restaurante, pero vio a través de la puerta de cristal que los camareros recogían los manteles y empezaban a limpiar. Entró e insistió en comprar algo para comer. Mientras trataba de explicarle que el restaurante estaba cerrado y también la cocina, el camarero decidió darle las dos porciones que había guardado para él y su colega. Habían ganado un buen dinero esa noche y podrían permitirse el lujo de pagarse un delicioso desayuno en el centro de Praga. Después de varios minutos de espera, Milton regresó victorioso a su compartimento. Llamó a la puerta, pero nadie respondió. Entró, pero como el cubículo estaba envuelto en la oscuridad y la luz tenue del pasillo que se colaba por la puerta entreabierta no era suficiente, se esforzó en buscar el interruptor con la mano, mientras tenía cuidado de que los dos platos no se le cayeran. Cuando llegó al interruptor sintió alrededor de su cuello una cuerda de acero. Dejó caer los platos y trató de meter la mano entre el cuello y la cuerda. Demasiado tarde: la cuerda le había seccionado la carótida. Con un último brinco, se impulsó con las piernas, pero la sangre le llenó el cuello de la camisa. El asesino aflojó solamente en el momento en que Milton dejó de luchar.

El motorista encendió la luz, empujó los cadáveres con las piernas para abrirse camino y luego revolvió entre las cosas de Bella. Abrió los dos ordenadores portátiles, introdujo en cada uno una memoria USB y ejecutó un programa que borró los dos discos duros. Entonces pisoteó los portátiles, abrió la ventana y los arrojó al viento de la noche. Encontró el pasaporte de Charles y se lo metió en el bolsillo. Salió con cuidado del compartimento, asegurándose de cerrar la puerta con firmeza. Se cercioró de que no había nadie en el pasillo y llamó a la puerta del compartimento de al lado. Julius Henry estaba sentado en la cama y no tenía ganas de bajarse de ella. Así que le gritó al que creía que era Milton que entrara. Después de repetirse varias veces las llamadas, el gigante se bajó de la cama y tiró del picaporte. El cuchillo se le clavó directamente en el ojo izquierdo y una patada en el estómago lo lanzó contra la ventana. Con el cuchillo en el ojo, el hombretón se levantó y se abalanzó sobre el agresor. Este se apartó y Henry chocó contra la empuñadura del cuchillo, que penetró en su cabeza aún más profundo, por lo que aulló de dolor. Desde atrás, la inexorable cuerda rodeó su cuello y lo mató. Mientras el asesino hurgaba por el compartimento, el teléfono vibró y se iluminó en su bolsillo. En la pantalla apareció un cronómetro con la cuenta atrás que se puso en marcha a partir de los sesenta minutos. Inmediatamente, por encima del cronómetro también se mostró un mapa donde se podía leer «Brno» y un punto rojo comenzó a parpadear. Se aseguró de que en el paralelepípedo estaba todo en orden, tiró allí también el pasaporte de Charles y se sentó en la cama esperando a llegar a Brno, la segunda mayor ciudad de la República Checa. Se sentó con las piernas encima de la espalda del gigante muerto, que ocupaba todo el compartimento, y sacó la pelota de tenis.

Una hora más tarde se apeó en Brno y siguió la señal roja de su teléfono. Esta lo llevó al aparcamiento enfrente de la estación y comenzó a parpadear más y más rápido hasta que se volvió verde. No daba crédito a sus ojos. Tenía delante probablemente la moto más rápida del mundo: una Asphaltfighter Stormbringer modificada para dos pasajeros. Apoyada en ella, una rubia despampanante lo estaba esperando. Beata Walewska era la agente secreta con más talento que Werner jamás había conocido. Una auténtica máquina de matar que había recibido las misiones más delicadas a lo largo del tiempo y todas las había llevado a buen puerto sin cometer el más mínimo error. Beata era la única persona en el mundo en la que Werner Fischer tenía plena confianza. Recibía un sueldo del Instituto, pero trabajaba para Werner, que le abonaba anualmente en una cuenta bancaria de Suiza, donde solo había cuentas alfanuméricas, dos millones de dólares desde hacía cinco años. Más comisiones por misiones especiales.

Beata le entregó al motorista el casco kevlar sin decir ni una palabra, recogió su largo pelo con un complicado movimiento y lo escondió debajo del casco. Bajó la visera y montó en la parte delantera. El asesino hubiera querido probar también aquella joya de la que había oído hablar y que no había manejado hasta entonces, pero el gesto de la mujer fue claro y tajante. Así que colocó la bolsa detrás, entre él y la rejilla posterior y montó en aquel monstruo de doscientos ochenta caballos.

52

Un terrible estruendo de ruedas despertó a Christa. El chirrido era debido a la fricción de dos metales. Desde su ventana veía cómo volaban chispas en todas direcciones, como si estuviera en una vieja acería. Luego vino un frenazo que arrancó a Charles de la cama. Desconcertado, miró alrededor y vio a Christa de pie.

—Alguien ha tirado de la señal de alarma —dijo Christa.

Cuando volvieron de cenar Charles insistió en que llegarían por la mañana y que en las pocas horas que quedaban debían intentar echar una cabezada. Durmieron un poco más de tres horas.

Los revisores del tren recorrieron cada vagón para comprobar todas las señales de alarma del pasillo y luego las de cada compartimento. No contaban con un sistema muy avanzado, así que algunos se dirigían hacia la locomotora y otros hacia el final del tren. Poco a poco la gente salió a los pasillos con el semblante aterrorizado, como después de un terremoto. Los pasajeros empezaron a hablar entre ellos en diferentes idiomas para tratar de entender lo que había pasado. El simpático camarero, que tenía la primera cabina al lado del vagón restaurante, se quedó con la mano helada en el asidero de la alarma. Había ido al baño y, cuando volvió, vio que algo estaba goteando debajo de la puerta de un compartimento situado a solo dos del suyo. Se acercó y observó un líquido viscoso de color rojizo que se acercaba amenazante a sus zapatos, a punto de mancharlos. Quiso intervenir para ayudar al pasajero del interior en caso de que fuera necesario. Accionó el picaporte, pero algo oponía resistencia. Después de varios esfuerzos, se apoyó con fuerza en la puerta y un gigante cubierto de sangre con un cuchillo en el ojo se desplomó sobre él. Atemorizado, el camarero dio un paso atrás y se puso a gritar como un loco.

Para poder salir, el motorista había levantado a Henry y lo había apoyado contra la escalera. El traqueteo del tren lo llevó de un lado a otro hasta que quedó bloqueado entre la puerta y la cama, de pie. Cuando el camarero forzó la puerta, el cadáver se movió y, al abrirla, el cuerpo se cayó hacia delante.

Después de recuperarse un poco, el camarero se agarró al asidero de la alarma y tiró de él con todas sus fuerzas. Cuando el tren frenó de repente, la puerta del compartimento se abrió y una pelota de tenis saltó y lo golpeó entre los ojos. El camarero se desmayó en el acto. Así lo encontraron los dos revisores, que fueron los primeros en llegar al lugar del crimen. Aferrado al asidero de la alarma. Como un mártir de la guerra contra los turcos muerto abrazado a su cañón.

Christa miró por la ventana y vio que estaban en pleno campo, pero que más allá de una arboleda se vislumbraba un camino rural y, algo más abajo, una luz parecía iluminar algunas casas. Se preguntaba qué debía hacer. Veinte minutos más tarde, un coche de policía se acercó a toda velocidad con las luces encendidas. El tren se había detenido en algún lugar a medio camino entre Brno y Pardubice, a unos 85 kilómetros de la primera ciudad y a otros 65 de la segunda. Un coche de policía venía de un pueblo cercano y uno de los cuatro agentes locales no cesó de hacer llamadas a la comisaría. La jefatura le había redirigido las llamadas a Brno, luego a Pardubice y, finalmente, a Praga.

La policía checa tardaba mucho en reaccionar y no había

ningún protocolo para tales situaciones. Las responsabilidades se las pasaban de unos a otros, y los que tendrían que decidir no estaban o no tenían idea de cómo hacerlo. Por fin, alguien despertó al ministro del Interior. El policía Miloš Bambenek sudaba excesivamente y se limpiaba el sudor con un gran pañuelo debajo del casco mientras movía el teléfono empapado de oreja a oreja. Todo tipo de superiores regionales y nacionales le gritaban órdenes contradictorias. Los pasajeros comenzaron a ponerse nerviosos, preguntándose qué había pasado y con ganas de saber cuánto se retrasaría el tren. Algunos de ellos incluso bajaron. Al final llegó una ambulancia de un pueblo cercano equipada para ese tipo de intervenciones. Esta no pudo rebasar el tren, por lo que se detuvo detrás de él, antes de que la carretera se estrechara. Los dos camilleros y un médico alteraron todavía más la escena. El asistente de la ambulancia se había desmayado al ver el cadáver con un cuchillo clavado en el ojo. Mientras tanto, aparecieron dos coches de policía de los pueblos vecinos.

De pronto se oyó un ensordecedor ruido en el cielo y a la vista de los pasajeros apareció, como en una película de Spielberg, un helicóptero que dispersaba una luz blanca por donde pasaba. Los que se alegraron por la llegada de la policía lo habían hecho en balde: era un equipo de televisión que inició la transmisión en vivo.

Bambenek ordenó a uno de sus tres subordinados permanecer en la comisaría en caso de que recibieran órdenes por el teléfono fijo. La batería de su móvil comenzó a descargarse. A los otros dos los envió a patrullar por las calles del pueblo para ver si el criminal se había dado a la fuga. El jefe del tren procedió a abrir un compartimento tras otro, siguiendo las órdenes del policía, y sufrió una fuerte impresión cuando en el cubículo de al lado encontró también los cadáveres de Bella y de Milton. Los pasajeros que habían descendido se subieron de nuevo al tren. Así que todo el mundo miraba con los ojos como platos por las ventanas.

Las órdenes contradictorias provocaron que el policía reaccionara de un modo estúpido. En primer lugar, se le ordenó no tocar nada hasta la llegada del laboratorio de criminalística de Brno. Bajo la presión de los pasajeros gritó exasperado que la gente no podía quedarse allí, y que un superior, nadie sabía exactamente quién, le había dicho que sacase los cadáveres y se los llevase la ambulancia. Después de evacuar a Bella y Milton, un jefe de Praga le dijo que estaba loco, que quién se creía que era él para tomar la iniciativa y que todo lo que se le requería era garantizar la seguridad de los pasajeros, vaciar el tren y mantener el lugar del crimen intacto. Así que puso a los camilleros a traer de vuelta los cuerpos y disponerlos exactamente como los encontraron. Si no fuera trágico, habría parecido incluso una escena de una película checa de humor negro. El espectáculo de los camilleros paseando los cadáveres de un lugar a otro era hilarante.

Cuando pasaban a la altura de su vagón a uno de los cadáveres se le deslizó una pierna fuera de la camilla. Charles, que contemplaba con mucha atención toda la escena, reconoció enseguida las piernas musculosas de Bella. La parte superior del cadáver estaba cubierta con una sábana. Se lo comentó a Christa, que reaccionó inmediatamente.

—Estamos lejos de cualquier ciudad con policía de verdad. Aquí la gente tiene otro ritmo diferente al que estamos acostumbrados. Pasarán una o dos horas hasta que venga alguien que sepa qué hacer. Aquí llega antes la televisión que la policía, como en los países de América del Sur. Luego se debe precintar el lugar del crimen y ver la documentación de todos los viajeros. Aparte de eso, estimo que vamos a permanecer aquí durante horas y, si te encuentran indocumentado y ven que nuestros billetes salieron del mismo lugar que ellos, tendremos problemas. Hasta que se aclare quiénes somos, nos van a llevar los demonios. Hay que abandonar el tren.

—¿Adónde vamos? —preguntó Charles.

Discutieron durante unos minutos, pero Christa se salió con la suya. Lo guardó todo en el equipaje de Charles y se escurrieron por la puerta trasera, donde no había nadie. Más allá del último vagón se veía solamente campo hasta donde la vista alcanzaba. La luna llena daba bastante visibilidad. Pasaron de largo el tren por detrás de la ambulancia y se fueron por el camino que se veía después de la arboleda. A pesar de la agitación que había delante del tren, parecía que nadie los había visto. Rodearon la arboleda, agachados como los gatos que piensan que si se arrastran en campo abierto nadie los ve, y llegaron a un camino que parecía conducir a un pueblo. Christa sacó el teléfono, pero se puso histérica cuando se dio cuenta de que no había cobertura.

53

Beata llevaba la moto a ciento ochenta kilómetros por hora. Disminuyó la velocidad cuando vio una gasolinera en Kolín. Quedaban unos sesenta kilómetros hasta Praga. Pasaron a su lado, en sentido opuesto, seis coches de policía con todas las luces encendidas y a gran velocidad. Ninguno de los dos pensó en el tren. Después de repostar, Beata preguntó al hombre qué tipo de motocicleta tenía, aunque la chaqueta que llevaba era inconfundible. Hablaron un poco y luego le preguntó si quería probar aquella maravilla. Él estaba entusiasmado. Beata se sentó detrás y lo abrazó. Rodaron unos veinte kilómetros y, cuando el motociclista se detuvo en un paso a nivel en medio de la nada, ella se echó hacia atrás y, un segundo más tarde, tres balas atravesaron el pecho del hombre. Lo empujó de la motocicleta a una zanja y siguió adelante.

En su dormitorio de la suntuosa villa de Praga, Werner miraba con consternación la transmisión en directo desde el lugar donde se había detenido el tren. En la pantalla se leía la hora y el nombre de la localidad. No entendía lo que estaba diciendo el reportero, así que fue cambiando de canal, pues todos ponían lo mismo. Al final encontró uno en inglés. Trató de llamar a Beata, pero respondió una voz en checo diciendo que el teléfono de la persona a la que llamaba estaba fuera de cobertura.

Se percató de que Charles estaba en ese tren, de que el motorista había metido la pata y de que los cadáveres habían sido descubiertos demasiado pronto. Había preparado a fondo todo el plan para que Charles se librase del seguimiento de Bella y había conseguido eliminar cualquier rastro del control que Martin podría ejercer sobre la operación. En ese momento él era el único que sabía cómo encontrar a Charles y, a través de él, hacerse con la Biblia. Luego decidiría qué hacer con Martin. Tuvo suerte de que otro contratista independiente —se cuidaba siempre de tener otra solución de reserva— había descubierto que Charles se había dejado el pasaporte en la recepción, por las prisas con las que se largó del hotel, y se lo había comunicado a Werner. Como Bella no le había dicho que había recuperado el pasaporte, tuvo que conseguir que nadie los controlase en la frontera con Hungría. Sabía que a la entrada en la República Checa, debido a que los dos países formaban parte del espacio Schengen, no se realizaban controles de aduanas. Así que se las arregló con el jefe de la policía fronteriza, László Fekete. Salió rápidamente de la casa y se montó en el Mini Cooper rojo aparcado justo en la entrada.

54

Comenzaron a aparecer casas, primero a la izquierda y, un poco más adelante, a la derecha. La calle del pueblo estaba iluminada más por la luna que por las pobres bombillas de escasa potencia que colgaban de los escasos postes. Las casas estaban sumidas en la oscuridad y en la calle no había ni un alma. Christa miró una vez más el teléfono, pero seguía sin cobertura. Se oían perros ladrando cada vez que pasaban frente a una casa. Vislumbraron a lo lejos una luz que parecía provenir de una y se dirigieron hacia ella. Unos metros después, encontraron una tienda de pueblo con la luz encendida. No sabían exactamente dónde estaban ni cómo se las arreglarían para escapar de allí. Iban por en medio de la calzada: Christa con un paso algo saltarín y Charles arrastrando la maleta detrás de él. Todo lo que querían era alejarse lo más posible de la línea férrea.

En un momento dado vieron luces en una calle lateral. Parecían faros que se aproximaban. Christa cogió del brazo a Charles y tiró de él hacia la cuneta. Demasiado tarde. El coche dio un giro y se les puso de frente. Era la policía. Los dos ocupantes se quedaron de piedra al ver a Charles y a Christa. El de la derecha, después de unos segundos de perplejidad, apuntó el arma hacia ellos y preguntó algo en checo. Christa les dio a entender con gestos exagerados que no hablaba el idioma y añadió «*English, please!*». El policía, al que le temblaban las piernas, no sabía qué hacer a continuación. Nunca hasta entonces había desenfundado la pistola. Era la segunda vez en cuatro años que la empuñaba y eso porque su jefe gritó por la emisora que fueran muy cautelosos, que se trataba de un criminal muy peligroso. El compañero que estaba al volante habló con el policía que estaba haciendo de recepcionista en la comisaría y coordinaba las conexiones entre los jefes de las distintas ciudades. Este le había transmitido que el móvil de su jefe se había quedado sin batería y que en la emisora de radio del coche no contestaba nadie. Así que tenían que ocuparse del asunto solos.

El otro policía se bajó del coche y empezó a gritar en alemán: «*Papiere! Papiere!*». Justo cuando Christa se tocó el bolsillo de atrás para mostrarle el carnet de la Interpol, el pantalón se estiró, y el policía observó que en el bolsillo de la rodilla se marcaba la silueta de un arma. No se lo pensó dos veces y se abalanzó sobre ella con un placaje digno de un partido de fútbol americano. La cogió por las piernas y la tiró al suelo. Su colega por fin espabiló y apuntó con su pistola a la cabeza de Charles, obligándole a levantar las manos y a tumbarse en el suelo boca abajo. Christa no opuso ninguna resistencia. El policía le cogió las manos detrás de la espalda y la esposó. La registró y tomó sus documentos y la pistola. Como no había otro par de esposas, se fue al maletero mientras los dos detenidos seguían tumbados en el suelo, rebuscó un poco, volvió con una cuerda y ató las manos de Charles también a la espalda. Mientras tanto, su colega se preguntaba qué haría si tuviera que disparar. Excepto en los ejercicios militares puntuales en que había participado hacía casi diez años, nunca había utilizado un arma. De hecho, aunque quisiera, no podría dispararle a Charles: el arma no estaba cargada y el seguro estaba activado.

Durante su traslado a la comisaría, Charles intentó conversar en alemán con el policía que les había requerido los documentos, pero rápidamente se dio cuenta de que el conocimiento de dicho idioma del policía se limitaba a la única palabra que había pronunciado.

Beata llegó a Praga y entró con la moto directamente en el garaje subterráneo de la villa del Instituto. Llamó por su nombre a Werner, lo buscó por la casa y, al ver que no respondía y que todas las luces estaban apagadas, sacó el teléfono móvil. Vio que tenía una llamada perdida y trató de ponerse en contacto con él. Oyó el timbre del teléfono de arriba. Subió lentamente para sorprenderle, pero el aparato de la mesilla siguió sonando, y parecía que Werner no andaba por allí. Pensó que si se había dejado el teléfono no podía estar muy lejos, así que salió a la terraza para admirar la maravillosa vista de la luna reflejada en el río Moldava. Los movimientos del agua, provocados probablemente por algún pez que había aflorado a la superficie, parecían cortar la luna en rodajas igual que una gigantesca fruta, para ofrecerlas, tal vez, una por una a algún espíritu del agua.

55

La sede de la comisaría de policía del pueblo se encontraba en una casa corriente, con una especie de almacén contiguo, completamente desprovisto de ventanas. Solo en las dos habitaciones donde los guardias tenían las oficinas había luz natural. La que tenía la ventana más grande pertenecía al jefe y, en la otra, trabajaban los otros tres. En la sala común había un solo ordenador y una impresora vieja. En el del jefe había un estante metálico donde se guardaban las cuatro pistolas y un rifle que nadie había sacado de allí desde que los comunistas expropiaron la casa y la convirtieron en comisaría de policía; es decir, hacía más de medio siglo. Por cortesía del alcalde, el interior fue pintado hacía dos años. No llegó el dinero para arreglar el exterior, de manera que las dos banderas que colgaban fuera —la de la República Checa y la de la Unión Europea, recién estrenadas y brillantes— estaban en disonancia con el desconchado de las paredes. No había dinero para otras reparaciones, así que se escuchaban todo tipo de sonidos que provenían de abajo, como si poblaciones enteras de ratas subieran y bajaran por las tuberías. El suelo de madera crujía y estaba carcomido. Como las puertas de las oficinas estaban cerradas, ni siquiera un atisbo de luz de luna penetraba en el recinto.

Justo en la entrada, una sola videocámara, que donó uno de los ricachones del pueblo a cambio de la libertad de su hijo, que había atropellado una gallina conduciendo borracho, estaba orientada, por encima de la puerta de entrada, hacia el interior, de manera que se podía ver la recepción. Esta última constaba de un tablero apoyado en un trozo de andamio pintado de blanco y clavado en ambas paredes. El carpintero del pueblo había construido una suerte de mostrador abatible que los policías habían dejado de usar hacía mucho, porque, de tanto subir y bajar, las bisagras habían cedido. La recepción estaba en un largo pasillo de la antigua casa, y justo enfrente, pegadas a la pared, estaban alineadas algunas sillas que constituían la sala de espera de la comisaría. Junto a la puerta de acceso había otro pasillo perpendicular, por donde se entraba a los dos despachos y al aseo. Como una extensión del vestíbulo, a la vuelta, había una sala más grande, el antiguo almacén, donde, en medio, se habían instalado algunos barrotes parecidos a una jaula. Una pesada puerta, también de rejas, con dos cerraduras, era la responsable de la custodia de los prisioneros esporádicos, que se alojaban allí un máximo de veinticuatro horas. Por lo general, se trataba de borrachos que tenían que serenarse y de jóvenes del pueblo que asaltaban los jardines de la gente y robaban lo que les caía en las manos. Nadie recordaba si alguna vez algún criminal peligroso estuvo alojado en aquel calabozo. Habitualmente, los detenidos se encerraban allí para darles una lección. La vida de un policía en este pequeño pueblo checo era una bendición. Los únicos momentos en que los agentes realmente tenían trabajo eran en algún altercado doméstico o durante el período electoral.

Detrás de los barrotes, que se parecían a los de las cárceles de los sheriffs de las películas del Oeste de los años cincuenta, Christa y Charles estaban sentados sobre una cama de hierro que el jefe de policía, Miloš Bambenek, había traído de su casa. Habían llegado hacía una hora. Como cualquier tentativa de hablar con los policías había fracasado, esperaban para ver qué pasaría con ellos. Muy pronto amanecería.

Al menos once coches de policía, furgonetas y ambulancias habían sido estacionados delante del campo donde el tren se detuvo. En la proximidad del tren y en el interior pululaban un montón de hombres en uniforme. Después de tomar fotos del lugar del crimen, de huellas digitales y de acordonarlo, los dos policías que parecían tener mayor graduación discutían sobre si se debía dejar que el tren reanudara la marcha o no. Uno de los pasajeros era el responsable de los asesinatos y tenían que encontrarlo. Se preguntaron cómo podrían retenerlos a todos para interrogarlos o por lo menos tomarles las huellas digitales. Uno de ellos afirmó que aquel era el mejor lugar posible, pues no había por donde escapar. Mientras que en la ciudad... Como las cámaras les apuntaban, y en Praga era peor, esperaban la decisión del ministro. Los viajeros comenzaron a dar voces cada vez más fuertes sobre que tenían cosas que hacer, vidas que vivir, que estaban siendo detenidos ilegalmente y sin ningún derecho. Ya que nadie estaba dispuesto a asumir ninguna responsabilidad, la espera parecía extenderse hasta lo indecible. Todo el tráfico ferroviario estaba trastornado y, para colmo, la línea que iba de Brno a Praga era muy concurrida. Era una pesadilla desde el punto de vista logístico.

En un momento dado, a alguno de los jefes se le ocurrió hablar con Bambenek y preguntarle si pensaba supervisar también el pueblo, en caso de que el asesino o los asesinos hubieran logrado escaparse del lío que se había creado en el tren. Este dijo con orgullo que sí, que sus muchachos estaban patrullando el pueblo y que lo iba a comprobar si le prestaban un teléfono móvil, pues el suyo se había quedado sin batería. Lo cogió y marcó los números de los tres subordinados. Nadie respondió.

—La señal desaparece a veces durante días por aquí. Llamaré al fijo de la comisaría —dijo el policía.

Tampoco allí contestó nadie. Eso le pareció extraño, así que se fue al coche para tratar de hablar por la emisora. Sin éxito también. Pidió otra vez el teléfono móvil y llamó a casa. Después de varios intentos, una voz molesta, a quien acababan de despertar del sueño, respondió. Era su hijo de diecinueve años, de vacaciones de la universidad. Miloš luchó durante varios minutos para convencerlo de ir urgentemente a la comisaria para ver qué pasaba. El hijo aprovechó la oportunidad y le arrebató a su padre la promesa de que le aumentaría la paga mensual. Este le dijo que tuviera cuidado y que, si veía cualquier cosa que le pareciera sospechosa, no se acercara al edificio.

56

Los tres policías estaban debatiendo de cómo informar a su jefe sobre los presos. Se decidió que uno de ellos cogiese el coche y fuese a comunicárselo en persona. Justo cuando estaba a punto de salir, una corriente de aire frío atravesó la comisaría, como si una masa de viento polar hubiese invadido el pueblo. El frío les caló hasta los huesos. Un escalofrío recorrió el cuerpo de Christa y Charles empezó a temblar. El policía de la recepción le gritó al que acababa de salir que cerrara la puerta, que entraba mucho frío desde fuera. La bombilla de la recepción comenzó a parpadear, cada vez más, y después la luz de todas las bombillas empezó a disminuir. Las variaciones de tensión no eran infrecuentes allí; el pueblo estaba situado al lado de una central eléctrica y cada vez que pasaban de un generador a otro se producían cortes de luz. De repente, todas las luces se apagaron y la comisaría se quedó a oscuras. Se oyó cómo chirriaba la tarima y el frío se agudizó. El recepcionista abandonó el mostrador y se dirigió a la puerta para cerrarla, luego encendió una linterna y una lámpara de gas que tenía a mano para situaciones como esa. No se veía nada, por lo que se suponía que la puerta debía de estar cerrada. Luego se oyó un gemido, un nuevo crujido y un ruido sordo. Christa y Charles se sobresaltaron. Casi se pegaron el uno al otro.

El recepcionista tropezó con algo y cayó. Su colega empezó a gritar primero en tono bajo y luego cada vez con más pánico.

Su miedo se percibía en la oscuridad. No sabía lo que iba a pasar, pero un mal presentimiento se apoderó de él, hasta desesperarlo. Luego hizo una pausa. Christa y Charles se acercaron aún más; no estaba claro quién protegía a quién. Se oyó otro golpe y los suelos crujieron más, cada vez más cerca. Y aquel ruido de pasos, que parecían de alguien que levitara o arrastrara las piernas, no era normal. Se dirigía hacia ellos. En la más total oscuridad, Charles trató de desentrañar algo. Le pareció ver una figura, pero no estaba seguro. Los pasos se detuvieron. Oyeron el movimiento de la reja. La puerta de hierro también crujió. Christa, instintivamente, se llevó la mano al bolsillo donde acostumbraba a guardar la pistola, pero no estaba allí. Se hizo el silencio y el chirrido de la tarima se alejó. A continuación, las paredes empezaron a temblar y un ruido infernal de tuberías oxidadas rompió el silencio. Se oía el agua corriendo en otra habitación. Y otra vez silencio. Christa y Charles se quedaron petrificados, preparados para defenderse a puñetazos y patadas si era necesario. Se quedaron tensos, escuchando.

Después de un rato, la luz volvió a parpadear, y entonces se encendió. El frío pareció abandonar la habitación junto con la oscuridad. Se miraron el uno al otro y se separaron un poco. La puerta de la improvisada celda estaba abierta y las llaves colgaban de la cerradura, por el lado de fuera. Exactamente en ese momento, la emisora crujió y una voz dijo algo en checo. Era Miloš. Christa fue la primera en salir de la celda. Se pegó a la pared y se desplazó lentamente con el puño cerrado con la llave entre el dedo corazón y el índice, y la parte afilada hacia el exterior para usarla como un arma blanca. A Charles le pareció que iba como escurriéndose por la pared. Al llegar al vestíbulo, vio estirados en el suelo a los tres policías. Charles salió también y apareció detrás de Christa, que estaba inclinada sobre los cuerpos de los agentes. Uno de ellos se sacudió espasmódicamente y luego se quedó quieto. De sus cuellos salía sangre por dos agujeros. No parecían haber sido heridos en otro lugar. Christa se volvió hacia Charles y le hizo un gesto como diciendo: «No hay nada que hacer».

—Tenemos que irnos ahora mismo.

Charles no estaba convencido.

—¿Quieres acaso tener que dar explicaciones a esos policías perturbados? A lo mejor tenemos suerte y no nos ha visto nadie más.

—¿Piensas ir otra vez a pie? ¡Ya lo hemos probado y no ha salido muy bien! —dijo Charles preocupado y aterrorizado por el espectáculo a su alrededor.

Parecía hipnotizado. Cuando el pánico se apoderaba de él reaccionaba como un robot y hacía todo lo que se le requería. Al igual que en el balcón del hotel Central Park, cuando Christa le hizo saltar encima del techo del coche frigorífico.

Christa recuperó su cartera y el arma y cogió también la maleta de Charles. Salieron. El coche de la policía estaba delante con las llaves en el contacto. Le hizo un gesto a Charles para que se subiera. Este obedeció.

El coche llevaba un buen rato lejos del pueblo cuando la noche comenzó a desvanecerse como una nube de humo y hollín.

57

Cuando se dio cuenta de que su hijo no daba ninguna señal, el jefe de la policía montó en el coche y en pocos minutos llegó a la comisaría. Parecía desierta. Con la mano en la pistola sin el seguro puesto, se acercó con cautela a la puerta. Entonces oyó un ruido enfrente. Rápidamente volvió la cabeza y vio que el arbusto se movía.

Media hora más tarde, uno de los médicos de la ambulancia se esforzaba por entender el estado cataléptico del joven sentado en una silla y cubierto con una manta. Intentó determinar un reflejo ocular, pero tenía la mirada fija. Tanto el padre como la madre, a la que también avisaron, hicieron varios intentos de hablar con él, de abrazarlo, de tratar que se recuperara de la conmoción por todos los medios que les pasaron por la cabeza. Le rociaron con agua la cara. Finalmente, el médico le dio una inyección para relajarle los músculos. El joven se quedó sin fuerzas y pareció dormirse. En ese momento algo se le escapó de la mano y se cayó al suelo. Era el teléfono móvil, que había estado sujetando con fuerza hasta entonces, como algo muy valioso.

Miloš Bambenek sabía que su hijo, al igual que cualquier chaval de su edad, había desarrollado una obsesión por ese teléfono. Después de luchar unos meses con él, cedió y se lo compró, a pesar de que le costó una fortuna. Desde entonces, el joven no se separaba del aparato: en la mesa, en el baño, viendo la tele, movía todo el rato sus dedos sobre la pantalla de tal manera que Miloš empezó a preguntarse si su hijo necesitaba una evaluación psiquiátrica. Se dio por vencido cuando los dos hijos del vecino, un estudiante y una alumna de secundaria, invitados a la comida del domingo, no fueron capaces de despegar las manos de los móviles. Cuando los vecinos les hacían preguntas por educación, como es habitual en una comida familiar, ninguno de ellos podía dar una respuesta completa porque estaban pendientes del teléfono. Los jóvenes tecleaban algo, y luego reanudaban la respuesta como si no hubiera pasado nada, como si, en realidad, no hubiera existido aquel tiempo entre las respuestas. Cuando les preguntó, como un viejo psicólogo, si en la escuela hacían lo mismo, los tres se echaron a reír y respondieron que igual que todo el mundo. El policía se preguntaba: «¿Cómo diablos puede alguien concentrarse en algo, en cualquier cosa, con estas interrupciones continuas?». Pero recordó de inmediato que su hijo no paraba de disparar a todo lo que se le ponía al alcance en la PlayStation que le había comprado por no repetir curso. El salón de su casa se había convertido desde entonces en el campo de batalla más feroz que podría haber imaginado. Lo probó alguna vez con las campañas de las guerras napoleónicas, las batallas medievales, incluso con la metralleta que se cargaba todo lo que aparecía en la playa de Omaha, pero con los robots que tenían los pies en el lugar donde debería estar la boca, ya no aguantó y se marchó a la comisaría.

También sabía que su hijo tomaba fotos y grababa todo lo que se le ponía delante e inmediatamente lo publicaba en las redes sociales. Pensó que quizá, por una sola vez, esta pasión que hacía que los ojos fueran una extensión de una cámara de vídeo podría serle útil. Así que se sentó y pulsó la pantalla. Tenía razón: entró directamente en el archivo de fotos. Presionó la última y la amplió. No sabía exactamente qué estaba viendo, pero siguió navegando. Era la misma cosa fotografiada docenas de veces, en serie. Vio a la recepcionista que trabajaba a tiempo parcial en la comisaría de policía y le preguntó si sabía cómo copiar la imagen en el ordenador. La joven cogió el dispositivo y envió la fotografía por correo electrónico. Miloš entró en la habitación de al lado, teniendo cuidado de no pisar a los muertos cubiertos con sábanas, y encendió el ordenador.

58

Charles no había pronunciado ni una palabra desde que salió de la comisaría de policía. Le hubiera gustado que nada de lo que había sucedido en los últimos días fuera cierto y despertar de esta pesadilla en su salón de Princeton, entre aquellos árboles seculares que filtraban la luz hipnotizante y tantas veces le habían hecho conciliar el sueño al mediodía, en la tumbona del porche. Charles no era miedoso y logró dominar sus emociones, analizando todo lo que había pasado. Tenía una sola fobia, pero era tan fuerte, tan irracional, que le anulaba todos los sentidos, le paralizaba. No creía en la terapia; decía que las personas que no están realmente enfermas lo que necesitan son amigos, y que solo los que no tienen amigos de verdad recurren a un terapeuta. Pero su fobia superó esta convicción y al final acudió incluso a dos sesiones de un compañero de estudios. El especialista que consultó consideraba que su miedo a los reptiles trascendía el límite de la patología. La herpetofobia se manifestaba también al ver una foto de un lagarto, y no era necesario que fuera uno grande o peligroso. Tenía tanto miedo que no podía ver ningún canal de televisión donde se mostraran animales, por el miedo de que un reptil apareciera de repente en el fotograma. Si veía una serpiente, no podía dormir durante días: la imagen le perseguía y no podía quitársela de la mente. Cuando visionaba cualquier película que transcurría en las zonas desérticas de América preguntaba a un amigo si no aparecía, aunque fuera por unos segundos, algo «peligroso» en la pantalla. Para que pudiera ver *Asesinos natos*, un amigo profesor de la Universidad de California le envió una versión editada de la película en la que había sacado a todos los reptiles.

No tenía miedo a los cadáveres. Solo le hacían pensar en lo efímeros que somos. Una cosa era verlos así, en vivo o en fotografías, y otra muy distinta era lo que había visto en la comisaría. Pensó en cómo podía salir de toda esta historia; le parecía demasiado alto el precio que tenía que pagar para resolver un misterio de la Edad Media, por muy espectacular que fuera. No tenía vocación de mártir. Se dijo a sí mismo que podría ponerse en la posición de un Estado que no negocia con terroristas y retirarse simplemente de allí. Volver a casa y contarle al fiscal general, amigo suyo, todo lo que sabía y pasarle toda la responsabilidad. Y aquel descerebrado asesino en serie se daría cuenta de que no podía presionarle de esa forma. Tal vez encontraría la espada de otra manera, o si no, qué se le iba a hacer, tampoco sería la única decepción que le causaría a su abuelo. Compartió sus pensamientos con Christa. Esta se quedó en silencio durante un rato y luego dijo:

—Tienes que ser consciente que, sea lo que sea, esto te ha librado de la cárcel.

Charles la miró perplejo. Se puso nervioso.

—¿Quieres decir acaso que tengo la culpa de todo esto? ¡Qué escándalo!

—Sabes muy bien que no. Lo que quiero decir es que ya no puedes retirarte, porque estos crímenes no van a parar. Estás, quizá, muy cerca. Pero el que nos ha liberado quiere que resuelvas el misterio.

—Y hay algo más —añadió Charles—. Esto no es una «cosa» o un animal, o un vampiro: es un montaje hecho para afectarme. Solo alguien muy enfadado hace algo así. ¿Los dos agujeros en el cuello son de un mordisco? ¿Lo ha constatado alguien? ¿Algún forense o alguna autoridad? Puede ser un arma especial para dejar esas huellas. ¿Y el crujido? El suelo sonaba igual cuando pisábamos nosotros, pero debido a la oscuridad y al silencio, y al estado en que nos encontrábamos, se amplificó. Sin embargo, el hombre tenía una peculiaridad: arrastraba la pierna, caminaba de una manera determinada.

—Sí. Daba la impresión de que se levantaba del suelo y volvía a él.

—Seguro que no volaba. Quizá una minusvalía le hace andar algo saltarín.

—¿Y aquel frío espantoso?

—Efectos especiales. Hay máquinas que producen frío al instante. Y las luces se apagan con un interruptor. Por favor, no me digas que has perdido la cabeza.

El coche se detuvo en un semáforo, donde un indicador mostraba varias direcciones. La mirada de Charles se posó en una placa que ponía Chrudim, el pueblo donde, en el monasterio Podlazice, fue creado hace más de seiscientos años el *Codex Gigas* y el demonio que los había perseguido los últimos días. Por desgracia, el monasterio fue destruido a principios del siglo XV, durante las guerras husitas, así que no había nada que ver allí. Charles pensó, sin embargo, que la frecuencia con la que se superponían las coincidencias era abrumadora y desafiaba cualquier teoría de la probabilidad.

Christa no dijo nada más. Vio el estacionamiento de un supermercado en la proximidad de una ciudad. La tienda todavía no había abierto, así que los coches que había allí los habían dejado durante la noche. Entró y se bajó del coche. Miró a su alrededor: no había nadie. Comprobó si había videocámaras manteniendo la cabeza baja para que no se le viera el rostro. Si había alguna, estaba muy lejos. Eligió un coche antiguo. Sacó una tarjeta de crédito de la cartera y, bajo la mirada extrañada de Charles, abrió la puerta delantera del coche y entró. Pronto se oyó el arranque del motor. Volvió de nuevo al coche de policía.

—Ahora estamos robando coches —dijo Charles—. ¿Estás segura de que no eres una delincuente?

Hizo una pausa. Un pensamiento que no le gustaba, pero que parecía tener cada vez más sentido, se abría camino en su mente. ¿Qué sabía de Christa? ¿Que le gustaba? ¿Que la intuición nunca le engañaba cuando se trataba de una mujer? Una vez era suficiente para que le ocurriera. Como científico, sabía que nada es al cien por cien seguro; ninguna ley se aplica sin excepción. ¿Había llegado el momento de dar con una excepción? ¿Acaso su arrogante seguridad había sido esta vez hábilmente engañada? ¿Y si la mujer que tenía delante, que no había aportado ninguna evidencia para apoyar su supuesta identidad, era en realidad otra cosa? ¿Acaso una placa era suficiente? Se dio cuenta de que ni siquiera había visto la placa. ¿Y si Christa trabajaba para el autor del montaje y estaba allí para asegurarse que no se le escapaba? ¿Por qué sabía tanto sobre él? ¿Una agente arriesga su vida de esta manera? Y más de la Interpol, una institución formada más bien por funcionarios que por gente de acción. Algo le olía a chamusquina, por lo que decidió ser más cauteloso. Sabía que no valía la pena tratar de huir. Tenían que llegar pronto a Praga y allí ya vería.

Christa estaba demasiado preocupada por salir del aparcamiento, así que no pensó que Charles la estuviera cuestionando. Mientras sacaba el equipaje del asiento trasero, le dijo que mantuviera la cabeza agachada, por si acaso, y que subiera al otro coche.

Intermezzo

El joven inspector de la Brigada Especial esperaba detrás de la puerta maciza y pensaba si no sería mejor interrumpir el ronquido del otro lado de la puerta, que se podía oír dos pisos más abajo y hacía vibrar las viejas ventanas del edificio como si alguien estuviera picando el asfalto en la calle. El problema que debía comunicar era demasiado importante y no se podía retrasar, por lo que se armó de valor y, sin llamar, irrumpió en la habitación. En el inmenso despacho del jefe de la Brigada Especial, el comisario Ledvina Mikulás dormía profundamente y roncaba haciendo apneas. De vez en cuando movía la boca como si masticara, roncaba hacia dentro y luego volvía a empezar.

La habitación donde se encontraba era su despacho. El inspector, al que todo el mundo llamaba Honza, era, desde que trasladaron la sede, el ayudante personal del jefe de esa brigada que nadie sabía exactamente a qué se dedicaba, ni siquiera los del Ministerio del Interior al que pertenecía. Todo el mundo miraba al comisario con una mezcla de simpatía, desconcierto y temor. A lo largo de su carrera, en cualquier cargo que había ocupado desde los tiempos del comunismo había obtenido resultados excepcionales. Pero sus métodos ponían a los funcionarios a menudo en un brete. Sobre todo, desde que el país se había democratizado y la prensa había aprendido a meter las narices en todas partes y a formular preguntas impertinentes. Sus superiores habían pensado incluso en jubilarlo, pero temían que causara un gran escándalo público, pues había resuelto algunos de los más misteriosos crímenes que habían tenido lugar en la República Checa después de la Revolución de Terciopelo. Así que lo trasladaron a los servicios secretos de la República, el BIS, donde tenía que mantener una actitud más reservada. Como durante años no estaba claro qué pintaba él allí, fue reubicado de nuevo en la sección de homicidios de la policía. Minaba a sus superiores, ignoraba sus órdenes y odiaba en gran medida la sede de la BIS de Stodulky, así como la sede de la policía criminal de la calle Bartolomejska —de la que decía que se parecía a las fábricas textiles comunistas, con habitaciones pequeñas e idénticas donde apenas se podía respirar—, y acabó trasladando su oficina al pasillo.

Finalmente, dadas sus aficiones y su conocimiento de la Praga oculta y esotérica, como también su supuesta capacidad de médium, que había negado siempre, decidieron trasladarlo a las afueras de la capital checa, a un edificio que funcionaba como sede oculta de la antigua policía secreta checoslovaca StB, la versión local del KGB, que estaba de manera extraoficial bajo la subordinación del mismo. Se inventaron un nuevo departamento, le ofrecieron personal, coches, armas y un presupuesto bastante generoso, todo con la condición de no airearlo demasiado. Y lo obligaron a firmar un acuerdo de confidencialidad bastante bien urdido. Muy poco después de producirse este cambio, Nicky, como lo llamaban los amigos, había resuelto tres casos que inquietaban a la capital desde hacía mucho tiempo y que nadie había conseguido resolver. Y gracias al draconiano contrato, los superiores se apropiaron de sus méritos, a él le concedieron en secreto una medalla y lo que más deseaba: que lo dejaran tranquilo. Todo el mundo contento.

Había descubierto al asesino en serie que aparecía como un fantasma y empujaba a señoras viejas y ricas desde el primer piso; había encontrado al perro que se asemejaba al de los Baskerville, que aterrorizaba a todo un barrio y alejaba a los turistas y, su caso más difícil, había desenmascarado una confabulación urdida por un antiguo general comunista que quería eliminar a sus seguidores utilizando plantas carnívoras genéticamente manipuladas, todas con delicados nombres de niñas.

Cómo la StB se disolvió después de la llegada de la democracia, muchas de sus oficinas permanecieron mucho tiempo desocupadas. Allí no había entrado nadie durante más de veinte años, por lo que se necesitaban grandes reformas. Al comisario le costaba firmar contratos y era muy moderado con el presupuesto de la institución, así que hasta entonces se habían hecho más chapuzas que reparaciones serias. El edificio tenía doscientos años de antigüedad, era una especie de castillo desmantelado en cuyos sótanos la StB encerraba a los disidentes, reales o imaginarios. Los empleados de la Brigada Especial podían jurar que por la noche, cuando se quedaban más tarde de su jornada laboral, oían los gemidos de los torturados en los sótanos donde aún quedaban rastros de sangre e instrumentos de tortura.

Honza se acercó sigilosamente a su jefe y, preocupado por cuál sería la mejor manera de despertarlo, tropezó con lo que parecía ser el esqueleto de un lagarto de dos cabezas. Lo volcó y el esqueleto se quebró por completo. Era imposible no trastabillarse en la oficina de casi trescientos metros cuadrados del jefe, que había transformado en un almacén de artefactos a cuál más extraño. Había pinturas lombrosianas y estatuas de monstruos, libros con fórmulas mágicas para ahuyentar a los espíritus e instalaciones astrales, un laboratorio de alquimia y rocas procedentes de meteoritos o piedras con poderes mágicos. Un batiburrillo de objetos y manuscritos que colgaban por todas partes. La enorme biblioteca con artesonado en la pared, construida alrededor de la habitación, estaba atiborrada de libros que solo Nicky Ledvina sabía para qué servían.

El gabinete de curiosidades del policía era muy famoso en Praga, porque se parecía mucho al que Rodolfo II de Habsburgo había acondicionado en su castillo de Hradčany, el más grande del mundo, hoy centro histórico de la ciudad. Un gabinete de curiosidades o *Kunstkammer* era una suerte de predecesor de los museos de hoy que solo los poderosos de la época podían permitirse. Una colección así se entendía entonces como un reflejo del universo entero conocido e imaginado por el hombre, pero también por la naturaleza; estaba considerada como el gran escenario del mundo, *Theatrum Mundi*, una especie del universo en miniatura. ¿Y quién sino un rey o un emperador era el más adecuado para acogerlo? Además de un indicador de poder, un gabinete de curiosidades lo era también de conocimientos universales. Si dominabas el microcosmos, significaba que controlabas también el macrocosmos. El modelo era uno de origen italiano, inspirado en las familias Gonzaga y D'Este.

El emperador Rodolfo había reunido en su gabinete cualquier cosa que le pareciera interesante y todo lo que pudo atrapar. Cajas de todo tipo y tamaño, cerámica de África y del Lejano Oriente, esqueletos de animales de todo tipo, objetos que contaban extrañas historias sobre monstruos legendarios. Oro y bronce, marfil y madera, todos los materiales conocidos estaban presentes allí de una forma u otra. La colección se dividía en tres salas separadas. *Naturalia* subsumía la historia, la zoología, la mineralogía y la botánica. Rodolfo amaba las flores de una manera patológica. Se negó a meterse en guerras para pasar tiempo con sus flores, traídas de diferentes rincones del mundo conocido. Tal vez Walt Disney se inspiró en él para construir el personaje del toro Fernando, que prefería la exquisitez de los perfumes florales a las corridas con toreros crueles, sudorosos, sanguinarios, malcriados, ruidosos y carentes de cualquier sentido estético. La segunda sala contenía una especie de combinación entre lo natural y lo artificial, tal como eran vistas estas categorías por entonces: la colección *Scientifica*. En ella había aglutinados más de sesenta relojes, una docena de instrumentos astronómicos, globos celestes y, por supuesto, el más famoso de todo el mundo, el globo con mecanismo que creó Georg Roll en 1584, a través del cual se podían mostrar y calcular los movimientos del sol, la luna y las estrellas y se podían medir infinidad de cosas. Por último, *Artificialia* contenía cosas hechas por el hombre, desde monedas hasta pergaminos, pinturas y libros.

El emperador coleccionaba también personas aparte de objetos. En su corte augusta y tolerante fueron recibidos científicos, arquitectos, artistas, astrónomos, alquimistas, filósofos y, en general, cualquier estafador que pretendiera ser todo esto y todos los disidentes, herejes o seguidores de Paracelso. Sin embargo, entre ellos también estuvo Tycho Brahe, el famoso astrónomo que fue nombrado matemático del imperio, y su ayudante, Johannes Kepler, el hombre que formuló y confirmó la ley del movimiento planetario y fue el creador del Observatorio Astronómico de Praga. También entre los artículos había pinturas de Tiziano y Veronese, Pieter Brueghel el Viejo y Leonardo da Vinci.

Si su tío, el archiduque Fernando de Tirol, tenía en su gabinete de curiosidades, mucho más pequeño, dibujos de personas con deformidades cada cual más extraña, desde la mujer barbuda al hombre elefante, su nieto consideró que no debía quedarse atrás e invitó a la corte a uno de los pintores más interesantes del Renacimiento, que aún hoy en día los críticos de arte no han discernido si tenía problemas mentales o fue un genio. El hecho es que sus pinturas se pueden ver hoy en el Louvre. Arcimboldo fue el pintor favorito de Rodolfo II. Sus retratos de frutas y flores, de raíces de árboles y hierbas, que tanto le fascinaban, daban justamente ese paso, realizaban aquella ósmosis especial entre lo natural y lo artificial que faltaba en las salas separadas de su gabinete de curiosidades. Uno de los retratos más famosos del artista representa justamente a Rodolfo a modo de Vertumno, el dios romano de las cuatro estaciones. Un retrato compuesto íntegramente de verduras, frutas y flores. La nariz es una pera, las cejas son vainas de habas, los labios, dos cerezas, los pómulos, dos manzanas y así sucesivamente.

Pero las cosas más fascinantes de esta colección imperial eran otras. Un cuerno que Rodolfo pensaba que era de un unicornio, una taza de plata de la India que sujetaba la mitad de un coco indio más grande que la cabeza de un hombre, una copa de cristal precioso de ágatas de la cual Rodolfo estaba convencido que era el Santo Grial, la copa de José de Arimatea que se supone que había contenido la sangre de Jesús. A menudo el emperador cogía esta copa en sus manos, se sentaba en el suelo y trazaba a su alrededor un círculo con una espada española para protegerse de los demonios; muchos pensaban que estaba poseído por ellos debido a su permanente estado de melancolía. También tenía algunos fósiles y un diente de ballena, y migajas de la arcilla con la que Dios modeló a Adán. Además de algunos dragones y dos clavos del arca de Noé.

Pero lo más interesante de todo era que el emperador había adquirido dos manuscritos pagando grandes cantidades de dinero. Uno de ellos era una colección de símbolos indescifrables que alguien le vendió diciendo que había pertenecido a Roger Bacon, el franciscano *doctor mirabilis*, uno de los filósofos más importantes de la Edad Media. Y el otro era la Biblia del Diablo. Esta, al igual que muchas otras cosas, incluidas las pinturas de Arcimboldo, la robó el glorioso ejército sueco de Gustavo Adolfo durante la guerra de los Treinta años.

Algo unía al profesor Charles Baker, al comisario Nicky Ledvina y al emperador Rodolfo: la desenfrenada pasión por las colecciones. El comisario y el emperador tenían otra pasión común, los horóscopos. Aquí Charles estaba completamente fuera; la astrología no encajaba en absoluto con su perfil de especialista en ciencias positivas. Sin embargo, el policía checo sentía una verdadera obsesión por los horóscopos, igual que Rodolfo, cuya pasión fue tan grande que murió por su causa. El emperador recibió como regalo un león de parte del sultán de Turquía, se encariñó tanto con este que lo visitaba todos los días cuando ya estaba crecido y no podía tenerlo en su habitación. Tycho Brahe le había dicho que su horóscopo y su destino encajaban perfectamente con el del león, que eran prácticamente idénticos. Al morir el león, el emperador se negó a tomar su medicación y a ingerir comida y agua. Murió a los tres días.

Al final, Honza decidió adoptar la línea dura, varonil, así que se precipitó sobre el jefe y empezó a zarandearle. Este murmuró algo y se dio la vuelta. Honza sabía ser perseverante si la situación lo requería, así que se inclinó sobre su jefe y pasó a menear-lo y a sacudirlo. Por fin el comisario abrió los ojos y miró ate-rrado al subordinado que lo montaba. Su primer reflejo fue golpear al hombre que lo había despertado de esta manera, pero consiguió darse cuenta de que era Honza y detuvo su brazo a tiempo.

Finalmente, se levantó del sofá. Se había dormido con la camisa y con la corbata puesta. El comisario se había divorcia-do recientemente; su ex esposa lo había dejado por un policía más joven y sus dos hijos estaban ya casados, así que no tenía ganas de volver a una casa grande y vacía. Por lo tanto, prefería sumergirse en el trabajo. El único sofá que encontraron allí, aunque viejo, parecía estar sin estrenar, así que se lo llevó a su despacho. El problema era que le quedaba un poco pequeño, le salían o los pies, o la cabeza o las manos. Ledvina, que medía metro noventa y pesaba casi ciento cincuenta kilos, tenía una constitución especial. Aparte de la barriga, nada dejaba adivi-nar su peso. Tenía una enorme espalda y buena musculatura, incluso después de haber cumplido los sesenta. En su juventud fue el único olímpico en toda la historia de Checoslovaquia en ganar una medalla en natación. Incluso hoy, después de casi cuarenta años, ningún otro deportista de su país había podido igualar su registro.

Miró indagador al ayudante y fue a cepillarse los dientes y lavarse la cara. Dejó la puerta abierta para poder oír a Honza, de modo que el joven también podía oír lo que estaba haciendo su jefe en el baño. Honza le contó con el corazón en un puño lo que había pasado esa noche en el tren y en la comisaría. Des-pués de escupir el agua y salir, el inspector sacó de una carpeta algunas fotos y se las enseñó. En las dos primeras se podía dis-tinguir la cabeza de una mujer, pero no se le veía el rostro por-que lo había torcido de una forma que solo los profesionales sabían hacer para esquivar las cámaras. Sin embargo, la cara del hombre se distinguía con claridad. El comisario Ledvina, ar-diente lector de libros sobre Drácula y vampiros, reconoció al instante al profesor Charles S. Baker, de la Universidad de

Princeton. Entonces el policía le entregó la última foto, que dejó deliberadamente para el final para potenciar su efecto. Proyectada sobre la pared de la sede de la policía rural, se veía la enorme sombra de una criatura bípeda con uñas largas, finas y puntiagudas, en cuya boca se vislumbraban unos afilados dientes metálicos.

TERCERA PARTE

En otra ocasión, gritó: «¡Hombres a mí!». Al acudir una gran multitud los despachó golpeándolos con el bastón: «Hombres he dicho, no basura».

DIÓGENES LAERCIO sobre Diógenes

Hijo mío, ten mucho cuidado con cómo trabajas, porque tu trabajo es, de hecho, el trabajo de Dios: si omites hasta una sola letra o añades una de más, destruirás el mundo entero.

RABBI MEIR BAAL HANES
Milagrero y sabio judío

59

Si un escritor de novelas de suspense del género narrativo llamado *faction*, en concreto esa combinación de ficción e historia con un toque realista, tuviera que elegir una ciudad donde situar su trama, pocas en el mundo podrían rivalizar con Praga. Esta ciudad tiene tantas anécdotas misteriosas, esconde tanta historia de rarezas y cosas inexplicadas o inexplicables, posee tantos edificios antiguos, tantas calles cargadas de historias a cuál más siniestra y aterradora, que sería el lugar perfecto para una novela negra. Un posible autor apasionado por los misterios podía elegir entre los símbolos masónicos del puente Karluv Most, es decir, el puente de Carlos, todas las estatuas de reyes y santos, cada una con sus secretos, las tumbas de los reyes y los santos de la catedral de San Vito, la relación de los instrumentos de tortura, de la Iglesia católica, de las guerras husitas o de la guerra de los Treinta años. O podría optar por encontrar mensajes ocultos en extrañas inscripciones del mismo puente o en la antigua torre de este. Igual que podría elaborar una novela policíaca en torno al zodíaco de Praga, a partir de cuyas líneas está trazado y gobierna el asentamiento de todo el casco antiguo o en torno a la torre astronómica con reloj. O podría desentrañar los misterios del cementerio más espectacular del mundo, el judío, con la leyenda del monstruo creado por el rabino Loew, llamado Golem. Y si desea elegir algo menos conocido, buscaría información sobre «La columna del Diablo», «El servidor petrificado» o la leyenda del esqueleto y del maestro Hanuš, por no hablar de todos los alquimistas y magos, liderados por Rodolfo II, que pasaron su vida intentando convertir en oro mercurio u otras sustancias etéreas o encontrar la piedra filosofal.

En esta urbe conocida como la Ciudad de Oro, llena de secretos rincones y oscuras calles, sótanos viejos y estremecedores, el profesor Charles Baker, acompañado por la agente de la Interpol Christa Wolf, tenían que encontrar la aguja en un pajar, la espada perdida de Drácula y la primera Biblia impresa por Gutenberg.

Eran casi las ocho de la mañana cuando el Skoda conducido por Christa entró en Praga. Pasaron la zona industrial y las tiendas situadas de un lado y del otro de la periferia y vieron, en un momento dado, cómo un autobús salía de una parada. Christa lo adelantó y le dijo a Charles que estuviera atento a la siguiente parada. Después de poco más de un kilómetro, Charles le hizo una señal a Christa. Ella se dirigió a unos metros enfrente de la parada y luego se detuvo a la derecha. Ambos se bajaron del coche y se dirigieron al autobús, que llegó en cuestión de minutos. En algún momento, ya cerca del centro, cuando los feos bloques de edificios parecían quedar atrás, llegaron justo al lado de un cruce de tranvía, se apearon y se montaron en otro al azar. No compraron billetes, pero tampoco había nadie controlando. Pocas paradas después, tras cerciorarse Christa de que nadie los seguía, descendieron. Cinco minutos más tarde estaban en un taxi que los llevaba al complejo conocido como el castillo de Praga.

Se bajaron a la altura de la estatua de Thomas Masaryk, en la plaza Hradčany (del Castillo) y Charles, que ya no tenía paciencia, fue por delante de Christa, que tuvo que correr para no perderlo. Pasaron a toda prisa el primer patio, el segundo y entraron, bajo el arco del castillo, en el tercero. Delante de la entrada sur de la catedral, la estatua de san Jorge matando al dragón —o una copia de la misma, ya que la original había sido guardada en la Galería Nacional— había sido transformada en una fuente bastante artesana, donde tres débiles hilos de agua salían de la boca del dragón. Le habían colocado una especie de cerco formado por una banda de metal ancha que descansaba sobre el recipiente de recolección del agua. Christa miró fijamente a Charles y a continuación, con un gesto tierno, le arregló el cuello de la chaqueta y dijo que eran solo las nueve. Si la interpretación de aquel diez de la nota era correcta, tendrían que esperar una hora. Le sugirió ir a uno de los restaurantes del interior para tomar un café. Charles miró a su alrededor: el patio comenzaba a llenarse. La catedral de San Vito acababa de abrir sus puertas. No vio nada interesante, aunque tampoco sabía qué tenía que ver. Dudó un poco y luego aceptó.

Rodearon la estatua y la catedral por la puerta oeste y llegaron al callejón del Vicario, una calle estrecha que separaba la catedral del edificio donde estaba el restaurante Vikárka. Se sentaron a una mesa y pidieron dos cafés. Los tomaron sin decir absolutamente nada. Charles sentía como se le subía la sangre a la cabeza y estaba perdiendo la paciencia. Empezó a mover nervioso el pie. Christa pensó si debía decirle algo, pero también ella había comenzado a darse cuenta que se había vuelto algo insistente, así que se quedó callada.

60

Werner preparó el desayuno mientras Beata seguía aún en la cama. Le había despertado la llamada de Eastwood, que le había dado una noticia que no sabía cómo interpretar. No pensaba que Martin fuera capaz de ser muy sutil, así que decidió que sus palabras eran literales. El gran jefe le había dicho oficialmente que un puesto había quedado libre. Werner ya lo sabía. Había seguido todo el encuentro encerrado en el sótano de su casa. También estaba satisfecho por haber sido propuesto para el puesto vacante.

Pero había una condición, hizo hincapié Eastwood: tenía que encontrar y destruir la lista y todo lo relacionado con ella, incluso la fuente principal. Hacía tiempo que Werner esperaba esta oportunidad. Solo él sabía lo que había hecho para llegar hasta aquí, cuánto tiempo y cuántos sacrificios había invertido. La parte más difícil había sido identificar a los miembros del Consejo; consiguió encontrar solo a tres y los eliminó uno por uno, con la esperanza de que Martin lo ascendiera, tal como le había prometido cuando lo cortejaba para que aceptara el trabajo.

Salió a la terraza y organizó el desayuno en la mesa. Luego se sentó un momento para admirar el paisaje, que dejaba sin respiración. El sol parecía salir directamente del Moldava, como un planeta de fuego emergido del polvo de estrellas de la explosión de una supernova. Pensaba que le quedaba poco para formar parte de la invisible élite que gobernaba el mundo. Sería uno de los doce señores que dominan el planeta: formaría parte del Consejo.

Estaba tan imbuido de este pensamiento que no oyó que Beata se levantaba de la cama y venía por detrás hasta que le rodeó el cuello con los brazos, encantada con el agradable olor de los cruasanes y la vistosa imagen de las grandes fresas que flotaban en la copa de nata y vainilla que había sobre la mesa.

61

Charles había perdido la paciencia y se movía en torno a la estatua de san Jorge esperando que dieran las diez y buscando con la mirada a alguien que se acercara a él o le tirara de la manga. Siguió mirando a los grupos de personas que comenzaban a fluir hasta la catedral y trató de adivinar si alguno era el hombre con el que había quedado. Estaba apoyado en el cerco que rodeaba la fuente, muy cerca de la estatua de san Jorge matando al dragón, por lo que, si la persona aparecía, no se le escaparía. Encendió un cigarrillo y luego otro. Merodeaba alrededor de la fuente, alejándose de ella y acercándose a la torre del reloj, o a medio camino entre las dos, luego se acercaba, describiendo espirales y círculos concéntricos. Miraba atentamente el reloj cada minuto y se ponía de nuevo a andar y a estudiar a los visitantes del palacio.

Un poco más lejos, Christa lo miraba con preocupación. No le quitaba ojo y parecía empatizar con la decepción que se leía en su rostro.

Eran más de las once cuando Charles se alejó de la fuente y se dirigió con pasos largos hacia la entrada sur de la catedral. Subió los escasos escalones en solo dos pasos y desapareció dentro. Christa lo siguió y se puso a buscarle con la mirada. Le vio dar la vuelta a la inmensa catedral parándose, observando cada estatua, cada capilla, como si tratara de concentrarse, de darse cuenta de en qué se había equivocado en sus deducciones y esperando que algún detalle del interior de la catedral le llamara la atención.

La catedral metropolitana de los santos Vito, Wenceslao y Adalberto (Vito, Václav y Vojtěch en checo) es el símbolo más importante de Praga y una obra maestra del gótico, y tuvo, a lo largo del tiempo, una enorme influencia en la arquitectura de ese estilo en toda Europa. Se necesitaron más de mil años para que la gran catedral tuviera el aspecto que luce hoy en día. Desde la primera piedra colocada en el siglo X por el príncipe Václav —conocido por su nombre en latín Wenceslaus y al que más tarde santificaron—, hasta 1929, la catedral, que en un principio era solo una modesta basílica, ha conocido a lo largo del tiempo ampliaciones, demoliciones, adiciones y cambios continuos. Si es ecléctica desde el punto de vista estilístico, especialmente en el interior, es debido a la forma en que ha evolucionado el gusto religioso y artístico en más de mil años de historia. La catedral fue el lugar donde se enterró a la mayoría de los reyes más importantes de Chequia y Bohemia, los principales santos del lugar y los artistas que ayudaron a culminar esta obra maestra. Matthias Arras y en especial Peter Parler, importante arquitecto y decorador, están enterrados allí, como también se encuentran los restos de los santos Adalberto, Wenceslao, Procopio, Segismundo y Ludmila. Y los del emperador Rodolfo II. A su alrededor, bordeando toda la superficie de la nave, del crucero y del triforio, hay cavidades con una multitud de capillas y santuarios, estatuas y esculturas, que llevan los nombres de los enterrados en tumbas suntuosamente decoradas y adornadas. Desde la capilla Barton-Dobenin a la Sajona, de la capilla Waldstein a la de Santa Ana, el altar, «el más alto», en torno al cual se halla el mausoleo imperial y la tumba de Juan Nepomuceno —de quien se dice que lo ahogaron en el Moldava por negarse a revelar al rey Wenceslao los secretos que la reina le había dicho en el confesionario—, rodeado de estatuas de plata maciza —para todo el conjunto se empleó más de una tonelada de plata—, y la capilla de san Wenceslao mismo, antiguo rey y duque de Bohemia, asesinado también por su hermano, vetada al acceso público, todo este conjunto de arte, historia y religión no puede dejar frío ni al más insensible de los visitantes.

Charles se paraba en cada tumba, entraba en todos los nichos, investigaba cada estatua, tratando de encontrar un enlace, un detalle, todo lo que pudiera ponerlo en la situación de levantar al menos un poco el velo sobre el misterio, cualquier cosa que lo pudiera acercar más a lo que buscaba. Por un segundo le pasó otra vez por la cabeza que quizá era víctima de una farsa de gigantescas proporciones, pero abandonó rápidamente este pensamiento. Mientras tanto, Christa lo alcanzó y le cogió del brazo. Le dijo que estaba muerto de cansancio y, puesto que nadie había llegado a la cita, tal vez un baño caliente y un poco de descanso le podría ayudar a pensar con mayor claridad. Charles estuvo de acuerdo. Lanzó otra mirada a la tumba de Bárbara de Celje y salió de la catedral.

En el exterior, mientras se dirigían hacia la fuente, le dijo a Christa que quería ir al hotel donde se alojaba cada vez que estaba en Praga para conferencias o presentaciones de libros, donde le conocían y tal vez no necesitara mostrar documentos.

Charles miraba pensativo por la ventanilla del taxi que se dirigía hacia el hotel Boscolo, a baja velocidad debido a los atascos del centro. Cada vez que llegaba a este hotel se ponía muy contento; era su favorito en toda Europa del Este, y cada vez prolongaba su estancia dos días más de lo previsto. Dos días solo para él, que solía pasar en la habitación, leyendo los periódicos y mirando la ciudad por la ventana durante horas, o escribiendo en la mesa de la gigantesca sala de estar; cuando se aburría se bajaba al Cigar Bar, a uno de los restaurantes o a la piscina. Esta vez no estaba muy contento de estar en Praga y de alojarse en su hotel favorito. En cierto momento se volvió hacia Christa y le dijo:

—De alguna manera todo esto es más complicado de lo que pensaba.

Christa lo miró interrogante, impaciente por escuchar las conjeturas del profesor.

—Tal vez nadie vino a la cita porque entendí mal el mensaje. Me voy a meter en la bañera y no saldré hasta ordenar todas las informaciones y descifrar al menos una parte. Probablemente estaba equivocado, y aquel 10.00 no representa la hora. Hay varios elementos que aparecen varias veces. «*Testis unus, testis nulus*», decían los latinos, que quiere decir que una vez, no importa, es un incidente; la segunda vez puede ser una coincidencia, y es necesario que un fenómeno se produzca al menos tres veces para convertirse en una regla. El abuelo aparece dos veces: una vez relacionado con la espada que lo obsesionaba, otra en la habitación, cuando el hombre me dijo aquellas palabras que no había forma de saber salvo que hubiera visto nuestra bodega o que alguien le hubiera hablado de la espada. Ya no estamos en el ámbito de las coincidencias, porque el texto sacado de las páginas de la Biblia se encuentra también en la bodega. En el papel había dibujada la Torre del Reloj, la indicación del lugar donde se halla la espada de Ţepeş y algo sobre dos espadas en la misma vaina, pero, además, se ocultaba un mensaje adicional sobre san Jorge. No obstante, este es el santo patrón de la Orden del Dragón, de la cual fue miembro el padre de Vlad y cuyo cargo heredó también su hijo, de donde le venía el famoso apodo. Irónicamente, la Orden tomó el nombre del animal muerto por su santo patrón. Pero Ţepeş aparece también relacionado con la Biblia de Gutenberg, lo que supone una tercera vez. Una vez más estamos fuera de la zona de las coincidencias.

El taxi se detuvo, Charles sacó automáticamente la tarjeta de crédito y se la dio al conductor. El portero del hotel les abrió las puertas del coche y Charles siguió hablando mientras caminaban hacia la recepción:

—¿Sabes a quién pertenece la tumba donde me paré antes de salir de la catedral? —Era una pregunta retórica. Baker no esperó la respuesta de Christa—. A una dama apodada Mesalina de Alemania, de nombre Bárbara de Celje, segunda esposa de Segismundo de Luxemburgo, fundador de la Orden del Dragón, al que sucedió en el trono de Hungría. Gran seductora, acusada de herejía, de brujería y de la práctica de la alquimia, murió de peste. Hay un enigma circular aquí y la solución está al alcance, pero no consigo verla.

Se acercaron a la recepción y el director del hotel, quien reconoció a Charles, fue a su encuentro con una gran sonrisa. Le dijo algo al recepcionista y este le dio las llaves de la suite que ocupaba siempre que venía a Praga. Charles era un muy buen cliente, famoso y especialmente generoso. En la recepción, en una suerte de escaparate, se podían ver dos de sus libros abiertos y dedicados. Christa se preguntó por qué le había dado una sola llave y comprendió, al ver la sonrisa del jefe cuando pidió una habitación separada, que Baker no había ido solo al Boscolo en otras ocasiones. Ella sí que tuvo que entregar su pasaporte; a Charles, tal como había intuido, nadie le pidió ningún documento.

—Le estábamos esperando —dijo el director.

Normalmente, Charles se habría preguntado cómo era posible que lo supieran, dado que no había anunciado su llegada ni hecho ninguna reserva, pero estaba demasiado preocupado en poner sus pensamientos en orden. Asimismo, el director le dijo que tenía un paquete esperando en la recepción y le entregó un sobre cerrado de tamaño A4. Charles lo cogió ausente, le dio las gracias y siguió al muchacho que llevaba su equipaje. En el camino hacia el ascensor, continuó:

—Así que tenemos la espada, a Țepeș, la Orden del Dragón y Praga. También tenemos el texto de Kafka, que se encuentra, de una manera imposible e inexplicable, en la última página de un libro impreso cuatrocientos cincuenta años antes de nacer el gran escritor. Por lo tanto, Praga, Praga, Praga. Me falta averiguar qué pasa con aquella poesía del rey muerto, pero siento que también tiene que ver con Praga. Y con la catedral de San Vito. En concreto con uno de los reyes enterrados allí. Solo queda por averiguar cuál. Tal vez esto nos dará más respuestas.

Subieron al ascensor cuando terminó de hablar. Entonces pareció salir del trance. Miró el sobre que tenía en la mano. Lo abrió con la destreza y la elegancia de alguien acostumbrado a abrir cartas y metió la mano. Cuando sacó lo que había dentro, tanto él como Christa se quedaron boquiabiertos y con los ojos como platos al ver el pasaporte que Charles había dejado en Sighișoara.

62

Charles se metió directamente en la bañera llena de espuma y se sumergió hasta el cuello. Cerró los ojos y empezó a relajarse. Pensó que se iba a dormir, pero ante sus ojos se arremolinaron textos, tumbas de reyes, imágenes de muertos; era como si un tráiler de una película mala discurriera en bucle en su cabeza. Se puso de pie en la bañera, se vistió con el suave albornoz y se sentó a la mesa de la sala de estar. Leyó y releyó el texto de la nota, hojeó varias veces las páginas de la carpeta marrón, pero no se le ocurría nada. Entonces decidió trabajar de forma sistemática y empezar por el texto de Agrippa d'Aubigné. Lo leyó de nuevo:

Un rey duerme aquí,
por maravilla
muerto, como Dios manda
a manos de una vieja y un podón
cuando cagaba en su artesón.

Por lo tanto, se trataba de la tumba de un rey muerto por un podón, lo cual era una licencia poética porque el texto original hablaba de una hoz. Tenía que revisar todos los reyes enterrados en la catedral y ver a dónde le llevaba esto. Abrió el ordenador portátil y buscó una lista completa de las tumbas de la catedral de San Vito. Después de una ardua lucha con internet, consiguió encontrar listas parciales. Como el tiempo pasaba muy rápido y Charles empezaba a perder la paciencia, pensó que una ayuda no le vendría mal. Hizo una llamada a Christa, pero su teléfono móvil comunicaba. Así que marcó el número de la recepción, pidió otro portátil y que, además, le pusieran en contacto con la habitación de Christa. Pasado un rato, ella contestó. Charles se preguntó con quién podía haber estado hablando, y luego se dio cuenta de que tal vez tenía una familia o informaba a su lugar de trabajo y que no era asunto suyo. Le preguntó si quería ayudarlo.

Unos minutos más tarde, llegaron al mismo tiempo tanto Christa como el nuevo ordenador portátil. Le explicó lo que debía buscar y se pusieron a trabajar; él en la mesa y ella en el sofá de inspiración colonial de color fuego. Charles le preguntó si tenía hambre y pidió *pasticceria* italiana y una botella de champán. Tenía ganas de agasajarse, aunque fuera mediodía.

Juntos lograron elaborar una lista de veintisiete personas e identificar, de acuerdo con un plano de la catedral, los lugares donde estaban enterrados cada una. Charles encontró a Adalberto de Praga, Rodolfo II, Ana de Baviera, Ottokar I y II, Matthias de Arras, Bárbara de Celje, Carlos IV, Isabel de Pomerania, Jorge de Podiebrad, Ladislao el Póstumo, Spitihnev II, František Tomášek, Wratislaw von Pernstein y Judith de Habsburgo.

Christa escribió en el papel con el membrete del hotel los nombres de san Vito, Blanca de Valois, san Juan Nepomuceno, Maximiliano II, Isabel de Bohemia, Fernando I, Peter Parler, Rodolfo I, Friedrich Johannes von Schwarzenberg, Anna von Schweidnitz, san Wenceslao y san Wenceslao IV de Bohemia.

Charles se sentó al lado de Christa y, mientras comía los deliciosos pasteles y rosquillas italianos, le dijo que había que eliminar primero a las mujeres, luego a los santos y clérigos y, finalmente, a los artistas. Había que mantener solo a los reyes y emperadores. Charles unió y organizó las listas de los nombres restantes por orden alfabético: Carlos IV, emperador; Fernando I, emperador; Jorge de Podiebrad, rey de Bohemia; Ladislao el Póstumo, rey de Hungría y Bohemia; Maximiliano II, emperador; los dos Ottokar, reyes de Bohemia; los dos Rodolfos, emperadores; Spitihnev II, duque de Bohemia, es decir rey; y, por último, Wenceslao IV. La lista se había reducido a once nombres. Hablaron entre sí sobre qué otros criterios podrían introducir para acortar la lista. Christa se estrujó el cerebro, pero no aportó nada que fuera digno de reseñar, así que Baker decidió que ser asesinado por una anciana con un podón o con una hoz era la muerte más ridícula. Dijo que la palabra «ridículo» podía significar también «absurdo». Por lo tanto, se repartieron otra vez los números y empezaron a investigar cómo había muerto cada persona.

Carlos IV había muerto de gota, Fernando y Podiebrad, de muerte natural, al igual que Maximiliano, que se negó a tener la presencia de un sacerdote en su lecho de muerte. Ladislao murió de un ataque al corazón a una edad temprana, como Wenceslao IV. Acerca de Ottokar I no sabía nada, ni tampoco de Spitihnev. Ottokar II murió en el campo de batalla. Rodolfo II, por enfermedad, y el primero de su nombre por disentería.

—Ninguna muerte interesante —concluyó Christa—. Quizá solamente la disentería de Rodolfo se acerque algo a nuestra poesía, pero no fue asesinado.

Charles estaba decepcionado, pero sintió que estaba en el camino correcto. Tomó todas las listas y recordó que entre los que había descartado estaba Adalberto, que fue víctima de una suerte de ejecución en grupo alanceado, ya que invadió el territorio de otros sacerdotes. Se levantó y comenzó a caminar por la habitación. Christa tomó la nota de la mesa y leyó la poesía.

—¿Sabes acaso cuál es el contexto en que fueron escritos estos versos? —preguntó—. Quizá así lleguemos a alguna parte.

Charles la miró con un brillo de satisfacción en sus ojos, como si quisiera decir: «¡Bravo!». Se sirvió otra copa de champán, después de que Christa rechazase una, y se sentó a la mesa.

—Agrippa d'Aubigné fue durante mucho tiempo confesor y consejero de Enrique IV de Navarra, el primer rey de la dinastía de los Borbones de Francia, padre de Luis XIII y abuelo de Luis XIV, el Rey Sol. Enrique fue asesinado, quizá recuerdes las novelas de Dumas o Zévaco, por un hombre llamado Ravaillac. Lo que es interesante es que el predecesor de Enrique IV, cuya desaparición determinó la extinción definitiva de la dinastía de Valois, Enrique III, también fue asesinado por un cura dominico llamado Jacques Clément. Este, fanático católico, consideraba que el rey había cedido demasiado frente a los hugonotes y, tras el asesinato del duque de Guisa, presidente de la Liga Católica, se presentó en el palacio, con el pretexto de que iba a entregar en persona al rey algunas cartas importantes, se abalanzó sobre él y lo apuñaló en el estómago.

—¿Con una hoz?

—No, no con una hoz —contestó sonriendo Charles—. Creo, o sea, espero que las cosas no estén conectadas de esta manera. Con un enorme puñal. Pero todavía hay una conexión extraña. Las malas lenguas dicen, aunque la historiografía oficial las ignora por razones obvias, que el dominico había sorprendido al rey justamente cuando estaba sentado en el trono con agujero.

—¿Y eso tiene algo que ver? ¿O los franceses tienen un gusto por lo escatológico?

—La Edad Media era bastante relajada en este sentido. Las actuaciones preteatrales de las ferias y también las payasadas y los chistes populares tenían mucho que ver, por así decirlo, con las partes bajas del cuerpo. Tradiciones de este tipo se encuentran en los grandes escritores de la época, desde Dante a Boccaccio y desde Rabelais a Shakespeare. Así que oler mal, orinar, defecar y toda una gama de pedos se encuentran entre los términos más utilizados en chistes y bromas. Dante tiene una expresión excepcional cuando describe una situación de este tipo; un personaje suyo «¡usó el culo a modo de trompeta!».

Christa no pudo contener la risa. Charles parecía estar convencido de que seguía siendo el mismo interlocutor ingenioso y divertido, bajo cualquier condición, y continuó:

—La historia de la época es complicada, así que no hay necesidad de entrar en detalles. Lo cierto es que Enrique de Navarra, aunque bautizado católico, se crio en la religión hugonota, es decir, protestante. Agrippa es hugonote y también un gran partidario de la causa, odia a los católicos en lo más profundo del alma. Nunca pudo perdonar la matanza de la Noche de San Bartolomé. Cuando Enrique se convirtió en rey y volvió al catolicismo, Agrippa lo abandonó. Sin embargo, los dos eran muy buenos amigos. El poema aparece en una anécdota. Dicen que, en sus largos paseos por el campo, mientras el rey visitaba las casas de un pueblo, lamentablemente, se puso malo estando en el baño. Tenía un malestar estomacal por la comida no muy saludable que le había servido la gente del pueblo, agradecido porque el rey (entonces solo de Navarra) les hubiera visitado. Así que no tuvo otra opción y se vació en lo que tenía más a mano, la artesa de la anciana. Después de la hazaña, los dos pusieron los pies en polvorosa y Agrippa empezó a gastarle bromas diciendo que, si la vieja lo hubiera visto, probablemente lo habría echado a patadas, o peor aún, le habría degollado con una hoz. Así nacieron estas líneas. Todavía no veo... —Charles hizo una pausa. Frunció la boca con satisfacción y continuó—: Espera. La anécdota dice también que, antes de producir esta rima tan juguetona, Agrippa le dijo al rey que, si hubiera encontrado su final de un modo tan glorioso, él mismo le habría hecho una tumba al estilo de la de san Inocencio.

Hizo otra pausa como si necesitara ordenar las ideas en la mente.

—No sabemos de qué Inocencio se trata, pero está claro que este santo era Papa. Hubo alrededor de nueve pontífices con el nombre de Inocencio hasta 1600, por lo que no podemos estar seguros de a cuál de ellos se refiere. Pero teniendo en cuenta la filiación religiosa de los dos y las tendencias políticas del poeta, creo que se trata de Inocencio IX, el gran enemigo de los hugonotes. Ese fue el último papa enterrado en la basílica de San Pedro y yo creo que es, si no el único, uno de los pocos que tiene una tumba casi anónima. Así que no caía bien a la Iglesia.

Christa no entendía a dónde quería llegar.

—Esto te va a parecer forzado, pero cualquiera que me pusiera este enigma sabía que lo resolvería: buscamos a un santo.

¡Y acabamos de desecharlos! Mira, san Vito tuvo una muerte extraña. En la imaginación de Agrippa d'Aubigné, enemigo de la Iglesia e ilustrado adelantado a su tiempo, la posibilidad de ser asesinado por una anciana podría asemejarse a la idiotez de dejarse ahogar por negarse a revelar las infidelidades de la reina que ella misma había confesado, como fue el caso de san Vito.

Christa no estaba convencida de que este vínculo no fuera forzado y de que Charles no estuviera cansado y dispuesto a sacar cualquier conclusión solo por dar por resuelto el enigma.

—Él habla de un rey muerto. Por consiguiente, creo que tenemos que buscar la tumba de un rey. Tal vez debamos volver sobre ello.

Charles se iluminó de repente y se echó a reír. Se acercó a Christa y le dio un beso en la frente.

—San Wenceslao —dijo.

Christa lo miró interrogante.

—San Wenceslao era rey y santo. Es el único de la catedral que cumple ambas condiciones. Y murió asesinado por su hermano o por uno de sus hombres. Asesinado, por qué no, con un pequeño puñal. Marco Bruto caminaba con puñales bajo la túnica para que nadie los viera. No tenía el valor de sacar la espada. Volvamos a la catedral.

Charles cogió el teléfono y preguntó en la recepción cuándo cerraba la catedral. El recepcionista le pidió esperar un instante. Llamó después de unos minutos, mientras Charles se vestía. Le contestó que por lo general a las cinco, que ese día había un concierto de órgano, que le había conseguido dos entradas y que la limusina del hotel lo estaba esperando. El profesor estaba encantado, como siempre, de la celeridad con que el personal del hotel cumplía sus deseos. Incluso aquellos que no había formulado explícitamente.

63

Después de salir la limusina desde la puerta del hotel, una rubia con falda demasiado corta y tacones altos que estilizaban el esculpido diseño de sus piernas entró en el hotel y fue directa a la recepción con paso firme. Se había recogido el cabello en un moño y llevaba gafas con una montura redonda y grande. La camisa blanca tenía tres botones desabrochados y el sujetador reforzado le realzaba los pechos, que sobresalían por el escote. Llevaba los labios pintados y un maquillaje llamativo, pero de buen gusto. Parecía uno de los muchos clichés que la industria erótica había construido y alimentado a lo largo de los años, al inspirarse, por supuesto, en las fantasías de todos los hombres y ampliamente corroborado en innumerables grupos de prueba.

El recepcionista delante del cual se había plantado pensaba en su fuero interno que la maravillosa aparición que rebosaba sex-appeal estaba allí para él. Pero sus esperanzas fueron frustradas cuando ella, parpadeando justo lo necesario, le preguntó cuál era la habitación del profesor Baker. Como este tipo de apariciones no eran para nada ajenas a los recepcionistas del hotel Boscolo, el billete de cien dólares doblado en ocho y deslizado en la palma de la mano no hizo más que fortalecer el argumento y disipar al chico de la recepción cualquier tipo de dilema moral en el que pudiera haber caído. Así que le dijo casi sin resuello lo que quería saber, pero añadió, como propina, que el maestro acababa de salir hacia el concierto con su acompañante y que tenían habitaciones separadas. La mujer sexy emitió unos gorgoritos a modo de agradecimiento y giró sobre los tacones, dejando a los empleados del hotel seguirla con la mirada, incluso mucho después de haber desaparecido.

Beata se metió en el ascensor y fue directamente a la habitación indicada. Puso una sonrisa seductora a un anciano en el ascensor. A la esposa se le cambió la cara instantáneamente, por lo que el hombre se tragó la sonrisa en el acto. Beata sacó del bolso el paralelepípedo de Bella y lo pegó a la puerta a modo de tarjeta hasta que se oyó un clic. Entró en la habitación y buscó un lugar donde colocar el aparato. Al final se tumbó sobre el sofá, que era lo suficientemente bajo como para no que no se viera lo que había debajo, y lo pegó allí. Echó una última mirada a la habitación y salió.

En el ordenador de la villa de Werner aparecieron todo tipo de datos que se analizaban con rapidez. Este fue eligiendo aquellos que le interesaban. Como el rayo de detección de cualquier tipo de señal funcionaba sin problemas en una distancia de decenas de metros y cubría casi cinco pisos, Werner eliminó todas las señales telefónicas o de ordenador que no necesitaba y limitó el analizador al perímetro de la suite.

En la sede de la Brigada Especial, el despacho del comisario estaba repleto de gente. Todos los empleados se hallaban reunidos y el comisario les estaba dando las últimas instrucciones. Había vuelto del tren, que finalmente habían dejado partir, y comunicaba a sus subordinados las conclusiones de las investigaciones del lugar de los hechos. Mientras hablaba, el ayudante proyectaba sobre la pared unas imágenes de su memoria USB donde había copiado todo lo que tenía en la cámara el fotógrafo de la policía para ilustrar el discurso de su jefe. Cuando por fin llegó el turno de opiniones de cada uno sobre el presunto autor y cómo podían capturarlo, nadie dijo nada. En un gesto teatral, Ledvina le pidió al asistente que proyectase la última imagen y, al colocarse entre el dispositivo y la pantalla, pareció el Coloso de Rodas cuando dijo:

—Es evidente que se trata de una especie muy distinta de vampiro.

El murmullo de la sala sugería que sus palabras no habían tenido el efecto deseado, sino más bien que las personas se divertían pensando que el jefe estaba bromeando como tantas otras veces. Tuvo que poner el grito en el cielo y decir que no era ninguna broma, así que se apresuró a profundizar sobre el tema.

64

El concierto de órgano había comenzado, así que después de comprobar la acomodadora sus entradas e invitarles a tomar sus asientos en las primeras filas, Charles indicó que no quería molestar y que permanecerían de pie hasta el descanso. La música que salía de los antiquísimos tubos de órgano sonaba divinamente, por lo que a Charles le hubiera gustado tener el oído musical un poco más desarrollado. Era una limitación objetiva en su caso. El abuelo se esforzó en educarlo, le hizo tomar clases de piano cuando era niño, tal como era la costumbre para un joven de origen europeo en aquellos tiempos. Pero el profesor de piano se ponía de los nervios porque el alumno no era capaz, incluso después de casi dos años de preparación dos veces por semana, de interpretar al menos algunas notas seguidas de *Para Elisa*.

A Charles le gustaba la música. En particular la ópera, pero nunca había sido capaz de superar la fase del *bel canto*. Sus óperas favoritas eran las más melodiosas nunca escritas: *Rigoletto*, de Verdi; *El barbero de Sevilla*, de Rossini, y *Don Giovanni*, de Mozart. Le gustaba casi todo lo que Verdi escribió hasta el último período, cuando renunció al *bel canto*, Rossini, Puccini y Mozart y en general las arias que hasta él tarareaba. A Wagner no lo soportaba, y la música dodecafónica y serialista le parecían un atentado contra su salud mental.

Christa y Charles se quedaron justo a la altura de la puerta por donde habían entrado, muy cerca de la capilla de San Wenceslao, donde Charles sospechaba que se escondía un mensaje oculto dirigido a él. Pero no tenía idea ni de dónde estaba ni de qué forma le sería transmitido el mensaje. Solo esperaba que se tratase de la espada o por lo menos de la Biblia de Gutenberg.

Charles se cercioró de que todo el mundo estuviera concentrado en la música y mirando de frente, y con pasos pequeños se alejó del público hacia el otro lado del crucero, hasta que se pegó a la pared. Se movió lentamente, mirando con cautela a su alrededor. Siguió la forma de la pared hasta que llegó a la altura de la columna que flanqueaba la entrada a la capilla donde se encontraban los restos de san Wenceslao. Christa lo siguió intentando sincronizar sus pasos. La pared terminó y a continuación estaba la entrada a la capilla por una puerta abierta de par en par y arrimada a la pared interior. Quedaba un último obstáculo: unos cordones de terciopelo rojo impedían la entrada en la capilla, colgando entre tres pilares dorados. Charles esperó a encontrar el momento oportuno y al final se armó de valor, pegó un salto por encima del cordón y entró en la capilla. Christa se sorprendió por la temeridad del profesor. Sopesó cómo era mejor actuar. ¿Debía ir detrás de él o tenía que quedarse delante de la capilla para asegurarse de que nadie los había visto y para cubrirle las espaldas? Se decidió por la segunda opción.

La capilla estaba cerrada al público, que solo la podía ver desde la puerta. Los objetos del interior eran muy valiosos, y el peligro de que pudieran ser dañados o de que una de las más de mil cuatrocientas piedras preciosas y semipreciosas que decoran sus paredes fuera robada forzaron a los funcionarios a tomar esta decisión. La capilla tiene una superficie de cien metros cuadrados y es perfectamente cuadrada. Sus paredes interiores fueron construidas en el siglo XIV y están adornadas con más de mil cuatrocientas placas pulidas que llegan hasta una altura de tres metros y medio. Las piedras son variaciones del cuarzo, desde amatista a raras ágatas y pórfida labradorita verde y roja, quizá procedentes de minas egipcias y de más de quinientos años de antigüedad. En las paredes hay dos series de murales realizados al fresco dedicados a la Pasión de Jesús, en la fila de abajo, y a escenas de la vida de san Wenceslao en la fila superior. Una estatua del santo, también del siglo XIV, domina la parte posterior de la capilla y, junto a ella, a la derecha, se encuentra la tumba del santo revestida con piedra. Esta tiene una forma rectangular, se erige sobre las tres cuartas partes de la superficie y por encima se halla un relicario. La parte delantera está cubierta con una placa donde generalmente se coloca un mantel o un trozo de terciopelo rojo y se ponen, por lo general, floreros o artículos necesarios para la misa. Aquel día había una aglomeración de tales objetos, que Charles, para quien la religión nunca fue una pasión salvo en la medida en que tenía relación con la perspectiva histórica de las cosas, no tenía ni idea de a qué se debía.

Veinte años atrás el profesor había recibido una dispensa especial para visitar la capilla, pero no pudo subir a la habitación secreta del primer piso, adonde se llegaba a través de la puerta cerrada de la parte izquierda de la misma. Charles estaba pensando qué sabía él sobre esa habitación, llamada «cámara de las joyas de la coronación». En ella se guardaban la corona de Carlos IV, el cetro real, la vestimenta usada durante la coronación y otras cosas por el estilo. La parte interesante es que detrás de la puerta que daba a la cámara, después de haber subido las escaleras, hay otra puerta. Esta está hecha de hierro macizo y es en realidad la puerta de una enorme caja fuerte. Está cerrada, literalmente, como en los cuentos, con siete cerraduras para las que se necesitan siete llaves. Ellas se reparten entre el presidente de la República, el primer ministro, el arzobispo de Praga y así sucesivamente hasta el alcalde de la capital checa. Mientras pensaba en esto, a Charles le embargó la extraña sensación de que el cuento de Kafka, el que estaba traducido al latín en las páginas de su habitación, estaba vagamente relacionado con esto. Se hablaba allí de más puertas y más guardias. Se preguntó si acaso la clave para resolver la otra parte del misterio tenía relación con esta sala. Aquí, sin embargo, era casi imposible llegar. Las puertas no se podían quebrantar, y conseguir reunir las llaves de las siete personalidades más importantes del país era pura fantasía. En cien años la cámara de joyas había sido abierta solo nueve veces en total. «Siete y nueve», pensó Charles. He aquí números mágicos, cifras fatídicas. Recordó que se había propuesto resolver los enigmas uno por uno y concentrarse para encontrar la espada.

Intentó rodear la capilla y buscar en cada esquina, pero tenía que mantenerse fuera de la vista de los asistentes al concierto, por lo que se limitó a analizar todos los rincones de las áreas que estaban protegidas por paredes sin pasar de la segunda mitad, por lo que le era imposible conseguir llegar detrás o cerca de la losa funeraria o del relicario. La luz no era buena, pero veía lo suficiente. Revisó las paredes, los objetos e incluso la tapicería de los asientos. No encontró nada. La música se detuvo; el concierto había terminado. Después de los intensos aplausos siguió el alboroto que forma la gente cuando sale de un concierto. Christa también entró en medio de los aplausos y se sentó al lado de Charles, en el suelo, detrás de la puerta. Le preguntó con la mirada si había encontrado algo, pero Charles, decepcionado, negó con la cabeza. Luego le dijo que no había llegado a la tumba y que tenían que esperar a que salieran todos.

—Nos encerrarán en la catedral —dijo Christa.

—Entonces nos quedaremos hasta la mañana —contestó Charles tajantemente.

Esperaron en silencio hasta que ya no se oía nada. Y entonces percibieron un ruido de pasos que caminaba con un cierto ritmo. El eco de la catedral vacía lo amplificaba. El guardia hacía su ronda para cerciorarse de que no quedaba nadie. Charles confiaba en que no iba a comprobar la capilla. Los pasos se acercaron y luego se detuvieron. El guardia llegó justo delante de la puerta. La luz de una linterna rebuscó cada lugar visible de la capilla, pero el guardia no entró. Los dos contuvieron la respiración escondidos detrás de la puerta. El guardia se fue. Esperaron a que los pasos se alejaran y pensaron que todavía quedaba algún tiempo antes de que volviese, por lo que se fueron a por las áreas no exploradas. En un momento dado, los pasos se detuvieron. Tal vez el guardia había salido.

Les llevó casi una hora rebuscar en todas partes. Tocaron

cada centímetro de la pared hasta la altura que llegaban. Las paredes, los frescos, el suelo, la tumba. Charles revolvió hasta el relicario. Nada. Montó en cólera, que dio paso al desaliento. No entendía dónde había fallado. Tal vez no había ningún fallo. De hecho, ¿qué sabía? Que una mujer le había dado una nota y un moribundo había llegado a su habitación. Tal vez el hombre había dicho la verdad. Quizá entre los dos no había ningún vínculo. O tal vez él dedujo mal. O debía repasar aquel 10.00 que pensaba que indicaba la hora. O insistir mucho más en las partes restantes del mensaje. Perdió los estribos y, como estaba apoyándose con ambas manos en la parte delantera de la tumba, tiró en un gesto casi histérico todos los objetos dispuestos sobre el mantel blanco y rojo. Resopló nervioso una vez más, pensó que lo mejor sería calmarse y se agachó para recoger los objetos del suelo. Christa se acercó a ayudarle. Cada uno estaba inclinado a un lado de la lápida, y los dos se detuvieron de repente. Vieron algo con el rabillo del ojo. Se levantaron y nada. Bajaron poco a poco, como en una danza perfectamente sincronizada, y lo vieron otra vez. Desde un cierto ángulo, se distinguían montones de signos en el mantel. Charles se quedó agachado en aquella posición y comenzó a leer. Era un mensaje cifrado.

No se dio cuenta de que Christa se apartaba de su lado, estaba demasiado concentrado. Unos segundos después escuchó a alguien gritándole y, cuando volvió la mirada hacia la puerta, una luz de linterna le golpeó en el ojo. Movió lentamente la cabeza y vio al guardia, que mantenía ambas manos estiradas muy cerca y sujetaba con una la linterna y con la otra la pistola. Luego vio a Christa, que había oído el ruido y se había pegado rápidamente a la pared. Desde aquel ángulo el guardia no tenía forma de verla. Charles hizo ademán de acercarse al guardia, pero ella le hizo un gesto con la cabeza para que se alejara. Charles obedeció. El guardia lo quería atrapar, así que apartó con la pierna el pilar dorado que sujetaba el cordón. Un ruido agudo de metal se expandió por la catedral. Se acercó ligeramente a Charles. Cuando el guardia llegó al marco de la puerta, Christa lo cogió de las manos, las levantó y lo golpeó con la rodilla en la barbilla. Cogido por sorpresa, el guardia cayó hacia atrás y soltó tanto la pistola como la linterna. Christa se abalanzó sobre él y se posicionó a su espalda, le agarró del cuello y comenzó a apretar. Charles quiso detenerla, pero el guardia se dejó caer flácidamente en los brazos de Christa.

—Se despertará en breve. Tenemos que irnos —dijo Christa y le cogió de la mano.

—El mantel —recordó Charles volviendo hacia atrás.

Lo dobló y se lo metió debajo de la chaqueta. Intentaron salir por la puerta sur. Cerrada. Fueron hacia la puerta oeste. Poco antes de llegar, dos mujeres con cubos y utensilios de limpieza entraron en la catedral. Los dos pasaron corriendo a su lado y las dejaron con la boca abierta.

En el taxi que se dirigía a toda velocidad al hotel, Charles pensó que la suerte no le había abandonado todavía, como tampoco sus capacidades intelectuales. Estaba ansioso por leer el mensaje, pero temía que el taxista pudiera hacerse preguntas sobre un turista que miraba un trapo de manera extraña y pensara en ellos en caso de que la policía le preguntara a quién había recogido delante del castillo.

Era verano y aún no había oscurecido. Sabía que cuando el taxi se parase enfrente del hotel saldría despavorido escaleras arriba, sin esperar el ascensor. Esperaba hallar en el mantel de la capilla un indicio sobre dónde encontrar la espada. Su sobreexcitado cerebro hacía millones de nuevas conexiones inesperadas. Estaba convencido de que si se hubiera tomado un café, el corazón le habría explotado. «En mil cuatrocientos pedazos», pensó. En ágatas y amatistas, en cuarzos y pórfido, en todos los colores y formas que la naturaleza jamás había inventado.

65

Christa se percató de los tres coches negros idénticos, con permisos especiales colocados en el parabrisas, mal aparcados enfrente del hotel. Antes de poder avisar al profesor, este se había precipitado hacia la entrada. Cuando entró en el vestíbulo fue rodeado por tres hombres que le bloquearon el paso. Antes de asimilar lo que estaba ocurriendo, los tres dejaron pasar a un tercero que Charles comparó en su mente con el gigantón Maciste, uno de los héroes de las películas mudas italianas del principio del siglo XX. Se sentía como la niña de una secuencia de *Cabiria*, en la que este Hércules, filmado desde abajo, dominaba la pantalla. «Solo le falta el elefante», pensó Charles divertido.

Nicky Ledvina tenía las dos manos embutidas en los bolsillos del pantalón. En el bolsillo del pecho de su chaqueta estaba clavada una insignia oficial que Charles no reconoció.

—Buenos días, señor profesor Baker —saludó el comisario con calma.

Tenía una manera de enfatizar las palabras que Charles había escuchado en la gente de origen eslavo que no dominaba muy bien el inglés. Charles no supo qué decir, y el comisario tomó la iniciativa.

—Qué maleducado soy. —Sacó la mano derecha del bolsillo y se la tendió—. Comisario Ledvina.

Charles respondió al gesto, pero cuando su mano se perdió en aquella enorme palma como una tapa de inodoro del policía sintió una terrible punzada en la suya. A continuación notó varios objetos duros y algo que parecía hojarasca seca al tacto. Hizo una mueca de dolor y trató de liberarse, pero el comisario, con la ayuda de la otra mano, empujó aquella cosa en la palma del profesor hiriéndole la piel. Charles comenzó a gritar y tiró tan fuerte como pudo para escapar de su apretón, pero le hubiera sido mucho más fácil escapar de un torno cerrado al máximo. Entonces intervino Christa, que puso delante de la mirada del comisario su carnet de la Interpol. Nicky se rio sin molestarse siquiera y, mientras Charles hacía muecas de dolor, añadió:

—Sé quién eres, Christa Wolf. ¿O prefieres Eugenia Pialat? ¿O Helen Vrij? ¿O tal vez te gustaría escuchar tu verdadero nombre? Apuesto a que hace mucho tiempo que nadie te llama Kate. Kate Schoemaker.

Los policías los rodearon para que la gente pudiera ver lo menos posible de lo que estaba ocurriendo. Las personas del vestíbulo miraban curiosos y otros dos policías trataban de persuadirlos para que atendieran a sus propios asuntos. El director del hotel vino con un teléfono. Se abrió camino y se lo entregó al comisario diciéndole:

—El ministro del Interior. Hable con él ahora.

Tenía la cara roja por los nervios, y se preguntaba por qué la seguridad del hotel no había intervenido. Desde que lo dirigía nunca ningún huésped había sufrido semejante abuso. Y encima por parte de unas extrañas autoridades, quizá incluso falsas. Inmediatamente llamó al teléfono personal del ministro del Interior, que tenía una suite reservada de forma permanente en el hotel y la prestaba generosamente a cualquier amigo de alto nivel que quería ser bien tratado o que necesitaba discreción y lujo para alguna aventura erótica.

El comisario miró fijamente al agitado director mientras pensaba qué hacer. Dio la vuelta a la mano de Charles y miró el reloj. Luego la soltó. De su mano cayeron unos dientes de ajo y las pieles que se habían desprendido de ellos y se esparcieron por el suelo. Con destreza, el comisario cogió otra vez la mano de Charles con la palma hacia arriba y tanteó con el dedo la piel que se había enrojecido y donde se veían los rastros de la irritación, y se la soltó.

—Les pido perdón —dijo enseguida—. Tenía que asegurarme. —Luego cogió el teléfono y le gritó al ministro—: ¡Estoy trabajando!

Y le colgó. Después se lo devolvió al director, al que se le caía la cara de vergüenza.

Normalmente Charles no se dejaba amedrentar. Pero en esta situación, además de estar convencido de que no tenía ninguna posibilidad frente a aquel ogro, intentó no perder el control al no saber qué información tenía el comisario. Ante la estupefacción de los demás, y especialmente de Christa, se echó a reír. El comisario no dejaba títere con cabeza cuando tenía alguna idea fija, pero cada vez que hacía alguna tontería de este tipo se sentía terriblemente mal y se arrepentía. Estaba avergonzado y a Charles no se le escapó el ligero rubor de sus mejillas.

—¿Qué esperaba que sucediera en caso de no haberse equivocado? —preguntó Charles con el interés que muestra un investigador hacia el molusco que está estudiando.

El comisario comenzó a tartamudear, pero Charles se le acercó muchísimo atento a la expresión de su rostro. Lo miraba fijamente. Nicky se encogió más y balbuceó que la piel debería estar quemada y fundida como cuando está en contacto con el ácido sulfúrico.

—Entonces ¿no soy un vampiro? —le tiró de la lengua Charles—. ¿Podemos pasar página? ¿O tiene que clavarme una estaca en el corazón para estar seguro?

El comisario asintió con la cabeza y luego negó con un gesto, sin tener claro a cuál de las preguntas tenía que responder.

—Entonces va a permitir que me retire. He tenido un día muy ajetreado.

Sin esperar respuesta, se volvió y se dirigió hacia el ascensor. Metió la mano debajo de la chaqueta para asegurarse de que el mantel que había robado en la catedral seguía allí. Al tocarlo se tranquilizó. El director se acercó jadeando detrás de él y se deshizo en disculpas. Charles no recordaba haber escuchado alguna vez a alguien tan creativo en inventar todas las excusas y las compensaciones del mundo. Y le dio pena. Le puso las manos en los hombros y le dijo que no pasaba nada. Todo lo contrario, se había clarificado una situación que amenazaba con echar a perder su estancia en Praga. Subió al ascensor y mientras se cerraban las puertas vio al director en medio del vestíbulo consternado e intrigado por la reacción de su huésped. No sabía si alegrarse o preocuparse más todavía.

Christa se había quedado abajo y se puso a discutir con el comisario. Dijo que le recordaba a la policía de los países dictatoriales o otras poco ortodoxas y que, más tarde o más temprano, todas terminaban mal. Así que le aconsejó que se mantuviera alejado de ellos el tiempo que se iban a quedar en Praga, si no quería montar un escándalo con consecuencias internacionales al más alto nivel. Ledvina, que había superado la fase de intimidación, respondió brevemente:

—¡De ninguna manera!

Y le dio la espalda a Christa. El cortejo lo siguió a los coches. Mientras le abría la puerta, su asistente le dijo:

—Quizá estamos ante una suerte de vampiro más evolucionado.

El comisario lo miró como si tuviera delante al mayor cretino que jamás hubiera visto. Respondió solamente:

—¡Ignorante! ¡Hagan sonar la sirena! ¡No tengo ganas de tropezar con todos estos turistas!

Y se subió al coche.

66

Una vez en la habitación, Charles no tuvo paciencia y aún en la puerta comenzó a girar el mantel para ver, por fin, el mensaje que entrañaba. Esta técnica, en la que una imagen se puede ver solo en una determinada posición, se utilizaba especialmente en las postales ilustradas, donde varias fotos superpuestas daban la impresión, al moverse, de que el personaje sorprendido hacía algún gesto al espectador. Recordaba a la Mona Lisa guiñando el ojo en una de esas postales. Había visto centenares de variantes en todas las ferias y tiendas de recuerdos, especialmente las de estilo *kitsch* de las catedrales católicas de América Latina. Lo que más recordaba, cuando estuvo en México, era una cruz que, al mover la fotografía, se volvía fluorescente, y en una tercera posición aparecía escrito «Powered by Jesus».

Tal vez el que había enviado el mensaje había utilizado la misma técnica, solo que aquí no había varias capas superpuestas. Quería estar seguro de que ninguno de los que entraban en la capilla se percató de que se trataba de un mantel algo especial.

Charles reconoció inmediatamente los signos dispuestos en orden. Se sentó frente al escritorio, donde se habían quedado antes los papeles con el listado de los reyes enterrados en San Vito, y comenzó a transcribirlos. Justo cuando terminó de copiar toda la cadena de signos llamaron a la puerta. Se levantó y abrió a Christa, luego se apresuró a sentarse.

Esta quiso comentar el incidente de abajo, pero, al ver a Charles tan concentrado, renunció. Acercó una silla al escritorio y miró los apuntes de Charles.

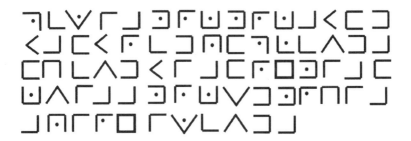

—¿Es un código masónico? —preguntó ella.

—Sí. El más fácil de todos —contestó Charles—. Es un juego de niños. Cualquier chaval que conozca el alfabeto y haya jugado alguna vez a tres en raya sabe resolverlo.

Mientras hablaba hizo cuatro figuras donde apuntó el alfabeto, por orden, y en la segunda y la cuarta unos puntos junto a las letras. Sintió el aliento de Christa a su espalda y tuvo que admitir que la respiración de la mujer lo perturbó. Completó las cuatro figuras y se volvió hacia ella:

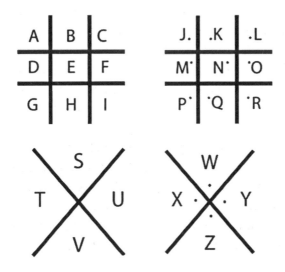

—Como se puede ver cada letra está enmarcada en una forma geométrica. Así pues, en lugar de escribir letras usamos la forma geométrica que enmarca a dicha letra. Por tanto, esta L invertida es, de hecho, la A, la otra L invertida con el punto dentro se traduce por J. La flecha apuntando hacia arriba con el punto en medio corresponde a la Z, y así sucesivamente, de acuerdo con estas cuatro tablas. Es pan comido. Ahora vamos a escribir el resultado descifrado.

Charles se puso a transcribir el resultado decodificado. Las primeras letras, PCWIAMR, lo decepcionaron. Decidió no pensar y escribir todo el texto hasta el final y luego ver lo que faltaba por hacer. El resultado final fue igual de desalentador.

PCWIAMRKMRAUFDUAFURCDQFPLCVDAFHCVDUIAFRE-
MIAFKVIAAMRKSDMRHIAAQIREIWCVDA

Así que no tenía ningún sentido. Pensó por un momento si era un anagrama. Hasta entonces no había visto ningún mensaje cifrado con el código masónico que fuera un anagrama, pero todo era posible. Abrió en su ordenador portátil el programa de encriptación e introdujo la transcripción. Pulsó Intro y un montón de páginas llenaron la pantalla de variantes de letras reorganizadas. Pasó rápidamente por todas, pero no encontró nada que tuviera el mínimo sentido.

Delante del ordenador en la suntuosa villa del Instituto, Werner veía exactamente lo mismo que la pareja. Él también comenzó a escribir con lápiz en un enorme papel que había sobre la mesa todo tipo de signos. Oyó a Christa decir:

—Es un código con clave, ¿verdad?

Charles asintió con la cabeza.

—Al menos esto nos hace menos estúpidos —dijo Christa, sonriendo.

Pero Charles no compartía su optimismo y no tenía ningunas ganas de sonreír.

—¿Tienes idea de cuál puede ser la clave? —insistió ella.

—Ni la menor idea. Podría ser cualquiera.

—El mensaje va dirigido a ti. Tendría que ser algo que pienses de modo automático. O muy a menudo. O algo de tu vida que solamente conoces tú.

—Es decir, infinitas posibilidades —dijo Charles—. En caso de que la palabra contenga varias letras, pero ninguna se repita, no es muy difícil de encontrar, incluso sin saberla. Pero si la clave es más complicada, esta operación podría llegar a ser imposible.

Charles resopló por la nariz y se levantó. Caminaba por la habitación, de nuevo como un peripatético, su método preferido de concentración. Cogió un cigarrillo del paquete y lo encendió. Como estaba prohibido fumar en la habitación, se acercó a la ventana y se inclinó para mirar la calle. Christa lo dejó en paz y esperó en silencio sentada mirando el texto cifrado de la mesa. Después de terminar el cigarrillo, Charles reanudó su paseo por la habitación. En un momento dado comenzó a hablar. Parecía un monólogo, o más bien como si estuviera pensando en voz alta:

—Hay muchas maneras de descubrir la clave. La más simple sería la búsqueda de las palabras más comunes compuestas de una, dos o tres letras. Pero como hay pausa entre las palabras, lo más fácil sería buscar la frecuencia con que aparecen ciertos signos y juzgar las probabilidades.

—¿Por qué no lo intentas con algunas palabras por lo menos? Tal vez tengamos suerte.

—Puede, pero me temo que encontraríamos solo caminos sin salida. Así que propongo pasar directamente a la variante científica.

Se inclinó sobre el portátil y abrió un programa que tenía en una columna el alfabeto entero y, en otra, algunos porcentajes.

—¿Qué es esto? —preguntó Christa.

—La frecuencia media con la que aparecen las letras en un texto en inglés.

a	8,167%
b	1,492%
c	2,782%
d	4,253%
e	12,702%
f	2,228%
g	2,015%
h	6,094%
i	6,966%
j	0,153%
k	0,772%
l	4,025%
m	2,406%
n	6,749%
o	7,507%
p	1,929%
q	0,095%
r	5,987%
s	6,327%
t	9,056%
u	2,758%
v	0,978%
w	2,360%
x	0,150%
y	1,974%
z	0,074%

—Lo más indicado es buscar primero las vocales. Y esperar que este texto se someta a las reglas de la frecuencia media y que no sea solo una excepción.

Un bip corto interrumpió el hilo de los pensamientos de Charles. Era el teléfono de Christa. Esta no reaccionó.

—¿No contestas? —preguntó Charles.

Christa hizo un gesto con la mano como diciendo que no era nada importante.

—Debe de ser del trabajo.

Charles la miró como si quisiera penetrar en la mente de la mujer para saber lo que pensaba en ese momento. De nuevo le entraron las sospechas. Sin embargo, ella había comenzado a calcular.

—He contado setenta y un caracteres. Si los dioses de las probabilidades están de nuestro lado, la letra A tendría que coincidir con un símbolo que tendría que aparecer 8,167 veces: multiplicado por 71 por ciento, serían 5,79 veces.

Charles observó la operación que Christa había escrito en el papel, como le habían enseñado en la escuela, evitando recurrir a la calculadora del móvil. Esto fortaleció aún más sus sospechas. Estaba convencido de que la mujer no quería que él leyera el mensaje que había recibido. Se acordó del hombre de la habitación, que le dijo que no confiara en absolutamente nadie, y se preguntó si tendría razón. Pensó decirle a Christa que estaba cansado y que era mejor continuar la mañana siguiente, pero no estaba muy convencido de que ella le creyera. Y si sus sospechas eran infundadas, ella se ofendería. Decidió seguir, convencido de que este método no iba a dar resultado.

Werner dejó el bolígrafo cuando Beata se acercó a él con un plato con una enorme hamburguesa. Había resuelto la decodificación y no parecía estar muy contento. Beata se sentó en su regazo y escuchó la voz procedente de los altavoces del ordenador.

—5,79 se aproxima al 6 —dijo Charles—. A primera vista hay otras letras con porcentajes parecidos. Si escogemos la letra T, por ejemplo, tenemos 9,056... —Se sentó en el ordenador, lo abrió y continuó—: Por 71 por ciento, igual a 6,42, es decir seis. El texto no es lo suficientemente largo para tener diferencias discernibles.

Se puso a contar los signos que formaban el código. El carácter que se parecía a la C cuadriculada apareció seis veces.

Apuntó algo en el papel y dijo:

—Nuestra clave tendría que ser de esta guisa:

?	?	?
?	?	A
?	?	?

—O se trata de una palabra de cinco letras que contiene la letra A, o es una palabra de seis letras que termina en A, o es una palabra mayor, de siete letras, donde la sexta letra es una A. Por lo corta que es la palabra, la probabilidad de tener letras dobladas es bastante pequeña. Esta aumenta en función de la longitud de la palabra.

Dejó de hablar y miró con pena aquellos signos arrojados en un orden que solo la persona que escribió el mensaje conocía. Finalmente miró su reloj y dijo:

—Creo que hay que dejar que se nos enfríe un poco la cabeza. Y me muero de hambre. Aquí cocinan la mejor oca que he comido jamás: oca rilette y sopa de ragú de oca. O, mejor aún, pechuga de oca con guarnición de castañas y tortitas de patata. Y de postre, un sensacional helado de espárragos.

—¿Helado de espárragos? —Christa hizo una mueca.

Charles se rio por la reacción de la mujer.

—Ya verás —dijo él—. Propongo que nos encontremos en el vestíbulo dentro de media hora. Necesito darme una ducha sin falta.

Christa salió de la habitación y Charles, después de haber empezado a desvestirse, permaneció solo en ropa interior, y luego rodeó varias veces la mesa donde estaba el código. Finalmente sucumbió a la tentación y trató de desentrañarlo. Optó por una palabra simple. Y pensó que, tal vez, el diablo de su supuesta tarjeta podría ser la clave. Lo intentó por tanto con «Diablo», pero fue en vano. Pensó que tenía algo de hipoglucemia y que la cena podría devolverle la lucidez. Decidió encender otro cigarrillo. «Espero no empezar a fumar de verdad», razonó. Sabía que, si este hábito se toleraba todavía en Europa, a pesar de que cada vez había más prohibiciones, en Estados Unidos la gente lo miraría como a un apestado. Se consoló con la idea de que el estrés fumaba en su lugar y que una vez pasado este traspiés volvería a los puros Cohiba delgados que, a diferencia de los cigarrillos, se consideraban una extravagancia de millonario en lugar de algo reprobable.

Se lo fumó apoyado en la ventana, mirando las luces que comenzaban a parpadear en el centro de Praga y observando a la gente que había salido a pasear. Su atención se vio atraída por una limusina infinitamente larga que le hizo preguntarse cómo se las arreglaría en una ciudad con calles tan estrechas y esquinas cerradas, y pensó que no le gustaría estar en el puesto del conductor. De la limusina bajó una joven vestida de novia con un ramo de flores de color púrpura en la mano. Luego siguieron otros coches, y los que se apeaban se unían uno por uno al grupo de los invitados, que aumentaba continuamente. A la altura de la puerta del hotel, una mujer se separó del grupo y se acercó al edificio como si no quisiera ser vista. Solo el hacinamiento frente a las puertas automáticas la hizo alejarse un poco de la pared. Y Charles captó quién era al momento. Era Christa.

67

Salió del cuarto de baño con el albornoz puesto. Esta vez no cantó nada en la ducha, cosa que no era una muy buena señal. Charles tenía sus frivolidades y pasiones secretas. Le gustaba una película de Woody Allen en la que un tenor que cantaba de maravilla en el baño, cuando salía de este se perdía hasta tal punto que no le salía de la boca ni una nota afinada. Sabiendo que cada vez que intentaba tararear sus arias favoritas en público la gente se tapaba los oídos, tenía la esperanza de que por lo menos en la ducha lo hacía correctamente. Charles estaba satisfecho con la forma en que interpretaba para sí mismo sus arias preferidas. Desde *Di quella pira*, *Un di se ben rammentomi*, el *Aria de la calumnia* y *Bella Figlia dell'amore*, donde interpretaba las cuatro voces, incluidas las partituras de contralto de *Magdalena*, una voz tan rara que a menudo los mejores teatros del mundo la reemplazaban con una mezzosoprano, cada aria que cantaba reflejaba su estado de ánimo. En ese momento estaba preocupado por lo que había sucedido y descontento por no poder descifrar el mensaje recuperado de la catedral. Y, además, Christa parecía tener una agenda oculta.

Mientras se frotaba vigorosamente el pelo con la toalla paseó por la habitación y se detuvo frente al teléfono. La pantalla mostraba tres llamadas perdidas. Tiró la toalla en la silla y comprobó quién le había llamado. Dos eran de un número desconocido y la tercera, de Ross. Consultó su buzón de voz. Los dos primeros mensajes eran similares. No se oía casi nada, solo consiguió discernir entre el ruido de fondo crujidos y traqueteos y algo que parecía un viento muy fuerte. Reconoció finalmente la voz de su padre, pero no entendió nada. Las palabras se entrecortaban. Escuchó los dos mensajes varias veces. Le pareció oír un «de acuerdo» y «pasado mañana», y poco más, aunque ambos mensajes duraban aproximadamente un minuto cada uno.

Pensó si llamar a Ross y qué decirle. Podría necesitar su ayuda para descifrar el mensaje del mantel. No estaba todavía seguro de cuánto podía confiar en un hombre que no había visto en tanto tiempo. Pensó en retrasar la llamada hasta decidir exactamente qué haría. Sin duda Ross querría saber qué problema tenía en esta ocasión, ya que había necesitado de su ayuda para pasar la frontera.

Se paró frente a la maleta y sacó una camisa Charvet azul claro y los pantalones azul marino de Canali. Era la mejor ropa que había traído y una cena en el Boscolo lo merecía. Charles tenía una verdadera obsesión por el atuendo para la cena. Desde que era pequeño, su abuelo le enseñó que sentarse a la mesa era un gesto casi religioso. Como «el pan es vida», presentarse arreglado a la mesa significaba tener respeto y cortesía por la gente de tu alrededor y constituía una muestra de gratitud a los dioses que, en su generosidad, te regalarían otro día sin preocupaciones.

Como el atuendo no le parecía completo, sacó de la maleta una caja donde guardaba su prenda preferida, una corbata modelo Ascot comprada en su tienda de accesorios favorita, Tie-me-up. Estaba tan enamorado de esta marca pequeña, pero exclusiva, que tenía en su gigantesco vestidor casi todas las piezas que los productores habían sacado al mercado. Su único pesar era que Tie-me-up era principalmente una marca que se dirigía a las mujeres, pero compensaba esta falta mediante la compra de accesorios para el cabello, desde las diademas y gomas para el pelo hasta la invención única de la firma, el espectacular *hair rose*, inspirado originalmente en una rosa para el cabello de un diseñador de Nueva York, bufandas cortas y largas, glamurosas pulseras de piedras semipreciosas. Cada una de sus amigas había recibido como regalo alguna de esas bonitas piezas, hechas de seda natural no producida en China, como era lo habitual, sino en las fábricas de la zona del lago Como, desde las más grandes que producían para famosos diseñadores, como Valentino, Ungaro, Pucci o Hermes, hasta los más pequeños talleres artesanales que hacían series cortas de prendas originales. No recordaba haber hecho otro tipo de regalo a las mujeres que le gustaban. Ellas siempre estaban encantadas con la manera en que la seda les acariciaba la piel y el cabello con el exquisito estilo y la elegancia de las colecciones de Tie-me-up con sus paletas de colores y sorprendentes combinaciones de materiales firmados por los principales diseñadores del mundo y también por artistas más espectaculares pero desconocidos que resaltaban su personalidad.

Su corbata era azul marino oscuro con un estampado *paisley* rosa con motas violáceas. La miró ilusionado, la sacó con cuidado de la caja y la anudó debajo de la camisa. Se admiró en el espejo y, satisfecho por lo que veía, bajó a cenar.

68

Como Christa no había llegado aún, se sentó en uno de los cómodos sillones del vestíbulo y llamó a Ross. Este respondió casi al instante como si estuviera con el teléfono en la mano, esperando la llamada de Charles.

—Estaba preocupado por ti —dijo—. Quería estar seguro de si habías conseguido defenderte. Busqué informaciones en el flujo de las interagencias y me alegré de no encontrar nada.

—Muchas gracias. ¿Cómo has conseguido resolverlo? ¿O es de esas cosas que no se pueden decir? ¿Tenemos que contentarnos solo con el resultado? De todas maneras, te debo una. Una vez más.

Ross no le dejó terminar las alabanzas.

—Por desgracia esta vez no tengo ningún mérito. Justamente te quería preguntar cómo te habías escapado.

Así que Ross no tenía nada que ver con los dos controles de la policía fronteriza. Entonces ¿quién? Alguien había traído su pasaporte al hotel, pero ¿cómo sabía a cuál llevarlo? Charles suspiró ante la idea de que el número de preguntas sin respuesta aumentaba cada momento.

—¿Oiga? ¿Oiga?... ¿Sigues ahí? —preguntó la juguetona voz de Ross.

—Sí, aquí estoy. Me preguntaba que si no fuiste tú, entonces ¿quién? Quizá la Interpol.

—¿La Interpol? Esos no son capaces de hacer pasar ni a sus

propios agentes... ¿Te has liado con la Interpol? ¿Te has convertido en su asesor? —le intentaba tirar de la lengua Ross en tono de burla.

Charles quería responder, pero vio a Christa en medio del vestíbulo. Se quedó de piedra ante aquella imagen, de una belleza y una elegancia perfectas. Se puso en pie en un gesto casi automático. La voz de Ross todavía sonaba en el receptor, pero Charles ya no la estaba escuchando.

El aspecto de la mujer lo trastornó tanto que cuando se dio cuenta de que todavía tenía el teléfono móvil pegado a la oreja, dijo a Ross brevemente:

—Te llamaré más tarde. —Y colgó.

Christa se acercó y le hizo un cumplido sobre su aspecto. Charles quiso devolvérselo educadamente, pero se avergonzó. Ella le arregló el nudo de la corbata y después dijo «¿Vamos?» y se colgó de su brazo.

Unos minutos más tarde, los dos pidieron en el Nueva York Café todas las fantasías culinarias que pasaron por la cabeza de Charles. Los otros salones —Opera Ballroom y Fine Dinning Salon— fueron ocupados por la boda de la limusina y el Inn Ox Lounge le pareció a Charles demasiado oscuro para los ánimos de aquella noche. Tenía ganas de mirar a Christa y la música de piano que se oía desde el vestíbulo encajaba de maravilla.

Después de que el camarero tomara la comanda y les trajera las bebidas —dry martini para Christa y una copa de whisky Glenmorangie, de dieciocho años, «extremadamente raro» para Charles—, él pensó en resolver de una vez por todas las sospechas que le había levantado la salida del hotel de Christa. Deseaba que se le diera una explicación plausible y continuar con la agradable velada. Sabía que la sorpresa es la mejor manera de obtener una respuesta honesta. Así que dijo:

—¡Te vi desde la ventana cuando saliste del hotel!

—¿Me persigues? —preguntó Christa, sonriendo.

Luego, al ver que él esperaba impaciente la respuesta, continuó hablando:

—¿Quieres saber dónde he estado?

Charles intentó negar con la cabeza. Quiso decir que no tenía la intención de controlarla. Christa puso su mano encima de la suya sobre la mesa.

—Sé que ahora no confías en nadie. Y es comprensible. Pero la única ropa que tengo es la que llevaba en el tren.

Charles tuvo ganas de darse una bofetada a sí mismo.

—¿Has ido de compras?

—¿Tú piensas que el hotel te presta vestidos? ¿Y zapatos?

Pronunció estas palabras mientras estiraba exhibiendo las dos piernas por debajo de la mesa hasta cerca de la silla de Charles. Él sintió que se ruborizaba, no solo por ser un idiota por haber sospechado de ella, sino también al ver los hermosos tobillos de la mujer. Inmediatamente dijo algo estúpido como para salir del paso.

—¿Sabes que hasta hace relativamente poco ver el tobillo de una mujer era la esperanza suprema de un hombre? ¿Que los vestidos eran largos hasta el suelo, y el privilegio de ver el tobillo de una señorita podría tener un efecto devastador, de manera que la mayoría de las veces la llevaba directamente al altar?

—¡Ahora que has visto mis piernas espero que no me vayas a pedir matrimonio! —respondió Christa en tono mimoso.

Charles se puso nervioso otra vez y los dos se echaron a reír.

69

Ya eran las once cuando la agitación comenzó en el pequeño cementerio privado cerca del lago Halbert, justo al lado de Corsicana, Texas. En unas pocas horas debían comenzar los funerales de Franklin Foster Hearst. En su granja, situada a menos de dos kilómetros del cementerio, se hicieron los últimos preparativos. En la capilla de la familia, el ataúd especial, el más caro y más lujoso jamás visto hasta entonces, permanecía cerrado.

El multimillonario irlandés, cuyo verdadero nombre era Patrick Buckley, estaba convencido de que superaría con creces la venerable edad de noventa años, que había cumplido aquella primavera. Pero, por si acaso, cuando no estaba ocupado jugando con sus ocho cachorros o celebrando los millones de dólares que por casualidad hubiera conseguido en uno de sus «días buenos», como él decía, había organizado una especie de subasta para comprar el ataúd más imponente. Esta había durado casi tres años y los representantes de las funerarias que se quedaron hasta el final tuvieron muchos dolores de cabeza. No podía ser de otra manera, ya que el anciano había despreciado todos los ataúdes de oro, con un valor de cuarenta mil dólares, de la actriz Zsa Zsa Gabor, el de la funeraria Xiao En de Kuala Lumpur o incluso el ataúd de casi treinta y siete mil dólares donde fue enterrado Michael Jackson.

Finalmente, una de las compañías, que había contratado recientemente a un diseñador italiano, ganó la subasta por casi cuatrocientos mil dólares. Su idea era una combinación de acero con las más raras esencias de madera del mundo. La base sería una variedad que crecía principalmente en Zimbabue y Mozambique y que era el árbol real de los zulúes, llamado «marfil rosado». Esta madera es de color rojo, muy dura y resistente. Las molduras laterales se iban a hacer de maderas nobles de los bosques de la Amazonia, una llamada «corazón púrpura» a por el color que cogía el árbol después de ser cortado y secado. Por último, los adornos adicionales de oro y platino quedarían pegados a los trozos añadidos de dalbergia, bubinga y bocote, maderas más suaves que se prestan al procesamiento manual.

El ataúd estaba casi terminado cuando el millonario oriundo de Tipperary, Irlanda, fue encontrado hecho papilla en el decimosexto piso de su edificio de oficinas en Dallas, de tal manera que estaba irreconocible. Parecía que por la cabeza desprendida del cuerpo hubiera pasado varias veces un tren en todas las direcciones.

Franklin Foster Hearst nació más pobre que una rata. Su abuelo, que emigró de Irlanda, había recibido un pedazo de tierra en el quinto infierno, de acuerdo con la costumbre local. Los inmigrantes que buscaban un lugar para asentarse se ponían en línea y, al dar la señal, echaban a correr y clavaban unas estacas en medio del campo. Allí había construido su abuelo, junto con sus tres hijos, una choza donde nació él. Mientras tanto, la familia adquirió algunas cabezas de ganado, lo que era como una especie de predestinación, ya que el apellido de Buckley venía del gaélico o *Buachalia*, «rebaño de vacas». Y porque el destino siempre se desarrolla tal y como está escrito, también de una vaca procedía toda su riqueza. En este caso de una muerta. F. F., como lo solían llamar, una tras otra, sus ocho esposas —había sido un hombre amoroso—, caminaba descalzo en pantalones cortos heredados de sus tres hermanos mayores cuando su padre, queriendo enterrar a una vaca muerta por la peste, clavó la azada en el suelo y fue rociado desde la cabeza a los pies por un líquido fangoso y negro que brotó de la tierra.

El petróleo del patio les cambió la vida. Su padre se emborrachó de felicidad, su madre murió de tifus y los hermanos mayores despilfarraron la herencia con mujeres de moral dudosa y en juegos de cartas. De dos de ellos sabía que les habían disparado en salones de mala muerte y del otro no supo nada desde la noche que se largó de casa.

Se tuvo que valer por sí mismo desde la edad de nueve años. Acumuló dinero y poder. No se cansaba ni paraba nunca. De la explotación del petróleo ganó lo suficiente para comprar acciones de una mina de diamantes, luego abrió fábricas de botas militares, y más tarde de armas. Compró cadenas de restaurantes desde América del Sur hasta Asia, y con el Plan Marshall empezó a invertir en bancos e instituciones financieras. Abrió agencias de seguros en Wall Street, Londres y Tokio, y sus empresas obtuvieron contratos para la reconstrucción de Alemania después de la Segunda Guerra Mundial. En los últimos treinta años compró participaciones mayoritarias en los imperios mediáticos más grandes del mundo y tenía una parte importante de algunas compañías farmacéuticas gigantes.

Y a pesar de esto, su nombre no aparecía en ningún top de multimillonarios. *Forbes* nunca lo mencionó y, aparte de unas pocas personas, nadie tenía ni la menor idea de su existencia. Era un fantasma. Esto se debía a que nunca tuvo ningún tipo de ambición política. Entendió desde el principio que el poder real jamás es de los que aparecen en primer plano y que la fama es el camino seguro a la ruina. Así que nunca compró nada a su nombre. Al principio recurrió a todo tipo de intermediarios que recibieron generosos cheques a cambio de información personal y firmas. Por lo general, las personas se mostraban satisfechas y en las raras ocasiones en que alguien se despertaba con ganas de más, de repente desaparecían todos los bienes o las cuentas que tenía en los bancos o instituciones financieras controladas por F. F. y no se podía demostrar nada, porque Hearst no dejaba nada al azar. Ni siquiera un pedazo de papel. Desde el punto de vista de las autoridades era un ganadero de éxito mediano de Corsicana, Texas.

Después de superar la fase de las personas físicas utilizadas como intermediarios, empezó a crear empresas fantasmas, fondos de inversión con miles de accionistas minoritarios y todo tipo de organizaciones gubernamentales en todo el mundo, por lo que ninguna autoridad o persona individual podía llegar, siguiendo la lógica y el rastro del dinero y la cadena de mando, hasta él. Ni siquiera él podía controlar lo influyente y rico que era.

En un momento dado, en la década de 1970 recibió la visita de un hombre que le dijo que podía ofrecerle algo que muy pocos mortales se atreverían siquiera a soñar, siempre y cuando su organización, con todo lo que poseía, se fusionase con otra de su mismo campo. Tenía olfato para las grandes oportunidades, así que aceptó. Durante diez años fue introducido poco a poco en la Orden secreta controlada por el Consejo de los Doce. Pasó por múltiples controles, rituales que a un hombre ordinario podrían haberle parecido sospechosos o ridículos, alcanzó a ser nombrado caballero, luego uno de los tres electores y, por último, cuando su predecesor falleció, fue designado para representar a la organización en el Consejo de los Doce.

Dos días atrás se había metido en su oficina y, cuando vio a su ayudante y dos secretarios muertos, tendidos en un charco de sangre, pensó en los demás miembros de la junta que también habían muerto ese mismo año y supo que había llegado su fin. Recibió al asesino con una sonrisa en la boca, tal como había vivido toda su vida, sin tener piedad o compasión por nadie, ni por sí mismo, y sin ningún pesar. Antes de que el machete le cortara la cabeza pronunció sus últimas palabras:

—¡Esto no soluciona una mierda!

70

Charles y Christa acabaron de cenar y él estaba muy satisfecho. No quería terminar la noche sin un puro, del que iba a poder disfrutar después de dos días. El hotel tenía un bar absolutamente encantador, el Cigar Bar, con revestimientos de madera, sillones y sofás de cuero y con un aire colonial de época, estilo *vintage*. No podía perder una oportunidad de este tipo, por lo que pidió la cuenta, frotándose las manos de buena gana. Cuando abrió la cartera para pagar, se le cayó la nota que había recibido en el hotel de Sighişoara. Resopló e inclinó con suavidad la cabeza, como si quisiera decir que era obvio. Se levantó apresuradamente y le dijo a Christa que le esperase en el Cigar Bar. Se fue hecho una furia y, para cuando ella se dio cuenta de lo que había sucedido, él ya estaba en la habitación. No esperó el ascensor y subió corriendo las escaleras de tres en tres.

Una vez que llegó a la habitación cogió el papel con el mensaje y la pluma promocional del hotel, y bajó igual por las escaleras, pero esta vez lentamente, concentrándose en resolver el enigma.

La única persona que seguía a aquella hora en el bar era Christa, que le miraba de una manera rara.

—Has encontrado la clave, ¿verdad?

Charles asintió con la cabeza y puso el papel sobre la mesa.

—Estaba al alcance de la mano. ¿Ves esta flecha? ¿Qué hay anotado al lado?

—«La espada está aquí.»

—Exactamente. Era evidente. Buscaba la espada y la palabra que resuelve el misterio es, en consecuencia, «la espada». ¡Qué tonto he sido!

—A mí también me ocurre buscar con desesperación cosas que justamente tengo en la mano —dijo ella.

A Charles le divertía la manera cálida con la que Christa trataba de convencerle de que no se autoflagelara con reproches. Ordenó al camarero un Cohiba delgado y pidió dos vasos de Hardi Perfección, un coñac añejo de unos ciento cuarenta años. Era el coñac más antiguo que estaba a la venta. En todo el mundo solo había trescientas botellas numeradas y dos de ellas eran desde hacía bastante tiempo propiedad del hotel de Praga. Charles había bebido allí una vez, hacía muchos años, una copa de esta bebida sensacional, con una graduación de 41 grados, hecha de uva *french colombard* de la región de Grande Champagne. Una botella costaba más de quince mil dólares. Christa, que consultó previamente la lista de precios, creía que se desmayaba. A Charles no se le escapó la mirada de la mujer y dijo:

—Créeme. Este coñac cura cualquier herida. Y merece la pena que lo celebremos.

No esperó más su reacción y se puso a escribir el nuevo código:

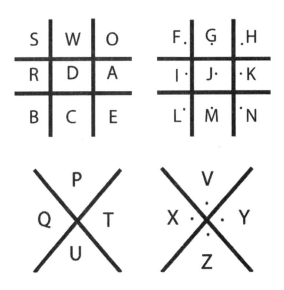

—Como puedes ver, ponemos en la parte superior la palabra *sword*, «espada», que ahora es nuestra clave. Empujamos el resto de letras del alfabeto hacia abajo, pero hay que tener cuidado de no poner otra vez las letras contenidas en la palabra clave. Así que escribimos todo el alfabeto, menos s, w, o, r, d. La buena noticia es que ninguna letra se repite, así que debería de ser sencillo. Ahora tomamos los 71 signos y transcribimos el resultado letra por letra.

Empezó a escribir, y su mano se movía con una extraordinaria rapidez, como si se hubiera dedicado a esto toda la vida. En pocos minutos se pudo leer en la hoja:

LOVESINGINGSTARTSATNORMALHOURSACOURTESANDIES-AGUESSINGPRINCESSMENDEVOURS

—Y ahora vamos a dividir el texto en palabras.
Charles puso una barra oblicua al final de cada palabra. Sonrió de oreja a oreja, y empujó el texto hacia Christa. Esta leyó en voz alta:

—LOVE/SINGING/STARTS/AT/NORMAL/HOURS/A/ COURTESAN/ DIES/A/GUESSING/PRINCESS/MEN/DEVOURS

«El amor cantado empieza a la hora habitual. Una cortesana muere, una princesa pitonisa devora hombres»

Luego se quedó mucho tiempo mirando a Charles, que estaba de buen ánimo. Pensó que se le había subido un poco a la cabeza el calor de ese coñac tan especial.

—¿Una adivinanza en versos? ¿Hablas en serio?

Charles, muy divertido, asintió con la cabeza.

—¿Y sabes lo que significa?

—Parcialmente —respondió Baker—. De todos modos, creo que estamos muy cerca.

—Si te compadeces de mí también me lo puedes explicar —dijo Christa, que no sabía de qué asombrarse más, si del estado eufórico de Charles o de la extrañeza del mensaje.

—¿Dónde se canta el amor? —preguntó Charles.

Christa se concentró, pero no supo responder.

—En la ópera —dijo contento Charles—. Hay dos óperas que tienen como tema el amor.

—¿No son todas así? —preguntó Christa.

Charles se echó a reír con ganas.

—Casi todas. Al menos en un período determinado. Ahora bien, si pensamos a qué ópera se refiere, nos daremos cuenta de que, entre las más famosas, la protagonista muere por ser una mujer de mala reputación y encontrar, por fin, el verdadero amor. Es una ópera de Verdi inspirada en la novela de Alejandro Dumas hijo.

Hizo una pausa. Esperaba la respuesta de Christa. Pero parecía que ella no entendía nada. Esto no hizo que Charles perdiese el entusiasmo. Por lo tanto, continuó:

—*La dama de las camelias...* Violeta.

Como Christa no movió un músculo, levantó la copa y empezó a tararear:

—*Libiamo, libiamo ne' lieti calici...*

—He comprendido. *La Traviata.* ¿Y la otra?

—En la otra se trata de una princesa muy remilgada que trata con crueldad y desprecio a sus admiradores.

—Pero también a ella le alcanza Cupido. Qué cuentos más bonitos —contestó con ironía Christa.

—Exacto. La princesa que había devorado hombres al final también se enamora y se casa.

—¿Y esto en qué ópera ocurre?

—¿De verdad no lo sabes?

—No, pero por favor, no empieces a cantar otra vez. Ten piedad de mis oídos.

—¿De verdad no te gusta la ópera?

—Lo que he visto no me disgusta, pero no he tenido muchas ocasiones. Algunos de nosotros...

—Espero que no me digas que tenéis que trabajar.

—No. Quería decir que fuimos educados con otro tipo de música. Dímelo ya. ¡No te andes con tantos rodeos!

—Bueno. Se trata de *Turandot*, de Giacomo Puccini.

—Por consiguiente, la persona que dejó el mensaje sabe que te gusta la ópera. Que si me lo hubiera dirigido a mí podía haber esperado sentado hasta que yo lo adivinara. ¿Entonces?

—Las horas habituales del comienzo de la obra son las siete u ocho en algunos lugares.

—¡Ya! Entonces ¿tenemos que ir a las siete o a las ocho a la ópera? ¿Y qué va a ocurrir?

—No tengo ni la menor idea. Todo lo que sé es que también tenemos que dormir porque las noches anteriores las hemos perdido. Me voy a informar sobre la programación de estos días en la Ópera de Praga. Quizá tengamos suerte.

—¿Y si no la tenemos?

—Algo habrá. Algo relacionado con *La Traviata* o *Turandot*. Tenemos todo el tiempo para decidir mañana hasta las siete de la tarde lo que tenemos que hacer. Sin embargo, nos encontramos mucho más cerca de lo que estábamos hace una hora. Así que, si me permites formularlo de esta manera, está bien.

Charles se escuchó hablando. Él sabía que cuando empezaba a expresarse de esta manera cursi ya era hora de irse a la cama.

71

Apoyado en la barandilla de la terraza, Werner estaba mirando cómo nadaba Beata en la piscina iluminada de manera exótica. En Estados Unidos era más de mediodía y, como conocía a Eastwood, sabía que este iba a llamar pronto para preguntar cómo iban las cosas. Estaba nervioso porque no había conseguido descifrar el mensaje, y Charles había salido de la habitación, dejando la solución para más adelante o incluso para la mañana siguiente. Se preguntó si habría sido mejor enviar a Beata a seguirles, pero estaba seguro de que Baker había ido a cenar y sabía que en la mesa siempre se negaba a hablar de trivialidades y que nunca mezclaba negocios y placer. Por otra parte, había oído de nuevo la puerta, pasos, un ruido de papeles y la puerta cerrándose otra vez. «Se habrá olvidado los puros», se dijo Werner. Los pensamientos le invadieron una vez más.

Estaba muy cerca. Desde hacía más de veinte años, desde que se enteró de la existencia del Consejo de los Doce, no tenía otro propósito en la vida, otra obsesión, que llegar a ser uno de ellos. Como no era rico, ni tenía relaciones en las altas esferas, su único argumento era su mente brillante y la ambición verdaderamente desmesurada. La identidad de los doce era secreta. Ni siquiera se conocían entre ellos, por lo que la oportunidad de Werner de saber desde fuera sus identidades era ínfima. Debido a unos acontecimientos relacionados con su familia y con el grupo de su padre, el general Ernst Fischer, se había enterado de la existencia de

Martin Eastwood y de su puesto de ejecutivo en el Consejo. Con inteligencia y paciencia manipuló a este de tal manera que le hizo creer que su contratación en el Instituto era la mejor jugada que el gran jefe habría hecho en toda su vida. Y había invertido las situaciones de tal manera, que obligó a Martin a correr desesperadamente detrás de él.

En una de las reuniones que cada vez con más frecuencia Martin solicitaba, dejó en la mesa un rastro casual de una página de la Biblia secreta de Gutenberg, que no pasó inadvertido. Se aseguró de que la «prueba» no pareciera colocada allí deliberadamente, y cuando Martin le preguntó qué pasaba con aquella página especial, Werner respondió que había oído de algunas leyendas sobre un grupo de personas que gobiernan el mundo y que cierto ejemplar de una Biblia perdida contenía información potencialmente tan explosiva que ponía en riesgo de muerte la existencia del grupo mismo. También añadió que probablemente era otra tontería, igual que las historias de tesoros enterrados, la Atlántida, el Santo Grial o el Área 51, pero que, paradójicamente, él tenía algunas pistas sobre cómo encontrar la Biblia, si es que esta había existido realmente.

Eastwood no reaccionó de inmediato y Werner no le recordó nada de esta historia durante más de dos años. Él sabía que el jefe le había investigado y requeteinvestigado y, en un momento dado, llegó a tener miedo de que Martin, con sus recursos, excavara más profundamente y consiguiera llegar al secreto mejor guardado de su padre. Respiró tranquilo cuando Eastwood lo invitó un invierno a esquiar en la enorme cabaña propiedad del Instituto en Aspen. Felicitó mentalmente a su padre por haber logrado esconder tan bien su verdadera identidad y sus preocupaciones reales y haberle enseñado a él también cómo hacerlo. No esquió entonces en Aspen, sino que simplemente acompañó a Martin a pie de pista y esperó todo un fin de semana en uno de los bares cercanos, hasta que su jefe diera rienda suelta a su pasión por ese deporte que a él nunca le había llamado la atención.

En la última noche Martin le dijo que no era ninguna fantasía, que el grupo, o el Consejo de los Doce, existía, que él formaba parte de él y que si estaba interesado en ser contratado por el Instituto, trabajar para él y ser su mano derecha y si, además, lograba encontrar al final el libro, le garantizaba un sitio en la mesa del poder supremo. Había pasado mucho tiempo desde entonces y Werner llevaba más de diez años dirigiendo con eficacia el Instituto. Había aumentado aún más la fortuna de los ricos. Había creado nuevos métodos de manipulación de masas e inventado centenares de maneras de crear dependencia entre las multitudes de todo el mundo. Planteó sofisticadas estrategias de finanzas y bancas, elaboró tecnologías punta, inventó productos fantasmas que succionaban la riqueza de los países más pequeños o más grandes y la derivaban a cada vez menos bolsillos, diseñó la receta perfecta para un tipo de globalización en el que se logró nacionalizar las deudas y privatizar los beneficios de todo el mundo. El Consejo se mostró satisfecho con sus servicios, pero la invitación para unirse a ellos se hacía de rogar. Asimismo, durante todo ese tiempo, nunca nadie le habló de la Biblia.

Ató cabos ayudado por la información que su padre le había dado sobre el grupo secreto del que había formado parte. Los miembros de este iniciaron a Werner como sucesor de su padre y le encomendaron la misión de seguir al mismísimo Martin Eastwood y de reunir toda la información que pudiera desacreditarle. Se convirtió en una especie de agente doble con agenda propia. Supo entonces que el número de los que formaban el Consejo no podía cambiar y que una plaza se quedaba libre solo cuando uno de los doce se retiraba o moría. Como durante diez años no había quedado libre ninguna plaza, Werner perdió la paciencia y comenzó, poco a poco, a forzar el destino. Se las arregló para matar a uno de ellos, luego al segundo y hacía solo dos días, al tercero, el multimillonario senil Franklin Foster Hearst. Las plazas de los dos primeros fueron ocupadas, pero no por él. Solo conocía a Eastwood. No tenía ni idea de quiénes eran los otros diez y, si no se daba prisa, se ocuparía también la undécima plaza. Había sido tan complicado, a pesar de todos los recursos que tenía a su disposición, identificar a aquellos tres, que se volvió loco ante la idea de que tuviera que empezar desde el principio.

Los tres asesinatos tuvieron de alguna manera el efecto deseado. Al Consejo le entró el pánico y los once miembros, un poco con su ayuda, un poco por cuenta propia, llegaron a la conclusión de que el mensaje de la Biblia había sido revelado ya fuera en su totalidad o en parte, y tenían que obstaculizar todo lo que venía a continuación. De este modo Werner se convirtió en un personaje clave y, según le dijo Martin, la única plaza vacante, reservada por el momento, lo esperaba a él siempre y cuando encontrara y destruyera la Biblia.

72

Una vez en la habitación, Charles abrió el Mac y tecleó el nombre de las tres óperas de Praga: el Teatro Nacional, el Theater of the Estate y la Ópera Estatal de Praga. Había estado en los tres y se acordaba de algunas actuaciones excepcionales. Los tres edificios eran obras maestras de la arquitectura y de la decoración interior y estaban cargados de historia. En el Theater of the Estate, su favorito, habían tenido lugar dos estrenos absolutos de Mozart dirigidos por él mismo: *La clemenza di Tito* y una de las óperas que más le gustaba a Charles, apodada «la ópera de las óperas», *Don Giovanni*. El famoso edificio había albergado a lo largo del tiempo importantes nombres de la música clásica. Carl Maria von Weber y Gustav Mahler habían dirigido aquí, y el más grande violinista de la historia, Niccolò Paganini, dio una serie de conciertos. Si no fuera por los asesinatos brutales, toda aquella historia a Charles le hubiera gustado con locura. Él pensó que no sería malo tener que ver *Turandot* o *La Traviata* en cualquiera de ellos. Miró los programas de la semana en curso. *Jenůfa*, de Janáček, *Salomé*, de Strauss, y *Così fan tutte*, de Mozart, eran las óperas del día siguiente. Luego, hasta finales de la semana, estaban programados *La Bohème* y *Nabucco*, *El cascanueces*, en el marco de las noches de ballet, y *Rigoletto*. Por mucho que quisiera ver una nueva versión de su ópera favorita, que se sabía de memoria, palabra por palabra, nota a nota, no era el momento. Ni rastro de *La Traviata* o *Turandot*.

Miró el reloj y vio que era más de la una. Debía descansar después de dos noches complicadas. Se tumbó en aquella cama tan cómoda y empleó una técnica que utilizaba asiduamente a lo largo del tiempo. Siempre que tenía problemas que resolver los alejaba de su mente y se esforzaba en dormir pensando en algo positivo, algo que tenía el don de provocarle placer. De esta manera conseguía quedarse dormido rápidamente y despertar descansado. Esa noche, dado el contexto, tocaba pensar en su ópera favorita. Pensó en cuántas representaciones en vivo de *Rigoletto* había asistido. Debían de haber sido casi cincuenta. Estuviera donde estuviese, renunciaba a cualquier cosa para ver una nueva producción de la ópera de Verdi. Desde La Scala de Milán a la Arena de Verona, desde el Covent Garden al Palais Garnier y desde el Metropolitan al Opera House de Sidney, siempre estaba allí cuando había algún montaje de una nueva versión. Su espectáculo favorito era el que salió en DVD y Blu-ray con Luciano Pavarotti, Ingvar Wixell y Edita Gruberova, en la Deutsche Grammophon, puesta en escena por Jean Pierre Ponnelle. Lo escuchaba invariablemente cada mañana cuando se despertaba en su casa en Princeton. La última cosa que le vino a la cabeza fue la reacción de Victor Hugo, que, invitado al estreno de *Rigoletto,* cuyo libreto firmado por Francesco Maria Piave era una adaptación de la obra de Hugo *El rey se divierte*, dijo después de la obra: «Qué bueno sería si en una novela la gente pudiera hablar a la vez, tal como sucede aquí». Se durmió con una sonrisa.

Werner observó en la pantalla las páginas web que había visitado Charles y se preguntó si el profesor se había vuelto loco para buscar en plena noche las actuaciones que había aquella semana en la ópera. No tenía ni idea de que Charles había desencriptado el mensaje. Al contrario que este, Werner se acostó nervioso y no logró dormirse hasta el amanecer.

73

El coche fúnebre avanzó lentamente seguido de una caravana de vehículos. Cuando se paró frente al cementerio, las alrededor de treinta personas que lo acompañaban se dispusieron rodeando el hoyo preparado para recibir el ataúd. Este fue traído por cuatro empleados de la funeraria y colocado encima del foso, sobre dos barras metálicas. Justo cuando comenzó la misa, Martin Eastwood terminaba la conversación que había tenido en su limusina con los tres electores de la confederación de las organizaciones que había representado Hearst en el Consejo de los Doce. Eastwood les había pedido que esperasen hasta que tomara una decisión sobre el nombramiento del que iba a ocupar la plaza del fallecido. Añadió que posiblemente haría también una propuesta. Sabía que esto contravenía totalmente las usanzas establecidas desde hacía centenares de años, pero era posible que el interés del Consejo la impusiera.

Martin Eastwood era la única persona que conocía la identidad real de los doce miembros. Era el responsable de la parte ejecutiva y administrativa. Cualquier comunicación entre los miembros se hacía a través de él. La única excepción eran los casos en los que algunos de ellos querían revelar su identidad a los demás para hablar en privado.

Los doce son las personas más fuertes y más ricas del planeta. Controlan, de forma anónima, casi toda la riqueza del mundo. Ellos son los verdaderos dueños de las mayores instituciones financieras y de las compañías multinacionales más exitosas. Desde los bancos hasta la industria del petróleo, de detergentes, la farmacéutica, de alimentación y textil, los doce controlan todo lo que se mueve relacionado con los negocios y el dinero a lo largo y ancho del mundo. Están ocultos detrás de unos sistemas de corporaciones y fondos de inversión muy complejos que solo ellos saben desenmarañar. Controlan a través de representantes la mayoría de los gobiernos y la mayoría de organismos internacionales, desde el Banco Mundial al FMI, desde la ONU hasta la OMS. Supervisan casi toda la inteligencia y los organismos reguladores de los mercados de capitales. Son proteicos y evanescentes. Intervienen en persona solo cuando es absolutamente necesario, y lo hacen por vías especiales. Sus armas más poderosas son la corrupción al más alto nivel y el círculo vicioso del soborno, la manipulación, la desinformación, el chantaje y hasta el crimen. Muchos de los que están a su servicio no tienen ni idea de su existencia y no consiguen entender o incluso discernir de qué manera funciona el mundo. Aunque muchos de los representantes del Consejo son personas de buena fe, esto no les sirve de nada porque no son capaces de ver el cuadro completo. A menudo, las acciones que parecen buenas y son el resultado de planes bienintencionados, vistas en un contexto más amplio, pueden tener consecuencias devastadoras. Solo los doce miembros tienen una visión global de los fenómenos económicos y políticos en curso y la visión estratégica de lo que viene después.

En más de seiscientos años de existencia, el Consejo ha pasado por muchas formas y variaciones. Hubo circunstancias mejores y peores, momentos de retroceso y reagrupamiento, de reorganización total y hasta de desesperación. La Revolución burguesa de Inglaterra y la Revolución francesa lo llevaron al borde de la extinción. Y les sorprendió la independencia de Estados Unidos, la guerra de Secesión o la abolición de la esclavitud. Su capacidad camaleónica para adaptarse a cualquier situación los salvó y los hizo más poderosos. Son como un virus mortal que, hasta encontrar el antídoto, cambia de forma y evoluciona. El libre flujo de información, que les dio un susto de muerte en un primer momento, se convirtió en una gran ventaja, ayudando a pasar de una asociación de dominio regional a otra con poder universal. Se mostraron complacidos de que internet, que al principio constituía un riesgo enorme, por lo que prometía, se transformó junto a los medios de comunicación en su aliado más valioso. No habían podido imaginar que las personas que tenían entre sus manos la libertad de romper las barreras de la dominación utilizaban aquellas armas, de cuyo poder real tenían poca idea, como instrumentos de su propio sometimiento. Era como un síndrome de Estocolmo, donde la víctima desarrolla una relación emocional anormal con el verdugo. Y Werner hizo posible todo esto con su inteligencia y genio diabólico, que parecía una fuente inagotable de ideas originales y eficientes.

A finales de la década de 1980, con el fin de la Guerra Fría y el desarrollo de sistemas de multiplicación libre de información, se asustaron tanto que llegaron al borde de la disolución. La falta de un enemigo claro hacia quien dirigir el odio y el miedo de la opinión pública se habían convertido en un peligro para el Consejo. Se las arreglaron para sustituirlo eficazmente y ahora están preparando una nueva Guerra Fría, más siniestra que la Segunda Guerra Mundial.

Su conspiración, porque de esto se trata, tiene, sin embargo, un gran defecto. Aunque controlan los grandes movimientos y todo lo que sucede a nivel macro, las políticas generales y las altas finanzas, no tienen manera de controlar lo que sucede en el nivel más bajo. Una imposibilidad de orden matemático dice que no se puede vigilar a todo el mundo, todo el tiempo. Supervisan el planeta a través del dinero y del miedo, a través de mentiras y de la generalización del vacío existencial que sufre una gran parte de la humanidad.

Pero también ellos tienen miedo. El miedo congénito a las masas casi les paraliza. Tienen terror a los grandes movimientos, a las revoluciones y a la posibilidad de que una democracia descontrolada los barra como si fuera un tsunami. Se las arreglaron muchas veces en la historia, ya que todas las revoluciones buenas —desde Lutero, que se opuso a la Iglesia oficial, los masones que fundaron Estados Unidos o las revoluciones de 1848 y hasta la Revolución francesa— llegaron en un momento dado a transformarse en lo contrario. Aprendieron que la gente bienintencionada que desencadena, al unirse, movimientos masivos para cambiar la historia, cuando ya no tiene contra quién luchar, se atrofia y cambia de signo. Sus líderes, una vez llegados al poder con las mejores intenciones, no lo quieren dejar, y este llega a corromperlos como a sus predecesores, a los que habían destruido. Habían vivido muchas veces situaciones parecidas.

Vieron como Lutero, que se rebeló contra la autoridad de la Iglesia, una vez que llegó a ser él mismo una autoridad, pactó con la nobleza contra los campesinos. Cien mil personas murieron en la rebelión de 1525. Desde la oposición a una élite privilegiada que se había convertido en anacrónica, la del clero católico, pasó al apoyo firme de otra élite privilegiada, la nobleza. Lo que era hasta entonces digno de escupir posteriormente merecía ser besado, a condición de que él fuera siempre el centro de atención. Llegó a decir que si las autoridades son débiles o sus acciones son injustas, nadie tiene el derecho y la legitimidad para oponerse a ellas. Si al principio estaba convencido de que el Diablo podía ser alejado con «un pedo luterano sano», más tarde alentó la quema de mujeres poseídas y el lanzamiento de los niños donde se había agazapado el Diablo, que, al parecer, se había vuelto entretanto inmune a los pedos luteranos, al agua congelada de los ríos.

Habían visto cómo la Revolución francesa, que comenzó con la idea de «libertad, igualdad y fraternidad», se había convertido en una de las más terribles masacres de civiles en la historia. La Revolución devoró a sus propios hijos. La dictadura jacobina de Danton contra el Antiguo Régimen, luego Robespierre y Saint Just enviando a Danton a la guillotina solo para ser, a su vez, ejecutados por los termidorianos, y todo acabado, después de un largo período de convulsiones, con la llegada de un nuevo dictador al poder, Napoleón Bonaparte.

Y, sin embargo, la Revolución francesa fue el momento histórico que más asustó a la organización, porque produjo el acto más monstruoso de la historia desde su punto de vista: la *Décla-*

ration des droits de l'homme et du citoyen, la declaración universal de los derechos humanos.

Werner, que había sido contratado por la organización con el fin de tratar de desarrollar un programa para hacer frente a estas zonas grises que escapaban al control, sabía muy bien que su ilustre predecesor en la física cuyo nombre llevaba, Werner Heisenberg, demostró que, si te inclinas por medir los elementos del sistema, cambiarás los datos de dicho sistema, que se convertirá en algo diferente, y que, cuanto más aproximes uno de los factores, más te alejarás de los demás; por lo tanto, sabía a qué desafío se enfrentaba. Por eso comenzó a cazarlos y a manipularlos de la forma en que lo había hecho, y ellos se mostraron muy vulnerables, a pesar del enorme poder que tenían. Consiguió con las tres ejecuciones reavivar el temor de que se había transmitido en la información genética de la organización el temor del mensaje oculto en la Biblia de Gutenberg, cuyo genial autor había demostrado ser Vlad Ţepeş, Drácula. Infundió el pánico entre los miembros del Consejo; por consiguiente, debía utilizar sabiamente lo que había creado para llegar, antes que nada, a ser miembro del mismo.

Las ambiciones de Werner no se detenían allí. Su plan era, una vez que entrara a formar parte de los doce, conocer todos los secretos y acaparar todo el Consejo, para, en última instancia, ya fuera subyugándolo o destruyéndolo, convertirse en el único amo del imperio planetario. La infraestructura se había creado.

Martin salió del coche, cruzó el camino hasta la tumba, abrazó a la viuda del multimillonario y se quedó a su lado durante toda la misa. Detrás, cinco limusinas con vidrios polarizados estaban estacionadas una detrás de otra. Una era de Martin. De las otras no salió nadie. Los únicos miembros del Consejo que habían acudido al funeral miraban por la ventana y se preguntaban cuál de ellos iba a ser el siguiente.

74

El timbre del teléfono fijo sonaba insistente y despertó a Charles. Abrió los ojos, pero la potente luz de la habitación le hizo cerrarlos de nuevo. Tanteó con la mano en la mesilla de noche hasta que alcanzó el receptor.

—Lo siento, señor profesor. Un policía lleva más de dos horas esperándolo. Le di largas, pero perdió un poco la paciencia —dijo avergonzado el recepcionista.

—¿Qué hora es? —preguntó Charles, que intentaba entender lo que había dicho el recepcionista.

—Son casi las once.

¿Las once? Había dormido diez horas de un tirón. Su estómago protestaba.

—¿Se ha acabado el desayuno?

—Por desgracia, sí, pero podemos prepararle algo.

—¿Mi compañera ha desayunado?

—La señora Wolf comió y se fue a la ciudad. Dice que le dejó un mensaje. Lamento insistir: ¿qué le comunico al señor policía?

Charles había abierto del todo los ojos y se sentó al borde de la cama.

—Dígale que bajaré en veinte minutos, pero si quiere hablar conmigo me tiene que acompañar a la mesa. Y, por favor, prepárenme un buen desayuno. Estoy hambriento.

—Con mucho gusto —respondió el recepcionista, contento

de que Charles no se molestara por la llamada inoportuna—. ¿Tiene alguna preferencia?

—Confío en usted —contestó Charles y colgó.

Después de lavarse por encima, Charles miró su teléfono. Tenía dos llamadas perdidas, una de Ross y otra de Christa. Leyó el mensaje de ella, donde le decía que se iba a la sede de la Interpol de Praga para arreglar unos papeles. Le llamaría al terminar.

Se vistió de manera informal y bajó en el ascensor. En la recepción, el ayudante Honza estaba de pie como un soldado con la bayoneta apoyada en la pierna esperándole. Charles lo vio y lo reconoció de la noche anterior, del extraño encuentro que había tenido con el comisario Ledvina, pero fingió no verlo y se acercó a la recepción. El recepcionista le invitó a seguirlo y lo llevó al Inn Ox Lounge, que estaba todavía cerrado, pero donde se le había preparado una mesa. Honza fue detrás y se arrimó a la entrada del restaurante, frente al gran cartel que rezaba CERRADO. Charles lo miró con curiosidad mientras untaba mantequilla sobre una rebanada de pan recién horneado. Honza se balanceaba de un pie a otro. A Charles le divertía el respeto que el policía tenía ante cualquier inscripción oficial. Le dejó mortificarse un poco y, después de extender la mermelada de escaramujo, le hizo un gesto para que entrara.

Honza se conformó. Charles señaló con la mano en que tenía el pan la silla vacía frente a él, pero el ayudante permaneció de pie. Habló en un inglés bastante discreto:

—Mi jefe lamenta el incidente de ayer y le invita a hacerle una visita a su gabinete.

Hizo una pausa y miró a Charles. Como parecía que Baker esperaba una continuación, Honza sacó de su arsenal el argumento secreto:

—El jefe está convencido de que la visita será de su agrado. Tiene unas cosas allí... —Hizo una suerte de gesto largo con la mano, un movimiento circular.

Charles pensó que estar dos horas en compañía de aquel

personaje tan peculiar podría ser interesante. Entonces llegó también Christa. Además, había ganado la primera confrontación de gallitos, por lo que no temía en absoluto al comisario. Bebió otro trago de café y se levantó. Honza miró con tristeza los manjares que quedaban sobre la mesa y tragó saliva.

En el camino desde el restaurante al coche, Charles tropezó con algunas señales de las que no se había percatado antes. Había unas flechas donde ponía algo parecido a los nombres de las calles. Leyó «Tosca» y «Aida». De repente se acordó de que una vez había dado una conferencia en el salón grande, que por entonces se llamaba Carlos IV. Se volvió hacia el policía y le dijo:

—Espéreme un momento.

Después de eso siguió las flechas. «Si hay Tosca y Aida, también debe haber La Traviata y Turandot», rumió Charles. Nada más dar la vuelta a la esquina, apareció un indicador donde ponía «Carmen» y más abajo «Traviata» y «Turandot». «Los salones de conferencias —pensó Charles—. ¿Cómo no se me pasó por la mente?» El primero donde entró fue Turandot. En el centro del salón de reuniones más pequeño del hotel había una mesa, alrededor de la cual se colocaron doce sillas. Charles miró a su alrededor. Fue revisando las sillas y echó un vistazo debajo de la mesa. No había nada. Salió y se fue hacia La Traviata. Apostó, en su fuero interno, a que en este salón habría veinticuatro asientos. Y no se equivocó. Miró con atención, pero una vez más no encontró nada. Sonrió. Había llegado al final de la búsqueda. Había descifrado el mensaje. Esa noche a las siete en punto estaría allí. Volvió por donde había entrado, con paso saltarín, muy satisfecho con lo que había descubierto. A Honza no se le escapó ningún detalle. El profesor había salido hacía unos minutos en un estado de ánimo ligeramente irónico y había vuelto bastante rápido, radiante de felicidad. Se preguntó por un momento qué podía haber sucedido en un período de tiempo tan corto para cambiarle el estado de ánimo, pero pensó que, de todas maneras, a todos los

intelectuales que habían llegado al estrellato les faltaba un tor-
nillo, así que no debía romperse la cabeza.

—¡El coche nos espera enfrente, señor profesor! —dijo
Honza mientras le indicaba el camino con la mano, dejando a
Charles ir delante.

75

Charles estaba muy animado, así que trató de entablar conversación con el ayudante mientras el coche atravesaba el centro de Praga. Este, sin embargo, por timidez o por miedo de no revelar algo al profesor estadounidense, no era muy comunicativo. Respondía a cualquier pregunta con monosílabos y solo después de pensar mucho tiempo. Sabía que las personas dotadas de una inteligencia superior, como estaba convencido de que la poseía el pasajero de atrás, tenían una capacidad diabólica para tirarte de la lengua sin que te dieses cuenta. Por la mañana había buscado información en internet sobre Charles y, después de enterarse de que era un *spin doctor** mundialmente conocido, había decidido ser muy cauteloso.

Era una hora tranquila en la capital checa, por lo que el coche no se vio obligado a activar las luces de la sirena y llegó con bastante rapidez. Cuando abrió la puerta y salió del vehículo, Charles miró el castillo que albergaba la sede de la Brigada Especial y no pudo evitar comentarle a Honza la obsesión de los europeos por alojar todo tipo de instituciones oficiales en palacios históricos. Sin embargo, el ayudante no oyó esas considera-

---

* En relaciones públicas, *spin* es una forma de propaganda para persuadir a la opinión pública en favor o en contra de una cierta organización o figura pública. Así, un *spin doctor* es alguien encargado de la orquestación de esta propaganda. *(N. de la T.)*

ciones porque se precipitó escaleras arriba y esperó al profesor con la puerta abierta de par en par.

En el vestíbulo, Honza hizo un gesto al policía que estaba en la recepción de que no era necesario pedir los documentos al visitante para apuntarlo en el registro, como era habitual, y lo llevó a la planta superior. Llamó a la puerta y, sin esperar a ser invitado, abrió. Hizo un gesto con la mano a Charles para que entrara, pero sin aparecer en el marco de la puerta. Este entró. Justo cuando estaba a punto de cerrar la puerta, oyó un grito:

—¡Honza!

El ayudante entró sin muchas ganas y el comisario, que se había levantado de la mesa y la rodeó durante casi medio minuto con la mano extendida, dijo algo en checo mientras se acercaba a Charles. Honza chasqueó sus talones y se fue. Charles no pudo reprimir una sonrisa cuando vio la reacción típica de militar del ayudante. En su mente hizo una asociación con uno de los más famosos y encantadores personajes de la historia de la literatura mundial, y sin duda el personaje más popular de la literatura checa, el buen soldado Svejk.

—Soy el comisario Nicky Ledvina —dijo mientras estrechaba con firmeza la mano del invitado—. Quisiera pedirle perdón por el incidente de ayer. Le he hecho venir aquí para empezar, esta vez, con buen pie.

Charles sonrió y el comisario le invitó a sentarse. Tomó asiento en un enorme sillón frente a la mesa y miró a su alrededor con gran interés. Nunca había visto una habitación tan grande dedicada a un solo hombre. Pensó que era la famosa megalomanía de los dictadores en los antiguos países comunistas. El comisario dio otra vuelta alrededor de la mesa para recuperar el anterior estatus y tener una vista de toda la habitación. Luego Charles volvió la cabeza hacia la mesa de ocho metros de largo y más de tres de ancho donde se había sentado el comisario. Por muy inmensa que fuera, no se veía ni siquiera un trozo de madera bajo la montaña de papeles, carpetas y objetos tirados sin orden ni concierto unos encima de otros, en un desastre casi apocalíptico. Desde el borde, las montañas de papeles y objetos descendían hacia el centro, se convertían en pequeñas montañas y luego en colinas, para convertirse en valles en un radio de unos dos metros y crear un pasillo de visión entre el que estaba sentado en el sillón y el ocupante de la generosa mesa.

El comisario se sentó, pero no sabía cómo iniciar la conversación, por lo tanto, Charles se adelantó. Apuntó a una estatua de arcilla, una especie de mono con rasgos humanoides que tenía tres letras escrita en la frente: MET.

—Muy al estilo de Praga esta mesa suya. Me refiero a su dimensión histórica. Y muy contradictoria. ¿Cómo se concilia el Golem con el gabinete de curiosidades parecido al de Rodolfo II, a sabiendas de que el rabino Loew se vio obligado a moldearlo justo contra el rey que comenzó a expulsar a los judíos del gueto?

Ledvina se dio cuenta de la ironía que había en las palabras del profesor, así que respondió del mismo modo:

—Pero al final se reconciliaron. Está bien cuando los pequeños conflictos terminan con una boda, ¿no es así?

Charles sonrió de oreja a oreja. Así que al comisario no le faltaba el sentido del humor, tampoco la sutileza, y encima era bastante cultivado.

—¿Debo entender que ha leído mis libros? —preguntó Charles, cuyo tono se había suavizado y se volvió amigable.

El comisario hizo referencia explícita al *Tratado de narratología* de Charles. De hecho, esta pasión suya le había traído el último doctorado. La narratología, la ciencia que estudia la narrativa y las normas o las leyes por las cuales los elementos de una historia, la morfología y la sintaxis, se combinan entre sí para convertirse en consistentes, condensados y funcionales con el fin de llegar a ser una estructura, representaba el mayor placer culpable de Charles. Opinaba que el hombre se define casi exclusivamente por la narrativa, desde los cuentos de la infancia a la forma en que pasa por la escuela, desde los libros que lee hasta los juegos infantiles y las películas o cada vez que cuenta o se le cuenta algo; que solo va por la vida acompañado de formas de narración más o menos cuajadas. Las historias y la comunicación hacen que sea lo que es, lo consagra como individuo, le está formando el pensamiento lógico, definen y culminan la personalidad, crea su estructura moral, perfila sus objetivos, las metas y los ideales en la vida.

«La boda» a la que había aludido Ledvina era la forma en que, de acuerdo con el fundador de la disciplina, V. I. Propp, finalizaban todos los cuentos. Este había estudiado el folclore ruso, que era, a este nivel, equivalente al folclore universal, y había analizado en su obra maestra, *Morfología del cuento*, un centenar de cuentos recogidos por Afanasiev, abriendo, a través de este trabajo, el camino hacia una verdadera ciencia de la narrativa. De hecho, las reglas que había descubierto Propp, junto con la teoría del conflicto de Hegel y la *Poética* de Aristóteles, eran justo las mismas por las que funcionaban las más exitosas películas de Hollywood, a pesar de que sus autores o productores no conocieran su existencia. Para ellos la teoría había sido simplificada por aquel gurú de los guiones que era Syd Field. En cuanto a los «conflictos» a los que se refería el comisario, Charles estaba convencido, siguiendo los pasos y las palabras de Hegel, de que no existe narrativa sin una apuesta, y que esta siempre viene dada por los conflictos. Son el alma de cada historia, los responsables de desencadenar la acción. El conflicto es, en términos de la filosofía antigua, el primer tirón o el primer motor. Para que exista, la narrativa debe partir de una ofensa que no puede permanecer como tal y que modifica el estado inicial del personaje principal, de tal manera que este se ve obligado a actuar para volver a su estado original o a evolucionar. Y el dramatismo de la historia siempre se da por la terrible alternativa de avanzar hacia la catástrofe final. James Bond debe rescatar un mundo en peligro, como Superman o todos los superhéroes. Esta es su apuesta. Pero la acción siempre está causada por un personaje maléfico que quiere destruir todo a su alrededor o atrapar algo que no merece, con consecuencias catastróficas para la humanidad. A Rambo lo saca de su estatus inicial el salvajismo de un sheriff con delirios dictatoriales de un pequeño pueblo, y el personaje de Al Pacino en *El Padrino* debe mantener la familia unida y continuar los negocios después del intento de asesinato a su padre.

—No solamente los he leído, sino que me he dado cuenta también de la forma casi diabólica con la que ha implementado sus teoría en las campañas electorales que ha liderado. Observé con interés especial la última campaña presidencial estadounidense y, cada vez que sucedía algo especial, sentí muy fuertemente su presencia en la sombra. Pero volvamos al Golem que está en mi mesa. Hay muchas versiones de esta leyenda. ¿Usted cuál conoce? ¿O cuál sería su preferida?

—Exactamente esta a la que se refiere su pequeña estatua.

Ledvina no parecía estar contento solo con eso. Esperaba la continuación, así que el profesor decidió complacerle.

—La variante según la cual, en 1570, el rabino Judah Loew ben Bezalel modeló una criatura de arcilla para proteger a los judíos del gueto, perseguidos por el emperador Rodolfo. Para darle vida, escribió en su frente la palabra EMET, es decir «verdad». En esta versión tenemos una idea muy utilizada sobre todo en los libros y las películas de ciencia ficción, donde la máquina adquiere alma y conciencia propia y ya no obedece a su creador. Bueno, eso podrían decir hoy algunos sobre la humanidad, pero no es necesario desarrollar esto ahora. Lo cierto es que el Golem se vuelve loco y quiere ser hombre, quiere tener libre albedrío, pero, siendo ignorante y carente de discernimiento, mete la pata, así que rompe todo a su paso, sin hacer daño a nadie, afortunadamente, y el rabino, con un solo movimiento de dedos, borra la primera letra de la inscripción de su frente. Así, la palabra EMET llega a ser MET, es decir, «muerte». Y el Golem se hace añicos.

Ledvina escuchó con atención y contestó algo contento:

—¿Usted sabe que esta opción es la que menos magnetismo tiene? Tal vez sea demasiado profunda. De hecho, hay una intuición de orden cabalístico aquí, la fuerza de la palabra, y sobre todo el poder de una sola letra. Y la moraleja es absolutamente excepcional.

Hizo una pausa para ver la reacción de Charles, que hizo un

gesto que mostraba que estaba intrigado por ver a qué conclusión llegaba el comisario.

—La verdad es aquella que trae la vida. Y si es mutilada o deformada, mata. La distorsión de la verdad significa la muerte. —A Ledvina le brillaban los ojos. Hizo una pausa efectista y luego siguió—: Por ello apreciaría que, sabiendo todo lo que sabemos, hoy dijéramos solamente la verdad.

—Supongo que cuando emplea el plural me incluye a mí. ¿Por qué escondería yo algo? Y además tiene que ser algo más preciso.

El comisario se levantó, abrió una carpeta, cogió algunas fotos y rodeó de nuevo la enorme mesa. Tomó un taburete y se sentó junto a Charles. Le entregó las fotos donde estaban retratados él y Christa en la comisaría.

—Empiece, pues, por explicarme qué están haciendo aquí.

Charles miró las fotos una por una. El semblante de Ledvina se volvió serio y esperó a ver cómo reaccionaba el profesor. Él sabía que la pregunta planteada de manera tan directa era muy difícil de evitar. Estaba convencido de que Baker trataría de hacerlo.

—Y mientras piensa en lo que va a responder, me gustaría añadir que tres de mis colegas fueron asesinados a sangre fría esa noche. Y que, en las cámaras, al igual que en las últimas dos fotografías, que habrá visto que son capturas de la videocámara, usted está inclinado sobre uno de ellos y la señorita Schoemaker sobre los otros.

—No los matamos nosotros.

—¿Piensa que si sospecháramos de usted estaríamos hablando de esta manera? La policía checa es más valiente y eficiente de lo que cree.

—Efectivamente, ¿y por qué no estamos en la comisaría de policía? Todavía no comprendo qué autoridad representa.

—Aunque es obvio que trata de eludir la respuesta, o incluso quiere ganar tiempo, voy a responderle. La institución que dirijo se llama Brigada Especial y se ocupa de casos inusuales. Más especiales, por así decirlo. Que tienen relación aparente con fenómenos sobrenaturales o inexplicables.

—¿Una especie de *Expediente X*? ¿Usted es el agente Mulder? —Charles intentó una broma que no tuvo éxito—. No hay nada inexplicable, aunque alguien trate de hacer que estos atroces crímenes parezcan algo paranormal.

Ledvina negó descontento con la cabeza.

—¿Cómo llegaron a aquella cárcel improvisada usted y la señorita?

Charles pensó un poco. Luego se puso de pie.

—Ha estropeado mi buen humor. Pensaba que íbamos a tener una conversación agradable. Sobre todo después de la aventura de ayer. Sin embargo, se comporta de la misma manera. ¿Nunca aprende nada de la experiencia? De cada una debemos ser capaces de aprender algo y comportarnos en consecuencia. Si vas por el mismo camino, llegas al mismo lugar. Adiós —añadió Charles mientras se volvía hacia la puerta.

Ledvina perdió los estribos y se puso a gritar:

—¡Diablos, quédese quieto o le encierro en el sótano!

Charles se volvió hacia el individuo, cuya cara se había enrojecido y sintió cómo le aumentaba la tensión. Pensó que la sangre le había llegado hasta las orejas y tenía miedo de que, si le subía hasta la coronilla, como el agua que llena un depósito hasta el tope, llegaría a explotar.

—Si pudiera, ya lo habría hecho. ¡Le advierto que habrá consecuencias!

Mientras se dirigía hacia la puerta, el comisario le dijo con voz totalmente cambiada y muy amable:

—No me importa. Soy demasiado viejo para que me afecte lo que puedan hacerme mis superiores. Si se queda un poco para poner fin a esta conversación, le aseguro que nadie se enterará de su pequeña aventura de la catedral de San Vito. Ese guardia que usted metió en el hospital pensará que fue atacado por unos profanadores de tumbas, y recibirá una medalla y un aumento de sueldo por haber intervenido a tiempo.

Charles sopesó un instante la alternativa, luego volvió a sentarse con una sonrisa y comenzó a contarle a Ledvina solamente lo que le pareció que este podía averiguar de todas maneras.

Que habían llegado desde Rumanía, que el tren se detuvo debido a un incidente y, dado que tenían prisa en llegar a Praga y no querían llegar con retraso, se bajaron del tren. Dos policías demasiado asustados sacaron las pistolas y los metieron en la celda. Luego la luz se apagó y, al volver, los tres policías ya estaban muertos y la improvisada puerta de la celda, descerrajada.

76

Beata se apoyaba en su moto a una distancia prudencial del edificio de la Brigada Especial de Policía. Werner le había dicho que debía convertirse en la inseparable sombra de Charles, por lo que se armó de paciencia, sin saber cuánto tendría que esperar hasta que este se pusiera de nuevo en movimiento. Envió un SMS a Werner.

Este lo recibió y comprobó qué había en aquel edificio. En menos de diez minutos lo sabía todo acerca de la Brigada Especial. Entonces, como Beata había dicho que se había enterado por el recepcionista de que Baker iba acompañado por una mujer, entró en el ordenador del hotel y buscó los nombres de todas las mujeres solas que se alojaban allí. Había solamente dos. Sin embargo, solo una llegó el mismo día que Charles, una tal Christa Wolf. Reconoció el nombre. Por consiguiente, la mujer que le había ayudado a escapar de Rumanía estaba todavía con él. A continuación, la buscó y la encontró en la base de datos de la Interpol. Vio que había sido designada para ocuparse del caso de los cadáveres desangrados de Sighişoara, pero también de los de Marsella, Alma Ata y Londres. También supo que habían detenido a Charles mientras huía del tren junto a ella y que todavía no tenía el pasaporte. Por lo tanto, se alegró mucho cuando lo encontró en la bolsa del paralelepípedo y lo envió al hotel. Creyó, sin embargo, que ella había acabado su misión y regresado a su trabajo. Una organización con tan pocos recursos como la Interpol no se podía permitir un alojamiento en un hotel caro. Pensó que tal vez su investigación había sido demasiado superficial y no había rebuscado lo suficiente. Así que volvió a entrar sin problemas en el servidor de la Interpol y dio con los archivos secretos. Tardó menos de diez minutos en piratearlo todo. Lo habría hecho antes, pero tenía que cargar primero un programa para eliminar el rastro.

Una de las informaciones que encontró, finalmente, le puso ansioso. El nombre real de Christa era Kate Schoemaker. Tuvo una oscura sospecha.

Llamó al otro agente que había pedido, del mismo rango que Beata, un ex boxeador ruso recuperado de una prisión de Chechenia, y le asignó a Christa diciéndole que fuera su sombra y que, por el momento, le informara de todo lo que hacía, a dónde iba y con quien se veía. Le gritó que no tenía que perderse nada.

Después de acabar con el agente pensó: «¿Por qué Martin no me ha llamado todavía?». Puso en marcha el software de seguimiento. El teléfono estaba en la casa de Eastwood. Eran las tres de la madrugada en la costa, así que tal vez dormía. Accedió al archivo de supervisión de Martin y escuchó la grabación de las llamadas telefónicas, pero no oyó nada interesante. Se le ocurrió entonces seguir lo que había sucedido en la casa del multimillonario en Texas, antes y después del funeral. Puso el avance rápido con imágenes de las ocho cámaras instaladas en la vasta propiedad de Hearst.

Al principio había mucha gente, bullicio. Eastwood hacía de anfitrión junto a la esposa del difunto y sus hijos. Sabía que el día del funeral se iba a celebrar la reunión de los tres miembros de la organización que iban a elegir a su sucesor en el Consejo, justo aquella misma tarde. Sabía también en qué sala se haría la reunión. La cámara del techo de la sala cambió automáticamente al infrarrojo. Muchas horas pasaban en minutos con el avance rápido, pero la habitación permanecía vacía y oscura.

En algún momento, las luces se encendieron. Igual que un gato que reduce al máximo sus pupilas con los cambios bruscos de luz, la cámara pasó al modo de luz artificial. Los tres miembros se sentaron en la mesa. Después de un corto espacio de tiempo entró Eastwood. Fue una violación flagrante del protocolo. Ningún otro miembro del Consejo tenía permitido intervenir en la decisión de otro grupo y mucho menos cuando este designaba a su representante. Werner detuvo las otras cámaras, amplió la que le interesaba a pantalla completa y activó el sonido. Martin les propuso que se pospusiera unos días la designación del representante, algo que había ocurrido excepcionalmente varias veces en la historia; por el interés de la organización, se podía proponer y apoyar a alguien del exterior. Eastwood añadió que el único inconveniente para el intruso sería no poder mantener en absoluto su anonimato, ya que todo el Consejo tendría que votar su aceptación. Así funcionaba el procedimiento especial.

Werner apagó contento el ordenador. Así que Martin no le había mentido. Aquella parte estaba resuelta. Quedaba por entregar lo que había prometido. Debía entrar en acción para acelerar los acontecimientos.

77

—¿Y usted no vio quién cometió todos esos crímenes? —preguntó Ledvina, que sabía ya la respuesta.

Charles movió la cabeza. Ledvina lo miró y agarró la carpeta de donde había sacado las fotos. Cogió la última. Vaciló un poco, pasando el peso de una pierna a otra.

—¿Y no sabe lo que ocurrió en el tren?

—Vi a unos camilleros que llevaban de acá para allá unos cadáveres tapados. Por lo demás...

—Encontramos al asesino muerto en una cuneta. Le dispararon por la espalda muy de cerca. Aparte de su sangre, hemos descubierto en la ropa también la sangre de una de sus tres víctimas. ¿Quiere ver las fotografías? Quizá los reconozca.

—No, gracias —contestó Charles, haciendo una pausa.

Estuvo a punto de decirle que había visto en los últimos días tantos cadáveres que le bastaba para toda la vida.

El comisario percibió inmediatamente la vacilación de Baker y decidió no presionarlo. Después de todo no creía que el profesor emérito fuera capaz de matar de esa manera. Le acercó la fotografía y se la entregó. Charles la tomó y vio la casa donde se había improvisado la sede de la policía y de la cual habían escapado, o más bien habían sido puestos en libertad, él y Christa. Sobre el muro se extendía, delgada y afilada, una sombra con enormes garras y con aquellos dientes metálicos indistinguibles en una sombra sin retocar, según su parecer.

—Es una imagen trucada —dijo Charles—. Ninguna sombra real...

—Se ve así —terminó la frase el comisario—. Lo sé. La cuestión es que no está trucada. Está sacada tal cual del teléfono del hijo del jefe del puesto de policía, que sigue en el hospital en estado de shock.

—Entonces alguien proyectó desde alguna parte aquella cosa... Es una farsa.

—En la foto no se distingue si hay alguien por allí. Y observe lo que tiene de interesante.

Charles le miró sin decir palabra. Sabía lo que iba a suceder.

—Falta el elemento que la produce. La fuente es, obviamente, esta luz de aquí —precisó Ledvina, mientras marcaba con el rotulador la bombilla de la calle—. La sombra debería producirla una persona o cualquier otra cosa, un tipo de animal tenía que interponerse entre la fuente de luz y la pared.

—¿Y usted piensa de verdad que se trata de un vampiro? Mejor dicho, ¿la sombra de un vampiro? Porque este no está por ninguna parte. Por lo que yo sé, los vampiros no tienen sombra.

—Efectivamente. Eso se creía hasta ahora.

—Quiere decir que el mundo está al revés y que de un vampiro que no tiene sombra, cosa lógica y justificada según las leyendas, al no ser una criatura viva, sino una suerte de espíritu, ahora tenemos una sombra, pero no un vampiro. No tiene mucho sentido.

Ledvina parecía sumido en sus pensamientos. No sabía qué decir ni tampoco si proseguir. Estaba convencido de que Baker sabía mucho más, así que pensó en retarle a que hablase y como era muy consciente de lo vanidosas que eran las estrellas como el profesor, atacó exactamente en su campo.

—He leído sus libros, ¿sabe? Es evidente que no tiene ni la menor inclinación hacia lo sobrenatural. Es usted frío como un reptil.

A Charles no le gustó para nada la comparación. Se encogió como si tuviera un escalofrío. Ledvina observó su reacción.

—Se equivoca.

—Disculpe si esta comparación es inapropiada. Lo que quiero decir es que usted mantiene mucha distancia con respecto a los fenómenos que estudia.

—Un juicio crítico necesita distancia. Estoy seguro de que sabe por experiencia que, si empatiza con alguien en un caso al que se dedica, se le puede nublar el juicio.

—Tiene razón. Pero no trato ni a las fuentes, ni a los sospechosos, con el soberano desprecio que le caracteriza a usted. Al menos en los dos libros que tienen algunos capítulos dedicados al fenómeno, se muestra desdeñoso y se burla de los que creen en algo así. Las llama «supersticiones». En el mejor de los casos habla de manipulación, de cerebros lavados. No entiendo cómo su subjetivismo es un distanciamiento crítico. ¿No debería ser objetivo? A eso me refería cuando he dicho que es usted frío.

—Somos sujetos, por lo tanto, subjetivos. Solo los objetos son objetivos. Las personas se deben a su educación y a la forma en que están acostumbradas a pensar, y sobre todo a la experiencia que han adquirido con el tiempo, o a cómo la entendieron. Esto no supone que cualquier trabajo de investigación que emprenden sea menos serio. Y, en general, no permito a nadie que ponga en tela de juicio mi seriedad. No tengo ningún problema con que se pongan en duda mis conclusiones, siempre que se haga de forma elegante y con argumentos. Existen unas normas estrictas de polémica, que es probable que usted no conozca o, de ser así, no las cumple. Y lo que hace es evitar cualquier conversación civilizada, aunque sea contradictoria. En la comunicación se denomina argumento *ad hominem*, es decir, contra el hombre. Le pregunto muy seriamente: ¿cuánto debo soportarlo? Confieso, sin rodeos, que las tres muestras de brutalidad, la de ayer más las dos de hoy, me sacan de quicio. Tiene un pequeño ascendente sobre mí y me quiere chantajear, pero le advierto que reacciono de manera diferente a lo que esperan quienes me coaccionan. Así que, si quiere que hablemos de algo en concreto, le pido por favor que lo hagamos educadamente. De lo contrario, me levanto y me marcho. Y puede detenerme si quiere.

El ambiente se había caldeado. Los dos parecían dos gallos sacando los pechos listos para lanzarse al cuello del otro. Ledvina pensó qué sería mejor: si mantener enfadado a Charles o dejar que se relajase. Como no tenía compañero, tuvo que jugar los dos papeles, el de poli bueno y poli malo. Por lo general sabía exactamente cómo dosificar las intervenciones, pero en aquel momento no estaba tan seguro. Charles era, ciertamente, el individuo más impredecible al que había interrogado.

Se acercó a él y puso un taburete enfrente, de modo que sus rodillas se tocaron.

—Es mi obligación resolver estos horribles crímenes. Y hacerlo lo más rápido posible y con la mayor discreción. No recuerdo haber visto en este pequeño país seis cadáveres en una sola noche desde la invasión de los rusos. Nunca me ha pasado, en toda mi carrera, que no haya podido resolver un caso. Y han habido centenares.

Dijo esto y se levantó. Dio dos pasos y se sentó de nuevo. Echó la cabeza hacia delante para que Charles sintiera su aliento en la cara. Silbó entre dientes:

—Y resolveré también este caso. Cueste lo que cueste. Y nadie me lo impedirá. —Se apartó y continuó—: Sea como fuere, su presencia está documentada en cinco de los seis asesinatos. No creo que usted sea el autor, pero hasta ahora es el único vínculo entre ellos. Usted y la señorita de la Interpol. No creo que espere que lo dejemos en paz. Por lo tanto, cuanto más rápido me diga todo lo que sabe, más pronto volveremos cada uno a nuestras labores.

Charles no dijo nada. Sabía que Ledvina tenía razón. No le gustaba su forma de actuar, pero pensó que si parecía abierto a la colaboración se lo podía quitar de encima. Después de todo, no iba a quedarse mucho más tiempo en ese país.

—Ok. Pregúnteme.

Charles fue interrumpido por el teléfono que le sonaba en el bolsillo. Era Ross. Mientras pensaba si responder o no, el gigante comisario se levantó e hizo un gesto como que estaba de acuerdo con que contesrara y que, de todas formas, tenía que ir al baño. Charles se sorprendió de nuevo por el lado delicado del policía, del que estaba empezando a sospechar que padecía un trastorno maníaco-depresivo, después de ver sus repentinos cambios de humor. El teléfono dejó de sonar. Tuvo la intención, por un momento, de devolverle la llamada, pero pensó que ya tendría tiempo más tarde y que era mejor aprovechar la corta ausencia de Ledvina para echar un vistazo a su gabinete de curiosidades.

78

Al quedarse solo, Charles empezó a moverse por la habitación para observar mejor el gabinete de curiosidades del comisario. Como últimamente cualquier colección de tonterías compuesta por más de cinco artículos relacionados con un nombre más o menos famoso se había convertido en un museo, casi se sintió culpable, quizá por reflejo, de que nadie le pidiera una entrada o de que no hubiera una caja de caridad o de donaciones para echar con generosidad unas cuantas monedas. Se acercó al lado que daba a la entrada en la habitación y casi tropezó con lo que parecía ser un lagarto de dos cabezas, cuyo núcleo, formado por dos palos cruzados, parecía destruido. Junto al armario que se extendía por todo el lateral este de la habitación, Charles se quedó mirando con atención la instalación para producir oro a través del mercurio. Todo tipo de frascos, que tenían el aspecto de un laboratorio de química de cualquier facultad, estaban llenos de líquidos de colores. En el suelo había un rastro de un líquido de color púrpura que no parecía muy antiguo, por lo que Baker se preguntó si Ledvina habría intentado fabricar algunas sustancias prohibidas en su pequeño laboratorio. Detrás había, uno al lado del otro, dos cráneos etiquetados. En el primero ponía CRÁNEO DE SAN JUAN NEPOMUCENO A LOS DIEZ AÑOS, en el siguiente, que era algo más grande, CRÁNEO DE SAN JUAN NEPOMUCENO A LOS DIECISÉIS AÑOS y había un lugar libre, etiquetado también, donde Charles pudo leer CRÁNEO DE SAN

JUAN NEPOMUCENO A LOS CUARENTA Y CINCO AÑOS. Tres años antes de la desaparición del venerable santo. Por desgracia, ese faltaba. «Tal vez alguien lo robó», reflexionó Charles.

Más arriba, a la izquierda y a la derecha, los estantes estaban llenos de decenas, quizá cientos de objetos en una indescriptible aglomeración ecléctica. Había allí desde relojes antiguos y mecanismos extraños, que Charles no sabía para qué servían, hasta todo tipo de cubos y esferas del zodíaco, incluso un par de bolas de cristal para leer el futuro, decenas de versiones de libros de tarot y una capa del caballero Christian Rosacruz. En algunos había notas pegadas, por lo que eran más fáciles de identificar. También había allí, por ejemplo, el sextante de Colón, el casco de Vercingétorix y las cadenas con las que lo ataron en la jaula con la que los romanos lo arrastraron por Roma. Vio, ¿cómo podía ser de otra forma?, clavos de la Santa Cruz, un trozo del Muro de Berlín, el puñal que fue utilizado para el sacrificio del primer cerdo después de la conquista de Jerusalén por Godofredo de Bouillon, la máscara de hierro y la llave de la celda de Montecristo del castillo de If. Por supuesto, un trozo de la lanza que atravesó a Jesús, una tela que decía que era «la verdadera sábana de Turín», no la falsa que está justamente en Turín, jaulas con pájaros disecados, animales de todo tipo, algunos en frascos de formol y un pequeño consolador de marfil que según la nota había pertenecido a Cleopatra, la reina de Egipto. Vio también un trozo de piedra que por lo que ponía allí era de la muralla del castillo de Montségur y una pipa que había pertenecido a Franz Kafka, aunque este no fumaba.

Mientras examinaba sucesivamente este increíble relicario que superaba con creces todo lo que había visto en su vida, a Charles le volvió la buena disposición. Especialmente porque era un relicario vivo, es decir, en constante expansión. En una caja, otras docenas de objetos esperaban a ser descubiertos, colocados en las estanterías y etiquetados. Rebuscó un poco y encontró una caja donde ponía que contenía, ni más ni menos, la bala con la que había sido asesinado el archiduque Francisco Fernando en Sarajevo.

El objeto que más le llamó la atención, aunque muy metido detrás de la biblioteca, era una pequeña estatua del Diablo con calzas de armiño que figuraba en el *Codex Gigas*. Charles se preguntó si podría haber una conexión entre lo ocurrido esos días y Ledvina, pero pensó que una estatua así debía de venderse en tiendas de recuerdos como uno de los principales atractivos que la historia de Praga, rica en misterios y leyendas, tenía para ofrecer.

Charles creyó oír la voz de Ledvina en alguna parte lejana del pasillo, por lo que decidió, muy a su pesar, abandonar el gabinete de curiosidades en detrimento de la biblioteca. Quería echar un vistazo sobre todo a los pisos superiores. Por lo tanto, cruzó la habitación hasta detrás del sillón donde se había sentado, tiró de la escalera, que se deslizó fácilmente por una barra metálica que daba la vuelta a la habitación, y se encaramó a ella.

Dio en el blanco, porque el primer libro que encontró fue un volumen del teólogo benedictino Dom Calmet, titulado *Tratado sobre la aparición de los espíritus y sobre vampiros*, publicado en 1746. Así que se metió en el tema. Miró las maravillas que pudiera haber por allí. Sentado en la escalera, se agarraba con una mano a las barras y paseaba a lo largo y ancho de la biblioteca como un niño jugando en una instalación con ruedas en un parque de atracciones. De vez en cuando se detenía, leía algún lomo, sacaba algún libro para hojearlo, devolverlo después a su sitio y examinar el siguiente. Encontró *La humanidad póstuma,* del matemático Adolphe d'Assier, publicado en Burdeos en 1887, que trataba sobre el cuerpo astral del vampiro; luego, por supuesto, el libro de cabecera de la infalible teósofa Helen Blavatsky, *Isis sin velo,* la base de todo los delirios ocultistas del siglo XX, un montón de libros de y sobre Aleister Crowley, el fundador de la magia moderna, miembro de la organización Amanecer Dorado, que sigue operando también hoy, el inventor del vampirismo psíquico y padre espiritual de los movimientos de la brujería conocida generalmente como «wicca». Pasó a gran velocidad por unos ocultistas y tropezó con otros. Encontró la *Apología compendiaria*

Fraternitatem de Rosae Cruce, publicada en 1616, y el *Tractatus Apologeticus Integritatem Societatis de Rosea Cruce defendens*, de 1617, ambos pertenecientes a Robert Fludd, un médico educado en Oxford y un gran alquimista y cabalista; *Arcana arcanissima*, también de 1616, de Michael Maier, natural de Bohemia, del que se dice que llevó el rosacrucismo a Inglaterra.

Bajó un escalón porque vio una enorme obra en veinte volúmenes perteneciente al italiano Giovanni Battista Della Porta, *Magiae rerum naturalis sive de miraculis naturalium*, publicada en 1589. El autor era un famoso crudito de la época, el fundador de la Academia de los Secretos de Nápoles, gran mago, científico y alquimista. También encontró el libro sobre hermetismo de John Webster, publicado en 1654, *Academiarum examen* y la famosa *Cheiragogia Heliana. A Manuduction to the Philosopher's Magical Gold: Out of which Profound, and Subtile Discourse; Two of the Particular Tinctures, That of Saturn and Jupiter Constate; and of Jupiter Single, are Recommended as Short and Profitable Works, by the Restorer of It to the Light. To which is Added; Antron Mitras; Zoroaster's cave: Or, An intellectual Echo, &c. Together with the Famous Catholic Epistle of John Pontanus upon the Minerall Fire*, firmada por George Thor, Astromagus, en Londres, e impresa para Humphrey Moseley en Prince's Armes en el patio de la catedral de San Pablo en 1659. Había también los más famosos libros sobre vampiros, y probablemente el más famoso del mundo, firmado por Ivan Gaidar y Orhan Regep, publicados por la prestigiosa editorial berlinesa Mount Los Erdogan.

Charles estaba a punto de marearse. Estaba repleto de libros antiguos, en su inmensa mayoría raros y muy valiosos. Se preguntó si Ledvina sabía latín o si había leído algo de todo aquello. No sabía si preguntarle, por miedo a ponerlo en un brete. Se cansó de consultar la biblioteca y descendió por la escalera. Su mirada se fijó en un estante en la pared oeste de la sala, donde, a diferencia del resto de la biblioteca, había varios libros fuera de sitio. Parecía una señal de que Ledvina los había abierto recientemente, así que Baker quiso ver sobre qué trataban. Cogió el primero y se encontró con el famoso manual sobre la Inquisición jamás publicado *Malleus Maleficarum*, escrito por Heinrich Kramer, y a veces atribuido también a Jacob Sprenger, en 1487. Este libro era maléfico en sí mismo. Después de explicar a los lectores, en la primera parte, qué era la brujería y a quién beneficiaba, se convertía en un verdadero manual de caza de brujas: quiénes eran, cómo reconocerlas y cómo apresarlas; la forma en que había que torturarlas para confesar y, por último, cómo había que ejecutarlas. El libro conoció un tremendo éxito en el tiempo, sobre todo con la aparición de la imprenta. Más de cuarenta ediciones se imprimieron en menos de cien años, aunque hay que decir que la Iglesia condenó este libro tres años después de su primera aparición. El siguiente libro que parecía que alguien había hojeado recientemente era de Johannis Wier, *De Praestigiis Daemonum, Et Incantationibus Ac Veneficiis Libri Sex, Aucti Et Recogniti*, que defiende a las brujas contra diferentes tipos de diablos, los cuales, según el autor, constituían el verdadero peligro. El siguiente, el libro del juez Martin Delrio, *Disquisitionum magicarum libri sex*, de 1599, uno de los éxitos de ventas más rotundos de la época y convertido también en manual para juzgar a las brujas.

Apartó de un lado el montón de libros de magia, porque vio por el rabillo del ojo, justo detrás, otra pila de volúmenes que parecían aún más interesantes. Reconoció la mayoría. ¿Cómo podía un pobre policía a punto de jubilarse hacerse con algunas obras tan raras, todas originales, que cualquier biblioteca del mundo estaría orgullosa de tener? No encontró ninguna respuesta satisfactoria. Lo cierto es que reconoció el libro de François Richard, *Relation de ce qui s'est passé de plus remarquable à Sant-Erini isle de l'Archipel, depuis l'établissement des Pères de la Compagnie de Iesus en icelle*, uno de los primeros en estudiar a los «vrykolaks», esos supuestos ancestros de los vampiros encontrados en Grecia a partir del año 1200. A continuación, el volumen escrito por Leone Allacci, médico y *magister* en filosofía y teología, *De templis Graecorum recentioribus, ad Joannem Morinum; de narthece ecclesiae veteris, ad Gasparem de Simeonibus; nec non de Graecorum hodie quorundam opina-*

tionibus, ad Paullum Zacchiam, del año 1650. El libro apareció en forma de carta inconclusa escrita por un famoso especialista en medicina forense, Paolo Zacchia, que trataba ampliamente las supersticiones y las creencias populares de los griegos de la Edad Media, y es un extenso estudio sobre los mismos «vrykolaks». Vio también el volumen de Walter Map, *De nugis curialium,* escrito a finales del siglo XI, un verdadero tratado sobre los orígenes de los diferentes tipos de vampiros. Allí se discuten en detalle las características de los «aparecidos», los muertos que regresan de la tumba, y sus aventuras. Justo cuando pensaba que solo faltaba la *Historia rerum Anglicarum* de William de Newburgh, casi del mismo período, que recuerda también todas las creencias en estos «aparecidos» y describe en detalle cómo se escapan y vuelven a la tumba, lo vio justo en la parte inferior del montón.

Tuvo tiempo para echar un vistazo a tres títulos: *Henrici Cornelii Agrippae ab Nettesheym – De Occulta Philosophia Libri Tres,* de 1551; *Dissertations sur les apparitions des anges, des démons et des esprits, et sur les revenans et vampires de Hongrie, de Bohême, de Moravie et de Silésie,* de 1746; y la famosísima *Relation d'un voyage fait au Levant dans lequel il est curieusement traité des estats sujets au Grand Seigneur, des Moeurs, Religions, Forces, Gouvernements, Politiques, Langues & coustumes des Habitants de ce Grand Empire. Et des singularitez particulières de l'Archipel, Constantinople, Terre-Sainte, Égypte, pyramides, mumies, déserts d'Arabie, la Meque: Et de plusieurs autres lieux de l'Asie et de l'Affrique, remarquez depuis peu & non encore décrits... à present. Outre les choses mémorables arrivées au dernier siège de Bagdet, les cérémonies faites aux réceptions des ambassadeurs du Mogol: Et l'entretien de l'autheur avec celuy du Pretejan, où il est parlé des sources du Nil,* de Jean de Tavenot, de 1664, cuando escuchó la voz del comisario en la puerta. Se apresuró a volver a su sitio. Ledvina le encontró sorbiendo el café y preguntando con la mirada y con el cigarro en la mano si podía fumar.

Como era de esperar, el comisario no puso ninguna pega.

79

—¿Le ha parecido interesante mi biblioteca? —preguntó Ledvina sonriendo.

Charles se preguntó si no habría cámaras en la inmensa habitación y si la amable salida del comisario no había sido más que un pretexto para que el policía checo pudiera vigilarlo desde algún monitor. Pensaba que ese modo de actuar no encajaba con el personaje, pero no tenía forma de saberlo con certeza. Ledvina intuyó lo que estaba pasando por la mente del profesor y se le adelantó.

—Alguien como usted no podría resistir a la tentación de echar siquiera una mirada. Sé que esta biblioteca es impresionante. Además, los libros sobre vampiros que consulté esta mañana están descolocados. Lo que para uno es el desorden, para mí es la forma de trabajar y, no sé si me creerá o no, pero yo sé, en toda esta montaña de documentos, dónde está cada papel que necesito. ¿Y bien?

Charles pareció satisfecho con las explicaciones del comisario, pero se había olvidado de la pregunta inicial. Se encogió de hombros de una manera que quería decir «Y bien, ¿qué?».

—Le he preguntado si le gusta mi biblioteca —repitió Ledvina.

—¿Ha leído todos esos libros? —preguntó Charles para evitar una respuesta directa.

—No. Mi pasión no es la lectura, de ninguna manera, y aunque le parezca un poco pirado, no tengo ningún tipo de inclinación hacia el ocultismo. Soy un ser solar, positivo y optimista por excelencia. Pero soy un sabueso, en mi opinión, desde el nacimiento. Es lo que estoy haciendo. Eso es lo que sé hacer. Y estoy seguro de que soy un excelente sabueso, con un extraordinario olfato y dotado por la madre naturaleza con una intuición tan inusual que se chismorrea por las esquinas que soy una especie de médium.

»Lo que no saben esos estúpidos charlatanes es que me tomo mi trabajo muy en serio. Y si tengo que informarme ahora acerca de los vampiros, entonces procuro hacerlo con total seriedad. Creo que aquí nos parecemos un poco.

Charles pensó que no se parecía en absoluto a aquel bruto sabiondo que tenía delante.

—Le quiero hacer un cumplido —continuó Ledvina—, pero podría parecer una ofensa. Y, como nos hemos acalorado muchísimo, le ruego que me escuche hasta el final antes de abalanzarse sobre mí.

Charles dio una calada a su cigarro e intentó una sonrisa amable.

—Usted mismo explicó, hace algún tiempo, en una entrevista para la televisión checa, después de esquivar con gracia las preguntas estúpidas del tipo «¿Cómo se le ocurrió la idea?» y «¿Cuáles serían los tres libros que se llevaría usted a una isla desierta?», que sus dos personalidades predilectas, a las que prefiere por encima de las demás en toda la historia del mundo, son Diógenes y Walt Disney. Esta respuesta sorprendió a muchas personas. Usted dijo entonces que el cínico Diógenes representa el espíritu impertinente que define la libertad y Disney, el hombre que redefine el universo infantil.

—¿Dije yo esto? —preguntó Charles ligeramente agasajado—. Está bien. Significa que soy consecuente.

—Tal vez de allí le viene. No me pude abstener de investigar también yo quién podría ser el personaje que un intelectual de su talla considera como el hombre más importante que jamás haya existido. Su afirmación me inquietó y me impulsó entonces a saber más acerca de este Diógenes que le dijo a Alejandro Magno que se apartara porque le tapaba el sol. Este, preguntado por quién hubiera querido ser de no ser Alejandro, respondió con muchas ínfulas que Diógenes. Usted ha dicho que, como respuesta a las ideas de Platón, quien sostenía que el hombre era un animal bípedo sin plumas, Diógenes trajo una gallina desplumada y exclamó: «Aquí está el hombre de Platón». Y también ha afirmado, con su peculiar forma de combinar de una manera absolutamente sorprendente el espíritu más evolucionado y la profundidad del análisis con la fina ironía y el humor rudimentario, a menudo al límite de la decencia, que Diógenes fue la única persona a la que dos de las más famosas prostitutas de Atenas le concedieron sus favores de forma gratuita.

Charles se quedó sin aliento. Eso no era lo que esperaba. ¿De dónde había surgido ese discurso tan coherente, lleno de cortesía y tan exacto, de la boca de este oso pardo con ganas de discutir? Tal vez Ledvina era mucho más de lo que dejaba entrever a primera vista. Y parecía que se empecinaba en sorprenderle una vez más.

Llamaron a la puerta y una joven secretaria, con una falda excesivamente corta, trajo una bandeja en la que había dos vasos pequeños, y otros dos grandes, una botella de aguardiente donde ponía escrito a mano HRUŠKOVICE 2010, una botella de agua mineral y dos pequeñas tazas con café. El comisario se puso de pie y le indicó que la pusiera sobre la mesita que había delante del sillón de Charles; a continuación la despachó con un gesto. Mientras se acercaba de nuevo al profesor y servía el licor en los minúsculos vasos de la mesa, dijo:

—Ni siquiera le he preguntado si le podía ofrecer algo para beber. Tengo aquí un aguardiente de pera hecho por mi cuñado en su propia huerta. Es una de las mejores bebidas que jamás he probado. Por favor, no me haga sentir mal.

Charles pensó que un poco de alcohol podía relajarle algo, así que alcanzó el diminuto vaso lleno hasta el tope. Ledvina levantó el vaso, brindó y se echó al gaznate el contenido chasqueando de satisfacción. Charles entendió que no había manera de disfrutar de la primera copa, por lo que imitó al anfitrión. Sintió estallar sus ojos, pero se abstuvo de manifestar su opinión. El comisario, satisfecho, llenó otra vez los vasos y quiso brindar de nuevo, pero Charles apartó rápidamente el vaso, por lo que una pequeña cantidad de la botella de la copa de Ledvina se cayó al suelo.

—Vamos a ir despacio —dijo Charles—. No estoy acostumbrado.

El comisario lo miró, se echó otro vaso al coleto y luego se dirigió a la mesa. Se estiró por encima del montón de carpetas y de una pila que, según Charles, no era diferente a cualquier otra, desde algún lugar de la tercera fila, en el primer tercio empezando desde la base hacia arriba, sacó, sin que se tambaleara la torre de papeles, una carpeta igual que las demás. Charles pensó que el policía no había mentido al decir que se defendía muy bien en su propio desorden.

—¿Qué sabe de Nosferatu? —preguntó Ledvina, que esperaba la respuesta con la carpeta en la mano.

—Es otro nombre que Bram Stoker utiliza para Drácula. Al parecer, lo cogió de Emily Gerard, que había publicado un artículo unos años antes. Pero es probable que su primera aparición impresa fuera mucho antes, en 1860, en una obra de Heinrich von Wlisłocki titulada *Las supersticiones de los rumanos*. ¿Es importante?

Ledvina seguía mirándole con la carpeta en la mano. Esperaba que continuara.

—La etimología no es segura. La teoría más reciente dice que proviene del latín *non spirare*, que significa «no respirar», lo cual definiría a un muerto. Tiendo a creer en las teorías anteriores, más simples, que hacen referencia a una palabra rumana, *necuratu'*, uno de los muchos nombres en este idioma con que se le llama al Diablo.

Ledvina le seguía mirando. Charles se dio cuenta de que Nicky tenía algo que creía que era muy importante y quería enseñárselo, por lo que preparaba el momento. Sacó una hoja del sobre y se la entregó a Charles, que la cogió con mucha curiosidad.

—No entiendo... Me lo mostró antes.

—Sí. ¿Y qué pasa?

Charles miraba al comisario como si fuera un loco. Se había vuelto otra vez muy desagradable.

—¿Esta es una técnica sutil de interrogatorio? No suele funcionar. —Hizo una pausa. Y como Ledvina no decía nada, Baker añadió—: Es la fotografía que decía que había en el teléfono de no sé quién con la famosa sombra de la sede de la policía del pueblo... A propósito, ¿cómo se llama ese lugar?

Ledvina no contestó. Y del mismo modo misterioso sacó otro papel que entregó a Charles. Este lo cogió, interesado por saber qué se traía entre manos. Lo examinó largo y tendido.

—Parece un dibujo de la fotografía anterior. La justicia de Estados Unidos tiene la costumbre de dibujar las escenas de un juicio; se llama «boceto de sala» y comenzó a ser utilizado a partir de los procesos de las brujas de Salem. ¿Tiene algo que ver con ellas? —preguntó Charles.

Ledvina negó con la cabeza.

—Se utilizaban cuando no existían cámaras o no estaban permitidas durante los juicios. Hoy en día también se usan de forma esporádica. Tienen un encanto particular y tienden a convertirse en algo más bien artístico a medida que su función documental entra en declive.

—¿No le parece que hay algo extraño en este dibujo?

Charles lo miró con atención. Era un dibujo hecho a pluma, con tinta china por alguien que, evidentemente, era un entendido del tema.

—Aunque creo que es una copia de la fotografía, parece más antiguo o hecho adrede para que se vea anticuado.

—El monstruo es el mismo —dijo Ledvina—, pero, según puede observar, la casa no existe. Por consiguiente es otra aparición similar, digámoslo así, del mismo fenómeno.

Charles había visto en el tren la fotografía tomada por la camarera de Londres, así que no estaba sorprendido.

—Y no está manipulado para aparentar ser antiguo, sino que lo es de verdad. Lo tengo en mi poder desde hace más de treinta años. Y la persona que me lo vendió lo había sustraído de los archivos de Scotland Yard mucho antes.

—Le escucho —dijo Charles, que quería evitar los momentos de suspense que las pausas del comisario provocaban, intencionadamente o no.

—Es un dibujo hecho por un testigo de un horrible crimen perpetrado en la noche del 30 al 31 de agosto de 1888. Representa un granero de Buck's Row, que hoy es Durward Street, cerca de Whitechapel Road, en Londres. Nunca se ha hecho público, pero garantizo su autenticidad.

A Charles se le puso la piel de gallina. Fue su primera reacción antes de invadirle otra vez el escepticismo. Ledvina se percató de la reacción del profesor también esta vez.

—Al pie de este granero fue asesinada aquella noche Mary Ann Nichols.

—La primera víctima de Jack el Destripador —dijo Charles.

El comisario asintió con la cabeza. Como Charles estaba a punto de decir algo, Ledvina intervino:

—Antes de continuar con su verborrea escéptica, salpicada de bromas, déjeme terminar.

Sacó otro dibujo y se lo entregó. En el boceto se veía la pared de otro granero, esta vez en el campo, y la misma sombra.

—Otro dibujo, también de los archivos de la policía inglesa, que se remonta a 1827. El edificio que aparece se conoce como el Granero Rojo. Maria Marten recibió allí un disparo de su amante, William Corder. La misma sombra aparece también cuando él fue ejecutado un año después. La sombra, como se ve, se proyecta sobre el conjunto de mirones, dibujada desde algún lugar a más altura. La multitud que asistió a la ejecución no alcanzaba a verla.

Charles se había quedado mudo. No tenía ni idea de esas apariciones históricas. Por lo que sabía, los dibujos parecían auténticos.

—Tengo aquí una carta de un testigo que describe la misma sombra cuando se robó el carruaje de correos que hacía la ruta entre París y Lyon. Los carteros fueron asesinados y el dinero destinado a la campaña de Italia desapareció. Fue en abril de 1796. En octubre de ese año —continuó Ledvina mientras ponía en las manos del profesor un nuevo dibujo—, murió Catalina la Grande. Este es un boceto suyo en el lecho de muerte. Junto a ella se encuentra el príncipe Pablo. Mire lo que se divisa al fondo —añadió, señalando con el dedo.

Era la misma sombra. Charles se quedó sin palabras.

—Tengo aquí más testimonios y dibujos de la misma presencia en 1766, cuando unos terribles lobos atacaron a personas en Gévaudan en el sur de la Francia central. No se trata solo de la Bestia de Gévaudan, con sus impresionantes colmillos, sino de otra presencia de la que hablaron dos testigos que escaparon al ataque. Creo que ya sabe de lo que estoy hablando. En el mismo año, según se muestra aquí —el comisario le entregó un nuevo dibujo—, la misma sombra fue dibujada en la ejecución de Jean François de la Barre, que fue torturado y decapitado, y luego quemado tras clavarle en el pecho una copia del *Diccionario filosófico* de Voltaire. ¿Sabe usted lo que hizo el noble francés?

—Se dijo que no se había quitado el sombrero al paso de una procesión católica, pero eso fue solamente un pretexto para ejecutarlo. Dickens le hizo un homenaje en *Historia de dos ciudades*.

Ledvina se puso a sacar hoja tras hoja, mientras hablaba a toda velocidad, y a tirarlas sobre la mesa una a una.

—Descripciones y dibujos de la misma aparición, en 1672, en la batalla de Solebay, y en el mismo año, tras cruzar el Rin el ejército francés de Luis XIV para lo que será el asedio de Utrecht. De 1610 no tenemos dibujos, solo algunos testimonios independientes sobre la misma aparición en el asesinato de Enrique IV por Ravaillac, señalada en la rue de la Ferronnerie. Y en el mismo año, en el funeral de un famoso pintor llamado Michelangelo Merisi.

—¿Caravaggio? —preguntó Charles, que estaba cada vez más extrañado y contrariado—. ¿Qué relación tiene?

Ledvina continuaba sacando papeles, hablando y tirándolos sobre la mesa. Parecía estar en trance.

—En 1548, en el asesinato de Lorenzino de Medici. En 1517, durante el V Concilio de Letrán, recordado por un prelado. Y por último, en el mismo año, en la pared de la iglesia del castillo de Wittenberg, justo cuando Martín Lutero clavó sus noventa y cinco tesis en la puerta. Aquí hay cuatro pruebas idénticas que describen a la misma bestia.

—En este caso podría tratarse de la imaginación de los católicos, horrorizados por el nuevo diablo que atacaba de manera tan desvergonzada a la Iglesia oficial —sostuvo Charles.

Ledvina continuaba con lo que estaba haciendo.

—En 1485, en la batalla de Bosworth Field, dos testigos declararon por separado que vieron la sombra justo cuando Ricardo III de Inglaterra fue ajusticiado.

Aquí Charles se despertó de verdad. Se estiró para alcanzar la carta y la analizó con detenimiento.

—¿Ricardo III? Dediqué muchos años a estudiar la guerra de las Dos Rosas e intenté resolver el misterio.

—Usted lo bautizó como la Joroba Perdida. Lo sé. Por último —continuó Ledvina—, he aquí una fotocopia de la contraportada de unos de los ejemplares del manual *Malleus Maleficarum* de 1487.

Charles observó que había un grabado con la sombra que ya conocía de memoria, en todos sus detalles, debajo del título.

—Y el original, ¿dónde está? He visto que usted tiene una copia. ¿Es esa?

Ledvina se encogió de hombros.

—¿Cree que podría prestarme alguna de esas fotografías? Para tratar de llegar al fondo.

—Tal vez. Ya veremos.

El comisario se sirvió otro vaso de aguardiente y se lo bebió de un trago. Sirvió también a Charles, que no se resistió, pero ni siquiera tocó el vaso. Ledvina dio otra vez una vuelta alrededor de la mesa y se sentó en la silla antigua que tenía la piel agrietada por todas partes. Le lanzó una pregunta como por casualidad.

—¿En qué año nació?

—En 1970 —contestó Baker.

—¿Tiene fotos y vídeos de pequeño? ¿Y del instituto?

Charles comprendió lo que quería preguntar Ledvina y se echó a reír.

—Sí, un montón. No soy inmortal. Ni el conde de Saint Germain, y tampoco soy la sombra.

El comisario balbuceó algo ininteligible y retomó el discurso:

—He hecho un cálculo sobre estas apariciones. He investigado algunas a partir de mis cálculos y he encontrado las fechas que he estimado correctas. Las apariciones tuvieron la siguiente cronología: 1485, 1517, 1548, 1610, 1672, 1766, 1796, 1828, 1888 y, después de una larga pausa, 2014. La frecuencia con que apar...

—Es una vez cada 30, 31 o 32 años, a excepción de las pausas más largas, pero que también son un múltiplo de 30, 31 o 32.

—Sí. Pensé que se podría haber detenido en 1888. Pero lo que hemos visto ahora... Faltan tres ciclos entre Londres y ahora y otros cinco anteriores.

—¿De qué año es la primera aparición?

—1485.

—En total dice que tendrían que ser 10 más 8. Es decir 18.

Ledvina asintió con la cabeza.

—Pero entre las víctimas de ahora no hay ninguna que muestre marcas de mordiscos en el cuello, ¿no es así?

—No, pero usted ha conocido por lo menos una este año.

Charles lo miró sorprendido. Sabía que la mirada le había delatado.

—Entonces ¿hasta ahora esta cosa, o lo que sea, solamente había sido testigo y de repente decidió actuar en persona? Vamos, señor comisario, creo que nos hemos vuelto todos locos. ¿Qué relación hay entre todos estos casos?

—Si no fuera absurdo, diría que tienen relación con usted.

El teléfono de Charles volvió a sonar. Esta vez era Christa. Ledvina quiso levantarse, pero Charles levantó la mano para detenerlo, dándole a entender que no había necesidad.

Christa le dijo que había terminado lo que tenía que hacer. Le preguntó dónde estaba.

—Estoy con el comisario Ledvina desde el mediodía. No, no me ha causado ningún daño. —Se rio y miró al comisario—. Tampoco me ha atravesado el corazón con estacas, ni me ha disparado con una bala de plata. De acuerdo. Yo también iré.

Christa le dijo que se quería dar una ducha y que lo llamaría cuando llegase.

80

Christa había regresado al hotel alrededor del mediodía y se había enterado de que Charles había salido acompañado por un policía. Pensó en llamarlo, pero temía parecer de nuevo indiscreta o superprotectora y alejarlo. Así que le sonsacó al recepcionista si el profesor se había visto de alguna manera forzado a ir a la policía. Cuando el recepcionista respondió que todo lo contrario, que parecía muy alegre, Christa se tranquilizó. Se cambió y volvió a salir. Fue a la sede de la Interpol en Praga, donde habló con un colega, envió dos mensajes de correo electrónico desde su ordenador y echó una carta a un buzón. Luego hizo dos visitas privadas en un barrio con casas antiguas, donde se quedó algún tiempo. Después de salir de allí, como Charles no daba ninguna señal, pensó que necesitaba más ropa, por lo que entró en una tienda y escogió lo que encontró a mano.

Desde el momento en que había salido del hotel por segunda vez, tuvo constantemente una sensación extraña, como si alguien la siguiera, notaba su mirada clavada en la nuca. Observó que la tienda tenía dos entradas, así que salió por la parte trasera, rodeó el edificio y apareció justo delante del individuo con cara de perro bóxer que estaba escondido detrás de un árbol. Se detuvo solo a unos cuantos centímetros delante de él y lo miró fijamente, luego se volvió y se fue. Y como el cara bóxer no supo qué hacer llamó a Werner, quien, tras decirle que regresara a la casa, arrojó el teléfono contra la pared y lo rompió en pedazos.

De vuelta al hotel, Christa se sentó en un sofá en el vestíbulo y marcó el número de Charles. Este estaba en la comisaría. Y dijo que iba para allá.

Honza se hallaba delante de la sede de la Brigada Especial porque no tenía ganas de subir a la oficina. De pronto vio a lo lejos, en diagonal, en la acera de enfrente, cómo tres mocetones punk con las crestas teñidas de púrpura, verde y amarillo, con piercings en la nariz, vestidos completamente de cuero y calzados con botas altas, atiborradas de metales, se acercaban a una rubia que estaba lamiendo un helado apoyada sobre una motocicleta enorme. Los tres chicos, que acababan de salir de un pub cercano, rodearon a la rubia y se movieron en círculo a su alrededor mientras hablaban a gritos, hacían gestos obscenos y tocaban la moto. El círculo se estrechaba poco a poco y los tres alborotadores empezaron a tocar a la rubia y la agredieron. Uno le robó el casco y se lo tiró al otro, que se lo pasó al tercero.

El ayudante fue a buscar su pistola, que guardaba en la funda debajo de la chaqueta. No llegó a cruzar a la otra acera, pues se quedó boquiabierto. Vio a uno de los agresores dando un paso hacia atrás, luchando por unos segundos para no desequilibrarse, y luego derrumbándose de cara al asfalto. A continuación la rubia volvió sobre su propio eje y le dio una patada en el pecho al segundo y lo proyectó en mitad de la calle. Un coche que acababa de pasar se vio obligado a frenar brusca y ruidosamente, pero no pudo sortearlo y el tipo se estampó contra el parabrisas. El tercero sacó del cinturón una navaja automática y quiso clavársela. Beata se apartó, lo cogió del brazo y se lo retorció detrás de la espalda. Con la otra mano, tiró del pendiente del labio. El hombre gritó salvajemente. La mujer levantó el casco del suelo y le pegó un golpe en la oreja. Se desplomó.

Honza aceleró su paso y, en el momento en que llegaba al lugar de la paliza, la motocicleta derrapó dejando atrás una enorme nube de polvo, tras la cual desapareció. Honza se quedó donde la motocicleta había estado aparcada y miró con la pistola en la mano la escena del altercado. El vigilante y el portero de la Brigada Especial llegaron corriendo y, cuando uno de los tres punks se puso de pie, escupiendo sangre mientras gritaba como un descerebrado y se acercaba amenazante a Honza, este le dio otro golpe con la pistola en la cabeza.

Beata se detuvo tres calles más abajo y llamó a Werner. Le contó lo que había sucedido y le preguntó si había conseguido averiguar lo que había en ese edificio, dónde había entrado Charles y por qué tardaba tanto. Beata sabía que no había salido del edificio porque la señal que emitía el móvil del profesor aparecía en el mapa en el mismo lugar que cuando entró.

Werner había averiguado que era el edificio de la Brigada Especial de policía que trataba los incidentes delicados, aquellos que se tenían que resolver rápidamente y en secreto, lejos de la prensa y con métodos no muy ortodoxos. Ya se había enterado por algunas personas que estaban en la nómina del Instituto, infiltrados en el Ministerio del Interior, de que la Brigada Especial se ocupaba de las víctimas del tren, de la sede de la comisaría del pueblo y del cadáver del motociclista encontrado en la zanja. También había averiguado que casi nadie tenía autoridad sobre el jefe, un tal comisario Ledvina, considerado una vaca sagrada de los servicios secretos checos. Werner se hacía preguntas. Si a esa unidad se le había entregado lo más importante en medicina forense de los últimos días en el pequeño país europeo, ¿a qué demonios se dedicaban las otras autoridades? Se dijo que tal vez todos estaban ocupados dirigiendo el tráfico. Quizá por eso Praga estaba colapsada casi todo el día.

Estaba muy interesado en lo que el policía podría hablar durante tanto tiempo con Charles y se enfadó consigo mismo por no haberlo previsto. Trató de encontrar una manera de entrar cualquier herramienta electrónica dentro de la Brigada Especial, pero descubrió con asombro que Nicky Ledvina no tenía ni teléfono móvil ni ordenador. Como casi no le quedaban agentes de fiar, decidió que a partir del día siguiente Beata vigilaría al comisario. De Charles se ocuparía él mismo.

81

—Debo irme. A las siete tengo una cita importante y he de prepararme.

—Todavía tiene tiempo —dijo Ledvina.

—Algo. Pero con este tráfico y con la hora que es...

—No pasa nada. Le llevaremos nosotros. Con las luces.

Cuando pronunció estas últimas palabras, Ledvina hizo unas rotaciones con la mano por encima de la cabeza imitando, incluso cerrando y abriendo los ojos y con los labios fruncidos, la sirena de la policía. Comenzó a cambiar toda su perspectiva sobre el fenómeno. Si los testimonios y los dibujos históricos eran reales, entonces también lo eran las fotos que había visto recientemente: la de Londres y la del pueblo sin nombre.

Se hizo el silencio en la oficina del comisario, tanto que casi podían oírse sus pensamientos. Charles bebió, al final, un vasito de aguardiente, a tragos pequeños. Encendió el último cigarrillo que le quedaba. Sin decir una palabra, el comisario abrió una ventana y subió algo más las persianas. Apenas había pasado la mitad del mes de junio y el verano aún no había entrado de lleno. Por el contrario un aire primaveral, ligeramente refrescante, penetró en la habitación.

—¿Y qué piensa que es esta sombra? —preguntó Charles—. ¿Un vampiro?

Ledvina parecía bastante inseguro con respecto a la respuesta.

—La sombra aparece con un intervalo de treinta y pico años. Algo que, en términos estadísticos, es toda una generación. ¿Por qué aparece desde 1485 con cada generación? Parece que es un aviso recurrente del mal, que no solo se mantiene constante, sino que incluso aumenta en monstruosidad. Y que se aferra en marcar los albores de cada nueva generación. En todas partes donde aparece, la muerte está presente. Y es, la mayoría de las veces, una muerte violenta.

—¿Tiene una respuesta más concreta?

—Usted y su certeza. La sombra se parece exactamente a la de un vampiro.

—Pero hemos dicho que los vampiros no tienen sombra.

—Tal vez se trata de una especie particular de vampiro. Sin embargo, la coincidencia con las descripciones populares es demasiado alta. Y como no hay otra explicación... Creo que, si llego a entender lo que pasa en todos estos años, con la información que dan los testimonios, estaré más cerca de la resolución del enigma. ¿Usted no puede decirme algo más? ¿De verdad no vio nada aquella noche?

—Le he dicho todo lo que sé.

—Estoy seguro de que no. Del mismo modo que estoy seguro de que ha visto al menos una vez a esta criatura. No sé ni dónde ni cómo, pero tengo esta intuición. Asimismo creo que la sombra está relacionada de alguna manera con usted. Si es verdad lo que me contó, le ayudó a salir de la cárcel.

—De una celda donde me retuvieron injustamente —dijo el profesor y, para cambiar de tema, añadió—: ¿Sabe que es errónea su observación? Aquella referente a las descripciones populares: nuestra imagen sobre un vampiro tiene muy poco que ver con la evidencia histórica. Es una imagen creada exclusivamente por la literatura. Y por el cine.

—¿Qué quiere decir?

—Si me lo permite...

Ledvina asintió con la cabeza.

—El vampiro, tal como lo conocemos, es un hombre de mediana estatura, de entre treinta y cinco y cincuenta años, delgado, necesariamente esbelto, como la hoja de una espada, de origen aristocrático, con las uñas largas y puntiagudas y los caninos afilados, a veces incluso con las orejas puntiagudas, un tributo a la figura del animal que lo inspiró. Tiene los labios finos, muy rojos, aunque la cara pálida, porque es un muerto viviente. En contraste con su rostro, le brillan los ojos. Se parece, de hecho, a los actores de teatro de los siglos XVIII y XIX, que se maquillaban exactamente así, con mucho polvo en la cara y los labios muy resaltados. A veces lleva una capa que recuerda las alas de un murciélago. Duerme en un ataúd o en una tumba. La noche es el momento en que sale, porque la luz del día le sienta mal. A veces, el sol lo puede matar.

—Desde Stoker en adelante sabemos que el día ya no puede hacerle daño. El único efecto que tiene en su ser es que pierde los poderes. Puede ser vampiro solo por la noche.

—Exactamente. Se alimenta de sangre, a veces como único alimento, a veces solo como un suplemento dietético. Otros alimentos que le gustan son las frutas frescas. Aborrece la carne porque proviene de la carroña; le parece que sería como comer su propia carne. A veces tiene el pelo negro y largo, a veces corto y canoso. Odia la soledad, excepto la de su propio ataúd. Por lo tanto, necesita la compañía de otros vampiros, especialmente de mujeres. Como estos nunca existen de forma natural cuando inicia la acción de cualquier historia (lo cual es estúpido, porque podemos suponer que también antes necesitaba compañía, por llamarlo así), los tiene que fabricar. Así que muerde en el cuello a los que elige para acompañarle o servirle porque es un dictador, el amo absoluto. Siempre deja en el cuello de las víctimas dos marcas pequeñas pero profundas, y les chupa la sangre, aunque no del todo, para que ellos después de un tiempo y mucho sufrimiento se conviertan, a su vez, en vampiros. Su obsesión es poblar el mundo entero con criaturas que se asemejen a él y ser su dueño absoluto, el príncipe de la oscuridad, es decir el Diablo. Por eso insisto en decirle lo que le conté anteriormente. Y, a modo de anécdota, le diré que una vez me divertí y demostré matemáticamente que la existencia de los vampiros es imposible.

—¿Matemáticamente? ¿Cómo?

—Bueno, mediante una ecuación simple. Empecé a partir de la premisa de que un vampiro necesita alimentarse a menudo. Me dije que no había que exagerar y puse, digamos, que se alimenta solo una vez cada tres días. Por lo tanto, debe haber una víctima en este intervalo. Sabemos que un hombre mordido se convierte también en un vampiro, lo que nos lleva a la conclusión de que, cada tres días, nace otro vampiro. Ahora hay dos bocas que alimentar y por consiguiente, después de nueve días, por ejemplo, tendremos ocho vampiros. Si queremos saber cuántos días son necesarios para que todas las personas de este planeta sean transformadas en vampiros, tenemos la siguiente fórmula: 2 elevado a la potencia X. Si Z es el número de días necesarios para llegar a ocho mil millones de seres humanos del planeta, la ecuación sigue siendo la misma, pero ahora X será una variable de Z (que representa el número de días). Si tenemos 2 elevado a X, donde X hace la función de Z. De este modo, en tan solo ochenta y cuatro días, más de ocho mil millones de personas se convertirían en vampiros. Supongamos que se alimenta con menos frecuencia, por ejemplo, cada dos meses. Esto significa que si un hombre se convierte en vampiro cada sesenta días, X será un múltiplo de 60 y después de ciento veinte días, vamos a admitirlo, tendremos 2 elevado a 2 vampiros. Después de mil doscientos días tendremos 2 elevado a 10 vampiros (es decir, mil veinticuatro) y así sucesivamente. De modo que toda la población mundial se compondría exclusivamente de vampiros.

—¿Y si cada hombre mordido no se transforma en vampiro? Solamente algunos, los elegidos.

—¿O sea que el vampiro necesita solo una pequeña banda, un puñado de sirvientes? Vale. Supongamos que fuera así. Pero debe alimentarse. Supongamos que mata a un hombre cada tres días y no lo convierte en un vampiro. ¿Ha oído hablar en alguna parte de muertes sospechosas que pueden alcanzar, si admitimos que tiene solo nueve acompañantes, un promedio de al menos veinticinco por semana, o cien por mes, mil doscientos por año? ¿Año tras año?

Ledvina suspiró. No había pensado nunca en este problema.

—Creo que la razón no tiene lugar en el espacio...

—¿De la ficción? —preguntó Charles—. ¿Me paro aquí?

Ledvina negó con la cabeza. Quería oír la continuación.

—Pero el vampiro popular no es así. La primera característica es que es gordo. El término usado, aparte de «vrykolak», es también «timpanaios», que significa exactamente eso: «vientre como un tambor». Le preceden las historias con «aparecidos», que son los muertos que regresan. Básicamente se trata de cadáveres en perfecto estado, no afectados por la descomposición y que regresan a sus aldeas para aterrorizar a los vivos, aunque a menudo ni siquiera tienen intención maléfica. En el peor de los casos asustan a los supervivientes. Muchas historias dicen que, en realidad, estos «aparecidos» volvían para acompañar a las mujeres o para ayudarlas en las tareas domésticas, especialmente por la noche, ya que por la mañana volvían a la tumba. Hasta el momento, ninguna mala intención. Muchas de las historias de la Edad Media son de amor más allá de la muerte. Hay una larga serie de historias de ese tipo y todas hablan sobre el novio o la novia que tras morir prematuramente regresa con su pareja. Al principio parece normal. Las personas enterradas unos días atrás se vuelven pálidas y se mueven muy rápidamente, con la mirada perdida, como si fueran contra su voluntad, como decía el jesuita Robert Sauger.

La puerta se abrió y entró Honza, que quería comunicar algo al comisario. Este le preguntó con la mirada. El ayudante negó decepcionado con la cabeza y Ledvina lo despachó con un gesto nervioso. Después de presenciar el intercambio de señales entre los dos, del que no entendió nada, Charles pensó que era mejor no molestar y continuó:

—La verdad es que el vampiro tiene problemas de identidad. Absolutamente en ninguna parte antes de la literatura gótica existe la leyenda de que un vampiro muerda a una persona para convertirla. Esta manera de transmitir una infección es desconocida. Es un muerto viviente que camina como un fantasma, chupa la sangre como una bruja y lleva al principio el nombre del hombre lobo, y luego uno que se asignó a los herejes en la ortodoxia, pues eso significaba exactamente «upir» en los círculos eclesiásticos. La identidad del vampiro no aparece nunca. La gloria se la otorga la literatura.

Ledvina le miró extrañado. Empezaba a volverse todo bastante confuso.

—Por último, ya que es un monstruo, hay que matarlo y existen reglas precisas sobre cómo hacerlo. Dado que la luz del sol lo mata solo al principio, pero, como ya hemos visto, el vampiro evoluciona o se adapta, ¿qué queda? Hay que deshacerse de él. Aquí la fuente de inspiración es de nuevo el Diablo, más exactamente los ritos de exorcismo. Porque el mal del que no te puedes librar, en el caso de que el bien no tenga ninguna posibilidad de triunfar, es un contrasentido en términos escatológicos, éticos y en particular narrativos. Desde entonces se busca el final feliz.

—¿Cuándo se inventó el final feliz? —preguntó inocentemente el comisario como un estudiante obediente, reacción que le llevó a Charles a creer que había sometido a su interlocutor, aunque más tarde descubriría que se había equivocado.

—Siempre ha existido, desde que se cuentan historias. Niños y adultos necesitan de esperanza, que, como usted sabe, es lo último que se pierde. Así que el deseo de que cualquier historia termine bien es consustancial al ser humano normal, pues se identifica con el protagonista, se pone en su piel. Esto se manifestó con fuerza en la antigua Grecia, irónicamente durante una representación teatral. Más concretamente cuando en un anfiteatro donde se representaba una tragedia se apedreó al autor porque los asesinos a sangre fría de la obra no habían sido castigados al final. Los espectadores estaban furiosos: necesitaban esperanza. En ese momento se produjo un fenómeno conocido en narratología como *deus ex machina*, el dios desde la máquina.

—¿Eso de la máquina era una metáfora?

—En absoluto. Era realmente una máquina. Los autores no querían alterar sus obras (que todo hay que decirlo, eran extremadamente sangrientas) y tampoco que les sucediera lo que le ocurrió a su predecesor, es decir ser lapidados, así que inventaron una especie de polea, una máquina que bajaba a un actor al final de la obra. Este explicaba cómo los dioses habían castigado a los criminales. La hipócrita conciencia del espectador griego quedaba tranquila y el autor salía con vida tras la representación. Desde entonces, cada vez que un personaje es salvado en una narrativa, ya sea literaria o cinematográfica, por la intervención artificia, decimos que se está utilizando el *deus ex machina*, una intervención externa que no surge armoniosamente de la historia. Chéjov lleva esta teoría más allá y sostiene que si se quiere evitar el fenómeno, el rifle, como él dice, que va a disparar en el último acto, ha de estar presente en la pared en el primero. O a la inversa, si un arma de fuego está presente en la pared en el primer acto, debe dispararse en el último.

Ledvina se dio cuenta de que Charles era fascinante. No recordaba cuándo alguna persona había despertado su interés de tal manera como lo estaba haciendo el profesor. Por lo tanto, empezó a parecerle más sospechoso aún.

—Así que puede mantenerse a raya a un vampiro con un crucifijo, un espejo, agua bendita, un diente o mejor una ristra de ajos. No puede entrar en una casa en la que no haya sido invitado. No se puede escapar de la tumba si hay plantado allí un rosal. Nos damos cuenta de que aquí hay símbolos religiosos cristianos que hacen referencia al Diablo. ¿Quién tiene miedo a Dios? Sin duda, su enemigo más temido. Como he dicho, no se refleja en los espejos, porque está muerto, y no tiene sombra. El vampiro puede convertirse en un lobo, un murciélago o, a veces, una rana. La historia con el lobo tiene relación con la licantropía, que es lo mismo que los estadounidenses llaman *werewolf* y los italianos, con una palabra infinitamente más bella, *lupo mannaro*, es decir, «hombre lobo». A veces, al vampiro se le confunde con él, a veces es una lucha entre vampiros y hombres lobo. Por último, el vampiro puede morir por decapitación y llenarse su calavera con un puñado de ajos. O recibir un disparo de una bala de plata. Supongo que se inspiró en esto cuando intentó ver si me derretía al contacto con el diente de ajo que me puso en la mano. Luego, la cabeza debe ser enterrada en tierra sacra. Si hay; si no es así, entonces mejor clavarle una estaca en el corazón e incluso sacarla y prenderle fuego. ¿Me dejo algo?

Ledvina respondió, avergonzado por el incidente del día anterior, con una voz que apenas le salía, tenía un nudo en la garganta.

—No creo. No.

—Ah, sí —se rio Charles recordando algo—. También hay algo de sensacionalismo cuando hablamos de vampiros. Es, de hecho, mi capítulo preferido de todos los cuentos sobre ellos.

Ledvina participaba con interés en la discusión, por lo que no se dio cuenta de que se burlaba de él.

—Dicen que los vampiros tienen un comportamiento maniáco-obsesivo, como las personas autistas. ¿Sabe aquellas personas que en las películas tocan todos los pilares por donde pasan, o si hay cuadrados en el asfalto pisan solo en su interior?

—Sí.

—Bueno, la más fascinante técnica para mantener alejado al vampiro es poner en la ventana por la que va a entrar en la casa un puñado de semillas, pues la criatura tendrá que contarlas. El secreto consiste en meter un clavo entre ellas para que el vampiro sienta comezón, tenga que soltarlas y empiece desde el principio. Existe otra variante: dejar en su camino una red de pesca para que tenga que deshacer todos los nudos. Si sabes hacer nudos complicados, de pesca o gordianos, evidentemente no termina hasta la mañana siguiente y te libras de su ataque.

Ledvina lo miró algo extrañado.

—Usted no cree en los vampiros, ¿verdad?

Charles se preguntó si el policía había oído alguna palabra de lo que había dicho hasta ahora. Como le interesaba terminar lo antes posible esa reunión, se apresuró en concluir.

—Todas estas características son literarias. Comienzan mucho antes de Bram Stoker. En 1748, Heinrich August Ossenfelder escribió un poema que se titula así: «El vampiro». Sigue una interminable serie de obras sobre el tema. No hace falta repasarlas todas, hay miles de historias solo en los siglos XVIII y XIX.

The Vampyre, de Polidori, junto a *Carmilla*, de Joseph Sheridan Le Fanu, publicada esta última en 1872, son las más famosas. Como se puede ver, nada nuevo bajo el sol. Bram Stoker no inventó nada, por lo que no está claro por qué Drácula tuvo el éxito desorbitado que conocemos. Se propusieron todo tipo de explicaciones; que era la época victoriana, dominada por una absoluta mojigatería, que el mundo tenía miedo de los frecuentes casos de sífilis y tuberculosis, que el título fue muy bien elegido.

—¿Y usted qué piensa?

—Soy un científico y al faltar un estudio sociológico me es muy difícil opinar. Pero supongo que es una combinación de todo esto. O tal vez fue un momento de esos que raramente se producen en la historia en que una idea o un libro aparecen justo cuando más demanda hay para este tipo de literatura. ¿Quién sabe?

—Usted es un especialista en propaganda. ¿Sabe que el esfuerzo de, digamos, relaciones públicas, para promover el libro en ese momento fue enorme y financiado por la organización a la que pertenecía Stoker?

—No. ¿Qué organización? Stoker era protestante, liberal y opinaba que Irlanda no tenía necesidad de salir del Imperio británico.

El comisario estaba satisfecho de poder sorprender a Charles con algo.

—Un conocido mío, por llamarlo así, tiene una prueba de que Bram Stoker era miembro de la Hermetic Order of the Golden Dawn, la Orden del Amanecer Dorado. ¿Sabe lo que es?

—Una estupidez monumental. Aleister Crowley.

—Lo que fuera. Crowley la repudió y se fue hacia delirios ocultos de orgías con mujeres y hombres.

—Sí. Y se dice que todos los hombres que participaban en esas orgías eran deformes y que, entre las mujeres, elegía siempre a las más feas. Era una suerte de masonería con órdenes y logias, y algunos miembros eran masones y rosacruces. Por cierto, he visto que tiene aquí todos los textos importantes de la Fraternidad Rosacruz.

—Bueno, por eso los tengo.

—¿Por Crowley?

—No, por los vampiros.

—¿Qué tienen que ver? No comprendo.

—Tienen que ver con Stoker. Mi amigo en cuestión está en posesión de unas cartas que prueban negro sobre blanco que tanto la escritura como la gran campaña para promover el libro *Drácula* recibieron una financiación intensa por una sociedad secreta, oculta, que no era la Orden Hermética del Amanecer Dorado, siendo esta solo una cortina de humo. La razón real estaría muy bien escondida, y tendría que ver con desacreditar a una persona real de la época.

Ledvina se paró aquí. No estaba seguro de si debía decir algo más.

—¿A quién iba a desacreditar una novela de este tipo? ¿En qué sentido? ¿Me está tomando el pelo?

—En absoluto. Había que sembrar un miedo hacia los vampiros, operación que tuvo éxito en parte, pero parece que Stoker se retrasó varios años para publicar la obra. Se lo tomó muy en serio. Las cartas muestran el nerviosismo del patrocinador: el autor irlandés demoraba de manera inaceptable el libro. Hasta fue amenazado con represalias.

—¿Y quién es la persona?

—Por desgracia, no lo sabemos. Lo que conocemos es que tenía relación con la Orden del Dragón.

—¿La Orden del Dragón? ¿La sociedad de la que formaba parte el padre de quien Stoker pretendía que fuera vampiro? ¿Que desapareció hace más de quinientos años? ¿Habla en serio?

Charles no sabía qué pensar de lo que decía el comisario. Pero la coincidencia con lo que había sucedido en los últimos días era demasiado grande para que no tuviera conexión. Ledvina tenía que ser el nexo de alguna manera. Se preguntó si intentaba transmitirle un mensaje que debería comprender o si era una continuación de un sofisticado juego de misterios en el que estaba atrapado sin ninguna salida. Y aparecía de nuevo la idea de la desacreditación. Al igual que en la historia de la Biblia del Diablo.

82

En el asiento trasero del Skoda Superb que le llevaba a toda pastilla hacia el hotel Boscolo, y para el cual no existían ni semáforos, ni sentidos contrarios y en general parecía que todas las señales de tráfico habían desaparecido, Charles intentaba reanudar el hilo de sus pensamientos después del extraño encuentro que había tenido con el comisario Ledvina. Consiguió, al final, convencerle de que no podía quedarse más tiempo, y el comisario cumplió su palabra y puso a su disposición el mejor piloto que tenía su sección.

Había averiguado muchas cosas que no esperaba en absoluto descubrir. Por lo tanto, la sombra no solo era una broma de fecha reciente, sino que había sido mencionada por una larga lista de testigos y dibujada en varias ocasiones. La primera confirmación que recordó Ledvina era de 1485, es decir hacía quinientos veintinueve años. Como la aparición se repetía a un intervalo de unos treinta años, con una variación de más o menos uno o dos, consideró que era correcto aproximar la primera aparición unos quinientos veintiocho años atrás para tener un número divisible por tres. Desde entonces habían pasado dieciocho ciclos y el comisario había encontrado la evidencia de esta presencia en diez de ellos. Dijo que había descubierto algunas de sus apariciones porque, al hacer un cálculo correcto, supo qué tenía que buscar. También Ledvina afirmó que las tres décadas podrían representar una generación desde el punto de vista convencional. A pesar de su escepticismo, Charles estaba cada vez más convencido de que Ledvina había encontrado algo. Pero no sabía qué podía ser. Y la idea lo perturbaba.

Del mismo modo le preocupaba aquella historia del comisario sobre cómo había sido escrita y promovida la novela de Bram Stoker, *Drácula*. Si era cierto que todo había sido una estrategia para desacreditar a alguien de la época y que tenía relación con la Orden del Dragón, entonces la cosa se parecía terriblemente tanto a la campaña para desacreditar al mismo Vlad Țepeș como a la amenaza dirigida contra él mismo.

Las cosas encajaban de alguna manera, pero Baker no tenía la información suficiente para entender quién o qué había detrás. Estaba convencido de una sola cosa: que todo debía de tener una explicación lógica. Se dijo a sí mismo que la respuesta que esperaba encontrar en unos pocos minutos le iba a esclarecer, al menos, algunos malentendidos.

El coche llegó al hotel. Eran las siete menos diez y Charles saltó del mismo casi en marcha. Entró en el hotel y se fue corriendo a los salones de conferencias. Había una gran cantidad de gente en los pasillos, tal vez iba a tener lugar un evento. Tuvo que hacer un verdadero eslalon entre los muchos invitados con vestidos elegantes que disfrutaban de la fiesta. A medida que se acercaba a los salones pequeños, la multitud desapareció como por arte de magia. No había nadie en el pasillo. Entró en el primer salón, el que tenía veinticuatro asientos, La Traviata. Las luces estaban apagadas. Buscó un interruptor y lo encendió. Todo parecía intacto desde que había estado allí al mediodía. Rebuscó de nuevo por todas partes. Miró arriba y debajo de la mesa. Nada. Salió, pero dejó las luces encendidas e hizo lo mismo en el salón con doce asientos. Tampoco en Turandot encontró nada. Se quedó un momento en el pasillo frente a los dos salones. Alguien debía de haber llegado. Miró su reloj: faltaba un minuto para las siete. Desde el vestíbulo tenía bajo control las dos salas. Pasó la hora en punto y veinte minutos más. No sucedió nada. Se desanimó. ¿Se había equivocado en algo? Rehízo todo el razonamiento. No podía ser solo una coincidencia.

«*Love singing starts at normal hours.*» Las horas habituales del comienzo de los espectáculos de ópera eran las siete o las ocho. Se dijo a sí mismo que sería a las ocho. Y que era una locura esperar más de treinta minutos. Una copa de *single malt* sería una buena idea. Así que se fue hacia el Cigar Bar.

Este tenía dos partes. La primera era un elegante salón con sillones y sofás de cuero, pero detrás de la barra se había construido una extensión diseñada como si fuera el interior de una caja fuerte de un banco que parecía una especie de salón privado. No le gustaba demasiado ir allí porque era bastante pequeño y estrecho, un buen lugar para tramar conspiraciones. Sin embargo, pensó que tal vez en esa habitación podría escapar del torrente de personas que bullían por el hotel. Llegó al vestíbulo atiborrado de gente y tuvo que disculparse varias veces hasta que pudo atravesarlo. Afortunadamente, a pesar de la mucha gente que había en el Cigar Bar, el salón estaba libre y no había sido reservado.

Así que entró y pidió un vaso de whisky y cigarros delgados. Miró alrededor por lo pequeño que era el espacio. Por suerte no sufría de claustrofobia.

Estaba confundido por las muchas ideas que le venían a la mente y decidió tomárselo con calma y esperar media hora. Cogió el teléfono. Quiso llamar a Christa, pero vio la llamada perdida de Ross y marcó su número.

De nuevo Ross contestó enseguida. Como si tuviera el teléfono cogido en la mano, esperando impaciente.

—¿Qué haces? ¿Tienes pegado el teléfono al oído?

—¿Por qué? —oyó reírse a Ross.

—Contestas antes de que empiece la llamada.

—Eso sería difícil —replicó Ross riéndose aún—. ¿Qué has hecho?

—¿En qué sentido?

—¿En qué follones te has metido de nuevo? Cuando te escapas de mi ala protectora, te metes en problemas. Te dije que no salieras de tu madriguera, universitario, y dejases las aventuras para los demás. No importa lo que suceda, al final siempre me vas a necesitar.

—¿En qué follones me he metido? —preguntó Charles.

—No tengo ni idea. Me lo tienes que decir tú. ¿Qué persona normal necesita intervenciones en la aduana porque se queda sin pasaporte? Y especialmente, ¿quién necesita a su amigo de toda la vida, al que no se sabe cuándo vio por última vez, para liberarlo de los villanos, ansiosos por encerrarlo y tirar la llave?

—¿Encerrarme? ¿De qué estás hablando?

—Ya ves. Hay una orden de detención contra ti. Afortunadamente para ti, eres ciudadano estadounidense y las autoridades de los países de la Europa del Este son muy permisivas en estas situaciones, especialmente en lo que concierne a una personalidad con contactos como tú, por lo que para ejecutar la orden se necesita una aprobación explícita y nominal del Ministerio de Asuntos Exteriores. El problema es que las solicitudes se están multiplicando. Alguien teme que huyas. Cuatro en las últimas doce horas.

—¿Solicitudes? ¿De qué estás hablando? ¿Quién las hace?

—Un tal M. Lerina.

—¿Ledvina?

—Sí. Probablemente. Están escritas a mano.

—¿Ledvina me quiere detener? Pero ¡si he estado hablando con él más de cinco horas!

—¿Has estado con la policía? ¿Te interrogaron?

—No exactamente. Me invitó a su despacho, una rareza que tendrías que ver. Pese a que el personaje tuvo momentos de brutalidad, no me agredió. Dijo que era una charla amistosa.

—Con estos comunistas, lo peor que te puede ocurrir es tener una «charla amistosa».

—Me dio hasta de beber.

—¿Bebiste algo? ¿Te encuentras bien? Te habrá puesto algo en la bebida.

Charles hizo una pausa, preguntándose si eso era posible. Luego escuchó a Ross riéndose.

—He tratado de bloquear las solicitudes, pero no lo he conseguido porque el programa está mal hecho. Así que he tenido que bloquearlo todo. Tardarán un tiempo en darse cuenta. El hombre, que parece estar obsesionado contigo, cuando vea que nadie le contesta, se agitará, llamará, irá personalmente a quejarse.

—¿Y puede obtener el visto bueno de alguien?

—Muy difícil. Tiene que hablar con nuestra embajada y requiere pruebas. Aunque nunca se sabe, te podría buscar las vueltas. Pero recuerda: sin una orden judicial no puede hacer nada, ni siquiera forzarte a hablar con él. De todos modos, te queda algún tiempo.

—¿Cuánto?

—No sé exactamente. Lo mejor sería que desaparecieras de este país en un máximo de cuarenta y ocho horas. Hasta entonces estimo que estás a salvo. Estos no trabajan el fin de semana.

—Has dicho «este país». ¿Estás en Praga?

Ross se rio de nuevo, pero no contestó a la pregunta.

—¿Dónde te alojas? ¿En el Boscolo, como siempre? Tengo que colgar. Hablamos más tarde —dijo.

Ross no esperó la respuesta de Charles. Colgó.

83

El comisario Ledvina andaba nervioso por el despacho. Era viernes por la noche y en el ministerio no le contestaba nadie. Intentó llamar a los jefes, inclusive a los de los servicios secretos. Nadie le devolvió la llamada. A pesar de estarle agradecidos por resolver los crímenes que les correspondían a ellos, los grandes jefes no lo tragaban y no querían tratar con él, si bien se habían adjudicado todos sus méritos y recibido sus medallas. Temían su insolencia y los métodos no convencionales que utilizaba. Así que, si se empecinaba en contactar con ellos, debía hacerlo a través de los canales oficiales y, en ningún caso, fuera del horario laboral.

Ledvina mintió cuando le dijo a Charles que la resolución de los crímenes del tren y de la comisaría eran responsabilidad de la Brigada Especial. La verdad era que, a nivel de estructuras de decisión, había un caos total y que todavía no estaba claro quién debía hacerse cargo de ellos y bajo qué jurisdicción estaban. La policía regional se había involucrado, pero la policía central y los servicios de inteligencia se habían hecho cargo, de alguna manera, de la operación, interrogando a los pasajeros y encargándose de las investigaciones forenses. Se habló mucho acerca de un equipo ministerial para tomar el relevo. Y solo a partir del lunes por la mañana. El ministerio se había preocupado por hacer declaraciones para tranquilizar a la población y gestionar toda la cuestión de las relaciones públicas. No podían hacer nada más. Los crímenes del tren se filtraron, pero los del pueblo, los más graves, que podrían dar lugar a una ola de especulaciones y despertar supersticiones olvidadas hacía tiempo, habían logrado mantenerlos alejados de la prensa.

De hecho, la Brigada Especial casi nunca recibía ninguna misión. Acudían a Ledvina algún jefe de la policía o algún oficial en particular solo después de que todos los demás métodos conocidos se hubieran agotado y fracasado. Así que Ledvina tenía que tener las antenas puestas y elegir los casos que le resultaban interesantes y en los que quería implicarse.

Este caso particular, sin embargo, el comisario lo contemplaba de manera personal.

Ledvina no le había revelado a Charles toda la verdad. Dijo que carecía de cualquier información acerca de todas las apariciones de la sombra entre 1888 y 2014. No era cierto. Hacía treinta años, Ledvina en persona vio la sombra, que apareció cuando su padre fue asesinado por unos desconocidos. Estaba seguro de que era la mano de la StB, la policía política estalinista de Checoslovaquia. Su padre, antiguo compañero de celda en el campo de Želiv del cardenal František Tomášek, arzobispo de Praga, fue uno de los artífices en la sombra de la Primavera de Praga y, después de haber logrado escapar de represalias llegó a ser la mano derecha del cardenal. Las circunstancias del asesinato no estaban claras. Lo cierto es que su padre había movido todos los hilos por orden del cardenal para una visita épica del papa Juan Pablo II en conmemoración del undécimo centenario de la muerte de san Metodio, en Praga. Las autoridades comunistas habían hecho todo lo posible para bloquear la visita y, en última instancia, lo habían conseguido. Su padre, con otros dos hombres responsables de este intento sin precedentes después de socavar el poder del Estado en 1968, habían sido asesinados en una especie de ritual justo donde se dice que está enterrado san Metodio, en Velehrad, antigua capital de Moravia en el siglo X.

Fueron encontrados desangrados y colocados en forma de cruz. En el cuello tenían dos marcas de dientes. Como jefe de la policía del distrito Okres Uherské Hradiště, Ledvina llegó primero al lugar del crimen. Justo al entrar en la catedral, vio como sobre una pared se deslizaba una horrible sombra, que nunca había visto antes. No dijo nada a nadie porque sabía que no le creerían y que podrían tacharlo de loco. Desde entonces su principal preocupación, su obsesión, era entender qué era aquella sombra. Empezó a buscar todos los testimonios que pudo, primero en Checoslovaquia, y luego por toda Europa, en las condiciones de la época del Telón de Acero. Todo lo que hizo después fue intentar por todos los medios permanecer en el cargo con el fin de utilizar la infraestructura de la institución, tener acceso a la información y cierta libertad para poder resolver el misterio. Después de la Revolución de Terciopelo, un ex participante de la Primavera de Praga que llegó a ser miembro del Primer Parlamento Libre, lo reconoció y respondió por él. Así que fue ascendido.

Cuando salió por primera vez a Occidente, su pasión por el aguardiente soltó la lengua de un viejo zorro de Scotland Yard, del que se decía en aquel momento que representaba la memoria viva de la institución, su archivo ambulante. Fue el primer occidental a quien le habló de la sombra y, al parecer, le tocó el gordo, porque el agente británico le dijo que por una generosa cantidad de esa bendita poción le ayudaría a encontrarla. Unos días más tarde, un cargamento de cuarenta cajas de botellas de aguardiente de ciruela, pera y albaricoque llegó a Londres, a la residencia del agente inglés. A cambio, recibió un dibujo que la policía británica no había hecho público jamás, bien porque estaba convencida de que era el producto de una mente enferma o porque temía la reacción de la población. Así que lo llevaron a los archivos, al expediente del caso sin resolver apodado «Jack el Destripador». Con el tiempo, muchos escritores e historiadores estudiaron cada documento que se refería al caso y pusieron patas arriba todo el archivo de la época, pero este documento había sido robado mucho antes por el padre del agente británico, Lord Appelby, quien tenía la intención de escribir él mismo un libro original sobre el tema, donde publicaría el dibujo. Y lo habría hecho de no haber enfermado de una dolencia degenerativa que le hizo olvidar cualquier cosa que le sucedió después de cumplir el hijo doce años.

El futuro agente creció con ese dibujo y, a menudo, cuando pensaba en su padre, lo sacaba del escritorio y lo miraba durante horas, deseoso de reanudar la investigación. Pero siempre había algo mejor que hacer. Él sabía que era demasiado viejo e interesado en aprovecharse de las alegrías de la vida, por lo que estaba encantado de haber encontrado a alguien tan decidido como su padre en explicar el misterio. Por lo tanto, le regaló el dibujo con gran alegría. Y le dijo todo lo que sabía de memoria acerca de la investigación del caso que sacudió a todo el mundo. Se lo habría dado de todas formas, porque aquella enorme cantidad de bebida que le encantaba, y fortaleció su convencimiento de haber hecho lo correcto. Murió al poco, borracho, ahogado en su propio vómito.

Desde entonces Ledvina ya no había tenido sosiego. Exploró por todas partes. Aprendió latín y griego antiguo, alemán y francés y consultó cualquier archivo que llegaba a sus manos. Fundó una asociación internacional de archivos de policía y fue elegido presidente. Un cuarto de siglo de búsquedas le había traído la información que presentó a Charles con una sola excepción: la relacionada con la muerte de su padre. No se puede decir que hubiera perdido toda esperanza, pero le había disminuido la ambición y el paso del tiempo comenzó a centrarse solo en su investigación. La foto que le mostró Honza le hizo revivir y pareció devolverle a la mente, de manera más inquietante que nunca, la decisión de desentrañar el misterio.

Así que Charles no tenía escapatoria. Y no le habría importado atraparlo y torturarlo hasta que Baker hubiera cantado incluso lo que no sabía, pero el temor de que, dada la importancia del personaje, su desaparición pudiera señalarle directamente a él y perder así para siempre cualquier oportunidad de saber la verdad. Así que debía ir con pies de plomo, pero al mismo tiempo lograr su objetivo. Por lo tanto, comenzó a bombardear a todas las autoridades que conocía, inclusive el primer ministro y el presidente del país, con solicitudes de aprobación para detener al profesor estadounidense, aunque fuera por unos días. Por esta razón lo mantuvo en su oficina tanto tiempo, fingiendo estar interesado en sus teorías sobre vampiros y agasajándolo, con la esperanza de recibir por fin la aprobación oficial para la detención del mismo. Estaba nervioso y su gran temor era que Charles abandonara el país en cualquier momento. Si eso sucedía, estaba decidido a seguirlo dondequiera que fuera. Sus colegas de la Organización de Archivos Unidos se alegrarían de recibir su visita y de ayudarle.

84

Charles pensó en lo mucho que se le había complicado la vida en unos pocos días. Y todo por culpa de una maldita espada por la cual su abuelo tenía una fijación inexplicable. Empezó a invadirle el pánico. Pensó seriamente en llamar al Departamento de Estado y pedirle a su amiga —la secretaria de Estado, es decir, de Asuntos Exteriores—, a cuyos tres mandatos de senadora había contribuido decisivamente con campañas tan inteligentes como sorprendentes, que le otorgara urgentemente un estatus diplomático provisional aunque, de todas maneras, iba a marcharse lo más rápido posible de Europa.

Se echó al gaznate lo que quedaba en el vaso, apagó el cigarrillo, consumido solo hasta la mitad, y se dirigió de nuevo a los dos salones. El mar de gente no solo no había disminuido, sino que había aumentado considerablemente, por lo que atravesar el vestíbulo le resultó más accidentado que antes. Al entrar en el pasillo que conducía a los dos salones de conferencias, un hombre encapuchado pasó corriendo junto a él y le golpeó en el hombro sin querer. Charles volvió la cabeza, pero este había doblado la esquina y se perdió en la multitud. La puerta del salón más pequeño, que llevaba el nombre de la ópera de Puccini *Turandot*, se había quedado entreabierta. Charles se apresuró y entró en la sala. Sobre la mesa había un paquete alargado que se parecía a las mantas enrolladas y atadas en los bordes y en medio, que envolvían las escopetas en las películas del Oeste antes de ser colocadas sobre la montura del caballo.

Por la emoción, se le pusieron los pelos de punta cuando tocó el paquete de la mesa. Lo tanteó y notó algo duro y curvado en la punta. Llevó la mano hacia la parte superior. El objeto parecía más grueso. Había sujetado muchas espadas de todo tipo, por lo que no tenía ninguna duda: lo que tocaba lo era. Estaba ansioso por desenvolver el paquete allí mismo, pero pensó que podía llegar alguien, así que se dio la vuelta y se dirigió de nuevo hacia el ascensor. Con el paquete en la mano, respirando con dificultad por la emoción, no esperó el ascensor, delante del cual había un montón de gente, y subió por las escaleras. La habitación de Christa estaba un piso más abajo que el suyo, justo al principio del pasillo, por lo tanto quiso darle una sorpresa y abrir juntos el paquete. Llamó a la puerta. Al cabo de unos segundos escuchó un «enseguida». Luego Christa, vestida con un albornoz y con el pelo mojado, abrió la puerta con la cartera en la mano. Vio que era Charles y le dejó entrar.

—¿Esperabas a alguien?

—Sí. Parece ser que el secador no funciona, así que he pedido otro a la recepción. Me preparaba para darle una propina al muchacho que lo trae.

Vio que Baker estaba sudoroso. Quiso preguntarle si le pasaba algo, pero se fijó en el paquete que sujetaba.

—No me digas que...

Charles asintió con la cabeza. Le brillaban los ojos. Puso el paquete encima de la cama y empezó a tirar de las cuerdas. Estaba tan ansioso que no podía deshacer los nudos. Christa le puso una mano sobre el hombro y le dio a entender, con un delicado gesto, que la dejara a ella. Las manos de la mujer, cuya bata se entreabrió, dejando que Charles viera la parte superior de los muslos, desataron con mucha maña los tres nudos y apartaron las cuerdas. Luego Christa dejó a un lado la manta y una espada, protegida por una funda forrada en el exterior con terciopelo rojo, se dejó ver en todo su esplendor. Charles cogió entusiasmado la espada y acarició la vaina. Subió la mano hasta el mango y tocó el medallón con arabescos de oro y turquesas, esmeraldas y rubíes. Reconoció la espada que había visto en las fotografías de Princeton: era exactamente como su abuelo se la había descrito tan a menudo. La sacó de la vaina y tocó suavemente el acero frío y lleno de arañazos. Reconoció de inmediato el modelo llamado «cimitarra», conocido como *shamsher* en Persia, *kilij* en Turquía, o *talwar* en el Imperio mogol. Es decir, la espada curvada utilizada en el Imperio otomano y en Oriente Medio. El acero especial de Damasco era inconfundible para Charles, dado lo labrado y pulido del acero. Ese particular tejido de micropartículas de metal le daba tanta firmeza que esas espadas eran casi indestructibles. Por consiguiente, no era de extrañar que la espada hubiera resistido perfectamente algunos cientos de años.

—¿Es la espada de Vlad Țepeș? —preguntó Christa, mirando con fascinación el lujurioso mango.

—Sí, creo que sí. La que le regaló el sultán cuando lo envió a ocupar el trono de Valaquia por primera vez.

Charles desenvainó la espada por completo. La probó en posición de lucha. Notó algo extraño en la punta, por lo que se puso a escrutarlo. En algún lugar del tercio inferior, justo antes de que la espada se curvara totalmente, se había incorporado de alguna manera un mecanismo circular con tres anillos concéntricos. Cada uno de estos anillos tenía tres hojas con diferentes dientes y tres huecos vacíos. Charles presionó una de las hojas y esta se retrajo bajo la presión. Trató de apretar las otras, pero solo una dejó de moverse, las demás estaban bloqueadas. Charles pensó que o bien se habían construido así, o bien se habían agarrotado a causa del tiempo. No se distinguían rastros de óxido en la espada, por lo que quedaba descartado que hubiera daños en el material.

—Este botón, la roseta formada por tres círculos concéntricos es, evidentemente, de otro material. Creo que fue añadida más tarde. Es extraño, pero reconozco este modelo de espada.

—Claro, tu abuelo te habló mucho de ella.

—No me refiero a eso. Se parece a un conjunto de la colección de Gustavo Adolfo que recibió como regalo de Bethlen

Gábor, príncipe de Transilvania y rey de Hungría, hacia 1620, es decir doscientos años más tarde que Vlad Ţepeş. Del conjunto formaba parte, bueno, forman parte, una espada, una maza y un puñal. Pero estoy bastante seguro de que la espada no es la misma, porque la de la colección está cubierta de oro en el borde sin filo en casi toda su longitud.

—¿Y estas púas para qué servían?

Charles, que estaba preocupado por la roseta añadida, había obviado la parte más cercana a la punta, donde la hoja había sido claramente pulida, por lo que se podían distinguir cuatro dientes de metal separados por espacios vacíos, tal como en una llave antigua y larga de los portales. Mientras que el profesor se preguntaba qué podía ser aquello, porque en su larga experiencia de coleccionista y luchador nunca había visto nada parecido, Christa cogió la vaina de terciopelo rojo y leyó en voz alta la inscripción en un lado:

IO SOI *CALIBURN* FUE FECHA EN EL ERA DE MIL E QUATROCIENTO.

Como despertado de un trance, Charles se volvió hacia ella y pareció como si hubiera oído algo familiar. Después de pensar unos momentos, se tocó el bolsillo del pantalón trasero y sacó la cartera. Rebuscó la nota que había recibido de la mujer de Sighişoara, en la mañana del segundo día, durante el desayuno, y leyó: «... rn. Solo estas dos espadas encajan en la misma vaina».

—*Caliburn*.

Christa lo miró sin entender nada.

—El rn de la nota. Una de las espadas es *Caliburn*. Por lo tanto, la parte quemada contenía el nombre de las dos espadas. Quizá el texto completo era: «X y *Caliburn*. Solo estas dos espadas encajan en la misma vaina».

—Y el texto de esta vaina dice: «Soy *Caliburn*. Y estoy hecha en el año 1400» —precisó Christa.

—¿Es español antiguo? ¿*Excalibur*? ¿Un nombre de espada

de las leyendas británicas con una inscripción en español en una espada otomana? Un lío total —dijo Charles.

—¿*Excalibur*? ¿La legendaria espada de Arturo? —preguntó Christa.

—Sí. Se conoce por muchos nombres, dependiendo de la fuente u origen. En galés, *Caledfwlch*; en bretón, *Kaledvoulc'h*; y en latín *Caliburnus*. Chrétien de Troyes la llama *Escalibor* en *Perceval*. Y circulan algunas decenas de variaciones sobre el mismo tema. ¿La bautizaría el sultán con un nombre legendario? La verdad es que en la época circulaban leyendas sobre el ciclo de Arturo y los caballeros de la Mesa Redonda. Los juglares contaban la historia por toda Europa. Pudo haber llegado hasta Estambul. Digamos que Murat bautizó la espada según un famoso modelo caballeresco. Pero ¿en español antiguo?

Miró de nuevo la vaina. En el otro lado de la misma, opuestos a la inscripción que había leído antes, figuraban, uno sobre otro, seis blasones. Charles los reconoció con facilidad. Sintió que se mareaba. Montones de informaciones chocaban en su mente y estaba tratando de seleccionarlas y colocarlas en un orden lógico. Sintió la necesidad de sentarse en la cama. Christa le preguntó si se encontraba bien y él asintió de manera casi mecánica. Luego le preguntó si quería un vaso de agua. Contestó de la misma forma. Se sentó en la cama, con la mirada perdida sin decir ni una palabra.

—¿Seguro que estás bien?

—Sí —gruñó Charles—. Intento ver los vínculos. Quiero entender qué significan estos blasones y la historia de la espada.

Beata había perseguido con la moto el coche de la Brigada Especial. Ella también cruzó el semáforo en rojo y las líneas del tranvía, pero no pudo conseguir circular en sentido contrario por miedo a que Baker se diera cuenta de que lo estaban siguiendo. Según la dirección que había tomado el coche, pensó que el profesor se volvía al hotel, así que se fue hacia el Boscolo por otro camino. Llegó justo cuando Charles se bajaba del coche y se alegró de haber dado en el clavo. Informó a Werner de dónde estaba.

Este se puso delante del ordenador y activó su sistema de vigilancia. La señal luminosa del GPS que se podía ver en el mapa del hotel desde la pantalla de Werner describía la ruta de Charles caminando por el vestíbulo y luego parándose en el bar por unos minutos. En un momento dado el teléfono de Werner sonó. Habló un rato. Vio a Charles moviéndose de nuevo y parando durante unos minutos en la zona de los salones de conferencias. Los lavabos estaban justo al lado, por lo que Werner sospechó que Baker había ido al baño. Luego lo vio saliendo y subiendo por las escaleras. Activó el sonido de su habitación, pero el profesor se detuvo un piso más abajo y entró en otra. La de Christa. Werner se puso terriblemente nervioso consigo mismo por no haber colocado un micrófono también en la habitación de ella. Trató de interceptar la conversación de los dos entrando en el teléfono de ella, pero los cortafuegos de la Interpol hacían que esta operación fuera muy complicada.

Un pitido muy agudo, de sirena, se escuchó en los altavoces del ordenador, y en la pantalla comenzó a moverse en un demencial baile del fin de mundo el famoso Diablo en calzones. Werner se olvidó totalmente de Charles y pulsó Intro. La cámara de vídeo situada en una de las torres de una pequeña ciudad italiana estaba encendida y encuadraba un antiguo edificio, un palacio medieval. Werner paró la alarma y miró excitado la imagen. En el único balcón del edificio, que nadie podía recordar haber visto abierto alguna vez, aparecieron dos individuos que colgaban algo en la barandilla exterior. Después de terminar de colocar el trozo de paño, lo soltaron para desplegarlo al vacío. La tapicería azul se movió por el viento. En ella figuraba un escudo en cuyo interior se habían cosido tres veces tres coronas apiladas, una marca bien conocida del papado. De cada una de las tres torres realzadas por las coronas salían rayos de luz. Rojo y amarillo sobre un fondo azul.

Werner se había quedado petrificado. Vivía un momento histórico. El blasón se sacaba por primera vez en más de quinientos años. La reunión estaba a punto de producirse, por primera vez en la historia. Eso solo podía significar que Charles había entrado en posesión de la famosa Biblia de Gutenberg o que lo iba a hacer muy pronto. Para Werner era el momento de entrar en escena. Se fue a descorchar una botella de champán Krug Clos d'Ambonnay, única variedad de Blanc de Noirs entre los diez primeros en el mundo, y a comerse la hamburguesa que se había preparado con anterioridad.

Christa acababa de entrar en el baño, pero dejó la puerta entreabierta, preocupada por el estado de Charles. Llamaron a la puerta de la habitación. Christa sacó la cabeza y le dijo a Charles que abriera: era el muchacho del hotel que traía el secador de pelo y se quedó esperando la propina. A Charles le costó un poco darse cuenta de por qué el joven tardaba tanto en irse. Metió la mano en su cartera, pero solo tenía billetes grandes. Se acercó a la puerta del baño para pedirle a Christa si tenía algo suelto. Su mirada se coló dentro y vio en el espejo la espalda de la mujer llena de cicatrices, desde el cuello hasta la mitad del tronco. Había bastantes, algunas profundas, otras superficiales. Resultaba obvio que había sido torturada duramente. Antes de que ella se diera la vuelta, Charles llamó a la puerta y dijo que no tenía cambio.

—Mi cartera está en la mesilla de noche —se oyó desde el baño.

Cogió la cartera y, cuando la abrió, se fijó en la placa de Christa de la Interpol. Vio una imagen muy familiar: un globo terráqueo rodeado de hojas de olivo. En el centro tenía clavada una espada y debajo había una balanza. Era la primera vez que veía aquel emblema en una tarjeta profesional, pero era como si lo conociera de memoria, como si se hubiera criado al lado de él. Lo recordó. Aquel dibujo estaba en la pared norte de la bodega del abuelo junto a la inscripción *Panis vita est* —«El pan es la vida»— y aquella mitad de texto, probablemente cifrado, que necesitaba para completar la otra mitad de las páginas fotocopiadas. Las de la carpeta marrón que, supuestamente, formaban parte de la Biblia perdida de Gutenberg. Después de irse el chico, Charles se puso a estudiar la vaina de la espada. Cuando Christa salió, ya vestida, él estaba a punto de decirle algo, pero ella habló primero:

—No he comido nada en todo el día y supongo que tú tampoco.

—No tengo hambre.

—Creo que estás a punto de tener una hipoglucemia. Antes te has mareado.

—No me he mareado.

—Sí. Estás bajo una presión terrible. Te ha venido todo encima. Y supongo que el encuentro con el comisario no fue precisamente un baile.

·—Desde luego que sí —dijo Charles, haciendo un esfuerzo para bromear—. Un tango criminal.

—Tienes que comer sin falta.

—¿Y qué hacemos con la espada?

Christa cogió el teléfono de la mesa e hizo una fotografía a la espada y a la vaina desde varios ángulos.

—Tenemos que envolverla de nuevo. Y guárdala en la caja fuerte del hotel. No te la puedes llevar allá donde vayas, ni tampoco quedarte para vigilarla todo el tiempo. Más pronto o más tarde tendrás que salir.

—Sí, iré al aeropuerto. Lo más rápido posible.

—¿Y cómo pasarás el control del aeropuerto? No tienes ningún documento y la espada casi seguro que es un objeto catalogado como patrimonio. ¿Y cómo pasarás la aduana de Estados Unidos?

Era algo en lo que Charles no había caído. Christa tenía razón, especialmente con Ledvina pisándole los talones. El intento de sacar un objeto de este tamaño del país podía ser la oportunidad perfecta para que el policía consiguiera lo que quería desde el principio: detenerle. Tenía que encontrar una solución, y rápido. Así como entender también lo que representaban esos mecanismos extraños de la espada. Y el texto español de la vaina, y los blasones. Era demasiado, necesitaba tomar un descanso. Sintió que su estómago se removía. Christa tenía razón. Bajaron a cenar.

Beata, a la que Werner había ordenado cerciorarse de que la pareja no iba a dejar el hotel, se sentó en el bar Ox Inn y observó en el teléfono cada movimiento de Charles. Trató de sentarse en el vestíbulo, pero una gran cantidad de personas ocupaba los asientos para el desfile de moda que iba a celebrarse justamente allí. Todo el mundo había entrado en la sala, por lo que el hotel parecía bastante vacío. Nada más ver que Charles se movía, se levantó del bar y se fue hacia la recepción. Llamó a Werner. Mientras hablaba con él, vio a la pareja y dijo que Baker había dejado en la recepción una especie de manta enrollada y que el recepcionista la había guardado en la parte posterior. Werner le pidió que describiera en detalle el aspecto del paquete. Según la descripción se dio cuenta de que no podía ser la Biblia y de que el profesor había encontrado una de las espadas. Pero ¿cuál? ¿Y cómo? Se puso nervioso una vez más por no haber podido seguirle paso a paso. Preguntó a Beata si cuando entró en el hotel llevaba el paquete. Al oír que no, se dio cuenta de que alguien lo había llevado al hotel y se lo había entregado en persona o lo había dejado en la recepción. Werner pensó que era un poco arriesgado, pero entendió perfectamente que la señal para que la reunión tuviera lugar era justo que Charles tenía en sus manos el primer objeto que necesitaba para recuperar la Biblia. Cuando vio en la pantalla que entraba en el Fine Dining Restaurant, se dio cuenta de que Baker iba a cenar y sabía que tardaría una eternidad en salir. Así que decidió acceder al servidor en el que se almacenaban los registros del día de las cámaras del hotel y comenzó a discurrir con paciencia y a tratar de entender quién podía ser la persona que había llevado el paquete.

87

La videocámara montada en una de las dos torres de la plaza de la Porta Ravegnana estaba orientada hacia el Pallazzo degli Strazzaroli, conocido comúnmente como Palazzo dei Drappieri o con el título completo, Palazzo di Corporazione dei Drappieri, que significa el «palacio del Gremio o de la Corporación de los Pañeros». La videocámara había sido colocada adrede en el balcón, donde, durante el período de una semana, se iba a mostrar el repostero que llevaba bordado el blasón del gremio. Las tres coronas papales apiladas, repetidas tres veces por la simetría y el respeto por el número mágico 9, no representaban ninguno de los blasones originales de los gremios italianos, sino el del gremio correspondiente de Londres. Por el momento era todo lo que le interesaba a Werner.

Si hubiera pensado más allá y no estuviera preocupado por encontrar la Biblia, quizá se hubiera interesado por varias personas que se paseaban por la plaza, quienes bajo el pretexto de la visita turística, permanecieron allí esperando la señal que anunciaba la reunión. Dos de ellos pasaron casi todo el día hojeando libros en la librería Feltrinelli de la planta baja del palacio. Otros cuatro pasaban por allí cada hora, miraban el balcón y, como no había ningún cambio todavía, se iban para volver una hora más tarde. Uno iba con su familia y jugó con sus dos hijos en la plazoleta, otros dos visitaron las torres Asinelli y Garisenda y tomaron fotos a la estatua de san Petronio. Otro, sentado a una distancia considerable del palacio, sujetaba unos binoculares del ejército que se acercaba a los ojos de vez en cuando. Por lo demás, hablaba sin parar por teléfono e ingería una cantidad ingente de helado. Ninguna de estas diez personas se conocían entre sí, e incluso si hubieran tenido idea de que había otros como ellos allí mismo, sabían que no estaba permitido tratar de identificarlos o entrar en contacto. Cada uno sabía que aquel día era solamente el primero de la larga semana que les esperaba y que tendrían que volver diariamente durante siete días para esperar la señal. Como también sabían que, en el caso de que esta no se produjese, la siguiente oportunidad se presentaría solo después de treinta y un años. Del mismo modo, cada uno tenía en la mano una pastilla de cianuro que no dudaría en usar si la ocasión lo requería.

El undécimo llegó a la plaza por la noche, cuando el paño ya había sido colgado en el balcón. Sonrió de satisfacción y, consumido por la importancia del momento, se dirigió de nuevo al aeropuerto. El duodécimo aún no había aparecido.

88

Charles comía casi de forma mecánica, sin decir una palabra, y Christa no se atrevía a interrumpir el hilo de sus pensamientos. En un momento dado el profesor se disculpó y abandonó la mesa. Cruzó la planta baja y, cuando se vio fuera, respiró profundamente. Miró el reloj. En Washington debía de ser alrededor del mediodía. Cogió el teléfono y marcó.

El móvil personal de la secretaria de Estado de Estados Unidos vibró encima de la mesa del despacho. Como solamente las personas allegadas tenían aquel número, la dama de hierro de la política exterior miró la pantalla y, por fin, contestó:

—¡Qué sorpresa! Charlie, hace tiempo que no hablamos.

—No hace tanto, unos meses. —Intentó recomponer un tono más dispuesto, tal como se acostumbra a usar cuando quieres pedir algo esencial a una persona importante—. ¿Qué haces?

—Creo que sabes mejor que yo lo que hago. Tenía intención de llamarte pronto, pero tengo mucho trabajo. Sé que ya no te dedicas a esto, pero un amigo muy querido podría necesitar tus servicios por poco tiempo. ¿Podríamos vernos?

—Con mucho gusto. Y como bien sabes, por ti renuncio incluso a decisiones definitivas. Lo hice un par de veces.

La conversación iba bien. Así que Charles, que sabía lo importante que era pillarla de buen humor, se alegró. Respiró tranquilo. Sobre todo porque lo había llamado Charlie, lo que, tratándose de la secretaria de Estado, era el máximo de familiaridad que podía esperar.

—Supongo que no llamas solo para saber lo que hago. Así que, por favor, dime rápidamente lo que puedo hacer por ti.

—¡Hum! —Charles hizo una pausa larga—. Tengo un problema. Estoy en Praga y tengo que llevarme a Estados Unidos un objeto que he recuperado después de mucho tiempo de la herencia de los parientes de mi bisabuelo de Rumanía.

—¿Tu familia de Rumanía? Nunca me habías hablado de eso.

—No me preguntaste.

La mujer se rio. Era buena señal.

—¿Se trata de algo que podría formar parte de tus colecciones?

—Siempre vas un paso por delante. ¿Cómo lo haces?

La mujer obvió la transparente intención del profesor de halagarla, pero no le disgustaba.

—¿Qué es? ¿Una pistola? ¿Una espada?

—Tal como decía, un paso por delante de los demás. Una espada, efectivamente. Y necesito saltarme los trámites habituales, porque tengo que llegar muy rápido a casa.

—¿Es que no la compraste en una subasta? ¿No lleva documentación? ¿Decías que estás en Chequia?

—Sí. Es una larga historia. No, simplemente he estado en el pueblo de donde proviene mi bisabuelo y una vieja pariente, casi ciega, tenía una especie de testamento de su padre diciendo que el objeto le correspondía a mi abuelo. La espada estaba guardada en un granero con un montón de cosas del Precámbrico.

—Espero que no me pidas que cometa un delito —preguntó la mujer medio en broma.

—Me conoces y sabes bien que nunca haría una cosa así. Es una chatarra que tiene que ver con la historia de nuestra familia. Pero ya sabes cómo son estos estetas, con su burocracia y su corrupción.

—¿Y cómo has llegado con ella a Praga?

—Es una historia complicada. Tenía un par de visitas que

hacer por el camino y el avión no paraba en todos los monasterios históricos a los que quería ir. Como sabes, en la Unión Europea la circulación es libre.

Charles no estaba acostumbrado a mentir. Y hasta él estaba sorprendido por la naturalidad con que contaba mentiras por teléfono.

—Hay una única solución: transportarla en una valija diplomática. Pero no te fías de mandar un paquete, ¿verdad?

—No demasiado.

—Ok. Dame unos minutos y vuelvo a llamarte.

Charles no pudo decir nada más. La secretaria de Estado había colgado. Estaba acostumbrado; siempre actuaba así. Era muy amable por teléfono, pero cuando acababa lo que quería decir, se despedía súbitamente y colgaba de forma brusca.

Aprovechando que estaba fuera y que en el restaurante no se podía fumar, encendió la mitad del cigarrillo que tenía guardado en el bolsillo y llamó a casa de su padre. Para su sorpresa, respondió una voz femenina. Charles quiso colgar, pensando que se había equivocado de número, pero la mujer le paró:

—¿Es usted el señor Baker hijo?

—Sí —respondió Charles—. ¿Le ha ocurrido algo a mi padre?

—Primero me gustaría que no se pusiera nervioso.

A Charles se le cortó la respiración, pero la voz continuó hablando, como si supiera por lo que estaba pasando su interlocutor.

—Su padre está fuera de peligro.

—¿De peligro? ¿Qué está diciendo?

—Soy la asistenta de su señoría.

—¿Asistenta? ¿Qué tipo de asistenta?

Su padre nunca había tenido asistenta en Princeton, ni siquiera cuando insistieron en contratarle una. Una vez más, parecía que la mujer le leía los pensamientos.

—Su padre ha pasado por una intervención en el corazón. Le han colocado un *stent*, una cirugía mínimamente invasiva. Ahora está en casa, fuera de peligro. El médico que se ocupó de él, se me ha olvidado su nombre, creo que son viejos amigos, consideró que sería mejor mantenerle vigilado durante unos días.

—¿Que mi padre tuvo una intervención del corazón? Voy para allá.

—Ahora no puede hablar. Está descansando. ¿Quiere que le despierte?

—No, no hace falta. Cojo enseguida un avión.

—Él sabía que reaccionaría así. Me pidió, en caso de que llamase, que le dijera que está bien y que no exagere, como de costumbre, por una minucia.

Lo que le decía la enfermera le sonaba familiar. Era el estilo de su padre de no tomarse nada demasiado en serio, de no preocuparse o no permitir que otros lo hicieran, por nada, jamás. Esa había sido exactamente la causa por la cual el abuelo de Charles no pudo motivar a su hijo a tomarse en serio la historia de la espada o cualquier otra de las obsesiones que sí había transmitido, en cambio, a su nieto.

—¿Cuándo puedo volver a llamar?

—Cuando quiera. En un par de horas. El médico le ha dado un somnífero, pero será mejor que le llame él. Intentó contactar ayer con usted, ¿sabe? Y me dijo que si usted volvía a llamar que me ocupase de enviarle las fotografías.

Charles no sabía qué decir. Tal vez su padre tenía razón. Si hubiera sido algo grave, no le habrían dado el alta. El viejo Baker era amigo de todos los grandes médicos de Estados Unidos; con algunos de ellos, desde hacía casi medio siglo. Así que sabía que, si alguien de la familia se ponía enfermo, estaba en las mejores manos.

—¡Hola! ¿Sigue ahí? —se oyó la voz de la mujer.

—Sí. Está bien. De todas formas, llegaré en dos o tres días. Pero dígale de todos modos que me llame.

—Desde luego. ¿Qué fotos desea que le envíe?

Charles le habló brevemente de la bodega de la parte norte del pequeño castillo y le explicó cómo llegar allí. Tenía que salir por la terraza de detrás de la biblioteca y bajar a un túnel subterráneo que luego debía recorrer. Dijo que quería una serie de fotos de todo el sótano, desde todos los ángulos, especialmente los adornos de las paredes. No quiso entrar en demasiados detalles. Ella le preguntó si le parecía bien que tomase las fotos con su teléfono móvil y Charles dijo que perfecto. Prometió enviarle las fotografías inmediatamente.

Y ahora, para colmo, esta historia con la salud de su padre. Antes de deshacerse del cigarro, Charles pensó que comenzaban a juntarse desgracias como una bola de nieve cuesta abajo. Y decidió parar la bola.

Justo cuando iba a entrar en el hotel, le sonó el teléfono. Era la secretaria de Estado.

—La única forma de hacerlo es contratarte temporalmente en un puesto diplomático de menor importancia, pero que te permita obtener un pasaporte diplomático y llevar equipajes precintados. Así que te nombramos agregado en asuntos de seguridad de nuestra embajada en Londres.

—¿En Londres?

—Por desgracia, es el lugar más cercano donde hemos podido resolverlo.

—¿Y cómo llega la espada a Londres?

—Soy eficiente, ya lo sabes.

Charles lo sabía. Cuando a la dama de hierro se le metía en la cabeza resolver algo, nadie podía con ella.

—Tendrás que ir con el paquete a nuestra embajada de Praga. El cónsul Patrick Johnson te espera mañana por la mañana. Precintarán el paquete y lo encontrarás en la embajada de Londres. Todos los documentos estarán listos en cuarenta y ocho horas. Es todo lo que he podido hacer. Espero que estés bien. Perdona, tengo una reunión.

Y colgó de nuevo.

Werner siempre se cuidaba de tener una solución de crisis, un plan de reserva, por si las moscas. Se alegró cuando la supuesta asistenta del viejo profesor Baker lo llamó para contarle en detalle la conversación con Charles. La historia del infarto funcionó bien. Werner la felicitó por la forma en que logró persuadirle para que no subiera al avión. Luego quiso saber si había conseguido averiguar lo que quería hacer Charles con aquellas fotos. La mujer respondió que no. Exigió que le mandara una grabación donde no se perdiera ningún detalle de información de la bodega, incluso el rincón más pequeño. Insistió en que al viejo no se le debía tocar ni un pelo.

Pocos minutos después de haber terminado de hablar con la falsa asistenta, en la pantalla del ordenador apareció un mensaje de aquellos que se identifican por internet cada vez que se añade un texto o una imagen relacionada con una búsqueda preestablecida. Werner hizo clic y la página de obituarios del periódico *The New York Times* se abrió. ¡Con qué rapidez se había movido Eastwood! Un anuncio que contenía un mensaje codificado en la página de obituarios era el truco al que se recurría cada vez que uno de los miembros del Consejo quería convocar una reunión urgente.

El texto debía contener ciertos elementos de reconocimiento: el número 12 justamente al principio del anuncio, inmediatamente después el nombre del supuesto fallecido; la firma con el nombre de código del miembro del Consejo que la convocaba, la indicación del lugar donde debía celebrarse el supuesto entierro y la presencia de una de las 24 palabras sagradas de la organización en el interior. He aquí cómo era el aviso de esa tarde:

Naisbith, Franklin, ochenta y tres años. Que los doce ángeles acompañen su muerte. Amante esposo de Isabel, padre de cuatro hijos. Antiguo trabajador textil y agricultor. Su hija preferida, Ozora, anuncia que el entierro tendrá lugar mañana, 17 de junio, en el cementerio Woods, zona Este. Esperamos a todos los que le han querido y respetado.

Los elementos de reconocimiento estaban allí: los doce ángeles, el nombre de Ozora —prestado por Pipo de Ozora, personaje histórico que luchó como ningún otro para crear la Orden—, y Werner no pudo evitar pensar en la arrogancia de Martin, que no necesitaba seudónimo, sino que había firmado con su propio nombre: «Woods Cemetery, East Side».

En el momento en que Werner vio el repostero colgado en el balcón del Palazzo dei Drappieri, Eastwood le había llamado para decirle que en el plazo máximo de una semana debía estar en posesión de la Biblia de Gutenberg. Este quería estar seguro y Werner juró por todo lo más preciado que mantendría su promesa y le recomendó a Martin que hiciera lo mismo. No había esperado, sin embargo, que fuera a convocar una reunión tan pronto, para la noche siguiente. Werner quería oír todo lo que se hablaba, regocijarse cuando Martin impusiera a su favorito y cuando los once villanos por los que se había dejado la piel durante tanto tiempo votaran su propio fin, es decir, su aceptación como miembro de pleno derecho en el Consejo. Si la reunión iba a tener lugar el día siguiente a la hora habitual, a las nueve, hora del Pacífico, esto significaba que en Praga serían las seis de la mañana. Tenía que esperar un día y medio.

Cuando Charles volvió a la mesa, Christa observó que estaba de buen humor. Podía entreverse que se había enterado de algo o que había descifrado el mensaje de la vaina. De hecho, las primeras palabras que pronunció tenían relación justo con eso.

—¿Tienes aquellas fotos que hiciste en la habitación?

Christa abrió el archivo de imágenes y le pasó el teléfono. Charles leyó el texto de nuevo y dijo:

—El texto en español no tiene nada que ver con esta espada. De hecho, creo que es indicativo de lo que debería ser la otra espada.

Christa parecía desconcertada, esperando con impaciencia la continuación.

—Si no recuerdo mal, este texto está grabado en otra espada que vi en un museo de Burgos. Justo en medio de ella, directamente sobre el acero, está escrito IO SOI TISONA FUE FECHA EN LA ERA DE MIL E QUARENTA. Es decir, «Yo soy *Tizona* y me hicieron en el año 1040». No creo que la espada desapareciera del museo de Burgos, por lo que significa que esta es otra variante. De hecho, ningún historiador que se precie ha estado nunca seguro de si era la espada original del Cid.

—¿Del Cid?

—Sí. Don Rodrigo Díaz de Vivar, famosa figura de la Reconquista española, me refiero a la lucha por la reapropiación por los cristianos de la península Ibérica de los territorios conquistados por los musulmanes. Navarra, Castilla y León, Portugal y Asturias fueron el campo de batalla en el esfuerzo de más de setecientos años por parte de la Iglesia de expulsar a los árabes de Europa. El Cid fue un personaje legendario que los españoles convirtieron en héroe nacional, el héroe de la cristiandad, incluso lo quisieron santificar unas cuantas veces. Sobre todo después de que se abriese su tumba y saliese de allí, según cuenta la leyenda, un inigualable perfume floral. Entonces Felipe II pidió al Papa la beatificación.

De nuevo comenzó a divagar en su estilo característico. Eso hizo que Christa respirase más aliviada. No le gustaba el Charles de ceño fruncido y pensativo, al límite del desmayo.

—¿Y lo hicieron santo?

—No. Pero ya no recuerdo por qué. De todas formas, habría sido un grave error. Porque el Cid, cuyo apodo proviene del árabe *sayyd*, que significa «amo» o «señor», mató a tantos cristianos como musulmanes. De hecho, era un mercenario que se ponía del lado del mejor pagador: una vez con unos, otra vez con otros. Y además era de una arrogancia desmesurada. Justo antes de morir conquistó Valencia solo para él mismo.

—¿No es aquel de la película de Charlton Heston, a quien atan muerto al caballo y, al verlo, todos los árabes se echan a correr pensando que estaba vivo?

—Sí —se rio Charles—. Correcto. Y el nombre del caballo era Babieca, que significa «estúpido». Este Cid tenía dos espadas: *Tisona* o *Tizona* y *La Colada*.

—¿Era la espada de Toledo?

—De esto sí me acuerdo. Así la llamaban. Pero la espada expuesta en el museo de Burgos era una espada de acero de Damasco, como la de Țepeș, y se presupuso que la habían forjado justamente los árabes en Córdoba.

—¿Encontraste ambas espadas?

—No. ¿Has visto la segunda? Tenemos una. Y entiendo que el texto de la vaina sugiere que podría haber una segunda.

—¿Qué encaje en la misma vaina? ¿No dijiste que Țepeș recibió dos espadas? La de los turcos y la de Toledo, herencia de su padre.

—Pero esta no puede ser *Tizona*, como aquella tampoco es *Excalibur*. Sin embargo, aquellos que las bautizaron así quieren darme algo a entender. Me refiero a que no creo que debamos poner en duda que estos mensajes se dirigen a mí. ¿Quién sospecha de mí que tengo tanto espíritu lúdico? No lo sé. Ni tampoco por qué me metí en este juego de tontos.

—Fuera lo que fuese, sabía muy bien que te gustan estos juegos con misterios históricos y que entrarías en ellos. O lo sospechaba.

—¿Y por ello mata gente a tutiplén? ¿Y qué hay de las escenificaciones teatrales?

—¿Has pensado que quizá sean personas diferentes?

—¿Que estamos en medio de dos bandas enfrentadas? Ya te lo dije en el tren: esa fue mi primera sospecha. Y fue, de alguna manera, confirmada. ¿Por qué se matarían entre ellos?

—¿Y estas insignias heráldicas?

Charles recordó, justo en aquel momento, que había reconocido los seis blasones que había al otro lado de la vaina. Hojeó las fotos del teléfono y se detuvo donde la foto en cuestión.

—Estos son los blasones de algunos de los más famosos gremios medievales. El primero representa el gremio de los Herreros. El segundo el de los Carpinteros, el siguiente de los Carniceros, luego vienen los Pescadores, los Orfebres y los Curtidores.

—¿Por qué hay solo seis? ¿Estos gremios eran los más importantes?

—En realidad no. Había un montón en cada ciudad medieval. París tenía, al mismo tiempo, más de un centenar. También Roma. Había muchos en otras ciudades de Italia, en particular Bolonia y Padua. Y también en las ciudades alemanas. En Inglaterra, en Londres, funcionaban algunos de los gremios más organizados. Sin embargo, la campeona en materia de organización era Florencia. Allí había una jerarquía muy precisa.

Hizo una pausa, como si se diera cuenta de algo nuevo.

Christa había caído en la cuenta. Y trató de competir con él. Así que tomó carrera:

—¿No dijiste que los gremios apoyaron a Vlad Țepeș y que camino de Gutenberg se detuvo en Florencia?

—Así me lo dijo el hombre de la carpeta. Ahora supongo que tenía un motivo.

—¿Era eso en lo que estabas pensando?

—No, pero es bueno tenerlo en cuenta. En la casa de mi abuelo, donde vive ahora mi padre, hay, pegada a la bodega, otra sala subterránea que mi abuelo bautizó como «sala de armas». Hubo, y creo que todavía existe, junto a la pared del sótano, una especie de piedra pulida, que parece una piedra de molino empotrada en la pared. No creo que nadie haya ido allí en los últimos veinte años, desde que reuní todas las armas para llevarlas a mi casa.

—¿Donde tu colección?

—Sí. Mi colección. Mi padre suele ir donde los vinos, pero en esta sala, por supuesto, nadie ha vuelto a entrar. Le provoca repulsión. El abuelo se puso muy pesado al querer enseñarle esgrima y no lo consiguió porque era un negado; gritaba y lloriqueaba todo el rato. No tenía madera de luchador. El abuelo le decía siempre que no era un hombre. Finalmente, traté de llevarme también esta piedra, que se utilizó como panoplia. Debo reconocer que todas esas espadas lucían muy bien clavadas en ella, en círculo. Lo único raro era que en el centro, perpendicularmente, nunca hubo clavada ninguna espada. Me parece que una vez le pregunté cuál era el motivo, pero no creo que me diera una respuesta satisfactoria. De todas maneras, no me acuerdo. Sé solamente que intenté arrancar la piedra de la pared y no lo conseguí. De hecho recuerdo que tuve miedo de no derrumbar toda la galería, de lo bien asegurada que estaba.

Charles hizo una pausa y luego dijo como si fuera para sí mismo:

—Tenía que haberle pedido que hiciera una foto también allí.

—¿A quién?

—¿Perdona? —preguntó Charles como si no se hubiera dado cuenta de que hablaba en voz alta—. Ah, no, nada.

El camarero trajo la cuenta, y Charles paró con un gesto a Christa, que había cogido la cartera. Vio, de paso, el logotipo de la Interpol. Pagó y después dijo:

—Parece ser que la mente me funciona mejor por la noche.

—Y quieres que vayamos al bar para fumar un cigarro.

—Exactamente —confirmó Charles mientras se levantaba.

El desfile de moda había terminado y el hotel estaba nuevamente a rebosar. Entraron en el bar, pero estaba lleno. No era solo que no hubiera asientos, sino que la multitud de fumadores estaba amontonada. Los adictos se empujaban unos a otros.

Charles cogió de la mano a Christa y la arrastró detrás de él abriéndose camino a través del gentío. Al final, llegaron a la recepción. Charles se detuvo para preguntar si todo seguía en orden con su paquete. Una vez obtenida una respuesta satisfactoria, dijo a Christa:

—Creo que nos vendría bien un paseo. Nada es comparable a fumar al aire libre.

Fuera se estaba muy bien, y el centro de Praga estaba animado. Mucha gente, muy arreglada, buscaba un lugar donde tomar algo en los numerosos locales abarrotados a aquella hora. Se dirigieron hacia abajo, a lo largo del bulevar. Charles retomó la conversación del restaurante.

—En aquella piedra de la bodega vi por primera vez estos blasones de los gremios. Evidentemente no tenían colores, sino que estaban esculpidos en piedra, o más bien tallados. Había doce, colocados alrededor, como las horas en una esfera del reloj. En el centro había otros tres escudos. Incluso en medio, en el ombligo de la piedra, por decirlo así, estaba, no puedo olvidarlo, el gremio de los Panaderos, porque mi apellido es Baker, «panadero». No recuerdo exactamente todos los gremios, pero aquella rara disposición a menudo me hizo preguntar qué representaba. Me enteré mucho más tarde, cuando escribí un estudio sobre el tema.

Christa ralentizó el paso y volvió la cabeza. Una vez más, tenía la misma sensación que por la mañana: que alguien la seguía. Miró hacia atrás. Unos pocos grupos dispersos iban detrás de ellos. Se apartó de un lado y dejó pasar a la gente, pero no vio a nadie. Charles también miraba a su alrededor, sin saber, sin embargo, lo que debía buscar. Se dio cuenta de que la mujer había visto u oído algo, aunque no entendía muy bien el qué. Preguntó con la mirada.

—Nada —dijo Christa—. Sigue, por favor.

Se pusieron en marcha otra vez y Charles retomó su discurso:

—Por consiguiente, tenemos que encontrar la segunda espada, y nos estamos quedando sin pistas de si hay otras.

Se paró y sacó otra vez la nota del bolsillo. Había resuelto la famosa poesía de Agrippa d'Aubigné, la historia de la torre del reloj y había encontrado la espada. Rehízo también la posición de las dos espadas en la misma vaina. Había reconstituido la parte quemada. Las únicas cosas que quedaban por resolver eran «Agios Georgios», san Jorge, y el dibujo del pájaro. Y, por supuesto, aquel 10.00 que estaba convencido de que representaba la hora de la cita.

—Si descubrimos qué pasa con san Jorge y este pájaro, encontraremos la segunda espada. Y tenemos que comprender qué representa aquella vaina.

—Pienso que tienes que echar un vistazo a la carpeta marrón. Quizá se te escapó algo.

—Sí. Y tengo que recibir de casa la otra mitad del texto.

Charles sacó el teléfono para comprobar si tenía algún mensaje. Todavía nada. Se preguntó si la llamada asistenta de su padre era real o alguien que, molesta por la llamada de un desconocido, le había gastado una broma. Era casi imposible, encajaban demasiadas cosas. Decidió esperar un tiempo antes de llamar de nuevo. Y luego, ¿cómo se desenvolvería de bien aquella enfermera con la tecnología moderna? Sobre todo habiendo de explorar un lugar desconocido.

—Y Kafka. Tengo que comprender qué es este texto. Pienso que mañana por la mañana tendríamos que ir al Callejón de Oro.

—¿Donde está la casa en la que vivió Kafka?

—Sí. Aunque ya no queda nada. La calle fue cortada y aquellas casuchas, que parecen de enanos, se convirtieron en tiendas de recuerdos. ¿Has ido alguna vez por allí?

—Dices que tu apellido viene de un nombre de gremio. Yo pensaba que era de Sherlock Holmes.

—¿Baker Street?

Charles lo había preguntado en serio, pero vio a la mujer riéndose. Se estaba divirtiendo a su costa.

—Estás de broma, ¿no?

—Un poco —respondió Christa y echó a correr.

Cruzó a toda prisa al otro lado de la calle y entró en un estrecho pasadizo. Charles fue detrás de ella. Parecían dos enamorados retozando. Cuando abandonaron el pasadizo, Christa le agarró por el hombro y lo acercó a ella, haciendo señas con el dedo en los labios para que no emitiera ningún sonido. Esperaron en silencio durante un tiempo hasta que se oyeron pasos. Alguien se acercaba. Cuando la sombra salió del pasadizo, Christa se le echó encima y lo tiró al suelo. Un mendigo vestido con un abrigo viejo lleno de jirones comenzó a ganguear y a mover rápidamente los ojos. Era un sin techo, probablemente sordomudo y enfermo mental. Se puso las manos encima de los ojos y comenzó a emitir gritos cada vez más fuertes. Christa retrocedió avergonzada y Charles la miró con preocupación. Ayudó al mendigo a ponerse en pie y le dio algo de dinero como excusa.

—Creo que estás un poco tensa. Tendríamos que ir a dormir.

Beata se detuvo en la entrada de la plaza, escondida detrás de una pared, esperando a ver a la pareja saliendo por el camino al otro lado del pasadizo. Como no los vio, se quedó allí; de repente, pasó a su lado un mendigo dando pasos largos, balbuceando y moviendo de manera incontrolada la cabeza.

91

Gian Maria Legnaiolo subió, imbuido de la importancia de su misión, al avión que lo llevaría de vuelta a la residencia de su jefe en Olbia, Cerdeña. Las emociones no lo abandonaron, incluso después de las horas transcurridas tras haber visto el repostero colgando del minúsculo balcón del Palazzo dei Drappieri. Desde que tenía uso de razón estaba preparado para este momento. Las escuelas donde se graduó, toda su educación, los lugares por donde había pasado, incluso los juegos de la infancia, estaban relacionados con esta misión que se acercaba. Cuando cumplió dieciséis años, se enteró por su padre de que su familia tuvo el honor, en un pasado lejano que se perdía en la noche de los tiempos, de recibir el encargo de llevar la misión hasta el final.

Todo el árbol genealógico que había sido capaz de reconstruir, a partir de 1580 había llevado, en la línea del primer varón, una doble vida de próspero hombre de negocios y espía. La gran suerte de la familia Legnaiolo, nombre que tomaron en el primer censo cuando tuvieron que elegir un apellido para ser inscritos en el registro de la época, fue que en cada generación naciera al menos un niño que sobreviviera, fuera sano, fuerte, inteligente y se dedicara sin descanso a la causa. Los padres habían conseguido, cada vez, insuflar a los niños la crucial importancia de su misión, así como la ambición y la inteligencia para seguir su destino hasta el final. Los primogénitos Legnaiolo, y a veces no solamente ellos, se convirtieron en una suerte de fundamentalistas de la causa, preparados en todo momento para dar hasta su vida por ella.

El apellido lo tomaron del gremio al que pertenecieron, el de los Carpinteros, que se disolvió muy poco tiempo después bajo la implacable presión de la historia.

Gian Maria o Gianni, como lo llamaban todos, había sido enviado a estudiar a Inglaterra en la LSE, la London School of Economics, donde se graduó con honores. Luego, siguiendo un plan preparado durante casi cuatro años, en detalle, junto con su padre y dos hermanos, empezó a trabajar para el que iba a ser su objetivo, el magnate de las finanzas Galeazzo Visconti.

Este salió al mundo de repente, hacia mediados de la década de 1960, cerca de la ciudad de Milán, vestido con un traje negro arrugado y con una camisa blanca y calcetines del mismo color. Su único equipaje era una enorme maleta llena de dinero. Tenía veinticinco años. El dinero fue invertido muy rápidamente, en especial en terrenos sobre los que tenía información y que se situaban en lugares estratégicos, cerca de futuros gigantescos centros de oficinas, de nuevos barrios y nuevas carreteras importantes que se iban a construir. Estas informaciones provenían justamente del gobierno de Italia y habían llegado a él a través de los amigos sicilianos. Se sospechaba, por otra parte, que el joven, cuyo nombre real era Rocco Antunuzzu Ciuppia, no era más que la cara pública de una de las familias más poderosas de la Cosa Nostra.

El siguiente paso para el joven inversor fue financiar la construcción de varios barrios en las afueras de la capital lombarda. Y debido a que su apellido podría causar desconfianza, una parte del dinero lo invirtió en comprar documentos falsificados de algunos defraudadores, incluso de carácter histórico, y sobornar a funcionarios del registro civil con el fin de tener una nueva identidad. Escogió un linaje noble y afirmó que era un descendiente, algo ilegítimo, de unos secretos emparejamientos entre las viejas familias Visconti y Sforza. Como en la historia de estas existían varios Galeazzo, había decidido adoptar este apellido.

Luego continuó con inversiones en medios italianos y franceses. Y cuando algunos periodistas —finalmente silenciados a través de sobornos, amenazas e incluso asesinatos— comenzaron a hacer preguntas sobre la verdadera identidad del joven multimillonario, este traspasó todas las acciones que tenía en Italia a un pariente. El origen del dinero fue muy bien escondido detrás de lo que se conoce comúnmente como «holding company», entidades cuyo único propósito es ser dueñas de acciones de otras sociedades que tenían que organizarse en forma de corporaciones, de modo que nadie lograba descubrirlas. Según los rumores de la época, tampoco había ningún entusiasmo por remover su pasado.

Libre de cualquier atadura, se trasladó a Nueva York, compró un apartamento de lujo en el Upper East Side y comenzó a invertir en el mercado de valores. Cuando fue elegido en el Consejo de los Doce, Visconti era el posesor del mayor fondo *hedging** del planeta. Controlaba los mayores fondos de inversión, de capital de riesgo, de mutuales de transacción y de capital privado del mundo. Era un brillante jugador de ajedrez y un visionario sin igual. Su mayor obsesión eran las estadísticas. Sabía leer infinitas páginas de cifras y siempre entendía cualquier coyuntura. Se especializó en ventaja posicional y alto rendimiento.

Cada una de las bolsas más importantes del mundo estaba atiborrada de empleados suyos. Los más importantes estaban en Wall Street y la City de Londres. Tenía ejércitos de informadores y analistas de datos en todo el mundo, desde Ciudad del Cabo a Tokio, Berlín o Punta Arenas. Los primeros políticos que apoyó y sobornó fueron los dictadores dementes de los países africanos. Su creatividad sin fin condujo al diseño de los productos financieros más complejos y sofisticados de la historia de la banca. Inventó tantos tipos de derivados de riesgo que a un grupo entero formado por las mentes más lúcidas del mundo le habría sido difícil de entender, establecer claramente su propó-

---

* Una inversión con el fin de equilibrar posibles pérdidas con ganancias. (*N. del E.*)

sito de largo alcance e intuir su finalidad. Casi no había nada de la enorme burbuja especulativa que dio lugar a la crisis de 2008 donde Galeazzo no hubiera puesto su zarpa. O la cola.

Pero los grandes cambios que le habían dado su tremenda riqueza, escondida también según el modelo que utilizó en su juventud en Italia, más desarrollado y sofisticado, fueron la globalización y la gran revolución tecnológica, por una parte, y la caída del comunismo, por otra. La privatización agresiva en todo el mundo, especialmente en la antigua Unión Soviética, donde los enormes recursos del Estado fueron entregados a cambio de nada, el capitalismo de amigos, la reducción de las barreras comerciales y la falta de regulación de los mercados internacionales o de sincronización de su regulación, el apoyo masivo dado a los nuevos capitalistas en los mercados emergentes, convertidos posteriormente en oligarcas, eran solo una parte del letal cóctel perfectamente mezclado.

El siguiente paso, de forma natural y lógica, fue tener el control de los Estados. El sofocante *lobby*, la corrupción de los altos funcionarios en todo el mundo, de los miembros de los gobiernos, de los parlamentarios que introducían por todas partes leyes especiales destinadas exclusivamente a los productos donde Visconti tenía intereses comerciales. Estas se entretejían de manera elegante con la influencia de las decisiones judiciales, la continua presión sobre los reguladores de mercados —incluidos los gobiernos, para rescatar, después de la crisis del 2008, a los bancos responsables de la crisis—, los grandes sobornos transnacionales de corporaciones multinacionales hacia los gobiernos de los países con democracias jóvenes, inversiones en campañas electorales, la eliminación de la competencia mediante prácticas desleales y la ocupación de los mercados de trabajo.

El periodista estadounidense Matt Taibbi llegó a inventar un término plástico para este fenómeno. Lo llamó *Vampire Squid*, «el calamar vampiro», que había cubierto el rostro de la humanidad y le chupaba la sangre. El periodista de *Rolling Stone* lo había usado para referirse a Goldman Sachs, pero el apodo podía aplicarse sin problemas a todo el fenómeno. Al menos así pensaba Galeazzo Visconti, cuyo cinismo sin límites le hizo apreciar la expresión de tal manera que a veces comenzaba preguntando a su asistente y yerno, su mano derecha, Gian Maria Legnaiolo, a quién chuparía el vampiro la sangre ese día.

En el avión que lo llevaba a una de las residencias de verano de su suegro, Gianni hacía mentalmente el inventario de todo lo que había que hacer hasta el momento tan esperado. Tenía un disco duro donde había almacenado todos los documentos comprometedores de Visconti que pudo encontrar. Sabía que, si este disco duro caía en manos de alguien, esta persona podría cambiar, si sabía cómo, la faz de toda la tierra. La espantosa cara de la plutocracia mundial llegaría finalmente a la superficie. A lo largo de más de diez años, Gianni reunió toda la información sobre las operaciones ilegales e inmorales que había llevado a cabo su suegro. Todo estaba allí, desde los documentos originales, grabaciones de vídeo y audio de las conversaciones con los mandamases del mundo, extractos bancarios, los complicados esquemas de transporte de sociedades *offshore* que ocultaban el dinero y los programas a través de los cuales lo blanqueaba, las evidencias de las presiones sobre los gobiernos y organismos internacionales, la infinita lista de las personas en nómina de Visconti, cuándo y cómo se las remuneraba, las grabaciones telefónicas secretas, los robos a los que se habían sometido generaciones de gente común en todo el mundo y así sucesivamente. La lista era casi interminable. Si, en efecto, todo esto iba a hacerse público, junto con las revelaciones de los documentos de los otros once que, como él, recopilaban pruebas desde hacía mucho tiempo, nadie podía saber lo que quedaría en pie después del terremoto que causaría su publicación.

Había estudiado durante varios años a Galeazzo Visconti para encontrar una manera de llegar hasta él y ganarse su confianza. Finalmente encontró su talón de Aquiles: el amor casi patológico del multimillonario por los perros. Como es habitual en todo el mundo, también Visconti tenía una cadena de ONG a través de las cuales, como le gustaba decir, devolvía a la sociedad algo de lo que había recibido de sobra por parte de ella. Su pasión eran las organizaciones de rescate de animales, refugios y en general todo lo relacionado con los perros. Por ello merecía ser elogiado: luchó con la misma abnegación con la que corruptía. Estaba muy orgulloso de haber conseguido sacar de la cabeza de varios oligarcas de los antiguos países comunistas el placer feudal de matar animales inocentes.

Incluso había logrado forzar la adopción de leyes contra la caza en algunos parlamentos. Matar animales indefensos solo para divertirse, llevar a cabo una carnicería para sentirse poderoso e importante, todo esto le parecía lo más abyecto de los nuevos ricos después de la caída del Muro de Berlín. Era un reflejo de la casta del Partido Comunista, la señal de su verdadera impotencia. Siempre había considerado que un hombre que cae tan bajo hasta ser violento con las mujeres, los animales o sus subordinados, con alguien que estaba indefenso o que era más débil que él, era, de hecho, un asesino en serie en potencia, un psicópata y, encima, un cobarde, pues necesitaba calmar el apetito y la sed de sangre y satisfacer el placer de hacer sufrir a los demás para reafirmarse.

Se había defendido bastante bien con los del Este. Con los empresarios occidentales, que se regocijaban y echaban espuma por la boca excitados por participar en las masacres en lugares donde tales horrores estaban todavía permitidos le había resultado más difícil. Transilvania era uno de ellos. Allí hubo un gran jugador de tenis que llegó a ser multimillonario porque supo aprovechar la deriva después del comunismo; sin tener, de hecho, idea de nada, invitaba a sus socios de negocios de toda Europa a matar jabalíes.

La oportunidad de impresionar a Visconti la había planificado con gran cuidado. Una noche, cuando salía de la ópera e intercambiaba algunas palabras con un amigo, bajo el enorme paraguas del chófer y antes de subirse a la limusina, un hombre joven, barbilampiño, chocó contra su coche. Llevaba solamente una camisa. Estaba lloviendo, y la prenda blanca estaba empapada de agua y de sangre. El joven Gianni sujetaba en sus brazos un perro herido. Casi perdió el equilibrio, pero no soltó al animal, y a Galeazzo no se le escapó este detalle. Como era de esperar, el multimillonario se ofreció a llevarlo a la clínica veterinaria de su propiedad sufragando él los gastos y en su limusina, y Gianni se mostró tan interesado por la suerte del animal que se quedó toda la noche junto a él hasta que se aseguró de que estaba bien. No era nada grave, el perro solo tenía un rasguño, lo que el joven sabía muy bien, porque era él quien se lo había hecho.

Esa noche estuvo hablando largamente con Visconti, y este, impresionado por cómo el chico se preocupaba por el animal, y por su agilidad en los debates sobre economía que mantuvieron hasta que el perro se despertó de la anestesia, le invitó el día siguiente a almorzar. Siempre quiso tener un hijo y este joven se parecía mucho a su ideal. Lo sometió a todo tipo de pruebas, convencido de que Gianni no se daba cuenta de que estaba siendo verificado y poco a poco le dio trabajo, primero tareas fáciles que cumplía impecablemente y, con el paso del tiempo, cada vez más y más difíciles. Su hija, gordita y miope, se desmayó al verlo por primera vez, era muy guapo. Después de solo dos años ya era la mano derecha y el yerno de Visconti. El suegro le confesaba casi todos sus secretos, aunque aún no le había dicho nada sobre el Consejo y la Orden a la que pertenecía. A veces pensaba que Gianni podría ocupar su lugar cuando llegase la hora, pero estaba convencido de que faltaba mucho hasta entonces.

El avión aterrizó en el aeropuerto de Olbia y Visconti se metió en el Ferrari que había dejado estacionado allí. Iba a viajar a Estados Unidos para la imprevista reunión del Consejo, pero quería pasar la noche en compañía de su esposa, su hija, su yerno y los gemelos de estos.

92

Charles pensó que sería bueno sentarse en un banco para darle tiempo a Christa a calmarse. Quería preguntarle acerca de las cicatrices de su espalda, pero sabía que no obtendría ninguna respuesta. Pasó junto a un vendedor ambulante de castañas asadas, y Charles le preguntó dónde había conseguido castañas en junio, pero este sonrió y señaló el precio con el dedo. Compró un gran cucurucho de castañas, un vaso de agua para él y Coca-Cola para Christa. Miró un rato las luces multicolores y el gentío que a aquella hora paseaba por Praga. Con el tiempo, se encontró hablando solo:

—Si hay seis blasones en una espada, podemos suponer que también hay seis en la otra. Esto significa que hay en total doce gremios. En la sala donde cogí la espada había doce sillas.

Se levantó bruscamente del banco.

—¡Qué tonto soy! ¡He de volver al hotel!

Christa lo miró interrogante.

—La nota hace referencia a los dos salones, uno con doce y el otro con veinticuatro plazas. Me alegré tanto cuando cogí la primera espada, que se me olvidó entrar en el segundo.

En su rostro se podía leer la preocupación.

—Aunque vayamos corriendo, no llegaremos en menos de veinte minutos. ¿No sería mejor pedirle al recepcionista que mirase en el salón?

—¿Y qué le digo? Entre en un lugar donde no pinta nada y busque un objeto extraño sobre la mesa. ¡Venga! ¡Vámonos!

Se fue trotando sin esperar a Christa. Esta se había quedado atrás, pero vio un taxi y le hizo señal de parar. El taxi se detuvo y Christa se montó en él. Paró frente a Charles y abrió la puerta.

—Sube. Así llegaremos antes.

En el coche Charles se mordía los labios y farfullaba. Estaba muy enfadado consigo mismo. Últimamente no le gustaban sus reacciones. Tenía momentos en los que le costaba reconocerse.

—Si dices que eres mi ángel de la guarda, me gustaría que prometieras no dejarme hacer ninguna tontería.

—Tranquilo. No se dará el caso. Controlas la situación más de lo que piensas. Estaría bien continuar con la idea de los números.

Charles se dijo a sí mismo que si hablaba, por lo menos no pensaría en lo estúpido que había sido.

—Sí. Doce sillas en el salón de donde cogí la espada. Doce blasones quizá en las dos vainas. Los mismos en la panoplia de la casa del abuelo dispuestos en círculo. Allí hay otros tres, aunque tal vez no tengan ninguna relación. Me gustaría verlos para poder compararlos. En fin. Y me ha venido a la cabeza algo interesante. ¿Te acuerdas del texto «Ante la ley»? Ahora he caído. Algo me pareció raro desde el principio. Habla sobre once puertas, más aquella donde estaba el guardián que hablaba al visitante.

El taxi se detuvo entre un mar de coches bloqueados en una intersección. Las bocinas se oían desde todos los lados. Charles se agitaba nervioso en el asiento trasero y miraba el reloj. Pensó que sería mejor ir andando. Luego se dio cuenta que, quizá, sería mejor calmarse y respirar normalmente.

—¿Crees que podrías buscarlo en Google?

Christa encontró muy rápido el texto y le alargó el teléfono.

—Lo que decía. Me parece que todo el texto es idéntico al que tenemos, menos estos números. Míralo tú también.

Christa leyó. No había ningún once en el texto de Kafka.

—¿Y qué pasa con ese doce que sigue apareciendo? —preguntó Christa.

—No tengo ni idea.

—¿Es algún número mágico?

—Seguramente es esotérico. Piensa en las veces que topamos con él a lo largo del tiempo. Y por encontrarlo tan a menudo puede significar cualquier cosa. Empezando por las doce horas que tiene la esfera de un reloj.

—¿Es decir, un círculo?

—¿Qué círculo? Un círculo puede ser dividido en trescientas sesenta unidades iguales, o ciento ochenta, o noventa, o así sucesivamente. Por no hablar de las subunidades que aumentan el número. Luego doce signos, ya sabes, los doce trabajos de Hércules, las doce salas con columnas del Laberinto, construidas por doce príncipes. Luego nuestra popular docena. ¿Por qué solo el doce se llama de esa manera, y el once no tiene un nombre especial? El doce es redondo, es dos por seis, que es el número del Diablo. Multiplicado por dos, sería el número de la santidad. Tiene una extraña simetría. El número diez era problemático en la Antigüedad, porque el cero no se conoció durante mucho tiempo. Puede ser una unión de los dos primeros dígitos, uno y dos.

—Doce apóstoles —entró en juego Christa—. Los doce meses del año.

—Rómulo tuvo doce hijos y ya que hablamos de él, se llevó a Roma a doce sacerdotes del dios Pan. Las doce tribus de Israel. La Biblia está llena de doces y no tengo ninguna explicación. Debería preguntárselo a un cabalista. Porque solo él da vueltas a los doce árboles Sephiroth. No, fueron solo diez. Entretanto se inventó el cero. Por ser una mentira, la numerología no ha interesado nunca. La estudié como un fenómeno cultural, pero de cualquier forma llegas a un callejón sin salida. Por no mencionar que un pie tiene doce pulgadas, que en nuestro sistema de justicia hay doce miembros del jurado...

—Doce caballeros de la Mesa Redonda, ya que tienes a *Excalibur*. ¿Y dices que en el salón había doce sillas? ¿Estaban alrededor de una mesa?

—Sí, pero no era redonda. Y en la leyenda del rey Arturo el

número de los caballeros varía. Hay doce solamente cuando representan el círculo del zodíaco. Puedo rebuscar todavía centenares de ejemplos, pero nos movemos en círculo. Y que sepas que entendí la malicia que había en *Excalibur*.

El coche se detuvo frente al hotel. Charles salió a toda prisa y dejó pagar a Christa. Cruzó el pasillo corriendo. El hotel estaba vacío, así que los dos o tres hombres de la limpieza que había lo miraron extrañados. No le importó. Resbaló cuando giró hacia los pasillos y se frenó con el hombro en la pared. Entró en el salón La Traviata. La luz estaba apagada. La encendió y rebuscó lo que se podía registrar. Fue al otro salón, donde hizo lo mismo. Lo invadió una amarga decepción. Se sentó para recuperarse en la mesa de los doce. En ese momento, oyó una señal en su teléfono y lo sacó del bolsillo. Comenzaron a llegar las fotos de la enfermera de su padre. Entonces entró también Christa, que le puso la mano en el hombro. Él negó con la cabeza, decepcionado por no haber encontrado nada. En cambio, le enseñó los mensajes telefónicos que le estaban llegando.

93

Werner se enfadó, una vez más, porque no pudo interceptar la conversación de Charles con la secretaria de Estado. Los sofisticados sistemas de protección de la Casa Blanca eran difíciles de romper. Y encima estaba lejos de su casa y de todas las herramientas que le permitirían hacerlo. Tampoco se enteró de qué habló Charles con Christa, ni tampoco lo que había hablado el profesor con Washington. Sospechaba que había pedido ayuda y no entendía por qué no se había dirigido a él. Llamó a Beata para saber dónde estaba. Esta le dijo que había estado a punto de ser descubierta por Christa y que esta suponía un peligro real. Pidió permiso para eliminarla. Después de pensarlo un momento, Werner dijo que no. Por el momento Beata tenía que limitarse solamente a seguirla. Y, sobre todo, debía tener cuidado de no ser descubierta.

Inmediatamente después de colgar recibió un correo electrónico de la falsa asistenta con un vídeo donde aparecía toda la bodega de la casa del profesor Baker. Werner lo observó cuidadosamente. Nada relevante hasta el final. La cámara se detuvo en la pared norte de la bodega. Vio el símbolo de la Interpol y se preguntó qué demonios estaba haciendo allí, en la pared de la casa del profesor Baker. Sonrió cuando leyó el lema del gremio de los Panaderos, *Panis vita est*, «El pan es vida». Entonces su mirada se detuvo en un texto con una extraña forma escrito con la fuente utilizada en la Biblia de Gutenberg en la parte alta de la izquierda de la pared. Seleccionó el texto y aumentó su tamaño. Transcribió:

```
A COMMAND: HO ARE THE FOLLOW
FOLLOWER: STS IN THIS GRAVE BU
            THIS STONE.
COMMAND: CONQUEST THIS HOUSE
            RISE AGAIN HERE.
HIS WILL: EAD THE COLONY AND WAIT
            EXIST FROM CERTAIN NUMBER
A HIM: WI L IS OF: IS THAT THE THERE TO
```

```
UNA ORDEN: QUI SON SEGUIDO
SEGUIDOR: STS EN ESTA TUMBA ENT
            ESTA PIEDRA
ORDEN: CONQUISTA ESTA CASA
            LEVÁNTATE DE NUEVO AQUÍ.
SU VOLUNTAD: EAD COLONIA Y ESPERA
            EXISTIR DE CIERTO NÚMERO
UN ÉL: VOL ES DE: ES AQUEL ALLÍ POR
```

Estaba claro que faltaba toda la parte derecha del texto, pero no se veía bien. Sobre la pared, en la parte izquierda, se acumulaba la suciedad, y probablemente la humedad escurrida por las paredes había borrado algunas letras. ¡Iba a ser una noche larga!

Las cuatro personas que quedaban en la sede de la Brigada Especial estaban comiendo en la cantina cuando escucharon, provinientes del edificio, un estruendo que parecían unos disparos. Recorrieron el pasillo tratando de averiguar de qué habitación procedía el ruido. Se hizo el silencio por un momento, como si alguien estuviera cargando la pistola. Luego las detonaciones se reanudaron. El eco de la escalera confundía a los cuatro empleados. Sin embargo, Honza cogió dos platos y comenzó a correr escaleras arriba, hacia la oficina del comisario. Subió rápido, de cuatro en cuatro escalones, y cuando llegó, pegó la oreja a la puerta. Los ruidos venían de dentro. Probablemente Ledvina se había emborrachado y estaba redecorando el despacho. Honza había experimentado algo parecido un par de veces, así que sabía cómo actuar. Abrió la puerta y tiró uno de los platos al centro de la habitación. La pistola sonó de nuevo y el plato se rompió en pedazos. Honza lanzó otro plato, que se rompió al caerse y empezó a gritar:

—¡No dispare! ¡Soy, yo, Honza!

Entró con las manos en alto, pegado a la pared. En el centro de la habitación, el comisario, con la mirada nublada, se balanceaba y cargaba balas de plata en su revólver de coleccionista Police Python 357. La pared del gabinete de curiosidades estaba destrozada y el cráneo de san Juan Nepomuceno a los dieciséis años estaba colocado de forma jerárquica, según la edad, por encima del de diez años. Con un valor que no cabía esperar en un hombre de su talla, el ayudante se precipitó sobre el gigantesco comisario y lo tiró contra el suelo. Este cayó como un saco de patatas y se durmió inmediatamente. Honza trató de llevarlo al sofá, pero le fue imposible, así que le puso una almohada debajo de la cabeza y lo cubrió con una manta. Le confiscó el arma y pensó que iba a tener que pasar la noche allí vigilando a su jefe. Vio que en la botella de aguardiente de la mesa quedaba un poco, así que se la llevó directamente a la boca y bebió el resto del contenido.

Después de marcharse Charles, Ledvina había tratado de averiguar en qué fase se encontraba su petición, pero no consiguió recibir ninguna respuesta. Se cabreó porque nadie contestaba al teléfono y se metió en el coche. Visitó al jefe de la policía, al ministro del Interior y al jefe de la StB. El primero no le abrió la puerta, en casa del segundo le recibió su esposa mientras el ministro se pegaba a la pared para evitar ser visto desde fuera y el jefe de la StB, un hombre muy parecido a Ledvina, le gritó durante diez minutos y lo amenazó. Decepcionado, el comisario regresó a la oficina, consultó a Honza, formuló otras solicitudes, pidió audiencia al primer ministro y le dijeron que no podría recibirle el martes. Así que cogió una de las botellas de aguardiente de la reserva especial que elaboraba su cuñado y se la bebió casi entera. Como comenzó a ver vampiros por toda la habitación, sacó de debajo de la almohada la pistola con balas de plata, de la que no se separaba ni cuando dormía, y comenzó a cazar las imaginarias criaturas de la noche. Antes de disparar contra el cráneo gritó:

—¡Ahora te muestras con tu verdadero rostro, Yorick!

En su cabeza tenía un verdadero cacao cultural.

Y disparó.

94

Después de haber salido decepcionado del salón de conferencias, Charles pensó que un whisky de dieciocho años era justo lo que necesitaba después de uno de los días más extraños que había vivido. Así que dio un paseo alrededor del hotel para ver lo que estaba abierto a esa hora. Los restaurantes y los bares estaban todos cerrados. Excepto el Cigar Bar, donde tres personas ponían de los nervios al camarero, que quería irse a casa porque había terminado su jornada laboral. La política del hotel era no echar a ningún cliente, por lo tanto, a menudo el horario se ampliaba hasta que el último invitado decidía que había llegado la hora de irse a dormir. Por desgracia para él, los tres ocupantes de la mesa de la entrada no daban ninguna señal de tener la intención de marcharse en un futuro próximo. El camarero recurrió a todos los trucos conocidos: puso la música alta, luego colocó las otras sillas encima de las mesas. Caminó bostezando ostensiblemente al lado de la mesa de los clientes. Nada surgió efecto. Por lo tanto, resignado, se sentó tras la barra y apoyó la cabeza sobre el mostrador. Cuando la levantó porque había oído pasos, vio a Christa y a Charles de pie en medio de la sala, buscando con la mirada un lugar para sentarse. La desesperación se apoderó de él, pero cuando vio a Charles sacando de la cartera un billete de su color favorito, pensó que, de todos modos, tendría que quedarse, por lo que se levantó de su asiento y dispuso una mesa.

Llegaron las bebidas cuando Charles terminaba de ver las fotos enviadas por la falsa enfermera. Después de eliminar las que no le interesaban, se detuvo en la que mostraba la parte de la pared que contenía el texto que tanto había esperado.

A COMMAND: HO ARE THE FOLLOW

FOLLOWER: STS IA THIS GRAVE BU

THIS STONE.

COMMAND: CONQUEST THIS HOUSE

RISE AGAIN HERE.

HIS WILL: EAD THE COLONY AND WAIT

EXIST FROM CERTAIN NUMBER

A HIM:WI I IS OF: IS THAT THE THERE TO

Quiso pedir una hoja de papel y un bolígrafo, pero Christa ya los había puesto sobre la mesa. Estaba tan concentrado que no había detectado los movimientos de esta desde hacía rato. No vio cuando se coló fuera del bar, entró en su habitación y trajo la carpeta marrón, y sobre todo no se dio cuenta del intercambio de miradas entre Christa y los tres, dos hombres y una mujer, de la mesa contigua.

Charles la miró agradecido y comenzó a transcribir el texto. Cuando acabó, lo observó largamente y lo empujó hacia la mujer. Esta se quedó mirándolo.

A COMMAND: HO ARE THE FOLLOW
FOLLOWER: STS IN THIS GRAVE BU
        THIS STONE.
COMMAND: CONQUEST THIS HOUSE
        RISE AGAIN HERE.
HIS WILL: EAD THE COLONY AND WAIT
        EXIST FROM CERTAIN NUMBER
A HIM: WI L IS OF: IS THAT THE THERE TO

El profesor estaba a punto de decir que tenía que ir a la habitación para coger la otra mitad del texto cuando Christa le entregó la carpeta.

—Espero que no te enfades. He intentado preguntarte, pero no me has oído, así que fui a la recepción y le dije al muchacho que habías perdido la tarjeta y subí a por la carpeta. Quiero que sepas que no he tocado nada más.

Charles la miraba como si se acabara de despertar en ese momento. Su mirada se posó en la cartera, que estaba sobre la mesa.

—No he tocado tu cartera —se anticipó Christa—. Conseguí otra tarjeta de la recepción.

Charles estaba muy extrañado por que el empleado hubiera dado una llave de su habitación a una extraña, pero pensó que la mujer tenía sus propios métodos de persuasión. Y cómo en aquel momento tenía otras preocupaciones, abandonó la idea y abrió la carpeta de color marrón.

Christa, por el contrario, esperaba a que Charles apreciara que había adivinado sus intenciones y evitado interrumpir el hilo de sus pensamientos. Pero comprobó que estaba equivocada.

Encontró la página que contenía la otra mitad del texto y lo anotó al lado del que estaba transcrito en la pared:

A COMMAND: HO ARE THE FOLLOWERS PERMITTED TO
        HAVE A NAME?
FOLLOWER: STS IN THIS GRAVE BURIED AND A OLD
        PROPHECY ERECTED THIS STONE.

COMMAND: CONQUEST THIS HOUSE NOW AND HAVE
FAITH, STEEL RISE AGAIN HERE.

HIS WILL: EAD THE COLONY AND WAIT HIS KEY, NOT THE
DOOR, THE STONE EXIST FROM CERTAIN NUMBER OF
YEARS

A HIM: WI L IS OF: IS THAT THE THERE TO A AFTER?

UNA ORDEN: ¿QUIENES SON LOS SEGUIDORES A QUIENES
SE LES PERMITE TENER UN NOMBRE?

SEGUIDOR: STAS EN ESTA TUMBA ENTERRADO Y UNA
ANTIGUA PROFECIA ERIGIDA ESTA PIEDRA

ORDEN: CONQUISTA ESTA CASA AHORA Y TEN FE, ACERO
LEVANTATE DE NUEVO AQUÍ

SU VOLUNTAD: EAD COLONIA Y ESPERA EXISTIR DE UN
CIERTO NÚMERO DE AÑOS

UN ÉL: VOL ES DE: ¿ES AQUEL ALLÍ POR UN DESPUÉS?

—Aquí faltan unas letras —dijo Charles y volvió a mirar la
fotografía. La aumentó con un gesto de los dedos y miró con
más atención—. Creo que el tiempo ha dejado algún rastro sobre esta pared.

—¿No sabes cuándo fue escrito el texto? —preguntó
Christa.

—No. Todavía no. Pero no importa, porque no creo que
haya ninguna clave. Es una pura y simple permuta de palabras.
Ni siquiera es un anagrama.

—Parece un diálogo de una obra de teatro.

—Sí. Con varios personajes: «Una orden», «el seguidor»,
«su Voluntad» y un «él». Todo suena un poco coloquial. Puede
ser algo intencionado o aquel que redactó el texto estaba reñido
con la gramática. Aunque es poco probable que una persona
que transcribe un texto *textualis* sea tan ignorante. Tiene que
tratarse de otra cosa.

—A menos que fuera un extranjero. Educado en otro idioma —dijo Christa.

Charles pensó que era posible. Si su bisabuelo, emigrado a

Estados Unidos hacia 1890, había escrito el texto, era posible que, en realidad, sus conocimientos de inglés no fueran perfectos.

—¿Quieres que miremos en Google?

—Hemos probado con el primer texto. No encontrarás nada que nos ayude. Vamos a ir por partes. «Una orden», esto no está bien. Debería ser más bien «un comandante», *a commander*. Aquí, donde el texto está borrado, parece que hay una «W» antes. Es más bien un *who*, es decir «quiénes» en lugar de este «ho», que no significa nada. Este «W, I, L» unido y completado se parece a *will*, «voluntad, deseo» o, más probablemente, «testamento», ya que parece un texto de últimas voluntades. Y si es un testamento y tenemos a alguien en la tumba, «sts» debe de ser *rests*. Lógico, «descansa» en la tumba. Hay un espacio antes de este *Conquest*. ¿Qué demonios puede ser?

—¿De *conquest*? ¿Conquistar? ¿Cuántas letras lleva delante?

—Dos.

—*Reconquest*. Reconquistar.

Charles lo completó todo y leyó otra vez el texto.

A COMMANDANT: WHO ARE THE FOLLOWERS
    PERMITTED TO HAVE A NAME?
FOLLOWERS: RESTS IN THIS GRAVE BURIED
    AND A OLD PROPHECY ERECTED
    THIS STONE.
COMMANDANT: RECONQUEST THIS HOUSE
    NOW AND HAVE FAITH, STEEL
    RISE AGAIN HERE.
HIS WILL: LEAD THE COLONY AND WAIT HIS KEY, NOT
    THE DOOR, THE STONE EXIST FROM CERTAIN
    NUMBER OF YEARS
A HIM: WILL IS OF: IS THAT THE THERE TO A AFTER?

La gente de la otra mesa se levantó. Christa dirigió la mirada hacia ellos. El hombre alto asintió como si quisiera decirle que estaba todo bien y que ya no debía preocuparse. Si Charles hubiera estado atento, habría reconocido al hombre de la capucha con quien había chocado esa misma noche, cuando entró en el salón de conferencias de donde recuperó a *Excalibur.*

Los tres se metieron en el coche. En el maletero yacía, con un corte en la garganta, el cuerpo de un ex boxeador ruso, uno de los mejores agentes secretos del Instituto en Europa Central y del Este.

95

Empezó a reírse. Christa lo estaba mirando. Otra vez estaba maravillada. Charles podía resolver cualquier cosa.

—Lleno de faltas gramaticales o no, estamos de nuevo frente a un texto famoso. ¡Y veamos si adivinas quién es el autor! ¡Adivina, adivinanza!

—No lo sé.

Charles la observó con una mirada penetrante, como si quisiera decir que estaba cantado.

Christa hizo un esfuerzo y dijo a media voz:

—Kafka.

—Otra vez Kafka —dijo él y se puso a escribir las palabras en orden—. ¡Ya está! Te lo leo: *Here rests the old commandant. His followers, who are now not permitted to have a name, buried him in this grave and erected this stone. There exists a prophecy that the commandant will rise again after a certain number of years and from this house will lead his followers to a reconquest of the colony. Have faith and wait!* «Aquí yace el antiguo comandante. Sus partidarios, que ya hoy no pueden tener ningún nombre, le cavaron esta tumba y le colocaron esta lápida. Perdura la profecía que dice que, después de determinado número de años, el comandante resucitará, y desde esta casa conducirá a sus partidarios para reconquistar la colonia. ¡Tened fe y esperad!»

—¿Esta no es de aquella historia siniestra con el condenado a muerte?

—Sí: *En la colonia penitenciaria.*

—¿Y qué relación tiene?

Charles se rascó la cabeza. Le gustaba ese juego con locura. Ya no pensaba en los crímenes que le rodeaban, como tampoco en el peligro que corría. Estaba concentrado en el misterio. Ya empezaban a encajar muchas cosas.

—Quedaron fuera algunas palabras. La piedra, el acero, la puerta y algunas palabras de enlace. Aquí el anagrama es fácil. O *The key is the stone. The steel is the door*, «la llave es la piedra, el acero es la puerta». O «la puerta es la llave», y entonces «la piedra es el acero».

—Eso no tiene mucho sentido —contestó Christa.

—Es verdad. Creo que quedan dos variantes. Algo es la puerta y algo es la llave. O el acero es la puerta y la piedra es la llave. Sin embargo, sería más lógico que la piedra fuera la puerta y el acero, la llave. Porque la puerta podría ser de piedra y la llave de acero, lo que sería el equivalente al metal. He aquí el texto final: *Here rests the old commandant. His followers, who are now not permitted to have a name, buried him in this grave and erected this stone. There exists a prophecy that the commandant will rise again after a certain number of years and from this house will lead his followers to a reconquest of the colony. Have faith and wait!*

Steel is the key, stone is the door.

«Aquí yace el antiguo comandante. Sus partidarios, que ya hoy no pueden tener ningún nombre, le cavaron esta tumba y le colocaron esta lápida. Perdura la profecía que dice que, después de determinado número de años, el comandante resucitará, y desde esta casa conducirá a sus partidarios para reconquistar la colonia. ¡Tened fe y esperad!

»¡El acero es la llave, la piedra es la puerta!»

—¡Eureka! —concluyó satisfecho Charles.

—Ok. —Christa le hizo bajar a la tierra—. Tenemos un texto. ¿Y de qué nos sirve?

—Buena pregunta —dijo Charles—. Si hemos aprendido algo de toda nuestra aventura, es que el misterio se revelará solamente con el tiempo y poco a poco. Las piezas del rompecabezas salen con dificultad a la superficie. La buena noticia es que finalmente lo hacen.

El optimismo de Charles era auténtico y Christa se alegró sobremanera porque parecía que se había recuperado por completo. Él sabía que aún le esperaban mayores aventuras, por lo que una inyección de optimismo le era muy útil. Las ruedecitas de la cabeza del profesor seguían girando, por lo que no se paró.

—El primer texto es de Kafka. Es decir, *El proceso*. —Abrió la carpeta mientras hablaba y encontró el texto—. Exactamente como suponía, pero además tiene ese once. En cuanto al resto es idéntico. Mira: «Ante la Ley hay un guardián. A ese guardián llega un hombre del campo y le ruega que le deje entrar a la Ley. Pero el guardián le dice que no puede dejarlo entrar aún. El hombre reflexiona y pregunta si, entonces, podrá entrar más tarde. "Es posible —dice el guardián—, pero no ahora." Como la puerta de la Ley está abierta como siempre y el guardián se echa a un lado, el hombre se asoma para mirar por la puerta el interior. Cuando el guardián lo ve, se ríe y dice: "Si tanto te atrae, intenta entrar a pesar de mi prohibición. Pero ten en cuenta una cosa: soy poderoso. Y solo soy el más humilde de los guardianes. Después de mí hay once puertas más. Sala tras sala hay otros guardianes, cada uno más poderoso que el anterior. Ni siquiera yo puedo soportar ya la vista del tercer guardián"». ¿Cómo es el original?

Christa abrió el teléfono. La página de internet se había guardado. Leyó para Charles.

—«Ante la Ley hay un guardián. A ese guardián llega un hombre del campo y le ruega que le deje entrar a la Ley. Pero el guardián le dice que no puede dejarle entrar aún. El hombre reflexiona y pregunta si, entonces, podrá entrar más tarde. "Es posible —dice el guardián—, pero no ahora." Como la puerta de la Ley está abierta como siempre y el guardián se echa a un lado, el hombre se asoma para mirar por la puerta al interior. Cuando el guardián lo ve, se ríe, y le dice: "Si tanto te atrae, intenta entrar a pesar de mi prohibición. Pero ten en cuenta una cosa: soy poderoso. Y solo soy el más humilde de los guardianes. Sala tras sala hay otros guardianes, cada uno más poderoso que el anterior. Ni siquiera yo puedo soportar ya la vista del tercer guardián"».

—Por consiguiente, todo es igual menos lo que decía. Han añadido «Después de mí hay once puertas más». Esta es la diferencia.

—¿Y más abajo?

—No. Eso es todo. Y en el párrafo de *En la colonia penitenciaria,* el texto no está modificado en absoluto, estoy seguro. Lo único que está añadido aparece al final.

—¿Entonces?

—Entonces ¿qué? ¿Para qué nos sirven los textos? No tengo ni la menor idea. Pero tenemos que salir de la lógica normal y pensar como el autor de todo esto. Hasta ahora no hemos fallado. Esto significa que estamos en el camino correcto. Si se habla acerca de doce puertas, volvemos exactamente a lo que estábamos hablando hace un momento en el camino. El número doce. Preguntaste sobre *En la colonia penitenciaria.* Esta es la historia de una complicada maquinaria que mata al condenado escribiendo sobre su cuerpo, en vivo, a través de un sofisticado mecanismo que tiene en la punta una rastra con agujas, la sentencia que este ha recibido. El condenado no sabe cuál es el fallo, como tampoco sabe K de *El proceso* por qué es culpable.

—¿Es una parábola?

—No creo que Kafka perdiera el tiempo en escribir parábolas. Sus metáforas son casi siempre interpretadas incorrectamente. Por desgracia, todo tipo de críticos cegados por sus propias ideas fijas abusaron de sus textos de todas las maneras posibles. Unos mierdas que transfirieron sus propias obsesiones y su exceso de intelectualismo a la sobreinterpretación de todo lo que escribió el autor checo. Esta gran traición, que no es, por desgracia, singular, empieza inclusive con su mejor amigo, Max Brod, que publicó póstumamente su obra. Tal vez por ello Kafka está en el centro de nuestro enigma. Todo el mundo se refiere a él con reverencia, como frente a una estatua. O pasan al otro lado y analizan su obra desde la perspectiva más estúpida posible, la psicoanalítica.

—¿No crees en el psicoanálisis?

Charles se rio.

—Sí. Pienso exactamente lo que Karl Kraus dijo al respecto, que es «justamente la enfermedad cuyo remedio pretende ser». Pero sigamos, que nos estamos desviando. Kafka tenía humor y sus intérpretes, muy a menudo, no tenían capacidad para verlo. El peor abuso es la interpretación política de Orson Welles, que era un gran director, pero de intelectual no tenía nada. Pensaba, el pobre, que *El proceso* era una especie de *1984*, de Orwell. No es cierto. ¿Sabes que se sigue llamando «universo kafkiano» el absurdo absoluto de la burocracia que nos rodea? No creo que esto tenga nada que ver con Kafka.

No se podía abstener. «Cuando se le pasa por la cabeza algo que le parece interesante, Charles tiene una fuga de ideas espantosa», pensó Christa.

—Ok. Lo cierto es que aquella máquina que escribe sobre el cuerpo del condenado la sentencia lo hace en un idioma que nadie puede descifrar. Es decir que se trata de un código. El texto de la pared tiene que mirarse en este sentido. Nos dice de él mismo que es, efectivamente, un código. Y quizá nos señale algo de la otra parte del texto que sea igual.

—¿No es demasiado brillante? Me refiero a ¿cuántas personas en este mundo podían comprender todas esas cosas? ¿Cómo se llama eso? ¿Metatexto?

—Metatexto y autorreferencialidad. Pero no es el momento ahora de entrar en este tema. La respuesta es que yo soy capaz de entenderlo. Solo ahora me doy cuenta de que el texto de la pared de la casa se dirigía a mí, en realidad. Y que el abuelo me había preparado para ello, pero nunca me lo dijo, bien porque el momento aún no había llegado o porque tenía que resolverlo solo. Si no tuviera dudas acerca de todos estos asesinatos, estaría casi convencido de que este viaje con sus acertijos y sus trampas es invención de mi abuelo, que me quiso legar un último enigma para resolver. La espada era su obsesión y esta idea fija me llevó a Transilvania, donde me fue encomendada la misión. La nota con signos secretos, de varias capas, parece hecha por él. Y luego este pariente que me trajo la carpeta. Pero hay algo más grave en medio, y el abuelo no podía estar vinculado a ningún crimen. Tal vez ambas direcciones se combinaron de forma inesperada y sorprendente. Creo cada vez más que el hombre de la carpeta no mintió. Al menos no intencionadamente. Quizá él creía en esta historia tan absurda.

Charles se desvió de nuevo de la historia original. Christa quiso intervenir, pero no había necesidad.

—Por consiguiente, un mensaje escrito en el cuerpo del condenado por una máquina diabólica de tortura. La sentencia está cifrada. Así que nadie que no conozca el código, incluido el condenado, puede leerlo. El único que podría saberlo es el antiguo comandante de la colonia que inventó la máquina y que fue enterrado bajo una losa en la isla. El texto es exactamente lo que dice en la lápida.

—¿Como qué? ¿Que se levantará de entre los muertos? ¿Que se convertirá en un vampiro?

—Sus partidarios lo enterraron, es decir lo escondieron para otro momento. Cuando el mundo sea lo suficientemente maduro como para entender su grandeza, digamos, será resucitado. Así que tenemos un mensaje enterrado. Podría tratarse de la Biblia de Gutenberg, que es la que lo desencadenó todo.

Charles tuvo una revelación que le hizo estremecerse. Se le puso la piel de gallina por todo el cuerpo, los pelos del brazo se le erizaron y sintió que le invadía un escalofrío. Christa se dio cuenta de que a Charles se le había ocurrido algo importante. Le dijo en tono de broma:

—¿No te irás a parar justo ahora?

Él no respondió. Continuó dando vueltas al pensamiento que comenzó a llenar su mente como un musgo que crece en una roca con una velocidad sorprendente, impulsado por una catástrofe nuclear.

—Es la esperanza que tienen todas las religiones modernas. La Revelación y el Juicio Final. El secreto será finalmente revelado cuando llegue el momento. El hombre de la carpeta me dijo que está muy cerca. La Biblia patrocinada por Drácula contiene un terrible secreto que cambiará el mundo. Los buenos la han guardado para un momento favorable. Hay una profecía. Como el texto de la pared. Los malvados siempre han querido destruirla o impedir que el mensaje se revele. Suena infantil, pero así son todas las historias si las reduces a su esencia. La lucha entre el bien y el mal. Los otros detalles, todo lo bordado a su alrededor, son ejercicios de la imaginación.

—¿Es eso de lo que te has dado cuenta?

—De eso y de otra cosa. Nos enfrentamos a una eterna lucha entre el bien y el mal. El eje que sostiene toda la historia del mundo, y más importante aún, el imaginario de la humanidad en su integridad. Al menos desde del año 600 a.C., cuando Zoroastro o Zaratustra inventó la primera religión dualista. Desde entonces, la gran narrativa en que vivimos trata solo de esto: ¿Ahura Mazda o Ahriman? ¿El Diablo o el Buen Señor? ¿La vida o la muerte? ¿El Paraíso o el Infierno? ¿Lo bueno o lo malo? Una vez llamé a esto la visión monetarista del mundo. Cara o cruz.

—¿Y lo otro?

Charles estaba tan perdido en la argumentación que necesitó tiempo para entender la pregunta. Christa insistió:

—La otra cosa que has averiguado.

—Uh. Creo que la Biblia de Gutenberg está enterrada en el sótano de la casa del abuelo. Detrás de la pared en cuestión. Y tenemos que entender lo de aquella roca, cuál es la puerta. ¿Y qué es el acero que representa la llave? Hay otro pensamiento que me invade como la hiedra que planté en el patio de la Universidad de Princeton, cuando era joven, y que ahora ocupa un edificio entero.

Christa esperaba con el alma en vilo la conclusión. Charles sonrió. Y finalizó:

—Me pregunto si toda esta aventura estaba preparada intencionadamente por mi abuelo. Tal vez me estoy yendo por las ramas.

96

Werner no consiguió encontrar en toda la noche al segundo agente. Beata regresó borracha y se durmió en el acto. Werner vio a la pareja subiendo a la habitación, las luces encendidas. Luego vio cuando se apagaron. Esperó quince minutos para asegurarse de que Charles no tenía intención de salir y se dirigió hacia la villa.

Werner se enteró en diez minutos de que se trataba del texto de Kafka, aunque le faltaba la segunda parte. También comprendió que el mensaje del texto se refería a la Biblia de Gutenberg. Y con algo de antelación a Charles, una sospecha se le instaló como un parásito en el cerebro. La Biblia debía de haber sido escondida en la bodega del abuelo de Charles. Tal vez detrás de la pared que daba al sur. No comprendía lo que pasaba con aquella piedra. La llave y la puerta, como el acero, no figuraban en el medio mensaje del que se había apoderado, así que no tenía ni idea de su existencia. Pensó en enviar a la falsa enfermera a examinar la pared, pero tenía miedo de que la mujer encontrara la Biblia y se fuera directamente con el libro a Martin o hiciera alguna estupidez. La asistenta era muy cumplidora, cruel y despiadada, hacía todo lo que se le pedía, pero cuando tenía que demostrar un poco de iniciativa, siempre metía la pata. No estaba dispuesto a correr ese riesgo.

Vio a Beata embutida en un sinfín de almohadones y cubierta de edredones del color de la crema de mascarpone y le entró el sueño. En poco más de veinticuatro horas sería testigo del acontecimiento que había estado preparando toda su vida. Pero antes de eso le esperaba un duro día de trabajo.

97

Charles se había acostado, pero no antes de pedir al recepcionista el objeto que había dejado en la caja fuerte para que lo custodiara. Tomó el paquete y ya no volvió a abrirlo. Tenía un plan para el día siguiente. Primero iba a ir a la embajada para resolver el tema de la espada. No le diría nada a Christa. Había algo que le impedía confiar plenamente en la mujer. La forma en que se pegó a él, sus misteriosas desapariciones... Además de no entender lo que pintaba el símbolo de la Interpol de su cartera en la misteriosa pared de la casa del abuelo. A él le gustaba, pero no estaba del todo seguro de quién era. Una vez resuelto el asunto de la espada, iba a preguntar cuándo salía el primer vuelo para Londres. Luego reservaría dos billetes. Para él y Christa, aunque solo se lo iba a decir unos minutos antes de salir del hotel. Sin embargo, primero tenía que ir a la casa donde supuestamente vivió Kafka. Estaba casi convencido de que sería en vano, pero prefería quedarse con la conciencia tranquila.

Se durmió con la espada en los brazos, pensando, como hacía habitualmente, en algo agradable para relajarse. Por delante de sus párpados cerrados pasó la colección de armas de su casa en Princeton.

No lo sabía exactamente, pero estaba convencido de que su bisabuelo había empezado a reunir los primeros objetos de la colección que había heredado sin ningún criterio o sentido. El que puso orden en la colección fue su abuelo, que comenzó a sistematizar y catalogarla por orden cronológico, también por tipologías, lo que le dio muchos dolores de cabeza a Charles. Los historiadores modernos de espadas todavía se discutían para determinar qué criterios eran los más importantes. La longitud del arma, la forma del mango —provisto de tres partes: el pomo, la empuñadura y la guarda—, la longitud y forma de la hoja, la capacidad de apuñalar o de cortar, el peso o el origen. Era un caos total, por lo que finalmente la cronología, hasta donde era segura, permanecía como el criterio más fiable.

El abuelo renunció a reunir espadas de la Edad del Bronce y de la época clásica egipcia o griega, aunque en la colección había una espada hoplita. Aquella *xiphos*, como se le llamaba, era el arma blanca más antigua de la colección. Parecía obvio que fue el modelo utilizado para la espada en forma de hoja alargada que los romanos llamaron *gladius*. También una espada como esta, muy oxidada y gastada por el tiempo, estaba en la colección heredada de Charles. Ninguna del período celta, sajón o de los vikingos; el único artefacto de lucha de esos últimos, era un hacha de cola larga, también desgastada.

La colección del abuelo empezó con lo que se conoce normalmente con el nombre de «espada larga», la espada clásica medieval que entró en uso a principios del siglo XIV y continuó hasta el Renacimiento. Esta tiene una empuñadura alargada para que pueda agarrarse con las dos manos. Y en cuanto a la guarda era muy simple, en forma de cruz. A excepción de una maza que perteneció al primer reunificador de los Principados Rumanos, Mihai Viteazul, y de algunas dagas del siglo XVII, la colección amasada por su abuelo se componía exclusivamente de espadas, por lo que Charles sintió la necesidad de ampliarla un poco con otras armas medievales.

Las armas que añadió Charles a la colección formaban parte de lo que se conoce bajo el nombre genérico de «arma de asta», variaciones sofisticadas de lanzas y alabardas. Desde la *barda* o *bardiche* del este de Europa, una especie de hacha larga con dos extremos laterales, al *bill* de punta fina y un diente doblado que entraba fácilmente bajo la armadura y si se empleaba una fuerza suficiente podía desgarrarla del todo, hasta el *glaive* con sus variaciones, el *naginata* japonés, el chino *guandao* y las rusas *palma y sovnya*; desde la clásica alabarda, una combinación de hacha y lanza construida para parar los ataques de algunos caballeros con una parte y ser girada rápidamente para clavársela al atacante, hasta la clásica lanza llamada «spike», el arma más banal y generalizada de la infantería en los campos de batalla de la Edad Media, culminando con el arma más elegante llamada «partisan» que, con sus doradas incrustaciones y la hoja ondulada en ambos lados, con las dos cabezas de hacha en la punta del filo, parecía más una obra de arte que un instrumento de lucha, por lo que se convirtió rápidamente en un arma ceremonial.

Pero las piezas favoritas de la colección eran las espadas verdaderas. Una *estoc* polaca muy larga con punta como de aguja para atravesar la armadura y perforar de una sola puñalada directamente el corazón del oponente; unas piezas de *cinquedea*, el arma del Renacimiento italiano que permitía, debido a su anchura, tener grabados de un alto nivel artístico en toda la superficie; espadas para dos manos, más cercanas al sable, pero con la hoja menos ancha, con un tope adicional antes de la guarda clásica en forma de cruz, y el punto de agarre mucho más largo tanto para empuñar como para contrabalancear el peso del arma.

Y de todas estas, de las que Charles estaba más enamorado eran las *rapiers*, la «espada ropera» que se utilizaba para los duelos individuales entre civiles, si se puede decir así, a diferencia de las utilizadas en los campos de batalla. La *rapier* fue la precursora del florete, una espada más fina y más ligera de lo habitual, un poco más larga que la espada pequeña. Forjadas en Toledo a partir del siglo XV, estas armas se llevaban en el cinturón y tenían una espectacular variedad de mangos y guardas de mano. Desde el famoso Basket-Hilt, en forma de cesta, hasta el que tenía forma de copa, a menudo con una banda adicional curva para un mejor agarre y un reparto equilibrado del peso de la empuñadura, con el pomo más grande y el mango más fino para el balanceo, Charles las había probado todas. Y, además, estas eran las espadas con las que aprendió el arte de la esgrima junto a su abuelo, utilizando a menudo las de filo verdadero. Se había entrenado tanto tiempo y tan bien, que, cuando se presentó por primera vez en una sala de esgrima para comprobar sus habilidades, machacó al entrenador tres veces en tres minutos, de tal manera que este no se creía tener delante a un chico aficionado, así que al final lo envió directamente al equipo nacional.

También formaban parte de la colección: espadas escocesas enormes con adornos de tréboles en los bordes de la guarda; una gran cantidad de *broadswords*; espadas anchas con las empuñaduras forradas en cuero, oro y diamantes; espadas tardías de diferentes tipos de infantería, desde la napoleónica a las espadas alemanas; espadas de los generales húsares; espadas anchas, delgadas, *falchion*, *pipeback*; con la punta en forma de hacha con bordes elevados para el uso con una sola mano, con una mano y media o dos; con lamas anchas o delgadas, rectas y curvas; de filo doble y sencillo; de puntas más o menos afiladas; largas espadas tibetanas *Ke-tri*; espadas inglesas *Littlecote*; flamencas *Pappenheimer* —la variedad con mango en forma de cesta de la famosa *Épéewallone*—; espléndidas espadas «funerarias», llamadas así porque tenían grabada la imagen del rey Carlos I, ejecutado durante la Revolución inglesa; espadas *Dusage* o *Sinclair*, *Schiavona*, que debían su nombre a los esclavos dálmatas del gran duque de Venecia, convertidos en su guardia personal; espadas con guarda en forma de concha o pinzas de cangrejo; espadas repletas de decoraciones, como las de los dragones franceses o de hoja azul de los oficiales de infantería; francesas también; espadas *Katzbalger*, *Curtana* y *Sabine*. Después espadas orientales, las japonesas *nakamaki* y *katana*, *wakizashi* y *shingunto*, *tachi* y *tanto*. La espada china más respetada, *jian*; el *fang* con colmillo adicional; las espadas «mariposa», también chinas, como sus hermanas hindúes *khanda* y *kastane*, *patha* y *talwar* y las ultracurvadas *mogul* o *shamshiri*.

La parte oculta, como la llamaba Charles, de la colección, constaba de espadas cuyo origen y originalidad estaban siendo seriamente cuestionadas. Era una colección completamente formada por su abuelo, de cuya ingenuidad Charles se reía a menudo. Pretendía haber descubierto espadas legendarias de las que no sabía si formaban parte de la mitología o si realmente existieron; en este caso, no estaba seguro de que fueran originales. Una de las espadas del Cid, la *Colada*; *Lobera*, la espada del rey Fernando III de Castilla y León; la espada de Osmán I, fundador del Imperio otomano; *Legbiter*, la espada de Atila, que todos daban por desaparecida; la espada *Gaddhjalt* del rey vikingo Magnus Bareleng y, finalmente, *Joyeuse*, la famosa espada de Carlomagno, rey de los francos y fundador del Imperio carolingio. *Hrunting*, la espada de Beowulf; *Durandarte* de Roldán, el famoso héroe del *Cantar de Roldán*, que Charles llamaba, cuando se burlaba de su abuelo, «*Chanson de Roland Garos*» y la *Précieuse* del rey Baligant de los sarracenos, el emir de Babilonia, némesis de Carlomagno.

Charles se había dormido pensando en todo esto. La colección del abuelo le había parecido un delirio inocente del hombre que lo tenía todo y que se había encontrado con una pasión secreta. No jugaba al golf, no le interesaban las islas exóticas y no era mujeriego. Charles estaba convencido de que había encontrado una pasión para mantenerse con vida y dar un propósito más elevado a esta. Reconstruir la historia en su lado sangriento pero caballeresco. Y él se contagió también. Pero comenzó a tener la impresión de que había algo más importante detrás de esa pasión aparentemente inocente. ¿Qué más escondía la historia de su abuelo? Iba a llegar pronto a casa y, esta vez, iba a sonsacarle a su padre todo lo que supiera. Puede que no ignorara tantas cosas, aun cuando parecía que en algún momento decidiera mantenerse al margen.

98

Se despertó de repente bañado en sudor. La sábana estaba empapada, así como la almohada. La espada estaba allí, envuelta en su manta. Se tocó las encías y corrió al baño para mirarse en el espejo. Antes de ir, sintió que de su boca fluía algo. Vio cómo un líquido viscoso, color plata, caía en gotas sobre la gruesa alfombra y, en los lugares donde aterrizaba, los perforaba, como un ácido, y de la parte quemada salía humo. Se dirigió al espejo y vio cómo le salían por las encías reventadas algunas láminas largas, una suerte de armas blancas afiladas y metálicas. Se llevó la mano a la boca y los dientes le cayeron entre los dedos. Al igual que en una pintura cubista, los órganos no estaban en su lugar habitual. Las uñas crecían en lugar de los dientes y tenía la mano llena de caninos metálicos.

Se despertó de repente y se palpó la boca y las manos. Había soñado que estaba despierto. Se fue al cuarto de baño y escupió en el lavamanos. Solo saliva. Se vio a sí mismo en el espejo tal como se conocía. Sin cambios. Abrió el grifo de la ducha y se puso bajo el agua caliente durante casi media hora. Cuando salió, vio que apenas estaba amaneciendo. El reloj de la pared marcaba las seis. Se tumbó de nuevo en la cama, pero no pudo volver a conciliar el sueño, por lo que se levantó y empezó a vestirse. Cogió el pasaporte y la espada y bajó a desayunar.

El restaurante acababa de abrir. Era el único cliente del local. Comió algo y bebió café. Luego se fue a la recepción y preguntó si la limusina del hotel podría llevarle a la embajada de Estados Unidos y esperarle un rato. A pesar de que el coche se utilizaba, por lo general, solo para viajes desde y hacia el aeropuerto, Charles era un invitado especial. Además, el gerente todavía se sentía culpable por el incidente con Ledvina, así que estaba dispuesto a satisfacer los deseos más extravagantes de su huésped. Asimismo, decidió decirle al marcharse que su estancia corría a cargo del hotel y que no tendría que pagar absolutamente nada.

Al abandonar el hotel, cuando se dirigía hacia la limusina sintió que algo frotaba su pierna. Se paró y miró hacia abajo. Algo maullaba lánguidamente. Se inclinó y cogió en brazos un gato rollizo, enorme, que le miraba con grandes ojos verdes. Luego se lamió el hocico y soltó un maullido. Charles lo soltó y se precipitó de nuevo hacia el comedor. Tomó un pequeño platillo, lo llenó de atún en su propio jugo y salió de nuevo. El gato estaba esperando exactamente donde lo había dejado. Dejó en el suelo el platillo con las delicias bajo la amable mirada del portero, al cual le entregó un billete de veinte euros. Mientras hablaba con el portero, el gato rojizo atigrado engullía afanosamente el atún. Contento, Charles entró en el coche, pero cuando estuvo a punto de cerrar la puerta, el gato saltó como un tigre encima de él y se sentó a su lado.

A Charles le chiflaban los gatos, y el que más amaba estaba en su casa de Princeton. Fue un regalo de cumpleaños, de hacía quince años. Una vez que lo trajo a casa, vio que el pobre gato estaba tan lleno de pulgas que nada más tocarle la piel saltaron en cohortes encima de él. Atemorizado, lo devolvió, pero no pudo pegar ojo toda la noche porque se había prendado de él. A la mañana siguiente fue a la casa de la colega que se lo había regalado y lo trajo de vuelta. Desde entonces el gato birmano, que tenía algunas manchas negras alrededor de los ojos sobre el pelaje gris, como una máscara, fue bautizado como El Zorro y se convirtió en su mejor amigo. Cuando estaba fuera de casa mucho tiempo, tenía contratada una mujer que se hacía cargo de la limpieza, pero cuyo trabajo principal era ser la niñera del gato. A veces, cuando sabía que tenía que ausentarse más de un mes, llamaba a su padre para que se lo llevara. Una vez se pelearon porque este no quería devolvérselo, por lo que Charles le compró un Maine Coon y un azul ruso. Durante esta larga gira actual, El Zorro estaba de vacaciones con sus nuevos amigos y remoloneaba encima de la chimenea del pequeño castillo de la familia Baker.

Charles le dijo al conductor que se detuviera, agarró al gato y abrió la puerta, pero este montó un escándalo tal que Charles le preguntó al chófer si tenía algo en contra de que el animal viajara con ellos, ya que de todas las maneras iban a volver al hotel. El hombre no se opuso. Charles le habló al gato:

—Esta vez te vienes conmigo, pero, como castigo, desde este momento te voy a llamar Behemoth. Confío en que no te bebas todo el vodka hasta que esté de vuelta.

En la parte trasera de la limusina había un bar. Una botella de Absolut estaba puesta en el reposavasos.

Behemoth era el gato malvado de una famosa novela de Bulgákov, uno de los personajes literarios que Charles amaba a más no poder. El gato de *El maestro y Margarita* era en realidad una encarnación del Diablo, pero de ese tipo inteligente y volátil en que se convirtió a partir de *Fausto*. El gato de la novela hablaba, jugaba al ajedrez, dibujaba y tenía réplicas de una inteligencia, como no podía ser de otra manera, diabólica. A diferencia del de la limusina, era negro. En la Biblia, este nombre se menciona junto a Leviatán y no está claro si representa un rinoceronte, un cocodrilo, un hipopótamo o un bisonte. Thomas Hobbes escribió un libro con ese nombre que, según el filósofo inglés, era la viva imagen del Parlamento Largo.

La limusina dejó a Charles cerca del precioso castillo Schonborn de la calle Trziste número 15, en Mala Strana. Este pequeño castillo medieval —que el embajador Richard Crane, un ex fontanero convertido en millonario compró al acabar la Primera Guerra Mundial en nombre de su país— hizo aumentar el número de coincidencias en la historia de esos días. Franz Kafka vivió allí durante un corto período en 1917.

Cuando pronunció su nombre en la puerta, alguien salió de inmediato a su encuentro y le invitó a un suntuoso despacho en la parte trasera del edificio. El hombre se presentó y luego preguntó al profesor si lo que llevaba era el paquete en cuestión. Charles dijo que sí. El hombre le preguntó si podía hacer algo más por él. Charles quería asegurarse de que el paquete llegase en buenas condiciones a la embajada estadounidense de Londres.

El hombre le garantizó que iba a estar bien envuelto y sellado y tendría la condición de valija diplomática. Además, llegaría a Londres a la mañana del día siguiente. Le dijo a Charles por quién tenía que preguntar allí. Se cercioró de nuevo de que el empleado de la embajada entendía la importancia del paquete y se marchó.

Desde el coche llamó a Christa, que respondió con una voz somnolienta. Le preguntó si tenía ganas de salir a dar un paseo por el Callejón de Oro. Ella respondió que estaría lista en media hora. Behemoth empezó a ronronear y amasar con las patas, alternativamente, el pantalón de Charles, abriendo y cerrando las garras en un ritmo lento, en una relajación total. En el camino al hotel, vio una agencia de British Airways y le pidió al conductor que parase. La agencia abriría en diez minutos, así que encendió un Cohiba y se puso a mirar a las pocas personas que pasaban por aquella calle lateral. Una anciana con el pelo de un color incierto abrió la puerta de la agencia bostezando. Entró. El único vuelo para el día siguiente era a la una de la tarde. Compró dos billetes de ida, uno para él y otro para Christa.

99

A Werner lo despertó un pitido agudo y continuo procedente del ordenador. Miró a Beata, que dormía como un lirón, se levantó y vio que la señal del teléfono de Charles se alejaba a toda velocidad del hotel. Vio que paró por un tiempo en la embajada de Estados Unidos. Se dio cuenta de que eso tenía que ver con la conversación que interceptó la noche anterior, pero que no pudo escuchar debido a las interferencias. Se temía mucho que Baker, que sabía que estaba a punto de ser detenido, no hubiera buscado un escondite y estuviera a punto de ser rescatado de la República Checa por las autoridades estadounidenses. Se preguntó si las noticias sobre los problemas de salud de su padre habían acelerado su decisión de abandonar el país. Se puso tenso, pero cuando la señal volvió al hotel, se tranquilizó. Sonrió con cierta admiración al darse cuenta de que Charles había resuelto el envío de la espada en una valija diplomática.

Bajó a la cocina, pero otra alerta en el equipo le hizo volver. En un intervalo de solo cuatro minutos, se habían enviado más de veinte solicitudes para arrestar al profesor, incluido los correos electrónicos privados de las personas autorizadas de la policía y el gobierno. Era domingo y quizá los mensajes no se leerían hasta la mañana siguiente. Para mayor seguridad envió un virus que se adhirió a todos los mensajes que encontró y destruyó todas las solicitudes. No estaba seguro de haberlos visto realmente todos. No pudo dar con el otro agente, por lo que decidió enviar a Beata a la oficina de Ledvina para instalar un sistema de escucha. Sin embargo, antes tenía que despertarla, por lo que puso a prueba todos sus talentos culinarios y preparó un desayuno riquísimo.

Después de perder del todo la paciencia, Ledvina, que no conocía lo que era una resaca, se movía nervioso por el despacho. Mandó a casa a Honza, que no había dormido en toda la noche y cabeceaba en su silla mientras le hablaba. Como ya no aguantaba más y se dio cuenta de que nada se movería hasta la mañana siguiente, le dijo a Honza antes de enviarlo a la cama que si se producía un ataque terrorista en Praga, tenía la esperanza de que, por el bien de los checos, los atacantes no eligieran un día del fin de semana. A continuación se cambió de ropa, se metió en el coche y fue al hotel Boscolo.

Al llegar allí quiso irrumpir en la habitación de Charles, pero temía tensar demasiado la cuerda y corría el riesgo de poner en peligro las pocas oportunidades de echarle el guante. Tenía que esperar una orden de arriba y obligarlo a cometer un error. Así que se armó de paciencia y se quedó en silencio en el coche a una distancia considerable del hotel, pero desde un lugar que le proporcionaba una visibilidad suficiente para seguir al profesor cuando saliera. Por desgracia para él, Charles había recogido ya a Christa y había salido de nuevo.

100

El hotel Boscolo se encuentra en el número 13 de Senovážné náměstí, en el primer distrito de Praga. La zona de Hradčany está bastante lejos, al otro lado del Moldava, después del famoso puente de Carlos. Charles había hecho varias veces a pie este camino y aunque aquel era un hermoso día del comienzo de verano, no tenía ganas de caminar. Estaba ansioso por volver al famoso Callejón de Oro, Zlata Ulicka, uno de los lugares más célebres de Praga, aunque a Charles no le gustaba. Había estado solo una vez y le repugnaba el modo en que una calle pintoresca, completamente restaurada, se había transformado en una tediosa ristra de pequeñas tiendas de recuerdos, libros y cristales de Bohemia.

La estrecha calle había sido erigida por orden del mismo omnipresente Rodolfo II para albergar a sus soldados hasta el nivel de los arcos de la muralla del castillo, hacia finales del siglo XVI. Más tarde, después de la guerra de los Treinta años, allí se trasladaron familias de artesanos, especialmente orfebres. De aquí le viene el nombre y no, como se cree comúnmente, de los alquimistas que trataban de hacer oro a partir del mercurio; estos vivían unas calles más abajo. Franz Kafka residió allí casi dos años con su hermana. Parece que la pequeña casa del número 22 le inspiró para escribir *El castillo*, una de sus tres novelas, por desgracia sin terminar. Desde principios del siglo pasado la calle se había convertido en un pozo negro donde vivían la bellaquería y el lumpenproletariado que no podían permitirse más que unas viviendas minúsculas en un deplorable estado. En la década de 1960 el Estado comunista la reconstruyó después de evacuar a los residentes, a los que trasladaron a los bloques de la periferia. Hoy en día el callejón parece una joya poblada con casas pintadas en colores brillantes, como un caminito de cuento.

Charles no tenía idea de lo que iba a descubrir allí, o si tenía que encontrar algo, pero el instinto le dijo que algo iba a suceder justo en la casita azul en la que vivió el gran escritor.

Se bajaron del taxi, rodearon la parte peatonal, pagaron un tiquet —la calle se puede visitar solamente tras abonar una tasa— y Charles se apresuró hacia la casa azul. Una vez allí, miró a su alrededor, como si estuviera esperando a alguien. La calle era muy corta, mucho más corta de lo que recordaba.

—¿Qué buscas? —le preguntó Christa.

—Cuando lo vea, lo sabré —contestó Charles confuso.

—¿Sabes que en Praga hay decenas de lugares donde vivió Kafka?

—Sí, pero tenía que venir aquí, aunque no tengo ni la menor idea de por qué.

Recorrió la calle hasta el final y luego, de nuevo, hacia abajo. Christa no lo siguió, sino que entró en una tienda de recuerdos, y enseguida en otra. Después de media hora de paseo, Charles decidió que era apropiado darse por vencido. Claramente, allí no había nada. Justo delante de la casa de Kafka había un anciano ciego, de pelo y barba larga y blanca que parecía Papá Noel. Estaba sentado en un taburete y, de vez en cuando, se llevaba a la boca una armónica. Charles no lo había visto cuando entró en la calle, así que pensó que debía de haber llegado entretanto. El viejo no iba andrajoso y parecía bien alimentado. Charles no entendía si el ciego había venido a pedir o simplemente estaba pasando el rato. A los pies del anciano había un gran perro que no parecía el de un mendigo. Invadido por la curiosidad, Charles se acercó. El bastón blanco, de ciego, estaba apoyado en la casa y delante del anciano había un sombrero que contenía unas cuantas monedas y un billete. Así que mendigaba.

Charles había oído historias sobre Europa del Este y sobre mendigos que ganaban en un día más que un trabajador normal en una semana, especialmente en Rumanía. A menudo, los habitantes de aquella tierra eran vistos con antipatía en las principales capitales europeas injustamente, a causa del inmenso éxodo de la escoria procedente de allí, que se había adueñado de los puntos turísticos de París, Roma o Madrid y eran muy agresivos. Mendigaban y estafaban a quien se cruzara en su camino.

Sin embargo, aquel viejo difícilmente se correspondía con el retrato robot que había en la mente del profesor. Christa se aproximó. Él rebuscó en su cartera, pero no encontró ninguna moneda o billete pequeño, por lo que hizo una señal a Christa de que se quería marchar.

—He venido para nada. Parece que mis intuiciones ya no son lo que eran.

Apenas volvió la espalda, el anciano comenzó a tocar la armónica. Charles sintió un escalofrío al instante y se quedó petrificado en el acto. Le pareció que había probado la magdalena de Proust, tan fuerte fue el recuerdo cuando oyó la melodía del mendigo. Sintió incluso que olía al pan recién horneado que hacía su abuelo todos los domingos, en el patio, donde su padre había instalado un horno de leña. El abuelo siempre silbaba esa canción al hornear. El olor a pan y a jardín de flores le llenó las fosas nasales, el sonido del agua del arroyo que corría por el patio sonaba en sus oídos. Notaba en la lengua un gusto de pan recién hecho, como no sentía desde la adolescencia, y sus ojos se llenaron de lágrimas de inmediato.

Se volvió hacia el viejo ciego, pero antes de poder decir algo, este empezó a hablar en inglés.

—Según la leyenda, esta calle era famosa porque aquí era el mejor lugar para hacer oro. Un misterioso anciano que se parecía mucho a mí se trasladó aquí una vez, hace tiempo. Y dado que había pedido la casa más pequeña y había llegado sin ningún equipaje, excepto una maleta llena de frascos vacíos, la gente supuso que era pobre, por lo que fueron amables con él. Le pidieron un alquiler bajo y con frecuencia lo invitaban a comer.

Y como este, después de un tiempo, salía cada vez menos, y por la noche en la casa comenzaron a verse sombras dudosas y por la chimenea salía humo de diferentes colores, especialmente azul, rojo y plata, la gente empezó a hablar. Formaron un comité y luego se dirigieron a él para pedirle explicaciones. Temían que fuera un poseído y que el mismo Diablo se hubiera trasladado a su calle. Como nadie respondió a los golpes en la puerta o en la ventana, ni a los gritos, intentaron abrirla. No les costó, estaba abierta. Entraron y encontraron al viejo hombre muerto en el suelo. En la casa imperaba un aire irrespirable y la pequeña habitación albergaba un complicado sistema de tubos y frascos llenos de todo tipo de líquidos de colores. En una mano el viejo sostenía una piedra de color amarillo. Más tarde, la policía descubriría que aquella piedra era en realidad un pedazo de oro.

»También entonces llegaron a la calle dos personas de mediana edad, un hombre y una mujer. Eran los vástagos del viejo, que había sido un hombre rico, con una enorme casa, tierra y varios edificios anexos en algún lugar del sur. Los hijos le estaban buscando desde hacía más de medio año, desde su desaparición, cuando se había trasladado a esta calle.

Charles escuchó con atención. La historia había terminado y se preguntó qué es lo que quería decir el viejo con ella. El silencio se había instalado ante ellos. Sacó su cartera de nuevo. Cogió un billete, el primero que encontró, y lo depositó en el sombrero del viejo. Este le hizo una señal de acercarse. Charles obedeció. El anciano lo llamó para que se aproximara más. Mientras que Charles lo hacía, el anciano estiró la mano como para tocarlo y dijo:

—Quisiera verte si no te molesta.

Charles comprendió que el ciego quería ver con los dedos, por lo que se inclinó a su altura. El anciano le tocó la cara con una mano y luego estiró la otra. Lo miró por un momento, de aquella manera, y después retiró las manos.

—Hace mucho tiempo nos conocimos. No fuiste tú, sino alguien a quien te pareces mucho. Ha pasado una eternidad desde entonces.

Luego el anciano ya no dijo nada más. Charles intentó preguntarle algo, pero el viejo se negó con un gesto categórico. Había comenzado a tocar de nuevo la armónica, esta vez una canción checa. No tenía nada que ver con Charles, que se dio cuenta de que el encuentro había terminado y quiso darse la vuelta. Antes de partir, el anciano apartó la armónica de su boca y dijo:

—A aquel... ¡A aquel lo quise mucho!

Charles pensó que el viejo estaba probablemente senil y que al oírlo hablar inglés con Christa se había puesto a hilvanar una historia que acostumbraba a relatar. Pero luego se dio cuenta de que esa canción y la semejanza de la que había hablado el ciego eran demasiadas para ser una mera coincidencia.

—A veces hay que renunciar al mundo —añadió el anciano— y a todo lo que tenemos, sobre todo si somos los únicos que conocemos el secreto y nuestras manos las únicas capaces de hacer oro de la nada. Se lo debemos a nuestros seres queridos. ¡A cualquier precio!

Charles ya estaba de espaldas cuando oyó estas palabras. Se quedó así durante un tiempo. Luego se volvió: el anciano había desaparecido por completo. Habían volado el sombrero, el bastón y el perro. Como si nunca hubieran estado allí. Christa se había esfumado también. Miró a su alrededor a la gente que pasaba y se preguntó qué le estaba ocurriendo. Alguien lo agarró del brazo. Era Christa.

—¿Dónde te habías metido?

Quería preguntarle, sin parecer un pirado, si había oído y visto al anciano.

—Parecía que teníais cosas importantes de las que hablar.

Charles la miró sorprendido. Llevaba en la mano un vaso de recuerdo horrendo. Pequeño, de vidrio con una pegatina de colores donde ponía I LOVE PRAGA. Por lo menos no estaba delirando.

101

Christa y Charles tardaron dos horas en volver al hotel. El profesor necesitaba pensar. Habían vuelto andando y Charles no había pronunciado ni una sola palabra. Christa no insistió en hablar. Al entrar en el hotel, vio el gato naranja.

A cierta distancia, en un Skoda Superb, el comisario Ledvina observó a la pareja entrando en el hotel y se puso a pensar cuál sería su siguiente paso. Charles se le había escapado antes, pero se había resistido a la tentación de agarrar por el cuello al recepcionista y preguntarle si el profesor estaba en el hotel o si había salido, y si fuera así, adónde había ido y cuándo regresaría. Era casi mediodía, de modo que pensó que por la tarde seguramente Charles saldría de nuevo, no iba a quedarse todo el día en el hotel. A menos que tuviera intenciones eróticas con la mujer a la cual Ledvina consideraba una especie de Mata Hari y, por lo tanto, capaz de cualquier cosa, incluso de seducir al profesor estadounidense, si no lo había hecho ya. Se bajó del coche sin perder de vista la entrada del hotel, compró dos sándwiches y una botella de Coca-Cola en un quiosco y volvió a su vehículo.

Cuando pasó frente a la recepción el director le dijo que un caballero llevaba esperándole más de una hora. Charles le preguntó quién era, pero el director no supo qué responder. Solo le garantizó que no se parecía a Ledvina, es decir, que no parecía un falso policía. Mencionó que el señor estaba en el vestíbulo y se ofreció a avisarle de su llegada.

—No hace falta —dijo Charles y se dirigió interesado hacia la sala contigua, preguntándose con qué viejo ciego tropezaría ahora.

Dio la vuelta a la esquina y, detrás del enorme respaldo de una de las butacas de seda de colores vistosos, vio el pelo rojo como el fuego de la persona que lo ocupaba. «No puede ser», pensó mientras se apresuraba en llegar a la mesa. Se detuvo frente al huésped que leía en el *New York Times* las esquelas y las rúbricas de obituarios. Este dejó el periódico a un lado, se echó hacia atrás con una larga sonrisa, y luego dio un respingo y le abrazó fuertemente.

—¡Dios! —exclamó Charles—. Hace quince años que no nos vemos.

Se echó atrás para poder verle mejor.

—¿Tú no envejeces nunca? Estás igual. Como si estuviéramos en el aeropuerto de Río después del congreso.

Vio a Christa, que venía detrás para cerciorarse de que ningún otro Ledvina iba a abusar nuevamente de él. Cuando vio a Charles abrazar al desconocido se detuvo. Este le hizo un gesto de acercarse.

—Te he hablado tanto de él y ahora está aquí de carne y hueso. Christa, este es mi mejor amigo, Ross.

—Parece que nos conocemos bastante —dijo Ross sonriendo, mientras le tendía la mano a Christa.

Hizo un gesto para que se sentaran.

—¿Has comido? —preguntó Charles—. Porque me muero de hambre.

—¿Quieres que almorcemos en el hotel?

—Aquí cocinan bien. Una presentación estupenda y buenos ingredientes. Apuesto que podremos encontrar algo de comida basura para ti.

—¿Raciones minúsculas en platos inmensos? Vale.

—Siempre me ocurre esto con Ross —explicó Charles a

Christa—. No recuerdo cuántas veces se llevaba su bolsa de *fast food* por los restaurantes adonde lo arrastraba.

—Charles era rico —completó Ross—. Yo subsistía con una beca. No quería arruinarle. De cualquier forma, él pagaba todo. Incluso mis enormes hamburguesas.

—La beca no era para nada miserable. Creo que era más alta que el salario de un abogado novato de un gran despacho de Nueva York —dijo Charles en broma—. El hecho es que nunca voy a olvidar cómo en uno de los restaurantes más lujosos del mundo el maître casi desfallece cuando, tras haber traído langosta, gambas y ensalada de cangrejo, Ross sacó su bolsa de papel de *fast food* y le pidió al camarero un poco de ketchup.

—Qué divertido —dijo Ross, riéndose de oreja a oreja.

—Tampoco sé si les tomabas el pelo a todos aquellos mojigatos o sencillamente pasabas de todo.

—Cada uno tiene sus secretos. Pero no me tengas en vilo, por favor. O nos quedamos o nos vamos.

Christa no se sentía a gusto en presencia de Ross. Además, estaba convencida de que Charles quería repasar un montón de recuerdos con su amigo y sintió de inmediato que su lugar no estaba allí.

—Lo lamento mucho, pero estoy un poco cansada. Y tengo algo de trabajo en Praga. Encantada de conocerle —le dijo a Ross, y luego se dirigió a Charles—: Te llamaré cuando solucione mis problemas.

—El placer ha sido mío —murmuró Ross, cortés.

Christa se dio la vuelta y se alejó y los hombres se fueron al restaurante, hablando y riendo en voz alta.

Charles eligió el Nueva York Café pensando que tendrían comida estadounidense. Se sentaron en una gran mesa con enormes sillones.

—¡Mira lo beige que es todo! Lo único que espero es que nadie toque el piano.

—A menos que sepa «Sweet Child O'Mine» —dijo Charles riéndose—. Estate tranquilo, eso es para la noche. Y la música es buena, café concierto. Te gustaría.

—Si no hay batería no me gusta.

Cuando llegó el camarero, Charles preguntó si tenían comida estadounidense.

—Sí. Tenemos el plato «New Orleans», con langostinos y aros de cebolla fritos o, si lo prefiere, podemos servir la mejor hamburguesa de toda Europa del Este. Con carne de ternera Kobe —dijo el camarero orgulloso.

Charles levantó las manos como diciendo: «¿Qué más se puede pedir?». Ordenó dos raciones.

Ross se levantó y revolvió el pelo del profesor. Fue un gesto de afecto entre dos amigos que no se habían visto hacía mucho. Le preguntó en qué se había metido y si le estaban persiguiendo, y Charles le contó con pelos y señales todo lo que le había ocurrido desde su llegada a Transilvania hasta esta tarde. Que había ido a Rumanía para recuperar la espada, la obsesión de su abuelo, de quien Ross se acordaba. Le habló del supuesto pariente tiroteado que le había revelado una historia que parecía increíble, le contó todo sobre la Biblia de Gutenberg, cómo había encontrado la espada y cómo la llevó a la embajada. Le habló de esa sombra y de los sorprendentes vínculos entre algunos crímenes de la historia que un extraño había descubierto, de la frecuencia de treinta años con que se repetían. No supo por qué, quizá porque mientras hablaba recordó que el hombre de la carpeta de color marrón le había dicho que no confiara totalmente en nadie, pero Charles no mencionó nada acerca de las inscripciones en la pared de su casa, ni de la piedra ni de la llave. También obvió los blasones de los gremios de la vaina de la espada. Por lo demás se lo dijo todo.

Acabó la historia justo cuando les trajeron la comida. Ross cortó el primer trozo de hamburguesa y se lo metió en la boca. Puso cara de satisfacción.

—La mejor hamburguesa con queso de Europa del Este. Estoy de acuerdo.

Comieron mientras intercambiaban chistes y recuerdos de la universidad. Luego Ross regresó al tema anterior.

—¿Y crees algo de todo esto?

—No sé qué decirte. He vivido al menos dos veces historias imposibles que al principio parecían, como ahora, invenciones de una mente enferma. Y ninguna pude haberla resuelto sin tu intervención, que resultó decisiva.

—¡Decisiva, un cuerno! Solo aceleré un poco los acontecimientos. Habrías llegado, de todas maneras, a los mismos resultados. Decías que te queda todavía algo por descifrar de la nota.

Charles tomó el último sorbo de un vino tinto Tara Pakay de Chile, sacó su cartera, rebuscó la nota y se la entregó a Ross. Este la cogió y la miró por todos los lados, mientras la observaba detenidamente.

—¿Ves «Agios Georgios» escrito en griego? ¿Qué opinas de ese diez? —preguntó Charles.

—La hora, supongo. Creo que, si seguimos la lógica de lo que me has contado, tienes que encontrarte donde «san Jorge» a las diez.

—Sí, pero no pone la fecha. Tampoco si por la mañana o por la noche. Estuve en la estatua de San Jorge de la catedral, pero no apareció nadie. Y además está ese pájaro. No tengo idea de a qué se refiere.

—Si se trata de las diez de la noche, podría haber escrito 22.00 o haber añadido «pm». ¿De verdad que no sabes dónde tendrá lugar la reunión?

—¡De verdad que no lo sé!

Charles quería continuar, pero la sonrisa en la cara de Ross lo detuvo.

—No me digas que lo has pillado ya.

—Es sencillo —continuó Ross—. Imaginaste correctamente, en mi opinión, que se trata de *San Jorge matando al dragón*, pero no se refiere a esta estatua oxidada de aquí, que encima es una falsificación.

—Entonces ¿a qué?

—¿No sabes realmente a qué artista...? Es demasiado fácil. Te doy una pista: San Romano.

Charles tuvo ganas de darse una bofetada.

—*La batalla de San Romano*. Por supuesto. ¡Qué estúpido

soy! Uccello. Tenía que haber pensado cómo se dice «pájaro» en todos los idiomas. Me he obsesionado con Praga.

Paolo Uccello, cuyo verdadero nombre era Paolo di Dono Prato Vecchio, es uno de los pintores toscanos más importantes del Renacimiento. Nacido cerca de Arezzo, pasó casi toda su existencia en Florencia. Dedicó la mayor parte de su vida artística a desarrollar la perspectiva en la pintura. Estaba muy interesado en pintar acciones en curso y trató de encontrar el punto ideal, destinado a dar al cuadro la profundidad perfecta para sus narrativas. Fue alumno de Lorenzo Ghiberti, autor de las famosas puertas del Baptisterio de Florencia, edificio octogonal que está enfrente de Santa María dei Fiore, la catedral de Florencia, y del Campanario de Giotto, y amigo íntimo de otro gran artista de la época, Donato di Niccolò di Betto Bardi, conocido como Donatello. El apodo Uccello lo recibió porque tenía una pasión especial por las aves, que aparecen en gran número en sus obras. *La batalla de San Romano* es un tríptico que describe la batalla entre las ciudades-estado de Siena y Florencia en 1432. Los tres paneles de madera están uno en Florencia, en la Galería de los Uffizi; otro en el Louvre de París y el tercero en Londres, en la National Gallery.

—Ese está en la National Gallery, ¿verdad?

—Sí. En Londres. Bueno, uno de los tres. Si no me equivoco, en el ala Sainsbury.

—¿Ves? —dijo Charles—. ¡Apareces y resuelves los problemas! Han pasado siglos y nada ha cambiado. Sigues siendo más listo que yo.

—Más rápido, no más inteligente. No olvidemos que el veloz Aquiles siempre es superado por la lenta tortuga.

—Sí. Y la flecha nunca alcanza el blanco. Las paradojas de Zenón de Elea. Qué lástima que no sean para nada paradojas.

—Bueno, como él decía, la distancia se recorre en un período de tiempo determinado. Si la partes en tramos suficientemente pequeños, se puede llegar a longitudes infinitesimales, que significa que la flecha no se mueve, se queda quieta. Si sumas un gran número de momentos consecutivos cuando está parada, resulta que no se mueve en absoluto.

—Si el pobre Zenón hubiera tenido idea de lo que era un sistema de referencia, en la actualidad nadie hablaría de esas tonterías.

—No veo cuál es el problema. De todas formas tienes que ir a Londres para recibir tu espada, por lo que encaja perfectamente.

—Sí. Cuando estás involucrado en una historia tan increíble como esta, las coincidencias se suceden. Parece que todo el universo conspira a tu favor.

—Fíjate en nosotros. Parecemos unas viejas que después de compartir una celda durante cincuenta años y haber sido liberadas de la prisión, se quedan unas pocas horas charlando en la puerta porque no han terminado de hablarlo todo.

—Sí —dijo Charles—. Realmente tenemos mucho por recuperar. ¿Quieres postre?

—No, gracias, no como dulces.

—¿Desde cuándo?

—Desde hace mucho.

—¡Qué bien! Tomas comida basura, pero evitas los dulces. Y hablando de «hace mucho»: yo soy un libro abierto para ti, pero en los quince años que llevas desaparecido todavía no sé a qué te dedicas. Y no me digas que, si me lo dices, tendrás que matarme.

—Hago cosas aburridas para sofisticados sistemas de seguridad. Una especie de ciencia ficción. Preparo el mundo para el próximo siglo. La otra parte de mi tiempo lo ocupo en una red de datos y de contratos de confidencialidad. No mato a nadie, ni trepo edificios altos y, por desgracia, no tengo una amante en cada ciudad.

—¿Ahora vives en Europa?

—Europa, Asia. Pasé algún tiempo en la India. Allí hice una conquista: una suerte de estrella de Bollywood a quien le instalé un sistema de seguridad de alto rendimiento se enamoró de mí. Hablando de Bollywood, he oído que eres *persona non grata* en Hollywood ahora.

—Como decía, no se te escapa nada.

—Sabes que me chiflan tus impertinencias. Sobre todo porque son raras. Por eso son tan espectaculares. ¿Qué hiciste?

—Te lo digo, siempre y cuando me acompañes a fumar un cigarrillo.

—Por lo que veo tú tampoco has cambiado. ¿Sigues fumando Cohiba de los delgados? ¿Uno al día, después de la comida?

—Me temo que recientemente me he pasado un poco.

Charles insistió en pagar, a pesar de las protestas de Ross.

—No tiene sentido comenzar ahora a romper las tradiciones.

—Cualquier tradición es buena —dijo Ross—. Siempre y cuando sea antigua.

Charles se divirtió con la respuesta de su amigo. Se dio cuenta de lo mucho que echaba en falta los comentarios de este tipo, muy inteligentes y sutiles, que siempre significaban mucho más de lo que aparentaban a simple vista.

—¿Y adónde quieres que vayamos? —preguntó Ross.

—Hay aquí un Cigar Bar.

—¡No! Si piensas clavarte otro clavo en el ataúd, no me obligues a estar en la cloaca donde otros desesperados como tú me envenenen.

—Entonces salgamos a la calle. Hay algunos bancos más abajo. Y el paisaje es precioso. ¿O tienes alguna otra idea?

—Por desgracia, debo irme pronto. Me parece bien salir.

102

—¿Entonces? —preguntó Ross con curiosidad, mientras Charles encendía el cigarro moviendo la cerilla a su alrededor—. Oí que no tienes permiso para acercarte a más de cuatrocientos cincuenta kilómetros de Los Ángeles. ¿Por qué se enfadaron tanto?

—Creo que son demasiado sensibles. Insistieron en hacer una película de *El secreto de Lincoln*. Di mi aprobación a medias, así que empezaron la adaptación del libro. La desgracia fue que no sé si lo leyeron...

—¿Tú qué opinas? —preguntó Ross con segundas intenciones.

—Sabes que no es una novela, un libro de ficción, sino que fue sometido a una seria investigación y una cuidadosa documentación. Ellos dejaron a un lado los detalles, hasta ahí normal, e inventaron escenas, personajes estúpidos, conflictos y subconflictos de dibujos animados. En resumen, cuando me enviaron el guion para que diera mi consentimiento, me llevé las manos a la cabeza. Que ellos dramatizaran la trama lo entendía, digamos que era su cometido. Tenían que hacer la película interesante para venderla. Pero perdieron de vista lo que era importante, y me atrevo a decir incluso interesante, de toda la historia. Lo que escribieron, en aquel papel usado con pretensiones de guion, no tenía nada que ver conmigo. Así que armé un escándalo.

—¿No te pagaron los derechos de autor por adelantado?

—Se comprometieron con un adelanto. Suerte que tuve la inspiración de poner en el contrato que tenía que estar de acuerdo con el guion.

—¿Y eso es todo?

—¿Todo? No, no. Acabo de empezar. Un pez gordo, casi se me olvida su nombre, Johnny Schatz, algo así, un productor famoso, me llevó en limusina, me llevó a una mansión, con una piscina del tamaño de un campo de fútbol y un jardín lleno de pirámides egipcias, estatuas de faraones y estelas, en un gesto de cortesía. Si al hombre le gusta la historia antigua: ¡vamos a darle lo que sueña! No tenía intención alguna de juzgarle, ni cuestionar sus gustos, me limité a pasear por aquella inmensidad pensando: «Qué desperdicio *kitsch*». En fin. Me asignaron un equipo profesional de guionistas, con algunos éxitos en su haber, cuyo jefe era el hijo de este tipo.

—¿Del productor?

—Sí. Empezó la primera reunión con un tablero donde trazaron una línea que dividieron en tres. Luego hicieron un círculo en el primer segmento y otro en el segundo. Casi me desmayo. Esa gente no sabía salir de ese modelo, una simplificación de escuela de retrasados. Esto enseñan allí, el paradigma para que lo entiendan todos. No importa si eres un cretino, tienes poco talento o una idea. Como dice Syd Field, citando una nota o algo por el estilo, colocada en la puerta de McDonald's: «Solo importan la perseverancia y la determinación». Ahora, yo no sé qué afán mueve a alguien a empaquetar comida basura estandarizada, la que a ti te gusta, doce horas al día todos los días, pero pienso que escribir una película, aunque el objetivo final fuera forrarte de dinero, tendría que ser otra cosa.

—¿Y les dijiste el refrán latino de que «Perseverar es diabólico si te empecinas en una tontería»?

—No llegué tan lejos. Ellos tienen estos modelos, los productores y los que deciden en qué invertir el dinero, guiados por algún gurú absoluto como Syd Field, Wells Root y todos esos esquemas simplificados. Yo leí al tal Field. No me pareció en absoluto un estúpido, pero tiene que venderlo todo, así que sirve a los tontos lo que quieren. «Eres necio, no pasa nada. ¡Adelante! El sudor vence la inspiración, pero respeta mis reglas. De esta manera, al menos producirás algo coherente.» Sus libros contienen unas treinta páginas de la llamada «teoría ultrasimplificada» y trescientas páginas de ejemplos.

—¿KISS?

—¿Cómo dices?

—*Keep It Simple, Stupid!* Para que lo entiendan todos. La regla número uno en la publicidad.

—Sí. Bueno, estos tenían la teoría de la salchicha. La película tiene un principio, un medio y un final, tres partes. La salchicha tiene dos extremos y un medio. Los dos puntos rojos son los *plot-points,* donde es obligatorio que la acción tome una dirección diferente a la anterior. Ese debe ser el elemento sorpresa. Hay más en ese libro suyo, pero la gente no lo entendió. Es una suerte de «lecho de Procusto»: el que no encaja es estirado o aplastado para adaptarse. Es por eso que las películas son todas iguales. Circulan por allí todo tipo de chicos inteligentes. Pero si no encajas a la perfección, aleluya.

—Después de todo, es su dinero.

—No lo niego. Y comenzaron a explicarme, para que entendiera también yo, tonto de mí, cómo eran las cosas. Los tres trozos de la salchicha eran los actos. El principio, llamado *set-up*; el centro, la *confrontation*; y el final, *resolution*. Como no estaban convencidos de que lo hubiese entendido, pusieron unas metáforas para niños de preescolar que habían aprendido en esos cursos. En el acto primero decía uno de ellos: «sube el personaje al árbol»; otro daba otro ejemplo: «tíralo a unos rápidos, fríos de la montaña, desde una roca». «Lánzale piedras mientras sigue en el árbol», decía el primero, y el segundo: «haz un meandro en el río lleno de piedras y muestra que viene una cascada». Finalmente en el acto tercero decían todos, casi al unísono: «sácalo del agua, échale una cuerda para agarrarse», esto dicen que se llama *the life line,* la cuerda de la vida, y el otro: «bájalo del árbol».

Ross se rio de cómo contó Charles la historia, con esa combinación de asombro y encarnizamiento contra todas las idioteces y absurdidades del mundo que tan bien conocía. Cuando Charles hizo una pausa para respirar, Ross se desternillaba.

—¿Es para reírse?

—No —dijo Ross, tocándose las mejillas—. Casi se me había olvidado lo divertido que eres cuando pones pasión en algo. Continúa, por favor.

—Por no decir que dividieron cada una de las tres salchichas obtenidas en otras tres salchichas pequeñas. Cada pedazo de carne con comienzo, centro y final.

Ross puso su mano sobre el hombro de Charles. No podía dejar de reír. Esperó a que se tranquilizara.

—¿Y no intentaste hacer un poco de profesor con ellos? Vamos, admítelo.

—Les dije, como especialista en narratología, que si querían simplificar de esta manera la estructura del guion de la película, podían recurrir a una teoría estructural más inteligente y más sutil.

—¿Existe tal cosa?

—Sí. Una excepcional. Por desgracia, es de un profesor de Rumanía. Este es un país que casi no produce películas. Hasta la caída del comunismo, con pocas excepciones, estaban plagadas de ideología. Y después, el desastre fue mayor. ¡No importa! Este profesor, Dumitru Carabăț, divide la película en cinco partes y las llama *rítmeme*, es decir, «elementos de ritmo». Traté de explicar que cada una de estas partes tiene como una idea central, una suerte de acción principal. Les di ejemplos de novelas y películas famosas, incluida la película que casi todo el mundo en Hollywood dice que es la mejor de todas, el icono del cine estadounidense, *Ciudadano Kane*. Seguí los ejemplos del profesor rumano. En la parte primera, Kane quiere jugar, puesto que fue privado en la infancia de ese juego. En la segunda, Kane hereda una enorme fortuna y quiere seguir con el juego, pero no se le permite. En la tercera, liberado de la presión, comienza a jugar a una escala global. En la cuarta parte, el juego es interrumpido por una serie de decepciones en su vida y, por último, en la quinta, Kane muere y pronuncia en el lecho de muerte una palabra que, de hecho, es el misterio en torno al cual se desarrolla toda la película: Rosebud. Nos encontramos con que es el nombre del trineo de la infancia, la metáfora del juego frustrado.

Ross ya no se reía. Escuchaba con atención a Charles.

—Traté de explicar que las partes primera, tercera y quinta tienen el mismo signo y demuestran la continuidad. Juega, juega de manera grave y juega al final y, en las partes segunda y cuarta, no se le permite jugar, se ve frustrado. Se observa desde este sencillo esquema que existe una relación continua entre las partes o las *ritmeme*, como las llamaba el autor de la primera, tercera y quinta, como entre la segunda y la cuarta, pero al mismo tiempo, una relación opuesta entre las consecutivas. Dos se opone a uno, pero es similar al cuatro, que se opone al tres y así sucesivamente. Les expliqué que solo esta vasta y compleja relación de oposiciones y similitudes produce exactamente lo que hace que una película tenga éxito, mantenerte en la butaca, es decir, que tenga ritmo.

—¿Y ellos te escucharon?

—Sí. Parecían haberlo entendido. Mira, pienso ahora lo mucho que importa, o más bien importaba, dónde has nacido. Si este profesor hubiera vivido en un país normal, del otro lado del Telón de Acero, podría haber sido más rico y más famoso que Syd Field.

—¿Y dónde se rompió?

—Bueno, se rompió...

—Seguro que no pudiste parar, ¿verdad?

—Más o menos. Les expliqué que dentro de cada *ritmeme* las relaciones entre las acciones deben seguir el mismo patrón rítmico. Hasta aquí lo entendieron. Empecé a enfadarles cuando dije que en la parte cuarta, de acuerdo con la teoría de otro gran hombre de letras, esta vez de Bulgaria, Tzvetan Todorov, debe suceder algo especial, algo que Todorov llama «*l'infraction de la Loi*», ese tipo de violación de la regla de la naturaleza, de la lógica natural, donde al personaje le entra un ataque de nervios, se le cruzan los cables y empieza a hacer cosas contrarias a sus intereses directos, tal como se desprende de la película. Momentos en que gesticula de forma que se aleja de su objetivo, de la resolución final del conflicto. Aquí se asustaron. Uno de ellos preguntó si Rumanía y Bulgaria eran países de verdad o si les estaba tomando el pelo. Cuando hablé de Transilvania se tranquilizaron. Drácula era lo único que conocían.

—Y a partir de aquí las cosas degeneraron.

—Fatal. Me echaron a patadas de la tumba megalomaníaca donde me habían enterrado. ¿Satisfecho?

Ross asintió. Estaba satisfecho.

—Más allá de eso, para que entiendas que mi atención sigue siendo distributiva y no me he cebado con el tema, a cierta distancia de aquí hay una tía buena que nos mira desde hace unos diez minutos.

Ross volvió la cabeza. Se puso de pie y mientras le hacía un gesto a la rubia para que se acercase, le dijo a Charles:

—Es mi amiga, o mi novia, Beata Walewska. Le dije que me encontraría aquí con ella cuando terminara de trabajar.

103

Beata acababa de regresar de la casa del comisario Ledvina. Werner había encontrado la dirección y la envió con dispositivos de escucha menos sofisticados que el paralelepípedo que había en la habitación de Charles, pero perfectamente funcionales. Como el comisario no tenía ni teléfono móvil ni ordenador, Werner tuvo que conformarse, al final, con la supervisión del ruido ambiental y del micrófono colocado detrás del captador de señales del teléfono fijo.

Entró por la ventana entreabierta de la casa del comisario a través del pequeño jardín cubierto de enredaderas, después de saltar la valla de madera. Dio una vuelta por la casa de cinco habitaciones de una sola planta y decidió sobre el terreno cuáles eran los cuatro mejores puntos para instalar una red de minúsculos micrófonos, casi imposible de detectar sin el equipo apropiado. El dispositivo de escucha estaba conectado al ordenador de Werner y la grabación se iniciaba automáticamente cuando se detectaba la voz o cualquier ruido de más de tres segundos de duración.

Justo había terminado la instalación del último micrófono, el del teléfono, cuando oyó una llave en la cerradura de la puerta principal. Esperó a que la puerta se abriera, echó un vistazo alrededor y salió por la ventana por donde había entrado. Esta vez no tuvo que saltar la valla, ya que la puerta de la calle se había quedado abierta, así que salió y se subió a la moto aparcada unas casas más abajo.

Beata estaba convencida de que Ledvina acababa de llegar a casa y le quedaban por instalar unos micrófonos en el despacho de la sede de la Brigada Especial. Se dio un paseo hasta allí, pero en la entrada había algunas personas y pensó que el mejor momento para entrar era, sin duda, por la noche. Era domingo y como Ledvina ya había regresado a casa, era poco probable que, excepto el portero y posiblemente algún guardia, hubiera alguien allí. No iba a tener mejor momento.

Luego leyó el mensaje de Werner, pasó por la villa, cogió de la mesa el sobre que este había preparado y se dirigió hacia el hotel donde se hospedaba Charles.

Ledvina no se había movido de la entrada del hotel Boscolo. El hombre que Beata había oído entrar era su cuñado, el hermano de su ex esposa, con quien mantenía una excelente relación. Le llevaba todo el tiempo comida y bebida al comisario y, en general, venía para ver partidos de fútbol porque Ledvina tenía instalada una antena parabólica muy potente y, por cortesía de los servicios de inteligencia, un decodificador universal gracias al cual veía casi todos los canales de televisión, incluidos los de pago de toda Europa. La aportación de su cuñado fue una televisión gigante de 64 pulgadas. De este modo podían ver juntos todos los campeonatos de Europa. Siempre que Ledvina se quedaba en el despacho, su cuñado se repantingaba en el sofá y miraba los canales pornográficos que abundaban en el satélite.

104

Charles se presentó y estrechó la mano de Beata, y esta se acercó y le dijo a Ross algo al oído. Le entregó el sobre y se alejó.

—Es un poco tímida. —Ross se sintió obligado a explicar la aparición meteórica de la mujer—. Y por desgracia no habla inglés.

—¿Así que has aprendido polaco? —preguntó Charles—. Por el nombre es de Polonia.

—A la fuerza. Es una compañera de nuestra oficina de Varsovia. Antes de marcharme quiero hacerte otro regalo. Esta vez no muy agradable.

Charles lo miró sin decir nada. Tenía curiosidad por ver qué más había descubierto Ross.

—En primer lugar, mañana sin falta tienes que marcharte de este país. A primera hora, si es posible.

—Sí. Ya tengo dos billetes.

—¿Billetes? ¿En plural?

Charles no entendía cuál era el problema.

—Es lo que temía —dijo Ross—. Por desgracia esa mujer, que parece que te importa mucho, no es lo que tú piensas. He buscado por todas las bases del Interpol. No existe. Es un fantasma.

—¿No has pensado que quizá tenga otro nombre? Esos espías cambian de nombre como de medias. Además, vi su placa.

Ross hizo una pausa. Parecía estar pensando si era mejor dar el siguiente paso. Charles se percató del momento de indecisión. Ese era su objetivo, no quería dejar claro que deseaba alejar a toda costa a Christa.

—Antaño tenías una regla muy saludable: nunca mezclabas las cosas. Sabías distinguir. No me digas que estás cambiando a medida que envejeces. Una placa de la Interpol la puede hacer cualquier niño con un simple programa de diseño gráfico. Siempre has confiado en mí. Sabes que no digo nada antes de estar absolutamente seguro. De todos modos, es decisión tuya.

Le entregó el sobre mientras se despedía de él. Frente a ellos, Beata arrancó la moto.

—Vas a ver en esas fotos que, mientras tú desentrañabas misterios, tu novia tenía todo tipo de reuniones secretas. Especialmente por la noche. Bueno, por desgracia, tengo que volver al trabajo.

Abrazó a Charles.

—Tal vez deberíamos vernos más a menudo —dijo el profesor.

Mientras se alejaba, Ross replicó que era muy probable que así fuera. Se subió detrás de Beata. Se despidió de Charles con la mano mientras la moto emprendía la marcha.

Charles siguió la moto con la mirada unos instantes hasta que desapareció en el mar de coches que había delante. Abrió el sobre y vio a Christa en diferentes lugares, hablando con todo tipo de personas. Casi todas las imágenes eran al aire libre, y no parecía haber nada sospechoso. Quizá esta vez, Ross exageraba. Incluso Ledvina sabía que la mujer era de la Interpol y tenía varios nombres. Mientras pensaba que tal vez no había nada sospechoso en el fondo, vio las últimas dos fotos. En una de ellas Christa estaba con dos personas que reconoció, aunque solo las había visto brevemente. Su formidable memoria para las caras lo ayudó a identificarlos. Eran dos hombres que había visto en el bar la noche anterior. Pero la última foto lo perturbó muchísimo. Christa estaba hablando con una mujer. No había ninguna duda: era la misma que le había entregado la nota la primera mañana, en el desayuno del hotel Central Park de Sighişoara.

Subió a la habitación, se sentó en el sofá y se puso a repasar las fotos. Si la mujer era la que le había dado la nota, ¿a qué estaba jugando Christa? Quizá solo la conocía. Trató de encontrarle una excusa, una coartada. Tal vez se había visto con Christa solo para tratar de convencerla de facilitar su acercamiento a él. No había ningún indicio de que la foto hubiese sido tomada en Praga. Christa no le había escondido en ningún momento que se había reunido con varias personas allí. La única fotografía que le preocupaba era la de los dos hombres, de quienes estaba seguro que eran los del bar. ¿Vigilaban acaso a Christa? Él trató de discurrir toda la película de los acontecimientos de los últimos días. Intentó entender más, pero todo llegó a ser bastante confuso. Pensó que le vendría bien desconectar e intentó vaciar un poco la mente. Encendió la televisión, cogió del bar dos botellitas de whisky, se sentó en el sofá, arrastró una de las sillas y puso los pies encima. En lo referente a Christa, le iba a hablar abiertamente y a restregarle por la cara las fotografías. Mientras diferentes imágenes pasaban delante de sus ojos en un idioma que no conocía, se durmió.

105

La motocicleta se detuvo en un semáforo. Beata volvió la cabeza hacia Werner.

—¿Ese profesor sabe quién eres?

—Un poco. Él cree que soy su amigo de la universidad, por entonces me llamaba Ross. Durante años fuimos casi inseparables, a pesar de estar en diferentes universidades y vivir en distintas ciudades. Pasábamos juntos todo el tiempo libre. Aprendíamos codo con codo. Pasábamos juntos las vacaciones. —Señaló hacia el semáforo—. Está verde.

Beata volvió la cabeza y se dirigió hacia la villa del Instituto. Comprendió que Werner había cerrado la conversación y que no merecía la pena insistir. Por su naturaleza no era indiscreta y en el trabajo había aprendido a no preguntar más de la cuenta. Nunca. Sin embargo, estaba convencida de que Werner se había sincerado con ella mucho más que con nadie en su vida. Se había metido de lleno en esta relación sin pensar en las consecuencias. Era la primera vez en su vida que sentía algo por alguien. Todos sus anteriores novios no habían sido más que obligaciones de trabajo o intereses que tenían que resolverse. Todos los que la conocieron quedaron horrorizados cuando, en algún momento de su relación, se dieron cuenta de que estaban tratando con un carámbano siniestro. A aquella mujer, de un terrible cinismo y una crueldad inhumana, no le afectaba nada, nunca. El único que había logrado tocarle la fibra sensible, sin proponérselo, fue Werner.

Cuando llegaron a la villa, Beata le dijo lo que había hecho en casa del comisario y que había decidido ir a su despacho más tarde, cuando hubiera menos gente.

Mientras Beata se iba a duchar, Werner abrió el ordenador y revisó su correo electrónico. Comprobó la señal de Charles y vio que había entrado en el hotel. Activó la transmisión en vivo de la habitación, pero oyó la televisión. Comprobó la grabación reciente de la casa del comisario. También allí se oía solo la televisión. Werner sonrió y pensó en cómo pasa la gente su tiempo libre. Incluso los más inteligentes. De la suite de Charles le llegaba el sonido de un canal de noticias en checo y, desde la casa de Ledvina, el equipo registraba gemidos, jadeos y gritos que imitaban un mal orgasmo.

Le preocupaba, sin embargo, que Charles no pareciera haber tomado muy en serio la amenaza que supuestamente significaba Christa. Era importante deshacerse de esa chica, que sería capaz de trastocarle los planes si el profesor recibía el mensaje que esperaba. No podía insistir mucho para no despertar sospechas en Charles, y aun así había aparecido algo repentinamente. Por primera vez, sentía no haberlo visto más a menudo en los últimos años. La verdad era que siempre le había caído bien y su relación era sincera, aunque Werner siempre fue consciente de que tenía que utilizar a Charles para lograr su objetivo. Quizá por ello no lo buscó. Se sentía de alguna manera culpable. Debía encontrar otra forma de aniquilar a Christa. Probablemente enviaría a Beata. Tenía que decidirse.

No había señales de Eastwood. Quedaban doce horas hasta la decisiva reunión del Consejo. No podía perdérsela, habría sido su mayor victoria hasta la fecha. La recuperación de la Biblia perdida con la ayuda de Charles sería el golpe definitivo. Pensó en lo orgulloso que su padre estaría de él. Desde hacía unos quinientos años el gremio de los Pescadores mantenía un triple juego en el conflicto de los dos bandos enfrentados. Cumplían su misión con determinación y seriedad, obteniendo toda la información necesaria sobre el miembro del Consejo que le había sido asignado, pero tratando siempre de hacerse indispensables también para los demás. Hasta entonces, este doble juego les había salido de perlas. Ninguna de las partes había sospechado nunca nada. Habían trabajado a la perfección.

El único propósito que no habían logrado era este último: encontrar la Biblia y destruir ambos bandos. Todo el poder en una sola mano. Y él, Werner Fischer, el sucesor del pescador que había sacado la cabeza de Vlad Ţepeş del lago Snagov, donde fue arrojada después de su muerte, terminaría de una vez por todas esa historia larga y complicada. Ese antepasado suyo, con otros miembros de la familia y varios compañeros del gremio, exhumaron luego el cuerpo, enterrado de manera burlesca por orden de Basarab Laiotă, sin ningún tipo de honores, en el monasterio de Snagov. Juntaron la cabeza —las leyendas dicen que la llevaron a Constantinopla y que el sultán la empaló públicamente, lo cual no era verdad— y el cuerpo y lo enterraron en secreto en el monasterio de Comana, fundado por el propio príncipe. Desde entonces circula otra leyenda en dos versiones. La primera es que Drácula se levantó de entre los muertos y se convirtió en un vampiro, y la segunda, que un espíritu maligno dejó su cuerpo, pero solo tres días después de recuperar la cabeza.

106

Se despertó con un terrible hormigueo en el pie derecho. Había dormido en una posición incómoda y casi todo el pie se le había entumecido. Se levantó con dificultad, pero no podía apoyarse en él, así que se dejó caer sobre la cama. Se echó hacia atrás y empezó a mover la pierna en el aire. El dolor comenzaba a disminuir, pero el hormigueo se había vuelto casi insoportable.

Miró hacia la ventana. Un sol naranja se perdía en el horizonte e inundó la habitación con una luz potente. Una vez que finalmente se libró de las sensaciones desagradables de la pierna, entró en el baño. Pensó en lo que tenía que hacer esa noche. Concluyó que era un momento tan bueno como cualquier otro para enfrentarse a Christa con el tema de las fotos. La llamó. Una voz suave contestó con gran dificultad.

—¿Qué haces? —preguntó.

—No me encontraba bien y me he acostado. ¿Y tú? ¿Terminaste tu encuentro?

—Sí. ¿Estás mal? ¿Necesitas un médico?

—No. Creo que estoy agotada. ¿Te molesta si no nos vemos hoy?

Christa intuía que iban a tener una conversación desagradable, pero cómo no tenía forma de saber lo que Charles quería hablar con ella, tal vez era verdad que se encontraba mal.

—¿Vas a cenar algo?

—¿Qué? —preguntó por reflejo Charles, que había sido interrumpido en sus pensamientos—. No. He estado comiendo todo el día. Me voy a dormir también, porque anoche descansé solo tres horas.

Se desearon buenas noches. Se olvidó de decirle que tenía los billetes de avión para el día siguiente al mediodía. Pensó en darse una ducha y meterse en la cama, pero sabía que no podría dormir. Charles había aprendido, cuando todavía era estudiante, cómo descansar, aunque fuera solo cinco minutos si era necesario. Entre las clases, estudiar y divertirse, una noche con más de cinco horas de sueño no era fácil de conseguir, por lo que utilizaba todas las oportunidades para echar una cabezada; si podía hacerlo, aunque fuera brevemente, se despertaba completamente recuperado. Podía dormir, en caso de necesidad, en lugares extraños y en posiciones imposibles. Dormía incluso de pie en el autobús si era necesario. Este hábito lo utilizó más tarde, cuando tenía que hacer viajes largos y saltar de una conferencia a otra, de una cena a otra, de una entrevista al avión y así sucesivamente, sin tregua. Una cosa era cierta: cuando podía echarse una cabezada, como fue el caso de aquella tarde, sabía que le costaría mucho conciliar el sueño de nuevo.

Se fue a la ventana para mirar a la gente, como le gustaba hacer cuando quería relajarse. Sobre el capó de la limusina que esperaba, tal vez, a un cliente delante de la entrada, el gato naranja se repantingaba y se lamía afanosamente. Pensó en aprovecharse de su nueva relación y ofrecerle por última vez una gran cena.

En menos de diez minutos bajó con un filete de salmón crudo. Cuando salió con el bol, el coche había desaparecido y Behemoth no estaba por ninguna parte. Empezó a buscarlo y a llamarlo como un loco, haciendo el ridículo delante de la entrada. El portero hizo un gesto para que mirase a su espalda. A una distancia de veinte metros, el gato estaba sentado sobre las cuatro patas y lo miraba. Se acercó a él. Cuando llegó frente a él, emitió un corto maullido y se inclinó de un lado. Charles se quedó con el plato en la mano para ver lo que hacía. Se levantó, pegó otro maullido corto y se tumbó del otro lado. Decidió que el espectáculo merecía ser premiado, así que puso el plato en el suelo y se puso en cuclillas. El gato se puso a engullir mientras Charles le acariciaba la cabeza. Varias personas se pararon para hacer lo mismo. Preguntaron a Charles algo, pero como este les contestó en inglés, siguieron acariciándolo un poco más y se marcharon.

Después de que el gato devorara en tiempo récord el trozo de salmón, Charles lo cogió en brazos y pensó en sentarse en algún lugar para fumar un cigarrillo. Se dirigió al hotel, pero vio salir a Christa. Instintivamente dio un paso atrás, soltó el gato y esperó a que ella se alejara. Así que había mentido, y por la agilidad que mostraba al moverse no parecía estar enferma. Decidió seguirla.

Ledvina, que se aburría terriblemente en el coche, maldijo su terquedad, que le había hecho rechazar cualquier conquista reciente de la técnica, y pensó que a primera hora de la mañana siguiente se iba a comprar un teléfono y una tablet. Si tenían todos los imbéciles, probablemente no le sería imposible aprender. Había visto la breve excursión de Werner. Lo retrató con la pequeña cámara digital que había sustituido a la antigua Praktiker, que poseía con orgullo desde hacía más de cuarenta años y a la que no habría renunciado si no hubieran desaparecido por completo los laboratorios y los carretes de fotos. Observó después a Werner y a Beata y el sobre grande que ella le entregó a él, que a su vez se lo dio a Charles. Pensó que se trataba de una jerarquía y que lo más seguro era que el jefe de todos ellos fuese Charles. Le daría a Honza las fotos para tratar de identificarlos. Se divirtió con la pequeña aventura de Charles con el gato, después vio a Christa saliendo del hotel y a Charles siguiéndola.

Se colocó las gafas de sol, se puso en la cabeza una especie de boina, como la que llevaban los trabajadores de las películas italianas de los años sesenta, y arrancó el coche.

107

Oscurecía muy rápidamente, así que Charles aceleró el paso, después de haber ido en línea recta unos quinientos metros, porque Christa se metió bruscamente en una callejuela. Como había aprendido la lección de la noche anterior —sabía que la agente era muy cauta y parecía tener ojos hasta en la espalda—, iba muy pegado a los edificios y estaba pendiente, en caso de que ella se volviera súbitamente, de reaccionar con rapidez. En la esquina se cuidó mucho de que no le pasara como la noche anterior con el vagabundo. Respiró aliviado. Christa estaba delante, solo que las calles se acortaban y se estrechaban mucho. Llevaba caminando detrás de ella casi una hora y supuso que había cruzado la mitad de la ciudad en dirección a la periferia. Se preguntó lo bien que conocía Christa la ciudad, que lograba defenderse por todas esas calles. Como se habían alejado del centro, la luz comenzó a escasear, igual que las personas, y el ruido de los pasos se oía cada vez más fuerte en el silencio de la noche. Así que Charles tuvo que aumentar la distancia entre ellos.

Ledvina se vio en un aprieto cuando Christa tomó las calles estrechas. Si hubiera permanecido detrás de ella corría el riesgo de ser visto tanto por la mujer como por Charles, por lo que tuvo que pasar por calles paralelas. Tres veces el pánico se apoderó de él por miedo de haber perdido la pista de Christa, pero volvía a encontrarla cada vez. Su olfato de viejo sabueso no había fallado tampoco ahora.

Llegaron a un parque muy oscuro. Christa se adentró bastante en él y se dirigió al otro extremo por la alameda central. Charles se alegraba de poder verla y dejó una distancia mayor entre ellos. El comisario llegó a una calle de sentido único y tuvo que tomar una decisión. Sabía que después del parque había calles con pequeñas fábricas y un cementerio, pero que muy cerca había una plazoleta con casas antiguas. Era posible que la mujer se encontrara con alguien en el parque o en el polígono industrial, aunque bastante improbable. Apostó a que iba a alguna de las casas de la plaza. Rodeó el parque por el otro lado y se acercó. Aparcó en una posición estratégica con las luces apagadas, pero dejó el motor en marcha y esperó.

Después de un tiempo Christa apareció en la dirección donde Ledvina había supuesto que lo haría. La plazoleta era bastante grande y las casas que formaban un cuadrilátero alrededor eran viejas, de dos o tres pisos, con puertas que daban a la calle y con un patio interior.

Charles había perdido de vista a Christa en algún lugar de las calles industriales y, como no tenía idea de dónde estaba, decidió seguir adelante. Vio en la lejanía un semáforo y pensó que decidiría lo que debía hacer cuando llegase allí. Una enorme luna, idónea para la aparición de hombres lobo, compensaba la ausencia casi total de luz. Alguna bombilla tirada en medio de los patios desiertos y el ladrido de algún perro abandonado daban al paisaje un aire apocalíptico. Charles apresuró el paso.

Christa cruzó la plazoleta por el centro, donde había una estatua, algunos bancos y un parque infantil, con unos columpios y un tobogán. La plaza estaba rodeada de farolas con luz amarillenta. Cuando llegó justo a la altura de la estatua oyó detrás unos pasos que sonaban como una cojera, como si alguien flotara en vez de andar y evitara así tocar el suelo. De repente hizo mucho frío. Las pocas luces que rodeaban la plaza comenzaron a parpadear y dos de ellas se apagaron por completo. Las demás proyectaban una luz cada vez más difusa. La luna extendía la silueta de Christa como una sombra alargada.

Ledvina, que estaba observando toda la escena, sintió también el frío y oyó los pasos. Se le pusieron los pelos de punta cuando vio creciendo por encima de la sombra de Christa otra sombra que parecía tragársela. A su lado una bombilla estalló y, en la distancia, otra más. Paradójicamente, tal vez porque estaban conectadas en paralelo, la luz del extremo opuesto del mercado, de donde venía la sombra, se volvió más intensa, como si hubiera recibido una inyección de energía. Esta segunda sombra se proyectó en la pared. Era la sombra de un cuerpo humano muy delgado, ligeramente encorvado. Una nariz larga salía por encima de los dientes, que parecían colmillos metálicos y chorreaban gotas de saliva. Una sombra casi irreal por la claridad de los detalles. Tenía los codos pegados al cuerpo y las manos levantadas y orientadas hacia delante, como un animal acechando a su presa. Los dedos eran láminas afiladas y su textura también parecía de metal. Al comisario no le costó identificar la única fuente de luz artificial que generaba aquella sombra. Salió del coche sujetando la pistola cargada con balas de plata. Estaba convencido de que entre la pared y la bombilla no había nada, como en las fotos que había visto, así que levantó el arma preparado para disparar al vacío en aquella dirección. En ese momento algo se interpuso entre la luz cegadora y su ángulo de visión. Un individuo, un ser, quizá un hombre, se dirigía hacia Christa, que había huido horrorizada. En ese momento las dos sombras eran visibles en la pared como en un juego de sombras chinescas.

Ledvina se sorprendió de que lo que producía la sombra fuera visible a los ojos. No dio más vueltas al asunto y disparó una vez. Y una segunda. La bestia, como la había bautizado él, estaba demasiado lejos y la luz le bloqueaba la visibilidad, por lo que se distinguía solo una silueta, que se detuvo al oír los primeros disparos. A continuación, se movió de nuevo, pero el segundo disparo la hizo detenerse. La bala impactó en un árbol justo al lado del ser y se quedó clavada allí. La criatura pareció estudiar la bala, tras lo cual se volvió de repente y desapareció detrás de la farola. En el aire resonó un tercer disparo.

Christa se dio cuenta de que alguien la protegía, así que echó a correr en la dirección de donde provenían los disparos, pero no hacia el fogonazo, sino por detrás.

En ese momento, Ledvina vio aparecer a Charles en el otro extremo de la plaza, exactamente en el lugar donde la bestia había desaparecido. Las dos figuras se cruzaron por un segundo hasta el momento en que la bestia se agachó y desapareció hacia abajo, como tragada por la tierra.

Charles escuchó disparos y entró en la plaza. Pudo ver de reojo a alguien, cerca de él, agacharse y meterse a través de una ventana rota en el sótano de una casa en el extremo de la plaza.

Christa llegó cerca del coche del comisario cuando este empezó a maldecir y a disparar al vacío. Se encendieron las luces de todas las casas y la gente apareció en las ventanas. Algunos empezaron a gritar y Ledvina oyó por la emisora que se pedía un coche patrulla para la plaza en cuestión. No estaba de humor para encontrarse en ese momento con las autoridades superiores y dar explicaciones, perdiendo de nuevo el hilo que podía haber encontrado. Con semejante escándalo, se arriesgaba a comprometer incluso la detención de Charles, que obviamente no era la sombra, aunque era igualmente evidente que tenía un vínculo claro con ella. Por fin Ledvina tenía pruebas. Christa se había parado, apoyada con las manos en las rodillas, y jadeaba a menos de veinte metros del coche. El frío había disminuido y las luces volvieron a la normalidad. Ledvina sabía que la sombra se había desvanecido hacía rato, por lo que decidió desaparecer lo antes posible. Se metió en el coche y se alejó a gran velocidad. Christa no sabía qué hacer. Se acercó a ella la mujer del bar de la noche anterior, le puso una chaqueta sobre la espalda, la agarró por los hombros y la condujo suavemente a una de las casas. Charles, que volvió a reaparecer en la plaza, tras ocultarse detrás de una esquina cuando Ledvina comenzó a disparar a lo loco en su dirección, la vio entrando, acompañada, por una puerta.

En unos minutos llegaron dos coches de la policía y la gente comenzó a agolparse en la plaza. Al no tener ni idea de lo que había sucedido, Charles se preguntó en qué lío se habría metido Christa. Como la gente salió a montones, pensó que otro contratiempo le complicaría la salida del país. La mujer le había decepcionado. Le había mentido todo el tiempo. Había tenido sus sospechas, pero había decidido ignorarlas. No entendía cómo el instinto y la intuición le habían engañado tan amargamente. La mujer se había ido, obviamente, a una reunión después de mentirle diciendo que no iba a salir del hotel. ¿Quién sabía en qué otros embrollos estaba metida?

Pensó que no era el momento de que lo detuvieran allí, por lo que se dio la vuelta y se marchó en dirección contraria. A solo dos minutos tuvo la suerte de encontrar un taxi que acababa de dejar a alguien. El conductor le preguntó a dónde iba y, al darse cuenta de que era extranjero, le pidió cincuenta euros para llevarlo al hotel. Charles estuvo de acuerdo. En aquel momento el dinero era lo último que le importaba.

108

Werner escuchó por los auriculares cómo Charles entraba en la habitación del hotel y se iba directamente al cuarto de baño. En casa del comisario seguían oyéndose jadeos y gemidos. En la habitación de Christa había un silencio sepulcral. Quedaban poco más de seis horas hasta la gran reunión. Werner se ausentó un poco mientras Beata preparaba la cena. Hizo faisán al horno con salsa de cerezas. Él engulló con ganas una ración y luego le dijo a Beata que era hora de ir a ocuparse de Ledvina.

El comisario había vuelto directamente al trabajo. Subió nervioso al despacho, refunfuñando y golpeando la puerta. En el camino intentó comprender qué demonios había pasado aquella noche. Tuvo el impulso, que controló con gran dificultad, de despertar a todos, desde el ministro del Interior al presidente de la República, pero sabía que eso no haría más que confirmarles que era un loco de remate. Volvió a cargar la pistola, la puso bajo la almohada y se dejó caer en el sofá vestido. No podía conciliar el sueño. Daba vueltas continuamente de un lado a otro del sofá, tratando de calmarse y concentrarse. Necesitaba más que nunca permanecer lúcido. Había visto de nuevo después de tanto tiempo la sombra que había matado a su padre. No podía entender cómo no había visto a la criatura que provocaba aquella sombra tan siniestra. No aparecía en las fotos. Probablemente la cámara no grababa algo que el ojo humano sí podía percibir, del mismo modo que el espejo nunca refleja la imagen del vampiro.

Por estar hecho de oscuridad, su cuerpo es etéreo y no refleja la luz, que le atraviesa como si no existiera. Pero ¿por qué la persona real, la bestia, tampoco aparecía en los dibujos en los que se representaba la sombra? Para esto el comisario no tenía una respuesta satisfactoria.

Estaba muy cerca, convencido de que Baker era la clave para resolver, de una vez por todas, el misterio. Decidió hacer un último intento a la mañana siguiente; si no era capaz de obtener algún tipo de aprobación hasta el mediodía, era probable que tuviera que tomar el riesgo de detener a Charles de cualquier manera.

En el camino de vuelta Charles pensó que Ross tenía razón otra vez. Estaba enfadado consigo mismo por la forma en que había sido «manipulado». No entendía el papel de Christa, como tampoco comprendía nada de toda la historia. Información y pensamientos sin orden ni concierto aumentaron su confusión. Acordó que lo único que importaba era llegar a Londres para recoger su pasaporte diplomático, la espada que le había obsesionado a su abuelo, al que le debía por lo menos esto, volver a casa y cerrar aquel asunto de una vez por todas. No podía esperar hasta el mediodía. Se detuvo directamente en la recepción y le pidió al muchacho que le reservara billete para el primer vuelo a Londres. Subió a la habitación.

El muchacho de la recepción había recibido órdenes del director de llamarle en caso de que el profesor estadounidense tuviera cualquier problema o deseo.

El teléfono sonó en la habitación de Charles. Era el director del hotel, que pidió mil excusas por las molestias, pero se había enterado de que quería irse. Le preguntó si estaba enfadado, si le ocurría algo o si podía ayudarle de cualquier manera. Charles le dio las gracias cortésmente y dijo que un problema urgente le requería estar en Londres, por lo que necesitaba llegar allí lo antes posible.

—En ese caso, puede estar contento de saber que el próximo

avión sale a las cinco y ya le hemos hecho una reserva con las líneas aérea turcas. El vuelo hace escala en Praga. Por desgracia, aunque he despertado a todo el mundo, no he podido encontrar más que en clase económica y solamente un billete. El siguiente vuelo sale a las diez. Perdone mi indiscreción, ¿la señorita irá con usted? ¿Quiere que hagamos una reserva para otro vuelo?

—Está bien, tengo que irme ahora. La señorita se queda. Por favor, continúe alojándola y envíeme la factura. Gracias por todo.

Miró el reloj y comenzó a hacer su equipaje. Era la una. Al cabo de una hora estaba en la limusina que le llevaba al aeropuerto.

109

Beata dejó la moto al principio de la calle donde se encontraba la sede de la Brigada Especial. Luego se fue a tientas a lo largo de la pared y pasó por delante de la entrada principal. La puerta estaba cerrada y desde el vestíbulo se podía ver a través del cristal una luz pálida. En la garita del portero, este estaba sentado con las piernas sobre la mesa. En su rostro y en la pared se veían luces, sombras y colores, reflejos de la televisión ante la cual el hombre dormía más que prestarle atención. Beata dio una vuelta al edificio, con la esperanza de encontrar un alféizar de alguna ventana abierta por donde escalar. No encontró ninguno, así que decidió que había que forzar o romper una para poder entrar. Se encaramó a la pared hasta el alféizar del sótano del edificio. Orientó la linterna hacia el interior. Había topado con la ventana de un depósito, donde había guardadas de cualquier manera sillas antiguas, mesas de despacho y otros muebles. Sacó del bolsillo una cinta adhesiva, la pegó al cristal a la altura de la cerradura y golpeó con la linterna. No consiguió romperlo a la primera, pero, al final, el cristal, viejo como el edificio, cedió. Quitó el vidrio roto que se quedó pegado a la cinta, metió la mano por el agujero y abrió la ventana. Entró y se cuidó de cerrarla.

Salió del almacén y caminó por un pasillo. Se dirigió hacia la entrada. Unos escalones llevaban, detrás de la gran escalinata, justo hasta la garita del portero que se acomodaba en la incómoda silla, con los pies encaramados sobre la mesa del televisor. Beata podía oír, alto y claro, cómo roncaba con regularidad. Se acercó lentamente al lado de la garita y se fue escaleras arriba con pasos gatunos, sin hacer ruido. Pronto llegó al despacho de Ledvina. Se cercioró de que no había nadie alrededor. Aparte del portero, el edificio parecía vacío. Pegó el oído a la puerta y escuchó durante un tiempo. Presionó suavemente la manilla y empujó. La puerta crujió horriblemente. La poca luz del pasillo había penetrado en la habitación formando un reflejo oblicuo en el suelo.

Apuntó la linterna hacia la izquierda de la habitación, vio una biblioteca acribillada a balazos y se preguntó si no se había equivocado de estancia. Se volvió y orientó la linterna hacia el centro del despacho. Era enorme. Oyó un ruido que venía de la derecha y se llevó al instante la mano a la pistola. No le dio tiempo a levantarla. Una bala le impactó directamente en la frente y la lanzó dos metros hacia atrás.

Ledvina se puso de pie y encendió la luz. Miró a la muchacha rubia derrumbada en el suelo e inmediatamente reconoció a la mujer, de una belleza exótica, que se había reunido con Charles y otro individuo anteriormente. El comisario había oído el chirrido estando semidespierto. Había sacado la pistola de debajo de la almohada lentamente y, cuando vio que la figura se volvía hacia él y se llevaba la mano al cinturón, no esperó que le diera ningún motivo especial y apretó el gatillo. Lamentó haberla matado. Esperaba que fuera otra persona, se había preparado con tiempo, convencido de que tarde o temprano la sombra vendría a por él.

La bala de plata había entrado y salido de la cabeza de la chica y se empotró en la pared de atrás.

El portero, despertado por el sonido del disparo, corrió como un loco pistola en mano al despacho del comisario. Se calmó solo cuando lo vio de pie sobre el cadáver. Llegó también Honza, que registró a Beata y encontró un dispositivo de escucha. El ayudante reconoció a la chica que se había peleado con los tres vagabundos el día anterior. Sabía que la moto tenía que estar en algún lugar cercano, pero pensó que si le decía al comisario que la mujer había pasado algún tiempo enfrente del edificio, que él la había espiado y que había corrido para salvarla de un grupo de descerebrados, en el estado de ánimo en que se encontraba Ledvina podría tener problemas. Pospuso para más tarde la búsqueda de la moto.

Ledvina se dio cuenta de que la mujer no tenía intención de matarlo, sino solo de instalar los micrófonos. «No debe de haber venido armada», pensó el comisario.

Como no le encontraron ningún documento encima, Honza bajó a su despacho con las huellas dactilares de la muchacha y sus fotografías. Volvió al cabo de media hora y dijo decepcionado al comisario que no había encontrado nada. Necesitaban el apoyo de la Interpol. Ledvina pensó que tenía que recurrir a Christa, porque esta le debía una. Estaba convencido de haberle salvado la vida. Mientras paseaba por la habitación y rumiaba todo tipo de pensamientos, se convenció a sí mismo de que Beata había sido enviada por Charles para averiguar más sobre lo que quería hacer. Le pidió al ayudante que le trajera de inmediato un teléfono móvil. Honza desapareció un minuto y volvió con uno sin estrenar.

—Lo guardaba para usted desde hace algunos meses —dijo Honza.

Ledvina le pidió breves detalles sobre su uso. Caminó un poco más por la habitación y luego miró el reloj. Eran pasadas las cuatro. Bajó las escaleras muy decidido. Honza, que tenía un presentimiento, le siguió y cuando el comisario hizo un amago de entrar en el coche se colocó entre él y la puerta gritando:

—¡Se arrepentirá si lo hace!

Ledvina le hizo una señal para que se apartara, pero Honza, que estaba dispuesto a que se lo llevara arrastrándolo, se agarró a la puerta. Ledvina se echó a reír.

—¿Te quieres venir conmigo?

Honza asintió con la cabeza. Pensaba que sería capaz de tranquilizarlo. El comisario le indicó que subiera.

Algunos minutos más tarde ya estaban en el hotel, y el comisario agarró del cuello, por detrás del mostrador, al recepcionista, pidiéndole el número de habitación de Charles.

—Se ha ido —dijo este asustado.

—¿Adónde?

—Al aeropuerto.

Ledvina no solamente no le soltó el cuello, sino que lo levantó medio metro por encima del suelo. Clavó su mirada en la suya.

—¿Adónde va? ¿Y cuándo?

—A Londres, a las cinco.

Tardaron más de treinta minutos en llegar al aeropuerto a pesar de no hacer caso a las señales de tráfico, a las luces de emergencia y a las señales acústicas en marcha. El comisario corrió hacia la puerta de salidas internacionales y enseñó las credenciales. A pesar del escándalo que montó para detener el avión a Londres, gritando sin parar a los funcionarios y a los cinco policías que lo rodeaban y apenas podían sujetarlo, a la espera de la llegada de su jefe, la aeronave despegó sin problemas. Fue detenido y llevado a un despacho para ser interrogado.

Dos horas más tarde lo dejaron en libertad por intervención del ministro, que le ordenó presentarse de inmediato en su despacho.

La alarma del reloj despertó a Werner a las cinco. Tocó el lado izquierdo de la cama y no encontró a Beata. La buscó por toda la casa. No estaba en ningún sitio. La llamó al móvil. Estaba apagado. No sabía lo que le había ocurrido, pero no se preocupó demasiado. Sabía que Beata era capaz de manejarse en cualquier situación. Si la habían detenido, se ocuparía de eso más tarde. No le pasó en ningún momento por la cabeza que la mujer pudiera yacer, abatida por un disparo, en el suelo del despacho de Ledvina. Encendió el ordenador y vio la señal del teléfono de Charles en el aeropuerto. Entró en el archivo donde almacenaba sus llamadas de teléfono y escuchó la conversación entre Charles y el director del hotel. Así que se había ido. Al menos no se había llevado a Christa con él.

Se ocuparía más tarde de su amiga. En ese momento, lo más importante era la reunión del Templo del Instituto. Se preparó un café fuerte, sacó un sándwich ya preparado de la nevera y, después de algunas operaciones complicadas, en la pantalla apareció la imagen de la consola central. A izquierda y derecha, en cada lado, en los seis discos, había imágenes frontales de cada uno de los doce palcos. La última cosa que hizo fue llamar al representante del Instituto en Praga y decirle que le preparara el avión. Cuando este le preguntó a qué hora debía estar listo, Werner gritó:

—A la hora que sea.

Intermezzo

La reunión especial del Consejo estaba a punto de comenzar. Los miembros empezaron a llegar, pero Martin Eastwood aún no había bajado. Después de haber quedado que fuera esa noche, muy rara en la historia de más de seiscientos años de la Orden, repitió frente al espejo algunos de los argumentos que abogaban por esta excepción a la designación de un miembro, cosa que había sucedido en todo ese tiempo solo un par de veces.

Martin tenía todo el interés de colocar a un hombre, que estaba convencido de tener bajo su control, en el Consejo de los Doce. Siempre podía contar con tener dos votos en lugar de uno, lo que podría pesar mucho a la hora de tomar decisiones. Eso por un lado. Por otro, más allá de su frialdad y crueldad, que el director del Instituto consideraba cualidades imprescindibles para la firmeza que un gerente de esta envergadura tenía que mostrar, Eastwood se había encariñado con Werner. Mientras elaboraba en su cabeza argumentos para apoyar su candidatura, empezó a recordar los buenos momentos vividos juntos y el papel importante que había tenido Werner a lo largo del tiempo en la consolidación del poder de la Orden.

Hasta la llegada de Werner, el Instituto había llevado a cabo, casi exclusivamente, una serie de experimentos psicológicos sobre el control directo de los individuos. Varios tipos de tortura, especialmente mentales, se experimentaron en el sótano del Instituto; desde la privación de sueño a los experimentos de pérdida de la orientación o el consumo de sustancias alucinógenas que inducían a los sujetos a alteraciones en el comportamiento. Aunque muchas de las instituciones relacionadas con presos las habían utilizado ampliamente, Martin siempre sintió que esos métodos eran las únicas soluciones que se podían aplicar de forma individual o, posiblemente, en grupos restringidos. Su fuerza sobre las masas era casi nula. La intuición le decía que necesitaba procedimientos de control muchos más sofisticados para garantizar que grandes grupos de gente se comportasen tal como quería el Consejo, sobre todo en situaciones de crisis. La aparición de internet les había dado un susto de muerte y la ruptura de las barreras de comunicación, que se había convertido en gratuita y universal, le dio a Martin la sensación de que era el principio del fin para ellos.

El primer día que Werner llegó al trabajo y presentó sus proyectos fue para Martin uno de los más felices de toda su vida. Se felicitó, entonces, por la constante coherencia con que había perseguido a Werner durante más de cinco años y por la inteligencia y el tacto que había mostrado.

Los proyectos presentados por el joven en su primera reunión dejaron a Martin patidifuso y lo convencieron para invertir sumas fabulosas en su desarrollo y ejecución. En tan solo unos minutos, Werner cambió el enfoque de los problemas del mundo moderno e hizo el cambio del control de los números pequeños a los números grandes.

Los dos proyectos que presentó se llamaron «la gran sopa social» —con clara referencia a la sopa primordial, la teoría del biólogo J. B. S. Haldane enunciada en 1929 que sería la base para la formación del Universo—, y «la dosis diaria» o «teoría de la infancia perpetua».

Respecto al primero, Werner habló sobre la instalación de una paradoja útil para controlar grupos muy grandes de individuos, solamente mediante el fomento de una comunicación más fluida entre ellos y la discreta orientación de su agenda. La paradoja, afirmaba el joven científico, consistía en darse cuenta de que estar siempre con alguien te hace sentirte más solo que nunca. Al principio, Martin no comprendía lo que quería decir Werner. Este tuvo paciencia y se lo explicó. La aniquilación de la posibilidad de dejar a alguien solo con sus pensamientos era el primer paso hacia el total control del sujeto.

La falta de soledad es el enemigo más temido del pensamiento libre, dijo Werner. De la independencia. Nunca nada bueno salió del tiempo empleado por el hombre consigo mismo. La suspensión de la reflexión es igual al aniquilamiento de la personalidad individual, con la transformación de una larga lista de diferentes individuos, capaces de pensar y actuar por sí mismos, en una especie de sopa primordial. La conversación, el tiempo pasado en compañía de alguien, puede ser útil para aclarar y sistematizar algunos pensamientos.

Como Martin no recordaba exactamente lo que había dicho Werner, miró el reloj. Le quedaba media hora, así que abrió la gigantesca caja fuerte, donde había colocados todo tipo de archivos de datos, en orden cronológico. Accedió al que ponía «Fischer» y sacó el primer CD de la primera conversación que mantuvieron en aquel despacho. Lo introdujo en la futurista instalación de sonido ideada por Bang & Olufsen expresamente para él.

«El mundo de hoy —se oyó la voz de Werner— experimenta un vacío existencial tal que no tiene la valentía de enfrentarse a la soledad. ¿Qué hacer a solas con tus propios pensamientos? A la mayoría les asusta, sin saber por qué. Algunos tienen miedo de descubrir que no tienen nada en qué pensar, pero la mayoría de ellos ni siquiera lo saben. Estar siempre con alguien, tal vez con grupos más grandes, donde se cacarean trivialidades, prefabricadas por el pensamiento y la expresión, suprime cualquier posibilidad de reflexión, a cualquier profundidad. Las abreviaturas codificadas tampoco ayudan. Al contrario, acentúan el pensamiento automático, por reflejo, es decir la falta de él y el comportamiento gregario. Los más fáciles de manipular son los expuestos a la influencia de un grupo al que hay que pertenecer. Posiblemente con un líder carismático que piensa para ellos y para su entender, para conocer los botones y los reflejos del pensamiento.»

Martin sonrió. Aquel cacareo ahora se llama Twitter.

«La paradoja es que estar siempre con alguien te hace estar más solo que nunca. Cuanto más numerosas son las personas con que estás en contacto permanente, tanto peor; el aumento del número de conexiones baja de manera directamente proporcional al denominador común. Y todo el tejido de relaciones gira en torno a este denominador común de forma muy rudimentaria. No es posible ninguna relación seria, no hay un intercambio de ideas ni ningún tipo de apego, además de la dependencia de tener la sensación de que siempre estás cerca de alguien, de que estás conectado, al fin y al cabo. Aireas un número finito de ideas y expresiones rudimentarias. Las relaciones se reducen a un corte superficial, en la capa más epidérmica. Planas, carentes de profundidad. En este sentido, en realidad no llegas a conocer, de hecho, a nadie con quien estás en este tipo de contacto. Quizá sabes los nombres —o solo los apodos—, ves las fotos que ellos deciden compartir contigo y averiguas sobre ellos solo lo que quieren transmitir. Por lo general, lugares comunes: familia, juerga, entretenimiento, excursiones como los turistas japoneses que se amontonan como ovejas, sin cesar, por el mismo camino, en la misma fila, con el mismo paso, con la misma ropa. Incluso el ángulo desde el cual toman las fotos a menudo es idéntico. Visitar los mismos lugares, el mismo tipo de diversión, las mismas cosas fáciles de comunicar. Cuanto más fáciles de comunicar, más superficiales serán. En la ausencia del pensamiento, todo es prefabricado. Una soledad profunda y ensordecedora.»

Martin pulsó el botón de pausa para disfrutar de las palabras de Werner después de todos estos años. Pensó que era un visionario. Casi lo había olvidado. Werner hablaba acerca de las redes sociales, que habían llegado exactamente como había predicho este genio, y que eran ahora de su propiedad. Werner desarrolló estas ideas con el tiempo. Las redes se convirtieron en métodos muy baratos, no solo para el control de masas, sino también para saberlo todo acerca de ellas. Werner inventó, desarrolló y entregó a las empresas de tráfico de datos y telecomunicación un modelo de localización del lugar donde se halla en cada momento el individuo, al desarrollar aplicaciones que te identifican al instante. El colmo fue que la gente los instalaba por sí sola y con alegría. Su última astucia fue la diabólica invención de un método de toma de huellas dactilares voluntaria. La idea que estaba vendiendo a los individuos era que un dispositivo, un teléfono inteligente, por ejemplo, puede reconocer al único propietario por su huella digital. De este modo, las personas que pensaban aumentar la seguridad y tener protegidos sus artículos contra robos o violación de datos, en realidad se apuntaban voluntariamente en la gigantesca base de datos inventada por la diabólica mente de Werner.

Las novelas de ciencia ficción describían unas épocas, no muy lejanas, en que la gente llevaría, a la fuerza, chips de reconocimiento. No había ninguna necesidad de violencia o de persuasión, ni siquiera tendrían que esforzarse. Ya existían los chips: no introducidos por la fuerza debajo de la piel, sino llevados voluntariamente por mil millones de personas en todo el mundo.

Martin presionó de nuevo el botón de reproducción e hizo correr la cinta hacia delante. Se acordó de todo lo relacionado con la primera teoría y quiso saber un poco más sobre la segunda. La voz de Werner se oyó de nuevo.

«El marketing moderno ha descubierto que todos los adultos son como niños. Justamente para prohibirles pensar o, Dios no lo quiera, para actuar, o posiblemente unirse por una causa que podría sacudir los cimientos del *statu quo*, se les debe dar algo que hacer. Juguetitos. El espíritu lúdico es característico de cada persona que vive en esta tierra. Los animales juegan y el juego enseña a los niños a convertirse en adultos; cómo desarrollar la inteligencia, cómo reforzar sus conocimientos para responder a situaciones futuras y cómo comportarse. Una perversa inversión puede convertir de nuevo a los adultos en niños. Esta mata la capacidad de supervivencia y aumenta la dependencia, peor que la adicción a la heroína, con respecto al juego. Si todo es un juego, nada es serio. Esto mata cualquier responsabilidad y disminuye en gran medida la capacidad de adaptación. Un corte de energía de una semana en un mundo de alta tecnología, por ejemplo, en una gran ciudad, provocaría hoy en día más víctimas que un terremoto de magnitud 8 en la escala de Richter. Las enormes audiencias de los partidos, las ventas que rompen un récord tras otro, con cifras superiores a cualquier imaginación de los juegos de ordenador —cada vez más violentos, la banalización del mal y del delito, la transformación de lo inaceptable en diversidad—, decapitaciones en serie, interminables accidentes presentados en detalle en la televisión, los *happy-end* de color de rosa de todas las películas, crean una imagen distorsionada de la realidad.»

Werner había hecho una pausa y se le oía sorbiendo algo. Quizá un café. Luego retomó su discurso:

«Una vez, la audiencia de prueba de una famosa película de Hollywood estuvo a punto de linchar a los productores y directores porque el personaje principal resultó muerto al final después de la lucha heroica de unos cinco mil soldados. La enfermedad, el sufrimiento y la muerte son expulsados de la ciudad. Se convierten en meros conceptos abstractos para los adultos, igual que para los niños pequeños. De esta manera se venden sueños carísimos que nunca se cumplirán y vidas que viven otros por nosotros mediante un poder notarial. La empatía es exterminada».

Era tarde, pero Martin recordó que el final de la conversación le hizo ver que verdaderamente se enfrentaba a un genio absoluto, un visionario de la talla de Da Vinci o Nostradamus. Quiso oír más. Hizo correr la cinta adelante y presionó otra vez el botón de reproducción.

«Ya no eres capaz de pensar en nada porque no entiendes nada. Te refugias como en la Edad Media en la astrología, vas a los videntes, crees en vampiros y hombres lobo, en el Área 51 y en todo tipo de falsos profetas. Utilizas la última tecnología para leer el horóscopo diario y crees en la existencia de los médiums y de la hipnosis, en supersticiones antiguas y en elfos. Las historias fueron inventadas para la purificación, como dijo Aristóteles. Durante dos horas, mientras se lee un cuento o se ve una película con cerditos parlantes, olvidas que eres mortal y que tienes serias responsabilidades contigo mismo y con aquellos que dependen de ti. Te tomas un descanso. O una venganza imaginaria. Hoy en día esta pausa abarca todo e invierte los tiempos. La vida real es un descanso del juego y del cuento. Cada vez más personas confunden la realidad con muchas tonterías incoherentes, altas como una montaña, que les han metido en la cabeza. Es una forma de control. El hombre se convierte en presa fácil para el espectáculo informativo cuya víctima es segura. En pleno infoentretenimiento todo lo que deseas es seguir jugando, teclear todo el rato como un mono un teléfono inteligente, siempre saltando de una cosa a otra, sin parar, sin poder concentrarte en nada. En este momento, cuando tu escasez se reduce a las necesidades azucaradas diseñadas para mantenerte siempre ocupado, delegas todas las responsabilidades. Otros piensan y actúan por ti. El efecto más importante de estas dos teorías presentadas es la adicción mortal que esta combinación es capaz de inducir. Ya no puedes concentrarte en nada serio, ni elaborar un pensamiento coherente. Hay que alimentar al pequeño diablo que hay dentro de ti. Y este está bien, siempre y cuando tú consigues la dosis diaria: *the daily fix*.»

La conversación continuaba en la cinta, pero Martin tenía que ir a la reunión, por lo que la detuvo muy a su pesar.

También recordó que al día siguiente Werner se presentó con un logo para los proyectos especiales que en un momento dado empezaría a confundirse con su firma personal y luego incluso a identificarse con él mismo. Era el demonio en calzones de armiño del *Codex Gigas*.

CUARTA PARTE

Caedite eos. Novit enim Dominus qui sunt eius! (¡Matadlos a todos! ¡Dios reconocerá a los suyos!)

ARNALDO AMALRIC en el sitio de la ciudad francesa de Béziers en julio de 1209, durante la cruzada albigense, donde perecieron veinte mil cátaros.

Cuando entraba en las habitaciones de los prelados, encontraba usureros y curas preocupados contando el dinero amontonado delante de ellos.

ÁLVARO PELAGIO, 1320

110

Solo dos pasajeros subieron al avión de Turkish Airlines en Praga. Los otros volaban desde Estambul. La azafata llevó a Charles a su asiento en la panza del avión, la fila central, butaca central. Se disculpó con el hombre de barba y mirada grave que había retirado de mala gana sus piernas. Como no era suficiente, se levantó por fin, murmurando algo en un idioma que el profesor reconoció como turco.

Pensó que, por regla general, esta nación no era hostil. Por el contrario, en las pocas visitas que había hecho a Esmirna o Estambul, o incluso a la capital, siempre había quedado impresionado por el estado de ánimo de la gente y su amabilidad jovial y extremadamente cálida. Era el país con las personas más comunicativas que había conocido. Si llegaba a hablar con alguien más de quince minutos, tenía invariablemente la sensación de estar charlando con un amigo de toda la vida. La gente que conoció amaba las discusiones, especialmente contradictorias. Recordó encantado los lugares de recreo donde si acudía varias veces, los asiduos del lugar acababan enfadándose si no echaba una partida de backgammon con ellos o las tiendas cuyos propietarios se negaban a vender algo más si pagaba a tocateja el precio que aparecía en la respectiva mercancía. Aunque la finalidad del comercio era hacer caja al final del día, el encanto era el encuentro entre el comprador y el vendedor y la forma de negociar. El regateo. Esta manera de socializar a través del contacto directo, siempre acompañado por un té, y cómo las conversaciones pasaban de la mercancía a cualquier otro tema, de la política a la cultura, del deporte a la religión, le pareció a Charles absolutamente maravillosa. Allí aprendió la costumbre de dar una buena propina en todas partes. Y también allí aprendió una de las pocas palabras que conocía en turco: *baksis*, «propina».

Solo después de sentarse y volver la cabeza hacia la derecha, entendió por qué estaba nervioso su vecino de asiento. Tenía una mujer de unos treinta años, de una belleza deslumbrante, al otro lado. Su rostro oriental de ojos almendrados, con pómulos elevados y la delicada piel que se veía por el generoso escote puede que fueran el espectáculo favorito del turco durante el vuelo hasta Praga. Pero en ese momento aquella vista se había desvanecido como un espejismo en el desierto. Se volvió hacia el turco, que le disparaba flechas venenosas con la mirada, y se echó a reír.

El avión despegó bastante empinado y los oídos se le obstruyeron. Abrió la boca para equilibrar la presión en la trompa de Eustaquio. Luego, contento por terminar pronto este extraño viaje y que quedara solo una parada antes de volver a casa, trató de recordar todo lo que había sucedido desde que llegó a Transilvania. Tenía que desentrañar todo lo importante de la complicada textura de los acontecimientos que había vivido.

Había organizado un simposio de historia en la ciudad de nacimiento de Drácula como pretexto para recobrar una espada con la que estaba obsesionado su abuelo y cuya recuperación se había convertido en una meta en su vida, herencia que le había dejado en el día de su desaparición. Allí conoció a un hombre extraño, muerto a tiros por no se sabe quién, que le dijo que era una especie de pariente suyo, que conocía bien a su abuelo y que incluso hacía muchos años había visitado su casa de Virginia. El hombre había llegado a su habitación de hotel, sangrando profusamente, con una carpeta de color marrón y una historia increíble. Dijo que Vlad Țepeș ocultó un mensaje en un libro, justo en el primer ejemplar de la Biblia de Gutenberg, cuya impresión patrocinó con dinero conseguido del héroe nacional de

Albania, Skanderbeg. No sabía de qué mensaje se trataba, pero era lo suficientemente importante para que durante quinientos años un oscuro grupo de individuos hubiesen intentado recuperarlo a lo largo de la historia. Esos individuos eran capaces de cualquier cosa, incluso de los crímenes más atroces, para apoderarse del libro. Recibió una nota de una mujer que le hizo viajar a Praga, a la catedral de San Vito, donde después de desentrañar el mensaje oculto en el poema de Agrippa d'Aubigné de la nota en cuestión, robó un mantel de la capilla del santo que dio nombre a la catedral. En él había un mensaje cifrado con el código masónico. Con ese mensaje recuperó la espada que al parecer el sultán Murat II regaló a Vlad Ţepeş cuando lo envió, con solo diecisiete años, a conquistar el trono de Valaquia. Se enteró, para su asombro, de que también la espada de Toledo era real, la que la leyenda decía que le había dejado el padre de Ţepeş, junto al collar oficial de la Orden del Dragón, y que le llevó hasta Estambul el hombre de confianza del mismo, un tal Cazan. La leyenda se había hecho realidad y a Charles le molestaba enormemente cuando una historia apócrifa resultaba ser cierta.

La segunda espada, llamada *Tizona*, como la del Cid, tenía que estar en Inglaterra y la clave para encontrarla era «San Jorge», un dibujo con un pájaro y un 10.00 apuntados en la misma nota. Llegó a la conclusión de que el ave representaba a Uccello y «San Jorge» hacía referencia al cuadro de este, *San Jorge matando al dragón*, expuesto en la National Gallery de Londres. Y que tenía que acudir allí a las diez horas de un cierto día. No sabía exactamente cuál. Durante todo el viaje lo había acompañado una mujer que le gustaba mucho. Ella le había dicho que era de la Interpol, sabía muchas cosas sobre él, pero le ocultó probablemente sus verdaderas intenciones. Lo cierto es que sabía más de lo que decía; Charles no entendió para nada a qué jugaba ella y prefirió abandonarla. Estaba pensando en Christa y se preguntó si no había cometido un error al reaccionar impulsivamente partiendo de Praga de aquella forma.

En la carpeta que contenía, supuestamente, páginas robadas de la famosa Biblia perdida, halló en su totalidad, traducido al latín, el texto de Kafka «Ante la ley», retomado luego en su novela *El proceso*. El texto tenía una pequeña modificación cuando se refería a las puertas vigiladas por doce guardianes. El número doce se repetía obsesivamente, igual que el número veinticuatro, en las páginas de la presunta Biblia, pues doce debía de ser el número total de símbolos heráldicos de las vainas de las dos espadas. Estas, según otro indicio de la misma nota, debían encajar en una sola vaina. Hasta ahora había visto solo seis blasones. Las mismas páginas contenían también la mitad de un texto que reconoció como parte de otro párrafo que vio innumerables veces en la infancia pintado en la pared de la bodega de la casa de su abuelo, donde vive hoy su padre. Este, por desgracia, tuvo que ser operado del corazón, pero por lo que había podido saber ya estaba fuera de peligro. Juntó las dos mitades de texto y encontró aún otro texto más, extraña coincidencia, de Kafka, esta vez de *En la colonia penitenciaria*. El texto original tenía otro pequeño añadido, algo sobre una llave de acero y una puerta de piedra. Recordó que la panoplia de la sala de esgrima de la misma casa era una especie de piedra redonda donde había dibujados justamente los blasones que había visto en la espada, dispuestos como las horas en un reloj. Otra vez doce. Excepto que, en esa piedra, en el medio, había otros tres blasones. No recordaba exactamente lo que representaban. Una extraña coincidencia era también el símbolo de la placa de la Interpol de Christa, dibujado en la casa en la misma pared. El último elemento espectacular de la carpeta marrón era una especie de foto o dibujo que parecía ser de Nueva York, pero sin el océano, de la Edad Media. No podía relacionar con nada esta foto y eso lo intrigaba.

Casi le pareció haber vivido una aventura de una novela de Julio Verne si no se hubiera tropezado a cada paso con un montón de cadáveres. Todo pretendía sugerir que un vampiro andaba suelto por el mundo y hacía de las suyas solo para montarle un número a él, no sabía exactamente qué, amenazando con que le inculparía directamente de algo si no mantenía la boca cerrada. El problema era que no sabía, sin embargo, de qué no tenía que hablar. Se había enterado a través de Christa y, de alguna manera, se lo había confirmado también el extraño comisario Ledvina, que resultó ser un loco que se creía un cazador de vampiros, de que los odiosos crímenes de Sighişoara representaban un patrón que se repetía en los lugares a los que él acudía, en países y en circunstancias diferentes. El presunto vampiro le había hecho el honor incluso de liberarlo de la improvisada cárcel de la aldea adonde había llegado después de haber sido obligado a bajar de un tren donde unas personas habían sido masacradas. Y su libertad, tanto la de él como la de Christa, se había cobrado el precio de otros cadáveres. Luego había visto fotografías con la sombra surgida en torno a esos crímenes y el comisario Ledvina desarrolló una teoría interesante, con algunas pruebas que no sabía si eran auténticas, de que la presencia de la sombra se había registrado al menos diez veces en la historia y, según sus cálculos, aparecía con una frecuencia de entre treinta o treinta y dos años en diferentes partes del mundo y solo en siniestros acontecimientos. Una especie de confirmación del mal.

Trató de atar todos estos cabos, pero no lo consiguió. No tenía idea de si estaba o no a salvo de la amenaza de la sombra. Todo lo que sabía era que había evitado en el último momento ser arrestado por el comisario checo y se había librado de la vigilancia de Christa. Todavía pensando en esas cosas, se durmió.

111

Una alerta apareció en el monitor de Werner justo cuando la cuenta atrás de la consola del Templo indicaba que faltaban menos de dos minutos para el inicio de la reunión. Hizo clic en el icono de color rojo. El complejo programa de recopilación e interpretación de datos que él mismo había concebido registró una solicitud de identificación de huellas dactilares y fotografías ya almacenadas en la enorme base de datos del Instituto, clasificada como ultrasecreta. Las huellas eran de Beata Walewska. Así que la habían atrapado. Justo en el momento en que había decidido ocuparse de Beata después de acabar la reunión, en la pantalla se mostraban tres imágenes de esta tendida en el suelo sobre un charco de sangre. Se quedó petrificado, mirando aquel hermoso rostro que había besado apenas unas horas antes. Sintió como si alguien le hubiera golpeado en el estómago. Se retorció. Aquello se había convertido en una guerra y quién mejor lo sabía era él, pero no esperaba que las cosas tomasen un giro tan sombrío. Sintió un fuerte dolor en la cabeza y una extraña opresión en el pecho. Parecía un ataque de pánico o algo por el estilo. Nunca le había ocurrido algo así. Por lo general, calmaba sus nervios golpeando y rompiendo cosas. Ahora también había perdido a su Beata y tenía que asumir que el boxeador había corrido su misma suerte. He aquí el elemento sorpresa que no se podía haber previsto: un policía obsesionado y demente. Con un odio que le transformó el semblante en una mirada de fiera perseguida, se juró a sí mismo que iba matar con sus propias manos a Ledvina.

En los altavoces se escucharon las palabras de apertura de la reunión, pronunciadas por Martin Eastwood. Entró en las imágenes del Templo. No podía concentrarse en absoluto en lo que estaba pasando. Las fotos de Beata muerta se habían quedado impresas en su retina. Se levantó y trató de respirar con regularidad. Tomó un vaso de agua a pequeños sorbos. Cuando por fin se tranquilizó, asistió a una verdadera discusión entre los miembros del Consejo.

Eastwood explicó por qué les había convocado y les pidió que aceptasen que la situación era excepcional y que había llegado el momento de recurrir a un punto de las normas del reglamento del Consejo que indicaba que se podía elegir a un nuevo miembro en caso que se dieran algunas condiciones concretas, de urgencia. Hizo un poco de historia y recordó los dos ejemplos famosos que habían creado el precedente. Los otros no estaban convencidos de que se cumpliesen las condiciones o de que Werner cumpliera el perfil para ser miembro del Consejo. Eastwood trató de convencerles enumerando los servicios excepcionales que el director general del Instituto había aportado a la organización y el fortalecimiento de la lealtad demostrada a lo largo de más de quince años.

La luz se encendió en el palco número 2 y la ventana se iluminó parcialmente, dejando que se entreviera la silueta del interlocutor. Era un hombre con gafas que terminaba de devorar un trozo de mango.

—No entiendo por qué has convocado esta reunión, dado que no tenemos todavía el documento.

—Exacto. ¿Cómo podemos estar seguros de que finalmente lo tendremos? ¿Y si nos engaña? —intervino el palco 6.

—Luego no lo podremos revocar.

—Un miembro no puede ser revocado —incidió alguien.

Se armó un escándalo donde todo el mundo hablaba con todo el mundo. Eastwood intervino varias veces y golpeó con un martillo pequeño en el soporte redondo de la mesa que tenía delante.

—¡Señores! ¡Señores!

Al final los ánimos se apaciguaron.

Desde el palco 5, que estaba completamente a oscuras, surgió una voz de pito:

—Los beneficios que nos aporta tu hombre son grandes, estoy de acuerdo. Pero son acciones de ejecución, por decirlo así.

Intervino también una voz gutural con acento japonés:

—No queda claro por qué Werner sabe tanto acerca de nuestra existencia. Y es muy raro que una persona pida formar parte del Consejo.

—Sí, no hay precedentes —intervino el palco 11.

El ambiente comenzó a calentarse de nuevo, así que Martin Eastwood tronó autoritario:

—Nadie puede ignorar once aviones privados que aterrizan al mismo tiempo cuyos pasajeros son transportados al Templo en el mayor de los secretos. Werner es inteligente. No tiene por qué saber acerca de nuestra existencia, y es seguro que no tiene ni idea de nuestra identidad. Tampoco os conocéis entre vosotros. Y, por supuesto, no sabe lo que aquí se discute. La seguridad de esta reunión está más allá de toda sospecha.

—Seguridad, seguridad —se oyó, imitando a Eastwood, la única voz que había estado en silencio hasta entonces, el palco número 10—. Debe quedar claro quién mató a los tres y cual de nosotros es el siguiente.

El circo se reanudó y Martin golpeó tan duro con el martillo contra el soporte especial que este se rompió en pedazos y el pomo se estrelló contra el cristal del palco.

—Las excepciones históricas han demostrado ser eficaces e inspiradas. Además, se han abierto dos nuevas líneas para las personas excepcionales que han salvado la Orden. A veces un poco de sangre fresca es buena.

—Fueron tiempos de crisis, cuando la organización estaba al borde de la disolución. No se pueden quemar etapas. Las cosas son hoy mucho más complicadas.

Se escucharon reacciones de aprobación de la mayoría de los palcos. Martin replicó:

—No existe un peligro mayor para nosostros que el mecanismo que se puso en marcha. Tengo información fiable de que, por primera vez en quinientos cincuenta años, la reunión va a llevarse a cabo. Todos nuestros esfuerzos hasta la fecha para descubrir la Biblia han sido en vano. Werner es el único que puede encontrarla. Me parece que no entienden la gravedad de la situación.

Intervino la voz de pito:

—Podemos votar para acabar con esta mascarada, pero antes tenemos que saber si le prometiste un puesto en el Consejo y en qué condiciones.

—Sí, se lo prometí —dijo Martin—. Si trae la Biblia.

—Todavía no tengo muy claro qué contiene esa Biblia. ¿Fórmulas mágicas? Eso no existe.

—Nadie lo sabe con exactitud —dijo Eastwood—. El hecho es que alguien nos persigue desde que se creó nuestra organización y tiene el poder de destruirla.

El palco 2, una voz con un fuerte acento ruso, dijo:

—Se nos dice siempre que estamos expuestos. No entiendo cómo un documento de más de medio milenio de antigüedad puede mencionar algo acerca de nosotros. ¿Es nuestra historia? Que se publique a los cuatro vientos. Con tantas teorías de la conspiración que hay por el mundo, una más o una menos da lo mismo.

—No estoy de acuerdo. Aquí pasa algo —intervino el palco 8—. Tres de nosotros han muerto en poco tiempo. Y si en el libro solo aparece el método por el cual se nos identifica y nos convierte en blancos fijos, tenemos que conseguirlo y quedarnos tranquilos. He reforzado mi seguridad cuatro veces y todavía miro a izquierda y derecha cuando oigo un ruido sospechoso.

—Así es —dijo alguien—. El terror debe ser detenido. Que traiga la Biblia.

El japonés propuso una solución con la que todos parecían estar de acuerdo:

—Dile que hemos votado que lo admitiremos en cuanto tengamos la Biblia y sepamos que el peligro ha pasado.

—Sí —aprobó el palco 10—. Y luego nos deshacemos de él. ¡Votemos esto!

Werner observó con asombro la dirección que había tomado la discusión. No podía creerlo. No se lo esperaba para nada. Se preguntó qué le sucedía. Cuanto más control tenía sobre las cosas, más lo perdía. ¿De verdad lo querían eliminar? Allá ellos. Tampoco le importaban en absoluto. Su padre tenía razón: no se podía confiar lo más mínimo en ninguno de los miembros del Consejo, estaban enfermos de poder. Sin embargo, a él solo le interesaba la Biblia. Si conseguía apoderarse de ella, no le importaba tanto si llegaba a ser miembro o no. Eso era solo para alimentar su ego sin límites y allanarle el camino. La Biblia era la única cosa que contaba.

Se levantó de la mesa y empezó a vestirse. Llamó al administrador y le dijo que fuera a recogerlo. Mientras se vestía y esperaba el coche, a pesar de no mirar el monitor, escuchaba en los altavoces los debates del Templo. Habían votado eliminarlo, pero solo después de asegurarse de que la lista estuviera en sus manos. No había esperado para nada que las cosas fueran así. Pero como era un excelente estratega, siempre tenía un plan de reserva.

Cogió el teléfono móvil. Introdujo una aplicación y tecleó algo. En la pantalla apareció el Diablo con calzones y la pregunta: «¿Habilitar el Protocolo de Armagedón?». Confirmó. Seguía otra pregunta: «¿Está seguro?». Al diablo, estaba seguro. Pensó que él había ideado la serie de preguntas. ¿Le pasó entonces por la cabeza que podría ordenar la destrucción del Templo cuando se pusiera nervioso y luego lamentarlo? No recordó exactamente. Pulsó la opción «Yes». «¿Confirmar la fecha y la hora?» Una vez más pulsó «Yes». «Atención —apareció en la pantalla—. A partir de este momento, la orden es irreversible. Teclear el código de confirmación.» Mientras salía por la puerta justo enfrente de la villa y tragaba en el pecho el perfumado aire que desprendían las flores de la alameda que despuntaban, tecleó un código de doce caracteres y pulsó Intro. Antes de colgar, el teléfono mostró un último mensaje: «El protocolo final se ha activado».

Justo cuando el coche entraba en la pista lo llamó Eastwood.

—Felicidades —dijo—. Una vez tengamos la Biblia, serás miembro de pleno derecho del Consejo.

El «gracias» pronunciado por Werner le pareció a Eastwood envuelto en una voz profundamente conmovida por la importancia del momento.

112

La luz se apagó en todo el avión, que empezó a traquetear. Se oyó la voz del capitán. Anunció que atravesaban una zona de turbulencias severas, pero que no había motivo para entrar en pánico. Charles miró a su izquierda: el turco estaba clavado en su silla, agarrando fuertemente con las manos los brazos del asiento. Algo le llamó la atención en esas manos: unas uñas metálicas crecían rápidamente desde los dedos. Se puso nervioso, pero sintió que alguien se encaramaba a él desde el otro lado y empezaba a cogerlo por los hombros y sacudirlo. Torció la cabeza. Era la mujer, que parecía un muerto viviente. Los ojos se le pusieron totalmente en blanco y desde la boca goteaba una saliva ácida.

Oyó un «señor, ¿está bien?» y sintió una sacudida cuando abrió los ojos. Miró con una expresión de terror a la azafata, que le preguntó otra vez si le sucedía algo. La mujer de al lado se puso de pie y parecía normal. Antes de responder volvió la cabeza hacia el pasajero de la izquierda y observó sus manos. La luz había vuelto y sus dedos parecían normales.

—¿Qué ha pasado? —preguntó Charles.

—Estaba soñando algo. ¿Ahora se encuentra bien? —preguntó la azafata mientras le daba un vaso de agua.

—Sí. Creo que estoy bien. Gracias.

La auxiliar de vuelo le aseguró que todo estaba en orden, cogió el vaso y se alejó. La mujer se sentó en el lugar que le correspondía. Charles se atrevió a preguntarle:

—¿Hablé durante el sueño?

Ella lo miró con simpatía y respondió:

—Peor: gritó. La expresión de su cara era de gran preocupación. Ha tenido una pesadilla.

No sabía si era una pregunta o una afirmación.

—Soy psicoterapeuta —le aclaró la mujer—. No le vendría mal que me hiciera una visita en los próximos días —añadió mientras le entregaba una tarjeta de visita.

Charles la cogió y la miró detenidamente.

—Puede que tenga pesadillas. No he dormido en las últimas noches. Sin embargo, un psicoterapeuta...

—No puede decirle nada a un hombre inteligente que se lo dice todo a sí mismo. Ya lo sé.

Charles se mostró sorprendido por la respuesta de la mujer. Era exactamente lo que él pensaba. Tal vez era un lugar común.

—Sin embargo, si cambia de opinión, estaré a su disposición.

113

Tras el incidente con Beata y después del fracaso de retener a Charles en el aeropuerto, Ledvina sabía que había perdido al profesor para siempre y que, si no había podido siquiera arrestarlo en Praga, no existía la más mínima oportunidad de pedir una orden de búsqueda y captura internacional. Estaba convencido de que Charles había delegado en la mujer a la que había disparado la colocación de micrófonos en su despacho. La unidad que había enviado a casa, después de pegarle un susto de muerte a su cuñado, que dormía frente a la televisión, cuando los agentes entraron con la cara tapada con pasamontañas y armas en la mano, encontró micrófonos también allí. Estaba en un punto muerto y Christa era la única que podía aclarar las cosas, pero era de la Interpol y eso limitaba cualquier posibilidad de actuar. Decidió ir a hablar, sin embargo, con ella.

Desde el aeropuerto, Honza, que se esforzó por calmarlo, lo llevó al hotel Boscolo y le pidió que permaneciese en el coche y le dejase hablar a él. Volvió después de un rato y le dijo al comisario que la agente ya no estaba en la habitación y que se había ausentado toda la noche. Ledvina dijo que le dolía la cabeza y le pidió a su ayudante que le trajera un café fuerte sin azúcar. Cuando este regresó al hotel, el comisario montó en el coche y se largó.

Sabía dónde había dejado a Christa la noche anterior y sospechaba que seguía en una de las casas de la plazuela. Tenía la esperanza de que no se hubiera marchado, así que pisó fuerte el acelerador. Paró en la plaza cuando su nuevo teléfono móvil sonó en el bolsillo. En la pantalla apareció el nombre del ayudante, el único número que tenía guardado en la memoria. Contestó, pero no dejó hablar a Honza.

—Voy de camino hacia donde yo creo que puede estar la mujer. Quédate allí y no te muevas. Llámame si vuelve al hotel.

Honza suspiró y se sentó en el bordillo. Tomó un sorbo de café.

El comisario no tuvo que esperar mucho tiempo para ver a Christa saliendo por una de las puertas. La siguió y, cuando llegó frente a ella, abrió la puerta y la invitó a entrar. Esta vaciló un poquito, pero al final subió al coche.

114

Charles se puso en la cola para tomar un café en la terminal donde había aterrizado en Heathrow. Miró el reloj, que mostraba que eran las ocho y media. Retrasó el reloj una hora y, mientras esperaba en la fila, pensó que era demasiado pronto para ir a la National Gallery, por lo que decidió pasar antes por la embajada.

Sabía exactamente dónde estaba la delegación, porque había estado allí varias veces como invitado especial; incluso se había ofrecido un cóctel en su honor. Pero por muy bien que se hubiera sentido allí, no podía reprimir la sensación de entrar en el edificio más feo que jamás había visitado. Aquel bloque cuadrado diseñado por Ero Saariner, finlandés educado en Estados Unidos, podría ser, según Charles, trasladado a cualquier ciudad de Corea del Norte sin que ningún habitante de allí notara diferencia alguna y nadie pudiera mirarlo como un cuerpo extraño. Las estatuas de Reagan y Eisenhower también recordaban a la estética soviética. Tal vez por eso las autoridades finalmente recapacitaron, según el profesor, y decidieron trasladarse a otro edificio, cuya construcción se inició en 2013. Según el parecer de Charles, que había visto el diseño, este era aún más feo. No podía entender por qué sus compatriotas se emperraban tanto en estropear el encanto de Londres, a la que amaba de tal modo que en cierto momento de su vida estuvo negociando con un agente inmobiliario la compra de una casa en Belgravia, donde tendría como vecino a Hugh Grant.

Acabó el café y tomó un taxi a Grosvenor Square en Mayfair. Pensó que si terminaba rápidamente en la embajada podía ir andando hasta Trafalgar Square, donde estaba la National Gallery. La zona oeste de Londres era uno de los lugares preferidos de Charles, al que no le gustaban los sitios exóticos ni los aislados. Las vacaciones ideales para él no eran estar en la cima de una montaña esquiando, o en un complejo para millonarios o cualquier isla con playas desiertas y aguas transparentes, sino en el centro de una gran ciudad muy poblada. Y en Londres, cada vez que lograba escapar de sus obligaciones, se iba al teatro, en ocasiones incluso dos veces al día. Los escenarios de Londres, con sus teatros antiguos, interiores gastados y casi podridos, la mayoría sin reformar en cientos de años, sencillamente le entusiasmaban. No era Broadway en ningún aspecto, pero Londres respiraba teatro.

Del mismo modo que había óperas que le encantaban, también tenía una serie de obras de teatro que no se cansaba de ver cada vez que se presentaba la ocasión. No recordaba haber dejado de ver ningún montaje de *Hamlet* o *Ricardo III,* o, especialmente, su obra favorita, *Esperando a Godot,* de Beckett. La última representación de esta obra la había visto allí mismo, en el Royal Haymarket, con Patrick Stewart e Ian McKellen como protagonistas. Había ido a verla todas las noches durante cuatro días seguidos. En cuanto a las dos obras de Shakespeare, su abuelo le había proyectado las películas de Laurence Olivier que eran adaptaciones de las obras cuando tenía seis años.

El coche lo dejó a poca distancia de la embajada, frente a las vallas de seguridad. Presentó su documento y el soldado lo encontró en una lista especial que solo tenía un nombre propio, el suyo, y lo condujo directamente al agregado en temas de seguridad, un viejo conocido de Charles. Los dos intercambiaron algunas palabras y a continuación el funcionario le entregó el pasaporte diplomático. Felicitó a Charles y le dijo que al embajador le hubiera gustado habérselo entregado en un marco festivo, pero que volvería a la mañana siguiente de Glasgow. El paquete llegaría en las próximas horas. El agregado le preguntó si quería pasar la noche allí, pero Charles respondió que nada ni nadie podía obligarlo a pasar la noche en aquel esperpento. Como su interlocutor tenía poco sentido del humor y carecía por completo del de la estética, Baker le explicó que tenía la intención de marcharse, si era posible, aquella misma noche y, si no, se alojaría en su hotel favorito.

Charles había estado en varios hoteles de Londres hasta llegar al The One Aldrich, «Donde la calle Strand se junta con Londres», tal como suena el eslogan. A pesar de que el hotel le había parecido bastante pequeño y estrecho, como eran, de hecho, la inmensa mayoría de los establecimientos de la capital inglesa, allí había comido los mejores huevos Benedict y Florentine de su vida, y aquel desayuno no se lo quería perder. Lo que más le molestaba en los hoteles en Londres, incluso en el The One, era que las ventanas no se abrían. En el mejor de los casos podías conseguir una rendija de tres dedos. Trató de averiguar cuál era la razón, y la mejor explicación que logró fue que muchos ciudadanos pacíficos iban a suicidarse en esos hoteles y su forma favorita de poner fin a su vida era arrojarse desde el piso de arriba. Después, los familiares demandaban a los hoteles y, en el mejor de los casos, atraían sobre ellos una especie de atención no deseada.

Acabó de tomar la sidra de fresa que le sirvió el empleado y se dirigió hacia Trafalgar Square. Se fue andando por la calle Grosvenor hasta llegar a Regent y siguió hasta Piccadilly. Atravesó Pall Mall y llegó a la plaza. Le quedaba esperar un poco hasta que el museo abriera, así que se sentó en una terraza y se encendió un cigarrillo. Había apagado el teléfono al entrar en el avión y se olvidó de encenderlo o no tuvo ganas, por lo que no vio el alarmante mensaje de Christa, que había escrito:

«¡Ross no es quien tú piensas que es!»

115

Se quedó en la plaza mirando a la gente mientras tomaba otro café. Oleadas de turistas comenzaban a agolparse alrededor del monumento en cuya cima, encaramado como en un mástil, el almirante Nelson dominaba el vasto mundo, que fluía desde las avenidas igual que debió de haber dominado la flota de Napoleón en Trafalgar cuando se produjo la más brillante victoria naval de la historia de Inglaterra. Por desgracia, allí mismo perdió la vida.

Se presentó en la entrada de la galería cinco minutos antes. Rodeó la principal, llamada «Portico Entrace», por la izquierda y entró en el ala Sainsbury. Subió corriendo la gran escalinata hasta el segundo piso. Se fue a la sala 54. Atravesó la 52, los pintores italianos del siglo XIV cuyas obras recordaban al hieratismo bizantino, como Bernabé de Módena y Giusto de Menabuoi; luego la 53, sala de la pintura toscana de la primera mitad del siglo XV, con Masaccio y Gentile da Fabriano y algunas pinturas que se presuponía que fueron realizadas por Fra Angelico, e irrumpió en la sala 54, dedicada a los pintores de la Italia central entre los años 1430 y 1450. Fijó su mirada en las pinturas de Fra Filippo Lippi, en las de Sassetta y Giovanni di Paolo y llegó finalmente a Uccello. Había dos lienzos. El famoso tríptico de *La batalla de San Romano* y *San Jorge matando al dragón*. Miró el reloj. Habían transcurrido más de dos minutos desde las diez. Echó un vistazo a su alrededor. Todavía no había nadie en esa planta. La gente empezaba a visitar el museo desde abajo hacia arriba. Por desgracia, debido a que muchas de las pinturas de los museos del mundo están ordenadas cronológicamente y obras realmente importantes están situadas más allá de la mitad del museo, llegaban con la lengua fuera, cuando el ojo ya no es capaz de percibir nada ni la mente de entender en este mar de información visual. La receta de Charles cuando iba a un museo era sencilla: siempre ver tres cuadros por visita y largarse.

Se sentó en el banco y se propuso admirar la pintura del «pajarraco» italiano para desconectar. Muy pronto oyó pasos que se acercaban y se detuvieron detrás de él.

—Es curioso lo mucho que se parece ese dragón al collar de la Orden del mismo nombre, ¿verdad?

Charles quedó tan aturdido por la pregunta del hombre a su espalda que se tomó un tiempo para reflexionar sobre la misma y, especialmente, sobre su significado.

Mientras tanto, el hombre dio la vuelta al banco y le dijo un cortés «¿Me permite?», pero se sentó sin esperar una respuesta. Charles se apartó un poco para mirar a su interlocutor. Saltó del banco como empujado por un muelle y, mientras lo miraba apoyarse relajado en un brazo, preguntó:

—¿Sir Winston Draper?

Este sonrió y se puso de pie. Tendió la mano al profesor.

—Mucho gusto de verle por fin en persona, Charles.

Charles no podía creer lo que veía. Aquel hombre de metro noventa, delgado como un galgo, vestido con chaqueta de lana azul, era su ídolo absoluto en materia de historia. Según él, sir Winston Draper era el especialista mundial más importante en historia medieval. Hizo esfuerzos inútiles durante sus ocho meses de estancia en Inglaterra para el problema relacionado con Ricardo III por quedar con él, pero no tuvo éxito. Le envió cartas, trató de ponerse en contacto por teléfono e incluso participó en algunas de sus conferencias, pero el viejo profesor nunca mostró interés en hablar al menos diez segundos con él. Parecía que lo hacía aposta. En un momento dado convenció a una compañera del Royal College para que se lo presentara en una recepción. Cuando los dos se acercaron a él, este ni corto ni perezoso les dio la espalda, de manera que a Charles el gesto le pareció suficientemente ostentoso para confirmar su convicción de que sir Winston no quería saber nada de él. Pensó en si no se trataría de la famosa presunción de los ancianos británicos, que desprecian a los historiadores estadounidenses cuando meten las narices donde no les llaman en asuntos nacionales. O, peor aún, el desprecio por alguien que presume de ser historiador, aunque no sea un profesional.

—Pensaba que me despreciaba. O que no sabía quién soy. He intentado muchas veces hablar con usted.

El noble gigante inglés sonrió de oreja a oreja mostrando una dentadura perfecta. Charles se dijo a sí mismo que le gustaría tener ese aspecto a los noventa años, los que había cumplido el profesor aquella misma primavera.

—Es bastante difícil no saber quién eres. Especialmente después de todo el escándalo con la joroba perdida. —Pronunció estas últimas palabras con gesto severo—. Creo que ha llegado la hora de dar algunas explicaciones. Demasiadas, me temo —añadió sir Winston, mientras cogía a Charles del brazo y lo conducía al ascensor.

—¿Adónde vamos? —preguntó Charles en el ascensor.

—Te invito a mi casa. Si no tienes ninguna objeción y no te hace sentir como una novia a la que un insolente le pide directamente matrimonio saltándose pasos iniciales.

—¿Por ejemplo?

—Cortejar, querido. Siempre cortejar.

Salieron del edificio. Justo enfrente, en la calle Pall Mall, les esperaba una limusina negra. El chófer abrió la puerta y les invitó a entrar.

—¿Un *single malt* como siempre? —le preguntó el anfitrión mientras alcanzaba una botella del bar del coche.

—Especialmente cuando es un Highland Park de cincuenta años.

Charles reconoció inmediatamente la inconfundible botella. Estaba revestida de plata hecha a mano y sugería un tipo de vegetación lujuriante que la invade por completo o incluso la oculta.

—Esto es solo el principio. Los buenos chicos reciben el

gran premio más tarde. Pero primero hay que pasar esta prueba. Vamos a ver si te lo mereces.

A Charles le gustaba cómo sonaba aquel buenos chicos pronunciado como solo un caballero de la alta sociedad inglesa podía hacerlo.

Sir Winston sirvió en los dos vasos con mano segura, de una forma que Charles no podría haber imitado.

—¿Me permite una pregunta?

—Cualquiera. Para eso estamos aquí. Tenemos un montón de cosas que aclarar. Estoy convencido de que en este momento no puedes afrontar todo lo que me quieres preguntar.

Charles trató de desentrañar la respuesta del maestro. Al principio no estaba claro a qué se refería. A continuación, una vaga sospecha surgió en su mente. Cambió la pregunta:

—¿Usted tiene algo que ver con lo que me ha ocurrido estos días?

Sir Winston le miró como si le quisiera decir: «¿A ti qué te parece?», y luego contestó:

—Yo no. Pero tu abuelo, sí.

—¿Mi abuelo?

¡Otra vez su abuelo! Tenía ganas de decir que estaba harto de que se hablase tanto de él.

—¿Conoció a mi abuelo? —intentó Charles.

—¿Que si le conocí? Fue mi mejor amigo.

Charles se quedó boquiabierto con el vaso en la mano. El anciano le hizo una señal para que probara el licor y Charles asintió. Emitió un sonido de satisfacción, más bien para que su interlocutor viera que le gustaba el whisky. En ese momento no habría sentido la diferencia entre una botella de alcohol etílico y otra de Verde de París.

—Era mayor que yo, es verdad. Pero no mucho. Mi casa fue muy a menudo la suya. Un...

Quiso agregar algo, pero se detuvo. Charles trató de entender al viejo, pero este le formuló otra pregunta:

—¿Sabes de dónde vienen nuestros nombres?

—¿Los nombres?

—Sí. Los apellidos, en general. ¿Cuál es su origen?

—Surgieron en el momento en que se hizo el primer censo, cuando la gente tenía el mismo nombre y había que distinguirlos y las familias necesitaban algo para vincularse, por razones, por llamarlas así, económicas.

El anciano no parecía estar satisfecho con la respuesta. Baker siguió:

—En primer lugar, tenemos apellidos que se toman del lugar de donde naciste o del pueblo y la región de donde provienes. Ubertino da Casale venía de Casale, por ejemplo.

—Así...

—Ya que estuve en el museo, diré que Uccello viene de un apodo. Así pues, no era su verdadero nombre. Pero apellidos como Cojo, Mudo, Paislargo, Bigote, vienen de apodos. Cuando los señores feudales les preguntaban cómo inscribirlos en el registro para tener evidencias de que habían pagado los impuestos, si no tenían nada a mano los llamaban según alguna característica física. ¿Usted es gordo? Su apellido es Gordo. ¿Tienes orejas prominentes? Orejudo queda.

Sir Winston no parecía contento. Charles se echó la bebida al gaznate y dijo:

—Hay también esos patronímicos en los que los suecos son campeones. Parecen ser todos hijos de Erik el Rojo, Erikson, hijo de Erik. En Islandia, a las chicas les dicen *dottir*. Es decir, hija de fulano.

—¿Y? —exclamó el anciano exasperado por la lentitud con la que se expresaba Charles.

—Y también hay nombres derivados del oficio que practicabas. Si tu nombre es John Smith, probablemente desciendes de un herrero.

—Como Baker o Draper.

Charles había entendido, por fin, adónde quería llegar el viejo, pero no había caído en la cuenta.

—De acuerdo. Los dos tenemos nombres que provienen probablemente de oficios que nuestros antepasados practicaron hace no se sabe cuántos cientos de años. ¿Y?

El coche entró por un camino de césped inglés de un pequeño castillo que era exactamente igual que el lugar donde Charles se había criado. Parecían casas gemelas separadas por un océano. Se bajaron del coche, y el profesor estadounidense volvió a quedarse sin palabras. Empezó a entender que así transcurriría todo el encuentro. De sorpresa en sorpresa.

116

Mientras acompañaba al anfitrión por la calzada que había frente al palacete, Charles se preguntó por qué la casa de su abuelo era idéntica a aquel pequeño castillo. ¿Quién copió a quién? Se sorprendió aún más cuando vio que también la entrada era idéntica. Igual que la sala grande de la trastienda, debajo de las escaleras, donde se hallaba, alrededor de la habitación, desde abajo hacia arriba, una enorme biblioteca. Pero la semejanza, sin embargo, terminaba allí. Fue invitado a sentarse en el centro, en algunos sillones curvados que se asemejaban a los dibujados por Le Corbusier. Frente a la chimenea, que desempeñaba una función meramente decorativa desde hacía más de treinta años, reinaba un enorme bar. Pensó que a sir Winston le gustaba el alcohol, ya que tenía una gran colección de botellas, la mayoría más vacías que llenas.

—Y ahora el premio para los buenos chicos —dijo sir Winston.

Charles se emocionó cuando vio un Macallan añejo de sesenta y cuatro años en la botella de cristal de Lalique, que parecía un decantador. Lo había visto en las fotos, lo conocía, pero nunca lo había probado. Sabía que una botella costaba alrededor de medio millón de dólares. Para su sorpresa, estaba sin abrir. Trató de protestar.

—Esta botella —explicó el anciano— ha sido guardada especialmente para este acontecimiento.

¿El encuentro con él era un acontecimiento? ¿Y le decía esto un hombre que hacía unos años no había querido ni oír hablar de él y del que huía como de la peste? La cosa se volvía interesante.

Se puso de pie como una muestra de respeto por el licor ámbar, pero el anfitrión le hizo señal de sentarse. Abrió la botella y sirvió dos vasos. Le ofreció uno.

—Por la memoria de tu abuelo —brindó.

Esta vez Charles sintió hasta en la profundidad de su cerebro el aroma de una de las bebidas más deseadas del mundo. Estaba encantado.

—Bueno, ¿no?

¿Que si estaba bueno? ¡Vaya pregunta!

—Supera todas las expectativas —dijo Charles—. Apuesto a que detrás de aquella parte de biblioteca se abre un pasaje secreto hacia la segunda estancia, donde se almacenan los libros de valor, en el laberinto.

Sir Winston sonrió.

—A tu bisabuelo le gustó mucho nuestra modesta casa, y mi padre tuvo la amabilidad de darle los planos.

—¿Mi bisabuelo estuvo aquí?

—Mi padre tuvo el honor de acogerle aquí por unos meses, cuando su vida corría peligro.

—¿Cuándo fue eso?

—Entre el 30 de septiembre de 1888 y principios de abril de 1889. Tuvo que esperar a que terminara el invierno para embarcarse para América.

—Ha dicho que su vida corría peligro. ¿En qué sentido?

—Tu bisabuelo fue un famoso cirujano que estudió en Viena. Llegó a Londres por el año 1885 y se ganó la confianza de todos, incluso de la familia real. Trabajaba en el London Hospital y vivía, como la mayoría de los inmigrantes de la Europa del Este, en el East End. A principios de 1888 abrió una clínica privada, donde tenía la costumbre de tratar a los pacientes pobres de forma gratuita. El día 31 de agosto, muy cerca de donde vivía en Whitechapel, una mujer llamada Mary Ann Nichols fue asesinada pocos minutos después de pasar por allí tu bisabuelo, camino a casa.

Al oír el nombre, el rostro de Charles se crispó. Era exactamente el crimen que le había mencionado el comisario Ledvina alegando que tenía en su poder un dibujo secreto robado a Scotland Yard donde estaba dibujada la sombra. Le mostró el documento.

—Me ha hablado de ello un policía en Praga.

—¿Así que viste al buen comisario Ledvina?

—¿El buen comisario?

A Charles le zumbaban los oídos. Se echó al coleto todo el contenido del vaso y quiso pedir otro.

—Las bebidas raras deben consumirse con parsimonia. No por tacañería, sino por guardar su capacidad de sorpresa. Solo un vaso más antes de la comida. —Charles le dirigió al viejo una mirada interrogante—. Sí, mi extraordinaria ama de llaves prepara el almuerzo. Tenemos perdices rellenas de foie gras. El plato preferido de tu abuelo.

¿Que su abuelo comía perdices rellenas? ¿Con hígado de pato embuchado? Esto era una novedad absoluta. De hecho, Charles se había propuesto no dejarse sorprender por nada. Coger las informaciones tal como iban viniendo.

—Supongo que el astuto sabueso no te contó nada de tu bisabuelo.

—No, nada.

—Bueno. Porque no tiene idea de su existencia. Sin embargo, pocos días después, el 8 de septiembre, otra mujer fue asesinada en las inmediaciones de la misma manera. Se llamaba...

—Annie Chapman —respondió Charles enseguida—. ¿Está sugiriendo que mi bisabuelo era Jack el Destripador?

—No. En absoluto. No estoy sugiriendo nada. Digo abiertamente que alguien estaba tratando de armar un montaje contra él.

—¿Un montaje? ¿Por qué?

—Un poco de paciencia, joven. La sangre caliente de los Baker está hablando. Y tu temprana edad.

¿Temprana? Bonito cumplido. Decirle a un hombre de cuarenta y cinco años que tiene una temprana edad solamente se lo puede permitir quien ha superado los noventa.

—Como ya sabes, siguieron otras dos mujeres. Ambas en el mismo día, el 30 de septiembre. Elizabeth Stride y Catherine Eddowes.

—Y la más famosa de todas, Mary Kelly.

Sir Winston sonrió con superioridad.

—Mary Jane Kelly murió el 9 de noviembre. Tu bisabuelo era, en ese momento, nuestro invitado. No abandonó la casa ni para pasear por el jardín.

—Si usted dice eso, significa que afirma que él era Jack el Destripador, ya que los asesinatos se detuvieron cuando él abandonó la calle.

—En absoluto, querido. Digo que incluso el autor de este montaje sabía que había desaparecido y, como no necesariamente mataba por placer, no fue él. Un loco, un imitador, probablemente.

—¿Qué interés tenía alguien para armar un montaje contra mi bisabuelo?

—Por fin planteas las preguntas adecuadas. Sabes mejor que yo que la verdadera ciencia comienza con la pregunta correcta. ¿Conoces el cuento del viajero a través de la galaxia?

—¿La *Guía del autoestopista galáctico*? Sí. Por más que lo intentes, si no haces la pregunta correcta obtienes una respuesta estúpida. Y debes inventarte los significados.

—Alguien tenía que comprometerle, despertar sospechas y poner su vida en peligro para arrinconarle, supervisarlo y obligarle a dar un paso.

—¿Qué paso?

—Sacar un libro.

—¿Un libro? Y ahora usted me va a decir que es la Biblia de Gutenberg, ¿verdad?

—Sí. Parece que tu bisabuelo tenía razón. La señorita Schoemaker hizo bien su trabajo. Te llevó por la espesura y te protegió. Por cierto, pensaba que vendríais juntos a Londres.

¿Qué ha pasado con ella? No la he visto desde hace más de treinta años. Era una niña preciosa, con trenzas por aquel entonces. Y siempre tenía magulladas las rodillas.

«¡Dios! —pensó Charles—. ¿También Christa estaba de su lado? ¿Y Ledvina?»

—¿Dice que ese policía idiota, el comisario, estaba de mi lado?

—No lo creo. Él estaba buscando otra cosa.

—¿La sombra?

Sir Winston rio, pero no respondió.

—¿Y Christa?

—Sí. Tu abuelo había ideado para ti un camino sembrado de trampas y acertijos que tenías que resolver, para demostrar que tienes la ambición, la inteligencia y la determinación de llevar a cabo tu misión. Christa era tu guardaespaldas. Tu ángel de la guarda. Daría su vida por ti, sin siquiera quejarse.

Charles estaba confundido. Así que Christa estaba de su lado. Y le había protegido todo este tiempo. Le estaba guiando. Y todos esos acertijos eran una especie de viaje iniciático. ¿Su abuelo había vuelto a la infancia? Algo estaba mal.

—¿Cuál es esta enseñanza? ¿Un juego de boy-scouts? Mi abuelo tenía una obsesión con una espada y me machacó con ella toda la vida. Antes de desaparecer, era de lo único que hablaba. ¿Y él lo hizo en ese momento tan trágico, solo para jugar conmigo? Es poco serio, ¿no?

—Admito que parece infantil, pero también lo son todos los rituales de iniciación en una sociedad secreta. Tienen algo de ridículo, como gente jugando. Un masón que tiene el pantalón remangado y toma café amargo no es menos estúpido. Son gestos simbólicos.

Charles necesitaba digerir lo que había oído. Sir Draper se dio cuenta de ello. Así que se disculpó diciendo que debía salir un minuto.

Charles se levantó, se dirigió directamente a la botella y se sirvió un poco de whisky. Aquella bebida era, en efecto, algo increíble.

Por lo tanto, la sombra trató de desacreditar al bisabuelo y cometer algunos crímenes en su nombre o asociándolo con algunos delitos. Bueno, eso era exactamente lo que le estaba pasando a él ahora. Pero la sombra no podía tener más de ciento veinticinco años. ¿Se trataría de otra sociedad secreta? ¿Un conflicto? ¿Así que el mensaje de mantener la boca cerrada iba para él? Todavía no entendía sobre qué debía callarse. ¿Acerca de la Biblia de Gutenberg? ¿Su abuelo lo había llevado a un viaje iniciático salpicado de acertijos y juegos con mensajes ocultos y códigos masónicos? Necesitaba saber más, pero el anciano parecía jugar con él. Y le daba la información con cuentagotas. Tal vez temía que no pudiese discernirla si la vertía toda de golpe. De todas formas, tenía ganas de que el viejo regresara. Volvió a sentarse en el sofá.

—No te sientes. Me gustaría que me acompañaras —dijo sir Winston desde el umbral de la puerta entreabierta.

Charles pasó la mirada alrededor de toda la biblioteca.

—No hay habitaciones —se rio el anfitrión—. Tu abuelo se hubiera tomado otro whisky. Supongo que su nieto también.

Charles siguió al anciano por la habitación de la entrada, que conducía a otra en la parte trasera, y luego otra, y otra más. Subieron unas escaleras, pasaron dos puertas y bajaron detrás de la casa. Ahora estaban en el jardín. En su casa de Virginia Occidental no se había hecho la división de la misma manera. Al parecer el bisabuelo decidió no respetar plenamente los planos arquitectónicos. El jardín era enorme. Un césped perfectamente cortado llevaba, por un camino, a un parque lleno de árboles frondosos, seculares.

Allí, a la sombra, fueron dispuestas mesas y sillas y cómodos sillones cubiertos de fundas de plástico para protegerlos de la lluvia diaria de Londres. A lo lejos se vislumbraba un sauce llorón y una rica vegetación menos cuidada. Se podía ver la entrada a una suerte de templo secreto, de piedra. Parecía un trozo de bosque salido de las novelas góticas y el edificio debía de estar habitado por duendes. Se dirigían hacia allí cuando sir Winston reanudó la conversación:

—Tu abuelo en persona trazó tu viaje iniciático. Dejó dicho cómo preparar todo. De los detalles se ocuparon otros.

—¿Y de los crímenes?

—Tu abuelo nunca mató a nadie. Sobre los crímenes hablaremos más adelante.

—¿Y la espada? La estuvo buscando durante cincuenta años. Se ausentaba durante meses. Tanto yo como mi padre estamos convencidos de que desapareció mientras intentaba encontrarla.

Sir Winston lo miró con compasión.

—La espada la ha tenido siempre con él. Las espadas, para ser exactos.

—No entiendo.

—Con él, pero no en su posesión. Después de la muerte del bisabuelo decidió que nunca es bueno mantener la llave cerca de la cerradura que la abre. No debes guardar el código de la tarjeta de crédito en una pegatina pegada a ella. Se acercaba la fecha de una reunión y el peligro de ser descubierto aumentaba enormemente.

—¿Qué reunión? Me es muy difícil entender si me da con cuentagotas las piezas del rompecabezas. ¿He pasado todas las pruebas o no?

Sir Winston sonrió de una manera que Charles no entendió. Llegaron al edificio de piedra. Era una tumba, la cripta familiar de los Draper.

Los ojos azul claro del viejo se humedecieron un poco.

—Tu abuelo se fue de casa porque se estaba muriendo. Tenía cáncer. Y no quería que tú y tu padre pasarais por lo que él había pasado. Murió aquí, en mis brazos. Ni siquiera quiso ir al hospital. Trasladamos el hospital aquí con todos los aparatos, a una de las habitaciones de las plantas superiores. Los pocos meses que estuvo en la cama no habló más que de ti.

El viejo se adelantó y bajó unos escalones. A ambos lados había tumbas talladas en piedra blanca con iridiscencias metálicas. Al final, a la izquierda, había una tumba donde ponía EDWARD BAKER. Y debajo, tallada en mármol, una medalla en forma de círculo donde dos lobos, sobre las dos patas, sujetaban con las extremidades superiores una corona. Bajo esta, justo en el centro de la dorada efigie, había una rosquilla en forma de ocho: el blasón del gremio de los Panaderos. Por encima, entre el blasón y el nombre, se podía leer: *Panis vita est.* Y nada más.

117

En el avión que lo llevaba a Londres, Werner se puso nervioso porque Charles no había encendido el teléfono móvil y no podía realizar su seguimiento. Supuso a quién iba a ver, por lo que necesitaba elaborar un plan inteligente. La posibilidad de que la Biblia estuviera en Londres en posesión de sir Winston Draper era casi inexistente. La hipótesis más plausible era que debía de estar oculta en algún lugar de la casa del abuelo de Charles en Estados Unidos, probablemente justo detrás de la pared con todos aquellos garabatos. Werner sabía que cualquier intento de entrar por la fuerza en la habitación secreta conllevaba el riesgo de destruir el valioso documento.

El bisabuelo de Charles, que, con toda probabilidad, la había enterrado allí, habría creado, sin duda, una manera de protegerla, y era muy posible que un intento no autorizado para tomar posesión de ella llevara a la destrucción total de la Biblia. Sabía que su protector, el cirujano Baker —a quien su antepasado había logrado acorralar tendiéndole la trampa con la historia de Jack el Destripador (el hombre se llamaba Jack, Jack Baker) y había estado a punto de hacer realidad el sueño de toda la vida de los Fischer, conseguir la Biblia—, había tomado todas las precauciones. En su fanatismo, optó por asegurarse de que la Biblia sería destruida antes de que cayese en las manos de otra persona. Y esto era un riesgo que no podía correr.

Tal vez Charles tomaría posesión de la segunda espada y luego se iría a su casa.

La muerte de los dos agentes, pero especialmente la de Beata, la única persona con la que se había encariñado en cierta medida después de mucho tiempo, desde el momento de acabar la relación de juventud con Charles, además de la traición de Eastwood y de todo el Consejo, no le habían sentado muy bien. Decidió quitarse de encima los pensamientos oscuros y centrarse en el objetivo final. Estaba más cerca que ningún miembro de su familia en los últimos quinientos años. Y el fracaso no era una opción.

Mientras tanto, en su despacho de la Brigada Especial, Ledvina tenía una acalorada discusión con Christa.

118

Charles estaba pensativo en la mesa mientras esperaba a que sir Draper volviera. La verdad sobre su abuelo le había conmocionado mucho más de lo esperado. Pero al menos había averiguado lo que le había pasado. Podía quitarse de encima esa presión que lo abrumaba cada vez que le venía al pensamiento y recordarlo solo con cariño.

Sir Winston entró amable y le dio una palmada en el hombro antes de tomar asiento. Charles quiso decir algo, pero el viejo se le anticipó:

—El mejor libro que has escrito hasta ahora es aquel excelente estudio sobre los gremios europeos en la Edad Media.

Charles no esperaba, en absoluto, que eso fuera la primera cosa que le diría su anfitrión. Sir Winston pareció adivinar sus pensamientos cuando añadió:

—No tenemos tiempo. Si quieres cumplir tu destino, debes volver a casa tan pronto como sea posible.

Cientos de preguntas se acumulaban en la mente de Charles, y luchaban entre ellas para ser formuladas en primer lugar. Una vez más, el viejo había entendido:

—Ten un poco de paciencia. Te lo voy a contar todo, pero debes entender exactamente el contexto.

Charles creía escucharse a sí mismo. ¿Podía ser una característica común de los aficionados a la historia, aquella obsesión con el contexto y la paciencia que debe tener el interlocutor si quiere entender el significado profundo de lo que se le relata?

—Cometiste un único error. Dices en el libro que los gremios de productores representaban un fenómeno local, circunscrito a las ciudades y a los pueblos a punto de formarse, y que no tuvo nunca una dimensión internacional.

—No como gremios —contestó Charles—. Eso fue mucho más tarde. La unión entre los gremios de productores la hacían los comerciantes. Y estos también estaban organizados.

—Estamos hablando de los gremios de productores —acentuó el viejo la última palabra—. Hay una excepción. Que tú no puedes conocer y que está en el centro de nuestra historia.

—¿Esa es la sociedad secreta de la que me está hablando? ¿Una sociedad secreta de artesanos? ¿Hoy en día? ¿Qué sentido tiene? Es anacrónica desde hace más de cuatrocientos años en Europa Occidental, y en Europa del Este, que lleva un retraso en su desarrollo, desaparecieron por completo a finales del siglo XVII.

—Un poco de paciencia —dijo el anciano moviendo la cabeza—. Esta prisa en los jóvenes me exaspera. Pero, dado que también yo era así a tu edad, te entiendo.

Charles se dio por vencido y se preparó para escuchar. Mientras tanto, un muchacho puso unos aperitivos sobre la mesa. Sir Winston le indicó a Charles que se sirviera. A pesar de que no tenía en absoluto hambre se puso en el plato, por educación, un poco de cada cosa. Luego las probó; la comida estaba deliciosa. Mientras el anciano hablaba vació el plato casi sin darse cuenta.

—Digamos que con la caída del Imperio romano e incluso un poco antes, cuando su autoridad comienza a debilitarse, desaparece del mundo civilizado, me refiero al espacio europeo, cualquier autoridad integradora. Ya no existe un amo del mundo. En particular, como es sabido, el conjunto de Europa se convierte en un caos indescriptible. Es una nueva Babel de los pueblos que aparecen de cualquier rincón del mundo. Desde ostrogodos y visigodos que conquistan la península Ibérica e Italia, surgían hordas tras hordas: hunos y suevos, vándalos y borgoñones, hérulos y gépidos, francos.

—Avaros y longobardos, turingios y alamanes, bávaros, sorabos, obodritos y venzos.

—Estos últimos son eslavos. Bravo. ¿Recuerdas más?

—Prusianos, rutenios, curios, letones, semgalianos, lituanos.

—Ucranianos, bielorrusos y rusos, checos y eslovacos, pomeranos, polacos y abodrites y, dentro de los eslavos, eslovenos, serbios, croatas y búlgaros.

—Y no olvidemos a los más raros de ellos: ingevones e istaevones, hermiones, ubos y queruscos, bátavos y catos, ceaucios y frisones, suevos, sajones y semnones.

—Hermunduros, marcomanos y quazi. Jázaros, pechenegos, cumanos, húngaros.

—Y me he dejado a los varegos de la rama vikinga que fundaron Nóvgorod, el inicio de la incipiente Rusia. O a los normandos.

Se echaron a reír.

—Espero que no me haya traído aquí para jugar a un concurso.

—No. Me divertía. Era una especie de autoironía. Sabes más o menos lo que quiero decir hasta el punto en que ya no lo sepas. Así que, por desgracia, para que puedas entender lo que no sabes tenemos que repetir lo que sabes. Eso es todo.

Charles había superado la cuestión referida a su abuelo y, quizá por el whisky o por la comida, se había relajado un poco.

—Ok. Me rindo.

—Bueno, era de esperar que uno tienda a llenar este vacío.

—Y como los reinos aún son demasiado pequeños, demasiado desmembrados y variopintos, el único organismo que consigue organizarse...

—Es la Iglesia, de hecho. Y ahora presta atención: el año 751 es esencial. Si consideramos, convencionalmente, que la Edad Media comienza con la llegada del islam, entonces el primer gran gesto de la temprana Edad Media es justamente este. Los reyes merovingios, descendientes de Clodoveo, el primer monarca de los francos, están a punto de desaparecer. Pierden el poder a favor de los mayordomos. Carlos Martel es uno de ellos, derrotó a los árabes en Poitiers en 732. Y su hijo...

—Pipino el Breve.

—Pipino III o el Breve, convertido en mayordomo único de todo el reinado, tiene grandes ambiciones. Estamos en el año 746.

—Y todavía se siente inseguro y piensa que le falta legitimidad.

—¿Y?

—La quiere conseguir del Papa.

—Desea ser reconocido rey de todos los francos por el papa Zacarías. Envía como embajadores a Roma a dos curas.

—De alto rango.

—Sí. Al obispo de Würzburg y al abad de Saint Denis.

—Fulard y Buchard.

—Al revés.

—¿Cómo? ¡Ah, sí! ¡Al revés! Buchard era el obispo.

—En 751, san Bonifacio le corona.

—Y el último rey merovingio es enviado al monasterio, como le dice Hamlet a Ofelia.

—Sí, pero en Shakespeare, el término *nunnery* significa también «burdel».

—Si juzgamos como Boccaccio o Chaucer, no sé qué decir. Podría ser que al pobre Childerico III le pasaran cosas interesantes.

—Y si alguien nos escuchara ahora diría que estamos chiflados —bromeó sir Winston—. El diálogo contigo no es menos agradable que las infinitas charlas que tuve con tu abuelo. Pero volvamos a la cuestión.

—¿Cuál es realmente el problema?

—El Papa garantiza, por primera vez, la legitimidad del rey. Y este reconoce la supremacía espiritual del pontífice.

—Sobre todo porque hay un soborno de por medio.

—Sí, Pipino conquistó Rávena de manos de Astolfo y se la regaló al Papa. Y como bonificación, gran parte de Umbría. Esta «donación», como se la llama, es considerada por todos los historiadores...

—Por lo menos por los que importan... —dijo Charles.

—Y por los demás también. Es considerada, por lo tanto, el origen del Estado Pontificio, el Estado oficial de la Iglesia. A partir de este momento Pipino obtiene la dignidad real y más tarde la imperial, pues su hijo, Carlomagno o Charlemagne, será coronado también por el Papa en la iglesia. El que no era ungido por el Papa no podía ser rey o emperador. Como ya sabes, esta donación se llama *Patrimonium Petri*.

—Es decir, una extensión del territorio regalado a la Iglesia romana durante la época de san Pedro.

—Esta relación marcará de tal manera la futura historia de Europa, que la unión de las dos potencias crea las premisas necesarias para dominar el mundo.

—Sí. Las premisas. Los papas necesitan a los reyes para las relaciones de servidumbre que se forman en los albores de la creación del feudalismo con el fin de que sus ejércitos puedan controlar y someter a los sujetos, de que los caballeros protejan las diócesis, las iglesias y a los prelados en general; pero requieren también sus contribuciones, su dinero y sus propiedades; y los reyes necesitan a los papas para la imagen. La espada subyuga la voluntad, pero Dios esclaviza las mentes.

—Exactamente. La combinación es un cóctel letal del que nadie puede escapar. El Papa es la máxima autoridad en la tierra. Y ella es transferida al rey. Al príncipe, como lo llamaba Maquiavelo. Tenemos aquí, recuerda esto, la imagen de las dos espadas. La espiritual pertenece a la Iglesia y la temporal pertenece al príncipe.

—Había olvidado esto. Tenía que haberlo pensado. ¿Esas son las «dos espadas que encajan en la misma vaina»? Exactamente.

—Sí. También Vlad Țepeș, que tenía una espada del sultán y otra heredada de su padre, nunca abandonaba ninguna de las dos. Él conocía la historia de las espadas. A la cristiana la consideraba espiritual, y a la otra, mundana. De hecho, Drácula tiene una interpretación más original. Cómo el cristianismo y el islam eran las únicas religiones «verdaderas» en la época, las dos espadas significaban la esencia del poder en aquel período.

—Muy interesante. ¿Tenía Vlad ese tipo de conciencia simbólica?

—Sí, en gran medida.

—¿Y el abuelo por qué quería las dos?

—Nos vamos acercando. Ten solamente un poquito de paciencia. Como ya sabes, echar la cuenta sin la huésped. Los obispados que se crean en toda Europa son, de hecho, propiedad privada de los príncipes y de los señores de cada ciudad. Estamos en pleno feudalismo y un enorme peligro amenaza a las abadías y las parroquias que tienen relaciones de vasallaje, es decir, de sumisión en relación con los príncipes. La autoridad del Papa es casi inexistente. Eso duele, sobre todo en el bolsillo. Las peleas entre los diferentes príncipes, reyes, emperadores y el papado son infinitas. Especialmente en Roma, las familias aristocráticas se disputan el trono de san Pedro. La guerra es completa y compleja, y los problemas vienen de todos los lados. En 877, Focio niega la jurisdicción papal sobre la Iglesia de Oriente.

—En 1053 el patriarca de Constantinopla, Miguel Celulario, cierra todas las iglesias latinas. Y en respuesta, el papa León IX presenta una bula de excomunión en Santa Sofía.

—Es el Gran Cisma, sí. Pero hasta allí pasamos por los siglos IX y X, que son un desastre para la Iglesia. Hacia el año 900 se abre en Roma una guerra permanente entre los adeptos y los adversarios de la familia Spoleto, simpatizantes y enemigos del papa Formoso. Hay una enloquecida sucesión de pontífices, algunos de los cuales ocupan el trono algunas semanas o incluso días. El salvajismo y la crueldad también son ilimitados. Por ejemplo, ya que estamos hablando de Formoso, el papa Esteban VI ordena la exhumación del cuerpo de su predecesor, que sea juzgado su cadáver y luego arrojado al Tíber. También él muere al cabo de poco estrangulado en prisión.

Charles se divertía mucho. Había leído toda la obra de sir

Winston, conocía su cinismo, pero el humor con que contaba la historia era nuevo para él.

—Intervienen príncipes que quieren estar por encima de los papas y los papas quieren controlar a los príncipes. El emperador Enrique II impone Benedicto VIII a los romanos. Este era de una familia de papas, de los condes de Tusculum, como serán Colonna, Orsini y Borgia. Ese Papa es honesto, por desgracia para los demás, y en 1020 emite decretos contra la simonía, es decir, contra la corrupción. Pero aquí hay un subtexto. El abuso se refiere a las iglesias bajo jurisdicción feudal, lo que llevará directamente a la famosa lucha por la investidura entre el papado y el Sacro Imperio Romano Germánico. Es famoso el episodio de Canossa, donde el papa Gregorio VII humilla a Enrique IV, quien había acabado con su papado y nombrado antipapa. Después el emperador conquista Roma y es expulsado por los normandos. Estos se portan mal con el pueblo y son desterrados por los cada vez más escasos habitantes de Roma. De todas maneras, ya no queda nada para saquear. El desastre es tan grande que después de la muerte de Gregorio VII nadie quiere ser papa.

—Y la crisis se resuelve con el Concordato de Worms.

—Exactamente. En 1122 se acaba la lucha por la investidura. Mientras tanto sucedió algo que pasó inadvertido y que más tarde alteró el sistema de fuerzas. ¿Sabes qué?

—No sé a qué se refiere —contestó Charles.

—En el año 910 se crea la abadía de Cluny, lo cual es importante porque es privada, ya no pertenece a los príncipes, sino que es propiedad del Estado Pontificio. Poco a poco la Iglesia consolida su poder. Y vuelve reforzada, más dueña de sí misma que nunca. Y porque aprendió de lo sucedido a lo largo del tiempo comenzó a ver demonios, por así decirlo, en todas partes. Como el personaje de Dostoievski que cerraba bruscamente las puertas para pillarles las colas.

—El padre Ferapont.

—El mismo. Así que enemigos hay en todas partes. Deben ser ajusticiados sin piedad. Los mayores enemigos son las sectas. En primer lugar, los bogomilos, en la Iglesia oriental. Al parecer inspiran a los albigenses o cátaros, que afirman que el mundo es dualista, dividido entre el bien y el mal, que se rige por estos dos principios.

—De inspiración zoroastrista. El conflicto entre el bien y el mal. Ahura Mazda y Ahriman.

—Sí. Lo que es estúpido e hipócrita es que la Iglesia debe su origen a esa misma religión, como sabes. Los iraníes inventaron la primera religión dualista alrededor del 600 a.C. y lo hicieron por una razón práctica. ¿Sabes de donde viene la palabra «religión»?

—Del latín *ligare*, «atar».

—¿Y qué ataban ellos?

—Es complicado —dijo Charles—. En todo ese tiempo Irán fue un diluvio de poblaciones, tal como será más tarde Europa en el período del que hablamos. Son todos de origen indoariano. Pero les invadieron los persas, los medos y otros. Las creencias, las supersticiones, las lenguas, los dioses eran, por así decirlo, innumerables. Había nacido un imperio que necesitaba unir estas poblaciones entre sí. Como no puedes obligarlos a aprender la misma lengua, simplificas la religión y la conviertes en universal, para que la entiendan todos. La autoridad del Estado sobre los sujetos se crea mediante la religión.

—Eso es exactamente lo que sucederá en Europa mil quinientos años más tarde. ¿Y qué otra cosa es igual?

—Muchas tienen un sorprendente parecido.

—Entonces permíteme señalar lo que más importa en nuestra discusión. Para diferenciarse de los otros, algo les une: el primer monoteísmo de la historia. Aparece el mito de Mitra, el predecesor y el modelo que sirve para construir luego la historia de Jesús. Este nace en una cueva, recibe una anunciación y en el nacimiento están presentes también los reyes magos; una gran similitud para ser solo una coincidencia. Todo viene de aquí, la institución de la Iglesia, con el monoteísmo y con la promesa escatológica de la salvación, pero también las herejías dualistas. Estas son los enemigos más temidos de la Iglesia. Los albigenses son masacrados en 1209 en Béziers. En 1244 cae el último bastión cátaro, la fortaleza de Montségur. En 1215 el IV Concilio de Letrán emite un decreto contra los judíos, los ortodoxos y todos los herejes. Se crea la Inquisición episcopal y, en 1231, Gregorio IX crea la Inquisición papal. Se legisla la pena de muerte. A pesar de practicarse también antes, pero no oficialmente, se legisla la tortura en 1252 por la bula *Ad Extirpendum*. La Inquisición puede obtener testimonios de todas las maneras. Y herejes había por todas partes, predicadores de todo tipo con teorías a cuál más fabulosa. Todos son perseguidos y quemados en la hoguera.

—Si vamos por ese camino, la herejía está generalizada. Son perseguidos, además de los cátaros, todo tipo de gente pobre, por decirlo así. Hermanitos espirituales, valdenses, dulcinitas, patarinos, arnaldistas, gioachimistas, gugliemistas o terciarios. La lista es interminable. Tiene razón cuando afirma que en ese período el delirio y las masacres se generalizan, precediendo a la caza de brujas. Creo que la invención del Diablo juega un papel esencial en esa historia. Y ayuda a justificar los crímenes. Por ejemplo, el primer gran predicador acerca de Satanás, el que horrorizaba al público hablando sobre el poder del Diablo, era un hombre llamado Prisciliano de Ávila. La Iglesia se asustó tanto de lo que podía inventarse que lo condenó a muerte. Fueron ejecutados él y su novia y algunos de los prosélitos que había hecho, todos quemados en la hoguera. La Iglesia los había etiquetado rápidamente con la invención de una herejía para él que llamaron «encratismo». No tiene nada que ver que, en realidad, la misma herejía se utilizase para otras vulneraciones. Diferentes enfermedades, el mismo diagnóstico y, por supuesto, el mismo tratamiento. Eso en el siglo IV. Así que la historia es mucho más antigua.

—Sí, pero si somos honestos, el Papa había protestado en su momento en contra de este tipo de ejecuciones. En 1200 no solo no protesta, sino que también las alienta. Los propietarios de tierras están encantados de su complicidad con la Iglesia. Porque, más allá del miedo, hay enormes intereses materiales. Poderoso caballero es don dinero: eliminas todos los personajes inconvenientes y encima puedes confiscarles las propiedades. El salvajismo campa a sus anchas. La Iglesia comienza a no quedar satisfecha. Quiere más dinero, más poder. Por no decir que, en 1216, Inocencio III se considera no solo el sucesor de san Pedro, sino realmente el vicario de Cristo en la tierra. Cuando te autoproclamas la mano de Dios, se te permite todo.

—Y empiezan las Cruzadas.

—Sí. Lo que no entiende la gente, o finge no entender, es que la cruzada es, más allá del significado simbólico de la conquista de Jerusalén, un ensayo general de la toma del poder total. Como la Iglesia no está realmente contenta con las reacciones de los príncipes, sobre todo debido a que sus intereses no coinciden, lo que conduce finalmente al fracaso de las Cruzadas, los papas piensan en tener su propio ejército. Se establecen la Orden de los Templarios, la Orden del Hospital o de los Caballeros Hospitalarios y la Orden de los Caballeros Teutónicos. Todas hacia la misma época. Ya sabes. Es inútil insistir. Esto es un ensayo para algo mucho más grande.

—Yo pensaba que habían sido creadas para defender a los peregrinos que iban al Santo Sepulcro.

—Sí. Así comienzan. Pero las Cruzadas acabarán con un resultado u otro, y entonces ¿qué harán estos? La Iglesia saca dinero hasta de debajo de las piedras. En primer lugar, está el expolio, que significa el dominio del clero; luego los *annales,* las tasas para los puestos. ¡Cuidado, estos son impuestos anuales! Hay también tasas para la confirmación en el cargo, los *palium,* de los arzobispos. Y lo más fuerte es que tenemos una especie de *futures,* honorarios para reservar futuras funciones.

—¿En serio? —preguntó Charles—. Eso no lo sabía.

—Sí. Por no hablar de las indulgencias, tasas para todo tipo de favores, de investiduras. Otro peligro lo constituyen los monjes que predican la pobreza de Cristo, más peligrosos que todos los demás herejes, porque de decir que Jesucristo era pobre a sacar, por lo tanto, la conclusión de que su Iglesia debe ser igual, solo hay un paso. Uno muy pequeño. ¿Y unos herejes o monjes que predican la pobreza de Cristo van a llevar a la ruina todo este desenfreno? No interesa. Así que crean dos órdenes mendigas, los franciscanos y los dominicos. Si tienen que existir, que sea solo bajo su consentimiento, dice la Iglesia, y saca una ley en San Juan de Letrán en 1215 por la que no se pueden crear nuevas órdenes. Los dominicos son muy modestos; los otros son más feroces, muy preparados, teológicamente hablando. Son los enviados a enseñar a la Universidad de París y, entre ellos, se seleccionan los inquisidores más siniestros.

—Sí, pero, por otro lado, en un momento en que cualquier inclinación por la cultura había muerto, porque simplemente nadie leía y no se escribía nada, se convierten en copistas de manuscritos y guardianes de los libros existentes. Si juntamos todo lo que ellos reunieron, sabemos que se ha conservado allí toda la cultura de la humanidad. Y sin ella, incluso nosotros dos, con el debido respeto, ladraríamos en vez de hablar ahora.

—Los matices son buenos y el comentario, certero. Pero nos estamos desviando del tema.

—Es verdad. ¿Cuál es el tema? —preguntó Charles justo en el momento en que dos muchachos colocaban sobre la mesa la guinda del menú, la perdiz rellena de foie gras.

119

—Ahora te lo digo —dijo el anciano mientras, de manera elegante, se sirvió un trozo de carne y algunas verduras en el plato, echando encima una salsa del color de las fresas—. La Iglesia es insaciable y crea esas órdenes de sacerdotes combatientes porque quiere tener su propio ejército. No confía en los príncipes. Se está preparando un gran golpe.

—¿Se refiere a las tres grandes órdenes?

—No solamente a ellas. Hay multitudes. En primer lugar, los templarios, los hospitalarios y los teutónicos. El responsable de la invención de los templarios es un cisterciense de San Bernardo muy listo. Todo tipo de ordenes más pequeñas completan el cuadro. Hay una fiebre por crear monjes guerreros que deben servir a los intereses de la Iglesia. La Orden de los Caballeros Leprosos u Orden de San Lázaro, la Orden de Santo Tomás, los Mártires de Acre, la Orden española de Santiago o la Orden de San Jacobo de la Espada, la Orden de Calatrava, creada por Raimundo de Fitero, cisterciense también. Esa es la versión ibérica de los templarios, que se relaciona con la Reconquista o, más bien, con su final. Luego Alcántara, también en España, y Avis en Portugal. La Orden de Livonia, de los Portadores de la Espada y la Orden de Dobrin. San Jorge de Alfama, la Orden toscana de San Esteban y la Orden de la Pasión de Cristo. La mayor parte son absorbidas por los templarios y por los caballeros teutónicos, pero no todas. De la que más se sabe es sobre esta última, porque los conspiradores inventaron algunas historias sobre el Santo Grial y conexiones estúpidas o conspiraciones inexistentes que conducen a los rosacruces y, finalmente, a los masones.

—Tenía miedo de volver a escuchar esta conspiración que comienza a aburrirme.

—Sí, pero ¿cómo puede ser secreta una conspiración cuando todo el mundo la conoce? Las conspiraciones reales y secretas de verdad son aquellas de las que nadie sabe nada.

—¿Y existe algo así? —preguntó Charles mientras disfrutaba una vez más de la comida.

—Hablo en serio. El mundo se vuelve loco con las llamadas conspiraciones. Si todo el mundo lo sabe, no son ni ocultas ni conspiraciones. Parecen más bien unos plebiscitos.

—¿Y la verdadera cuál es?

—Te he perdido por el camino —dijo sir Winston—. Pero te recuperaré inmediatamente. La Iglesia prepara todos estos ejércitos para tomar el poder total. Las órdenes son muy ricas. Poseen tierras, tienen dinero, operan como si fueran bancos. Se convierten en verdaderas corporaciones multinacionales. Y están exentas de impuestos. Y no rinden cuentas a nadie, excepto al Papa, por supuesto. Y eso duele mucho. La sede general de los Templarios de París es una inmensidad de las dimensiones del Louvre. Está llena de oro. Los caballeros teutónicos consiguen un Estado propio, teocrático. ¡Y ahora atención! ¡Viene la sorpresa!

El viejo había pronunciado estas últimas palabras como un trueno. A Charles casi se le escapa el tenedor.

—El 18 de noviembre de 1302, el papa Bonifacio VIII emite la bula *Unam Sanctam*, que es el documento más poderoso en la historia de la Iglesia, ya que revela su verdadera intención y es, al mismo tiempo, el principio del fin para ella, a pesar de que el fin de la dominación duraría varios cientos de años. Lo cierto es que su poder nunca volverá a ser tan grande. El primer golpe se lo dará Lutero en 1517. Esta bula-decreto une las dos espadas.

—En una sola vaina.

—Si quieres decirlo eso —se rio sir Winston—. La frase clave suena así. Cito de memoria: «Para llegar a la salvación debes estar sujeto al Pontífice Romano». Es decir que el Papa es el Comandante Supremo, el Führer. Todo el mundo está obligado a obedecer, incluidos los príncipes. Todo lo que se mueve sobre la tierra, el aire y el agua.

—Y a los príncipes no les gusta mucho.

—Exactamente. Felipe el Hermoso considera ese decreto como un crimen de lesa majestad, un golpe de Estado. Acusa al Papa de herético y simoníaco, y afirma que este ha dicho también que si hubiera nacido francés preferiría ser un perro y que los franceses no tienen alma inmortal. Y que tiene un diablo como ministro. Un diablo pequeño y personal con el que aterroriza al mundo, lanza hechizos y encantamientos. Comienza la lucha propagandística de los montajes y las desacreditaciones. Felipe nombra a un antipapa. Además...

—Envía a su canciller, Guillame de Nogaret, a Anagni. Este, apoyado por Sciarra Colonna, toma al Papa como rehén. Lo libera, pero el pontífice muere por las emociones.

—Exactamente. Entonces Clemente V le obliga a mudarse a Aviñón y a derogar la bula en cuestión. Pero antes, Felipe, que es listo a más no poder, destruye el ejército de Cristo, el ejército de la Iglesia. Y previamente le mete el miedo en el cuerpo a Clemente, por un lado, y le llena de dinero, por el otro. Las órdenes de hermanos pobres bautizan al Papa como «la puta de Aviñón», hasta tal punto se había convertido en un títere del rey. Contra los templarios se les escenifica, con parecidas acusaciones a las lanzadas contra el Papa, un juicio.

—Se les acusa de besar el culo a Bafomet, el demonio con barba y cuernos de cabra, de escupir en la cruz, de homosexualidad. Por no hablar de que adoraban al Diablo, que se hacía aparecer como un gato. Eso me gusta, porque adoro a los gatos.

Sir Winston no hizo caso de la broma de Charles. Estaba muy preocupado por devanar su historia.

—Así que el rey de Francia abolió la Orden, confiscó los bienes que pudo, quemó a un buen número de ellos en la hoguera, empezando por Jacques de Molay, el gran maestro. El Papa es forzado a entregar la riqueza de los templarios a los hospitalarios por la bula *Ad Providam* de 1312, y estos están encantados con el golpe de fortuna que les cae del cielo.

—Pero eso es más fácil decirlo que hacerlo. Porque, si bien consiguen prácticamente todas las propiedades de los templarios, tomar posesión de ellas es a menudo difícil, cuando no directamente imposible.

—Comienza la gran depresión. Intervienen diferentes príncipes. Hay papas y antipapas. Ya conoces el resto. ¡Ahora presta atención! Estamos en 1409 y, puesto que conocemos el contexto, vamos a llegar a lo que realmente nos interesa. Propongo retirarnos a la biblioteca. Estoy convencido de que el néctar de los dioses tendrá ahora un sabor completamente diferente.

Sir Winston hizo de anfitrión y los dos se sentaron cómodamente en los sillones curvos.

—Tenemos un papa y un antipapa. En 1409 tiene lugar el Sínodo de Pisa, que declara herejes a ambos y nombra a un tercero. De hecho, es la única vez que hay tres papas en paralelo. ¿Quién está llamado a resolver este problema?

—No creo que esté llamado, sino que se impone, ya que apoya al antipapa. Segismundo de Luxemburgo.

—¿Y quién es?

—Espero que no quiera ahora...

—No, olvídalo. Es el patrón del padre de Drácula, Vlad II, y creador del grupo más importante y más longevo, una organización cuyo objetivo es la dominación del mundo.

—¿La Orden del Dragón?

—Exactamente.

Charles miró a sir Winston como si se tratara de un loco. Pensó que había oído en balde toda aquella verborrea de razonamientos correctos, pero de conclusiones absolutamente equivocadas. Había tropezado con el tipo de loco que parecía dominar perfectamente la materia y el razonamiento hasta cierto punto, cuando empezaba a desvariar y disparar conclusiones estúpidas y luego se tomaba en serio a sí mismo. Pensó que debía marcharse. Comenzó a agitarse y trazar un plan sobre la manera de presentar sus disculpas y de pedirle al viejo paranoico que le diera la otra espada, si la tenía, para poder ir a ver a su padre enfermo.

—Sé que te parece que me he vuelto loco, pero te aseguro que todo lo que digo es verdadero. No solamente tengo documentos, sino también pruebas fehacientes.

«¿Pruebas?» Charles se volvió a interesar. Sabía que la seriedad del historiador que tenía delante estaba fuera de toda duda. Olvidó los buenos modales y se echó al coleto el contenido del vaso como si se tratara de un licor cualquiera.

—La primera lección que se puede sacar en la reorganización de Europa es la destrucción de la Orden de los Templarios, que se traduce simbólicamente como la derrota de la Iglesia por el poder secular. La Iglesia es de nuevo doblegada, el rey tiene la autoridad. Esto se generaliza. Algunas personas inteligentes saben que la Iglesia, sin dejar de tener un papel muy importante, ya no es la autoridad suprema. El poder de los príncipes también se desmorona, al igual que las formaciones preestatales. Se necesita una nueva fusión entre las dos potencias, pero no sobre la misma base. Porque obviamente dará lugar al mismo resultado.

—Caminar por el mismo camino, llegar al mismo lugar —se rio Charles.

—La lección está aprendida. Existe la necesidad de una asociación, una especie de gobierno digamos supranacional, una suerte de ONU pero con poder real, tal como soñaba Woodrow Wilson y no como el organismo en que se ha convertido. De hecho, lo que se crea es más bien como una especie de «cúpula» de la mafia *avant la lettre*. Se crean un montón de órdenes secretas transnacionales. Para controlar el mundo hace falta una sociedad secreta, oculta para la mayoría pero accesible para los iniciados. Hay un goteo de estas órdenes secretas. Se tiene acceso a ellas solo a través de una invitación y según unas reglas muy estrictas. A veces se tardan años en ingresar y, una vez admitido, hay que escalar en la jerarquía peldaño a peldaño.

—De hecho es el modelo de los gremios con el aprendiz, el oficial y así sucesivamente.

—Y de donde se inspirará el ritual masónico.

—Que en principio es también un gremio.

—Exactamente. Un famoso ejemplo de la época llama la atención a los capos de estas organizaciones secretas: una sociedad, sea secreta o de dominación, corre el riesgo de anquilosarse, de manera que sus miembros tienen que estar abiertos. En las familias reales cuyos miembros se casaron entre sí los herederos comenzaron a ser cada vez más degenerados. Y ahora, presta mucha atención, pues entramos en el meollo de la cuestión.

—La prestaría —se atrevió Charles—, si me permite ungir a este pequeño motor, que amenaza con anquilosarse igual que aquellas sociedades de las que está hablando.

Habló mientras mostraba su vaso vacío. Sir Winston intentó levantarse, pero Charles se adelantó y cogió la botella. Quiso servir al anfitrión, pero este negó con un movimiento de cabeza.

—Aparece un personaje central en nuestro relato, al que la historia reserva un papel marginal, como una nota a pie de página. Este individuo es clave en todo el conjunto. Y la forma en que el mundo está dirigido hoy en día, y que sepas que domino los términos, se debe en gran parte a él. Es un condotiero italiano, de nombre completo Filippo Buondelmonti degli Scolari, nacido cerca de Florencia, en Tiziano. En resumen, Pipo de Ozora. Llega a trabajar para Segismundo de Luxemburgo alrededor de 1382. Será general de su ejército, administrador de las minas de oro y, después, de toda la riqueza del rey. Incluso reprime una confabulación de la nobleza, un golpe en el que, aunque Segismundo es capturado y llevado a Visegrad, logra escapar y la rebelión es sofocada a sangre y fuego. Participa en la cruzada antiotomana y es uno de los pocos que logra escapar con vida de la batalla de Nicópolis, donde los turcos masacran a los cruzados. Pipo se convierte en amigo, confesor y consejero mayor de Segismundo. Lo convence de que antes o después una élite controlará el mundo y le dice que no estaría mal si dicha élite fuera controlada por él mismo.

A Charles le gustaba el relato. Como todo hombre, pese a su escepticismo de origen científico, una conspiración bien ideada parecía maravillosa. Él también había reescrito en la mente la historia del mundo varias veces.

—Antes de ser el artesano de la creación de la Orden del Dragón, advierte al rey de que la organización que está a punto de formarse debe durar exactamente hasta el fin del mundo. Ni un segundo menos. Segismundo, en un primer momento, pensó que su general se había vuelto majareta, pero al estar siempre cerca de él le seguía escuchando. La persistencia y el encanto personal del condotiero, pero especialmente las cosas que decía, contaminan el rey. Pipo, que es un visionario muy activo, señala a su amigo que por todas partes se generan bienestar y poder, que quien consigue tenerlos en sus manos ya no tiene ganas de repartirlos con otros y, por lo tanto, cava su propia tumba. Debido a que el mundo se está moviendo, Pipo, a su manera, introduce el concepto de flexibilidad de la organización y la continua adaptación a lo nuevo. Todo lo que se vuelve más fuerte será absorbido por ella y, en ningún caso, confrontado. A Pipo, italiano de pura cepa, le gusta mucho una historia real que le cuenta a Segismundo.

—Estos son rudimentos de gestión muy modernos para aquellos tiempos. ¿Está seguro de que no son invenciones *post-factum*?

Sir Winston apenas se levantó de la silla de forma extraña y le dijo a Charles que le siguiera. Apretó el botón de debajo de la biblioteca y el estante comenzó a girar alrededor de su propio eje. En la parte trasera, una biblioteca laberíntica, similar a la de la casa de su abuelo, se abrió. Charles siguió al anciano, pero cuando empezó a mirar los primeros tomos, este le soltó un tajante:

—No es el momento.

120

Al llegar a Londres, Werner consultó el reloj. Era más de mediodía y verificó si Charles había encendido su teléfono. El punto verde que marcaba al profesor no había aparecido, pero atrajo su atención una suerte de alarma que identificaba el nombre de Charles Baker. Abrió el enlace y vio que se había reservado a su nombre un vuelo a Washington, D.C. para la mañana siguiente. Satisfecho, se fue hacia Throgmorton Street, en el centro de Londres, y se sentó a la mesa de una cafetería con vistas a la calle donde antaño estaba la sede de la Bolsa de Londres. Desde allí podía mantener bajo vigilancia la entrada de la pequeña calle privada que une la calle Throgmorton con la avenida Throgmorton. Consultó su teléfono para ver qué hora era en la costa del Pacífico. Se dijo a sí mismo que no importaba si despertaba a Martin a las cinco de la madrugada y marcó su teléfono. Desde el otro extremo de la línea, la voz somnolienta de Eastwood respondió con gran dificultad.

—Espero que tengas un motivo suficientemente importante para despertarme a estas horas —espetó la molesta voz del presidente del Instituto.

—El mejor —dijo Werner con una voz muy segura.

—Espera un segundo.

Martin se levantó de la cama. Su mujer gruñó algo, pero él la tranquilizó con un gesto afectuoso y salió del dormitorio. Se sentó en el sofá del salón.

—Te escucho.

—Voy a tener la Biblia muy pronto.

—¿Estás seguro? —preguntó Martin con el mismo tono severo.

—Más que nunca. Y ahora espero que no te pongas nervioso. La única manera de entregarte el libro será en una reunión especial del Consejo. Y esta debe celebrarse exactamente el 21 de junio, a las once de la mañana.

—Es inusual —dijo Martin.

—Lo sé —replicó cortante Werner—. Tienes a tu disposición más de tres días. Convoca urgentemente el Consejo. —Colgó.

Martin se quedó petrificado. Así que Werner tenía un ascendiente sobre él. Pensó en cómo debía actuar. Era obvio que el director quería hacer una entrada triunfal en el Consejo e impresionar a sus miembros. De todas maneras iba a llevar la Biblia al Instituto y eso era bueno. Martin salió al patio y desde la enorme terraza escalonada, que ocupaba un espacio como la mitad de un campo de fútbol, miró complacido al río que fluía entre los naranjales, su obsesión de la infancia. Hacía mucho que no estaba tan feliz.

121

Sentado al lado de Charles en el pequeño despacho en el corazón de la biblioteca secreta, sir Winston sostenía un manuscrito encuadernado en cuero. Se lo había mostrado a Charles hasta que este empezó a hojearlo. El documento contenía varios fascículos de diferentes períodos históricos y de distintos temas. El primero estaba escrito enteramente a mano sobre pergamino *vellum*, al igual que muchos otros que le seguían. Después de las partes escritas sobre *vellum* había otras de papel, también escritas a mano. Solo al final había fascículos redactados con una máquina de escribir y uno, el último, había pasado por la impresora.

—Esta es la historia completa de mi familia, relacionada con el gremio de los Pañeros —precisó el profesor—. Por el momento has visto suficiente. Te voy a dar otra oportunidad, pero es importante que ahora me escuches con atención.

Miró a Charles, que estaba molesto. El viejo le mostró un manuscrito y luego se lo había quitado de las manos. Le pareció sospechoso. Tal vez allí había algo que no debería haber visto.

—Dice que todo lo que hay aquí es auténtico. Digamos que lo es. Pero, según entiendo, son anotaciones de unas personas que fueron testigos de algunos acontecimientos. ¿Qué garantía tenemos de que las historias son reales?

—¡No te lances, joven! La misión del historiador es verificar siempre la autenticidad de las fuentes y la exactitud de la información, pero veamos antes lo que dicen las fuentes. Este primer fascículo es, como diríamos hoy, el acta de la primera reunión que tuvo lugar entre Vlad Țepeș y sesenta y un representantes de los gremios de toda Europa en enero de 1455. Țepeș dice aquí que va camino de Maguncia para encontrarse con Gutenberg. Se dirige allí con el dinero obtenido del gobernante de Albania, el famoso Skanderbeg.

—Si lo que dice es verdad —dijo Charles—, nos enfrentamos a un documento sin precedentes, de un valor incalculable. Sería el primer testimonio directo conocido sobre Drácula y de primera mano, es decir, a partir de un testigo que habló personalmente con él.

Charles empezó a marearse solo ante la idea de que el viejo tuviese semejante documento.

—Bueno, lo que digo está apuntado aquí, pero hay que volver a nuestro relato. ¿Por dónde iba?

—Con Pipo de Ozora.

—Exactamente. Estamos hablando de la historia que Pipo relata a Segismundo. Él da como ejemplo una famosa historia, verdadera, que tuvo lugar a principios del siglo XIII en Venecia, unas décadas antes de que él naciera. La conocía de primera mano. La Serenísima República había llegado en esos años a una prosperidad sin precedentes para un Estado después de la caída de Roma. Se convierte en la ciudad más grande de Europa. París y Londres son unas nimiedades en comparación. Domina el comercio, incluso el de Oriente. Controla el negocio de la seda, de las especias y sobre todo el de la sal, que en ese momento era el equivalente al petróleo en la actualidad. La nobleza veneciana es, con mucho, la más rica del mundo. Si se hubiera hecho un listado Forbes, probablemente los venecianos habrían ocupado noventa y ocho de los cien puestos de la lista de ricachones. Una ciudad tan móvil, activa y rica abre, al igual que hoy en día, la puerta a los inmigrantes, cuya audacia y vitalidad necesita. Para aquellos que sirven bien, hay oportunidades de convertirse en ciudadanos de pleno derecho y pueden, si saben cómo, también hacerse ricos. En algún momento, algo se rompe, al igual que en muchos de los Estados prósperos de ahora. Como en la abominable Suiza: una vez utilizados los emigrantes y hecho el ridículo con su política de protección a los corruptos (es el país más indecente de todos, en mi opinión) les cierran las puertas en las narices porque ya no quieren compartir la riqueza. La oligarquía hace lo que normalmente hace: destruir el motor que la llevó allí dónde está. Se cree que puede controlarlo todo, se vuelve excesivamente codiciosa y no quiere compartir nada con nadie. Y se cierra. En 1315 se publica una especie de censo de la clase noble veneciana que será llamado el *Libro de Oro*. Solo aquellos que están apuntados allí tienen el derecho a participar en las decisiones políticas y en el control de los negocios. Este cierre, el primero de este tipo en la historia, es conocido como «La Serrata».

Era una historia que Charles no conocía. Así que escuchó con atención.

—Pipo, el condotiero italiano, era inteligente y educado y le dio al futuro emperador una importante lección de historia. La élite que estaba a punto de formarse debía combinar tanto el poder espiritual como el terrenal: la Iglesia, la realeza y la nobleza. De la historia reciente de «La Serrata» veneciana saca la conclusión de que el cierre es lo peor que se puede hacer. Así que crea la Orden del Dragón, fruto de la ambición y la inteligencia de un solo hombre, de su genio visionario. Pipo observa el mundo a su alrededor y ve que se están creando todo tipo de órdenes de caballería exclusivistas, pero centradas en ambiciones de menor importancia. Sabe lo que ocurrió con las órdenes de caballería de la Iglesia, igual que sabe que los príncipes carecen de visión, centrados en el enriquecimiento y el expolio. Ninguno de ellos es capaz de fraguar nada. Hasta la vanidad tiene un gran tamaño en la Edad Media. Entonces Pipo, cuyo objetivo es ver, en algún momento, a Segismundo como emperador del Sacro Imperio, funda esta organización. La bautiza como la Orden del Dragón. Su nombre alemán es...

—*Drachenordens*, lo sé. Y en latín *Societas draconistarum*.

—Correcto. El sueño de la vida de Segismundo es la creación de un gran reino sometido a la dinastía de los Luxemburgo. Junto con su esposa, Barbara Cilli (supongo que sabes lo que le sucede después de la muerte del emperador, pero eso no nos debe preocupar ahora), sienta las bases de la presente Orden. Su propósito original es protegerlos a él y a su familia a través de un complejo sistema de alianzas a nivel europeo para asegurarse el poder y allanar el camino para la corona imperial. No olvidemos quién es Segismundo: rey de Hungría y Croacia en 1387, de Alemania en 1410, de Bohemia en 1419.

—Y emperador desde 1433.

—Sí. Pues bien, Pipo de Ozora le convence de que, para realizar su sueño, debe detener la crisis cismática que azota la Iglesia de Roma. Segismundo, también a iniciativa de su consejero italiano, convoca el Concilio de Constanza en 1413. Su duración será hasta 1418 y acabará, de una vez por todas, con el cisma. Al antipapa Juan XXIII se lo llevan también a Constanza y es destituido o depuesto, como dicen. El rey mismo se va a ver a Benedicto XIII y trata de convencerle para que abdique, pero no lo consigue. Y también es depuesto. Bajo la presión de Segismundo, los cardenales eligen soberano pontífice a Otto Colonna, que será llamado Martin XV.

—Ok. Y así termina el cisma. Bien por él. Pero Segismundo tiene otro interés en este Concilio.

—¿Te refieres a la sentencia de muerte y la quema de Jan Hus?

—Sí.

—¿Crees que quiero presentar al rey como a un santo? No solo no es ningún santo, es un cerdo. Pero un cerdo muy inteligente y educado. Es políglota, habla francés y checo, latín, polaco, italiano, húngaro y, obviamente, alemán. No es poca cosa. Es el hijo del emperador Carlos IV.

—¿Sabes que huyó como un cobarde de la batalla de Nicópolis?

—Sí. La huida fue saludable para él; salvó la vida escapando otras tres veces, después de unos intentos de asesinato y golpes de Estado. Y se escapó también de un intento de envenenamiento. Al final obtuvo la codiciada corona de emperador en 1433...

—Pero murió poco después.

—Cuatro años más tarde. Sin embargo, antes de Constanza, Pipo de Ozora corre sin descanso por toda Europa y confecciona listas tras listas de los que cree que son los mandamases del mundo. Y los persuade para que se unan a la Orden. Un sistema de alianzas sin precedentes hasta entonces. Pero hasta allí, la Orden se crea a partir de la nobleza húngara y regional. La versión para la Iglesia era que iba a defenderla a ella y a Europa de los turcos, pero ya te he contado el verdadero propósito. Tendrá todo el apoyo del Papa, a quien le favoreció la entronización en San Pedro. La Orden tenía como efigie un dragón con la cola enrollada alrededor del propio cuello. Uno de los posibles significados era el poder de sacrificio de un miembro, que no dudaría en dar su vida por la causa. En la parte posterior tiene una gota de sangre que se convierte en una cruz.

—Una asociación extraña. ¿San Jorge mató al dragón y la Orden está representada por un dragón? ¿Y el patrono es justamente su propio santo asesino? Es una locura, ¿no?

—Eso es. Lo mismo pensé yo, que el significado en la época es bastante confuso. El dragón que se estrangula con su propia cola se interpretó como la derrota del Diablo, del mal. Más exactamente, el Diablo es derrotado, pero no asesinado, sino sometido.

—Y transformado en un animal de compañía, una mascota.

—Algo por el estilo. Domesticado y convertido en aliado. La organización se estructura en círculos concéntricos. El círculo principal se compone inicialmente de veinticuatro personas, todos los nobles regionales. Luxemburgo es *magister magnificus*.

—De aquí parte su locura por los títulos, ya que en Constanza insiste en ser recordado como «espíritu rector».

Sir Winston sonrió, pero continuó:

—El segundo círculo es el de los escuderos. Estos no tienen un número fijo. Los círculos concéntricos son una especie de representación similar a la de la tierra que deben defender. Existe el círculo más alejado, más difícil de proteger y, poco a poco, el mejor defendido en torno al emperador. Al principio a la Orden pertenecían, como ya he dicho, los nobles regionales. Desde Stefan Lazarevic, el déspota de Serbia (hijo y heredero del príncipe Lazar, que murió en la batalla de Kosovo Polje en 1389 contra los otomanos, y de la princesa Milica), hasta el barón Mihail Garai, desde el mismo Pipo de Ozora hasta el obispo de Zagreb, Eberhard de Lorena. Como se muestra, en la versión que tú conoces, hablamos de una Orden limitada a la Europa Central y un poco hacia el este, ya que el padre de Vlad Ţepeş fue admitido en la Orden.

—Y adivino que aquí interviene el italiano.

—Sé que te estas burlando de mí, pero así fue. Gracias a sus esfuerzos, la Orden se amplió enormemente.

—Sí, pero los recién llegados no son miembros de pleno derecho, sino una especie de miembros honorarios.

—No es cierto. Eso es lo que pretendieron hacer creer. Porque, al darse cuenta de la verdad, los veinticuatro estarían indignados, sí que se crea un supracírculo que consta en esta ocasión de doce personas. Esa es la verdadera Orden que sobrevivirá. Aquí, gracias al italiano, el ambiente se suaviza. Estamos en altas esferas. Enrique V de Inglaterra, Ladislao Jagiello, Alfonso de Aragón y Nápoles, Cristóbal III de Dinamarca. Los líderes de las principales ciudades italianas, Venecia, Padua, Verona, luego reyes alemanes, nobles franceses, el Gran Duque de Lituania.

—Me estoy perdiendo —dijo Charles.

—Porque sabías hasta aquí. Pues bien, después de la muerte de Segismundo, esa Orden se mantiene en secreto y se reduce a doce miembros del Consejo, como se le llama desde principios de 1435, incluso después de la muerte del primer Magister. Los demás permanecen en la Orden, pero no contarán. Aún más, los doce crean una nueva Carta de la Orden proponiendo que formarán parte del Consejo las personas más poderosas e influyentes en el mundo en ese momento. Por lo tanto, entre ellos se encontrarían, si se toma en cuenta todo el período histórico, los más grandes nombres de la historia. Al principio, reyes, barones y príncipes, y alguna cara eclesiástica para mantener el equilibrio, aunque estas van perdiendo rápidamente importancia. En la primera oleada pertenecen, por ejemplo, personajes importantes para nosotros, Enrique VII de Inglaterra, el rey de Francia, Luis XI, y así sucesivamente.

—Tonterías —estalló Charles—. No hay evidencias de ello.

—Existen, pero no son públicas. Sin embargo, si en el siglo XV casi todos los miembros son reyes y príncipes, desde el siglo XVI se abren a diferentes personajes. Los primeros banqueros florentinos entran en la Orden. Bastante tímidamente, los lugares de los príncipes y reyes son ocupados por personas con mucho poder de decisión y con influencia en las mismas cortes, delante de sus narices. En el siglo XVII forman parte de ella industriales que empiezan a enriquecerse, junto a Richelieu y Mazarino, Wallenstein y Cromwell. O Gustavo II Adolfo.

—No esperará que me crea eso.

Sir Winston continuó sin hacer caso a las protestas de Charles.

—A menudo maquinan en contra de las cosas que hacen de forma oficial. Incluso cuando se enfrentan a nivel de Estados, digamos, sus intereses económicos comienzan a ser supraestatales. Y a pesar de no conseguir crear realmente una internacional del dominio universal, mantienen, por así decirlo, la comida caliente. Los miembros de la realeza desaparecen casi por completo en el siglo XVIII. La figura más importante es Pedro el Grande de Rusia, pero por lo demás el Consejo se compone de industriales, armadores, primeros propietarios a gran escala, y también grandes hombres de armas, generales y ministros. Pero esto no tiene gran importancia. Lo que debe tenerse en cuenta es que existe una sociedad secreta que proviene de una organización cuyos miembros dominan el mundo. A lo largo de la historia, su grupo experimenta aumentos y disminuciones. A menudo está en peligro de desaparición. Pero cada vez que se creía que habían desaparecido, regresaban más fuertes, más influyentes y con más confianza en sí mismos. La Revolución francesa los hizo fracasar, debido a que su estructura era todavía nobiliaria y con personas que dependían del Antiguo Régimen. Por último, el fin de la monarquía y el aumento de la velocidad con la que crecía América fue su salvación. Hoy en día los doce son en su mayoría banqueros y especuladores financieros. Llevan a cabo y coordinan casi todo en el mundo de los negocios. Son supranacionales. Poseen y chantajean a países y gobiernos, son los responsables de políticas globales y regionales. Deciden qué país va a ir a la quiebra, cómo y cuándo. Supervisan todos los mercados y llegan a controlar la manera de pensar. Hoy en día son más peligrosos que nunca. ¡Y por lo tanto hay que pararlos!

La mirada escéptica y un poco decepcionada de Charles no desalentó al viejo. Mientras se levantaba y llevaba a Charles fuera de la biblioteca, dijo:

—Sé que es mucha información para almacenar y entender. Sobre todo cuando se cree que se entiende más o menos cómo funciona el mundo. El libro que viste contiene información precisa y pruebas de que todo lo que he dicho es cierto. Un día será tuyo. Ahora tienes una misión que llevar a cabo.

—¿Una misión? ¿Qué misión?

—Te lo diré de camino —concluyó el viejo mientras le pedía al chófer que preparase el coche.

En la limusina, Charles parecía muy decepcionado. Todos estos misterios que empezaron con fuerza lo habían desinflado del todo. Sir Winston puso en señal de afecto su mano sobre el brazo y esperó a que dijera algo.

—Estaba pensando en algo más original —confesó Charles—, no en conspiraciones judeomasónicas. El gobierno en la sombra que conduce el mundo. El complot de los ricos que mantienen a lo largo de la historia un núcleo de sabios iniciados con malas intenciones que albergan un conocimiento oculto de conspiraciones del mal, los monstruos modernos. No existe un diseño de tal envergadura. No puede existir. Siempre hay y ha habido varias conspiraciones, grandes y pequeñas. Me he topado con algunas. Sin embargo, algo que una todos los puntos suspensivos como este va más allá de cualquier límite del absurdo. Hasta ahora los iluminados y los masones decían que Cristo había tenido un hijo y que la Iglesia lo ocultó. La Iglesia puede haber cometido muchos pecados, pero eso es pura ficción. Los rosacruces, los templarios, el Santo Grial, o sea el santo de la nada. El complot del asesinato de Kennedy, la falsificación de la llegada a la luna, la construcción de las pirámides con dólares, los extraterrestres que trazaron las líneas de Nazca. Martinistas y Skull and Bones, el Área 51 y el asesinato de la princesa Diana. El Grupo Bilderberg. Usted ha mencionado anteriormente que una conspiración conocida por todo el mundo no es una conspiración. El secreto de Polichinela hace mucho que no es un secreto. Alimento para tontos y crédulos, para ingenuos y pobres de espíritu. Y para que no fuera ninguna de estas conspiraciones, se han inventado una nueva. Por lo que veo, usted no ideó esto para mí; aparentemente, son la banda que juega a este juego. Solamente lo siento por mi abuelo, siempre pensé que era una persona normal. Fácilmente excitable y apasionado, pero normal. Y ahora esto. Me siento ofendido —dijo Charles.

Sir Winston lo miró con interés. Sonrió con suavidad y se limitó a decir:

—La fiebre es la primera señal de que el organismo empieza a luchar contra la gripe.

122

Werner tuvo ganas de saltar de alegría cuando vio la limusina negra de sir Winston parándose frente a la entrada de Throgmorton Street. Llevaba bastante tiempo en aquella terraza y había comido la peor empanada irlandesa posible y bebido una cerveza negra que no le sentó muy bien; hasta empezaba a tener dolores de espalda. Pensó en quedarse un poco más y luego ir directamente a la casa del viejo en caso de que no apareciera muy pronto, pero se habían cumplido sus plegarias.

Los dos bajaron justo frente a la pequeña valla metálica y entraron en el patio junto a la fuente.

—Nunca había estado aquí —dijo Charles.

Una puerta del pequeño castillo se abrió y un señor sonriente les recibió:

—¡Sean bienvenidos a Draper's Hall, señores profesores!

Charles conocía la casa por las fotografías. Era la sede de la fundación The Draper Company, una ONG que se dedicaba a todo tipo de actos de beneficencia. El edificio había pertenecido al gremio de los Pañeros desde 1543, en tiempos de Enrique VIII, y posteriormente a Thomas Cromwell, conde de Essex y canciller del rey. Fue ejecutado por orden del mismo por un asunto bastante complicado que incluía algunos chismes sobre la impotencia del monarca y sobre el esperpento que el canciller había traído para casarse con él Anne de Cleves. La residencia fue destruida y modificada varias veces. Solamente la mitad de ella se libró de los bombardeos de la Segunda Guerra Mundial.

—Nuestro gremio se creó antes de 1180 —explicó sir Winston con orgullo—, a pesar de que el año de su fundación fuera 1361. En 1428 fue la primera corporación inglesa que recibió su propio blasón.

Pronunció esas palabras con la cabeza erguida y sacando pecho. Luego se acercó a Charles y le susurró al oído:

—Lo que no nos impidió hacer lo que hicimos.

Llevó a Charles al primer piso y le enseñó las habitaciones. La más bonita y famosa era The Livery Hall, un salón conocido en todo Londres por los excepcionales bailes que acogía y por las paredes decoradas con multitud de retratos de reyes colocados entre doradas columnas, el orgullo de la Orden. Subieron al balcón del salón. El muchacho que los acompañaba los dejó solos. Una pared falsa resultó ser una puerta que se abrió cuando el anciano apretó con el dedo. Charles vio la entrada a un despacho.

—¡Vaya! —exclamó—. Hay pasajes secretos por todas partes.

Sir Winston entró primero y le hizo un gesto para que lo siguiera. La habitación era bastante pequeña. Había pocos muebles, un escritorio de caoba, dos sillas, una televisión empotrada en la pared y una pequeña biblioteca en cuyos estantes se veían algunos libros.

—Vuelvo enseguida —dijo el viejo, que salió entornando la puerta tras de sí.

Después de unos segundos se apagó la luz y se encendió el televisor. Charles se quedó boquiabierto y se le hizo un nudo en la garganta.

—Mi querido Charles, ¡precioso Charlie! —se oyó la voz de su abuelo en los altavoces colocados a un lado y a otro de la pantalla—. Si estás viendo esta grabación significa que llegó la hora, que superaste bien todas las pequeñas trampas que te puse en un juego algo infantil. Te amé más que a ningún ser en este mundo y me alegra de que hayas llegado a ser un hombre como lo fueron todos en nuestra familia. Por otro lado, si estás mirando esta grabación, posiblemente mi buen amigo Draper te habrá puesto la cabeza como un bombo hablando de conspiraciones increíbles, que, tal como te conozco, te han puesto nervioso y te han hecho dudar hasta de mí. Me alegro de que las primeras cosas que te dije alguna vez puedan resumirse con la famosa frase de Descartes: «Cuantas más dudas tienes, más seguro debes estar de que existes». Al igual que me alegra de que las dudas fértiles que sembramos junto con tu padre, en la infancia, te convirtieran en un intelectual de pura cepa. Tal como te dije entonces, tienes que pasar cualquier información por el filtro de tu propia conciencia, pero te pido ahora que dejes a un lado esta duda y que escuches con atención a mi amigo de toda la vida. Ahora te pido un poco de fe. Te dejo, mi querido niño. Y no lo olvides: el pan es la vida.

La grabación se paró y la luz se encendió. No tuvo tiempo de meditar sobre lo que había visto porque el anciano entró en la habitación. Sir Winston sujetaba una espada con una vaina negra, muy elegante.

—¿La *Tizona*? —preguntó Charles.

El viejo movió la cabeza.

—¿Es de verdad la espada del Cid?

—¿Quién sabe? —contestó enigmático y dubitativo Winston.

Charles cogió la espada y empezó a examinarla antes de desenvainarla. En los bordes figuraban seis blasones de los gremios de los Alfareros, de los Cerrajeros, de los Barberos, de los Pintores, de los Peleteros y de los Vinateros. Tal como esperaba.

Sir Winston sacó dos botellas de agua de una mininevera empotrada en el mueble, tocó con delicadeza la espada y la puso sobre la mesa.

—Tendrás tiempo de sobra para estudiarla.

—Ok —dijo Charles—. Teniendo en cuenta que el abuelo le ha echado un cable pienso escucharle hasta el final. Pero intente ser conciso, porque echo de menos mi casa y, además, mi padre está enfermo.

—¡No me digas! ¿Qué tiene? Hablé con él hace unos días y estaba bien.

—¿Habló con él?

—Sí.

—¡Qué extraño! Parece que tuvo que ser intervenido del corazón. Una urgencia. Pero no hablé con él, sino con una enfermera.

Hizo el ademán de levantarse.

En ese momento sir Winston sacó del bolsillo interior de la chaqueta un billete de avión y se lo dio a Charles.

—Tienes reservada una plaza para el primer vuelo a Washington. Sale a las seis de la mañana.

Charles buscó el teléfono en el bolsillo: no estaba. Recordó haberlo apagado cuando subió al avión y haberlo puesto en el equipaje que dejó en la embajada.

—Me he dejado el teléfono en la embajada. Tendría que llamarle.

Sir Winston no entendía lo que pasaba. Pero Charles pensó que era posible que sir Winston hubiese hablado con su padre antes de ocurrirle lo de la intervención. Pensó también que la aparición del abuelo le había hecho recordar su afecto por la familia y que, probablemente, preocuparse ahora no estaba muy justificado, ya que la enfermera que lo cuidaba le había dicho que se encontraba fuera de peligro. Lo que resultaba raro era que su padre no le devolviera la llamada. Pero la enfermera le había enviado las fotografías de la pared de la bodega, tal como había prometido. Decidió apartar de sí cualquier pensamiento negativo. Sir Winston empezó a hablar, así que fue todo oídos.

—Como bien sabes, Vlad Țepeș fue enviado a ocupar el trono de Valaquia en 1448.

—Sí. Por Murat II.

—Sí. Más o menos. Más bien Mustafá Hassan respondió por él y lo recomendó al Papa, que le apoyó con tropas para conquistar el trono. Como ya sabes, este primer reinado duró poquísimo.

—Unos dos meses.

—Sí. A los turcos no les caía bien y opinaban que, si había sido vencido tan rápido por Ladislao II, que, entre otras cosas, mató a su padre, quizá no estaba predestinado por Alá a permanecer en el trono. Es importante lo que aprende Vlad de aquel corto reinado. En primer lugar, que no puede confiar en los boyardos; traicionaron a su padre y también a él mismo. O no se implicaron, que es lo mismo. Eran neutrales como Suiza.

—Es la segunda vez que le oigo hablar de este país. ¿Tiene alguna obsesión con él?

—¡Lo odio! —susurró entre dientes el viejo.

—¿Lo odia? ¿Cómo puede odiar un país? Es un concepto bastante abstracto.

—Te aseguro que es una panda de lo más concreta de burgueses egoístas. No se trata de la burguesía activa que es el motor de la industrialización y del capitalismo moderno, sino de la especulativa, que no es más que otra cara de la nobleza. Voraz y advenediza, cobarde y ventajista. ¿Qué ha dado Suiza al mundo? Bancos y relojes. En ninguna parte es más transparente que aquí la funesta sombra de Lutero. No el que levantó los estandartes de la educación, obligando a la gente a leer y promover en un cierto sentido el raciocinio, sino el que dijo que no cuenta lo que haces, sino aquello en lo que crees. Un país falto por completo de cualquier rastro de moralidad, de cualquier sentido de la verdad. Donde no cuentan más que sus barrigas. ¡Que se vayan al infierno! A pesar de ver aquí algo de aquel «Ama y haz lo que quieras» de san Agustín, es evidente que amando no puedes hacer cualquier cosa: la gente ha comprendido de Lutero que la parte espiritual es la parte espiritual. La vida es otra cosa. La misericordia de la Iglesia católica, con todos sus excesos, es reemplazada por el egoísmo llevado a un estado patológico. La moral desaparece por completo del discurso religioso. En Suiza se nota todo esto.

—No es así.

—¿Cómo que no es así?

—En el caso de Lutero tampoco, pero sobre todo odio estos juicios parciales. Todos los ostrogodos son malos. Esto conduce directamente a la cámara de gas.

La cara de sir Winston se había enrojecido. Se había encendido muchísimo.

—Yo no hablo de los juicios globales, de generalizaciones abusivas, sino de una forma de cultura convertida en política de Estado. Preguntaba: ¿qué ha dado Suiza al mundo aparte de bancos y relojes? ¿Qué gran artista, qué gran científico? ¿Qué gran político? ¿Qué gran pensador? Nada. Aburrimiento mediocre, falto de valor. La hierba cortada al milímetro y localidades donde a los ciudadanos se les devuelven los impuestos porque no hay nada que hacer con tanto dinero. Te digo cuál es el rasgo más importante de Suiza: la neutralidad a favor de ella misma. Si escondes el dinero de un evasor, en el resto del mundo se llama «complicidad»; pero en Suiza se llama «secreto bancario». A condición de recibir un grueso porcentaje del dinero robado. ¿Esto no te convierte en ladrón?

Charles estaba asustado por lo que había desencadenado. De todas las maneras, era un verdadero espectáculo mirar al viejo historiador abalanzándose sobre el adversario.

—Las implicaciones y esta responsabilidad limitada, la falta de moralidad, condujeron Suiza a la célebre neutralidad. Dante mandaba a los neutros al más siniestro lugar del infierno, peor que a los criminales. ¿Sabes por qué? Los nazis fueron un accidente en la historia, unos criminales descerebrados que cometieron los crímenes más abominables. Crearon una industria de la muerte porque su jefe supremo era un loco llegado al poder en una extraña coyuntura histórica. Aquí el mal fue fácil de identificar y, al final, de erradicar. Pero se trataba de una enfermedad mental, de salvajismo y odio.

—Vamos, sir Winston, no va a comparar ahora a los suizos con los nazis. ¡Por favor!

—Los suizos se quedaron fríos frente a estos sufrimientos. ¿Los judíos asesinados no eran semejantes suyos? ¿No formaban parte de la raza humana? No, eran extranjeros. Por lo tanto, ¡que se vayan al Diablo!, ¿no? Mientras ellos permanecían neutrales, millones de niños fueron enviados a la muerte. Si un hombre acosa una mujer en la calle, es mi deber intervenir. Puedo no hacerlo por miedo a ser agredido; esto se puede entender, es humano. Pero si no intervengo por un cálculo, si espero a que la mujer sea apisonada y abandonada en la calle para que, después de marcharse el agresor, yo me abalance sobre su inerte cuerpo para robarle la cartera, ¿en qué me transformo? Te lo digo yo: me convierto no en un suizo, sino en Suiza. Para que no digas que estoy generalizando. Somos neutrales cuando millones de personas son exterminadas, pero no tenemos ningún problema cuando tenemos que guardar en nuestros bancos los bienes confiscados y fundir los dientes de oro para transformarlos en lingotes de oro. Eso es Suiza.

A Charles no le gustaba las generalizaciones de ningún tipo, tampoco los juicios de masas, pero sabía que sir Winston tenía razón. Aunque no hasta el final.

—Ahora están haciendo un referéndum para parar a los inmigrantes. Fueron buenos cuando estaban construyendo el país, cuando hacían los trabajos sucios que ellos no querían. Un diario brasileño se burló de ellos diciendo que, si se quitaban todos los inmigrantes de la selección de fútbol de Suiza en el campeonato del mundo, el equipo estaría compuesto solo por dos jugadores sin contar con el entrenador, el masajista o el médico. Cada vez que pienso en este país me viene a la mente un cuadro famoso. Se llama *American Gothic*, de Grant Wood. Una cierta América se parecía en un momento dado a esta Suiza. La diferencia es que, entonces, aquella América era bastante pobre, pero nunca ha sido neutral e indiferente a los sufrimientos de otras personas.

—Sin embargo, me alegro de que haya concluido de esta manera tan optimista. ¿No sería mejor volver a nuestro tema?

Sir Winston pareció salir del trance. Volvió a ser, de repente, el hombre amable al que Charles se había acostumbrado a tratar en aquel día.

123

—Me he acalorado, lo siento. ¿Por dónde iba? ¡Oh, sí! Țepeș aprendió la lección en su propia piel: que no podía confiar en los boyardos. Si quería volver al trono, y así era porque estaba poseído por una ambición desmesurada, tenía que buscar aliados en otras partes. Necesitaba fiarse de alguien. Dejar su vida en manos de otra persona. Quería dinero para levantar un ejército y gente en quien poder confiar. Los turcos estaban lejos y se vio lo que había costado su ayuda. Lo intentó con sus parientes de Moldavia, pero estaban demasiado ocupados matándose entre sí y consumiéndose en sus propias traiciones. Trató por un tiempo con Occidente, pero tenía que jurar vasallajes sin fin, humillarse y empeñar su futuro. Sabía que un príncipe de un pequeño país tendría que hacer una política inteligente para mantenerse en el trono, aliarse con quien tenía interés, cuando era conveniente. Y sabía hacerlo. Pero primero necesitaba subir a ese trono. Por lo tanto, pasó la mayor parte del interregno, por llamarlo así, viajando y pidiendo ayuda y dinero a varias cortes.

—Y también le preocupaba la limpieza.

—Es verdad. Era un maníaco. Sobre todo en aquellos tiempos. En un momento dado, en sus búsquedas se aloja en casa de un panadero que, no sé sabe exactamente por qué, siente una pasión fulgurante por él. Ve en el gobernante algo muy poderoso. Creo que sabes que Vlad III tenía un poder increíble para impresionar a la gente. Hay testimonios de que cuando entraba en una habitación, a los presentes se les ponía la piel de gallina. Tenía una fuerza en la mirada, con esos ojos oscuros y penetrantes, casi hipnótica. Pues bien, el panadero y toda su familia quedaron marcados por esta reunión. En los Principados Rumanos, en ese momento, los gremios estaban poco desarrollados, por lo menos ciento cincuenta años por detrás de los países occidentales. Ya se habían creado, pero estaban mal vistos por los boyardos y los gobernantes. Pagaban enormes tasas y siempre estaban acosados. De alguna manera se habían organizado en el interior e intentado un programa de alianzas, pero otra vez intervino la traición.

—¿Y Țepeș recibe el apoyo de los gremios?

—¡Ten paciencia! Aquel panadero llegaría a ser su mano derecha, es decir, su guardia personal. Era un ex soldado que estaba cansado de no saber de qué parte luchaba y cuándo, y un magnífico organizador. Se las arregló para reunir a todos los representantes de los gremios de las ciudades aledañas, que decidieron apoyar a Vlad para hacerse de nuevo con el trono y vengarse de los boyardos que habían matado a su padre y hermano. De hecho, el asunto es que juntó a todos los ladrones, mendigos y vagabundos y los quemó, en un gesto de benevolencia, para favorecer a estas asociaciones de oficios, que tenían grandes problemas con los parásitos y los ladrones. Por culpa de estos, sus vidas y las de sus familias estaban en constante peligro.

—Puede, pero esto no justifica las ejecuciones en masa.

—Eso es un pensamiento postfactual. Lo dices ahora, con la mentalidad actual. Pero si hubieras vivido en la Edad Media, habrías dicho lo contrario. No fue una ejecución ideológica, simplemente se llegó a un estado de cosas que iban más allá de lo aceptable. Además, nadie dice que Țepeș no fuera un asesino salvaje. Era como todos los demás. Por último, y a propósito del tema de tu libro sobre la internacionalización de los gremios, la gente también viajaba por Europa en aquellos tiempos. Es un error creer que las personas estaban convencidas de que el mundo terminaba en el límite del pueblo o de su ciudad.

—También ahora hay gente así. Todavía algunos piensan que la tierra es llana.

—Sí. Entonces había muchos más, pero no todos. Los miembros de los gremios viajan, se relacionan, van a ferias, hacen negocios, buscan nuevos materiales, nuevos métodos, fuentes de inspiración. Algunos emigran en busca de trabajo. Pocos, es cierto, pero sucede. En particular, los gremios de los Constructores o de los Artesanos, donde los secretos de su profesión son poco frecuentes y se transmiten solo en grupos pequeños y cerrados. Se necesitaba saber cómo hacer una campana o un cañón; no había libros del tipo *Tutorial para fabricar campanas*. Se organizaron en sociedades secretas. Tenían señales de reconocimiento, contraseñas, blasones e insignias.

—Eso vale más para los masones, o para sus predecesores.

—Sí, pero no son los únicos. De todas formas, se corre la voz sobre un gobernante que, si llegara al poder, apoyaría la producción y el comercio locales. Țepeș mismo empieza a recorrer Europa acompañado por el panadero en cuestión. En algunos lugares le reciben muy bien. En otros le dan con la puerta en las narices. Lo sacan a patadas y es humillado no pocas veces. La mayoría quiere saber qué ventajas tendrían si le ayudasen con dinero, armas y el *know-how*.

—Es verdad, excelente observación. Se habrá cambiado el mundo, pero creo que la frase «¿Qué hay de lo mío?» sigue vigente. ¿Y qué les da Vlad a cambio?

—¡Y eso qué importa! En sus peregrinaciones por las cortes y por las relaciones que heredó de su padre se entera de la existencia de la Orden del Dragón. Más aún, a un enviado le matan unos lobos en algún lugar y Țepeș se hace con una carta donde figura el estatuto de la Orden y un gran plan para varios siglos, junto con uno pequeño para los próximos años.

—¡Venga, señor! —exclamó Charles—. ¿Un plan? ¿Lo vio alguien?

—Si tienes paciencia para leer la colección de documentos, lo verás. Hasta entonces tienes que confiar en mi palabra. ¿Realmente crees que todos somos tontos? ¿Y tu abuelo? ¿Y tu padre? ¿Y muchas personas más durante un montón de años antes que nosotros?

—¿Papá está metido en esto?

—Bueno. Eso es más complicado. Vas a tener que hablar con él. Ţepeş descubre que el plan es reforzar el poder de la Orden en Europa y la creación de entidades supranacionales. Por supuesto, por aquel entonces los Estados eran frágiles. Exactamente por eso, se esperaba que el primer paso previsto fuera justo el fortalecimiento del Estado. ¿A expensas de quién está haciendo esto?

—No lo sé.

—Exactamente. A expensas de los que aportan plusvalías. El plan fortalecía el poder de las autoridades sobre los que producían. Perseguía debilitar a los gremios locales y tenía como objeto a personas o empresas, adelantados, para convertirse en regionales y globales.

—¿En serio? ¿En 1450? ¿Se da cuenta de que, si puede demostrar eso, usted se merece un Premio Nobel?

—Los grandes señoríos, como Florencia, ya experimentan algo parecido. Los grandes gremios se habían apoderado de la ciudad y trataban a los pequeños con desprecio. Y no solo eso: explotaban sin piedad a los que antaño fueron sus iguales. Las artes mayores, como se las llamaba, comenzaron a separarse de las medianas y las pequeñas. Ya se tamizaba la futura gran burguesía, a pesar de encontrarse en sus inicios. Comenzaron a apoderarse de los ayuntamientos. Sin embargo, no eran conscientes de que eran burgueses, sino creían que serían otro tipo de nobleza. Sustituirían a los parásitos de antes.

»Los gremios organizados se convierten en una fuerza. Pero solo unos pocos. Y pronto se transforman en una oligarquía y, a continuación, en plutocracia. En el siglo XIII la población de Europa ya había superado los treinta millones de habitantes. El feudalismo comenzaba a desaparecer. Recuerda que en 1280 hubo una revuelta en toda regla de los productores de lana rebeldes de las ciudades flamencas contra el intento del Estado de controlarlos. En 1279 la crisis de los banqueros de Siena desencadenó un colapso financiero generalizado. Incluso hubo una asociación de gremios que en 1302 derrotó a un ejército regular, la caballería francesa.

—La batalla de las Espuelas de Oro.

—Exactamente. ¿Ves como lo sabes? Todo consiste en no dar por sentadas las ideas y tener la mente abierta.

—No se puede estar abiertos sin pruebas. Porque entonces cualquier explicación, por muy extravagante que sea, parece verosímil. Las especulaciones científico-fantásticas sobre el pasado son una contradicción en los términos.

—En 1418 tiene lugar un levantamiento de los gremios de París sobre las mismas bases. ¿Y dices que no se unen? ¿Que no fraguan? Falso. No como nos imaginamos. En Inglaterra y Francia los gremios están bajo un control muy estricto, por eso algunos no están tan desarrollados. Su lugar idóneo está en la ciudad; cuanto más grande, mejor. Es importante recordar que las personas se comunican y averiguan lo que sucede en otros lugares. No sé por qué todo el mundo piensa que las personas eran idiotas en la Edad Media. Es un error creer eso.

—La gente era exactamente como ahora. Solo les faltaba la información.

—No. Faltaba la tecnología, pero esta se iba a desarrollar. Y tal vez su ausencia hizo que se pensara más. Es importante destacar que las señales estaban en todas partes, flotaban en el aire. Así que, si Vlad inventó la carta, el mensajero y el mensaje, él aparece en el ámbito de un universo de espera que lo hace creíble.

Charles escuchó cautivado la historia del viejo y se sorprendió pensando en una réplica de Hamlet: «Aunque esto sea locura, sin embargo su método no lo es».

—Por lo tanto, en su deambular, en su *fundraising* como diríamos hoy, se reúne especialmente con los representantes de los gremios. Los que lo reciben le proporcionan información acerca de otros, le recomiendan y así sucesivamente.

—Sigo sin entender: ¿de qué les serviría apoyar un príncipe para obtener el trono en un país de cuya existencia la mayoría no tiene ni idea? Y que, para ellos, está en los confines del mundo civilizado.

—Ten paciencia —dijo sir Winston severamente—. También

se mueve de ciudad en ciudad y de casa en casa y se entera que hay algún herrero a punto de inventar un medio de multiplicación sin precedentes de todo tipo de mensajes escritos. Por entonces, como bien sabes, los libros se copiaban.

—¿Así descubre a Gutenberg?

—Sí. Y más aún. Se encuentra con él. Y por ser un verdadero visionario, piensa para qué le serviría semejante invento.

—Para transmitir el mensaje sobre la existencia del Consejo.

—Exactamente.

—Ok. Admitamos entonces que entiende el papel de la propaganda. Y piensa que, al imprimir el mensaje en muchos ejemplares, digamos, consigue difundirlo a más personas. Y se basa en que, al ser tan fuerte el mensaje, se propagará por sí solo. En términos de hoy, se hará viral. De boca a boca. Supongamos que puedo aceptarlo. Pero tengo algunas dudas. En primer lugar, muy pocas personas sabían leer en aquel tiempo. Dos: si es capaz de leer, un representante de un gremio que habla el idioma del lugar o algún dialecto no tiene ni idea de latín. Y, por último, ¿por qué esconder un mensaje en una Biblia cuya producción lleva tiempo y enormes costes y, además, es más difícil de ocultar y transportar, y no hace una tirada de unos cuantos miles de hojas sueltas en letra pequeña?

—A pesar de expresarte a tu manera, son preguntas pertinentes. Gutenberg necesita dinero. Una gran cantidad. Țepeș se retrasa con el dinero porque recibe solo una parte, y muy tarde, de Skanderbeg, de Albania. Gutenberg pierde la paciencia y toma prestado dinero de un tal Fust, que sabemos que es agente.

—¿Quién es Fust?

—Un agente del Consejo, por supuesto.

—Claro.

—Este se hace con la imprenta y supervisa todo lo que edita. Y porque las palabras vuelan, como ya he dicho, el Consejo se entera de la intención del gobernante rumano. Ahora respondo a tus preguntas. Es suficiente con que uno sea capaz de leer en un grupo para que el mensaje se haga universal. Está en latín, ya que es el idioma oficial y el mensaje tiene que llegar a todas partes.

—Sí. No se podía escribir, como en las cajas de detergentes, en todos los idiomas del mundo. No habría sido suficiente con todas las Biblias. Especialmente entonces, cuando en cada esquina se hablaba otro idioma. Justo.

—Por supuesto.

—En cuanto al tamaño del soporte, hay dos variantes. O bien en un principio tenía la intención de multiplicarlas de la forma que tú has mencionado, o bien cree que la Biblia es el libro de los libros y es esencial que el mensaje se transmita a través de ella. Tal vez se trata de algo místico.

—¿Y cuál es el mensaje?

—¡Paciencia! Tal vez debería dejarte leer uno de los grandes libros de nuestro gremio, el que te enseñé. Pero el tiempo apremia y descifrar todo lo que escribieron aquellos en la mezcla de idiomas en los que está escrito te llevaría una eternidad. Te aseguro que pronto entrarás en su posesión. Desde Albania, Țepeș llega por mar a Florencia, donde se había convocado una reunión de los gremios. Esa era la ciudad más representativa de toda Europa para los gremios. El problema es que este conflicto entre ellos ya estaba abierto. A la vista. Las artes mayores no quieren ni oír hablar de tal reunión, quizá porque están bajo la influencia del Consejo. Sin embargo, los jueces y los notarios, los banqueros y los médicos, en particular Calimala (el gremio más poderoso, que tomó su nombre del peligroso vecindario donde estaba su sede central, comerciantes e importadores textiles), están en la cresta de la ola. Los cambios siguientes los harán más fuertes y más ricos, y lo saben o lo adivinan. Su desprecio por los pequeños productores, que afecta también a la manera en que los tratan, como esclavos, es notorio. Me parece que tú escribiste sobre aquello.

—Efectivamente —confirmó Charles.

—Ahora bien, estos los acaban ridiculizando. Al final la reunión se lleva a cabo con los gremios más pequeños. En los documentos del libro, aunque es impropio llamarlo así, digamos que en la colección que viste allí, está el acta de esa reunión. Sé que quieres verla y prometí que lo harías, pero es importante ahora que confíes y escuches.

Charles recordó el mensaje anterior del abuelo. Y, de todos modos, la historia parecía emocionante. Quería escucharla hasta el final.

—Sesenta y un miembros de los gremios de toda Europa estuvieron presentes. La reunión se llevó a cabo en un almacén del gremio de los Pañeros, en cuyo edificio te encuentras ahora.

—Los pañeros eran importantes en ese momento, ¿verdad?

—Sí. Somos el único gremio verdaderamente fuerte con representación en esa reunión. Así lo decidió aquel predecesor de quien me gusta pensar que es un ancestro mío muy lejano. Él relata en detalle cómo transcurrió la reunión.

124

Werner miró su reloj y entró por cuarta vez, desde el teléfono móvil, en la página web de *The New York Times*, en la rúbrica de obituarios. No había ningún aviso siguiendo las normas. Y miró otra vez el reloj. Habían pasado casi seis horas desde que habló con Eastwood. O este no había enviado el mensaje todavía o no tenía la más mínima intención de hacerlo. Eran casi las diez en Los Ángeles. Cogió el teléfono y llamó a su jefe. Nada más responder Martin, se precipitó:

—¿Has convocado la reunión?

—¿Así serán nuestras discusiones a partir de ahora?

Martin se dio cuenta de que si despertaba la más mínima sospecha de Werner se arriesgaba a perder el libro. Y eso hubiera sido una catástrofe. Así que moderó su voz.

—Amigo, ahora eres miembro de pleno derecho de la organización más poderosa jamás imaginada por el hombre. No tenemos la costumbre de mentirnos. Por supuesto que di luz verde a la convocatoria, unos minutos después de que me llamaras. El día 21 por la mañana.

—A las once en punto.

—Sí, exactamente. Serás bienvenido. Nuestros amigos están todos deseosos de conocerte en persona. Esperamos tu llegada.

—Sí. Seguro.

Martin mentía de nuevo, dando a entender que los miembros del Consejo se conocían entre sí. Werner sabía que solo había dos maneras de convocar el Consejo: el anuncio en el periódico o, en caso de emergencia extrema, llamar directamente por teléfono. Eastwood era el único que conocía a todos los miembros y los podía convocar directamente. Werner entró en el historial de llamadas de su jefe de ese día. Había recibido una sola llamada y no había realizado ni una sola.

Entró en la misma aplicación a la que accedió cuando se marchó de Praga. En la pantalla había una cuenta atrás. Apretó el cuadro rojo que decía «Protocolo 2». Y lo activó también.

125

—Todos estaban reunidos allí, en aquella sala. Se abrió la puerta y un terrible frío la inundó. Țepeș arrastraba la pierna. Eso es de sobra conocido, pues fue herido en la batalla. A veces, no siempre, tenía una extraña cojera. Como si levitara por encima de la tierra.

A Charles se le erizó el vello de la espalda. Un escalofrío recorrió su cuerpo y le hizo temblar. Sir Winston estaba demasiado preocupado para notarlo. Continuó:

—Francamente, algo malo le pasaba a este muchacho.

—¿Qué muchacho?

—Vlad Țepeș. Todas las pruebas que he sido capaz de reunir afirman que era, cómo decirlo, bipolar. Tenía cambios repentinos en su comportamiento. En un momento dado mostraba una bondad angelical y una total serenidad, siendo amable y servicial, y un minuto después se convertía en una bestia insoportable. Las malas lenguas dicen que todos sus atroces crímenes los cometió en momentos oscuros. Hay un par de testimonios que demuestran lo que a veces sentía.

—¿Țepeș era esquizofrénico? ¿Maníaco-depresivo?

—Creo que no podemos ser tan duros. Más bien creo que se trata de una especie de dualidad. Algo parecido a Dr. Jekyll y Mr. Hyde.

—Interesante. No lo sabía. Eso explicaría muchas cosas.

—Volvamos. Después de que toda la asistencia quedara en

silencio, pasó por delante de cada uno y los miró a los ojos. Espero que no me preguntes, con tu estilo característico, si pienso que los hipnotizó. Lo cierto es que, y tú también lo has escrito en alguna parte, tenía algún efecto sobre las personas. Pues bien, les contó la existencia de la Orden y que necesitaba que cada vez más gente conociera la historia.

—¿Para qué les serviría saberlo? Por entonces desenmascarar a alguien no tenía el valor actual. ¿Y a él para qué le servía?

—Tengo la impresión de que quería chantajear a los miembros del Consejo para reponerle en el trono y, una vez allí, que le dejasen en paz. Su explicación, tal como se hace constar, era que había que organizar los gremios en doce grupos y que cada grupo se acercara a un miembro del Consejo y lo matara. Y que estas acciones se produjeran de forma un tanto simultánea. De esta manera se podrían cortar las doce cabezas del dragón. Se sabe que en el Consejo una plaza quedaba libre solo con la muerte de un miembro, que nombraba a su sucesor en vida o era elegido por los demás, a partir de una corta lista, después de su muerte. Hoy en día es diferente. Hay grupos que están empujando en el Consejo a la persona que eligen, después de un aprendizaje, en un directorio de tres.

—Lo que no entiendo es ¿por qué no mataron a Țepeș los del Consejo?

—Buena pregunta. Parece que en ese momento no lo sabían a ciencia cierta y, cuando se convencieron, el mensaje ya estaba a la vista. Tenían miedo de que Țepeș dejara dicho que, si lo mataban, el mensaje se haría público de todos modos. Probablemente pensaron que después de su muerte se activarían los comandos de asesinos. Así que prefirieron difamarle y difundir todo tipo de leyendas sobre él, a cuál más siniestra.

—Para destruir su credibilidad. De este modo, su mensaje sería el de un demente.

—Sí. En cualquier caso, no podemos estar seguros de lo que ocurrió realmente en su cabeza. La reunión termina y Țepeș se va a Maguncia. Gutenberg es perseguido por Fust. No hay posibilidad de multiplicar su mensaje. Así que, Țepeș cambia el plan. Organiza doce pelotones que divide en otros tantos gremios diferentes. Cada gremio se va a encargar de un miembro del Consejo. Se reunirán en un momento determinado, que se establecerá más tarde.

—¿Para darles el mensaje de la Biblia?

—No. El mensaje ya lo tienen ellos. Se trata de la destrucción del Consejo. Pero solo en el momento adecuado. Țepeș no da luz verde para matar a los doce. Lo que me lleva a creer que la versión del chantaje podría ser correcta. Solo les pide que supervisen a los miembros del Consejo hasta nuevo aviso.

—¿Y qué hay en la Biblia?

—Țepeș, como cualquier maestro de una sociedad secreta, dice que a cada uno de los doce gremios se le asigna un solo hombre, de modo que ningún gremio conoce más que un solo nombre. Y no hay más. También sabe una contraseña de entrada y otra de salida. Un solo hombre, y lo elige del gremio de los Panaderos, podrá encontrar la Biblia y se encargará del estricto orden en que se aborden los gremios.

—¿Porque su guardián y hombre de confianza es panadero?

—Puede. La explicación que tenía tu abuelo era que aquel gremio era el más fuerte de todos, dado que antes de vestirte o de montar a caballo tienes que comer.

—¿Esto significa «El pan es la vida»?

—Sí.

—¿Y cuál es el orden?

—Como he dicho, cada gremio conoce a un miembro del Consejo. Sabe dónde está en todo momento y qué está haciendo. A los gremios no se les permite comunicarse entre sí. Se produce un segundo encuentro, esta vez en Bolonia. Pero Țepeș no va y envía al panadero. El encuentro tiene lugar en 1476 en el palacio de nuestro gremio, lo que nos hace sentir muy orgullosos. Țepeș ya está en el trono.

—¿Qué pasa con estos códigos?

—Fácil. En la Biblia figura la primera contraseña y el orden en el que puede visitar a los representantes del gremio. Hace una señal con dos dedos mientras estrecha la mano del representante del gremio en cuestión y le comunica la contraseña.

El viejo le muestra a Charles la señal. Le coge el pulgar entre su pulgar y el dedo índice.

—Ese le dice todo lo que sabe sobre el miembro al que persigue y, si es necesario, recibe la orden de matarlo y los detalles del momento en que el atentado debe tener lugar. Por último, dirá otra palabra al mensajero que funcionará como contraseña para el siguiente.

—De esa manera nadie lo sabe todo.

—Y en la Biblia figura solo la primera palabra y el orden para encontrarse con los gremios.

—¿Y qué pasa si alguien sabe la primera palabra, pero no el orden? ¿Cuenta con doce intentos, luego once, lo descubre todo y transmite cualquier orden?

—Pensaron en eso también. Si te acercas a un miembro con la contraseña incorrecta, este está obligado a matarte en el acto. El problema es que Ţepeş asciende al trono y aplaza aquel asunto. El Consejo lo acepta, por lo que tiene una suerte de seguro. Pero Matías Corvino no está en el Consejo y detiene a Vlad. Los del Consejo enloquecen. Intentan convencer a Matías de que lo libere. Es lo que pasa con todas las protestas de las principales fuerzas de la época. ¿Recuerdas?

—Por supuesto. Desde el duque de Venecia hasta el Papa.

—Exactamente. Nicolò de Modrussa visita a Ţepeş en la cárcel de Visegrad, le pide que se abstenga de cualquier acción y promete sacarle de allí.

—¿Después de doce años? ¡Menudo poder tenía ese Consejo!

—No. Esta detención fue absurda. Estuvo como mucho dos años en Visegrad. Y aquello no era realmente una cárcel. Después lo trasladaron a Buda. Acompañó muchas veces a Matías en las reuniones, estuvo cerca de él y así sucesivamente. Era libre de irse, pero espera el buen momento para acceder de nuevo al trono, lo que le había prometido el embajador del Papa. Por la presión del Consejo queda en libertad y le ayudan a recuperar el trono, a pesar de haber transcurrido catorce años. Esta es una lección para entender cómo piensan los Doce. Los tiempos de la historia son largos. Esa es su escala, su unidad de medida.

—Sin embargo, la propaganda de sus crueldades sigue adelante. ¿Por qué?

—Ninguna persona inteligente pone todos los alimentos en la misma cesta. Se necesita un plan de reserva. También ellos tienen que tomar algunas precauciones, por un lado. Por otro, tal vez querían crear una leyenda para meter el miedo a los turcos cuando fuera restaurado en el trono. Y esto funcionó. Lo mataron los boyardos.

—¿Y después?

—Sí. Aquí comienza la parte interesante. El panadero lo enterró en Snagov. La cabeza no se pudo encontrar; se dice que fue llevada a Estambul. Otra invención: algunos pescadores la encontraron después de tres días en el agua, cerca de la orilla, enganchada a algunas raíces, en el barro. La cogieron y, junto con los panaderos, trasladaron tanto el cuerpo como la cabeza a Comana, el monasterio de Vlad, donde los enterraron. Después el panadero cogió las dos espadas (la que tienes sobre la mesa y la de la embajada) y la Biblia, y convocó otra reunión. Hay trece gremios, más dos que realmente querían participar en el proyecto. Se decide que no es el momento de renunciar al proyecto. Cada gremio continuará persiguiendo al miembro del Consejo que le fue encargado. Si alguien muere, debe acosarse al que toma su lugar. Y deciden que no era el momento de atacar. El panadero y, a través de él, su familia y su gremio se quedan con la Biblia. A nosotros, a los Pañeros, nos toca tomar la decisión de convocar la reunión del Consejo, al mostrar en la ventana de nuestro palacio de Bolonia un repostero que lleva las insignias de nuestro gremio. Desde entonces, hemos construido un balcón. Y al decimoquinto gremio le toca el papel de proteger al portador del libro.

—¿Es el gremio de los Zapateros?

—Sí. Estos tienen buen calzado y pueden caminar mucho —dijo sir Winston con una sonrisa.

—¿Y los otros?

—Es inútil enumerarlos, que soy viejo y me abandona la memoria. Están en las dos espadas.

—¿Cuántas veces fue convocada la reunión? ¿Y cómo funciona?

—Entonces se decidió que las reuniones se hicieran una vez cada generación. Se estableció que una generación duraría unos treinta y tres años. Por lo tanto, se decidió que las reuniones tuvieran lugar dos años antes de cumplirse los treinta y uno.

—¿Por qué tan espaciadamente?

—No lo sé con certeza. Al parecer, determinaron que no era una emergencia. Y que, si el mundo iba a ser puesto en grave riesgo, decidiera el más conectado al gran mundo, el más cercano al poder, el más educado.

—El Pañero.

—Sí. Para servirle, sir Winston Draper.

Charles recordó al comisario Ledvina, que le había descrito diez de las dieciocho apariciones de la sombra. Estas ocurrían cada treinta años y parecían coincidir con las fechas de convocatoria de los representantes de los gremios.

—¿Y cuántas veces fueron convocados los del gremio hasta ahora? ¿Cómo funciona?

—Nunca. Hasta anteayer.

—¿Hasta anteayer? ¿En quinientos años?

—Quinientos cincuenta y ocho para ser exactos.

Charles hizo una pausa.

—Hay un error de cálculo. Si Ţepeş murió en 1476, significa que la próxima reunión debería tener lugar en 2034.

—Así debería haber sido. Pero en la reunión después de la muerte de Ţepeş en 1457, todos los miembros estaban todavía activos. Así que se decidió que aquella reunión debería ser el punto de referencia. El modo en que se llevaría a cabo la reunión es simple. Cada representante del gremio permanecerá en un lugar fijo durante todo el día. El panadero debe abordarles uno por uno en el orden que figura en la Biblia de Gutenberg. Dirá la primera contraseña, recibirá información sobre el primer miembro del Consejo y una segunda contraseña. Pasará al siguiente de la lista. Pronunciará la segunda contraseña. Recibirá información sobre el segundo miembro y obtendrá una nueva contraseña. Y así sucesivamente. Hasta el final.

—¿Y estos están colocados en orden?

—No. Pero llevan en el pecho el blasón del respectivo gremio. Si ves al que le sigue, irás adonde él. Si ves a otro u a otros, tendrás que buscar al siguiente, según la lista. Y así sucesivamente.

—¿Se está refiriendo a mí en concreto?

—Sí. Porque tú eres el que va a hacer eso. Eres el guardián del secreto.

—De ninguna manera. ¿Dar órdenes para que doce hombres sean ejecutados? No estoy tan loco.

—El mundo ha cambiado. Ya no ejecutamos a nadie. Nunca lo hicimos. Ahora se trata solo de informaciones comprometedoras sobre las personas más poderosas del mundo, sobre la forma de cómo obtuvieron el poder y cómo lo conservan. Cómo controlan nuestras vidas hasta al más mínimo detalle. Documentos que, hechos públicos, volarían por los aires todo lo que sabemos acerca de la corrupción de nuestro mundo. Son documentos que podrían meter en prisión a cada uno por varios miles de años, según el sistema jurídico estadounidense. A ellos y a muchos de sus secuaces. Te advierto de que la mitad de los ricachones y personas poderosas del planeta aparecen en dichos documentos, con pruebas irrefutables contra ellos. Tendrás en la mano una bomba atómica de mil millones de megatones.

—¿Qué haga yo público todo esto? ¡Está bromeando!

—Ahora sabes de que se trata. Tu abuelo te crio y entrenó toda tu vida para esto. Dieciocho generaciones de los Baker sacrificaron sus vidas y sus familias para que no se pierda este fenomenal legado. Dieciocho generaciones de otros catorce gremios. La vida dedicada desesperadamente a este sueño mucho después de la total desaparición de los gremios. Se hicieron esfuerzos sobrehumanos para reequilibrar el mundo, para erradicar el mal, para que la corrupción en la que vivimos desaparezca.

Aunque fuera solamente por su sacrificio, su memoria todavía tiene que ser honrada. Nadie te puede obligar a hacer nada. Creo y espero que irás a recopilar información. Una vez que la encuentres, la decisión es tuya. Si decides publicarla, no estás obligado por nadie. Si decides darla a conocer una por una y destruirla, una vez más, la decisión es tuya. Por desgracia y sin saberlo, tú eres actualmente el ángel bueno y el guardián del mundo.

126

Charles se quedó sin habla delante del anciano. No sabía qué pensar de todo lo que había oído. Pero estaba claro que algo le había sucedido. Toda su vida parecía empezar a tomar sentido, todo encajaba. No dijo nada, pero, aunque estaba un poco asustado, se sentía a la vez orgulloso. De su familia, del hecho que se encontraba involucrado de nuevo en una historia tan absurda como sublime. Finalmente, se decidió a decir algo, pero sir Winston lo interrumpió:

—Te invaden las preguntas, pero no tenemos tiempo. Debo irme. Y tú has de acudir a la embajada. Tienes un montón de cosas que asumir. Y debes estar a las cuatro de la mañana en el aeropuerto. ¡Vamos!

Le agarró del brazo y lo ayudó a levantarse.

—Contestaré a algunas preguntas más mientras te acompaño.

Charles se levantó y siguió al viejo. Formuló la primera pregunta:

—¿Por qué ahora?

—¡Hum! ¡Buena pregunta! ¿Por qué no en la Segunda Guerra Mundial? ¿O durante otras atrocidades? La verdad es que han ocurrido más accidentes en el transcurso de los años. Desapareció algún gremio. Fracasó alguna comunicación. Algún peligro real al que estos se exponían. El pañero, cuyo lugar tomé después de más de sesenta años, tenía una relación distante con los demás gremios. Fue siempre el único que sabía quién era cada uno. Aunque yo tampoco lo sé todo, pero puedo asegurarte que todos estos hombres admirables, junto con sus familias, lograron no solo guardar el secreto durante más de medio milenio, sino también llevar su misión hasta el final. Si tú decides hacer pública la información, ellos serán los verdaderos héroes que el mundo nunca conocerá. Y tú. Y todos los tuyos. Todos estarán a la altura. Te lo aseguro. ¿Por qué ahora? Porque estoy convencido de que se ha alcanzado el límite de tolerancia. Mis predecesores, aunque veían el mal a cada paso, tuvieron mucho cuidado de no precipitarse demasiado.

»Ellos consideraron que el mundo todavía estaba en equilibrio, aunque fuera precario. Solo temo que a este paso dentro de treinta y un años sea demasiado tarde.

Charles se dio cuenta de que el viejo no le había revelado todo. Hizo un gesto de espera.

—Alguien ha empezado a matar gente, al azar, a miembros de las familias de los gremios, a personas relacionadas con ellos o con trabajos similares a los del gremio. Y lo ha hecho de una manera que parece querer enviarnos un mensaje: quiere que saquemos el libro. Se le ha terminado la paciencia. Y me temo que a este paso nos va a diezmar a todos y llegará, inevitablemente, a los que verdaderamente importan.

—¿Ocurrieron estas muertes en Sighişoara?

El anciano asintió con la cabeza.

—¿Y en Marsella? ¿Y en Alma Ata?

Una vez más, sir Winston confirmó sus sospechas.

—¿Y cada uno de esos muertos forma parte de un gremio?

—O se relaciona con ese oficio, sí. El mensaje es claro. Doce muertos de otros tantos gremios diferentes. Tal vez continuará otra ronda de tres. Para sumar quince. Y luego volverá al principio. Al parecer, el Consejo ya no tiene paciencia.

Charles se movía lentamente y paraba de vez en cuando. Todavía estaban en la planta de arriba. Lanzó otra sarta de preguntas:

—¿Dónde está la Biblia? ¿Y en qué lugar se desarrollará la reunión? ¿Y cuándo?

—Me temo que no tengo respuesta a estas preguntas. Estoy seguro de que tú las descubrirás. Así lo quiso tu abuelo. Así estaba previsto.

Dicho esto le arrastró del brazo, escaleras abajo. Charles no se resistió, pero se detuvo de nuevo en mitad de las escaleras.

—¿Y qué papel juega Kafka?

—El padre de Kafka formaba parte del gremio de los Carniceros. A pesar de ser judío y tener que prepararlo todo de acuerdo con las costumbres hebreas. Transmitió el mensaje más allá, como supo.

—¿Por lo tanto no había copiado nada de la Biblia de Gutenberg?

Sir Winston se rio y salió por la puerta, se adelantó hacia el coche y Charles lo siguió. El anciano lo abrazó.

—El coche te llevará a la embajada. No creo que quieras andar con esta espada por la ciudad.

—Una última pregunta. Dos. Breves.

El anciano se encogió de hombros como cediendo.

—Está bien. Pero rápidas.

—El Consejo. ¿No sabían nada?

—Algunas cosas, pero no todo. Sabían que había algo en aquella Biblia que les podía destruir, pero no tienen idea exactamente de qué. La quieren a toda costa. Es por eso que le organizaron el montaje a tu abuelo con Jack el Destripador.

—De acuerdo. Y, por último, ¿qué pasa con la sombra que aparece cada vez cerca del período de treinta y un años? ¿Y siempre en torno a un asesinato o una muerte?

—En realidad es la misma pregunta. Los muertos son o guardianes de la Biblia o montajes para sacar a la luz el libro. Hasta ahora no lo han conseguido. ¡Buen viaje! —le deseó el anciano, que dio la vuelta y volvió a entrar en el patio.

A Charles las preguntas le venían como por una cinta transportadora. No entendía por qué no le había dicho nada explícito acerca de la sombra. Pero comprendió que el encuentro había terminado, y que sir Winston sabía más cosas. Se metió en el coche.

127

El coche se detuvo justo al lado de la valla de seguridad que rodeaba la embajada. Charles dio las gracias al conductor, cogió su espada y, subiendo los escalones de tres en tres, entró en el interior del edificio. En la habitación que le habían preparado, como empleado temporal de la embajada, encontró su bolsa de viaje. Sacó el teléfono y lo encendió. Tenía un mensaje de Christa:

¡Ross no es quien piensas que es!

Lo miró detenidamente. Iba a aclararlo pronto. Pero en ese momento quería probar algo. El paquete de Praga le estaba esperando bien atado sobre la mesa. Lo abrió.

Tuvo suficiente tiempo para estudiar la segunda espada en el coche. Apenas se parecía a la que había visto con el mismo nombre, expuesta en el museo de Burgos. Tanto el mango como la guarda eran demasiado sofisticados para el año en que supuestamente se había forjado. Charles sabía que aquel modelo de espada no fue fabricado antes de 1400. Por esta razón, siempre estuvo convencido de que no había pertenecido a don Rodrigo Díaz de Vivar. La que tenía en la mano se parecía más a una espada de principios del siglo XI. Medía como un metro de largo y tenía una guarda simple, en forma de cruz, con unos adornos. En el centro, a lo largo de ella, estaba inscrito en una cara, el texto ya conocido: IO SOI TISONA FUE FECHA EN LA ERA MIL E QUA-

RENTA y, en la otra cara, el AVE MARIA~GRATIA PLENA~DOMI-NUS TECUM, fragmento del Evangelio según San Lucas, bien conocido por el orbe católico. Estas dos inscripciones eran idénticas a las de la espada de Burgos. Al igual que la otra espada, también esta tenía, como a un tercio de la parte de abajo, soldado, probablemente, directamente sobre el filo, el mismo tipo de mecanismo circular, solo que los filos y los dientes estaban orientados un poco diferente, y los espacios vacíos ligeramente desplazados, si no recordaba mal.

Eso puso el cerebro en marcha al profesor. Por eso se apresuró tanto en llegar a la habitación.

Cogió del paquete la espada curva, después de esforzarse un poco en abrirlo. La desenvainó. Hizo coincidir las dos espadas, una encima de la otra, justo a la altura de los dos anillos. Las rotó un poco, para que las cuchillas entraran cada una en los espacios libres de la otra y giró. Se oyó un clic. Las espadas estaban perfectamente soldadas. Abajo, los dos picos formaban una especie de V invertida, solo que la hoja de *Caliburn* era curvada. Los dientes de metal con espacios entre ellos estaban frente a frente. En la espada de Toledo había solo dos; en la otra, cuatro.

Charles sonrió. «La llave. El acero es la llave. Y la piedra es la puerta.» Tuvo una revelación. ¿Cómo no se le había ocurrido antes?

«*Caliburn*. Es decir, Excalibur. La Espada de piedra.»

En ese instante estaba convencido de que era exactamente la piedra circular de la sala de entrenamiento de la casa de Virginia. Y, finalmente tenía la respuesta a una observación que había hecho en la infancia. A pesar de que en los lados laterales las espadas estaban clavadas como en una panoplia, nunca había sido clavada otra espada de forma perpendicular, aunque, lo recordaba perfectamente, allí también había un agujero. Debía meter la espada en él. Tal vez, eso sugería también el globo terráqueo, atravesado por la espada en el dibujo en la pared y que era el símbolo de la Interpol. Así que el dibujo era una especie de mapa, una suerte de manual de instrucciones. ¿Podría ser tan simple?

Cuando la espada hizo clic, se oyó otro ruido en la parte superior de la *Tizona*. Charles estaba demasiado ocupado viendo lo bien que encajaban para tener en cuenta el ruido. Pero cuando las aflojó para meterlas de nuevo en sus vainas, cada una con seis blasones pintados, estuvo a punto de caérsele de la mano el mango de la espada de Toledo. Vio que en el espacio abierto había un papel amarillento por el paso del tiempo. Lo desplegó impaciente. Ninguna lengua extranjera en esta ocasión. Ningún código. El texto estaba escrito en un claro inglés con letras normales. Leyó:

PASARÉIS POR LA PUERTA BAJO EL FRONTISPICIO
MAÑANA, DEL SOL AL INICIO.
AGUANTAD HASTA LA AURORA,
SIENDO FATÍDICA OTRA HORA.
EN EL DÍA MÁS LARGO DEL AÑO VERÁS,
CUANDO DOCE GREMIOS BAJO DOCE PUERTAS ESTÁN,
BAJO ZODÍACO LO JUSTO DIRÁS,
CIENTO OCHENTA TORRES, OTRORA GRANDIOSAS, TE ESPERAN.

128

—¿Enviaste el paquete? —preguntó sir Draper cuando entró por la puerta de la habitación.

—Sí —dijo el mayordomo—. ¿Necesita algo más?

—No, gracias. Puede irse. Buenas noches —dijo el anciano.

Entró en la habitación sin esperar respuesta. Unos minutos más tarde, se oyó un coche que se alejaba y un par de faros iluminaron el césped durante unos segundos. Sir Winston tomó un libro de la biblioteca y se estiró cómodamente en el sofá. Se había dormido con el libro en la mano cuando sintió que le entraba frío. Se serenó y estiró la mano hacia la manta que había empujado con las piernas. El frío se había convertido en cortante y las luces parpadearon hasta apagarse del todo. Sir Draper se echó a reír de buena gana cuando la casa fue envuelta en una oscuridad total. Oyó unos pasos. Como si alguien levitara cojeando y los pasos se detuvieron. Sabía que había alguien más en la habitación.

—Has llegado demasiado tarde —dijo el anciano—. Esta vez estás acabado del todo. *Addio sogni di Gloria!** Te quedarás como eres para siempre. ¡Una pobre sombra errante! Seguirás siempre en este limbo. Y no encontrarás ni el poder supremo ni la paz. ¡Me muero contento!

* Melodía compuesta en 1949 por Carlo Innocenzi, músico y compositor italiano (1899-1962). *(N. del E.)*

No llegó a decir nada más porque la sangre comenzó a borbotear en su boca. Cuando la luz volvió a la casa, sir Winston Draper miraba el techo con los ojos abiertos. Una sonrisa de hombre feliz iluminaba su rostro. Debajo de él, un charco de sangre aumentaba a medida que el tiempo transcurría.

Intermezzo

Charles le estaba agradecido a sir Winston por el billete en primera clase. Consiguió estirar las piernas y, como era habitual, decidió abandonar el día anterior en paz y pensar en algo agradable antes de dormirse. Le gustó el vaso de whisky que le sirvieron en el avión. No era como el que había tomado el día anterior, pero era excelente, parecido a sus bebidas habituales. Trató de inundar la mente con algo especial, intentó todos los métodos que conocía, pero no podía dormir. Dio vueltas casi una hora. Decidió ver la película del avión. Gente que saltaba de un helicóptero a otro y monstruos que luchaban entre sí, tomando siempre diferentes formas, algo que no le interesaba en absoluto. Al final, se dio por vencido. Cogió la carpeta marrón y desdobló la nota de la noche anterior. Conocía aquel poema de algo. Pensó en buscarlo en Google. Rebuscó por la carpeta. Miró una vez más aquellos números que volvían obsesivamente: doce, veinticuatro y ciento ochenta.

A continuación, sacó la hoja con la ciudad del futuro. Releyó la poesía y recordó. *Jerusalén liberada*, la obra maestra de Torquato Tasso. Un monumento del Renacimiento. Solo la primera estrofa. La segunda, probablemente, habría sido añadida más tarde, o era, en el mejor de los casos, apócrifa. Se acordó de un curso que había impartido en la Universidad de Bolonia. Los lugareños se enorgullecían de Tasso, quien había estudiado allí. El fragmento del poema hablaba de una iniciación.

«Qué estúpido soy —pensó—. Bolonia, la ciudad de las ciento ochenta torres.»

No era en absoluto una ciudad del futuro. Todo lo contrario. En la Edad Media la ciudad fue una especie de maravilla del mundo, una de las mayores rarezas arquitectónicas de la historia. Dicen que en los siglos XI y XII la ciudad contaba con no menos de ciento ochenta torres. Ningún historiador había sido capaz de explicar por qué los nobles y los ricos de Bolonia tenían esta gran obsesión por las torres. Algunos han asumido que fueron construidas por motivos estratégicos y de defensa, otros que eran un símbolo de poder. Un psicoanalista dijo que eran la expresión de la frustración, que quienes las erigieron fueron, simplemente, impotentes. Hoy en día quedan de pie solo veinticuatro, de las cuales las más grandes, Asinelli y Garisenda, se han convertido en símbolos de la ciudad.

EN EL DÍA MÁS LARGO DEL AÑO VERÁS,
CUANDO DOCE GREMIOS BAJO DOCE PUERTAS ESTÁN,
BAJO ZODÍACO LO JUSTO DIRÁS,
CIENTO OCHENTA TORRES, OTRORA GRANDIOSAS, TE ESPERAN.

Estaba claro. La reunión tendría lugar en Bolonia. El día más largo del año era el que se llamaba también «el solsticio de verano», es decir el 21 de junio.

«Dentro de dos días», reflexionó Charles.

Y, por supuesto, recordó sin problemas que la vieja ciudad medieval había sido construida como una ciudad con doce puertas. Desde el centro de la ciudad partían doce rayos de un círculo, que llevaban a las doce puertas. A cada puerta le correspondía un signo zodiacal. La planta del suelo de la ciudadela de Bolonia era un mapa del zodíaco.

«Por lo tanto, cada gremio estará en una de esas puertas.» Como quedaban de pie solo diez de ellas, tenía que identificar con exactitud dónde estaban emplazadas las otras dos. Se durmió satisfecho.

QUINTA PARTE

—Me verás en Philippi.
—Te veré.*

PLUTARCO, *Vida de César*

---

* Frase histórica pronunciada por un fantasma que se dirige en nombre de Julio César amenazando a Bruto, uno de sus asesinos. *(N. del E.)*

129

Cuatro garras se engancharon al mismo tiempo en el borde de la enorme terraza. Al igual que los felinos, cuatro hombres encapuchados vestidos de negro treparon por las cuerdas atadas a los pies de gato. Saltaron fácilmente por encima del borde de la terraza. La luz de la luna hacía que los cuatro se parecieran a unos bailarines de un oscuro cuento medieval del sur de Italia, debido a la forma de integrarse en el paisaje natural de naranjales.

Entraron en la casa a través de la puerta entreabierta de la terraza. Se separaron en dos grupos. Se oyeron unos gritos cuando se encendió la luz. El primero de ellos agarró a la mujer de Martin por el pelo y la tiró de la cama. El segundo golpeó a Eastwood con la pistola en la cabeza mientras este trataba de entender lo que estaba sucediendo. La pareja fue arrastrada hasta el salón, donde los otros dos habían llevado a sus hijos de seis y ocho años, que habían atado a la silla y amordazado. De la misma manera inmovilizaron a sus padres. Uno de los agresores dispuso sobre la mesa un gran teléfono móvil, de manera que el conjunto pudiera ser visto por el que estaba al otro lado de la videollamada y viceversa. Marcó un número de teléfono y lo puso en el altavoz. Sonó un par de veces, que a Martin le parecieron una eternidad. Finalmente, en la pantalla apareció el semblante sonriente de Werner. Estaba en el avión.

—¿Tenías que tenderme una trampa, bastardo? ¿Por qué no convocaste la reunión?

Martin intentó decir algo, pero le habían tapado la boca. Uno de los cuatro le quitó la mordaza.

No pudo articular más que un solo gruñido confuso. Muy grave.

—Te escucho —dijo Werner—. ¿Dónde está tu valor ahora? ¿Por qué no les convocaste?

—Lo hice —se quejó Martin.

—Te advierto que no es una broma. He aguantado tus mentiras durante quince años. ¿Quieres que me enfade aún más? Llámalos ahora, a los once, en mi presencia y reúnelos. Cuidado con lo que dices.

El que le había quitado la mordaza a Eastwood le dio su propio teléfono. Tuvo que liberarle una mano. Eastwood se negó a cooperar. Werner hizo un gesto con la cabeza. El hombre que estaba al otro lado se acercó a la esposa de Martin y le disparó una bala en la rodilla. Todo el mundo empezó a revolverse. Los niños se retorcían, pero cuando los hombres les colocaron las pistolas en la cara se tranquilizaron. La mujer se había desmayado.

—El siguiente será en la cabeza —dijo Werner—. Y después los niños. Uno tras otro. Pero para ellos utilizaremos el cuchillo.

Martin apenas respiraba por la conmoción.

—¡Cálmate ahora, mujer quejica! —añadió Werner e hizo un gesto.

Uno de los individuos sacó un enorme cuchillo, se acercó a la mujer herida y se lo puso en el cuello.

—No te lo diré otra vez.

—Vale, vale, para por favor, para —suplicó Eastwood.

Cogió un teléfono y marcó el primer número. Werner escuchó con atención la conversación. Cuando Martin terminó, le dijo:

—¿Ves cómo no ha sido tan difícil? ¡Sigue!

130

Desde el aeropuerto Dulles de Washington, Charles tenía que conducir unos ciento cincuenta kilómetros hasta la casa en la que se había criado. Su bisabuelo, que la construyó en 1890, optó por instalarse en una zona llamada condado de Hardy County, al oeste de la capital. Charles no entendió nunca si lo había hecho deliberadamente, o si el hombre estaba obsesionado, porque el pueblo más cercano al pequeño castillo de la familia se llamaba igualmente Baker. Era un bonito lugar rodeado de bosques, colinas y montañas pequeñas, parques naturales y rápidos. Para Charles, había sido el paraíso en la tierra.

Alquiló un coche y, en poco más de una hora, aparcó delante de la casa. Miró a su alrededor. No parecía haber cambiado nada. Quiso llamar, pero la puerta estaba entreabierta. Pensó que quizá su padre había salido al jardín o que la enfermera había ido a la ciudad. El coche de su padre estaba estacionado enfrente. Entró en el pequeño vestíbulo y desde la biblioteca escuchó música. Se dirigió hacia allá. También aquí la puerta estaba entreabierta. Quiso llamar, pero sintió un golpe en la cabeza y se desplomó.

Cuando volvió en sí, lo primero que vio fue a su padre atado a una silla. Trató de moverse y se dio cuenta de que estaba en la misma situación. Le dolía la cabeza y sentía una quemazón detrás de la oreja, en el cuello. Ante él estaba sonriendo, Ross, es decir, Werner.

—Espero no haberte golpeado muy fuerte, pero tu padre aquí presente no ha cooperado en absoluto. Por lo que tú contabas, parecía más blando.

El padre puso los ojos como platos e intentó hablar.

—Lo siento —dijo Ross en tono de burla—. Si prometes no gritar ni morder, te quito la mordaza.

El padre asintió con la cabeza. Werner cumplió su palabra. Pero estuvo muy sorprendido por la respuesta del viejo Baker, que no le honró ni siquiera con una mirada, sino que habló directamente a su hijo:

—¿Acaso has dicho de mí que soy un debilucho?

Ross no se lo podía creer.

—No lo recuerdo —dijo Charles—. ¿Estás bien? ¿No habías tenido un infarto?

—¿Infarto? ¿Eso te dijo aquella perra que me secuestró?

—Siento interrumpir la pequeña reunión familiar. Es mejor que me escuchéis. De lo contrario os cierro la boca otra vez —dijo Werner mientras levantaba amenazador el bastón de cuero que tenía en la mano.

—¿Qué significa esto? —preguntó Charles molesto.

Había leído el mensaje de Christa, pero pensó que era otra vez aquella paranoia suya.

—Significa que tenéis un objeto que me pertenece y que me fue robado hace mucho tiempo. Lo quiero de vuelta. Después me largaré y desapareceré para siempre.

—¿Te he robado algo? ¿Qué significa eso?

—Significa que tu bisabuelo trajo y escondió aquí, en esta casa, hace mucho tiempo, algo que por derecho pertenece a nuestra familia. ¡No finjas que no lo sabes! De todas maneras, aquel anciano imbécil que acabas de ver te lo contó todo.

Una vez dicho esto, Ross, también conocido como Werner, salió de la habitación y volvió con el paquete con el sello de valija diplomática de Charles. Tras abrirlo siguió hablando:

—Una ingeniosa manera de traerlo a casa. Por eso me has gustado siempre, porque eres muy inventivo. Encuentras soluciones donde la mayoría ven callejones sin salida. Muy bien

—dijo después de sacar las espadas y encajarlas hasta oírse el «clic»—. Esta es la clave, entonces. ¿Dónde está la Biblia?

—No entiendo... —trató de resistirse Charles.

—¿Papá Winston te ha llenado la cabeza de tonterías? ¿Te contó aquella historia de Drácula como inventor de una conspiración diseñada para destruir otra conspiración más grande? ¿Conspiración con mayúscula? ¿Conspiración por excelencia? ¿Con los malos dominando el mundo y vosotros, generaciones de imbéciles, que os sacrificáis durante cientos de años para defenderla?

Charles no dijo nada.

—Si me miras de esa manera, vas a conseguir que me derrita. No hay ninguna conspiración.

—Entonces ¿por qué quieres el libro? —preguntó el viejo.

—Pero si tiene lengua. No ha emitido ni un sonido durante cuatro días y ahora se abalanza sobre un pobre visitante. ¡No está bien! Este libro, por si no lo sabéis, es el primero impreso del mundo. Vale unos cuantos millones de dólares.

—¿Quieres venderlo? —intentó averiguar Charles.

—Claro que sí —contestó Ross—. Estoy cansado de servir a imbéciles. La persigo desde hace tiempo. Lo hacían también mi padre y mi abuelo, y todos los míos. Jack Baker, el asesino de putas, nos la robó de nuestra casa. ¿Te das cuenta desde cuándo me estoy preparando para este momento? ¿Te das cuenta de lo que he soportado, de lo que tuve que fingir, ser amigo de un presumido como tú? Desaparecí entonces porque estaba cansado de simular.

—¿Eso es todo? ¿Un poco de dinero? —preguntó Charles, que no sabía qué creer y miraba a su padre como si esperase una respuesta.

—Deja de mirar al viejo, que, de todas las formas, vive en otro mundo. ¿Sabes lo que hacía cuando lo visité por primera vez? ¡Adivina! Ecuaciones. Calculaba la cuadratura del círculo. Así que es por el interés de todos que debemos terminar lo más pronto posible esta patética reunión. Tú puedes volver a tus estúpidos libros, el viejecito a sus cálculos y yo me largo de vuestras vidas.

Nadie dijo nada.

—Que sepas que tenemos tiempo, porque nadie se ha acercado por aquí en todos estos días. Ventajas de las viviendas aisladas. Y nunca llegará. Así que tengo tiempo, ambición y medios. Mejor dámela por voluntad propia, no me obligues a revolver la casa centímetro a centímetro.

—No le digas nada —dijo el anciano.

Ross se abalanzó sobre él y lo golpeó en la cara con el bastón. Charles se movió en la silla.

—¡Vaya, vaya, con el héroe! —exclamó Ross—. No podemos defender al padre en las condiciones en que estamos, pero podemos ver cómo se convierte en una masa de carne amorfa.

Charles todavía no podía creer lo que estaba oyendo. Aún tenía esperanzas de que fuera una broma. Una pesadilla de las que empezaba a tener cada vez más.

—¿Nada? Está bien. Vamos a empezar entonces.

Ross se giró hacia una bolsa de cirujano, similar a las de finales del siglo XIX, que había dejado en una silla. En ese momento se produjo una explosión y los dos cautivos comenzaron a sentir un zumbido en las orejas. Luego otro. Ross se desplomó en el suelo. El sonido de los disparos se amplificó por la especial acústica de la sala. Los dos miraron en la dirección del disparo. Era Christa, que se abalanzó sobre Ross. Este tenía dos heridas sangrando en el pecho. Lo arrastró por las piernas hacia el borde de la habitación. Luego desató a los otros dos.

Charles abrazó a su padre. Este, salvo el labio exterior herido, no parecía tener nada más.

—Eres de los Zapateros, ¿verdad?

Christa asintió con la cabeza y Charles se quedó atónito. Le preguntó a su padre:

—¿Conoces toda esta historia? No entiendo.

Christa se dio cuenta de que padre e hijo tenían mucho de lo que hablar.

—Os dejo un rato. Supongo que no queréis llamar a la policía, así que voy a enterrarlo en alguna parte.

—Ve por ahí —le enseñó el viejo otra puerta—. Hay una casita con herramientas y dentro encontrarás una pala, si quieres.

Christa salió.

—Sí, la conozco —contestó el viejo—. Por ello discutí de manera definitiva con tu abuelo. Estaba obsesionado por la Biblia y por nuestro deber de salvar el mundo.

—¿Y no crees nada de toda esta historia?

—No importa lo que yo piense. Lo importante es que te contaminó. Como yo no le seguí el juego, comenzó a educarte, a prepararte, de acuerdo con sus convicciones. Luego hicimos un trato. Tu madre había muerto y yo estaba hecho polvo. Llegué a la conclusión de que permanecer cerca de ti, en el estado en que me encontraba, podía perjudicarte. Por lo tanto, te dejé a su cuidado. No sé si hice bien.

Se oyó un sonido como de hierro, un largo chirrido. Entonces alguien se precipitó por la puerta directamente hacia Charles. Este dobló su espalda y, cuando pasó el agresor, estiró elegantemente la pierna. Vio a una mujer rubia, bastante robusta, desplomándose y emitiendo un grito como el de un cerdo en el matadero.

La enfermera había oído disparos y había subido desde el sótano, donde Ross la había enviado a buscar algo, una puerta de acceso al muro o algo así, tampoco él sabía exactamente qué buscaba. La enfermera había cogido de la panoplia del vestíbulo una espada y los atacó con ella. Cuando Charles le puso la zancadilla, se cayó y se ensartó justo contra la espada.

Charles se inclinó sobre ella, pero el padre le dijo:

—No vale la pena. Ya está.

—¿Hay alguno más?

—Espero que no. De todas maneras, esta vaca ha recibido su merecido.

—¿Esta es la mujer con qué hablé?

—Sí. Me tuvo atado cuatro días.

—Sin embargo, me envió las fotos.

—Tenían mucho interés en saber dónde estaba la Biblia. Suerte que no recordaste lo de la sala de esgrima.

—Pues sí. Pero pensé que había algo dudoso y que sería bueno tener un plan de reserva.

—Muy bien. Eres digno hijo de tu padre —le dijo dándole una palmada cariñosa en la mejilla—. Y, para terminar, tu abuelo siempre dijo que, obviamente, tú eras el elegido.

—¿Y tú?

—Cuando me recuperé, ya era demasiado tarde. Casi no me conocías. El abuelo dijo que eras el hombre más inteligente que había conocido. Y el mejor. Pero que algo te impedía llevar a buen puerto una causa. Se quejaba todo el tiempo de que no te podías decidir, que no querías asumir ninguna responsabilidad. Y que debías demostrarle que estabas a la altura de sus expectativas y de la misión que te estaba predestinada. Así que te preparó a fondo una suerte de viaje iniciático. Me lo había preparado también a mí, pero lo dejé plantado. Había decidido que el elegido no era yo.

—¿Sabías que se murió de un cáncer? ¿En Londres?

—Me enteré más de diez años después por el inglés que han matado esta noche. Incluso fui a su tumba.

—¿Sir Draper fue asesinado anoche?

—Sí. Esta perra tenía un periódico esta mañana por aquí.

Salió de la habitación y volvió con él. Charles miró el artículo de portada del *Washington Post* encabezado por grandes titulares: «El historiador más importante del mundo asesinado en su propia casa». Leyó el artículo en diagonal. No se lo podía creer.

—¿Crees que fue Ross?

El viejo se encogió de hombros.

—Por lo tanto, ¿toda esta historia es verdadera?

—No lo sé. Siempre me pareció un juego de niños. Pero al parecer muchos piensan lo contrario. Mira, tres cadáveres relacionados con esta historia solamente esta mañana.

Christa, que había oído algo, entró bruscamente con el arma en la mano. Vio inmediatamente a la enfermera ensartada por la espada y desplomada sobre la alfombra.

—Maravilloso —dijo—. Acaba de aumentar mi jornada de excavación.

—Ven primero con nosotros —dijo Charles.

Y se fue detrás de la casa, a la sala de esgrima. Los dos le siguieron. Encendieron la luz. La habitación, más larga que ancha, no tenía ventanas. Estaba claro que nadie había entrado allí desde que Charles cogiera las últimas espadas de la panoplia de piedra para llevarlas a su colección. Miró aquella piedra perfectamente redonda, como una rueda de queso, empotrada en la pared. A su alrededor estaban colocados los doce gremios, tal y como aparecen en las dos vainas de las espadas de Ţepeş: el blasón del gremio de los Carniceros, los Herreros, los Pescadores, los Carpinteros, los Curtidores, los Alfareros, los Orfebres, los Peleteros, los Cerrajeros, los Barberos, los Vinateros y de los Tintoreros, todos dispuestos como las horas del reloj. En el centro, en el lugar de honor, estaban grabadas en piedra las insignias de los gremios de los Pañeros, los Panaderos y los Zapateros. Charles metió la mano en el agujero de arriba. Se dio cuenta de que era más ancho. Levantó las dos espadas unidas y las empujó dentro. No ocurrió nada.

—¡Menudo *Excalibur*! —dijo.

El padre sonrió, agarró las dos espadas y las giró con gran esfuerzo. Se oyó un ruido como si un muro hubiera sido movido, provenía de la habitación de al lado. Los tres caminaron hacia allí. Rodearon la casa y entraron en la bodega. La pared donde estaba el globo terráqueo con la espada clavada y la mitad del texto de Kafka, se había movido. Era una entrada secreta. Su padre hizo una señal a Charles para que entrara a una habitación pequeña y vacía. El padre vino con algunas velas que había cogido de la bodega. Las encendió y las metió en la pared en los soportes especiales. En el centro de la habitación, en un pedestal, había una caja marrón de madera. Charles abrió la tapa. En el interior se encontraba otra caja metálica. La sacó con cuidado y salió de la estancia. La puso sobre la mesa para degustaciones y buscó el mecanismo de apertura. Había tres agujeros. Introdujo tres dedos en ellos y un mecanismo empujó la tapa. En todo su esplendor, salió de la caja una Biblia de Gutenberg.

Se hizo el silencio: todo el mundo estaba emocionado. Charles se apresuró a abrirla.

—No. Ya que vamos a respetar el deseo de tu abuelo, ahora que hemos llegado hasta aquí, tienes que hacer esto a solas —dijo el padre. Cogió a Christa del brazo y salieron.

131

El viejo y Christa charlaban muy cerca uno del otro cuando Charles subió con la Biblia en la mano. Los dos le lanzaron una mirada interrogante.

—Por lo menos Kafka no copió el texto de este libro. Me he quitado un peso de encima. Tengo que marcharme a Bolonia. ¿Dónde está el libro con los mapas medievales de Italia?

—Supongo que es este el que buscas —dijo el padre.

Le entregó un mapa doblado de Bolonia con el dibujo del círculo del zodíaco y, frente a cada signo, el número de la puerta correspondiente.

—Un avión me está esperando para llevarme a Lyon, a la Interpol. Mi aventura ha terminado —dijo Christa.

—¿No vienes conmigo? ¿Para protegerme? —sonrió Charles.

—Mi papel ha terminado —dijo—. Pero te llevaré conmigo. Y sería preferible que nos diéramos prisa. Es más seguro que una línea regular. Desde allí te faltará poco para llegar a Bolonia.

—¿Un día antes?

—Un par de horas antes. Y, de todos modos, si tomas una línea regular, no tendrías un vuelo directo. Voy a terminar lo que empecé.

Christa se levantó, pero el viejo la cogió del brazo.

—Quédate con nosotros. Me encargaré de todo después de marcharos. ¿Tienes todo lo que necesitas en el libro?

—¿Quieres verlo?

—Ahora no. Me lo enseñas a la vuelta.

—De acuerdo. Si estabas al tanto de absolutamente todo lo que ocurrió, quizá puedas aclararme alguna cosa. Hay algunas piezas que faltan en mi rompecabezas.

—Si puedo, con mucho gusto.

—Así que hay un grupo que domina el mundo en tiempos de Vlad Țepeș —dijo Charles.

—La Orden del Dragón.

—Yo creía que había desaparecido.

—Al parecer no.

—¿Y son realmente tan malos?

—Así lo pensaba tu abuelo. Me parece que así lo cree Christa, y también su padre. Y así lo pensó tu amigo que se encuentra ahora en el patio trasero. En cuanto a esa señora, la falsa asistenta, no creo que tuviera opinión alguna, en general.

—Por cierto, ¿qué pasa con Ross?

—Su nombre es Werner Fischer —dijo Christa—, no Ross no sé qué, como creías tú.

—Fetuna.

—Lo que fuera. Pertenece también al gremio. Él tenía asignado perseguir a un miembro del Consejo. Y por lo que dijo sir Winston, hizo el trabajo muy bien. Solo que, al parecer, se pasó al otro bando. Quién sabe. Quizá se comprometió a llevarles la Biblia y le ofrecieron algo serio a cambio. Dinero. Poder. Tal vez un lugar en la mesa del Consejo.

—Así que es posible que no pueda cerrar el círculo y que consiga solamente informaciones parciales, ya que falta uno de los gremios.

—Sí. Depende del lugar que ocupe en el círculo.

Charles abrió la Biblia y leyó con atención:

—El último.

—Por lo tanto, te faltará justo el hombre que él había perseguido. Nada más. Esperemos que la información acerca de los demás genere un tornado tan fuerte que se lo trague también.

—¿Cómo lo supiste cuando me mandaste el mensaje?

—Me lo dijo el comisario. Hasta le hizo algunas fotos. Se las envié a sir Winston, quien lo reconoció de inmediato.

—¿Y cómo sabemos que no hay también otros traidores?

—No lo sabemos, pero es poco probable.

—Bueno, volvamos al principio. El propio Drácula hizo una lista de las personas de la Orden y la envió a los doce gremios.

—Quince —precisó el padre—. Tres especiales. Pero su mensajero, el panadero, nuestro antepasado, se reunió con ellos por turnos y cada gremio recibió la información que necesitaba.

—Y después se tomó la decisión de reunirse justamente al acabar el período de treinta y un años.

—Sí. Se acordó que fuera una vez cada generación. Consideraron que no podría producirse una emergencia de la noche a la mañana y que tendrían tiempo suficiente para decidir si era apropiado o no actuar.

—Pero, por entonces, ¿tenía alguna relevancia hacerlo público?

—En aquel entonces se trataba de ejecutar a los de la Orden, no de desenmascararlos. Sin embargo, el mundo ha cambiado y nuestra organización se ha adaptado a los tiempos.

—¿Has dicho «nuestra»? —preguntó Charles.

—Probablemente. Oí estas cosas tantas veces que empecé a confundirme con ellas.

—¿Y por qué no te dejaste llevar?

—Porque no estaba muy convencido de que eso fuera cierto y tampoco creía que yo fuera a salvar al mundo.

—Pero ¿yo sí?

—Tu abuelo así lo pensaba. Y estoy empezando a pensar que no se equivocó.

—¿Como permanecieron en la misma sociedad secreta tantos años? Entiendo a los de la Orden. Tenían un propósito claro: el poder. Lo cual, como dijo Murat II a Ţepeş, es el don más preciado que Alá diera al hombre. Pero ¿los otros?

—No lo sé. Una causa en la que creer. Se educaron unos a otros de esa manera. Generación tras generación. Tenían un secreto que nadie conocía y que los hacía especiales. O simplemente creían que era su deber equilibrar este mundo y hacerlo mejor. Los gremios desaparecieron con relativa rapidez después de Țepeș. Primero fueron aterrorizados por las grandes alianzas. Luego fueron destruidos por el Renacimiento, que fue aún más elitista. Y en Alemania fueron barridos por la Reforma; finalmente se convirtieron en anacrónicos y retrógrados. Eran un verdadero freno para el capitalismo, que había entrado con fuerza por la puerta giratoria.

—¿Y por qué todos tomaron nombres tan explícitos? Míranos a nosotros tres. Y a Werner. Y a sir Winston, ¡que descanse en paz!

—No necesariamente. Por lo que yo sé, solo la mitad se dieron estos nombres. Otros tienen nombres neutros. Por orgullo, tal vez.

—¿Y qué pasa con los textos de Kafka?

—Franz Kafka quería hacer una crónica de los acontecimientos solo para los iniciados. Hay algunos textos que se refieren a esto. Del mismo modo que Mozart inserta los rituales masónicos en *La flauta mágica*. Su padre...

—Lo sé. Era carnicero.

—Tenemos que irnos —susurró Christa, como si no quisiera molestar.

Se levantaron. Charles volvió a coger el equipaje, pero su padre le dio una bolsa especial que envolvía la Biblia de tal manera que daba la impresión de ser un libro nuevo.

—Es mejor que no vea todo el mundo lo que hay ahí.

—Tengo pasaporte diplomático —dijo Charles—, y algunas pegatinas. Pego esto que lo califica como valija diplomática y nadie me controla.

Salieron. El padre los abrazó a los dos.

—Ahora que me acuerdo, ¿qué hay de esa placa de la Interpol? —preguntó Charles.

—Tu bisabuelo renunció a practicar la profesión de cirujano cuando vino aquí. Se convirtió en policía y persiguió un solo sueño: crear un organismo internacional para luchar contra la Orden. Algo oficial. Él hizo lo que hizo, inventó y fundó la Interpol. El logotipo lo pintó él mismo y fue adoptado en 1950.

—Y una última cosa a la que parece que nadie me quiere contestar: ¿qué es esa sombra?

Su padre se rio.

—Esa es otra leyenda.

—Pero es real. He visto fotos. Christa las tiene en el teléfono móvil.

Ella asintió con la cabeza.

—Hay una leyenda que dice que Drácula fue lo que se llama un todo en una teoría de las fuerzas energéticas. Una bola compleja, por así decirlo. Un nudo universal. Esta teoría es parecida al yin y el yang. El bien y el mal son caras de la misma moneda, no pueden existir el uno sin el otro. En el yin y en el yang no hay siquiera una separación total, siempre hay un poco de blanco en cada negro y un poco de negro en cada blanco. No hay vida sin muerte y comenzamos a morir en el momento en que nacemos. No existe día sin noche. Tampoco salud sin enfermedad o alegría sin tristeza. Somos conscientes de las cosas buenas del mundo y de la vida solo porque tenemos el mal con el que compararlas. Es una continua lucha de contrarios, pero también su unidad.

Charles empezó a hablar, pero su padre se adelantó:

—No empieces de nuevo con la gnosis dualista y con Zoroastro. ¡Por favor! Justamente esta oposición total, que deja lugar a una infinidad de grises, hace que el mundo sea tan maravilloso. Es una lucha constante entre el bien y el mal. Del mismo modo que una organización decidió representar el mal, otra decidió representar el bien. Mientras que las cosas están equilibradas en la balanza, como el símbolo representado en la Interpol, el mundo va hacia delante. Por desgracia, parece que esta balanza está ahora desequilibrada y tu misión es reequilibrarla de nuevo.

—¿Y la leyenda?

—La leyenda cuenta que Țepeș era a la vez el yin y el yang. Un hombre sorprendente por su modernidad e inteligencia, pero un monstruo por su crueldad e incapacidad de sentir empatía, era un sádico. Cuando murió, los panaderos le enterraron el cuerpo y los pescadores encontraron la cabeza. Juntaron cuerpo y cabeza, los llevaron y los enterraron en el monasterio de Comana. También la leyenda dice que tres días más tarde, el espíritu maléfico, reintegrado por la cabeza que faltaba, salió de la tumba como una sombra y vagó por el mundo durante mucho tiempo hasta que encontró un cuerpo que poseer. Y que Ţepeş oculta un mensaje. De hecho, su parte benéfica se ocultó de la parte maléfica. Un mensaje que solamente puede ser reconocido y descifrado por aquel donde la sombra habita temporalmente. Pero si esta persona habitada por la sombra lee este texto, entonces reforzará sus poderes en la oscuridad.

—¿Y cuáles son?

—No lo sé. Una variante es que puede convertir también a otros en vampiros. O que puede encontrar, por fin, la paz y no tendrá que vagar de cuerpo en cuerpo.

—¿Es decir que le confiere al cuerpo que habita la inmortalidad?

—Más o menos. Y que puede manifestarse también de día, no solo de noche. Pero todas estas historias son solo para asustar a los niños antes de ir la cama. ¡Venga, vete!

—Me marcho. Alguien me dijo que Bram Stoker formó parte de una orden, el Amanecer Dorado y que se le pagó para inventar la historia del vampiro para sembrar el miedo.

—¿Quién puede saberlo? Puede que él mismo estuviera habitado por la sombra. ¡Venga, vete de una vez!

Charles se metió en el coche con Christa y se dirigió al aeropuerto. Su padre se quedó mirando al horizonte mucho tiempo, incluso después de que el coche desapareciera. Finalmente regresó a la casa y arrastró también a la enfermera al jardín.

132

Bulagnna, como lo llaman en el dialecto local, era uno de los lugares que el profesor Charles Baker conocía mejor. A menudo le habían invitado a impartir cursos en la universidad que tenía el honor de ser la primera en el mundo, sin contar con la de Marruecos, llamada al-Karaouine, que no era una universidad al estilo europeo, sino más bien una madrasa, una escuela islámica. A Charles le gustaba ir, cada vez que tenía la oportunidad, a este templo del aprendizaje, fundado en 1088, y seguir los pasos de Dante, Copérnico, Erasmo de Rotterdam o Petrarca.

Esta vez, no se encontraba en la ciudad italiana por razones habituales. Había volado más de doce horas hasta Lyon, durmiendo la mayor parte del tiempo, y después de eso, unas horas más tarde, un vuelo de Alitalia lo había llevado hasta el aeropuerto Marconi de Bolonia. Se había despedido de Christa con mucho afecto, pidiéndole continuamente disculpas por haber desconfiado de ella.

Y, por primera vez en su vida, Charles sintió que tenía una gran responsabilidad sobre sus hombros. Su abuelo estaba en lo cierto. Siempre se había tomado la vida muy a la ligera. Pero en esos momentos parecía haberle abandonado por completo el cinismo y aquella tendencia que tienen las mentes iluminadas de mirar con ironía, desde la distancia, todo lo que le rodeaba.

Lo primero que hizo cuando llegó al aeropuerto fue tomar un taxi y pedir al chófer que lo llevara a recorrer las diez puertas antiguas de la ciudad. Dos de ellas habían sido destruidas, por lo que Charles insistió en visitar el lugar dónde estaban antes: la Porta Sant'Isaia y la Porta San Mamolo, para ver dónde se iba a celebrar la reunión. Luego pensó que tenía que comer algo y alojarse en un lugar estratégico. No sabía en qué orden tenía que visitar las puertas, como tampoco sabía por dónde empezar.

Pensó que una de las puertas desaparecidas sería un buen punto de partida, porque allí sería probablemente más difícil de identificar a la persona que debía encontrar. Donde estaba antes la puerta de San Mamolo o D'Azeglio había un pequeño hotel de tres estrellas llamado, ¿cómo no?, Porta San Mamolo. Allí estableció su cuartel general. Aquel día no le importaba alojarse en el peor hotel que había conocido. La puerta en cuestión fue construida en el siglo XIV y demolida en 1903. Al igual que la Porta Sant'Isaia, conocida como Porta Pía, pero edificada algo más tarde. Pensó que en los tiempos de Ţepeş esta puerta no debía de existir y que posiblemente los lugares de reunión se cambiaron en algún momento, que se habría previsto. Por esta razón no se mencionaba nada acerca de las puertas en la Biblia de Gutenberg.

Se acercó al pequeño escritorio de la habitación y abrió por primera vez el mapa del zodíaco que le había regalado su padre.

La ciudad medieval fue levantada sobre tres círculos concéntricos, de los cuales el mayor era un círculo del zodíaco centrado en la Piazza Maggiore, la plaza principal de la ciudad. Al primer círculo lo llamaron «La Cerchia di Selenite», por el mineral que contenían los bloques de piedra de la antigua muralla. Nadie sabe exactamente cuándo fue construida esa parte. Los historiadores no pueden llegar a un acuerdo de si las paredes fueron levantadas por Teodorico en el siglo V, por los bizantinos en el siglo VI, o por los longobardos en el VII. Lo cierto es que solamente los bizantinos dividieron el casco antiguo, este primer círculo, en doce sectores que reciben el nombre de «Horae», es decir horas, por razones prácticas. Cada doce horas, a los residentes de cada sector les tocaba montar guardia en los muros de la ciudad. Allí habían sido instaladas, inicialmente, algunas puertas que no deben confundirse con las doce del tercer círculo. Piazza di Porta Ravegnana, donde hoy en día se halla el Pallazzo dei Drapieri, ocupa el lugar de una de las siete puertas antiguas que ya no existen en la actualidad.

Un segundo círculo de muros, llamado «La Cerchia del Mille», que tenía una longitud de tres kilómetros y medio, fue construido en algún momento en el siglo XI. También había aquí otras dieciocho puertas, destruidas en casi su totalidad, excepto cuatro cuyos restos se integraron en los edificios.

Por último, el tercer círculo, el que conectaba las puertas que Charles buscaba y que figuraban en dicho mapa, llamado «La Circla» fue construido según el plan del círculo del zodíaco, a pesar de que la ciudad llegó a tener una forma poligonal y no redonda.

En la Biblia no figuraban las puertas, ni tampoco los signos del zodíaco. Estaban solo, en orden, los gremios cuyos representantes Charles tenía que encontrar.

Carniceros
Herreros
Carpinteros
Curtidores

Alfareros
Orfebres
Peleteros
Cerrajeros
Vinateros
Barberos
Tintoreros
Pescadores

Al lado de cada nombre figuraba el blasón del gremio en cuestión.

Luego estaba puesta la primera palabra que funcionaba como contraseña para abrir y que era «Cancer», en latín, con el símbolo del Cangrejo. Charles comprobó qué puerta podía corresponder en el mapa al signo de Cáncer y descubrió con alegría que era justamente la Porta San Mamolo, donde se alojaba él. «¡Qué casualidad! —pensó—. ¡Haber parado justo por dónde tengo que empezar!» Estaba seguro de que la contraseña que recibiría del primer gremio sería otro signo del zodíaco y así sucesivamente. Esperaba que estuvieran en orden. Pensó que, si todo iba bien, era bastante fácil de descifrar por cualquiera que conociera la primera palabra. Estudió con cuidado el mapa y el círculo superpuesto y decidió que iba a salir temprano a la mañana siguiente, ya que la poesía, al menos la parte que sabía con certeza que pertenecía a Tasso, hablaba sobre la salida del sol, «pues es fatídica otra hora». Como apenas eran las cuatro de la tarde y no pensaba encerrarse en la habitación, que le recordaba a una celda de una prisión, decidió ir a visitar el Palazzo dei Drapieri.

El centro de Bolonia era pequeño, así que dio una caminata de unos veinte minutos hacia la Piazza di Porta Ravegnana. Vio ondeando en el balcón del palacio el repostero donde estaba impreso el blasón de los Pañeros. Pensó que, quizá, un antepasado suyo estuvo incluso dentro del palacio en la reunión que puso en marcha todo el complot o, mejor dicho, pensó Charles, el anticomplot. Entró en la biblioteca de la planta baja. Se comió seis copas del mejor helado del mundo, el artesano italiano, y llegado a la altura de una tienda de bolsos, se dio cuenta de que, si le entregaban montones de documentos, no tenía cómo acarrearlos, así que se compró una mochila de tamaño mediano. Una bolsa grande atraería la atención que tanto debía evitar, y sospechaba que una mochila sería más cómoda para ir a pie.

Luego se dirigió directamente al hotel y se echó en la cama. No antes de comprobar cuándo saldría el sol en Italia en el día más largo del año. Solo encontró en internet la ciudad de Roma. El sol salía a las 4.33 y se ponía a las 19.50. «¡Qué día! —reflexionó—. Más de dieciséis horas. ¡El día más largo!»

133

Saltó de la cama a las tres. Había llegado a dormitar a ratos, pero, para su sorpresa, no soñó nada. Se afeitó delante del espejo, pero cuando torció la cabeza observó algo colorado detrás de la oreja. Se acordó de la quemazón que había sentido cuando Ross le había golpeado en la cabeza. Miró cuidadosamente la calcomanía del Diablo del *Codex Gigas*. Era idéntico al que tenían en el cuello las víctimas de Sighișoara. ¿Así que Ross era el asesino? Decidió alejar este pensamiento. Tenía algo más importante que hacer y Ross había recibido un disparo de Christa. Se tocó el cuello y comenzó a frotarlo. La calcomanía podía quitarse. Con dificultad, pero se borraba. Se metió en la ducha, más bien una serie de duchas escocesas debido a que el agua del hotel pasaba fácilmente de un extremo a otro de temperatura, como si un niño travieso jugara con el grifo.

A las cuatro y veinte estaba enfrente del hotel a la espera de que se presentara alguien. En un momento dado, un hombre de traje negro apareció por la calle. Se detuvo un poco a la derecha, frente a la puerta de hierro forjado del hotel. Tenía pegada en el pecho una insignia grande, blanca. En la mano izquierda sostenía un paquete negro. El individuo apoyó un pie contra la pared, pero, cuando vio acercarse a Charles, se llevó la mano derecha al bolsillo y tanteó su revólver. Levantó la culata hacia atrás aferrándola. Charles se paró frente a él, no sin observar la forma del cañón de un arma en su bolsillo. Estudió con atención la insignia del individuo, donde figuraban un cuchillo normal y otro de carnicero. Era una de las variantes del logotipo del gremio de los Carniceros. Susurró: «Cáncer». El hombre le entregó el paquete y dijo a su vez suficientemente claro para que Baker pudiera entender, «Consolatio» y desapareció por donde había venido. Charles se quedó un poco desconcertado porque esperaba que la siguiente contraseña fuera «Leo», ya que, a su izquierda, como estaba de espaldas al hotel, seguía la puerta colocada en el signo de Leo, o «Géminis», porque a la derecha estaba la división dedicada a este signo.

«Así que no es tan sencillo», se dijo, subiendo, por precaución, la calle. Cuando se convenció de que la calle estaba vacía y nadie le seguía, abrió la pequeña bolsa que había recibido. Dentro había una caja negra de las dimensiones de un disco duro externo. Posiblemente la información se almacenaba en un dispositivo electrónico, tal vez un CD o un lápiz de memoria serían insuficientes. Se preguntó por la capacidad del disco duro, pero no había nada escrito en él. Lo dejó caer en la mochila, que se volvió pesada para su espalda pues también llevaba la Biblia de Gutenberg. No se atrevió a dejarla en el hotel, así que la única solución que se le ocurrió fue llevársela de paseo.

Consultó su lista del bolsillo y encendió el GPS del teléfono. Eligió la función «peatón» y miró las rutas hacia las dos puertas. Seguían los Herreros. Pero en ningún lugar ponía cuál sería la puerta donde encontrarlos. Eligió girar a la derecha en dirección a la Porta Saragozza. El camino más corto era por todo tipo de calles tortuosas, y algunas, cuando menos te lo esperabas, sin salida. Le resultaba muy incómodo correr con los ojos pegados al teléfono, por lo que concluyó salir a la calle que rodeaba todo el casco antiguo. Se adentró por Vicolo del Falcone, giró a la izquierda en Via Pagletta y entró en una pequeña plaza. A izquierda y derecha se abría la calle que rodeaba el casco antiguo. Se fue a la derecha por Viale Antonio Aldini y empezó a correr. La acera era muy estrecha, así que fue directamente por la calzada. Un coche estuvo a punto de atropellarlo. El conductor tocó la bocina y le gritó un «*Vaffanculo, stronzo!*» así que cruzó la calle y se dirigió a un pequeño parque central que separaba los dos sentidos de la marcha y comenzó a coger velocidad. Estaba convencido de que tenía que llegar lo más rápido posible. No comprendía si la frase «pues es fatídica otra hora» quería decir que si se perdía la mañana no encontraría a nadie en las otras puertas, o hacía referencia solo a la primera cita.

Siguió corriendo como un kilómetro y vio la puerta al otro lado de la calle. Se detuvo un poco para tomar un respiro y, justo donde el bulevar formaba una curva a la derecha, cruzó. Delante de la puerta de ladrillo rojo, sentada en los escalones, una mujer de mediana edad estaba hojeando una revista. Charles reconoció la insignia que llevaba en el pecho. Se acercó a toda velocidad y se detuvo justo enfrente de la mujer, tratando de recuperar el aliento, con las manos apoyadas en las rodillas. Su insignia llevaba el emblema del gremio de los Alfareros. Sus miradas se entrecruzaron, pero Charles no esperó la reacción de la mujer, sino que se puso a correr de nuevo. La siguiente puerta era una de las dos desaparecidas, la Porta Sant'Isaia. En el teléfono vio que el camino era recto y que tenía que seguir más de medio kilómetro. La calle se llamaba, empezando desde aquel punto, Carlo Pepoli.

Cuando por fin llegó al cruce donde estaba edificada la puerta, miró a su alrededor. Había amanecido por completo, pero en la intersección aún no había mucha circulación. Intentó identificar a alguien que correspondiera al menos de alguna manera a la imagen que se había formado de cómo debía ser el hombre que buscaba. Al final observó a un individuo subido al bordillo de la mediana que dividía la Via de Sant'Isaia en dos. Estaba arreglando algo en la cadena de la bicicleta. «Es demasiado pronto para eso», se dijo Charles y se dirigió hacia él. En un momento dado, desde una posición determinada, vio brillar la insignia. Se acercó. El hombre tenía en el pecho la insignia de los Tintoreros.

Decepcionado, se puso de nuevo en marcha. A seiscientos metros más adelante encontró la puerta de San Felice y al representante de los Vinateros. Pasados otros seiscientos metros, dio con la Porta delle Lame, donde fue capaz de identificar al representante del gremio de los Curtidores, y a un kilómetro, la Porta Galliera. Se paró allí, porque no vio a nadie. Esta puerta era la mejor conservada de todas, aunque no era la original, porque había sido reconstruida, y en un momento dado se añadió un castillo adosado a ella. En la actualidad quedaba solo un ala pequeña y la puerta era el pasillo por donde antaño se entraba en este edificio, que parecía lanzado en paracaídas sobre la Piazza XX Settembre. Miró a su alrededor, dio la vuelta a la puerta, miró por la plaza, se fue y volvió. Nadie. Entonces pensó que tal vez diera con la puerta donde debía estar el representante de los Pescadores. Y si era cierto que este había sido Ross, o Werner, significaba que había una explicación. Se preguntó si acaso no era demasiado tarde. Maldijo entre dientes al hombre que había hecho el trazado y había mezclado las puertas como en un juego de naipes. Entonces pensó que quizá las distancias se recorrían a caballo en aquellos tiempos, por lo que no era gran cosa. Calculó en la mente cuántas veces necesitaba hacer aquel recorrido y se dio cuenta de que era necesario apuntar qué gremio había en cada puerta. Hizo un esfuerzo para recordar los que había visto y los apuntó en una libreta.

Como ya había recorrido unos cuatro kilómetros y su condición física no era la de los últimos años, pensó que aquellos hombres no tenían otra cosa que hacer que esperarle, así que entró en una cafetería que acababa de abrir, se echó al coleto una botella de agua y se llevó otras dos en la mochila.

Recorrió unos setecientos metros más hasta la Porta Moscarella, donde encontró a los Peleteros, y otros seiscientos hasta la Porta San Donato, donde finalmente identificó la insignia de los Herreros. Dijo «Consolatio» a la chica de la minifalda que afanosamente lamía una piruleta y parecía no tener más de dieciséis años. Recibió otro disco duro y una nueva contraseña «Peccatorum». «*Consolatio Peccatorum* —pensó—. El consuelo de los pecadores.» Ţepeş tenía sentido del humor. Alentado por haber obtenido el segundo paquete, se acercó revigorizado a la Porta San Vitale. Cómo los siguientes eran los Carpinteros, consultó sus notas y se dio cuenta de que todavía no los había encontrado. Pensó que, una vez cerrado el círculo, le sería más fácil. Los Herreros en San Donato y los Orfebres a medio kilómetro más arriba, en San Vitale. Recorrió a toda prisa Gianbattista Viale Ercolani, no antes de detenerse en una gasolinera Q8, donde tuvo que pagar por usar un inodoro terriblemente sucio.

Bajo una inmensa ojiva de la puerta de Gian Maria Maggiore Legnaiolo se encontró al yerno de Visconti, que le entregó todos los secretos a Charles a sabiendas de que su suegro se iba al traste y con él todo el negocio de la familia. La contraseña que recibió de él fue «Processus». «¡Ajá! —exclamó Charles—, apuesto que la próxima contraseña será *Luciferi.*» Incluso se le ocurrió saltar a la siguiente puerta y decir la contraseña, de la que estaba seguro, coger el disco duro de allí y luego regresar a la de antes. Pero se había equivocado una vez por la mañana, cuando estaba seguro de que la clave que seguía al signo de «Cáncer» debía de ser de un signo cercano y la perspectiva de recibir una bala en el cráneo y acabar acribillado en Bolonia no le pareció muy alentadora.

Así que se fue hacia la puerta de San Stefano. Otros setecientos metros. Había adivinado la contraseña. Era el título de una famosa obra del siglo XIV titulada *Consolatio Peccatorum, seu Processus Luciferi contra Jesum Christum* escrita por Jacobus Palladinus de Teramo, entonces obispo de Florencia. Esa extraña obra literaria era la escenificación literaria de un proceso en el que el Diablo demandaba a Jesús porque de camino al Paraíso este había pasado por el Infierno, donde, al parecer, tenía prohibida la entrada. El rey Salomón fue el juez del caso y Moisés, el abogado de Jesús. Por supuesto, Lucifer pierde el caso, pero en el recurso gana el derecho de tomar total posesión tanto de los cuerpos como de las almas de los condenados.

Era el turno de los Curtidores. Consultó su libreta. Vio al representante en la Porta delle Lame. Podía atravesar la ciudad por el centro y volver en diagonal hacia aquella puerta, pero pensó en proceder con método. Le quedaban dos puertas para cerrar el circuito y ya sabría el orden completo. Tenía que recorrer solo un kilómetro y medio. Encontró al representante de los Cerrajeros en la Porta San Stefano y reconoció la insignia de los Barberos, que en la época eran también cirujanos, en la Porta Castiglione.

La ronda había terminado. Estaba en posesión de tres unidades de disco duro. La Porta delle Lame estaba exactamente en el lado opuesto, así que tuvo que atravesar todo el centro. Estimó que quedaban entre dos kilómetros y medio y tres kilómetros hasta llegar allí, pero dejó de correr y comenzó a andar. Aunque solo era el primer día de verano, el sol lucía como si fuera el día más caluroso del año. La camisa de Charles estaba empapada. A mitad del camino, vio un café-internet y pensó que no pasaría nada si se retrasaba media hora más. Tenía mucha curiosidad por ver lo que había en esos discos duros. Acopló uno de ellos al ordenador ante el cual se había sentado y una multitud de archivos llenaron la pantalla. Hizo clic en la carpeta «Vídeo». Los documentos se presentaban en orden cronológico y, cuando el puntero del ratón se detenía sobre ellos, se abría una ventana con explicaciones detalladas. Abrió uno al azar y vio la ejecución del líder africano que se había opuesto a ceder los derechos de explotación de los nuevos yacimientos de diamantes descubiertos en su país. Cerró el archivo rápidamente, por miedo de que alguien pudiera haber visto lo que había en el disco. Navegó un poco por el disco, luego lo desconectó y lo volvió a meter en la mochila.

Por consiguiente, estaba en posesión de una verdadera bomba atómica de un poder increíble, tal como le había dicho sir Winston. No recordaba de cuántos megatones había hablado, pero tenía la sensación de que el anciano no se había equivocado en absoluto. Se fue andando y comenzó a peinar la ciudad, esta vez tomando todos los atajos. Se confundía en algún lugar donde se estaba construyendo algo, se atascaba en algún callejón sin salida. La ciudad medieval de Bolonia le parecía, por primera vez, repulsiva. Especialmente por cómo el calor elevaba los vapores de orina impregnados en las viejas paredes.

Cogió el disco de los Curtidores en la Porta delle Lame, el de los Alfareros en la de Saragozza y el de los Orfebres en San

Vitale. Había pasado mucho del mediodía y ya estaba en posesión de siete de las doce, tal vez once, unidades de disco duro. La mochila era cada vez más pesada, el sol le había derretido el cerebro y estaba mareado por el hambre. Se paró para comer. Sobre todo, porque había pensado que alguien lo seguía y se sentó estratégicamente para tener una visión más completa de toda la plaza. Se levantó de repente, se fue enfrente unos treinta metros y volvió. Nadie. Pensó que estaba muy nervioso, así que se sentó de nuevo y pidió la comida.

Encendió un puro después de comer y a continuación se puso de nuevo en marcha. Los Peleteros, los Cerrajeros, los Vinateros, los Barberos y los Tintoreros no faltaron a la cita. Respiró aliviado cuando terminó. Se detuvo en una terraza para refrescarse. Estaba cansado, pero a medida que toda la historia se hacía realidad y recogía los paquetes, aumentaba en él la conciencia de la importancia de la misión que había recibido. Se compró un billete de vuelta a casa vía París. Se fue al hotel y lo guardó todo en la maleta grande. Estaba a punto de aplicar el adhesivo de valija diplomática cuando pensó que el día no había terminado y todavía podía intentarlo de nuevo en la Porta Galliera. Tal vez hubiese llegado alguien. Puede que Ross no fuera el representante de los Pescadores. Si no lo encontraba, de todas formas, en la Piazza XX de Settembre había visto un restaurante que tenía buena pinta. Pidió que le llamaran un taxi. Y, por supuesto, cogió la mochila, pesada como una piedra de molino.

134

Hasta el sol se puso rojo de emoción cuando Charles pensó, en un momento dado, que veía desde el taxi una silueta negra encapuchada que parecía esperar algo, justo debajo de la Porta Galliera, en el callejón. Parecía tener en el pecho una insignia que brillaba. La oscuridad había caído sobre el día más largo de ese año y, tal vez, de toda la vida de Charles. ¿Sería posible quizá cerrar el círculo? ¿Habría llegado también el duodécimo? Pagó y se apeó del taxi.

Se estaba acercando a la puerta. Cuando lo vio, el hombre de la capucha se echó hacia atrás. Charles también entró en el espacio oscuro. Se acercó al hombre, de quien no podía ver el rostro, pero pudo distinguir con bastante claridad el blasón con las dos sirenas apoyando un escudo donde había colocados, en forma de X, unas filas de peces, de un lado y del otro. Dijo la contraseña. En ese momento, el hombre de debajo de la puerta se le acercó y le agarró por el cuello. Charles se soltó y retrocedió. El semblante del hombre salió a la luz. Era Ross. Charles no entendía cómo había podido salvarse. Había visto con sus propios ojos cómo recibió una bala en el pecho. ¿Llevaría un chaleco antibalas? Christa, que era una profesional, lo comprobó. Y en el suelo había bastante sangre. Se dio la vuelta, con la mano de Ross agarrada a su cuello, alrededor de su propio cuerpo y consiguió liberarse de la presa. Él sabía que a Ross nunca se le habían dado bien los deportes. Lo empujó y, cuando se acercó de nuevo a él, le aplicó rápidamente la combinación de golpes que había aprendido de su abuelo: con un gancho de izquierda llevó la cabeza de Ross hacia un lado, y con el de derecha, que siguió inmediatamente, le noqueó por completo. Con el gancho de izquierda le empujó el mentón hacia atrás y casi lo levantó del suelo. Un cruzado de derecha lo tiró al suelo. Todo ocurrió muy rápidamente, pero algunas personas que estaban en la plaza y que habían visto la escena comenzaron a gritar y a acercarse. Pensó que tenía suerte porque los italianos eran bastante miedosos. Ross se había desplomado como un saco de patatas, pero, al caerse, se oyó un sonido metálico y algo, junto a él, brilló en la luz que todavía penetraba por la puerta. Charles pensó que debía de ser un arma. Ross empezó a gemir y a moverse. No esperó a que volviera en sí y llegase a coger el arma, y echó a correr.

Corrió bastante rato. Se fue por la izquierda de la puerta, hacia la Via Matteotti, atravesó un puente, luego saltó una valla y llegó a una vía de tren. Iba mirando siempre atrás y, cuando pensó que se había librado, vio a Ross corriendo detrás de él. Había saltado también la valla, pero parecía haberse hecho daño en la pierna. Charles seguía corriendo. Llegó a una calle estrecha, donde después de doblar la esquina chocó contra una mujer que iba por la calle. Se detuvo y trató de levantarla, pero esta empezó a lamentarse y a gritar. Se cercioró de que no le había ocurrido nada serio, aparte del susto. Entonces Ross apareció. El arma que tenía en la mano determinó a Charles a abandonar a la mujer y correr hacia delante. Saltó por encima de un seto, subió las escaleras de un edificio de dos plantas y alcanzó la azotea. Las terrazas del edificio estaban situadas una encima de la otra, con las de abajo más salientes al exterior, escalonadas. Cuando llegó abajo vio que Ross intentaba saltar. Luego lo vio caer rodando sobre la primera terraza. El propietario había salido, pero al ver un hombre ensangrentado, pistola en mano, volvió apresuradamente a su casa. Charles no esperó a que Ross saltara y echó a correr de nuevo. Tenía la sensación de participar en una maratón y empezó a sentir calambres en los músculos.

Después de observar de reojo a Ross, le pareció ver por un segundo que alguien había saltado desde el tejado a la primera terraza.

Había corrido unos kilómetros y llegó a un lugar que se asemejaba a una fábrica abandonada. Parecían unas naves de una antigua fábrica en ruinas. Había una obra con las grúas paralizadas. Una solitaria luz encendida desde quién sabe cuándo, olvidada, fue el lugar hacia donde decidió dirigirse. Pasó al lado de un muro de una nave de ladrillo desconchado y se acercó, enfrente de la misma, hacia lo que era la garita del guarda, donde, desde media altura, un proyector bastante potente dirigía su luz hacia el muro de ladrillo. Sintió un terrible pinchazo en la pierna. No podía doblarla. El dolor se hizo insoportable. Se tiró al suelo y trató de apretar, tan fuerte como pudo, la planta del pie. Por fin, el dolor cedió. Se levantó, pero en ese momento oyó crujir la hierba. Desde la mata que tenía justo delante salió un lagarto que a Charles le pareció gigantesco. Se quedó petrificado de miedo.

135

A las once menos cuarto, los diez miembros del Consejo convocados por Martin habían ocupado sus asientos. Muchos estaban enojados porque se habían visto obligados a volver otra vez. La tercera reunión en un corto período de tiempo era una grave señal de que algo iba mal. El más tranquilo de ellos estaba convencido de que Martin ya tenía la Biblia, que había aniquilado a Werner y que quería darles la noticia de manera teatral, tal como los tenía acostumbrados.

Cuando el reloj marcaba las once en punto, una voz se escuchó en los altavoces:

—Hoy es un día especial, una de las fiestas más esperadas desde la creación de nuestra organización. Es obligatorio, para que el día de hoy se lleve a cabo conforme el programa, que cada uno, sin excepción, ocupe los cómodos sillones de sus palcos. Por favor, tomen asiento.

El entusiasmo del presentador y el efecto de circo barato no encajaba demasiado con el perfil de los diez, pero todos sentían curiosidad por ver lo que sucedería. Se sentaron solo ocho de ellos. Uno no acataba, por norma, ninguna orden o sugerencia viniera de quien viniese y el otro estaba demasiado ocupado engullendo la ensalada de langosta que había encontrado encima de la mesa.

Cuando los ocho se sentaron, sus asientos cobraron vida. Un mecanismo que se activó al sentir el peso del ocupante se puso en marcha. Las manos y las piernas fueron inmovilizadas por anillos de acero que se cerraron alrededor de las extremidades e imposibilitaron cualquier tipo de movimiento. Del mismo modo, otro anillo les agarró el cuello en una posición fija. Intentaron moverse, pero las pulseras metálicas funcionaban como unos grilletes. Cuanto más luchaban, más les apretaban y penetraban en la carne. El pánico se había apoderado de los presentes. Como los palcos permanecían en oscuridad, nadie podía ver lo que ocurría dentro de los otros. Los únicos que no comprendían lo que estaba pasando eran los dos que se habían negado a sentarse.

La luz se encendió en el palco de Eastwood. La imagen que otros vieron era de extrema violencia. En el centro había una estaca donde se había clavado la cabeza de Martin. El pánico se generalizó. El que comía se atragantó de repente con el pedazo de langosta, tosió y escupió todo fuera y lo que había tragado le salió por la nariz. La luz se encendió en su palco. Desde el techo le cayó en la cabeza una carga de líquido que le disolvía la piel. Comenzó a gritar y a revolcarse en el suelo, mientras la carne se derretía y se despegaba de los huesos. El que no se sentó por principios se dirigió a la puerta y comenzó a golpearla, forcejeando el pomo. La luz se encendió también en su palco y todos los que estaban sentados asistieron aterrados a una escena en la que una especie de rejilla de hierro, desde arriba de la puerta, caía sobre él y los barrotes afilados le desgarraban todo el cuerpo.

Los altavoces restallaron un poco y la voz se oyó de nuevo:

—Esto ha sido una bonificación de cortesía para los que han obedecido la orden de sentarse. Un minuto para imaginar su propio final. ¡Yo, Werner Fischer, he preparado todo esto!

Cada uno de los ocho pudieron ver lo que estaba sucediendo con los demás. De manera ordenada, unas estacas con un diámetro de diez centímetros salieron del suelo y subieron amenazantes bajo los sillones. Empezaron a atravesar, a la vez, los sillones y los cuerpos de los presentes.

—He preparado mi ejecución preferida —se oyó la burlona voz de Werner—. El empalamiento.

Las estacas atravesaban los cuerpos de los miembros del Consejo lentamente, para que las víctimas sintieran como se les desgarraban las entrañas. La mayoría se desmayaron. Finalmente, las estacas les salieron por el cuello o por la cara, o por los espacios entre el cuello y los hombros.

La alarma de evacuación sonó en toda la institución. Los empleados que no tenían idea de la masacre total de la zona prohibida se apresuraron a cumplir estrictamente el protocolo. En cuestión de minutos no había ni un alma en ninguna parte del edificio. Todos partieron en los autobuses especiales de evacuación. Habían llegado a la zona segura cuando escucharon una fuerte explosión y el cielo se iluminó en el horizonte. Los autobuses se detuvieron y los empleados bajaron a observar el baile de lenguas de fuego que invadió totalmente el campus.

136

—¿Todavía tienes miedo a los reptiles? —oyó a Ross, desde atrás, en tono de burla—. Justamente tu talón de Aquiles acaba de hacerte una mala jugada. Te dije que te curaras esa fobia.

Charles se volvió hacia él, pero la hierba se movió y el lagarto desapareció por donde había venido.

—Solo quiero la Biblia. Y nada más. La información te la puedes guardar. Si quieres, te doy también la mía a cambio —dijo Ross mientras sacaba del bolsillo otro disco duro—. Con todo lo que has recopilado, has cumplido tu misión con creces. Cambiarás el mundo. Serás el caballero de armadura blanca que salvará a los idiotas. Y no importa nada que los que hayas salvado, cuando estén fuera de control, comiencen a devorarse entre ellos y no quede piedra sobre piedra, pero esta es tu guerra. A mí dame el libro.

Le tiró el disco duro a Charles y este lo atrapó. Todo estaba oscuro y la única luz, en un radio bastante grande, era aquella bombilla. Vista desde arriba, parecía una escena de una obra teatral, con los reflectores orientados hacia la acción central y la sala sumida en la oscuridad.

—No lo entiendo —dijo Charles—. Deseas este libro por encima de todo, pero no entiendo qué demonios quieres hacer con él. ¿Y por qué tuviste que cometer todos esos asesinatos? ¿Tantos muertos? ¿Y aquella firma con el Diablo en calzones? Eres un criminal ridículo. Creo que tu lugar está en el manicomio.

—Personas sin ninguna importancia. Eran medios para lograr un fin. Alguien tenía que obligar a los representantes de los gremios a dar la señal para una reunión. De lo contrario corríamos el riesgo de pasar unos cientos de años más. Al parecer funcionó, ¿verdad? Eso es todo. Pero ahora se acabó.

—¿Por qué necesitas la Biblia si todo está acabado?

—La necesita —se oyó una voz desde atrás que se acercó sin que Charles y Ross se dieran cuenta—, la necesita porque allí hay algo solo para él, algo que solo él puede leer. Ni siquiera nosotros podemos reconocerlo. Y si lo lee, entonces ya nadie le podrá hacer nada. Drácula se aseguró de insertar allí una página mucho más antigua que contiene el gran secreto. La ironía es que se la dio a Gutenberg para insertarla en el libro, pero se abstuvo de leerla. Hay allí un ritual escrito por un monje de mi país unos doscientos años atrás. El hermano Herman. Drácula era esquizofrénico. Su parte buena siempre se enfrentó a su parte mala. Una especie de síndrome de la mano ajena. El espíritu maléfico existía mucho antes de Ţepeş; abandona el cuerpo que es mortal y va en búsqueda de otro. Pero este cuerpo debe corresponderle de una manera determinada que nosotros no conocemos. Y parece que después de Vlad Ţepeş, que se resistió bastante, aunque pasó de cuerpo a cuerpo especialmente en su linaje, este espíritu tuvo que esperar a alguien como él para completar su trabajo. A un tipo gelatinoso como una medusa. El anfitrión perfecto. ¿No es así? —preguntó a Ross.

Charles reconoció la voz de Ledvina, que, quizá por precaución, no había entrado en el haz de luz. Se quedó algo más atrás. Ross enseñó los dientes.

—Y por ello no es visible para nosotros en todo su esplendor, porque no puede. O mejor dicho, todavía no puede. Y por ello es solamente una sombra.

Charles quiso contestar, pero se quedó en silencio, porque sintió crecer algo a su derecha, sobre la pared de la fábrica abandonada. Era un engendro diabólico. Algo que nunca había visto. La sombra de las fotografías de Christa, pero vista en realidad, que parecía de otra manera. Una fealdad indescriptible. Tuvo miedo, pero la sensación que le embargó en esos momentos era mucho más que eso. La sombra era enorme, aumentaba sobre la pared y se movía. Las uñas de la criatura, vistas de esta manera, parecían barras de acero afiladas. Era encorvada y deforme. Tenía la cabeza alargada, aterradora, y cuando la movía, dos dientes, que parecían enormes también, se quedaron a la vista en todo su esplendor. Desde ellos, como de unas estalactitas, goteaba un líquido. Parecía un animal salivando en busca de su presa, la más horrible representación del mismo Diablo. Miró a Ross con ganas de preguntarle si él veía también la sombra. Ross movió el brazo. La sombra también. Volvió la cabeza y la sombra lo siguió. Se inclinó un poco y la sombra siguió sus movimientos por completo. Charles miró a su alrededor. Ya no había nadie. Ledvina estaba demasiado atrás, lejos de la luz. Estaban solo ellos dos entre la luz y la pared.

Entonces lo entendió. Ross Fetuna. Se acordó de que le había visto el pasaporte cuando habían viajado juntos con una beca. Ross. Era Ros con una sola S. ROSFETUNA. Un simple anagrama. ¿Cómo no se había dado cuenta? NOSFERATU.

Se oyeron dos disparos, uno tras otro. Ros se desplomó. Ledvina entró en el haz de luz y se puso de cuclillas. Colocó el cañón de la pistola con balas de plata sobre el corazón de Ros. Y disparó una vez más. La sombra se había quedado en la pared, a pesar de que Ros se había desplomado. Luego, de repente, empezó a correr por la pared de ladrillo de la fábrica. Hasta que desapareció detrás de la misma.

Epílogo

—¿Dónde dejo este paquete? —preguntó el estudiante que había contestado al timbre de la casa del profesor Charles Baker de Princeton.

—¿Qué paquete? —preguntó Charles.

—Ha llegado un paquete de DHL para usted.

—Déjalo en el vestíbulo y vuelve aquí.

Durante más de una semana, la acogedora casa de Charles se había convertido en una especie de cuartel general para una situación de emergencia. El profesor reunió a sus mejores estudiantes y, a su vez, ellos trajeron a sus colegas más expertos en informática. Esos días fueron un verdadero desafío para todos. La casa se había vuelto irreconocible, todo el mundo se movía arriba y abajo como en un hormiguero. Dormían donde podían y comían solo de restaurantes que servían a domicilio. La cocina estaba tan repleta de envases de pizza que casi no podían llegar a la nevera. Nadie se preocupaba por el desorden, porque estaban imbuidos en algo más serio.

Desde el momento en que regresó de su viaje de Bolonia, Charles comenzó a mirar los documentos de las doce unidades de disco duro. Se dio cuenta rápidamente de que no podía defenderse solo y llamó a los estudiantes para preguntarles si querían participar en algo histórico, pero de lo que nunca podrían asumir el mérito. A excepción de uno solo, que estaba fuera del país, nadie lo rechazó. Cada uno trajo sus herramientas de casa y los especialistas en informática crearon un sitio web que llamaron *The Opened World*, «El Mundo Abierto». Los documentos seleccionados por un grupo capitaneado por Charles fueron ordenados según el tipo de ficheros y en función de los países y los acontecimientos, allí donde fue posible. También un importante filtro ordenaba todos los documentos en orden cronológico, de acuerdo con la firma electrónica que tenían. Menos de cinco días después del inicio de la acción, la web estaba en funcionamiento y los enlaces fueron enviados a todas las publicaciones importantes de todo el mundo y a las principales redacciones de radio y televisión.

En los días que siguieron copiaron todo el material sin clasificar o lo editaron en cincuenta discos duros externos, cada uno con una capacidad de 20 TB. Estos fueron enviados a las principales cadenas de televisión y periódicos del mundo. Desde la BBC a la Fox, desde la CNN a la TF1, desde la RAI a la ZDF, desde el *New York Times* al *Washington Post*, pasando por *Frankfurter Allgemeine Zeitung* o *Süddeutsche Zeitung*, por *Le Monde* o *Le Figaro*, *Corriere della Sera*, hasta *El Mundo* y *El País*, cada uno recibió en la redacción los datos de estos discos duros que contenían la documentación completa.

Siguieron días increíbles en todas las publicaciones y todos los canales de televisión del mundo. Solo se hablaba de ello. El planeta entero estaba hirviendo. Los doce jefes de la conspiración no se habían encontrado por ninguna parte, pero las detenciones empezaron a llover por todos lados, los gobiernos caían a lo ancho y largo del mundo, la gente comenzó a depurarse. Las dimensiones del desastre ocasionaron miles de mesas redondas, cientos de miles de horas de investigación, manifestaciones callejeras, el colapso de los grandes bancos, la caída de las bolsas. Se estimaba que, cada diez minutos, en el mundo era detenida una nueva persona y, cada treinta minutos, alguien se suicidaba.

Hubo un momento en que, al sucumbir a la fatiga de los últimos días, Charles se durmió en el sofá con un muslo de pollo todavía sin masticar en la boca. Se despertó solo después de cuarenta horas de sueño. Bajó al salón y encontró la casa como los chorros de oro, como si nada hubiera pasado, y notas en la nevera donde los estudiantes le daban las gracias por haberlos hecho partícipes de cómo se escribe la historia.

Después de prepararse un plato de desayuno con las sobras de la nevera, se sirvió un café gigante. En el vestíbulo, justo a la entrada, vio un sobre muy grande de color amarillo sin abrir y lo cogió. Se sentó y encendió el televisor. Debates sin fin en cada canal. En días anteriores, los analistas habían expresado su preocupación de que podía producirse una revolución cruel y sangrienta. Todos se habían equivocado. Cientos de millones de personas salieron a las calles de todo el mundo, y el ambiente parecía festivo. Más del 85 por ciento de los encuestados en Estados Unidos veían el futuro con esperanza y pensaban que lo que había sucedido era algo bueno. Durante este tiempo los vídeos publicados en la red habían superado los varios miles de millones de visualizaciones. Muchas páginas web se bloquearon debido a la alta demanda, pero cada segundo aparecían otras que volvían a colgar los documentos que Charles había hecho públicos.

El Zorro, el gato que se había restregado contra todo el mundo y al que le gustó la aglomeración de los últimos días, maulló dos veces y saltó en sus brazos. Lo bautizó así en honor a la película que había definido su infancia, la versión franco-italiana con Alain Delon y Stanley Baker (la coincidencia de apellido con el actor británico era solo una casualidad). El inglés actuaba en el papel de villano. Había visto la película más de un centenar de veces y había soñado con ser el caballero de la justicia enmascarado. A cualquiera que le preguntaba lo que quería ser de mayor, una pregunta estándar para los adultos sin imaginación, le respondía, invariablemente, El Zorro. No sabía si su abuelo, en su obsesión por las espadas y la justicia, le hizo que le gustara esta película u ocurrió justamente lo contrario.

Se declaró satisfecho y bajó lentamente el sonido del televisor, preguntándose si sus muchachos habían logrado enmascarar suficientemente la fuente de sus divulgaciones y cuándo tendría que visitar algún servicio secreto para ser interrogado.

Abrió el paquete y se quedó estupefacto cuando encontró allí la carpeta de documentos que había visto donde sir Winston. Miró por encima para decidir luego el orden en que los iba a leer. Le hubiese gustado en aquel momento poder leer de forma simultánea, por la curiosidad que sentía.

Pero su mirada se detuvo en un documento, una carta escrita a mano sobre pergamino de piel de burro que se parecía mucho al soporte donde estaba escrito todo el *Codex Gigas*, la Biblia del Diablo. El texto estaba en latín y Charles tradujo directamente al inglés mientras leía:

Su santidad y amados hermanos. Mis pecados, que reconozco y que no me honran, me hacen arrepentirme ahora y dejar este monasterio para recorrer el mundo, al igual que el condenado por su falta de fe. A mí nunca me ha faltado la fe y sé, tal como me lo hicisteis saber, que fui siempre un hermano bueno y piadoso. Pero como soy un ser humano y no puedo ser ajeno a lo humano, me equivoqué. Ahora entiendo el motivo por el que fui condenado a ser emparedado vivo. Esta decisión no la tomasteis para castigarme, sino para mostrar a otros, que, por desgracia, podrían caer también en ese terrible pecado de los placeres de la carne, lo que les puede suceder. Si hacen como yo, les pasará como a mí. Mi carne es débil y no tuve suficiente voluntad para alejarme de las tentaciones del Diablo.

Charles comprendió que tenía delante la carta de un monje del monasterio benedictino de Podlazice, al que se le atribuía la leyenda de la Biblia del Diablo.

Muerto de miedo —porque, aunque convencido de que en el Juicio Final seré elegido entre los mejores, amo, incluso ahora, en gran medida, esta vida terrenal—, hice una promesa temeraria. Les juré que, si me dejaban con vida, escribiría en una sola noche un libro como nunca hubo ninguno donde reuniría toda la sabiduría del mundo, tal como fue inspirada por Dios nuestro Señor, por su Hijo, eterna sea su gloria y por el Espíritu Santo. Al quedar solo en mi celda, recé aquella noche a Dios, a la Virgen María y a todos los ángeles para que me ayudaran. No comí nada y me arrodillé en penitencia. Me lastimé las rodillas y los labios se secaron de tanta oración. Pero las horas pasaban inútiles y nada ocurría. Cuando me quedó claro que no era digno del amor y de la luz de Dios, me di por vencido una vez más. Me puse de pie, me desnudé e hice cosas que no se deben hacer, de las cuales me avergüenzo, y por tanto me voy, para que no me vea y no me reconozca nadie, especialmente mis hermanos, cuya confianza traicioné por segunda vez. Escupí en la cruz santa y oriné en la celda, me toqué la inmundicia hasta que me entró el diabólico temblor del placer y hubiera hecho cualquier cosa en ese momento. Busqué a un gato negro para besarlo *in spate spine dorsi*, pero en vano. En aquella desgraciada noche, incluso los gatos que solían aparecer en la pequeña ventana de mi celda, me abandonaron.

A Charles el texto le pareció absolutamente brillante. Decidió que merecía un tratamiento especial, sobre todo porque desde que volvió no se había llevado un cigarrillo o un puro en la boca. Sacó del cajón de su escritorio uno de los Cohiba delgados que tanto amaba y se sentó de nuevo en el sofá.

Así que, sucumbiendo una vez más, invadido por la infinita desesperanza que solo se puede dar ante una inminente muerte, le rogué al Diablo que viniera a ayudarme. Yo hice estas oraciones, jurando que daría cualquier cosa que quisiera de mí, pero ¿qué tengo yo salvo mi alma pecadora? Cualquier cosa, pero que me salve la vida. No hizo falta invocarle por segunda vez cuando mi celda se hizo fría como en invierno, aunque estábamos en pleno verano, y oí una cojera. Cuando alcé los ojos, Lucifer como una sombra apareció en la pared y me dijo que me pusiera a escribir lo que me dictaba. Pero ni después del dictado no podría haber logrado la promesa que le hice. Me dijo que no debería preocuparme por todo eso. Y que debía tener en cuenta solamente dos cosa: hacer un dibujo de su hijo vestido de príncipe, pero no con la túnica y el cetro como los reyes, sino de trapos como los neonatos para no ensuciar, *naturalia non sunt turpia*,* toda la casa. Y, además, tenía que escribir una hoja entera, por un lado y por el otro, con lo que él me enseñase a escribir, pero que para esta hoja no debería empeñarme, sino dejar que la mano fuera sola, porque la llevaría él y que yo soy demasiado tonto, no solo para escribir por mí mismo, sino también para comprender lo que escribí. Le pregunté cómo debía empezar y me contestó que solo tenía que consentir y dejarle que me besara en el cuello. Le dije que sí. Desde entonces, no me acuerdo de nada. Sé que por la mañana cuando me desperté, el libro que prometí estaba terminado. Me da vergüenza y lo lamento ahora, y sé que tal vez perdí el amor de nuestro Señor y atraje su ira, pero lo lamento con el lamento más amargo que podría tener un pobre mortal. Y por esto me marcho para predicar el nombre del Señor por el mundo, para vivir por la misericordia de aquellos que me quieran escuchar, y renunciar a Satanás y al Anticristo. Amén. Su hermano en Cristo, Herman.

Charles no podía creer lo que había leído. La cabeza le daba vueltas. Entendió que las dos páginas a las que se refería el monje eran las que faltaban del *Codex Gigas* de las que le habló Christa. Se acordó de Ledvina, que le había dicho algo sobre que Drácula había ordenado a Gutenberg que las añadiese a la Biblia que le había encargado. Se levantó y se dirigió rápidamente a la Biblia que él tenía. Pasó unas cuantas páginas hasta que encontró una hoja, completamente en blanco, doblada y plegada en varias partes. Era más larga y más ancha que las otras y estaba hecha de un tipo diferente de pergamino. Parecía piel de burro. La abrió y tomó las medidas. Tenía las dimensiones exactas de las páginas del *Codex Gigas*. La tanteó y trató de ver si podía encontrar una señal, por pequeña que fuera. Nada.

Unos minutos más tarde, Charles abrió su portátil y miró la página en blanco de su próximo libro. Contenía solo el título: «Una historia del bien y del mal a través de los siglos».

---

* «En la naturaleza no encontramos nada de lo que tengamos que avergonzarnos», Diógenes. (*N. de la T.*)

Christa se había quedado sola en el enorme despacho de la sede de la Interpol de Lyon. Había allí más de cuarenta mesas de trabajo. Seguía la pista de los documentos y a sugerencia de su jefe, que era también su padre, preparaba las nuevas misiones que estaban tomando forma después de la interminable serie de revelaciones, debidas en parte a su familia y a todo su árbol genealógico durante más de quinientos años. Se acordó de cómo persuadió a Ledvina esa mañana y la forma en que se vio obligada a explicarle casi todo lo que sabía para convencerle. Además, recordó cómo le ayudó a llegar sin problemas con aquella enorme arma con balas de plata a Bolonia.

En el ordenador de Christa estaban abiertos uno sobre otro un montón de documentos que se solapaban y entrelazaban. Se levantó para prepararse un té y, cuando volvió, vio, desde la distancia, algo que le pareció extraño. Entre los documentos surgieron fotos de Charles y de Werner. Cada uno bajo pilas de documentos, de manera que las imágenes se cortaron. A Werner no se le veía la parte derecha y la foto de Charles estaba cortada por otros documentos, justamente en la parte donde se veía Werner.

Se precipitó sobre el ordenador. Abrió el Photoshop. Cogió la foto de Werner y la metió en el programa. Hizo lo mismo con la de Charles. Cortó a los dos por la mitad e intentó ajustarlas. La parte izquierda de Werner y la derecha de Charles. Seleccionó el color de pelo de Charles e hizo lo mismo con el de Werner. Empujó la línea del pelo del primero de modo que fuera aproximadamente igual al segundo. A continuación, desinfló un poco la mejilla rechoncha de Werner. Lo miraba y no podía creerlo. Surgió un rostro perfectamente uniforme. Las dos mitades encajaban perfectamente: la nariz, las cejas, la forma de los huesos.

Cualquiera que hubiera visto aquella fotografía nunca habría dicho que se componía de dos individuos diferentes. Por el contrario, diría que tenía delante, claramente, la fotografía de un solo hombre.

Quiso decir algo. Pero de su boca no salió nada.

Nada.

ÍNDICE